KB058423

MERLIN 10

별에 드리운 그림자

SHADOWS ON THE STARS

MERLIN 10

별에 드리운 그림자

SHADOWS ON THE STARS

토머스 A. 배런 지음 | 조현진 옮김

T. A. BARRON

arte

사면초가에 빠졌는데도 너그러우신
대지의 어머니에게 바칩니다.

탬윈, 엘리, 스크리······ 그리고 나에게 용감한 친구가 되어준
디날리 배런(Denali Barron)과 퍼트리샤 리 고쉬에게
거듭해서 특별히 감사의 말을 전합니다.

전설의

섬

핀카이라

기이한 종족들이 사는 곳

후세계
제단통이 여기
있을까?

슬란토스

녹
슨

평
원

폐허

페허

음유시인의
마을

카이르프레의 집

테일린과
갈라타의
집

슈라우디드 성

거인의 춤에 관한
예언

고블린의 야영지

협곡

유령의 늪

어둠의 언덕

여기 보물이 있을까?

돔누의 동굴

갈라토가
여기 있을까?

섬을 둘러싼 안개 벽

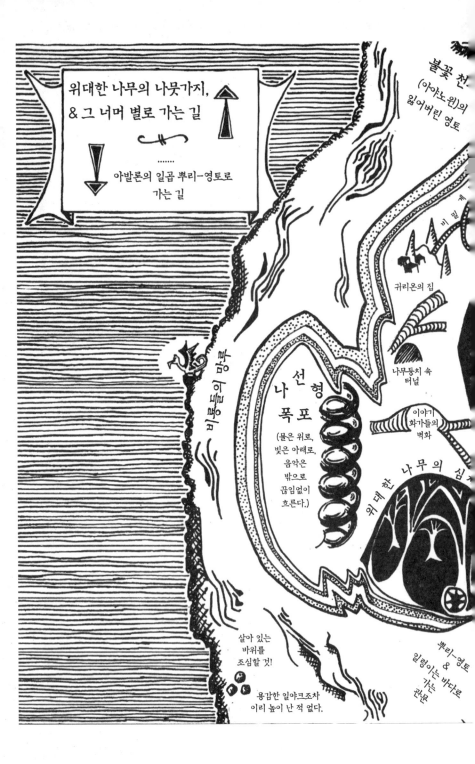

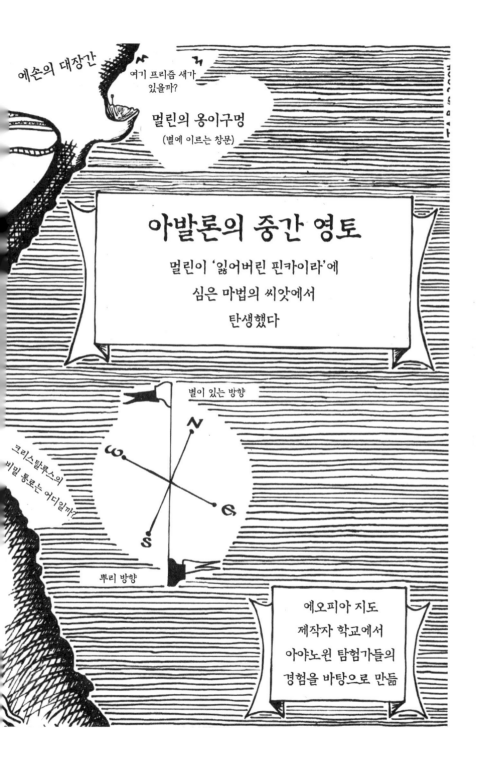

차 례

사실, 난 내가 왜 지금 별을 향한 길고 위험한 항해에 오르기로 했는지 모르겠다. 능력이 최고조에 이르러서는 분명히 아니다. 길일이어서도 분명히 아니다. 어쩌면 난 궁극적으로 별을 찾으려는 게 아닐지도 모른다. 그저 내 과거로부터 달아나려는 것일 뿐. 별은 밝고 멀리 떨어져 있다. 그러나 내 상처는 어둡고 가까이 있다.

-아발론 987년,
사슴 여인 할리아와 마법사 멀린의 아들인
탐험가 크리스탈루스 에오피아가 쓴
편지의 일부분에서

흔들려라, 드넓은 가지여

흔들려라, 아발론의 드넓은 가지여
폭풍으로부터 보호하려고
그렇게나 구부려도, 결코 부러지지 않네.
하루하루 새로 태어나는,
신비로운 참된 모습.

일어나라, 중간 지대의 키 큰 나무여
높디높게 솟아올라
가지를 내뻗은 부연 흔적에 닿으려 하네.
하늘로 향하는 계단,
별들은 가까이에서 활활 타오른다.

가라앉아라, 일곱 영토의 거대한 뿌리여
깊은 잠에 빠져들어
멀디멀고 낮디낮은 땅을 견디려 하네.
찬양하거나 눈물을 흘려라,
경이로움이 깊을지어다.

　　　　　　-대사제 리아논이 지었다고 여겨지는
　　　　　　아발론의 고대 발라드

지하 깊숙이, 어두운 그림자가 드리운 동굴 안에 그보다 더 어두운 무언가가 공중에서 맴돌았다. 연기로 된 독사가 느릿느릿 맴돌고 있었다. 뱀이 빙그르르 돌자, 주위 공기가 시커먼 불꽃을 튀며 탁탁거렸다. 뱀 꼬리가 동굴 바닥을 쓸고 가는 곳마다 번개 맞은 나무처럼 돌덩이가 산산이 부서져 그을린 잿더미만 남겼다.

검은 나선형 형체는 석조 받침대에 놓인 빛나는 작은 수정을 향해 위협적으로 떠갔다. 수정의 빛은 희미하지만 여전히 저항하듯 파랑과 초록의 줄무늬를 띤 새하얀 색으로 훤히 빛났다. 어둑어둑한 존재가 다가가자 조금 더 밝은 빛이 났다.

"자 보아라."

연기 모양의 뱀이 쉭쉭거렸다.

"내가 이 엘라노의 수정을 어떻게 망가뜨리는지 보여주겠다. 곧 우리가 적을 망가뜨릴 것처럼 말이다."

뱀이 웃었다. 목소리에서는 녹은 바위처럼 부글부글 끓는 소리가 났다.

"그러나 나의 총아여, 먼저 수정의 힘을 우리 목적에 맞게 바꿔야 한다."

17

쿨위크는 동굴 벽에 등을 바싹 붙인 채 초조하게 자세를 바꿨다. 망토를 입은 주술사는 완벽하게 깎여 있던 손톱을 물어뜯었다. 그러고 나서 흉터 지고 움푹 파인 눈구멍을 손으로 쓸어내렸다.

"음, 그렇습니다. 리타 고르 나의 주인님."

"그런데 유감스러운 게 하나 있다."

나선형 형체가 쉭쉭거리면서 굳어지더니 어둠과 하나가 되어 고형에 가까워졌다.

"아마 너는 지금쯤 스스로를 *멀린의 진정한 후계자*라 부르는 그자를 처치했겠지. 그런데 차라리 내가 그자를 수정의 첫 희생자로 만들었다면 더 즐거웠을 거다."

쿨위크는 손가락을 더 세게 물어뜯었다.

"저, 그러니까 그렇다면, 주인님…… 이 사실을 알게 되시면 즐거우실 겁니다……."

"그자가 죽지 않은 건가?"

나선형 형체가 내뱉었다. 그러고는 곧장 코앞에 멈춰 서서 주술사의 얼굴을 쏘아봤다.

"형편없는 주술사, 나의 노리개여, 나를 실망시켰는가?"

벽에 머리를 기대 덜덜 떨며, 쿨위크는 겁에 질려 꾸르륵 소리를 냈다.

검은 존재는 혓바닥 모양의 용암처럼 지글거리며 앞뒤로 흔들거렸다.

"내 분노를 이전에 본 적 있잖은가?"

쿨위크는 한쪽 눈으로 동굴 바닥에 놓인 머리 없는 곰스켄의 시체를 흘끗 쳐다봤다. 말소리를 내려 했지만 또다시 꾸르륵대기만 했다.

연기 모양의 뱀은 끊임없이 공중에서 탁탁거리며 주술사의 목 주변을 맴돌았다. 그런 다음, 채찍같이 찰싹 소리를 내며 그 자리를 떠나 수정 쪽으로 도로 둥둥 떠갔다. 쿨위크는 숨도 제대로 쉬지 못하고 돌바닥에 털썩 주저앉았다.

"넌 운이 좋다. 네 비록 얼간이긴 하지만."

모욕적인 말에 쿨위크는 외눈을 찌푸렸다. 그러나 이내 몸을 일으켜 딱 한마디했다.

"음, 그렇습니다, 주인님."

똬리가 이어 말했다.

"정말이지 운이 좋아. 나의 총아여, 난 자네의 도움이 아직 필요하다. 적어도 내 몸이 충분히 강해져서 단단한 형체가 될 때까진 말이다. 하지만 머지않아 난 진정한 형체를 취하고, 정복자로서 진정한 역할을 할 것이다."

"정복자 말입죠."

쿨위크가 흉측하게 상처 난 머리를 까딱거리며 따라 말했다.

"그렇다!"

리타 고르가 희부연 소용돌이의 모습으로 외쳤다. 그 힘이 너무 강해 공중에서 검은 불꽃이 터졌다. 지글지글 소리가 나고 축축한 벽돌에 김이 내뿜어졌다.

"그저 이 보잘것없는 세계, 여기 텅 빈 나무껍질만의 정복자를 말하는 게 아니다. 유한한 생명과 무한한 생명을 이어주는 바로 그 아발론을 지배하게 되면, 나는 다른 모든 세상도 곧 지배하게 될 것이다! 정령들의 사후 세계부터 유한한 지구까지, 모든 세상이 내 것이 될 거다."

더욱 조용하게, 얼추 유쾌한 말투로 검은 존재가 덧붙였다.

"어쩌면 네 세상도 되겠지, 나의 쿨위크. 즉, 널 내 옆에 두기로 정한다면 말이지."

천천히 쿨위크는 몸을 꼿꼿이 세우고는 망토의 먼지를 털어냈다. 그러고는 턱을 덜덜 떨며 입을 뗐다.

"언제나 당신의 충직한 종입니다요, 나의 주인님."

"반드시 *언제나*가 되도록 하라."

리타 고르의 그림자가 더 험한 목소리로 다시 쉭쉭거렸다.

"안 그러면 감당하기 어려운 이 수정 덩어리에 이제 막 하려는 것을 너한테 해줄 테다."

쿨위크가 대꾸하기도 전에 시커먼 똬리가 악랄하게 으르렁거렸다. 그러고는 온 힘을 다해 몸을 쭉 늘려 수정 받침대를 빙 둘렀다. 공중에서 천천히 빙빙 돌더니, 끝과 끝을 올가미처럼 묶어 사냥감을 꽉 조이기 시작했다. 그와 동시에 더는 밧줄처럼 보이지 않고 장막에 가깝게 보이도록 넓혀져 몸이 차츰 납작하게 되었다. 단순히 검은색이라고는 말할 수 없을 만큼 충분히 어두운 색이 됐다. 오히려 장막은 공허의 정수처럼 보였다. 너무 어두워서 빛과 비슷한 그 어떤 것도 깊게 뚫고 들어가거나 형체를 잡아주거나, 또는 끝이 안 보이는 빈 공간을 만질 수도 없었다.

수정은 굳세게 고동쳤다. 장막이 뒤덮는데도 심장처럼 사정없이 뛰었다. 어둠은 점점 빽빽이 드리워져 반짝거리는 물체를 바싹 쥐며 감쌌다. 빛은 어둠 아래에서 여전히 고동쳤지만 하얀 빛살이 조금 뚫고 나와 동굴 벽을 비추었다. 이내 수정은 쉬이 까물거렸다. 동굴 전체가 캄캄해졌다.

쿨위크는 벽 옆에 서서 넋을 잃고 바라봤다. 기쁜 나머지 매끄러운 두 손을 문질렀다. 이곳에서 힘이, 진정한 능력이 생겨나고 있다! 하지만 아직…… 마음 한구석은 여전히 꺼림칙했다. 누구도, 하물며 리타 고르조차도, 엘라노의 순수한 수정을 오염시킨 적이 없었다. 정녕 가능하단 말인가? 아니면 수정의 만만찮은 마법이 이길 것인가? 여하튼 그 마법은 누군가가 이해할 수 있는 것보다 더욱 깊숙이 흐른다. 그건 바로 위대한 나무의 송진에서 흘러나온다. 아니, 마법사 같지도 않은 하찮은 멀린도 엘라노에 비하면 제 능력은 아무것도 아니란 걸 알았다.

새카만 장막은 계속해서 오그라들었다. 이윽고 수정 전체를 뒤덮었다. 어떤 큰 틈도 남기지 않았다. 위나 아래, 어떤 면에서도 빛이 새어 나갈 틈이 없었다. 그럼에도 불구하고 곧바로 희미한 빛이 갈라진 금 사이로 새어 나왔다. 수정은 계속 버텨냈다.

쿨위크는 가까이 기대었다. 초조하게 외눈을 씰룩거리며 속으로 욕을 했다.

이런 염병할, 이게 무슨 일이지?

장막은 더 단단하게 쥐어짰다. 마치 숨통을 조이는 담요 같았다. 하지만 주름 아래에서는 수정이 아주 조금 반짝거렸다. 희미한 빛이 여전히 켜켜이 쌓인 어둠 속에서 어른어른 퍼졌다.

갑자기 장막이 검은 불길을 내며 탁탁 소리를 냈다. 진한 썩은 연기가 받침대에서 피어올랐다. 어둠은 스스로 고동치기 시작했다. 마치 적에 맞서 마지막 생명의 불꽃을 꽉 쥐는 주먹 같았다.

동굴 속 공기가 탁해졌다. 악취가 서서히 더 퍼졌다. 쿨위크는 기침이 나오려는 걸 꾹 참았다. 할 수 있는 일이라고는 헛구역질을 참는 것뿐이지만 갈수록 더 구역질이 났다. 몸을 지탱하려고 바위 벽에 기대었다. 역겨운 공기가 허파를 태우는 듯했다. 발 언저리에서는, 떠돌이 쥐가 길을 잃어 빠져나갈 길을 찾아 미친 듯이 더듬거렸다. 그러고는 마지막으로 한 번 더 파르르 떨더니 죽었다.

몇 초가 지나고, 몇 분이 지났다. 마침내 어둠의 장막은 느슨하게 풀어졌다. 슬슬 수정에서 떨어져, 빙글빙글 천천히 돌아 다시 공중을 떠다니는 나선형의 똬리로 모습을 바꾸었다. 받침대 위에서 수정은 여전히 반짝이고 있었다. 하지만 이전과는 확연히 다른 빛을 냈다.

수정은 짙고 칙칙한 빨간색으로 빛났다. 핏줄이 그 속으로 빠르게 퍼졌다. 마치 병에 걸려 충혈된 눈 같았다. 중심부에서 가쁜 맥박이 뛸 때 살덩이 썩은 듯한 역겨운 냄새가 났다.

쿨위크는 조심스레 한 발자국 가까이 다가갔다.

"끝난…… 건가요?"

"그렇다, 나의 총아 주술사여, 끝났다."

나선형 형체는 늘어지는 소리를 냈다. 이전보다 훨씬 더 힘이 없었다.

"내 능력을 의심하진 않았겠지?"

쿨위크가 빠르게 답했다.

"아뇨, 아닙죠. 절대 의심하지 않습니다요. 당신을 절대로 거역하지도 않을 겁니다요."

"그렇다면, 이 수정 위에 손을 올려놓으라는 내 명령에 따르겠는가?"

검은 존재가 쉭쉭거렸다.

주술사는 기겁하여 움찔했다. 그러고는 마른 피 색깔처럼 짙은 빨간색의 물체를 흘끗 보더니 더듬더듬 말했다.

"저, 저걸, 만, 만, 만지라고요?"

"그래, 쿨위크. 만져라. 명령이다."

주술사는 사시나무 떨듯 달달 떨며 팔을 들어 올렸다. 망토 소매가 심한 바람에 날리는 돛처럼 흐트러졌다. 이내, 이를 악물며 칙칙한 수정으로 손을 뻗었다. 가까이 더 가까이 뻗었다. 그사이 희부연 소용돌이는 공중에서 빙빙 돌며 부드럽게 지글지글 소리를 냈다.

손이 수정에 닿자 쿨위크는 마지막으로 주인을 향해 애절한 눈빛을 보냈다. 하지만 리타 고르의 그림자는 아무 말도 하지 않았다. 수정이라기보다는 고동치는 핏덩어리처럼 보이는 물건을 향해, 쿨위크가 손가락을 내리뻗자 손가락이 땀으로 번들거렸다.

손끝이 수정을 막 건드리려는 순간, 소매 가장자리가 살짝 닿았다. 곧바로 헝겊에서 짙은 빨간색 불길이 치솟았다. 주술사는 깜짝 놀라 빽 소리를 지르며 팔을 내뺐다. 바로 그때 불길이 사그라졌다. 그제야 쿨위크는 불길이 정말로는 소매를 태우지 않았다는 걸 깨달았다. 그 대신, 헝겊을 사라지게 했다.

쿨위크는 놀라서 팔을 탈탈 털었다. 소매 끝자락이었던 자리에는 어떤 조각도, 새까맣게 탄 실낟도, 연기 줄기조차도 없었다. 헝겊 조각 전체가 그야말로 사라져 버렸다.

쿨위크는 자신에게 명령을 내렸던 연기 모양의 뱀을 살펴보며 말했다.

"나의 주인님…… 계속할까요……?"

검은 존재가 으르렁거렸다.

"아니다. 이제 만지지 않아도 된다. 변변치 않지만, 넌 내게 충성심을 보여줬다."

쿨위크는 침을 꼴깍 삼켰다. 그러고는 소맷자락을 바라보며 중얼거렸다.

"철로 된 실이라 탈 수가 없는데……."

그러고는 다시 한번 뱀을 마주하더니 물었다.

"제발 말씀해주십시오, 나의 주인님. 이 수정의 힘이 무엇입니까?"

지글거리는 웃음소리가 동굴 벽에 낮게 울렸다.

"보아라, 엘라노의 정반대를! 이름하여, *벤젤라노*. 아발론을 통틀어 가장 막강한 힘이다."

쿨위크는 어리둥절한 얼굴로 뱀을 그저 바라만 봤다.

나선형 형체는 빙글빙글 돌면서 갈망과 환희가 뒤섞인 소리로 쉭쉭댔다.

"모르겠는가, 내 어리석은 부하여? 엘라노는 창조하는 능력을 지닌다. 이걸로 그 악당 멀린이 수 세기 전에 마름병을 끝장냈지. 치유하는 능력도 지니고 있다. 맬록의 더러운 샘물도 그런 희한하고 놀라운 일을 할 수 있지. 아니, 그 영토의 진흙까지도 엘라노가 풍부하지. 새 생명을 낳을 수 있을 정도다."

"하지만 제 소매가 그냥…… 사라졌습니다요."

"자넨 머리가 나쁜가? 그건 내가 불러일으킨 마법이다! 엘라노가 창조하는 건 벤젤라노가 망가뜨린다. 아무리 잘 만들었다 해도 벤젤라노가 닿는 건 뭐든지 바로 망가질 것이다."

들썽거리던 주술사는 오염된 수정을 거의 만질 뻔했던 손가락을 움켜쥐었다.

탁탁대는 소리가 말했다.

"벤젤라노가 닿는 어떤 살점이든 쉬이 베이거나 사라질 거다. 혈관에서는 영원히 피가 흘러나올 거다. 튼튼한 나무는 시들고, 견고한 무기는 바스러질 거다. 또한 맑은 개울물도 독이 될 거다."

쿨위크의 외눈은 놀라 휘둥그레졌다.

"그래서 새로운 이 능력으로, 저희가 권력을 장악할 수……."

지글지글 소리가 날카롭게 들리자 쿨위크는 중간에서 말을 멈췄다.

"어…… 제 뜻은, 주인님 말입죠. 아발론은 마침내 주인님의 것이 될 겁니다."

검은 형체는 핏빛 수정 주위를 빙빙 돌았다. 천천히 에워싸며 일생일대의 명작을 감상하는 화가처럼 그 미묘한 부분을 꼼꼼히 음미하며 수정을 감격스레 바라봤다.

"그렇다, 나의 총아야. 하지만 장엄한 계획에 나서기에 앞서, 사소한 일 하나를 처리해야 한다."

"무엇인가요, 나의 주인님?"

"나는 멀린의 진정한 후계자를 완전히 없애 버릴 것이다."

나선형 형체는 계속해서 빙빙 돌았다.

"내 계산에 의하면 그자는 지금 열일곱 살이다. 나한테는 겨우 신생아에 불과하지. 그자의 미약한 능력이 곧 드러나기 시작할 거다. 내 승리의 날이 가까이 다가온다 해도, 우리에게는 그 전에 해야 할 게 많다. 그 어린 마법사는 골칫거리이자 훼방꾼이 될 수 있다. 게다가 그자를 없애는 건 꽤 쉬울 게다. 재밌기도 하겠지. 그자는 멍청하니 나를 무서워하는 만큼 자신의 새 능력을 두려워할 거란 말이다! 그러니까 나의 쿨위크여, 내가 반드시 그자의 걱정을 없애줄 것이다. 더불어 그자의 목숨도."

1부

1

거대한 어둠의 손길

오거의 숨결보다 차가운 바람이 산꼭대기 너머에서 훅 불어왔다. 돌풍에 날아온 날카로운 얼음 조각이 산 정상의 넓고 납작한 바위에 철썩 부딪쳤다. 그리고 그곳에 옹기종기 모여 있던 두 사람에게로 탁 떨어졌다.

"너무 추-우-워."

엘리가 덜덜 떨며 말했다. 그러면서 바위에 앉아 있던 탬윈 옆으로 슬며시 다가갔다. 둘의 어깨가 닿을락 말락 했다. 차디찬 돌풍에 서리가 내려앉은 엘리의 머리칼은 밤하늘 아래 별빛에 하얗게 반짝거렸고 그로 인해 곱슬머리는 겨울 파도처럼 보였다.

탬윈은 흐릿한 입김을 호 불더니 얼음 덩어리가 뒷목덜미로 떨어지자 움찔했다.

"추운 거 나도 알아. 하지만 다시 괜, 괜찮아질 거야. 지긋지긋한 바람만 진정이 되면."

엘리의 이가 덜덜 떨렸다.

"바람을 누그러뜨릴 순 없어? 네 새 능력으로?"

탬원은 또다시 움찔거렸다. 이번에는 다른 이유에서다. 바위 옆에 둔 옹이투성이 지팡이를 힐끔 쳐다봤다. 자신에게 맡겨진 지팡이였다. 하지만 탬원은 정말이지 그 이유를 알지 못했다. 엘리의 말을 생각하며 눈살을 찌푸렸다.

새 능력? 엘리가 진실을 알았더라면.

자기 안에 실제로 무슨 일이 일어나는지 엘리에게 말해줘야 할 때가 된 건가? 이상하고 가끔은 난폭한 능력이 뜻지 않은 때에 나타나서 몸속을 휘감는 느낌이 어떤지? 그런 능력을 원하지 않는 데다 제어할 수도 없다는 사실을?

탬원이 말을 하기도 전에 바람이 갑자기 사라졌다. 얼음과 눈도 멎었다. 산꼭대기는 조용해졌다. 사방을 에워싼 봉우리들이 별빛에 희미하게 반짝거렸다. 하지만 그 어떤 정상도 엘리와 탬원보다 높이 솟아오르진 않았다. 둘은 아발론의 일곱 영토 전역에서 가장 높은 할리아의 산 봉우리 맨 꼭대기에 앉아 있었다. 너무 높아서 유일하게 위대한 나무의 나무등치가 보이는 곳이었다.

탬원은 풍경을 바라봤다. 올라나브람의 다른 봉우리도 보였다. 그 너머로는, 별이 빛나는 산등성이가 위로 가파르게 솟아올라 있었다. 탬원이 알기로는 거기는 아발론의 나무둥치 맨 밑바닥이었다. 탬원은 황무지 길잡이로서 산의 극명한 대조에 늘 끌렸었다. 산에서 휘몰아치는 폭풍은 깊은 정적 속으로 곧장 사라질 수 있었고, 쥐 죽은 듯 조용해서 공기 중에 그 무게가 느껴질 정도였다. 탬원은 산등성이가 빛에 반짝이고, 구름의 그림자에 가려지는 모습도 대단히 좋아했다. 그리고 오늘 같은 밤에 산등성이가 별 아래 반짝이는 바다처럼 잔물결을 이루는 모습도 정말 좋아했다.

걸터앉은 바위를 돌아본 탬윈은 서리 내린 주위의 암벽을 쳐다봤다. 수천 개의 눈 덮인 작은 봉우리처럼 보였다. 앉아 있는 바위에만 눈의 흔적이 없었다. 탬윈은 늘 그렇듯 맨발로 매끄러운 바위 표면을 쓸었다. 바위에게서 어떤 바람도 춥게 만들지 못하는 이상한 온기가 느껴졌다.

여기는 멀린의 스타게이징 스톤이다. 먼 옛날 위대한 마법사 멀린의 마법이 닿았던 곳이다. 이곳의 끝없는 온기는 너무 강해서 표면에 얼음과 눈이 결코 머무르지 않는다. 온기란 그저 바위의 경이로움에 있어 극히 일부분일 뿐이었다. 지금 이 순간에도, 바위는 신비로우면서도 음침하게 반짝였다. 별이 총총 박힌 하늘에 크게 갈라진 구멍만큼이나 깜깜했기에 그랬다.

불과 한 달 전쯤에 일곱 개의 별로 된 마법사의 지팡이 별자리가 느닷없이 사라져 생긴 구멍이었다.

이곳 머나먼 정상까지 엘리와 탬윈을 오게 한 그 구멍. 그리고 이곳, 스타게이징 스톤.

이곳은 아발론에서 별이나 별 사이에 생긴 구멍을 보기에 최적의 장소였다. 그보다 더 중요한 건, 어느 영토의 누구든 환영을 찾으러 오는 유일한 장소였다. 예의 그 멀린의 영원한 재능을 말이다.

그래서 둘은 여기까지 먼 길을 마음이 가장 잘 맞는 일행과 함께 걸어왔다. 일행은 지금 야영하기에 적합한 곳을 고르려고 정상을 탐험하고 있다. (아니면, 줄어든 거인 심처럼 벌써 온천 근처에서 푹 잠을 자고 있을지도.) 엘리와 탬윈의 목표는 단순했다. 사라져 버린 별에게 무슨 일이 있었는지 그 진실을 보여줄 환영을 청하는 것이었다. 엘리는 탬윈이 새로 생겨난 능력으로 환영을 청해야 한다고 주장해왔다. 탬윈은 처음엔 반대했지만 결국 그렇게 하기로 했다.

"그래서 도대체 언제 할 건데?"

엘리는 별빛 하늘에서 몸을 돌려 짜증스레 탬윈을 쿡 찔렀다.

"아니면 영혼 없는 눈덩어리처럼 여기에 그냥 앉아 있기만 할 거야?"

탬윈은 엘리의 말투에 진저리치며 길고 검은 머리카락을 털었다. 엘리가 정말로는 그 구멍과, 그게 아발론에게 뭘 뜻하는지에 대한 걱정을 감추려고 짜증을 내는 거라고 짐작해봐도, 참을성이라고는 굶주린 너구리만큼밖에 있질 않았다.

"음? 뭘 기다리는 거야?"

엘리가 따져 물었다.

"있지 엘리, 넌 가장 참을성 없고, 고집 세고, 우둔하고, 분통 터지게 하는……."

엘리가 매력적인 미소로 탬윈의 말을 잘랐다.

"우리 정말 많이 닮았다, 그렇지?"

탬윈은 하마터면 자기도 모르게 웃어줄 뻔했다. 엘리의 말이 옳다는 걸 알았으니까. 놀랍게도 탬윈은 더는 화가 나질 않았다. 지금 당장 꾸짖기는커녕 엘리를 꼭 안아주고 싶었다. 어쩜 엘리는 그렇게 할 수 있을까? 어떻게 탬윈의 기분을 산의 폭풍처럼 빠르게 바꿀 수 있을까? 그밖에도, 엘리는 어떻게 해서든 탬윈을 훤히 들여다볼 수 있었다. 마치 높은 산의 맑은 못처럼 말이다. 탬윈 스스로가 암담하게 느낄 때조차도.

탬윈은 긴 한숨을 내쉬었다. 둘의 관계가 어떻게 될지는 전혀 알지를 못했다. 하지만 엘리에게 맞아 눈 주위가 시퍼렇게 멍들었던 처음 만난 그때부터 먼 길을 걸어왔다는 건 분명했다.

탬윈은 손을 내밀어 엘리가 손목에 차고 있던 소박한 노란 끈을 부드럽게 어루만졌다. 엘리를 위해 지난주에 탬윈이 별 모양 꽃줄기를 엮어 만든 튼튼한 팔찌였다. 그런데 둘의 눈이 마주치자, 탬윈은 엘리가 머릿속으로 다른 생각을 하고 있는 게 보였다. 걱정스러운 생각이었다.

"탬윈, 나 무서워. 네가 환영을 청했는데 아무 일도 안 일어나면 어떡해?"

엘리가 속삭였다.

탬윈은 머리카락을 쓸어 넘겼다.

"난 무슨 일이 *일어날까 봐* 그게 더 무서워."

그러고는 얼굴을 들어 별을 바라봤다. 셀 수 없을 만큼 무수히 많은 별이 있었다. 마법사의 지팡이의 검은 구멍 옆에 탬윈이 잘 아는 다른 별자리도 있었다. 사랑스러운 별무리 황금가지, 별이 드넓게 펼쳐진 곳 너머로 높게 솟구치는 페가수스, 그리고 오늘밤 아발론의 위대한 나무만큼 커 보이는 트위스티드 트리가 있었다.

동이 틀 무렵인데도, 여전히 밤하늘에 별이 선명하게 반짝반짝 빛났다. 길잡이로서 탬윈은 자주 별을 보고 길을 찾았다. 사실, 별들을 하도 봐서 오래전에 친구가 되었다. 엘리와 스크리, 그리고 다른 이들 못지않은 친구다. 그런데 야영해온 수많은 날들 동안 별들이 지금 여기 할리아의 산봉우리의 맑고 차가운 하늘처럼 이렇게 밝았던 적은 없었다.

탬윈이 마음속으로 생각했다.

별아, 넌 정말로 뭐니?

별무리가 황금빛으로 반짝인 다음 매일 하루의 끝에서 어둑어둑해지고, 매일 아침 해 뜰 녘에 또다시 밝게 떠오르는 별들의 모습은 아발론에게는 최대의 수수께끼이자, 탬윈에게는 최고의 아름다움이다.

탬윈은 두 주먹을 불끈 쥐었다. 별들이 자신의 아버지이자 저명한 탐험가 크리스탈루스 에오피아를 불렀다는 것 또한 탬윈은 알았다. 그건 크리스탈루스가 가장 위대한 최후의 탐험을 하도록 꾀어낼 정도였다. 크리스탈루스는 별이 있는 곳을 향해 위대한 나무의 나무둥치와 나뭇가지를 오르다가 저기 위 어딘가에서 죽었다.

음, 죽었을까? 지난 몇 주에 걸쳐, 그 질문이 탬윈의 머릿속에서 메아리처럼 맴돌았다. 어쨌든 그 탐험이나…… 크리스탈루스에게 정말로 무슨 일이 일어났는지는 아무도 확실히 알지 못했다.

새로운 생각에 사로잡힌 탬윈은 숨소리를 죽였다. 사라져 버린 별을 보는 환영도 청했는데, 아버지를 보는 환영을 청하는 건 어떨까?

그 생각만으로도 탬윈의 가슴은 숲의 요정의 북처럼 빠르게 쿵쾅거렸다. 탬윈은 기꺼이 인정해왔던 것 이상으로 아버지를 찾고 싶어 했다. 아들로서 결코 알지 못했던 아버지를 알고 싶었다. 잠깐만이라도 좋다. 아버지가 별들에 대해 무엇을 발견했는지도 알고 싶었다. 그러면 아마도 크리스탈루스가 멀린의 마법을 가까이서 봤으니 새롭게 생겨나는 마법의 힘을 제어하는 데에 무엇이 필요한지 알 수 있을 테다. 그럴 의도가 아니었는데도 양손에 든 익은 멜론을 얼리고, 날아가는 거위를 그저 휘파람으로 혼란스럽게 하고, 한숨에 늙은 느릅나무를 쓰러뜨리게 했던 탬윈의 마법을 말이다.

탬윈은 스스로 되뇌었다.

그래. 하겠어. 그다음에 바로……

엘리가 여전히 안달복달하며 탬윈의 팔뚝을 꽉 쥐었다. 이번에는 말을 하진 않고, 그저 눈썹을 씰룩이기만 했다.

탬윈은 고개를 끄덕였다. 깊은 한숨을 내쉬며 밤하늘에 난 틈처럼 보이는 검은 구멍을 올려다봤다. 그러고는 오로지 한 가지 질문에만 생각을 집중했다.

아발론에게, 그리고 우리에게 저 구멍은 무슨 의미일까?

그런 다음, 옆에 있는 젊은 여자를 떠올리며 또 생각했다.

우리는 안전한가?

마침내, 탬원은 늙은 요정 뉴익이 가르쳐줬던 말들을 기억하며 노래를 부르기 시작했다.

나를 데려다주세요, 하늘의 별들이 만든 대단한 풍경으로

멀린의 어린 시절처럼 진실의 환영으로,

하늘 나라의 모든 불빛을 쓰세요, 스타게이징 스톤 옆에서

나 자신의 문제를 오늘 밤 답하기 위해서

탬원의 노랫말은 산꼭대기 너머로 휙 불어온 돌풍 속으로 녹아들었다. 엘리는 스타게이징 스톤에서 좀 더 가까이 몸을 움직여 별들을 올려다봤다. 그러고는 걱정스레 중얼댔다.

"뉴익 말로는 무슨 마법이 일어나려면 1, 2분 정도 걸린대."

탬원은 대답하지 않았다. 황무지 길잡이로서의 촉각을 곤두세우며 하늘을 바라보고, 살랑대는 산들바람에 귀를 기울였다. 불현듯 한 목소리가 들렸다. 아니, 두 목소리였다. 탬원은 온몸이 뻣뻣해진 채 귀를 기울였다. 엘리도 옆에서 똑같이 그랬다.

이내 둘은 실망스런 한숨을 동시에 내쉬고는 서로를 바라봤다. 그 목소리가 어떤 마법에서 나오지 않았다는 걸 알았다.

탬원이 툴툴거리며 말했다.

"그냥 스크리랑 브리오나야. 저쪽 어딘가 큰 바위 뒤에 있나 봐."

"쟤네들도 말싸움하는 모양인데."

엘리가 덧붙였다. 그러자 탬윈이 고개를 가로저었다.

"아니면 지난번 말싸움이 아직도 안 끝난 건지도……. 내 형 말이야, 머리 없는 트롤처럼 고집스럽다니까! 쟨 왜 자기가 브리오나를 별로 좋아하지 않는다는 걸 그냥 깨닫지 못하는 거야? 쟤네들이 하는 건 죄다 말싸움이라고."

엘리는 놀란 얼굴로 서리 앉은 곱슬머리를 흔들었다.

"너 정말 그렇게 생각해? 스크리는 브리오나를 좋아하니까 말싸움하는 거야. 실은, 아주 많이."

"정말? 너 확실해? 음, 브리오나는 확실히 스크리에 대해 같은 마음이 아니야."

"오, 같은 마음이야. 아주 똑같아."

엘리는 생각에 잠겨 탬윈을 똑바로 바라봤다.

"이 근처에서 네 형만 여자에 관해 멍청한 건 아니네."

탬윈도 엘리를 쳐다보더니 마지못해 고개를 끄덕였다.

"네 말에 일리가 있을지도. 스크리가 브리오나한테 서투른 만큼 나도……."

탬윈은 자기가 무슨 말을 하려는지 깨닫고는 멋쩍어서 입을 다문 채 눈을 돌리고 말았다.

엘리가 종달새의 아침 노랫소리처럼 경쾌한 목소리로 웃었다. 그러고는 부드럽게 말했다.

"있지, 스크리는 독수리 인간이라 그런지 너보다 훨씬 나이 많아 보일 수 있어. 하지만 여자에 관해서는 아직 그저 어린애야. 너와 참 많이 닮았어."

천천히 탬윈이 엘리에게로 돌아갔다.

"그러니까 넌, 음, 괜찮아? 내가 여자에 대해 서툴러도?"

엘리의 두 눈이 반짝거렸다.

"그건 네가 어떤 여자를 생각하느냐에 달려 있지."

탬윈은 스타게이징 스톤의 마법이라고 하기에는 훨씬 따뜻한 느낌이 갑자기 들자 불편하게 자세를 바꾸었다. 그러고는 다시 스크리에 대한 이야기를 하기로 마음먹었다.

"내 형에 대해선 네 말이 맞아. 그건 확실해. 스크리가 우리한테 뭔지는 한 번도 말해주지 않으면서 가끔 얘기하는 그 큰 실수 기억해? 수년 전에 지팡이를 지키면서 혼자 살았을 때 일어났던 그 일? 음, 그게 여자하고 관련 있다는 거에 내 턱수염을 걸겠어."

엘리가 짓궂은 미소를 지었다.

"너 턱수염 없잖아, 탬윈."

그러고는 손가락 끝으로 탬윈의 턱에 까슬까슬 돋아난 수염을 쓸었다.

"근데 얼마 남지 않았겠네."

엘리가 건드리자, 탬윈은 뜻밖에 콕콕 찌르는 느낌이 들었다. 심장 박동이 빨라졌다. 이윽고 몸을 살짝 더 가까이 숙였다. 자신의 얼굴을 엘리에게로 맞대는 모습을 상상할 수 있을 정도였다. 그리고……

탬윈은 매서운 돌풍이 정상을 할퀴자 뒤로 휙 물러섰다. 얼음덩어리가 둘의 뺨, 목과 손, 그리고 노출된 어디든 찔렀다. 한기가 탬윈의 낡은 옷과 엘리의 누더기가 된 가운을 뚫고 뼛속 깊숙이 스며들어 갔다.

엘리가 어깨를 움츠리고 머리 양옆에 손을 대며 울부짖었다.

"아야. 귀가 아파!"

매서운 돌풍이 또 한 번 휘몰아치자 엘리는 덜덜 떨었다.

"여기, 내가 도와줄게."

탬원은 자기도 떨면서도, 팔을 뻗어 엘리의 손을 밀쳐내고선 자신의 손을 갖다 댔다. 그러고는 바람에 맞서려고 애쓰며 두 손을 둥글게 모아 쥐어 아주 부드럽게 엘리의 귀를 감쌌다.

마지막 돌풍이 가라앉고 추위가 가시자, 탬원도 다시 내면의 온기가 퍼지는 걸 느꼈다. 이때 엘리가 얼굴을 바짝 가까이 대고 고마운 마음으로 탬원을 바라봤다. 탬원은 엘리의 녹갈색 눈과 참으로 부드러워 보이는 입술을 살피더니…… 천천히 엘리를 더 가까이 끌어당겼다. 새롭고 아찔한 기분이 탬원을 휘감았다.

예고도 없이, 어떤 이미지가 탬원의 머릿속을 번개처럼 스쳐 지나갔다. 완전히 다른 무언가를 양손에 쥐었던, 불과 이틀 전의 이미지였다. 특별한 건 아니었다. 그저 평범한 멜론이었다. 하지만 탬원은 두 손을 둥글게 모아 멜론의 옆면을 쥔 채 들어 올렸다. 딱 그런 식으로 들어 올렸다. 멜론은 농부 애벌론이 준 선물이었다. 탬원은 그 친구의 밭에서 가끔 수확하는 걸 도왔는데, 멜론은 채소밭에서 맨 마지막으로 거둬들인 거였다. 탬원은 과일을 들어 올려 장난기 어린 생각을 했다. 이게 꽁꽁 얼면 얼마나 훌륭한 눈덩이가 될까. 그랬더니 느닷없이 멜론이 얼음으로 변했다! 눈 깜짝할 사이에 두 손에서 꽁꽁 얼어 새하얗게 바뀌었다. 그러고는 팡 터져 얼음 파편으로 산산이 부서졌다.

지금 엘리한테도 똑같은 일이 일어날까? 탬원의 내면에서 차오르는 이 느낌은 그야말로 또 하나의 난폭하고 생뚱맞은 힘이 팡 터지게 되는 건가?

"안 돼!"

탬원이 거칠게 엘리의 머리를 밀치며 소리쳤다. 엘리는 꺅 소리를 지르며 뒤로 굴러 스타게이징 스톤 밖으로 떨어졌다. 그런데도 탬원은 자기의 두 손만 가만히 내려다볼 수밖에 없었다. 거의 저지를 뻔했던 일에 넋이 나가 있었다.

엘리는 천천히 몸을 일으켜 어깨에서 눈을 털어냈다. 그러고는 스타게이징 스톤의 가장자리에 다시 앉았다. 아픈 목을 문지르며 탬윈을 노려봤다. 엘리의 눈에는 분노가 어렸지만 거기에는 눈물이 살짝 고여 있었다.

엘리가 말을 하려고 입을 열자, 밤하늘이 난데없이 빛으로 반짝였다. 빛이 너무 많아서 하늘 전체가 불꽃을 집어삼킨 듯 보였다. 이내 빛이 휙하고 사라지더니 다른 밤하늘이 대신했다. 거기에는 일곱 개의 별들이 한데 모인 별자리가 자리 잡고 있었다.

"마법사의 지팡이네."

탬윈은 깜짝 놀라 눈을 깜빡이며 속삭였다.

엘리는 목을 문지르는 걸 멈추고는 그저 입을 크게 벌린 채 그 모습을 바라봤다.

위엄에 눌린 둘은 일곱 개의 밝은 별, 마법사의 지팡이가 깜박거리는 걸 봤다. 마치 높은 곳의 매서운 바람이 별들을 떨리게 하는 듯했다. 그러더니, 하나씩 하나씩 희미해져, 어슴푸레한 빛을 깜박이고선 사라졌다. 꼭 한 달 전쯤에 그랬던 것처럼 말이다. 하지만 이번에는 마지막 별이 꺼지자 하늘에 남은 것이 하나도 없었다.

난데없이 무언가가 움직였다. 탬윈과 엘리는 왠지 곧 보게 될 일이 아직 일어나지 않은 거라고 느꼈다. 하지만 머지않아 일어날 일이었다. 둘이 바라보자 사라진 별자리 밖으로 하늘보다 훨씬 더 어두운 이상한 형상이 흘러나오기 시작했다. 둘은 눈을 가늘게 뜨고 그 형상이 무엇인지 보려고 애썼다. 하지만 식별하기 힘들었다. 형상은 흐릿하고 막연해 보였다. 하지만 분명히 해로운 가스가 피어나는 연기 기둥처럼 사악해 보였다. 그것이 다 합쳐져 아발론 쪽으로 치명적인 손가락을 길게 뻗은 거대한 어둠의 손길과 비슷했다.

또다시 번쩍였다! 사악한 형상이 갑자기 사라졌다. 그런데도 탬윈과 엘리는 머릿속에서 그 모습을 지울 수가 없었다. 그 형상이 정말로 무엇인지에 대한 궁금증도 멈출 수가 없었다.

느닷없이 하늘은 밤중에 거무스름하게 그려진 일련의 장면들로 가득 찼다. 미래에 속하는 어슴푸레한 형상의 환영과는 달리, 이 장면들은 오히려 현재처럼 보였다. 마치 최근에 일어났거나, 지금 당장 일어나고 있는 듯했다. 장면 하나하나가 일곱 영토 어딘가에서 비롯되었다. 그리고 하나하나가 어떤 새로운 재앙을 의미했다.

엘리는 우뚝 솟은 돌기둥이 바닥에 쓰러지고 부딪치는 걸 보자 숨이 턱 막혔다. 설마 저게 드루마디안 주거지 안 위대한 신전의 기둥은 아니겠지? 그러다 성난 군중이 소리치고 돌을 던지는 장면으로 넘어갔다. 그다음에는 독수리 종족 일당이 연기를 내뿜는 파이어루트 절벽을 지나 날아와 곧바로 전투에 뛰어들었다. 하지만 자신들의 오랜 적수인 플레임론이나 인간하고 싸우는 게 아니었다. 오히려 다른 독수리 종족하고 다투고 있었다.

탬윈과 엘리는 근처 큰 바위 뒤에서 믿기지 않는 듯 내지르는 고함 소리를 들었다. 딱 보니 스크리도 환영을 보고 있었다. 그리고 환영 속 장면을 전혀 마음에 들어하지 않았다.

또 다른 장면들이 계속 이어졌다. 너무 빠르게 움직이다보니 한꺼번에 흐릿해졌다. 곱스켄 전사가 넓적한 칼을 만들어내고, 물 용의 꼬리가 물결 위로 솟아올랐다. 그리고 늙은 손이 필사적으로 무언가를 움켜잡으려 허공을 덥석 쥐었다. 그러다 마침내 조용해졌다.

그런 다음 그 이미지들이 또 다른 장면 속으로 사라졌고, 그중 하나가 탬윈의 온몸을 뻣뻣하게 만들었다. 캄캄한 하늘에서 탬윈을 내려다보는 건 무참히 상처 입은 하얀 손의 얼굴이었다. 강력한 순수 엘라노의 수정을 얻으려는 모든 과정에서 수백의 생명체를 노예로 만들고, 그보다 더한 수를 죽인 바로 그 사악한 주술사 말이다. 친구들과 지팡이의 도움을 받은 탬윈은 하얀 손을 막기 위해 온 힘을 다했었다. 그런데도 저기에 주술사의 외눈이 흐뭇해하며 반짝이고 있었다. 탬윈은 그자가 아직 살아 있다는 확신이 들었다. 그리고 그자가 수정을 가지고 있다는 것도.

상처 난 얼굴이 갑자기 움직이더니 말을 했다. 주술사의 거친 목소리가 공중에서 보글보글 끓는 소리를 냈다.

"그래서 앞으로 어떻게 됩니까, 나의 주인님?"

나의 주인님? 누굴 말하는 거지?

탬윈은 궁금했다.

하얀 손의 이미지 뒤에 무언가가 바뀌었다. 알아보기는 힘들었지만 길게 나 있는 가는 연기가 겨우 보였다. 혹은 가스 형태의 뱀이었다. 그러더니 연기 나는 형체가 말을 했다. 번쩍하는 검은 번개처럼 하늘에서 탁탁거리는 목소리가 들렸다. 그 순간 탬윈은 그게 누군지 정확히 알았다. 한 번도 그 목소리를 들어본 적은 없지만 마음속 깊은 어딘가에서 단번에 알아차렸다.

리타 고르. 오래전 위대한 정령 다그다와 마법사 멀린으로부터 추방되었던 그곳, 사후 세계의 사악한 장군.

리타 고르…… 여기 아발론에.

목소리가 탁탁거렸다.

"내 최후의 승리가 몇 주밖에 안 남았다! 먼저 중간에 있는 이 보잘 것없는 세상, 아발론이 함락될 것이다. 그런 다음 더 많은 세상이 그 뒤를 따를 것이다."

하얀 손이 손바닥을 비비며 격렬하게 고개를 끄덕였다.

"그럼 징조는요, 나의 주인님? 징조가 무엇입니까?"

뱀 같은 형체가 천천히 똬리를 틀었다.

"위대한 말이 죽으면, 폭풍이 닥칠 것이다."

불쾌하게 쉭쉭거리는 웃음소리가 하늘에 울려 퍼졌다.

"아 그래, 나의 총아야. 곧 닥칠 게다."

하늘은 또다시 번쩍였다. 너무 밝은 나머지 탬윈과 엘리가 뭐라도 보기까지 몇 초가 걸렸다. 마침내 하늘을 바라보았을 때는 더는 환영이 보이질 않았다. 별들뿐이었다. 그리고 한때 별자리가 빛났던 곳에 크게 갈라진 시커먼 구멍도 있었다.

탬윈은 별들이 없어져 생긴 빈 공간에 모습을 드러낸 이상하고 어슴푸레한 형상에 대한 환영을 떠올렸다. 현실에서 곧 나타날 거라는 확신이 드는 그런 형상이었다. 뭐였을까? 무슨 의미였을까? 승리가 몇 주 안 남았다고 한 리타 고르의 말은 도대체 무슨 뜻이지? 그리고 *위대한 말이 죽으면*이라고 한 말은?

탬윈은 얼굴을 찡그렸다. 이번 환영은 대답보다는 더 많은 질문을 주었다!

탬윈이 몸을 돌려 보니, 엘리의 얼굴에도 같은 질문이 드리워져 있었다. 뿐만 아니라 자기 자신이 일으킨 모든 분노와 상처도 있었다. 탬윈은 심장이 가슴에서 시드는 듯했다.

탬윈이 입을 열었다.

"들어봐, 설명해줄게."

엘리는 머리카락이 사방팔방 휘날리도록 고개를 흔들었다.

"설명하지 마. 그냥 가."

"하지만 엘리……."

엘리의 눈이 이글이글 타오르는 듯했다.

"*그냥 가라고.*"

탬윈은 지팡이와 배낭을 주우려고 몸을 구부렸다. 더 말하고 싶었지만 확신이 들었다. 엘리와 다시 이야기를 나누길 바라기까지는 시간이 많이 걸릴 거라고. 엘리한테 해주고 싶은 모든 이야기는 그저 기다려야한다. 행방이 묘연한 아버지에 대한 환영을 청하려던 계획도 마찬가지로 기다려야 한다. 얼마나 걸릴지, 탬윈은 짐작조차 할 수 없었다.

탬윈은 몸을 돌려 눈 위를 터덜터덜 걸었다. 하늘에서 보았던 악령 때문에 괴로웠다. 그리고 자기 안에서 본 악령 때문에 더욱더 괴로웠다.

2

마법의 나무

키가 크고 다부지게 생긴 남자가 산등성이에 홀로 서 있다. 바람이 불어 남자의 긴 회색 머리카락이 얼굴을 스쳤다. 횃불에는 가물거리는 불빛이 간신히 붙어 있다. 어두운 안개 조각이 그늘져 남자의 주위를 둘러싸며 소용돌이쳤다.

탬윈은 그 남자를 곧바로 알아봤다.

"아버지!"

탬윈이 외쳤다. 하지만 탬윈은 남자가 자기와 똑같은 산에 있는 건지 아니면 까마득한 어딘가에 있는 건지 확신이 서질 않았다.

"아버지! 저 여기 있어요!"

남자는 화들짝 놀랐다. 횃불 빛에 반짝이는 칠흑 같은 눈이 휘둥그레졌다. 바로 그 순간 탬윈은 의심의 여지없이 정말로 이 사람이 자기 아버지라는 걸 알았다.

남자는 목소리가 나는 쪽으로 천천히 몸을 돌렸다. 온갖 풍파를 겪은 남자의 매처럼 생긴 얼굴은 마법사 멀린과 사슴 여인 할리아 사이에서 태어난, 아발론의 가장 먼 곳을 여행한 사람 크리스탈루스 에오피아가 꼭 맞는 듯했다. 지금 그 남자는 놀라기도, 얼떨떨해 보이기도 했다. 목소리가 아주 가까이서 들리는지, 아주 멀리서 들리는지 분간을 못하는 듯했다. 하지만 남자는 목소리가 자기 아들에게서 나는 거라고 느끼는 듯했다. 결코 알 기회가 없었던 자기의 하나뿐인 자식 말이다. 남자의 얼굴이 살짝 내비친 미소로 주름졌다.

"저예요."

탬윈이 울부짖었다. 불현듯 목구멍이 조여왔다.

"저예요, 당신의……."

바로 그때 크리스탈루스가 비틀거렸다. 화살이 꽂힌 듯 가슴을 움켜 잡았다. 그러고는 바위투성이의 산등성이에 무릎을 꿇고 털썩 주저앉았다. 희미한 미소가 사라지고, 대신 고통으로 괴로운 표정이 자리 잡았다. 거기에 또 다른 표정도 보였다. 영원히 잃어버리기 전에, 마침내 소중한 무언가를 찾은 표정이었다.

"아버지!"

탬윈이 애써 팔을 쭉 내뻗으며 소리쳤다. 하지만 멀리까지 닿지를 못했다. 아버지가 쓰러지는 걸 속절없이 볼 수밖에 없었다. 사나운 바람에도 계속해서 타오르는 횃불이 아버지 옆의 바닥에 떨어졌다. 그러고는 이내 불이 꺼졌다.

* * *

탬윈이 똑바로 앉아 외쳤다.

"죽지 마세요! 마시라고요……."

누군가가 탬윈의 어깨를 쥐어흔들었다. 분홍색 눈동자가 탬윈의 얼굴을 내려다보고 있었다.

"그만 됐어, 내 친구 탬원. 정신 차려! 내가 가는귀가 먹었어도 40킬로미터 멀리서도 네 소리가 들리겠다고."

탬원은 땀투성이 이마를 훔쳤다. 그러고는 눈을 깜빡였다. 이상하게도 퉁퉁 부은 느낌이었다.

"저 괜찮아요, 심. 그냥 괜찮아요."

"밥 먹어야지? 일어나니까 배고프지?"

젊은 청년은 얼굴을 찡그렸다. 그러고는 심이 자기 말을 들었는지 분명히 하려고 소리쳤다.

"그냥 괜찮다고요!"

심은 눈살을 찌푸렸다. 천 살도 더 된 얼굴에 주름이 몇 개 더 생겼다.

"아니, 아니. 너 안 괜찮아. 내가 어쩌면 그저 조그만 꼬마 거인일지는 몰라도, 딱 들으면 악몽인 줄은 안다고."

탬원은 그저 고개를 흔들었다. 머리카락이 어깨에 스쳐 휙휙 소리가 났다.

분홍색 눈이 찌푸려졌다.

"소리를 내지르며 꿈꾸는 사람은 누구도 괜찮지 않아! 그건 내가 확실해. 내가 눈치 하나는 빠르거든."

자신의 말을 강조하기 위해 심은 아주 큰 감자 모양의 코끝을 톡톡 두드렸다.

귀가 어두운 친구와 이야기를 나누기는 너무 어려웠기에 탬원은 그저 손을 흔들어 거절했다. 그러고는 주위를 둘러보고 정확히 어디에 있는지 기억하려 했다. 하지만 꿈은 여전히 매우 생생했고, 진짜 같았다. 혼란에 빠지는 느낌이었다. 자기 아버지, 그리고 그 횃불은 거의 닿을 만큼 가까이 있는 듯했다.

탬윈은 머리 위에 돌출된 돌판을 바라봤다. 돌 자체가 보이지 않을 정도로 이끼와 양치식물이 두껍게 덮여 있었다. 흑곰의 털보다 두꺼운 이끼가 발아래 더 많이 있었다. 발 근처 부글부글 끓는 온천에서 피어오르는 증기가 공기를 축축하고 훈훈하게 만들었다. 돌판 너머 눈 덮인 정상보다는 훨씬 따스하다고 탬윈은 확신했다.

할리아의 산봉우리! 불현듯 탬윈은 자기가 어디에 있는지 기억났다. 이곳 온천으로 터덜터덜 걸어와 잠이 들기 전에 무슨 일이 일어났는지도. 스타게이징 스톤이 기억났다. 하늘에서 본 어두운 형상, 하얀 손, 그리고 리타 고르에 대한 끔찍한 환영도. 그리고 더욱이, 자기가 엘리한테 어떤 짓을 했는지도.

이제 엘리는 날 싫어하겠지.

탬윈은 잔뜩 찌푸린 채 생각했다. 도대체 무슨 일을 저지른 건지! 적어도 정상에 있던 일행 누구도 자기가 한 일을 보지 않았다. 특히 헤니가 보지 않았다. 탬윈을 놀리는 걸 완전히 좋아하는 그 미친 홀라 말이다.

엘리와의 문제는 괴롭긴 했지만, 아발론이 직면한 문제와는 비교가 되지 않았다. 그 환영에 대한 이미지가 주마등처럼 머릿속을 스쳐 지나갔다. 너무나도 위험하고 무서운 모습이라 실현되지 않도록 막길 바라기는커녕 오롯이 이해할 수조차 없었다.

아발론의 생존 자체에 관련된 그런 환영이 왜 많은 사람 가운데 탬윈에게 보였을까? 탬윈은 마음속으로는 여전히 어리바리한 황무지 길잡이였다. 심이 진정한 거인과는 거리가 먼 것처럼 탬윈도 멀린의 진정한 후계자와는 거리가 멀었다.

물론, 탬윈은 지난 몇 주 동안 마법의 힘을 획획 내보였다. 하지만 대부분의 힘은 의도하지 않은 데다가 파괴적이었다. 어느 정도 잘했다 싶은 건 탬윈 자신이 아니라, 지팡이의 솜씨였다. 커져가는 능력을 아무리 머릿속으로 열심히 다스리려고 해도 번번이 실패했었다. 탬윈이 기댈 수 있는 유일한 힘은 인간이 아닌 생명체의 언어를 이해하는 능력이었다. 하지만 그건 진정한 마법이 아니었다. 그저 다른 종류의 경청일 뿐이었다.

탬윈은 마치 피할 수 없는 진실을 잘라내듯이, 손으로 피어오르는 증기를 갈랐다. 환영은 탬윈에게 왔다. 아발론이 심각한 위험에 빠졌다.

그렇다고 해도 탬윈이 무얼 할 수 있을까?

그 질문을 곰곰이 생각하며, 탬윈은 벨트에 달린 칼집에서 단검을 뽑았다. 돌판 너머 희미한 별빛을 받아 천천히 칼을 휘둘렀다. 별빛은 부연 공중에서 끊임없이 아른거렸다. 칼날과 칼자루는 너무 오래되고 낡아 마구잡이로 긁힌 자국까지 온통 녹이 슬어 있었다. 탬윈은 고개를 끄덕이며 수년 전 어느 날을 떠올렸다. 그 칼로 밭에서 쟁기질을 하던 날이었다. 나이 든 농부의 일손을 거들며 도왔는데, 그 농부가 '땅이 주는 선물'이라 부르며 칼을 탬윈에게 줬다. 머지않아 칼은 탬윈이 좋아하는 도구가 되었다. 과일을 썰고 나무를 깎기까지 모든 것에 쓸모가 있었다.

나무 깎기라……

불현듯 탬윈에게 어떤 아이디어가 떠올랐다. 아발론을 구하는 방법을 찾을 수 있을지는 모르겠다. 하지만 어쩌면 적어도 엘리와의 관계를 회복하는 방법을 찾을 수는 있을 테다. 스타게이징 스톤에서 정말로 무슨 일이 일어났는지 탬윈이 설명할 수만 있다면, 엘리는 탬윈의 두려움을 이해할 수 있을 거다. 아마 탬윈의 감정까지도.

탬윈은 배낭에 손을 뻗어, 삼각 모양의 널빤지를 꺼냈다. 그러고는 뒤집어서 주홍빛 줄무늬가 들어간 짙은 갈색의 나뭇결이 흐릿한 빛에 어슴푸레 빛나는 걸 보았다. 늘 그렇듯, 탬윈은 요정들이 하모나라 부르는 이 나무의 밝기가 놀라웠다. 나무보다는 구름이 더 들어 있는 듯했다.

밝기만이 나무의 유일한 특징은 아니었다. 탬윈은 부드럽게 옆면을 톡톡 두드리고는 속에서 윙윙대며 울려 퍼지는 메아리에 귀를 기울였다. 나무로 된 차임*이 댕그랑댕그랑 합창하는 듯했다. 소리가 사라지는 데 일 분도 더 걸렸다. 하모나는 전설적인 나무다. 우드루트의 가장 서쪽 숲에만 있다. 요정들이 수 세기 동안 마법의 악기를 깎아 만드는 데 사용했다. 플루트는 그 소리가 부드럽고 조용해서 콸콸 흐르는 강물도 진정시킬 수 있다. 북은 혼이 담겨 있어 듣는 이의 심장이 벌새의 날개처럼 빠르게 뛸 수 있게 한다. 류트는 살짝 퉁기기만 해도 경쾌하고 감각적인 노래를 연주할 수 있다.

탬윈은 트레시미르의 장례식에 따라가던 날에 브리오나의 고향에서 나무 조각가로 일하며 이 하모나의 널빤지를 얻었다. 그때 엘리는 오랜 친구인 대사제 코에리아를 보러 갔었다. 탬윈은 거기서 닷새 동안 머물렀다. 오전에는 나무를 깎아 가구와 물레방아를 만들고, 오후에는 사슴의 자취와 요정의 골짜기를 탐험하고, 저녁에는 요정 음악회에 함께하며 보냈다. 탬윈은 일한 대가로 허리에 차고 있던 노끈보다 훨씬 견고한 요정 밧줄 한 타래를 비롯하여 다른 형태의 보수를 제안받았다. 하지만 거절했다. 대신 이 나무가 필요했다.

---

* 시각을 알리거나 호출용으로 쓰는 종.

탬윈은 나무의 가장자리를 어루만졌다. 엘리에게 깎아줄 하프의 윤곽을 마음속으로 그려봤다. 기막히게 연주될 것이다. 오직 이 마법의 나무만이 그리할 수 있으니까. 그러면 사랑하는 아버지가 만들어준 엘리의 첫 하프를 대신할 수 있다. 탬윈이 어쩌다가 처음 엘리를 만난 지 몇 초 만에 부숴 버린 그 하프를 말이다. 겉보기에는 엘리가 그 일에 대해 탬윈을 거의 용서한 듯했다. 지난밤에 또다시 상황을 망치기 전까진 그랬다. 이제 새로운 이 마법의 하프가 탬윈의 최고이자 어쩌면 유일한 희망이다.

탬윈은 널빤지를 봤다.

그래, 위대한 나무의 나무껍질에 맹세코.

새로운 이 하프가 지난날에 대한 사과와…… 어쩌면 앞날에 대한 초대일 수도 있다.

탬윈은 마른침을 삼켰다. 하지만 만약 리타 고르가 아발론을 정복한다면 어떤 앞날이 다가올까? 정령의 영토에서 온 전사가 말한 '최후의 승리'에서 이긴다면?

피어오르는 안개에도 불구하고 탬윈의 턱과 이마의 주름살이 갑자기 진하게 보였다.

무언가를 해야만 해. 뭔지는 나도 몰라. 하지만 계속 노력해야 해.

탬윈은 마치 널빤지에게 얘기하듯 고개를 끄덕여 보였다.

아침까지 계획이 있어야 해. 아니면 적어도 세우기 시작해야 해.

하지만 아침까지는 한두 시간밖에 남지 않았다.

생각에 잠긴 채 입술을 물어뜯으며, 탬윈은 단검을 다시 들어 올렸다. 그러고는 상당히 조심스럽게 나무를 처음으로 썰었다. 스톤루트의 맥주잔에 올라온 거품을 베는 것만큼이나 쉬웠다. 하기도 전에 칼날의 움직임이 느껴지는 듯했다. 탬원은 악기의 공명 상자가 될 부분을 만들기 시작했다. 정교하게 굽은 목 부분은 아직 깎을 엄두가 안 났다. 널빤지가 탬원의 손가락에서 아주 살짝 떨렸다. 문득, 탬원은 나무가 무언가를 묻고 있다는 걸 깨달았다. 나무와 손 사이에 놓인 질문을 말이다.

하프.

탬원은 모든 종족의 생명체와 이야기를 나누게 해주는 침묵의 언어로 똑같이 답했다.

하프가 되어라. 들기에는 가볍고 연주하기에는 사랑스러운 하프로. 엘리에게 끝없는 기쁨을 주는 하프로.

나무는 공허한 한숨 소리를 냈다. 짙은 갈색 나뭇결이 탬원의 손에서 마법처럼 모양을 빚으며 다시 자리를 잡는 듯했다. 탬원은 의심의 여지 없이 알았다. 이것이 자기가 깎는 가장 아름다운 하프가 될 거라고.

엘리에게 딱 맞게.

탬원이 혼잣말했다. 그러고는 온천에서 나오는 증기를 흩뜨리며 한숨을 내쉬었다. 만약 하프가 잘 만들어지면, 그건 자신의 실력 때문이 아니라 나무 덕분이라는 걸 탬원은 알았다. 탬원은 제대로 된 일을 하기 위해 다시 한번 마법의 물체가 필요했다. 자신의 마법이나 자신의 능력이 아니라.

탬원은 옆쪽 이끼 위에 놓인 오래된 지팡이로 눈길을 돌렸다. 증기 줄기가 지팡이 자루 주위를 구불구불 감았다. 그러자 멀린의 일곱 노래를 상징하는 초록색 룬 문자가 일부 가려져, 으스스하고 기이한 모습이 되었다. 마치 여기보다는 사후 세계에 더 속하는 듯했다. 어쩌면 그럴 수도 있다. 멀린 소유의 지팡이, 전설적인 오니알레이니까. 그 이름은 핀카이라 고어로 *은혜의 정령*을 뜻한다.

탬윈은 눈살을 찌푸렸다. 저 지팡이를 진정으로 받기를 얼마나 갈망했던가! 진정한 마법사가 되기를 바랐다. 자신의 능력을 완전히 익힌 사람이기를. 지금 자기가 나무 조각가의 칼을 휘두르듯 그만큼 자신 있게 마법을 휘두를 수 있는 사람이기를. 리타 고르가 자랑했듯, 자신의 세상이 불과 몇 주 안에 마주하게 될 위기에 대처할 수 있는 사람이기를 말이다.

이런 젠장!

탬윈은 욕을 해댔다.

꿈 좀 그만 꿀래? 넌 도울 수 있는 사람이 아니야.

탬윈은 암울하게 생각했다. 어쩌면 자기가 정말로 어둠의 예언 속 아이라는 숙명을 받아들일 수밖에 없다고…… 아발론의 종말을 가져올 운명이라고 말이다. 비록 호수 여인이 탬윈에게 스스로 운명을 선택하라고 말했을지라도, 점점 더 예언을 피할 수는 없는 듯했다.

매서운 돌풍이 산꼭대기를 휩쓸었다. 돌출부 밖 바위 너머로 눈과 얼음을 퍼부었다. 피신처 아래까지 눈이 온천으로 불어 들어왔다. 물이 사납게 쉭쉭 소리를 냈다. 증기가 흩어졌고, 심의 하얀 머리카락은 쭈뼛쭈뼛 섰으며, 돌출부에 난 작은 양치식물은 하나같이 죄다 달달 떨었다.

습관대로 탬윈은 불을 지피려고 나무를 찾아 둘러보았다. 하지만 자신의 철광석으로 불을 붙일 수 있는 건 아무것도 없었다.

진정한 마법사는 어떤 나무 없이도 불을 피울 수 있어.

탬윈은 소리 없이 투덜거렸다. 탬윈이 만들었던 유일한 마법의 불꽃은 그저 이미지였다. 뉴익이 부르길 좋아하는 대로, 그건 *환영*이었다. 진짜가 아니었다.

템윈은 화가 나서 이끼 바닥에 주먹을 내리쳤다. 템윈은 마음속으로 알았다. 자신과 마법 사이를 방해하고, 자신과 세상을 구하기 위한 확실한 방법을 방해하는 것이 능력이 부족해서가 아니라는 걸. 아니다, 무엇보다 템윈을 방해하는 건 아주 인간적인 무엇이었다. 스타게이징 스톤, 그곳에서 가장 최악의 순간에 모습을 드러낸 그 무엇 말이다.

두려움.

자신의 힘을 결코 제어하거나 원하는 방식으로 이끌 수 없을 거란 두려움. 설상가상으로, 경고 없이 온전히 저절로 생겨나고 가장 좋아하는 사람들을 해칠 거란 두려움. 엘리 같은 사람들을.

하지만…… 템윈이 어떻게든 힘을 숙달하는 방법을 찾는다 한들, 필요로 할 때 아발론을 어떻게 도울 수가 있을까? 어둠의 예언에 들어맞는 걸 피할 수 있을까? 어떻게 하면 엘리와 함께 있을 수 있을까? 아버지를 찾길 바랄 수 있을까?

갑자기 무언가가 돌출부 아래로 발사됐다. 화살처럼 빠르게 날아왔다. 증기를 뚫고 핑하고 날아들며 초록색 빛의 흔적을 남긴 채 반짝거렸다. 그러고는 템윈의 가슴에 세게 부딪쳤다. 꿈속의 아버지처럼, 템윈은 고통스러워 활처럼 몸을 구부려 움츠러들었다.

3

별빛과 횃불 빛

탬원은 가슴의 아픈 곳을 문지르며 앓는 소리를 냈다. 탬원에게 날아와 맞힌 반짝이는 초록 물체가 튕겨져 나와, 온천 위쪽 찌는 듯한 공기로 방향을 틀더니 다시 탬원을 쐈다. 탬원은 제때에 가까스로 획 수그렸지만 물체가 귀 윗부분을 빠르게 스쳐 갔다.

탬원이 소리쳤다.

"배티 래드! 왜 그러는 거야……?"

초록빛 눈동자의 동물이 탬원의 다른 쪽 귀로 핑 지나가자, 탬원은 다시 수그렸다.

"그렇게 내 머리를 잘라내야겠냐?"

"오오이이 오오이이, 인간."

작은 짐승이 끽끽거렸다. 그러면서 바위 턱 아래에 자란 이끼 사이로 쓱 미끄러지며 기이한 공중제비를 했다.

"나 기분 통통 튀어. 벌레 잔뜩 잡아서."

이내 박쥐 같은 얼굴을 미소와 비슷한 모습으로 일그러뜨렸다. 그러고는 탬원의 호주머니 속으로 쏙 뛰어들어 갔다. 탬원이 주머니를 벌려

안을 들여다보니, 보이는 거라고는 주름진 날개 안으로 돌돌 말린 작은 뭉치가 전부였다. 곧바로, 그 뭉치는 흐뭇하게 코를 골기 시작했다.

탬윈은 불가사의한 작은 짐승을 보고 고개를 저었다. 하여간에, 배티 래드는 무엇인가? 보아하니 호수 여인은 배티 래드에 대해 더 많이 아는 듯했다. 하긴, 여인한테는 알고는 있지만 밝히고 싶지 않은 이야기가 많은 듯했다.

그렇다 해도, 탬윈은 또다시 여인과 이야기를 나누길 간절히 바랐다. 지난밤의 환영, 그리고 지금 머릿속에 형성되고 있는 무모하고 위험한 계획에 대해서 말이다.

갑작스런 불빛의 변화가 탬윈의 주의를 끌었다. 이끼 낀 피신처의 끝으로 기어가 밖을 내다보자, 별들이 더 밝게 퍼져 있었다. 벌써 동이 트다니! 눈 덮인 할리아의 산봉우리의 비탈이 위에서 강렬해진 빛을 받아 은빛으로, 그런 다음 하얀빛으로 바뀌었다. 늘 그렇듯, 날이 밝아지면 하늘의 별자리는 더욱 보기 어려워진다. 순식간에 탬윈은 별 하나하나조차도 볼 수 없었다. 그저 새파랗고 청명한 하늘뿐이었다.

탬윈의 생각과는 너무 달랐다. 탬윈은 마법의 널빤지를 배낭에 도로 쑤셔 넣으며 얼굴을 찡그렸다. 아침이 밝아왔다. 이제 무엇을 해야 할지에 대한 확신은 있었지만, 어떻게 해야 하는지는 전혀 알지 못했다. 또는 어떻게 엘리에게 설명해야 할지도 몰랐다. 아마도 엘리는 지금 탬윈을 미워하고 하프에 대해 듣기 전까지도 계속해서 미워하겠지만, 분명히 탬윈이 죽기를 바라진 않을 거다. 하지만 탬윈의 새로운 계획으로는, 죽을 가능성이 컸다.

정상으로 되돌아간 탬윈은 스타게이징 스톤에 앉아 있는 엘리를 바라봤다. 엘리는 잠에서 깬 퓨마처럼 눈이 없는 표면에서 두 다리를 쭉 뻗고 있었다. 그런 다음 머리 위로 두 팔을 높이 들었다. 탬윈의 눈빛을 느낀 듯, 엘리는 갑자기 스트레칭을 멈추고 몸을 돌렸다. 엘리가 탬윈에게 보인 눈초리는 지난밤 찬바람보다 더 차가웠다.

스타게이징 스톤 옆에서, 작고 둥근 형체가 눈 위에 앉아 있었다. 언제나 충직한 (그리고 언제나 건방진) 엘리의 메리스, 뉴익이었다. 뉴익의 작은 몸에는 검붉은 줄무늬가 소용돌이쳤다. 그 모습은 산봉우리 요정도 어젯밤에 환영을 봤다는 걸 말해줬다. 뉴익이 근심을 없애려고 조그만 손을 몸 옆에 붙이고선 무미건조하게 말했다.

"음. 불멸의 괴물이 세상을 파괴하는 장면만큼 숙면에 좋은 건 없지."

"나도 봤어."

비탈을 가로질러 누군가의 굵고 낮은 목소리가 분명하게 들렸다. 인간의 모습을 한 스크리였다. 써늘한 산 공기에도 불구하고 맨가슴으로 걸어왔다.

"난 그거 조금도 안 믿어."

"정말? 왜 그렇게 말해?"

엘리가 따져 물었다.

"그냥 안 믿어. 그뿐이야."

스크리는 뒤를 돌아 눈을 가로질러 우아하게 성큼성큼 걸어오는 호리호리한 요정 소녀를 흘끗 바라봤다.

"그런 환영은 요정의 전설만큼이나 믿을 수 없어."

이끼 낀 돌출부 너머로, 탬윈이 얼굴을 찌푸렸다. 스크리가 비행할 때는 우아할지라도, 브리오나에 관해서라면 철퍼덕하고 땅에 떨어진다는 걸, 탬윈은 알 수 있었다. 탬윈 자신도 엘리한테 그랬던 것처럼.

정말이지 브리오나의 초록색 눈이 분노로 이글거렸다. 그러나 엘리에게로 몸을 돌리며 목소리를 차분하게 가다듬었다.

"스크리가 하려는 말은 자기가 본 게 마음에 들지 않았다는 거야. 특히 그 독수리 종족이 서로 싸우는 모습이 귀하신 자기 유머 감각을 불쾌하게 만들었거든."

스크리는 노란 테두리의 큰 눈동자 위 눈썹을 씰룩였다.

"적어도 우리가 싸워야 할 땐, 발톱과 날개를 쓴다고. 밟으면 부서지는 어설픈 낡은 무기가 아니라."

브리오나는 땋은 머리를 만지작거리고 있던 손을 큰 활에 대려고 움직였다.

"요정들에게는 너처럼 호전적인 사람한테 거는 주문이 있어."

"그리고 우린 그 주문을 지금 듣진 않을 거야."

엘리가 브리오나의 말을 자르며 똑 부러지게 말했다.

"우리에겐 의논해야 할 더 중요한 문제가 있어."

"기다려봐, 쟤네들 말싸움하는 거 보기 재밌잖아!"

모두가 높고 모난 바위 꼭대기 횃대에서 소리치고 있는 헤니를 돌아봤다. 하지만 정확히 그 위에 있는 건 아니었다. 홀라는 거꾸로 매달려 있으려고 삐죽삐죽한 틈에 발가락을 끼우고 있었다. 씩 웃는 얼굴로 칼 같은 석영 바로 위에 달랑달랑 매달려 있었다.

"이히 후후 히히하하하."

헤니가 다른 사람들한테 손을 흔들어대며 시끄럽게 웃었다.

"너희들 얼추 옛날 덜렁이 탬원만큼 재밌는걸!"

헤니가 또다시 웃었다. 딱 봐도 재미있어 하고 있었다. 다만 문제는 스크리와 브리오나를 봐서 기분이 좋은 건지, 아니면 목이 부러질 위험을 무릅쓰고도 단순히 기뻐서 그런 건지였다.

하지만 엘리는 저지할 생각이 전혀 없었다. 이내 어두운 표정을 지으며 뉴익을 바라봤다.

"그 환영은 정말로 무슨 뜻이야? 별들이 있었던 자리에서 쏟아져 나온 뭔지 모를 그 어두운 형상 말이야. 게다가 곱스켄하고 물 용의 모습들도."

"독수리 종족도."

스크리가 날개를 퍼덕이듯 어깨를 흔들며 언짢은 목소리로 중얼댔다.

엘리가 이어 말했다.

"그런 다음, 누가…… 한 말이 있었잖아……."

"리타 고르."

뉴익이 마저 말했다. 피부색이 검디검은 색으로 어두워졌다.

"*위대한 말이 죽으면.* 그게 무슨 뜻인지 알아야 해. 하지만 그것보다도 계획이 필요하고."

"나한테 계획이 있어."

탬윈이 돌출부 아래에서 나왔다.

엘리는 흠칫 놀랐다. 하지만 뉴익처럼 엘리는 아무 말 없이 탬윈을 그저 바라만 봤다.

스크리의 독수리눈이 휘둥그레졌다.

"이거 어디서 탐험 냄새가 나는걸, 동생?"

"그래. 하지만 난 네 동생이 아냐. 우린 나이가 같다고. 너도 알잖아. 네가 열 살은 더 많아 보인다고 해서……."

"열 살은 더 현명하지."

스크리가 능글맞게 웃으며 덧붙였다. 그러고는 쏘아보는 탬윈을 무시한 채 물었다.

"그럼, 우리한테 말해봐. 네 계획이 뭐야?"

탬윈은 눈 위를 걸으며 다가갔다. 맨발로 굳어진 표면 위를 침착하게 저벅저벅 걸었다. 탬윈은 스타게이징 스톤 가까이에 멈춰 선 다음, 깊은 한숨을 내쉬었다.

탬윈은 엘리를 바라보지 않으려 애쓰며 입을 열었다.

"음. 내 생각엔 할 일은 딱 하나야."

"뭔데?"

뉴익이 캐물었다. 맑은 보라색 눈은 탬윈에게 고정되어 있었다.

"저 위로 가는 거지. 별이 있는 데로. 시커먼 형상이 뭐든 간에 진짜로 모습을 드러내기 전에 말이야."

"그래서 실제로 별에 닿으면 뭘 할 건데?"

요정이 따져 물었다.

"별빛을 다시 밝혀야 해. 어떻게든 되돌려야지. 그것만이 리타 고르를 막는 유일한 방법일 수 있어."

"하지만, 그건 미친 짓이야! 아무도 그렇게 못 해."

엘리가 반대했다.

"별빛을 밝히는 건 쉬운 문제가 아니야."

뉴익이 힘주어 말했다.

여전히 선뜻 엘리를 똑바로 쳐다보지 못하자, 탬윈은 대신 뉴익에게 말했다.

"아주 오래전 폭풍의 시대가 끝날 무렵, 똑같은 그 일곱 별이 꺼졌을 때 멀린이 말하길 별빛을 다시 밝히는 게 중요하댔어. 그리고 그렇게 하는 방법을 찾았고, 안 그래?"

"그래, 하지만 멀린은……."

"마법사였지."

탬원이 씁쓸하게 말했다.

"다 알다시피 난 아니고. 난 그저 마법사의 지팡이를 지닌, 바보 멍청이일 뿐이지."

탬원은 갑자기 목이 칸칸해지더니 잠기고 말았다.

"그래도 어쩌면 방법을 찾을 수 있을 거야. 생각해낼 수 있어. 너무 늦기 전에."

탬원이 아주 잠깐 엘리를 쓱 쳐다봤다.

엘리는 안개 속에서 눈을 깜빡이며 말없이 탬원을 쳐다봤다. 관찰력이 좋은 브리오나가 엘리의 얼굴에서 부드러운 표정을 알아챘지만, 역시나 아무 말도 하지 않았다.

심은 느릿느릿 걸어오며 하얀 더벅머리를 흔들었다. 이번만은 이해할 수 있을 정도로 잘 들었다. 그래서 탬원을 보고 눈살을 찌푸렸다.

"야, 너 완전 미쳤어. 확실히, 분명히, 완전히."

"그럴지도 모르죠. 하지만 아발론을 구하는 유일한 방법이라고 확신하는걸요."

"내 생각엔 가려는 이유가 또 있는 거 같은데. 자 말해봐, 음, 맞지?"

뉴익이 딱 잘라 말했다.

탬원은 마른침을 삼켰다.

"그래. 맞아, 고대 요정님. 난 우리 아버지도 찾고 싶어."

"너희 아버지?"

스크리가 되풀이했다.

"크리스탈루스? 하지만 오래전에 돌아가셨잖아."

"그건 아무도 확실히는 몰라."

스크리는 자신의 매부리코를 긁었다.

"그렇지, 아마도. 그리고 만약 크리스탈루스가 너의 반만큼이라도 고집이 셌다면, 살아남았을지도 몰라."

탬원은 씩 웃었다.

"내가 아는 고집은 죄다 너한테 배운걸, 동생."

그러고는 몸을 돌려 뉴익에게 설명했다.

"아버지를 찾을 수 있을지도 몰라. 여기와 별들 사이 어딘가에서."

"음. 아니면 적어도 횃불이라도."

탬원은 끔찍한 꿈이 떠오르자 숨이 턱 막혔다.

"횃불?"

산봉우리 요정이 눈 위에서 변신했다.

"그 귀한 횃불 말이야, 멀린이 준 선물이었다고 해. 크리스탈루스는 어디든, 모든 탐험에 횃불을 가지고 다녔지. 언젠가 들은 적이 있어. 크리스탈루스가 죽기 전까지는 횃불이 절대 꺼지지 않는다고."

뉴익의 시커멓던 피부색이 옅은 붉은빛으로 잔물결을 이뤘다.

탬원은 몸이 굳어졌다. 머릿속에는 꿈에서 본 마지막 장면이 번득거렸다. 아버지의 몸이 풀썩 쓰러지고, 그런 다음 횃불이 꺼지는 모습이었다.

마침내, 엘리가 다시 말했다.

"내 말 들어, 탬원. 너 바보 멍청이 맞아. 그렇다고 불가능한 걸 찾으러 다니며 목숨을 버릴 이유는 없어. 별들, 네 아버지…… 그게 얼마나 미친 짓인지 모르겠어? 둘 다 무리라고."

탬원은 대답하지 않았다.

엘리가 이어 말했다.

"어쩌면 여기에서 우리가 할 수 있는 일이 있을 거야. 일곱 영토에서 말이야. 어쩌면 리타 고르가 이미 여기 와 있는지도 몰라! 어떤 동굴에 숨어 있을 수도 있고. 똘마니 하얀 손하고 같이."

주술사의 이름을 듣자, 브리오나는 긴장했다. 그자가 자기의 유일한 가족인 사랑하는 할아버지를 빼앗아갔다. 그리고 등에 상처를 남겼다. 게다가 속에는 더 깊은 상처를 남겼다. 스크리가 어정쩡하게 손을 뻗어 브리오나의 어깨에 댔다. 하지만 브리오나는 바로 스크리의 손을 털어냈다.

탬원이 속삭였다.

"엘리. 미친 짓인 거 나도 알아. 나도 두려워. 네가 아는 것보다 더 많은 일들 때문에 말이야. 하지만 솔직히…… 난 해봐야겠어! 내가 뭘 할 수 있는지 보게. 게다가 내가 뭐가 될 운명인지도 보게."

엘리는 한참 동안 탬원을 살폈다. 그러고는 속삭이며 대꾸했다.

"정확히 뭐가 두려운데? 별 말고도 저 위에 뭐가 있을까?"

탬원은 목소리를 가다듬었다.

"그러니까, 나는 두려워. 무슨……."

탬원이 혀를 달싹거리며 엘리에게 더욱 가까이 다가갔다.

"내 안에 무슨 일이 일어나는지."

엘리는 이해할 수 없는 표정으로 탬원을 유심히 바라봤다. 그러고는 다정하게 말했다.

"알아. 내 안에서도 비슷한 일이 일어나고 있어."

탬원이 얼굴을 찡그렸다.

"아니, 아니, 그게 아냐. 그럴 수 없어! 넌 내가 뭘 뜻하는지, 뭘 느끼고 있는지 몰라."

갑자기 엘리의 눈에서 불꽃이 튀는 듯 보였다.

"오, 난 몰라? 난 못 해? 그게 네가 생각하는 거냐, 이 형편없는 돌대가리 놈아?"

엘리가 화를 내며 스타게이징 스톤에서 미끄러져 내려와 탬윈을 마주하고 섰다.

"좋아, 내가 뭐 하나 말해줄게, 탬윈. 만약에 내가 너한테 그런 감정이 있다고 하면, 나는 그러니까, 너보다 더 멍청한 사람이다!"

"아니, 잠깐만."

탬윈은 해명하려 애쓰며 더듬거렸다.

"넌 몰라서 그래."

엘리가 폭발했다.

"나 아주 잘 알거든. 아주 잘!"

그러고는 돌아서서 성큼성큼 걸어갔다. 걸음마다 눈을 뻥뻥 찼다.

탬윈이 무얼 해보기도 전에, 뉴익이 탬윈의 각반을 잡아당겼다.

"얘, 네가 놀라울 정도로 여자를 잘 다룬다고 내가 얘기했던가? 너희 할아버지 멀린으로부터 물려받은 기질이지."

탬윈은 그저 뉴익에게 으르렁거리고는 엘리를 쫓아갔다. 그러더니, 갑자기 멈춰 섰다. 깜짝 놀란 얼굴 표정으로, 사방에 눈 덮인 바위처럼 가만히 있었다.

누군가가 다가오고 있었다. 탬윈은 음유시인들의 노래에서 나오는 그 생명체를 곧바로 알아봤다. 하지만 볼 줄은 생각도 못 했었다. 수년 동안 야영하면서 한 번도 보질 못했다. 음유시인들이 이 생명체를 *세상에서 누구도 범접 못 할 아름다운 존재*라고 부르는 데는 그럴 만한 이유가 있으니까 말이다.

4

두 형제의 유대감

탬윈의 입이 떡 벌어졌다. 맨발이 차가운 눈 속에 깊이 빠져도, 탬윈은 아랑곳하지 않았다. 이건 일생일대의 광경이었다. 실제보다 전설에 더 가까운 존재였다.

탬윈은 그 자리에 멈춰 선 엘리를 흘끗 쳐다봤다. 스타게이징 스톤 옆에서, 스크리, 브리오나, 뉴익, 그리고 심 모두 말없이 서 있었다. 원기 왕성한 헤니조차 거꾸로 된 횃대에서 흔들거리는 걸 그만두고 그저 입이 떡 벌어진 채 그 생명체를 바라봤다.

그건 사파이어 유니콘이었다. 모두가 알다시피, 유일무이한 존재였다. 뿔이나 갈기에 푸른색 부분이 있는 유니콘은 몇몇 있었지만, 오직 이것만이 몸통 전체가 짙푸르게 빛났다. 마치 반짝이는 보석 같았다. 먼 옛날, 멀린의 어머니인 엘런이 아발론에 도착했던 바로 그때 처음으로 봤던 생명체가 사파이어 유니콘이었다. 그때부터 이 아름다운 존재는 세상에서 희귀하고 경이로운 모든 것을 상징하게 되었다. 아발론의 모든 시대를 걸쳐, 오직 하나뿐인 존재다. 유니콘의 모습은 호수 여인의 등장만큼이나 흔치 않고, 불길한 징조로 가득했다. 수백 년에 한 번 볼까 말까 한 일이었다. 먼 지역을 지나던 여행자가 난데없이 나선형으로 솟은 파란 뿔을 흘끗 보게 되는 거였다.

유니콘은 산들바람을 따라 조심스레 가파른 비탈을 경중경중 달려 정상으로 올랐다. 머리를 높이 들고, 발굽으로 반짝이는 눈 더미를 툭 툭 찼다. 뿔은 번지르르 파랗게 빛났다. 구절*, 갈기, 그리고 미끈한 꼬리도 파랗게 반짝였다. 눈 더미 위를 달리자 강한 넓적다리 근육이 울근불근했다.

그런데 탬윈의 주의를 가장 끄는 건 유니콘의 눈이었다. 끝없는 하늘 조각처럼 깊고 새파랬다. 위대한 나무만큼이나 어딘가 나이 들어 보였다. 모든 살아 있는 생명체의 슬픔과 희망으로 빛이 나는 듯했다. 그럼에도 새로움으로 반짝이기도 했다. 갓 태어난 별이 발하는 첫 빛줄기처럼 생기가 넘쳤다.

유니콘의 아름다움에 매료된 탬윈은 유니콘이 가까이 다가오는 걸 보자 숨을 거의 쉬지 못했다. 눈 덮인 바위를 가로질러 또각또각 발굽 소리가 들렸다. 탬윈은 유니콘의 비범함뿐 아니라 아름다움에 대해 음유시인들의 노래를 들어 알고 있었다. 그럼에도 사랑스러운 모습에 깜짝 놀랐다.

탬윈은 생각에 잠겼다.

우아함이 살아 움직이는 거 같아. 유한한 생명체치고는 너무 아름다워.

사파이어 유니콘이 반쯤 걸어오다 고개를 돌려 한쪽 눈으로 탬윈을 뚫어져라 쳐다봤다. 이내 탬윈은 유니콘이 자신의 생각을 들었다는 걸 깨달았다. 그러자 유니콘은 히힝 우는 굵은 소리로 탬윈의 머릿속으로

---

* 말발굽의 위 뒤쪽에 난 털.

곧장 이야기했다.

아마도 그렇겠지, 청년. 하지만 난 고통과 슬픔으로 가득한 부탁을 받고 왔단다.

탬윈은 눈 위에서 두 발을 틀며 바짝 긴장했다.

우아하신 분이여, 그 부탁이란 게 뭐죠?

곧 알게 될 거다. 호수 여인이 직접 나를 보내셨다.

"여인께서."

탬윈이 놀라서 큰 소리로 말했다. 이게 어젯밤의 환영과 어떻게든 관련이 있을 수 있을까? 그리고 별들에게 가기로 한 탬윈의 결정과도?

그 순간 유니콘은 돌멩이 더미를 뛰어넘고는 곧장 엘리에게로 경중경중 달려갔다. 엘리는 반짝이는 생명체가 총총걸음으로 다가오자 헤벌쭉 웃었다. 갈기가 산들바람에 살랑거리는 동안 유니콘은 젊은 여인을 조심스레 살폈다. 그러고는 고개를 갸우뚱하며 입 끝에 물고 있던 작은 천 조각을 건넸다.

엘리는 천 조각을 집더니 갑자기 얼굴이 창백해졌다. 뉴익과 탬윈이 어깨 너머로 초조하게 그 모습을 바라봤다.

"코에리아 대사제님의 가운 조각이야! 대사제만이 입는 옷 말이야. 어려움에 처하신 게 틀림없어!"

뜻밖에도 탬윈은 유니콘의 생각을 들었다.

젊은 여인아, 네가 상상할 수 있는 그 이상의 큰 어려움이란다.

"대사제님한테 가겠어. 지금 당장."

엘리가 선언하고는 손에 든 실크 조각을 꽉 움켜쥐었다.

사파이어 유니콘의 귀가 불안스레 씰룩이더니 갈기를 휘날리며 고개를 흔들었다.

또다시, 탬윈은 유니콘의 생각을 들었다. 탬윈은 엘리에게 소리쳤다.

"유니콘은 네가 먼저 호수 여인에게 가길 바라!"

"하지만 왜? 위험에 처한 사람은 대사제님이야, 여인님이 아니라. 그리고 난 반드시……."

엘리가 따졌다.

그 순간, 검붉은 봉오리가 달린 이상한 초록 싹이 유니콘 옆 눈밭에서 톡 튀어나왔다. 살짝 떨리더니 크기가 부풀어 오른 다음, 키가 쑥 커졌다. 그사이, 봉오리가 잽싸게 화려한 꽃으로 피어났다.

유니콘을 비롯한 모두가 그걸 빤히 쳐다봤다.

겨울에 꽃이?

깜짝 놀란 탬윈이 생각했다.

외진 산봉우리 꼭대기의 눈밭 한가운데에 나타나지 않았어도, 이 꽃은 기적으로 보였을 법했다. 몇 초밖에 안 됐는데도 거의 엘리의 무릎 높이만큼 자랐다. 종 모양의 꽃만 있고 잎은 없었다. 커다란 꽃잎은 진한 붉은색으로 빛났고, 나머지는 마른 피처럼 더 진한 색이었다. 라일락꽃 같은 향기를 풍겼다. 꽁꽁 언 산비탈에서는 말도 안 되는 향기였다.

유니콘의 귀가 뒤로 기울어졌다. 유니콘은 미끈한 꼬리를 획획 움직였다. 그러고는 우아하게 고개를 숙여 꽃을 더 가까이서 바라봤다. 커다란 푸른 눈망울은 호기심으로 빛이 났다.

하지만 탬윈은 갑자기 불길한 예감이 들었다. 손을 들어 올려 소리를 지르려 했지만 그때 누군가가 먼저 외쳤다.

"기다려."

스크리가 소리쳤다. 그러고는 근육질의 다리를 재빠르게 움직이며 눈을 뚫고 유니콘을 향해 전력 질주했다.

"이거 느낌이 안 좋아. 내 평생 산에서 살았지만, 저렇게 생긴 꽃은 한 번도 못 봤어!"

유니콘은 스크리를 그냥 무시했다. 꽃을 향해 고개를 숙여 넓은 콧구멍을 벌름거리며 달콤한 냄새를 들이마셨다.

"기다려!"

스크리와 탬윈이 일제히 소리쳤다.

유니콘은 나선형 뿔의 끝부분으로 피처럼 붉은 꽃잎을 부드럽게 건드렸다. 느닷없이, 꽃이 천둥 같은 굉음을 내며 펑 터졌다. 그 소리는 정상과 인근의 산등성이를 가로질러 울려 퍼졌다. 마치 유리로 만들어진 듯, 꽃은 톱날 같은 수많은 파편을 발사했다. 그러다 엄청난 힘으로 유니콘을 맞혔다.

유니콘은 몹시 괴로워 비통스럽게 히힝 소리를 내며 비명을 질렀다. 비틀비틀 눈 속에서 거칠게 발길질을 하며 옆으로 쓰러졌다. 여러 파편에 직격탄을 맞은 뿔은 윤기 나는 빛을 잃고서 지글거리더니 부서져 산산조각이 나, 잿더미가 되어 산비탈을 타고 날아갔다. 파편 하나가 수정같이 맑고 푸른 유니콘 눈에 박히며 깊은 상처를 냈다. 한편, 유니콘의 긴 목, 튼튼한 둔부, 우아한 코를 포함한 화려한 몸 전체에 상처가 크게 벌어졌다. 상처에서 은빛 나는 파란색 피가 분수처럼 뿜어져 나와 온 사방의 눈을 물들였고, 생명체는 아파서 몸부림치며 속절없이 울어 댔다.

몇 초 만에 끝이 났다. 유니콘 뒤에 서 있어서 타격을 입지 않은 엘리는 두려움에 비명을 질렀다. 엘리가 할라드의 비밀의 샘에서 난 치유의 물로 가득 채워진 물통을 꺼낼 생각을 하기도 전에, 위대한 존재는 꼼짝 않고 가만히 있었다.

음유시인들이 오랫동안 *세상에서 누구도 범접 못 할 아름다운 존재*라 찬양해온 사파이어 유니콘이 죽어 버렸다.

엘리는 눈 속 처참한 시체 옆에 무릎을 꿇었다. 그러고는 산비탈을 가로질러 질문을 퍼부으며 울부짖었다.

"어째서?"

탬윈이 앞으로 달려들었다. 마음이 어지러웠다. 누가 한 짓일까? 누가 저런 경이로운 생명체를, 유일무이한 존재를 죽이려 들었을까? 여인에게서 받은 임무를 완수하는 걸 막으려고? 아니면 무슨 다른 이유로?

문득, 탬윈은 알았다.

리타 고르가 한 짓이야. 분명해.

그러고는 또 다른 것도 깨달았다. 이 끔찍한 덫은 유니콘을 염두에 둔 게 아니었다! 치명적인 꽃은 마법의 힘을 지닌 첫 번째 사람이 만지면 폭발하도록 한 것일 수도 있었다.

탬윈은 숨이 턱 막혔다. 저 꽃은 *탬윈*을 염두에 둔 것일 수 있다.

"아아아아."

시체 근처에서 앓는 소리가 들렸다. 스크리였다!

탬윈과 엘리, 브리오나가 달려갔다. 스크리가 눈 속에서 허벅지를 부여잡은 채 웅크리고 있었다. 다부진 얼굴이 고통으로 일그러져 있었다. 무릎 위 작은 상처에서 피가 뚝뚝 흘러 각반을 흠뻑 적셨다.

"파편 하나가…… 나를 맞혔어. 더 깊게 파고 들어가고 있어. 느껴져."

독수리 인간의 기민함으로 다른 쪽 다리를 구부려, 끝이 날카로운 발톱으로 상처를 긁었다. 파편을 제거하려고 필사적으로 노력했다. 하지만 피가 거침없이 흘러내렸다. 긁어서 나올 수 있는 것 이상의 피가 줄줄 흘러내렸다.

엘리가 명령하듯 말했다.

"잠깐만. 이게 도움이 될 거야."

엘리는 물통을 꺼내 상처에 물 몇 방울을 떨어뜨렸다. 마법의 액체가 배어드는 동안, 브리오나가 옆쪽으로 다가왔다. 두 여자는 음울한 눈빛을 주고받으며 그날을 떠올렸다. 똑같은 물이 요정 소녀를 치유하고 목숨을 살린 그날을 말이다.

탬윈이 걱정스레 말했다.

"뭔가 잘못됐어. 물약이 효과가 없어!"

그러고는 무릎을 꿇고 형의 상처를 손으로 꽉 눌렀다.

피는 점점 더 흘러, 탬윈의 손가락 사이로 새어 나왔다. 스크리의 허벅지에서 피가 쏟아져 나와 눈을 검붉게 칠했다. 젊은 독수리 인간은 눈 위로 쿵하고 쓰러졌다.

"피가 너무 많이 나와. 그 작은 파편으로…… 이렇게 피가 날 순 없어."

탬윈이 말했다.

"피가 계속 나서도 안 되지. 마법의 물을 부었는데도."

엘리가 어리둥절히 덧붙였다.

심이 눈을 헤치고 나왔다. 얼굴에는 걱정스런 주름이 자글자글했다. 팔에는 거무스름한 회색으로 변한 뉴익을 들고 있었다. 산봉우리 요정은 스크리를 내려다본 다음 말했다.

"이건 악이야. 폭풍의 전쟁 이후로 본 적이 없어."

"도움이 되는 무슨 약초라도 갖고 있어?"

엘리가 물었다.

뉴익은 얼굴을 찡그렸다.

"어떤 약초도 이걸 도울 수는 없어. 내가 아는 어떤 마법도."

"이제 어쩌면 좋아? 피를 많이 흘려서 죽게 될 거야."

브리오나가 울부짖었다. 손으로는 길게 땋은 머리끝을 배배 꼬고 있었다.

엘리가 탬윈에게로 몸을 돌렸다.

"너의 능력! 그걸 사용해."

탬윈은 답하지 않았다. 이미 같은 생각을 하며, 자기 자신의 두려움과 씨름을 하고 있었기 때문이다. 만약 탬윈이 새로운 능력을 불러오려고 애쓰다 제어를 못 하면, 스크리를 죽일 수도 있다. 하지만 아무것도 하지 않는다면…….

탬윈은 골똘히 생각하며 이를 갈았다. 능력을 다스리고, 생각대로 능력을 이끌려고 애쓸 때마다 번번이 실패했었다. 그래서 감히 자신이 알고 사랑하는 사람에게, 명확하게 생각조차 할 수 없는 사람에게 자신의 능력을 시험할 순 없었다.

명확하게 생각하는…….

"아아아아."

스크리가 고통스러운 신음을 냈다. 조금 전에 유니콘이 그랬던 것만큼이나, 스크리도 눈 위에서 몸부림쳤다. 엘리는 깜짝 놀라 얼굴을 찡그리며 스크리의 이마에 손을 댔다.

명확하게 생각을…….

문득, 탬윈에게 새로운 아이디어가 떠올랐다. 어쩌면 명확하게 생각하는 게 요점이 아닐 수가 있었다. 그 어떤 생각도 아니었다! 그건 그저 자신의 마법을 다스리는 잘못된 방법이었는지도 모른다. 어쩌면 생각보다 더 깊은 무언가로 이끌어야 했다. 머리에서 나오는 게 아닌, 마음에서 나오는 무언가로 말이다.

엘리가 소리쳤다.

"탬윈! 스크리가 죽으려 해."

"아니."

탬윈이 똑 부러지게 말했다.

두 손을 스크리의 허벅지에 올려놓은 다음, 탬윈은 그저 상처를 누르는 것 이상을 했다. 눈을 감고, 자기 안에서 능력과 그 능력을 이끄는 어떤 감정이든 찾아봤다. 하지만 지금 유일하게 느껴지는 감정은 두려움뿐이었다. 무슨 능력을 찾아야 하는지조차 알지 못했다. 탬윈은 비로소 알았다. 이제는 그 능력을 찾길 간절히 원한다는 것을.

탬윈이 명령했다.

자, 나의 능력아. 강해져라! 이번에는 정말로 네가 필요하다.

하지만 아무것도 느껴지지 않았다. 그저 솟구치는 스크리의 피가 손가락 사이로 걸쭉하고 따뜻하게 흐르기만 했다.

탬윈은 더 깊게 자신을 파헤쳤다.

능력아, 네가 무엇이든 간에 날 도와다오!

탬윈의 가장 강력한 감정은 이제 또 다른 종류의 두려움이었다. 형의 생명에 대한 두려움. 그리고 그 두려움은 서슬 퍼런 공포와 함께 빠르게 일어났다.

하지만 탬윈은 아직도 충분치 않다는 걸 알 수 있었다. 밤에 무턱대고 수풀 사이로 질주하는 남자처럼 탬윈은 감정을 찾으려고 황급히 뒤졌다. 충성심. 죄책감. 동정심. 슬픔.

아무런 일도 안 일어났다.

그때, 먼 듯한 어딘가에서 또 다른 긴긴 고통스러운 신음이 들렸다.

탬윈은 눈물을 참으며 눈을 질끈 감았다. 좀체 할 수가 없었다! 유일한 형제, 유일한 가족인 스크리가 죽어가고 있었다. 더구나 그건 탬윈의 잘못이었다. 인제라도 스크리를 살릴 수 있다. 그 방법만 안다면!

탬윈은 손으로 피투성이 몸을 더욱 꽉 움켜쥐었다. 기억들이 밀려들었다. 어렸을 적 함께 티격태격했던 모험, 둘의 말다툼, 축하, 발견, 그리고 죽음에 대한 모습들이었다. 고통스럽게 떨어져 지낸 수년의 세월. 한 달 전쯤의 놀라웠던 재회. 다른 이들이 아는 어떤 말, 어떤 언어를 넘어서는 둘만의 특별한 말투.

죽지 마, 내 형제야. 제발 내 말 들어! 죽지 마.

첫 눈물이 탬윈의 얼굴을 타고 흘러내리자, 손가락 사이로 첫 마법이 찌릿찌릿 흘러나오기 시작했다. 아래로, 아래로, 아래로 흘러 스크리의 피부, 핏줄, 근육 그리고 뼛속으로 깊이, 생명을 잡으려고 손을 뻗는다. 사랑을 잡으려, 두 형제의 유대감을 잡으려. 탬윈은 살점을 도로 붙이려고, 출혈을 막으려고 애썼다. 하지만 성공하려고 하는 순간마다, 손이 닿지 않는 듯한 곳에서 새로 난 상처를 발견했다.

죽지 마, 스크리. 죽지 마.

갑자기 탬윈은 날카로운 무언가를 발견했다는 느낌이 들었다. 치명적인 무언가를. 제자리를 잃은 무언가를. 파편이었다! 파편은 탬윈의 손이 미치지 않게 헤엄쳐 가 버렸다. 곧장 스크리의 심장으로 향했다!

탬윈이 달려들었지만 놓쳤다. 다시 노력해봤다. 이번에는 잡았다. 탬윈은 마법의 손가락으로 파편을 감싸 꽉 움켜쥐었다. 그러고는 스크리의 몸에서 바깥으로 잡아당기기 시작했다. 끝없는 순간 동안 꽉 쥐고 있었다.

탬윈은 달달 떨며 눈을 떴다. 손에 핏빛 파편이 놓여 있었다.

넌 무엇이냐, 사악한 것아? 그리고 누가 보냈냐?

탬원은 아무 대답도 못 들었다. 대신, 떨리는 손가락 안에서 파편이 갈라지고, 산산조각이 나더니 연기가 되어 사라져 버렸다. 검붉은 연기가 공중에 떠올라 구불구불 감기더니, 바람을 타고 휙 날아갔다. 남은 거라고는 말도 안 되게 달콤하면서 은은한 라일락 꽃향기뿐이었다.

탬원은 자신의 형제에게로 눈길을 돌렸다. 스크리도 두 눈을 뜨고 있었다. 몇 초 동안 둘은 말없이 서로를 바라봤다. 그러더니 스크리가 쉰 목소리로 속삭였다.

"왜 이렇게 오래 걸렸어?"

탬원의 입꼬리가 살짝 올라갔다.

"나 알잖아. 항상 느린 거."

그러더니 몸을 가까이 숙여 덧붙였다.

"그러니까 또 해달라고 하지 마, 알았지?"

스크리가 간신히 자신의 매부리코에서 땀방울을 닦았다.

"걱정 마."

탬원은 허리를 펴고선, 형의 근육질 어깨를 꽉 한 번 쥐었다. 마음이 놓이면서 덩달아 깜짝 놀랐다. 적어도 한 번은 자신의 능력을 사용했다. 그리고 제대로 사용했다. 이내 탬원은 뉴익을 바라봤다. 윤이 나는 진한 금빛으로 변해 있었다. 요정은 그저 으르렁거렸다.

"초짜치고는 나쁘지 않군."

뉴익으로부터 더 큰 칭찬을 받을 수 없다는 걸 아는 탬원은 고개를 끄덕여 보였다.

"넌 역시 완전 미쳤어. 하지만 넌 아주 쓸모 있게 똑똑해."

심이 고개를 까닥거리며 말했다.

"가끔은요."

탬원이 대답했다.

"거의 안 그래."

헤니가 반박하더니 그 모든 신나는 일을 보려고 종종걸음을 치며 다가왔다. 그러고는 괴롭히기 좋아하는 사람을 보고 씩 웃었다.

"잠깐 기다려. 쟤한테 시간 좀 줘. 그러면 여기 덜렁이가 뭔가 멍청한 짓을 하겠지! 이히, 이히, 후후후후."

"아마도 그러겠지."

엘리가 툴툴거렸다. 하지만 얼굴에는 고마운 기색 그 이상이 보였다. 브리오나의 얼굴도 그랬다. 하지만 요정 소녀는 탬원이 아니라 스크리를 쳐다보고 있었다.

독수리 인간은 힘없이 바로 앉으려 애썼다. 하지만 곧 피투성이 눈 위에 도로 쓰러졌다.

"보니까 난…… 아무데도 못 가겠네."

스크리가 가쁜 숨을 몰아쉬었다.

"아니, 갈 수 있어."

탬원이 선언했다.

"그렇게 피를 많이 흘렸으니 넌 여기 산꼭대기에서 오래 버티지 못할 거야. 내가 너를 서쪽 비탈로 데리고 내려갈게. 거기에 사는 독수리 종족 부족에게로. 네가 다시 두 발로 걷거나, 날개로 날 때까지 그들이 돌봐줄 거야."

마지못해, 스크리가 끄덕였다. 하지만 그것조차 힘겨워 보였다.

탬원이 헤니를 향해 손을 흔들었다.

"이리 와, 쓸모없는 홀라야. 기분 전환으로 뭔가 쓸모 있는 일을 해보는 거 어때? 날 도와서 이 커다란 몸통을 들어 내 등에 올려줘."

헤니는 모욕에도 씩 웃으며 도왔다. 스크리를 밀쳐서 구부정한 탬윈의 등에 올렸다. 탬윈은 무게에 못 이겨 휘청휘청 서 있었다. 이제는 무릎까지 쌓인 눈 더미에도 불구하고, 탬윈은 터벅터벅 몇 발짝 내딛었다.

스크리가 힘없이 탬윈의 어깨를 톡톡 두드렸다.

"너 정말로 할 수 있겠어, 동생?"

탬윈이 끙끙 앓는 소리를 냈다.

"아니. 그런데 적어도 내 발은 굳은살이 잔뜩 박혀 있다고. 있지, 푹신푹신해. 어쨌든, 네가 암만 커도, 수년 전에 우리가 동굴에서 끌고 나온 죽은 트롤보다는 안 무거워."

힘없이 쿡쿡 웃는 승객의 소리를 듣자, 탬윈이 덧붙였다.

"너도 개처럼 생겼네."

그러자 스크리는 자기 상태에도 불구하고 용케 탬윈의 옆구리를 찰 수 있다는 걸 보여줬다.

"아야! 그거 그만해. 안 그러면 널 저쪽 눈 더미에다가 버릴 거야."

하지만 스크리는 대답하지 않았다. 기절을 해서, 고개가 탬윈의 목덜미에 수그러졌다.

탬윈은 심에게 돌아섰다.

"제 지팡이를 집어주실래요? 배낭도요? 온천에 있어요."

어르신이 이해를 못 하는 걸 보자, 탬윈이 소리쳤다.

"뜨거운 웅덩이라 부르시는 그곳요!"

심이 분홍 눈을 가늘게 떴다.

"무거운 멍청이? 친구를 그런 식으로 부르는 거 아냐!"

탬윈은 좌절감에 고개를 가로저었다. 하지만 다른 말을 하기도 전에, 발 빠른 브리오나가 이미 샘을 막아주는 바위 턱으로 전력 질주를 하고선 탬원의 소지품을 가지고 나왔다. 잠시 뒤, 지팡이를 버드나무 껍질로 엮은 칼집에 밀어 넣었다. 그러고는 배낭을 들어 올렸다. 무슨 가벼운 물건을 담고 있는지 브리오나는 정말이지 궁금했다.

"그냥 내 목에 걸어줘."

브리오나에게 물어볼 기회도 주지 않은 채 탬원이 말했다. 그러고는 머뭇거리며 엘리를 흘끗 바라봤다. 지금이 배낭에 뭐가 들어 있는지 엘리에게 말해줄 순간인가?

엘리가 성큼성큼 다가갔다. 여느 때보다 더 걱정스러운 얼굴이었다. 엘리는 탬원을 자세히 들여다봤다.

"스크리를 독수리 종족에게 데려다주고 나서, 너 그래도……."

"별들에게 가려는 거냐고?"

탬원이 숨을 크게 들이쉬었다.

"응. 다시 밝히려고. 할 수 있다면. 그리고 어쩌면, 우리 아버지도 찾게."

"네 죽음을 찾는 게, 더 그럴듯하지."

엘리가 요정의 꽃밭보다 더 풍성한 곱슬머리를 흔들었다.

"나랑 함께 가지 그래, 탬원? 함께 대사제님을 도운 다음에, 바로 여기 일곱 영토에서 리타 고르를 막을 방법을 찾자. 무슨 엉뚱한 생각에 목숨을 내던지는 것보다 그게 더 낫지 않아?"

탬원은 아무 말도 하지 않았다.

엘리가 브리오나에게로 몸을 돌렸다.

"너는 나랑 갈 거지, 그렇지?"

요정 소녀가 고개를 끄덕였다.

"나를 받아주기만 한다면."

그러더니, 음울한 얼굴로 자신의 긴 활을 톡톡 두드렸다.

"그리고 누가 유니콘과 스크리에게 이런 짓을 했는지 찾을 가능성만 있다면, 훨씬 더 좋고."

"뉴익은?"

엘리가 물었다.

"음. 물어봐야 해? 너랑 함께 있을 거야."

뉴익은 자신을 들고 있는 하얀 머리의 일행을 올려다보았다.

"심도 그럴 거고."

작은 거인이 자기 이름을 들은 듯 끄덕였다.

"그리고 넌, 헤니?"

훌라는 쫄랑쫄랑 고개를 갸웃거렸다.

"나? 후후. 난 여기 덜렁이랑 있을 거야. 인생은 그편이 더 재밌거든."

탬윈이 끙끙 신음을 토해냈다. 등에 짊어진 스크리의 무게 때문은 아니었다.

엘리가 다시 탬윈을 돌아봤다.

"그러면 자, 네 선택은?"

엘리의 녹갈색 눈이 탬윈의 다부진 이목구비를 살피더니 부드럽게 말했다.

"네가 그 두려움에 맞서게 도와줄게, 탬윈."

탬윈은 마른침을 삼키며 눈 위에 흘린 스크리의 핏자국을 언뜻 보았다. 그러고는 헉헉거리며 말했다.

"그 두려움은 그러니까, 음, 그게…… 음. 이제 달라."

이내 자신을 추스르고는 덧붙였다.

"게다가, 엘리, 네가 생각하는 그런 게 아냐. 내 말은, 너에 관한 게 아니라고."

엘리가 으르렁거렸다.

"그러서? 그래, 아니겠지! 너에 관한 거겠지. 늘 그렇듯이! 넌 그냥 완전 이기적이야, 탬윈. 이기적이라고! 너 말고 다른 사람은 왜 생각을 안 하는데?"

탬윈은 아랫입술을 깨물었다. 두말 말고, 하프에 대해 엘리에게 말해야 한다. 지금 당장. 그러면 엘리가 자신에 대한 생각을 바꾸겠지! 탬윈이 입을 열기도 전에, 엘리가 끼어들었다.

"그럼, 별들에게로 가. 마음대로 해!"

엘리는 사파이어 유니콘의 훼손된 시체를 쭉 훑어봤다. 그러고는 얼굴을 더 깊게 찡그렸다.

"난 곧장 대사제님에게 갈 거야."

"여인님에게 안 가고?"

"안 가."

"하지만 유니콘이 말하길……."

"나한테 이래라저래라 하지 마."

"난 그냥……."

"넌 정말 구제 불능이야!"

엘리는 탬윈의 어깨를 주먹으로 쳤다. 너무 세게 쳐서 탬윈이 휘청거리며 스크리를 거의 떨어뜨릴 뻔했다.

다시 중심을 잡고선, 탬윈이 쏘아붙였다.

"넌 고집쟁이 바보고."

"죽은 바보보단 낫지."

엘리가 탬윈을 노려봤다.

"아, 널 만나지 않았으면 좋았을 텐데!"

그러고는 바로, 휙 돌아서서 눈 속을 성큼성큼 걸어가며 발길질을 해 댔다. 탬윈은 엘리가 가는 걸 보고 자신에게 부아가 치밀어 올랐다. 동시에 좌절을 느끼고 마음이 아팠다. 등 위의 무게는 이제 마음속에 지닌 또 다른 무게보다 훨씬 가볍게 느껴졌다.

천천히, 탬윈은 돌아서서 다른 방향으로 터덜터덜 걸었다.

5

우정

"망할 놈."

엘리는 자신의 말을 강조하기 위해 허공에다 주먹을 휘둘렀다. 눈이 듬성듬성 쌓인 산마루에 다다랐어도 엘리는 걸음을 결코 늦추지 않았다.

몇 발짝 앞에서 걷던 브리오나가 멈춰 섰다. 날카로운 눈으로 저 멀리 울퉁불퉁한 산마루 꼭대기를 훑어봤다. 걸어서 3일 걸리는 거리에 바람이 불어치는 할리아의 산봉우리 꼭대기도 보았다. 산꼭대기에서 눈발이 길고 둥근 기둥처럼 흩날리고 있었다. 그 모양새가 지평선 너머로 구부러진 커다란 흰 독수리의 날개 같아서, 스크리를 생각나게 했다. 브리오나는 이마에 걱정하는 기색을 드러낸 채 날리는 눈발을 바라봤다.

엘리가 뒤따라오는 소리를 듣고, 브리오나가 돌아봤다. 때마침 분노가 폭발하는 소리가 또 들렸다.

"지금 누구를 욕하고 있어?"

브리오나가 물었다.

엘리가 쏘아봤다.

"리타 고르는 아냐. 하지만 어찌 됐든 그자 때문인 건 틀림없어. 사파이어 유니콘에게 일어났던 일하고 어쩌면 대사제님을 위협하는 어떤 위험도 말이야."

엘리는 한숨을 길게 내쉬었다.

"아니, 이번에는 그냥 탬윈을 욕하고 있었어."

브리오나가 다정하게 물었다.

"아직도? 3일이 지났는데?"

엘리가 마지못해 고개를 끄덕였다.

"걔 때문에 화가 나! 왜인지는 모르겠지만, 암튼 그래."

브리오나의 진한 녹색 눈이 반짝거렸다.

"있지, 숲의 요정들에게는 격언이 하나 있어.

덩굴을 쳐내는 나무를 찾아라,

뒤얽히지 않도록 하라,

자주 싸우고, 몸싸움은 더 많이 하라,

둘이 아플 때까지 세게 비틀어라.

거기서 끝없는 다툼을 찾을 것이다.

인생의 배필로 이끌어줄 것이다."

엘리는 얼굴을 찡그렸다. 얼굴은 어깨에 앉은 산봉우리 요정과 똑같이 푸르스름한 빛깔을 띠었다.

"배필? 걔가? 너 미쳤어?"

엘리가 눈살을 찌푸렸다.

"그게 싸움을 뜻하는 거면, 너랑 스크리는 천생연분이겠네."

"뭐, 나? 그리고 그 크고, 그 멍청한, 그……."

"응."

엘리가 씩 웃으며 동의했다.

"하지만 난…… 결코 절대, 아니라고! 말도, 말도 안 되거든!"

브리오나가 말을 더듬었다. 뾰족한 귀 끝이 분홍빛으로 물들었다.

늙은 심이 어슬렁거리며 걸어와 엘리의 드루마디안 가운을 잡아당겼다. 하얀 머리카락을 휘날리며 요정 소녀를 보고 고개를 갸웃거리더니 말했다.

"쟤 헷갈리게 말해, 안 그래? 하지만 그래도 난 쟤 좋아."

엘리가 끄덕이자, 브리오나가 더 식식거렸다. 마침내, 요정은 평정을 되찾았다. 그러더니 말머리를 다시 탬원으로 바꾸어 말했다.

"걔 때문에 그렇게 화내지 마! 원래 멍청한 걸 어떡해. 걘 그냥 사람이잖아."

엘리가 눈살을 찌푸렸다. 그러고는 생각에 잠겨 옆에 달린 물통을 톡톡 두드렸다.

"나도 사람이야."

"응, 그래. 하지만 적어도 넌 여자잖아."

브리오나는 마치 산꼭대기에서 불어오는 쌀쌀한 바람을 느낀 듯 몸서리쳤다.

"스크리는 미련퉁이지만, 그래도 괜찮길 난 바라. 그 다리……."

"그냥 잘 나을 거야. 한창때의 독수리 인간이잖아."

엘리가 말을 마무리했다.

브리오나가 계속했다.

"하지만 피를 너무 많이 흘렸어. 우리가 떠나올 때 기절했었잖아, 봤지? 탬원의 등에서 푹 쓰러졌잖아. 부러진 버드나무 가지처럼 축 처져서."

"있지, 잘은 모르겠지만 너 정말로 스크리를 걱정하는 거 같아."

브리오나의 뺨이 붉어졌다. 하지만 아무 말도 하지 않았다.

엘리가 계속 말했다.

"어쨌든, 그 둘은 밤늦게 독수리 종족 마을에 도착했을 거야. 틀림없이 거기에 치유자가 있을 거고. 아마도 지금쯤 스크리는 열쭝이*처럼 으스대며 걷고 있겠지."

엘리가 잠시 말을 멈췄다.

"탬윈이 그리로 가는 도중에 길을 잃지 않았다면 말이야. 걔라면 그럴 가능성이 늘 있지."

"가능성이 아주 크지."

뉴익이 엘리의 어깨 위에서 툴툴거리며 덧붙였다.

"그렇기 때문에 나 같으면 걔가 별들에게 가는 걸 걱정하지 않겠어. 아마도 걔는 길을 잃고서 섀도루트에 가는 신세가 되겠지."

엘리는 몸이 뻣뻣해졌다.

"섀도루트는 아니길 바라자고. 누구도 거기에 가서는 안 돼. 개조차도."

엘리의 옆에서, 브리오나의 표정이 어두워졌다.

"나 거기 가봤어, 할아버지랑. 거의 죽을 뻔했지."

브리오나가 속삭이더니 허리를 곧추세웠다. 노예 감독관의 채찍질에 생긴 긴 흉터가 꼭 집혔다. 여전히 아팠다. 특히 브리오나가 할아버지를 떠올릴 때면 그랬다. 적어도 어느 정도는 할아버지의 죽음에 대해 자신을 탓하지 않을 수 없었기 때문이다.

엘리가 친구의 팔뚝을 꽉 움켜쥐었다.

---

* 잘 자라지 않는 어린 새를 뜻하며, 흔히 심약한 사람을 비유한다.

"우리 왜 섀도루트에 대해 얘기하고 있는 거지? 트롤 머리통 같아도 두 형제한테 그곳을 멀리할 분별력은 충분히 있겠지."

요정 소녀는 한숨지었다. 그러고는 언덕 꼭대기의 눈 조각을 걷어찼다. 얼음으로 덮인 표면이 갈라지더니 꽁꽁 언 덤불이 드러났다.

"걔넨 확실히 트롤 머리통 같아! 그런데 말은 바르게 하자면, 악의 꽃에 대해선 걔네 말이 맞았어. 걔네 둘 다 그걸 느꼈잖아, 기억나? 유니콘을 막으려고 했어. 하지만 유니콘이 정말 고집이 너무 세서 말을 안 들었잖아."

엘리가 입술을 깨물었다.

"어떤 생명체들은 그런 식이야. 암컷들조차도."

"특히나 암컷들."

뉴익이 바로잡았다. 그러고는 엘리의 귀 쪽으로 슬금슬금 다가갔다.

"특히나 여자 사제들이 더 그러지."

그 말이 엘리를 소름끼치게 만드는 듯했다. 손에는 벨트에 묶인 대사제의 찢겨진 가운 조각을 꽉 쥐고 있었다. 고대 거미의 실크로 짠 가운은 새끼 올빼미의 날개만큼이나 부드러웠다.

"난 우리가 주거지에 도착했을 때 대사제님이 계시기만을 바랄 뿐이야. 그리고 내가 도울 수 있게 제시간에 도착하길 바라고."

뉴익이 분명히 말했다.

"있을 거야, 괜찮아. 내 말이 맞는다면, 거기가 위험한 시기에 가장 있고 싶어 하는 곳일 거야."

"맞아."

엘리가 동의했다. 다시 걷기 시작했을 때, 두 발로 눈 위를 뽀드득 빠르게 밟았다. 브리오나가 바로 옆에서 심게 서두르라고 격려하듯 손을 흔들었다. 그때 엘리가 주거지에 대한 생각을 머릿속에서 떨쳐내지 못한 채 다시 말했다.

"우리가 환영에서 본 기울어진 기둥이 주거지에 있는 거라 생각해? 그렇다면 그건……."

엘리가 뉴익에게 물었다.

"문제야. 심각한 문제."

산봉우리 요정이 답했다.

브리오나는 길게 땋은 꿀색 머리를 붙잡고선 어깨 뒤로 홱 넘겼다.

"이제 우리 걸어서 하루도 안 남았어."

"그런데 엘리, 나 질문이 하나 있어."

엘리가 옆에서 아주 우아하게 성큼성큼 걷는 요정 소녀를 돌아봤다.

"그래. 뭔데?"

"대사제님에 관한 거야. 어떤 분이야? 네가 모든 걸 제쳐두고 멀리 걸어갈 만큼 특별한 점이 뭐야? 그냥 도움을 줄 수 있을까 해서 그래?"

생각에 잠긴 엘리는 입술을 오므렸다.

"어디서부터 시작할까?"

엘리가 꽁꽁 언 개울둑을 디디며 말했다.

"대사제님은…… 음, 대사제님……."

"음. 아주 명료하네."

뉴익이 말했다.

"잠시만. 설명하기 힘들단 말이야."

엘리가 쏘아붙였다. 그러고는 골똘히 생각하며 계속해서 씩씩하게 걸었다. 하지만 적절한 말이 딱 떠오르질 않았다.

갑자기 엘리가 멈춰 섰다. 몸을 웅크려, 울퉁불퉁한 늙은 느릅나무

뿌리 사이에 있는 눈 더미로 손을 뻗었다. 더미 위에는 손가락보다 가는 작은 나뭇가지가 나무에서 떨어져 있었다. 엘리는 가지를 집어 들어, 너덜너덜한 잎에서 눈을 털어내고는 천진난만하게 말했다.

"봐!"

그러고는 두 손으로 가지를 꽉 쥐더니 둘로 툭 부러뜨렸다. 딱딱한 갈색 표면 아래 중심 깊숙이, 가느다란 초록색 고리 모양이 보였다. 새로 돋아난 순잎만큼이나 생기가 넘쳐 보였지만, 안쪽 고리 모양은 견고한 어린 묘목에 속하는 것일 수도 있다.

"이게 대사제님이야. 겉은 온갖 풍파를 겪었지만, 안은 여전히 푸르른."

엘리가 부드럽게 말했다.

브리오나가 손가락으로 나무를 쓸어내리며 미소 지었다.

"알겠어."

브리오나의 표정이 변덕스러운 바람처럼 빠르게 바뀌었다. 이내 엘리를 빤히 쳐다보며 말했다.

"그래도, 아직 난 뭔가 걱정스러워. 사파이어 유니콘은 네가 곧장 대사제님에게로 가길 원하지 않았어. 여인님을 먼저 만나길 바랐지."

"하지만 시간이 없을지도 몰라! 대사제님은 내가 필요해. 그게 내가 알아야 하는 전부야."

엘리가 확신이 없는 눈빛으로 산봉우리 요정을 쳐다봤다.

"여인님은 이해할 거야, 그렇지?"

뉴익의 피부색이 희끄무레한 보랏빛으로 어두워졌다. 그러고는 심드렁하게 답했다.

"아니. 이해 안 할 거야. 여인의 충직한 메리스로서 수 세기를 보내고, 네 메리스로는 몇 주 동안 지낸 내가 장담하는데, 여인은 딱 너만큼이나 고집이 세."

어린 사제는 침을 꼴깍 삼켰다.

"좋아. 그럼 내가 우정으로 이렇게 한다는 걸 여인님도 이해하시길 바랄 수밖에 없지."

산봉우리 요정의 작은 입은 우거지상을 하며 아래로 축 처졌다.

"다시 서두르는 게 좋겠어."

6

결코 날지 않는다

코에리아의 가운 조각을 움켜쥔 채, 엘리는 어깨에 꼭 매달린 뉴익과 함께 성큼성큼 걷기 시작했다. 전보다 걸음이 훨씬 빨라졌다. 어두워지기 전에 드루마디안 주거지로, 코에리아에게로 다다르길 원했다. 브리오나는 긴 활을 바로 멨다. 그러고는 눈과 건초가 섞인 땅을 살며시 내디디며 따라갔다. 그 뒤로는 심이 달리면서 따라오고 있었다.

그들은 언덕에서 나와 스톤루트 중심부에 넓게 퍼져 있는 농장으로 걸어갔다. 이곳의 기후는 대개 언덕보다 따스하지만, 눈 더미가 고랑마다, 과일나무 그늘마다 깔려 있었다. 일행은 사람들이 오랫동안 맥주 제조를 위해 심어놓은 보리 들판과 말과 양이 겨울을 나는 울타리 없는 목장을 거쳐 지나갔다.

차츰차츰 종소리가 들려왔다. 지붕, 헛간 문, 그리고 풍향계에서 들리는 딸랑딸랑 소리. 하늘 높이 나는 오리와 거위의 다리에서 들리는 짤랑짤랑 소리. 그리고 염소의 목과 마을을 가득 메운 납작 돌집에 사는 어른들과 아이들의 허리에서 들리는 땡그랑땡그랑 소리. 이 지역은 정말로 종소리의 땅이었다. 돌이나 금속, 또는 나무로 만든 종소리가 끊임없이 들렸다.

엘리는 눈이 녹아 전부 진흙으로 변한 들판을 밟으며 지나가다, 이내 가죽 샌들에서 흙덩어리를 털어내려고 멈춰 섰다. 저 멀리에서, 총총거리는 수망아지의 종소리가 들렸다. 그 소리를 들으니 엘리는 탬윈의 허리에 달려 움직일 때마다 짤랑거리던 작은 석영 종 소리가 생각났다. 엘리는 어금니를 꽉 깨물었다.

다시 움직이기 시작하자, 엘리의 생각은 또 다른 종소리로 옮겨갔다. 짧은 시간 동안 드루마디안 주거지에 있을 때 좋아하게 되었던 종소리였다. 거인의 벨트 버클로 만들어 불 용의 숨결로 녹이고 소인 금속공과 요정 공예가가 공들여 만든 버클 종은, 설립자 엘런까지 거슬러 올라간다. 모두를 위한 공동체가 존재해온 거의 천 년에 가까운 시간 동안, 종은 모든 생명체 사이에서 최고로 이상적인 화합을 상징해왔다. 그 이상이 주거지에서 아니면 아발론에서 생명의 심장이라면, 버클 종보다 그것을 더 잘 나타내는 물체는 없을 거라고 엘리는 생각했다.

종소리가 얼마나 좋던지! 엘리는 종이 울리는 소리를 처음 들었을 때를 떠올리며 혼자서 웃었다. 바로 그날 아침에 도착해서는, 공식 기도를 건너뛰기로 마음먹었다. 그건 나중에도 자주 하게 된 행동이었다. 무르익은 블랙베리 덤불 옆에 숨은 채, 엘리는 과즙이 풍부한 걸로 한 움큼 먹고 있었다. 바로 뒤에서 거대한 종소리가 들렸다. 너무 시끄러운 나머지 엘리가 여기저기에 블랙베리를 날리며 뒤로 넘겨졌다.

그들은 스톤루트의 살아 있는 퀼트 같은 목장과 옥수수밭, 야생 목초지 사이를 지나 앞으로 행진했다. 발걸음을 디딜 때마다, 함께 나누는 긴박한 느낌이 커지는 듯했다. 속도를 내자, 심은 번번이 따라가느라 달려야 했다.

엘리가 언덕 꼭대기에 오르자, 갑자기 멈춰 섰다. 너무 갑작스러운 나머지 뉴익이 어깨에 간신히 매달려 있었다. 브리오나도 엘리와 마찬가지로 멈추었다. 바람 한 점 없는 밤에 어린나무처럼 가만히 서 있었다. 그것도 심이 뒤에서 둘에게 달려들기 전까지였다.

"아이고, 내가 설마!"

심이 불룩한 코끝을 문지르며 으르렁거렸다.

"엘리, 그렇게 멈추면 안 됐다고. 너도 마찬가지야, 로와나."

요정 소녀가 으르렁댔다.

"브리오나예요. 백 번을 말하지만, 브리오나라고요."

"뭐라고 말했어, 로와나?"

심이 귀를 둥글게 감싸 쥐며 물었다.

하지만 브리오나는 대답하지 않았다. 엘리와 뉴익처럼, 브리오나도 드루마디안 주거지의 외벽을 빤히 쳐다보고 있었기 때문이다. 아니, 외벽이었어야 하는 곳을. 거대한 구멍이 뚫려 납작한 돌조각과 부서진 목재가 여기저기에 흩어져 있었다. 가운데에 큰 구멍이 나 버린 벽은 들쭉날쭉 부서진 치열과 비슷했다. 그 뒤로 모두를 위한 공동체의 건물, 사원, 정원, 그리고 보석이 박힌 동굴이 오랫동안 있었던 곳에, 연기 기둥이 하늘 쪽으로 돌돌 감겨 있었다.

"세상에나. 도대체 어떻게 된 거야?"

뉴익이 진홍색으로 바뀌며 중얼거렸다.

마치 대답하듯, 엘리와 브리오나는 갑자기 뛰어갔다. 심은 나이 때문에 조금 절뚝거렸지만 주거지로 다다르길 갈망하듯 뒤따라갔다. 흩뿌려진 파편을 지나 부서진 벽 사이로 달려간 다음 또다시 멈춰 섰다.

거기에는 버클 종이 땅에 옆으로 누워 있었다. 거대하게 뻥 뚫린 종

입구는 심한 타격으로 허물어졌다. 들쭉날쭉한 균열이 옆면 여러 군데에 나 있었다. 거대한 금속 덩어리가 완전히 부서져 지금은 바닥에 놓여 있었다. 가장자리 곳곳에 있던 복잡한 디자인이 긁혀 없어졌다. 그리고 엘런이 손수 선물했다는 오래된 추는 어디에도 보이지 않았다.

엘리는 충격으로 믿기지가 않아 부들부들 떨며 외쳤다.

"대사제님!"

그러고는 망가진 종을 지나 황급히 주거지 안쪽으로 달려갔다.

돌아서는 곳곳마다 폐허가 보였다. 그건 엘리의 눈과 마음까지도 괴롭혔다. 완전히 타 버리지 않은 건물은 허물어졌고, 창문은 박살이 나고 장식된 출입구는 산산조각이 났다. 모든 영토에서 온 새들의 온갖 크기의 둥지가 있던 새의 정원은, 마치 폭풍이 지나간 듯 박살이 나 있었다. 엘리는 짓느라 3세기 반이 걸린 헤일로미스 갈매기의 오래된 둥지가 갈가리 찢긴 걸 보자 속이 뒤틀렸다. 뭉개진 열쭝이 라콘 새의 사체를 보고는 거의 울 뻔했다. 즐겨 먹는 나선형 모양의 열매에서 이름을 딴 그 새는 흙 속에 짓이겨진 채 놓여 있었다. 엘리의 엄지손가락보다도 작은 새는 좋아하는 과일을 두 번 다시 맛보지 못할 거다. 날기 위해 결코 첫새벽에 흥겹게 노래를 부르지도, 날개를 펴지도 못할 테다.

무엇이 이렇게 만든 거지?

엘리는 스스로에게 물었다. 엘리와 일행은 검게 그을린 기숙사의 잔해를 지나 달려갔다. 거기는 엘리가 얼마 전까지 살았던 곳이었다.

그들은 참나무, 너도밤나무, 마가목이 있는 긴 회랑을 달려 내려갔다. 거대한 나무 몸통과 아치 모양의 가지가 잔혹하게 난도질을 당했다. 투박한 기호들이 나무들과 주거지의 내부 원형 무대에 표시된 환한 돌길 위에도 새겨져 있었다. 엘라노로 하얗게 광택이 나는 돌에는 이제 배설

물이 줄줄이 묻어 있었다. 산비탈 전체를 뒤덮고 오천 종류 이상의 이끼가 있는 드루마디안의 유명한 이끼 정원을 지나자, 뉴익이 갑자기 칠흑 같은 검은색으로 변했다. 연기 나는 숯 더미와 무거운 장화 자국 말고는 산비탈에 이제 거의 아무것도 없었기 때문이다.

아발론 초기의 잃어버린 핀카이라에서부터 여기까지 이어온 위대한 신전의 우뚝 솟은 기둥조차도 피해를 면치 못했다. 할리아의 산봉우리 꼭대기에서 보았던 환영에서처럼 몇 개는 쓰러져 있었다. 다른 몇 개는 진흙이나 썩은 과일의 표적으로 사용되었다. 한 돌기둥에는, 누군가가 *화합을 타도하라, 인류여 일어나라*라는 말을 휘갈겨 써놓았다.

갑자기, 엘리는 또 다른 뭔가가 잘못되었다는 걸 *깨*달았다. 주위의 폐허보단 덜 분명하지만, 그래도 그만큼 섬뜩한 무언가. 볼 수 있는 그런 건 아니었다. 오히려, 볼 수 *없*는 어떤 것이었다.

"뉴익."

엘리가 헐떡였다. 그들은 참나무로 된 대문의 부서진 잔해를 빠르게 지나갔다. 거기는 대사제의 거처 입구를 표시해놓은 곳이었다.

"모두 어디 있어? 사제도 메리스도 없어. 주거지 전체가 비었다고!"

"쥐새끼 한 마리 안 보이네."

엘리의 어깨에 앉은 요정이 말했다.

엘리가 계단을 따라 코에리아의 거처로 뛰어올랐다. 그 뒤를 브리오나와 심이 따랐다. 일곱 영토 전역에서 난 나무들이 이 거처를 짓는 데 일조했다. 스톤루트의 고산 지역 밭에서 난 오래된 참나무, 파이어루트에서 온 튼튼한 경질 나무, 워터루트의 무지개 바다에서만 볼 수 있는 데다 너무 유동적이어서 넘쳐흐를 수 있는 브랜웨나 나무의 액체로 된 가지, 맬록 북부의 아프리쿠아 정글에서 난 늘푸른 편백나무, 음악 마법이 풍부해서 산들바람이 살짝만 불어도 듣기 좋은 윙윙 소리를 낼 수 있는 우드루트의 하모나, 에어루트의 구름 나무인 에오니아 랄로에서 난 거의 보이지 않는 껍질, 그리고 타오르면 불꽃이 아닌 열기를 뿜어내는 섀도루트의 검고 윤기 나는 덩굴. 정문 위에는 뿌리 사이에 요정들이 오랫동안 지혜로운 학자들과 음유시인들의 시신을 묻었던, 엘우리엔에서 가장 유명한 나무인 엘나 레브람에서 난 은빛 나뭇조각까지 있었다.

이 모든 종류의 나무가, 아니 그 이상이 부서지고, 산산조각이 나고, 집 바닥 둘레에 흩뿌려진 채 놓여 있었다. 무리가 들어서자 위대한 요정 장인인 툴레 울티마가 참나무를 깎아 만든 화려한 문의 잔해가 곧바로 바닥에 쾅 떨어졌다. 그리고 나서, 엘리는 최악의 광경을 보았다.

코에리아가 미동도 없이 눈을 감은 채 중앙 통로에 있는 간이침대에 누워 있었다. 코에리아의 몸과 거미 실크로 만든 아롱거리는 가운 위로 나뭇조각이 흩뿌려진 갈색 양모 숄이 덮여 있었다. 배배 꼬이고 헝클어진 대사제의 길고 하얀 머리카락이 침대 가장자리와 바닥에 널브러진 잔해 위에 늘어져 있었다. 보라색 날개가 달린 작은 벌이 미친 듯이 머리카락을 풀려고 주변을 윙윙거리며 날아다녔다. 나이 든 여인의 헌신적인 동반자인 우줄라였다. 모든 메리스처럼 우줄라도 사제에게 충성을 하겠다는 서약을 했다. 이런 경우에 확실히 엄격하게 시험할 수 있는 그런 서약이었다.

침대 옆에는 핏자국이 묻고 찢어진 드루마디안 가운을 입은 여윈 사람이 무릎을 꿇고 있었다. 그 사람과 어깨에 자리 잡고 앉은 은빛 날개의 매가 거무칙칙한 얼굴을 돌려 다가오는 엘리를 바라봤다.

"류 사제님."

엘리가 헐떡였다. 주거지를 가로질러 달려오느라 숨이 가빴다.

"대사제님이⋯⋯."

"살아 계시다. 아직은."

류는 매의 눈 못지않게 날카로운 눈빛으로 엘리를 살폈다.

"네가 호수 여인님에게서 정수를 받아왔다면, 대사제님은 살 수 있을 거야."

엘리는 얼어붙었다.

"정수요?"

류가 조급하게 끄덕였다.

"자자, 나에게 주렴."

류가 옆으로 고개를 갸웃거렸다.

"네가 가지고 있지, 그렇지?"

엘리는 말을 하려 했지만 입이 움직이질 않았다.

"엘리한테 정수 없어. 정신도 없고."

뉴익이 툴툴거렸다.

"하지만 여인님이!"

사제가 고함쳤다. 이마에는 깊은 주름이 생겼다.

"여인님이 꿈에 나타났어, 나흘 전에. 이 모든 일이 일어나고 나서 바로. 네가 대사제님의 치료약을 갖고 올 거라고 했어."

"어떤 일들은 예상 못 했나 보군."

뉴익이 심각하게 대답했다.

"내 고집처럼 말이지. 나 완전 바보야!"

엘리가 딱 잘라 말했다.

"나보단 아니지. 있지⋯⋯."

류가 답했다. 그러고는 일어서려다 앓는 소리를 내며 갈비뼈를 움켜
잡고는 도로 바닥으로 미끄러지듯 쓰러졌다.

"다쳤잖아요."

엘리가 류 쪽으로 달려가며 말했다. 옷에 난 구멍 사이로 부어오른
상처를 보고서 물통을 열었다.

"여기, 이게 도움이 될 거예요."

엘리는 스크리에게 이 치유의 물이 얼마나 쓸모없었는지 떠오르자
망설였다. 그때의 상처는 무슨 어두운 마법 때문이었다. 반면 이건 그저
단검에 찔린 것처럼 보였다. 어쨌든, 엘리는 시도라도 해야 했다. 적어도
무언가 옳은 일을 해야 했다! 엘리는 상처 위로 물방울을 똑똑 떨어뜨
렸다. 기다렸다가 다시 조금 더 부었다.

천천히, 류의 표정이 고통에서 놀라움으로, 그리고 마침내 경이로움
으로 바뀌었다. 류는 옷을 뜯어내고선 갈비뼈를 움켜잡았다.

"없어졌네. 찔린 상처 말이야. 정말 깊었는데. 어떻게 한 거야?"

류가 거친 목소리로 속삭였다.

엘리가 고개를 흔들며 물통을 톡톡 두드렸다.

"저 아녜요. 할라드의 비밀의 샘에서 난 물이에요."

갑자기 엘리의 눈이 번쩍였다.

"사제님, 이걸로 대사제님을 도울 수 있을까요?"

류가 얼굴을 찌푸려 보였다.

"아니, 얘야. 안 될 것 같구나. 대사제님을 아프게 하는 건 몸이 아니
라 영혼에 난 상처란다."

"누가 그랬는지 말해주세요."

"폭도였어, 엘리. 주거지에 막 난입해서는 악의 물결처럼 우리를 휩쓸

었지. 손대는 족족 파괴했어. 모든 걸! 그리고 대사제님은 그들이 교단과 건물, 정원, 그리고 평생의 업적에 무슨 짓을 하는지 보시곤, 공포에 휩싸여 그냥 쓰러지셨어. 모든 희망을 잃어버리신 게 틀림없어. 살겠다는 의지도 말이야."

이런 말들을 들은 우줄라는 류의 귀로 날아가 사납게 윙윙거렸다. 이내 작은 벌집 요정은 대사제의 머리카락을 풀려고 곧장 돌아왔다.

류가 쓸쓸하게 미소 지었다.

"우리가 희망을 버리는 일은 결코 없을 거야."

"맞아요."

엘리가 선언했다. 그러고는 코에리아에게 가까이 다가가 침대 옆에 무릎을 꿇었다. 부드럽게 여자의 주름진 뺨을 쓰다듬었다. 감긴 눈꺼풀 뒤에 지금은 숨겨진 빛나는 푸른 눈이 생각났다.

"정말로요, 사제님. 대사제님의 목숨을 말하고 있는 거잖아요! 우리 포기할 수 없어요."

심이 가까이 어슬렁어슬렁 걸어왔다. 어르신은 말까지는 아니더라도 엘리의 뜻을 이해하고는 고개를 까딱거렸다.

"확실히, 분명히, 완전히."

"동의해요."

브리오나가 덧붙였다. 그러고는 바닥에 난 구멍을 우아하게 피하며 앞으로 나왔다.

"하지만 먼저, 우리가 무얼 할지 알려면 무슨 일이 있었는지 더 알아야 해요."

류의 어깨에 있던 매가 날카로운 울음소리를 냈다. 그 소리에, 여윈 사제가 목을 가다듬었다.

"말할 게 별로 없어. 그들은 난데없이 공격했어. 분노한 남녀 폭도들이었지. 농부, 대장장이, 상인, 방랑자 모두가 증오심에 미치도록 사로잡혔지. 주거지를 급습하고, 벽을 부수고, 종을 박살 내고, 정원을 파괴하고, 그 밖에도 많았어. 세상에나, 대사제님이 달아나라고 지시하지 않았다면, 우린 모두 죽임을 당했을 거야."

엘리는 고맙다는 듯 류를 쳐다봤다.

"하지만 누구는 달아나지 않았네요."

류는 그저 콧방귀를 뀌었다.

"퍽이나 가능했겠나. 황급히 여기로 들어온 지 몇 초 만에 그들이 대사제님을 쓰러뜨렸어. 그런 다음 나를 찌르고, 이곳을 완전히 쳐부수고서 우리 둘을 죽게 방치했어."

"그 폭도들, 인간들뿐이었어? 다른 종류의 생명체는 없었고?"

뉴익이 물었다.

사제가 침울하게 끄덕였다.

"화가 아주 많이 나 있었어! 왠지는 설명할 수 없어. 우린 몇 달 동안 바깥의 영토에서 폭력이 증가한다는 보고를 들어왔어. 하지만 모두들 크리스틸리아에 만들어진 댐이 파괴된 뒤에 우리의 문제가 끝나길 바랐지."

그곳 이야기가 나오자, 브리오나의 온몸이 긴장됐다.

사제가 말을 이어 나갔다.

"아아, 그러나 끝나지 않았어. 어림도 없었지."

그러고는 음울하게 두리번거렸다.

"내가 주의를 더 기울였더라면 이걸 예상할 수 있었을 텐데. 아니, 지난 몇 주 동안 난 인간들이 다른 생명체를 공격한다는 충격적인 이야기를 들었어. 먹이를 사냥하러 나온 늑대, 탐나는 나무에 살게 된 요정, 또는 자기들 땅을 가로질러 세워지는 울타리에 반대하는 소인 같은 생명체들 말이야. 그리고 물론, 벨라미르의 자칭 '인류 우선 운동'도 있지. 의도는 좋을 수도 있지만, 인간들이 다른 누구보다 더 잘 알고, 어쩌면 더 잘났다고 주장을 하니 불에 기름을 붓는 것처럼 보이잖아."

류는 돌아서서 움직임이 없는 허약한 코에리아의 몸을 바라봤다. 숨소리가 너무 약해서 숄과 가운이 전혀 움직이지 않는 것처럼 보였다. 이내 류가 딱히 누구에게랄 것 없이 물었다.

"누가 이 공격의 배후일까?"

"벨라미르."

뉴익이 음울하게 말했다.

"아니, 아니, 불가능해. 적어도 그건 내가 확실히 알아. 결점은 많긴 해도, 벨라미르는 기본적으로 그냥 정원사일 뿐이야. 이 세상에서 인류의 특별한 역할에 대한 관념에 정신이 빠진 사람이지. 우리를 자연의 *자애로운 수호자*라 부르는 거 같더라고."

뉴익이 발작적인 기침을 토해냈다.

"안다네, 친구여. 그건 교만으로 가는 지름길이지. 하지만 난 벨라미르가 자기 생각이 얼마나 뒤틀렸고, 탐욕스러운 사람들에 의해 역이용될 수 있는지도 알고 있다는 생각이 들어. 속마음은 정말 좋은 사람이자 스승이지. 게다가 대사제님의 친구고."

엘리가 곱슬머리를 흔들었다.

"아뇨, 그렇지 않아요. 그 사람은 대사제님에 대해 전혀 우호적이지 않은 말들을 했어요. 저랑 리니아 사제님에게 대놓고요."

류의 눈썹이 더 높이 둥그렇게 올라갔다.

"리니아? 리니아한테는 도대체 무슨 일이 있었지?"

엘리가 으쓱였다.

"모르겠어요. 하지만 여기 제 착한 요정은 우리가 리니아 사제님을 다시 보게 될 거라 생각해요."

뉴익이 으르렁거렸다.

"음. 딱 우리가 전염병과 폭풍을 다시 보게 될 것처럼 말이지."

"됐어."

엘리가 벌떡 일어서며 말했다.

"이제 가야 할 시간이야."

"어디를?"

브리오나가 땋은 머리를 가로저으며 물었다.

"여인님에게."

결연한 의지가 담긴 엘리의 눈이 반짝거렸다. 엘리는 바닥에 널브러진 나뭇조각을 발로 차며 몸을 돌렸다. 그러고는 몸을 숙여 침대 위 움직이지 않는 형체에 속삭였다.

"제가 치료약을 가지고 돌아올게요. 약속해요."

아주 부드럽게, 엘리가 늙은 여자의 이마에 손을 댔다. 그러고는 마치 코에리아가 정말로 듣기라도 하듯 소곤소곤 말했다.

"아주 오래전에 우리 아버지가 가르쳐준 노래가 있어요.

아발론은 살아 있다! 살아 있는 우주 만물의
모든 노래를 간직하는 마지막 장소.
한 음 한 음 노래하라, 높고 깊게 노래하라
희망에 찬 목소리가 번창할지어다.

그 노래를 부르는 자들은 살아남을지어다."

엘리는 길고 느린 숨을 내쉬었다.

"부디 살아남아 주세요, 대사제님. 제발요."

류가 일어섰다. 어깨의 나뭇조각을 털어낸 다음 따스한 눈빛으로 엘리를 바라봤다. 그러고는 엘리의 팔에 손을 대고 말했다.

"있지, 방금 네 얼굴 표정을 보니 누군가가 떠오르는구나."

어리둥절한 엘리가 눈을 깜빡이며 류를 쳐다봤다.

"네 아버지."

엘리의 얼굴이 붉어졌다.

"정말요?"

류가 끄덕였다.

"있지, 나의 아주 친한 친구였어. 우리가 젊은 사제였던 그 시절에 여러 차례 나를 구해줬지."

그러고는 부드러운 목소리로 덧붙였다.

"어쩌면 그래서 내가 너와 함께 가야겠구나."

엘리는 깜짝 놀랐다.

"하지만 대사제님은 어쩌고요?"

"지금 내가 할 수 있는 건 더 이상 없단다. 여기 우줄라가 대사제님의 입에 신선한 물을 따라주고, 유칼립투스 잎으로 이마를 닦아주고 있어. 하루에도 몇 번씩이나. 그것 말고는 도움이 될 만한 건 뭐든 여인님만이 줄 수 있단다."

"그렇다면, 우리 가도록 해요."

엘리가 주먹을 꽉 쥐며 선언했다.

7

아르크 카야

스크리가 깨어보니 기억이 시야만큼이나 흐릿했다. 도대체 어디에 있는 거지? 여기에는 어떻게 왔지?

스크리는 노란 테두리의 커다란 눈을 깜짝였지만 아직도 모든 게 흐릿해 보였다. 숨을 할딱할딱 쉬었더니 익숙한 냄새가 났다. 독수리의 깃털. 부서진 껍데기. 똥. 발톱에 긁힌 목재.

스크리는 다른 독수리 종족의 둥지에서 나는 그 냄새를 알았다. 자신의 어린 시절의 냄새이기도 했다. 친어머니의 손길을 느꼈던, 모든 게 너무 빠르게 끝나 버렸던 그 나날들의 냄새였다. 어머니는 잔인한 사람들이 쏜 화살에 쓰러졌었다. 그 이후로, 스크리는 거의 평생 동안 다른 독수리 동족 누구와도 같은 둥지에서 살지 않았다. 대신 누구도, 그 무엇도 닿지 않는, 불에 그슬린 바위 동굴에서 살았었다.

다만 그리움은 예외였다. 멀린의 지팡이를 보호하려 애쓰며 외로이 살았던 그 시절, 스크리는 종종 삶의 목적을 분명히 알고 싶어 했다. 그리고 그보다 더, 벗을 그리워했다. 특히 동생 탬윈과 아주 잠깐 알았던 독수리 어머니를. 어머니는 스크리의 꿈에 자주 나타났다. 넓고 강한 날개를 펴고 하늘 높이 날아오르거나, 반은 인간 반은 독수리인 그윽하고 새된 목소리로 스크리를 불렀다.

지금 앞에 나타난 얼굴은 윤곽이 흐릿했지만 틀림없이 독수리 여자였다. 스크리처럼 인간의 모습을 한 여자가 스크리를 내려다보고 있었다. 사나운 노란 눈에는 부드러운 기색이 조금 보였다. 열쭝이의 깃털처럼 솜털 같은 긴 회색 머리카락이 어깨 위로 흘러내렸다.

"어, 어머니?"

스크리는 믿을 수 없다는 듯 꺽꺽거렸다.

여자는 미소 지었다. 눈 주변의 주름살이 발톱처럼 곡선을 이뤘다.

여자는 눈살을 찌푸리며 낮은 목소리로 말했다.

"아니, 아니. 난 네 어머니가 아니란다. 하지만 한때는 누군가의 어머니였지."

그러고는 여자가 목을 가다듬었다.

"내 이름은 아르크 카야란다."

여자는 부드럽게 손바닥을 스크리의 이마에 놓았다.

"좋아. 열이 좀 떨어졌군."

"열요?"

"이곳 이예 칼라크야 마을에 왔을 때 너는 부상이 심했어. 하고많은 생명체 중에서도, 한 인간하고 훌라가 데리고 왔지. 그들 말로는 네가 피를 많이 흘렸다고 하더구나. 게다가 허벅지 근육 대부분은 찢겨졌고. 도착한 이후로 열로 인해 헛소리를 해댔지."

여자는 자리를 옮겨 스크리의 다리에 켜켜이 감긴 붕대를 풀기 시작했다.

"네 이름이 스크리지, 그렇지?"

갑자기 모든 기억이 빗발치듯 쏟아지는 이미지로 되살아났다. 할리아의 산봉우리에서의 밤과 별이 없는 하늘에서 본 환영. 유니콘. 악의 꽃. 탬윈의 손에서 연기로 변한 피 묻은 파편.

스크리의 시력이 또렷해졌다. 스크리는 모든 독수리 종족의 방식대로 거대하고 깊은 둥지 안에 있었다. 스크리의 팔만큼이나 긴 깃털부터 온갖 크기의 깃털들이 여기저기에 놓여 있었다. 주위에 통나무와 가지뿐만 아니라 탁자, 의자, 그리고 힘으로 내리친 나무로 만든 궤짝에도 얽히고설켜 있었다. 하지만 독수리 종족의 둥지에 흔한 갉아먹은 뼈다귀와 껍데기 조각 대신, 이곳은 유난히도 깔끔해 보였다. 한쪽 벽에는 커다란 보관장이 세 개 있었다. 그 안 선반에는 물약병, 그릇, 여과기, 부목, 크기별 붕대, 그리고 약을 섞고 측정하는 수많은 도구로 가득 채워져 있었다.

치유자: 바로 저 사람이 치유자로군.

스크리가 물었다.

"아르크 카야, 내가 여기에 얼마나 오래 있었나요?"

아르크 카야는 계속해서 붕대를 풀었다.

"글쎄, 어디 보자. 3일 되었네."

"3일요!"

스크리가 똑바로 앉으려 했다. 하지만 머리가 깨질 듯이 아팠다. 마치 큰 바위가 두개골 바로 위에 떨어진 듯했다. 신음을 토하며, 스크리는 애써 맨가슴을 부풀려 아래에 깃털이 깔린 통나무 위로 다시 떨어졌다.

"이런 젠장. 움직이기만 해도 아프네."

스크리가 헐떡였다. 아직도 머리가 지끈거렸다.

"참아라, 스크리."

아르크 카야가 부리 같은 이빨을 딱딱 부딪치며 말했다.

"며칠 더, 아니면 몇 주 동안은 힘이 없을 거야. 갓 부화한 새끼보다 더."

스크리의 눈이 황금 구슬처럼 번쩍였다.

"몇 주요? 하지만 전 반드시……."

다시 똑바로 앉으려 애썼지만 곧 쓰러졌다.

"반드시 가야 해요……."

"자, 자. 얼마 동안은 어디도 못 갈 거야."

"하지만 탬윈요! 갠 내가 필요해요."

"널 데리고 온 그 검은 머리의 인간 말이니? 그 애는 이제 가고 없어. 어제 떠났지. 네가 회복할 거란 걸 확인하고 나서 말이야."

"떠났다고요? 그 골통 멍청이! 날 두고 가 버리다니."

아르크 카야는 조심스레 감아놓은 붕대의 마지막 겹을 벗겨냈다.

"그 애는 엄청 급해 보이긴 했어. 대부분 인간처럼 말이지. 왜 제정신인 사람이 곁다리로 훌라를 데리고 어딜 가고 싶어 하는지는, 난 모르겠지만."

아르크 카야의 손이 멈췄다.

"그 애가 이상한 말을 하긴 했어. *너무 늦기 전에 길을 찾는다*라는 말이었어. 그 애는 어딜 가려는 거지?"

스크리가 끙 소리를 냈다.

"별들요. 별들에 도달할 수 있는 길을 찾으려 하고 있어요."

"별이라니! 순전히 어리석은 짓이군."

"순전히 탬윈답고요. 내가 말할 수 있을 만큼 회복하기도 전에 떠났잖아요. 내가 할 수 있는 모든 건 다 한다는 걸 걔도 아니까요. 걔를……."

"그 애를 막기 위해서."

아르크 카야가 마무리했다.

"현명하군."

"아뇨, 걔랑 함께하기 위해서요."

아르크 카야는 돌아서서 커다란 눈으로 스크리를 쳐다봤다.

"어쩜 아직도 헛소리를 하는 모양이군."

스크리는 답하지 않았다. 무슨 소용이란 말인가? 그러고는 은빛 날개의 베개에서 뺨을 돌렸다. 멍청한 동생 같으니!

아치 모양의 둥지 벽 바깥에서, 마을 생활의 소리가 들렸다. 독수리 종족이 웃고 다투거나, 착륙할 때 끽끽거리는 소리. 애기 열쭝이들이 서로를 후다닥 날쌔게 쫓아다니는 소리. 누군가가 날아오를 준비를 하며 깃털 달린 날개를 곤두세우는 소리. 그런 소리들은 이곳에서 아주 평범하고, 아주 일상적인 듯했다. 그러나 그 소리들은 스크리가 혼자 지낸 경험과는 거리가 멀었다.

스크리의 다리를 치료하고 있던 아르크 카야가 마지막 붕대 조각을 제거했다. 그러고는 걱정스러운 휘파람 소리를 냈다.

"상처 한번 살벌하네! 뭐가 이렇게 한 거지? 가시 돋친 창?"

"아뇨. 꽃요."

아르크 카야가 눈을 가늘게 떴다.

"스크리, 네가 날 가지고 노는 거든지 아니면 생각보다 훨씬 더 심하게 다친 모양이로군."

스크리가 고개를 돌려 시선을 마주쳤다.

"그게 진실이에요, 아르크 카야. 날 믿지 않아도 되지만, 사실이에요.

세상 어딘가에 새로운 형태의 악이 있어요. 당신이 상상하는 그 이상으로요."

아르크 카야가 생각에 잠긴 채 입을 오므렸다.

"있지, 어떤 이유에선지 난 널 믿어. 어쩌면 널 보니 누군가가 떠오르기 때문이겠지."

"누구요?"

"내가 잃은 누군가가."

그 말이 스크리를 궁금하게 만들었지만, 더는 밀어붙이지 않았다.

그사이, 아르크 카야는 돌로 된 물약병에 손을 뻗어 열었다. 그러고는 스크리의 허벅지에 회색빛의 기름진 연고를 부었다. 스크리는 움찔했다. 톡 쏘는 냄새에 비하면 찌르는 느낌은 덜했다.

"냄새 지독하지, 안 그래?"

아르크 카야가 물었다. 그러고는 연고를 스크리의 근육에 부드럽게 문지르기 시작했다.

"트롤 똥 같네요."

"사실, 썩은 개암나무 껍질을 으깬 거야. 찢어진 조직을 치유하는 데 최고지."

아르크 카야가 한숨을 내쉬었다.

"안타깝지만 네 말이 맞아. 새로운 형태의 악에 대한 그 말. 좀 떨어진 영토에 변절한 독수리 종족이 있단 얘기를 들었거든. 다른 무리를 공격하고, 죽이고, 귀중한 건 뭐든지 훔친다고 하더라."

스크리의 온몸이 빳빳해졌다. 환영! 역시 사실이었다!

"하지만 왜요? 우리 종족 역사에서 한 번도 그런 일 없었잖아요."

"나도 안단다, 알아."

아르크 카야가 더 많은 연고에 손을 뻗으며 한숨을 쉬었다.

"그건 늘 인간하고 곱스켄의 분야였어. 자기 종족을 공격하는 거 말이야."

"하지만 그들은 왜 그러는 거죠?"

스크리가 따졌다.

아르크 카야가 암울하게 답했다.

"글쎄, 탐욕이 끝없는 지도자가 지배하고 있다고 누군가가 그러더라. 또 누군가는 될 수 있는 대로 많이 훔치기 위해 사악한 주술사가 고용했다고도 그러고."

"주술사요?"

스크리가 돌만큼 무거운 손을 들어 올려 팔을 움켜잡았다.

"그자가 모자가 달린 망토를 입었나요? 손은 새하얗고요?"

아르크 카야는 스크리의 다리를 문지르는 걸 멈추고는 스크리를 곁눈질로 쳐다봤다.

"그자를 아니? 쿨위크가 내가 들은 이름이야."

스크리가 손을 둥지에 툭 떨어뜨렸다. 그러고는 이를 부득부득 갈았다.

"네, 그자를 알아요. 그자의 칼잡이 부하도요. 또 무슨 얘기를 들었어요?"

아르크 카야가 다시 일을 시작하며 말했다.

"별로 없어. 그냥 마을 치유자로서 듣게 되는 얘기들이지. 무엇을 믿어야 할지 알기란 어려워. 아니, 그런 얘기도 들었는걸. 정복군에 필요한 무기의 값을 지불하려고, 쿨위크가 독수리 종족에게서 훔친 보물을 사용하고 있다고 말이야."

스크리가 찡그렸다. 군대라, 하얀 손뿐 아니라 리타 고르를 위해 일하는 그 군대! 스크리는 이것에 대해 탬윈에게 말해야 했다. 하지만 어떻게 해야 그럴 수가 있을까? 동생은 이미 길을 떠났고, 머지않아 위대한 나무의 나무둥치 안 깊숙한 어딘가에 있을 텐데. 어쩌면 일곱 뿌리-영토를 모두 합친 것보다도 몇 배로 큰 그곳에 말이다. 그리고 그게 다가 아니었다. 탬윈은 나무둥치 안으로 가는 길을 찾자마자, 알려지지 않은 경로를 찾으려 할 것이다. 정말로 그런 경로가 존재한다면 탬윈을 나뭇가지까지 위로 쭉 올려 별들에게로 데려다줄 거다. 아니, 얼마 안 가서는 구름 속에서 하얀 깃털을 찾는 것보다 탬윈을 찾는 게 더 힘들어질 테다!

절망스러운 마음에, 스크리는 끙끙거렸다. 설령 탬윈을 어디에서 찾아야 할지 안다고 해도, 무얼 할 수 있을까? 스크리는 날개 달린 모습으로 변신해서 비행하기는커녕, 설 수조차 없을 만큼 힘이 없었다.

"여기 스크리, 이거 맛 좀 보렴."

아르크 카야가 깃펜을 쥐고 있었다. 그러고는 으깬 딸기처럼 생긴 무언가를 스크리의 입에 뚝뚝 떨어뜨렸다.

"긴장이 풀리게 도와줄 거야."

스크리가 다소 조심스럽게 깃펜 끝을 핥았다. 클로버 꿀처럼 달콤한 맛이 났다. 그래서 좀 더 핥아먹었다. 삼킨 지 얼마 안 지나서, 짙은 안개가 머릿속에 흘러 들어가 생각을 희미하게 하는 듯했다. 이내 스크리는 깊은 잠에 빠졌다.

스크리가 깨어나고 많은 시간이 지난 뒤, 아르크 카야는 스크리의 머리를 받치고는 묽고 톡 쏘는 죽을 한 번에 한 숟가락씩 먹였다. 며칠 동안 스크리의 곁을 거의 떠나지 않았다. 공용 취사장에 가거나 또는 필요한 도구나 재료를 찾을 때만 잠시 둥지를 떠났다.

스크리는 아르크 카야가 얼마나 아낌없이 자신을 내어주는지를 점점 더 감탄하며 바라봤다. 아르크 카야는 스크리의 붕대를 갈거나, 새 찜 질약을 붙이거나, 다리 근육을 문지르지 않을 때에는, 둥지를 찾아오는 다른 여러 독수리 인간들에게 줄 물약, 크림 또는 부목을 만드느라 바빴다. 낮이든 밤이든, 노소 불문하고 마을 사람 모두를 환영했다. 그들의 문제가 족제비 털 알레르기든, 부어오른 발톱, 감염된 상처나 악몽이든지 간에 말이다. 아르크 카야는 모두를 관심과 인내심을 가지고 대했다. 잠에서 깨웠다는 이유로 스크리가 그들을 호되게 꾸짖고 싶은 유혹에 빠졌을 때에도 아르크 카야는 그렇게 대했다. 게다가 누군가가 돈을 내지 못하면, 아르크 카야는 그저 손을 흔들며 말했다.

"가능할 때 그냥 깃털 한두 개 갖다줘요."

이윽고, 스크리는 절뚝거리며 탁자로 가서 아르크 카야가 약을 조제하는 걸 도울 수 있을 정도로 강해졌다. 약초, 뿌리 그리고 나무 섬유를 아르크 카야의 부싯돌 칼로 썰었다. 약사발과 절굿공이로 씨앗을 으깼다. 그리고 (스크리가 제일 좋아하는 일) 석영 망치로 여러 바구니에 가득 든 나무 열매를 깨뜨렸다. 아이들 기침을 진정시키는 골수 연고, 레몬밤 오일, 그리고 당근과 아니스 열매가 들어간 물약 만드는 방법을 배웠다. 그러는 내내, 스크리는 마을 생활과 공동체의 역사에 대해 아르크 카야와 이야기를 나눴다. 하지만 아르크 카야가 잃었던 사랑하는 사람에 대한 이야기는 결코 하지 않았다.

마침내, 9일째 되던 날 스크리는 아르크 카야와 함께 둥지에서 기어 나올 만큼 강해졌다. 둘은 함께 공용 난로에 찾아갔다. 그곳에서 스크리는 독수리 종족이 진한 사슴고기 죽을 요리하고, 깃털처럼 가벼운 보리 케이크를 굽고, 바구니와 깔개를 만들기 위해 갈대를 달이고 있는 걸 봤다. 아르크 카야는 마을 시장에서 수많은 말린 약초와 꽃을 꼼꼼히 살폈지만, 장미열매 한 단만 샀다. 집으로 돌아오는 길에, 둘은 잠시 멈춰 토끼잡기 놀이를 하는 한 무리의 아이들을 바라봤다. 너무 재미있어 보여서 스크리는 체력만 있었으면 함께했을 거 같았다.

더 많은 날들이 지났다. 힘이 늘자, 스크리는 과감히 마을 주위를 혼자서 산책하러 나갔다. 독수리 종족이 발톱싸움 기술을 연습하는 걸 봤다. 거친 운동이었던 탓에 그들은 아르크 카야의 치료를 받으러 자주 왔었다. 장인들도 발견했다. 그들은 윤이 나는 달걀 껍데기에 깃털로 생생한 그림을 그리고, 자줏빛 자수정과 빨간 루비로 보석을 세공하고, 햇볕에 말린 뼈와 산비탈에서 난 수정으로 온갖 종류의 도구를 만들 수 있었다. 그렇지만 스크리는 무엇보다도 둥지로 돌아왔을 때 아르크 카야가 늘 따스하게 맞아주는 게 즐거웠다.

사실, 스크리는 적어도 지금은 다른 어느 곳에 갈 수 없는 게 거의 기쁠 정도로 충분히 즐거운 시간을 보냈다. 탬원뿐만 아니라 브리오나도 때때로 생각이 났다. 할리아의 산봉우리에서 봤던 환영도 함께 떠올랐다. 그래서 힘이 돌아오고 나면 무엇을 할 수 있을지 계획을 세웠다. 탬원을 찾는 건 불가능했기에, 엘리나 브리오나를 찾아내서 하얀 손에 관해 무엇을 알게 되었는지 말해줄 수 있을 것이다. 하지만 일단 스크리는 여기에 있었다. 마을에, 둥지에, 거의 집처럼 느껴지는 이곳에.

어느 날 아침, 스크리가 토끼잡기 놀이를 하고서 먼지를 뒤집어쓴 채 헐떡이며 돌아오자 아르크 카야가 다 알고도 고개를 끄덕였다.

"그래서? 어떻게 했어?"

"형편없었어요. 내 크기의 반밖에 안 되는 두 살짜리 애들 몇몇이 나를 빙글빙글 돌게 했어요. 특히 황금빛 눈의 소년요. 이름이 호킨이었던 거 같아요. 하지만 아주 즐거웠어요."

스크리가 아르크 카야를 보고 씩 웃었다.

아르크 카야가 활짝 웃었지만 썩 기쁜 표정은 아니었다.

"그게 바로 아옐이 했을 법한 말이야."

스크리가 눈썹을 추켜올렸다.

"아옐……?"

"내 아들. 다섯 살 때까지 나와 함께 살았어. 자기 둥지를, 자기 인생을 만들 수 있는 거의 다 큰 어른이었지. 그러고는 어느 날…… 죽었어."

조심스레, 스크리가 물었다.

"어쩌다가요?"

아르크 카야는 눈을 깜빡이더니 솜털 같은 회색 머리카락을 흔들었다.

"인간이 쏜 화살에 맞고서."

스크리는 움찔했다.

꼭 우리 어머니처럼.

"우리는 할리아의 산봉우리 북쪽 산마루 위로 함께 날고 있었어. 말로는 절벽 토끼를 찾으려고 그랬다지만, 우리 둘은 알았어. 우리의 진짜 목적은 그냥 함께 날려고 그랬다는 걸."

아르크 카야는 기억이 떠오르자 한숨지었다.

"아옐은 날개를 활짝 펴고 자유롭게 날아오르는 것만 엄청 좋아했어."

"그런 다음에요?"

"인간들. 활과 화살을 들고 있었지. 그 가운데 하나는 날 겨냥했어. 이유는 나도 몰라. 누가 인간들의 비열한 행동을 설명할 수 있겠어? 그런데 아옐은 그 사람이 쏘는 걸 봤어. 곧바로 방향을 바꾸고선, 화살길 속으로 몸을 내던졌지."

화가 난 아르크 카야는 마치 날개가 달린 양, 발톱으로 누군가의 눈을 긁어내는 것처럼 손가락으로 허공을 할퀴었다.

"나를 위해 목숨을 바치다니! 그래, 그렇게 하지 않았더라면 아엘은 오늘 하늘로 날아올랐을 텐데. 그것이 내가 바라는 바야, 진심으로."

아르크 카야의 어깨가 축 처졌다.

스크리가 고개를 끄덕이더니 말했다.

"용기 있게 죽었군요."

아르크 카야가 멍하니 스크리를 쳐다봤다.

"그래도 죽었지."

갑자기, 아르크 카야는 허리를 펴더니 탁자로 걸어가 덩이줄기를 썰기 시작했다.

"정말 나도 멍청한 노인네구먼. 이런 실없는 소리로 네게 부담을 주다니."

아르크 카야가 당황해서 웅얼거렸다.

"아르크 카야, 그건 실없는 소리가 아녜요."

스크리가 화난 듯 말했다.

아르크 카야가 천천히 얼굴을 들었다. 노란 눈은 이제 벌겋게 부어 있었다.

"그럼, 뭐였지?"

"기억요, 고통에 찬 비명요. 당신의 가족이었던 아들을 위해서요. 가족은 무엇보다도 소중하잖아요. 잃으면 고통스럽고요."

아르크 카야는 묵묵히 아들을 생각했다. 괴로움이 조금씩 눈에서 사라졌다.

"어쩐지 네게도 상실에 대한 경험이 있다는 생각이 드네."

스크리가 침을 꼴깍 삼켰다.

"맞아요."

스크리가 아르크 카야가 있는 탁자로 가서 덧붙였다.

"그런데 있죠, 요즘 여기에 당신과 있으니 몇 가지를 알게 됐어요."

아르크 카야가 고마운 마음으로 스크리를 바라봤다.

"스크리, 일주일만 더 있으면 모습을 바꾸고 날 수 있을 만큼 강해질 거야. 원한다면, 떠날 수도 있고."

그러고는 머뭇거리며 덧붙였다.

"아니면 어쩌면…… 계속 있을 수도 있고."

그 생각에 스크리는 심장이 고동쳤다. 그러고는 둥지를 둘러봤다. 부목과 붕대가 쌓여 있고, 여기저기에 깃털이 흩어져 있고, 물약병과 그릇 그리고 형형색색의 물약도 있었다. 이내 스크리는 천천히 고개를 흔들었다.

"그럴 수는 없어요, 아르크 카야. 반드시 찾아야 하는 사람들이 있어요. 할 수 있으면, 도와야 하고요. 여기서 멀리 있어요."

아르크 카야가 입술을 꽉 깨물고는 끄덕였다.

"그래, 이해해. 있지, 우리 부족의 오래된 기도가 있어. *높이 날아라, 맘껏 달려라.*"

"마음에 드네요. 간단하고 강력하고 독수리다워요."

아르크 카야의 입꼬리가 살짝 올라갔다. 그때 산들바람이 긴 회색 머리카락을 헝클어뜨렸다.

"네가 여기에 와서 기뻐. 아주 잠깐이었어도."

아르크 카야가 속삭였다.

"저도요."

114

탁.

두꺼운 화살이 아르크 카야의 어깨뼈 사이 깊숙한 등에 꽂혔다. 마치 비명을 지를 듯, 아르크 카야의 입이 크게 벌어졌다. 하지만 어떤 소리도 나오지 않았다. 아르크 카야는 스크리를 흘끗 바라보며 휘청거리더니 둥지 바닥으로 쓰러졌다.

"안 돼!"

스크리가 소리치며 무릎을 꿇고는 아르크 카야의 얼굴을 가슴에 끌어당겼다. 그러면서 누가 이런 끔찍한 일을 했는지 살피려고 위를 올려봤다. 그때 또 다른 화살이 곧장 스크리에게로 빠르게 날아들고 있었다.

스크리는 아슬아슬하게 옆으로 굴러갔다. 화살은 스크리의 어깨를 스치고 지나가 탁자의 한쪽 다리에 깊게 박혔다. 젖 먹던 힘까지 다해, 스크리는 아르크 카야를 물약병 보관장로 끌고 가서 몸을 숨겼다. 하지만 그 전에 누가 화살을 쐈는지 언뜻 보았다.

독수리 인간이었다! 어렸지만 다 자란 성인이었다. 외모로 봐서 이미 노련한 전사였다. 공격자는 오만하고 비웃는 얼굴로 우쭐거리며 웃더니, 한쪽 발톱에 무거운 활을 쥔 채 머리 위로 빠르게 내려왔다. 그런 다음 둥지 가장자리 너머로 사라졌다. 무기를 들고 있던 독수리 인간 몇몇이 바짝 뒤따랐다.

스크리가 노발대발 소리쳤다.

"겁쟁이들아! 비열한 놈들아! 진정한 독수리 인간처럼 발톱으로 싸우지 그래?"

하지만 스크리의 외침은 사방팔방에서 갑작스럽게 들리던 큰 소음에 묻히고 말았다. 아르크 카야의 둥지 벽 바로 너머로, 스크리는 독수리 종족의 비명과 대성통곡을 들었다. 조금 전까지도 웃음, 말다툼 그리고 작업 중인 도구 같은 일상생활의 소리로 가득했던 마을에는, 이제 분노와 고통으로 울부짖는 소리가 울려 퍼졌다.

지금은 피로 물들어진 솜털 같은 회색 머리카락의 여자가 옆에 쿵하고 쓰러지는 걸 보고, 스크리는 무릎을 꿇은 채 몸을 돌려 화살을 집어 쏘려고 했다. 아르크 카야가 등을 굽히며 고통스럽게 신음했다. 그런데 스크리는 힘이 달렸다! 화살이 꼼짝도 하지 않았다.

스크리는 조심조심 아르크 카야를 보관장에 기대어놓은 다음 일어나기 시작했다.

하다못해 싸울 순 있잖아. 독수리 모습으로 변하지 못한다 해도, 어쩌면 난……

스크리가 혼잣말했다.

아르크 카야가 눈을 뜨며 몸을 뒤척였다. 초점을 맞추는 게 분명히 힘들었는데도, 스크리를 알아보고 팔뚝을 붙잡았다.

"안 돼. 가지 마. 너도 죽일 거야."

아르크 카야가 쉰 목소리로 말했다.

스크리는 살살 뿌리쳤다. 그러고는 그렁그렁한 눈으로 말했다.

"가야 돼요! 꼭 싸워야만 해요! 어떻게든 도우려면요."

힘없이, 아르크 카야는 손가락으로 스크리의 턱을 쓸어내렸다.

"살아서 도와주렴. 그래, 스크리. 그냥 살아만 있으렴…… 아들아."

아르크 카야는 헐떡이더니 마지막 말을 속삭였다. 그 소리가 너무 희미해서 스크리한테는 거의 들리지가 않았다.

"높이 날아라…… 맘껏 달려라."

8

눈물 날 정도로

스크리가 아르크 카야의 둥지를 떠나 휘청거리며 마을로 나갈 때쯤, 대학살은 이미 끝나 있었다. 예술가와 행상인, 그리고 남녀노소 독수리 종족의 시신이 여기저기에 널브러져 있었다. 대부분은 독수리 모습으로 변할 새도 없이 치명적인 화살에 맞았다. 날개를 펼쳐 마을을 지키려 애썼던 몇몇은 잔인하게 뭇매질을 당했다. 몸은 베이고 발톱은 잘려 나갔다.

많은 마을 사람들이 죽어 공용 취사장은 난장판이었다. 스크리는 뒤엎어진 도구와 시장 진열대, 흩뿌려진 음식과 살 타는 냄새가 나는 석탄 난로를 봤다. 짙고 새카만 연기가 하늘에 거무스름하게 피어올라 할리아의 산봉우리 정상을 가렸다. 생존자 몇몇은 충격을 받아 돌아다니거나 사랑하는 이의 시신 옆에서 눈물을 흘리고 있었다.

공격자들은 마을 시장의 대부분 물건들은 남겨둔 반면, 모든 보석과 도구, 수정처럼 귀중품은 뭐든지 다 가져갔다. 이 악랄한 공격의 목적이 도둑질이라는 게 확실해 보였다. 스크리는 하얀 손과 리타 고르와 손잡은 변절자 부족이 이런 짓을 했다는 확신이 들었다.

그리고 다른 것도 확신했다. 아르크 카야를 죽인 그 오만한 젊은 전사를 흘끗 봤을 때, 붉은 각대*와 검은 무늬 날개를 알아봤다. 틀림없이 브람 카이에 부족의 무늬였다. 스크리는 파이어루트를 지나는 여행에서 그들을 알게 되었었다. 그리고 그들의 지도자 또한 잘 알았다.

너무 잘 알았다. 꼬임에 넘어가 그 여자를 믿었었고, 그런 잘못된 믿음 때문에 자기 목숨처럼 수호하기로 맹세한 멀린의 지팡이를 거의 잃을 뻔했었다. 그 끔찍한 실수에 대해 누구에게도 말해본 적이 없었다. 탬원한테도 안 했다. 어떤 비밀은 나누기에는 그저 너무나도 고통스러웠다.

하지만 절대 잊을 수 없었다.

스크리는 가슴이 찢어지는 그날 내내, 생존자들을 찾고 돕는 데 전념했다. 많지는 않았다. 이곳 둥지에서 사는 60 내지 70명의 독수리 종족 가운데 12명도 안 되는 이들만이 있었다. 부상을 입은 여자 셋과 남자 둘을 찾았다. 날개 달린 모습으로 있던 어르신은 망연자실하여 그슬린 날개를 질질 끌고서 무턱대고 비틀거리며 돌아다녔다. 다섯 아이들도 살아남았다. 거기에는 그날 아침 토끼잡기 놀이를 매우 즐겼던 황금빛 눈의 독수리 소년 호킨도 포함되어 있었다.

스크리는 어깨너머로 배운 변변찮은 치유의 지식으로, 아르크 카야의 물품을 이용해 최대한 많은 사람의 상처를 닦고 붕대를 감기 위해 최선을 다했다. 하지만 스크리도 익히 알듯이, 가장 심한 상처는 그들의 머릿속에 남아 있었다.

다음 날, 생존자들은 가장 어려운 일을 하기 시작했다. 독수리 종족

---

* 다리에 묶는 띠.

의 전통적인 방식으로 죽은 자들을 매장하려면 돌을 덮은 흙무덤을 만들 필요가 있었다. 그리고 이런 경우에, 이렇게 많은 시신을 묻으려면 흙무덤의 크기가 거대해야 했다.

체력이 극에 달하긴 했지만, 스크리는 다른 마을 사람들을 도와 이제는 조용해진 둥지 근처 너른 들판으로 흙과 돌을 끌고 갔다. 생존자들은 비록 온종일 거의 말이 없었지만 서로를 돕기 위해 최선을 다했다. 그릇에 든 물을 홀짝 마시거나 훈제 수퇘지 고기를 물어뜯을 때조차 비탄에 잠긴 채, 커져가는 무덤을 바라보며 말없이 먹었다. 다른 이들처럼, 스크리도 그저 하나의 마을 그 이상을 땅에 묻고 있는 느낌이 들었다.

스크리가 그날 들어 날랐던 그 어떤 것도 아르크 카야의 축 처진 몸만큼 무겁지 않았다. 아르크 카야는 맨 마지막으로 매장된 사람이었다. 이미 여러 차례 했던 대로, 스크리는 모든 독수리 종족 방식으로 팔을 쫙 벌려 흙더미 위에 아르크 카야의 시신을 놓았다. 그러고는 최대한 조심스레 깃털과 마른 풀 한 겹을 덮었다.

흙이 가득 든 바구니를 시신 위로 처음 붓기 전에, 스크리가 그 옆에 무릎을 꿇었다. 그러고는 아르크 카야의 부싯돌 칼 하나를 사용해 회색 머리카락 한 움큼을 잘라냈다. 열쭝이의 꼬리 깃털처럼 부드러웠다. 스크리는 그걸 자신의 발목에 묶기 전에 한참을 살펴봤다.

마침내, 스크리는 마지막 돌을 올려놓은 다음, 봉분을 마주보며 음울하게 서 있었다. 온종일 일을 해 뻐근하고 멍든 팔을 뻗어 아픈 허벅지 근육을 문질렀다. 아르크 카야가 낫게 하려고 심혈을 기울인 그 근육을 말이다. 스크리는 고개를 숙여 바람만이 들을 수 있는 목소리로 속삭였다.

"높이 날아요, 아르크 카야. 맘껏 달려요."

그때, 바로 뒤에서 노래를 부르는 목소리가 갑자기 높아졌다. 스크리는 몸을 돌려 어른 독수리 종족을 보았다. 날개 모양처럼 한 줄로 나란히 줄지어서 부족의 성가를 부르기 시작했다. 깜짝 놀란 스크리는 그들의 음악에 사로잡혀 마치 산들바람에 흩날리는 깃털처럼 기분이 날아갈 거 같았다.

노래가 계속되는 동안 스크리는 그렇게 아름다운 소리가 자기 부족 사람들 입에서는 나온 적이 없다는 걸 깨달았다. 이 음악은 단순하면서도 슬픔이 어려 있었지만, 스크리를 독수리 종족 대대로 흘러내려 온 기분의 흐름으로 휘감은 채 하늘 높이 들어 올렸다.

이윽고, 아이들이 참여했다. 처음에는 우물쭈물 흐느끼느라 목이 멘 소리를 냈다. 하지만 곧 또렷하게 노래를 불렀다. 아이들의 작은 목소리는 각각의 깃털이 하나의 날개로 합쳐지듯 매끄럽게 다른 이들과 한데 어우러졌다. 아이들이 덧붙인 건 목소리 그 이상이었다는 걸 스크리는 깨달았다. 아이들은 한 줄기 희망의 빛을 더했다. 아직 아이들이 남아 있다는 사실이 이곳 마을과 여기 사람들이 계속 살아야 한다는 걸 의미하기 때문이다.

스크리는 아르크 카야의 시신에서 돌아서서 아이들의 얼굴을 쳐다봤다. 예상했던 대로 아이들은 슬픔과 상실감으로 가득 차 있었다. 그 가운데 몇몇은 자신의 어머니, 아버지, 형제자매를 묻었다. 어린 나이에도 불구하고, 아이들은 독수리 종족의 전설적인 용맹, 용기 그리고 삶의 의지에 대한 기색을 보였다. 특히 호킨의 얼굴에서, 스크리는 그런 자질을 보았다. 그리고 또 다른 것도. 황금빛으로 반짝이는 거무스름한 눈을 지닌, 슬프지만 강건한 젊은이에게서 스크리는 수년 전 자신의 모습을 보았다. 한데 묶인 그런 고뇌와 결의가 끔찍이도 익숙해 보였다.

스크리가 예상하지 못했던 건 호킨이 그다음 한 일이었다. 그 녀석은 하늘을 향해 턱을 치켜들더니 혼자서 노래를 부르기 시작했다. 목소리에는 한 아이의 구슬픈 외침과 독수리의 새된 소리가 섞여 나왔다.

머리 위로 높이
구름의 섬 안에서
내가 잘 아는 좋은 배가 항해했다.
그 깃털은 매우 부드럽게,
그 날개는 하늘 높이 넓게,
쉬라며 나를 안전하게 데려다주어
보송보송한 둥지 안에 내려놓았다.

오 어머니, 나의 배여,
높은 곳의 나의 선박이여,
보이지 않는 곳으로, 두려움을 넘어 흘러갔구나.
눈물 날 정도로 당신이 그립다.

날렵하게 강하게,
우아하게 하늘을 나는구나,
독수리 날개가 바다에 뜨거늘
당신이 내게 나는 법을 가르치네,
하늘을 항해하는 법을 가르치네,
그 가운데 제일의 가르침은

내가 보는 전부의 선장이 되는 법이라네.

오 어머니, 나의 배여,
높은 곳의 나의 선박이여,
보이지 않는 곳으로, 두려움을 넘어 흘러갔구나.
눈물 날 정도로 당신이 그립다.

불과 얼마 전에
내게 약속했었지
안개나 구름 위로 날아오르기로
바다 위에 떠 있는
선원 둘이 되겠지
그러나 우리 여정은 결코 허락받지 못했네.
안개는 당신의 수의가 되었네.

오 어머니, 나의 배여,
높은 곳의 나의 선박이여,
보이지 않는 곳으로, 두려움을 넘어 흘러갔구나.
눈물 날 정도로 당신이 그립다.

당신은 조용히 항해한다
늘어난 안개의 장막 뒤로
내가 갈 수 없는 곳으로.
그런데도 나는 안간힘을 썼다

당신의 곁에 머무르기 위해,

나는 홀로 날아 살아가야 한다

내가 놓친 배에서 멀리 떨어져.

오 어머니, 나의 배여,

높은 곳의 나의 선박이여,

보이지 않는 곳으로, 두려움을 넘어 흘러갔구나.

눈물 날 정도로 당신이 그립다.

소년은 목소리를 점점 작게 내더니, 마을의 빈 둥지로 걸어서 돌아가기 시작했다. 하지만 몸을 돌리자 스크리의 눈길과 마주쳤다. 둘은 서로를 한참 바라봤다. 한 사람의 눈은 황금빛이 얼룩덜룩했고, 다른 사람의 눈은 노란색으로 테를 이뤘다. 이윽고, 둘은 필요한 말을 전부 다 한 듯 동시에 고개를 끄덕였다. 소년은 마을을 향해 숙연하게 발걸음을 옮겼다. 반면 스크리는 봉분으로 돌아갔다.

다른 생존자들이 노래를 계속 부르는 동안, 스크리는 아르크 카야를 다시금 떠올렸다. 아르크 카야의 친절, 아량, 그리고 사랑도.

이내 스크리는 마음속으로 아르크 카야를 죽인 젊은 전사의 비웃는 얼굴을 보았다. 전투를 열망하는 얼굴이었다. 피에 굶주린 얼굴. 그리고 또…… 다른 것도. 스크리가 쉽사리 알아볼 수 없는 이상한 성격의 얼굴이었다.

"내가 널 찾겠다, 악랄한 전사여."

스크리는 작은 소리로 으르렁거렸다.

"네가 한 짓의 대가를 치르게 될 거다! 맹세코, 그리될 거다."

스크리는 계획을 바꿨다. 아마도 지금 위대한 나무의 광활한 나무등 치 속 깊숙이 있을 동생 탬윈을 찾을 가망이 없다는 걸 알았다. 또한 일곱 영토 안 어디든 있을 수 있는 브리오나와 엘리를 찾으려면 몇 주가 걸린다는 것도 알았다. 그래서 스크리는 새로운 활동 노선을 생각해 냈다. 멍청하다고 할 정도로 대단히 위험하면서 대담했다. 하지만 잘되면, 하얀 손뿐만 아니라 그자의 주인인 리타 고르의 사악한 계획이 틀어질 기회가 생기게 될 거다. 그리고 만약 성공한다면, 곧 들이닥칠 먹구름으로부터 아발론을 구하기 위해 자기만의 방식으로 조금이나마 돕게 될 테다.

스크리는 파이어루트로 돌아가 브람 카이에 부족을 찾을 거다. 무슨 수를 써서라도 그들을 찾아내서, 하얀 손과 끔찍한 계약을 맺은 그 지도자를 죽일 거다. 그리고 가능하다면, 다른 사람도 죽일 거다. 바로 아르크 카야의 목숨을 훔친 그 젊은 암살범을.

스크리는 시퍼런 칼날처럼 반짝거리는 눈으로 장중하게 고개를 끄덕였다. 위험한 생각이었지만, 마땅히 해야 할 일이라는 걸 알았다. 실제로 모험 길에 오른 탬윈과 합류할 순 없었지만, 적어도 둘은 같은 목표를 향해 일하게 될 테다. 그래서 엄청나게 멀리 떨어져 있지만, 이리하여 둘은 계속 함께할 수 있다. 아발론을 위해 자기의 본분을 다하면서.

스크리는 다른 여러 이유 때문에 이 계획에 끌린다는 걸 깨닫고선 침을 꼴깍 삼켰다. 하나는, 성공하든 안 하든, 덜 팔푼이처럼 보일 테다. 스스로에게, 또 어쩌면 브리오나에게도. 그리고 다른 하나는, 아르크 카야를 위해 조금이나마 복수를 할 수 있어서다.

잠시 스크리는 무덤에 가지고 갔던 돌만큼이나 단단해 보였다. 기어코, 그 악랄한 전사를 찾을 거다. 찾아서 죽일 거다. 그것도 옛날 방식으로 할 거다. 무기 없이 오로지 날개와 발톱으로.

스크리는 아르크 카야의 머리카락으로 된 발찌를 흘끗 내려다봤다. 늦은 오후 햇살에 환한 은빛 고리처럼 눈부셨다. 스크리는 아르크 카야가 진심으로 다정하게 맞이해줬던 모습이 떠올랐다. 6년 전 그날, 브람카이에 부족의 지도자 퀘나이카에게서 받았던 환대와는 아주 달랐다.

파이어루트 화산 땅의 불타는 절벽 사이에서 퀘나이카를 처음 만났던 건 순전히 우연이었다. 둘 다 낮게 날면서 똑같은 야생 수돼지 무리를 사냥하고 있었다. 그때 시야를 가린 바위산 때문에 둘은 하마터면 서로를 향해 날아들 뻔했다. 스크리는 대번에 퀘나이카가 아름답다고 생각했다. 치렁치렁한 적갈색 머리카락, 균형 잡힌 몸매, 밝은 노랑 눈, 그리고 움직임 하나하나를 이끄는 엄청난 힘을 지녔다. 그에 반해 스크리도 역시 강한 사람이고 나이에 비해 건장하고 사냥에 능숙했지만, 속마음은 아직 겨우 아이였다.

스크리는 평생을 다른 독수리 종족과 단절된 채 절벽에서 살았다. 멀린과 약속했었기에 숨어 지냈다. 특히나 살인적인 구울라카가 양어머니를 죽이고, 동생 탬원과 떨어지게 되고 나서부터 그랬다. 그래서 가족이나 친구 없이, 다른 이들과의 접촉을 피해 외딴 동굴에서 잠을 자며 혼자서 살았다.

그러던 중 퀘나이카를 만났다. 새로이 선택된 부족의 지도자로서 퀘나이카는 그 당시에도 그저 퀸이라 불리길 원했다. 순진해 빠졌던 스크리는 이것이 퀘나이카에 대해 무얼 말해주는지 이해하지 못했다. 자기 마을로 꾀어내리는 퀘나이카의 진짜 이유가 무엇인지도 몰랐다.

스크리는 퀘나이카에게 쉬운 먹잇감이었다. 이제 그걸 이해했다. 퀘나이카는 매우 강하고, 매력적이고, 완전히 자신 있어 보였다. 또한, 스크리에게 매력을 느꼈다. 그건 진한 벌꿀 술처럼 취할 거 같은 느낌이었다. 반면 스크리는 외롭고, 혼란스럽고, 사랑에 몹시 목말라 있었다. 퀘나이카는 스크리를 은밀한 경질 나무 숲으로 데리고 가서, 스크리가 이제껏 꿈꿔본 것 이상의 솜털 같은 부드러움으로 감쌌다. 퀘나이카는 사랑하는 마음에서 스크리에게 그런 건 아니었다.

아니, 탐욕 때문에 그리했다. 멀린의 지팡이를 보고 그 힘을 감지하더니 가지고 싶어서 그랬다. 퀘나이카는 마을로 돌아와서 스크리에게 따스하게 입맞춤하고는 무사할 거라 약속했다. 보초에게 은밀하게 신호를 보내는 바로 그 순간에도 말이다. 사랑에 흠뻑 젖어 있던 스크리는 아무런 눈치도 채지 못했다. 갑자기 맹렬하게 공격을 받기 전까지는.

우월한 힘과 빠르기, 그리고 구울라카와 싸운 경험 덕분에 스크리는 지팡이를 들고 탈출할 수 있었다. 목숨을 부지한 건 물론이고. 그날부터 지금까지, 땅의 요정 머리통 같은 자신의 우둔함을 저주했다. 스크리는 알았다. 인생 최악의 실수를 저지르느라 넋 놓고 있던 찰나에 소중하게 여기는 모든 걸 거의 잃어버릴 뻔했다는 걸.

스크리는 허리를 펴고 무덤에서 돌아섰다. 마을 위 산등성이로 시선을 들어 올려 바람이 지나간 할리아의 산봉우리 정상을 살폈다. 그러고 나서, 그 너머를 눈여겨보더니 저 멀리에 솟아오른 진갈색 융기를 찾아냈다.

그 융기는 별을 향해 척척 올라갔다. 늘 소용돌이치는 안개 속으로 사라질 때까지 높이 더 높이 올라갔다. 스크리는 자기 종족 사람들 누구도 지금 동생이 찾고 있는 그곳까지 높이 날아간 적이 없다는 걸 알았다. 전설적인 비행사 하크 야로우와 일야크조차도 못 했다. 그들은 그런 여정을 자기 종족의 타고난 힘이 미치지 않는 곳이라 여기고는, 위대한 나무의 나뭇가지로 높이 날 시도조차 하지 않았다. 그런데 그것이 바로 탬원이 하려는 것이다. 그저 나뭇가지가 아닌, 별들을 향해 앞으로 나아가는 여행을 하려고 말이다.

탬원, 지금 당장 어디에 있든, 언제나 무사하길 바라. 그리고 나보다 더욱 현명하게 행동하길.

손으로 허공을 훑으며, 스크리는 마지막 밤을 보내기 위해 마을의 둥지 사이로 성큼성큼 걸어갔다. 파이어루트로 가는 동안 기운이 완전히 회복되길 바라며 내일 새벽에 떠날 것이다. 탬원보다는 여행 거리가 짧지만 마주할 위험이 덜하진 않다는 걸 알았다. 그리고 동생처럼 그저 살아남기 위해 최선을 다해야 한다는 것 또한 알았다.

9

영원히 살기 위해서

탬원은 손을 뻗어 머리 위의 거친 갈색 바위 가장자리를 홱 움켜잡았다. 그러고는 더 위에 있는 바위 턱에 다다르기 위해 아픈 팔을 혹사시키며 몸을 높이 끌어 올렸다. 이마에 흐르던 땀이 눈으로 뚝뚝 떨어져 따가웠다.

조금만 더 높이. 거의 다 왔어.

탬원이 불굴의 의지를 가지고 생각했다.

갑자기 바위 가장자리가 부서지는 바람에 공중으로 자갈이 뿌려지고, 탬원은 뒤로 굴러떨어졌다. 그러더니 미끄러져 낭떠러지 아래로 통통 굴러 마침내 둥글게 말린 채 멈춰 섰다. 잠시 동안 탬원은 벌렁 누워 있었다. 주위에는 흙먼지가 소용돌이쳤고, 허리에 달린 석영 종 소리가 울려 퍼졌다. 배낭 안에 든 널빤지에서는 더욱 부드럽고 깊은 음이 들렸다.

"이런 젠장!"

탬원은 어지러운데도 억지로 몸을 일으켜 세우며 욕을 했다.

그러고는 어렴풋이 보이는 절벽을 올려다봤다. 무지 가파르고, 엄청

생기가 없었다. 이따금씩 히죽히죽 웃는 훌라의 얼굴 말고 이틀째 본 거라고는 바위가 전부였다. 거친 갈색 바위. 여기저기에 높이높이 솟아 있었다. 마치 하늘로 곧장 오를 듯이……

탬윈은 구름 같은 흙먼지를 날리며 고개를 흔들었다.

마치 나무둥치처럼.

물론, 그게 바로 탬윈이 오르고 있던 거다. 이건 평범한 나무가 아니다. 이 나무는 끝없이 쭉 이어져 있는 것처럼 보였다. 끝이 없는 갈색 융기는 사실 나무의 껍질이었다. 바로 나무 아랫부분의 표면이었다.

탬윈은 눈을 깜빡여 먼지를 털어내고선 머리 위로 소용돌이치는 자욱한 구름안개를 자세히 들여다봤다. 바위 턱 너머 절벽은 마침내 연기 속으로 사라질 때까지 위로 쭉 솟아 있었다. 탬윈은 얼마나 멀리 왔는지 알 수가 없었다. 하지만 스크리를 떠나온 이후로 겨우 나무둥치의 아주 작은 부분만 올라왔다고 확신했다.

더군다나 탬윈은 여기 위쪽 어딘가에 있어야 하는 일렁이는 바다를 보지도 못했다. 바다가 아닌 진짜 목표도 못 봤다. 바다를 지탱하는 뿌리나 가지처럼 이상한 부속물도 보지 못했다. 아니, 탬윈이 찾고 싶어 하던 것은 바다 근처 어딘가에 있는 관문이었다. 나무 깊숙한 곳으로 탬윈을 데려다줄 수 있는, 낮은 영역에서 가장 높은 관문 말이다. 탬윈은 바깥쪽에서 위대한 나무를 오르고 싶지 않았기에, 엄청난 시간이 걸리긴 하겠지만 안쪽 어딘가에 길이 있길 바라는 마음으로 찾고 있었다.

탬윈이 음유시인에게서 배웠던 대로, 자신의 아버지가 관문의 속도로 꼭대기까지 이동시켜주길 바랐던 바로 그 안쪽 길을 말이다. 결국 크리스탈루스는 섀도루트까지 포함해서 일곱 뿌리-영토의 모든 관문을 넘나들었고, 살아남았다. 위험에도 불구하고, 관문 추적은 먼 거리를 돌아다닐 수 있는 가장 빠른 길을 제공했다.

뿌리-영토 사이의 방대한 거리도 엄청나게 거대한 아발론 위쪽 지역과 비교하면 작았다. 아니, 크리스탈루스는 나무둥치 자체가, 한데 모인 일곱 영토 전부를 작아 보이게 한다고 믿었다. 그리고 만약 나뭇가지가 얼마나 큰지 그리고 그 안에 들어 있는 모든 땅을 고려한다면, 그건…….

탬윈은 그러한 규모에 대한 생각만으로도 압도되어 고개를 흔들었다.

내가 여기에 있다. 꼭대기까지 가려고, 그 너머 별들에게로 여행하려 애쓰고 있다! 그것도 리타 고르가 우리 모두를 짓밟기 전에 단 몇 주 안에 그걸 하려고 한다.

하지만 탬윈은 지금 그걸 생각하면 안 된다는 걸 알았다. 다음 단계에 집중해야 했다. 먼저, 일렁이는 바다 근처에서 관문을 찾고 거기서부터 나무둥치로 들어갈 거다. 그런 다음 나무 깊숙이, 전설적인 위대한 나무의 심재로 갈 거다. 거기는 자신의 아버지가 앞선 탐험에서 발견했고, 나무둥치와 나뭇가지 속으로, 그리고 궁극적으로 별들에게로 더 높이 여행하는 열쇠를 쥐고 있다고 믿은 곳이었다.

탬윈은 눈썹에 묻은 바위 조각을 털어냈다. 그러고는 가죽갈대의 야들야들한 잎으로 만든 물통을 배낭에서 꺼냈다. 물통을 열어 물을 조금 마셨다. 찔끔찔끔 몇 방울밖에 안 나오는 최후의 한 모금이었다. 탬윈은 입술에 조금 남은 마지막 수분을 핥고 나니 일렁이는 바다에 다다르기 전까지 더는 마실 걸 찾을 수 없다는 걸 알았다. 그곳에 이르기라도 한다면 다음 식사는 어디서 찾을 수 있을는지는, 짐작만 할 뿐이다.

더 중요한 건 관문을 찾는 거야.

탬원이 혼잣말했다.

물통을 닫고선 배낭에 다시 넣었다. 손이 하모나 널빤지에 살짝 닿자 이내 낮고 떨리는 음으로 또 소리가 났다. 엘리와 헤어진 이후로 만지지 않았었다. 지금까지도 속상한 느낌이 드는 걸로 봐서, 탬원은 다시 깎아 만들기는커녕 손으로 잡고 싶지도 않았다.

탬원은 배낭끈을 어깨에 조인 다음, 지팡이와 칼집에 꽂힌 검을 똑바로 잡았다. 그러고 나서, 또다시 올라가기 시작했다. 두 손을 번갈아 쓰며 표면이 거친 바위 위로 더 높이 조금씩 움직여 자신을 끌어 올렸다. 바위의 손잡이가 깨지면서 엄지손가락을 긁혔다. 하지만 이번에는 떨어지기 전에 스스로를 붙잡았다. 아래로 굴러떨어졌던 그 바위 턱 아래 지점으로 되돌아오는 데 20분이나 걸려 고생했다.

탬원은 새 손잡이를 잡으려고 바위 턱 쪽으로 손을 뻗다가 헐떡거리며 잠시 멈췄다. 그러고는 혼잣말했다.

힘들군. 내가 이제껏 해본 일 가운데 가장 힘들군.

쓸쓸한 미소를 짓자 탬원의 흙투성이 얼굴에 주름이 생겼다.

엘리와 이야기를 나누려 애쓰는 것만 빼고.

탬원의 손에 옹이 하나가 잡혔다. 그리 크진 않고 손도 거의 닿지 않았지만, 탬원은 가까스로 손가락으로 둘레를 꽉 잡았다. 탬원은 끙끙거리며 바위 턱으로 몸을 끌어 올리려 애썼다. 힘쓰느라 달달 떨며 더 높이 몸을 끌어 올렸다. 바위 아래에 있던 돌덩이에서 맨발을 뗐다. 몸 전체 몸무게로 옹이를 꽉 잡으려고 말이다. 여기가 바로 좀 전에 왔었던 곳이다. 그때……

쩌어어어억.

옹이가 부서졌다!

탬원은 떨어지기 시작하자 괴로움에 울부짖었다. 필사적으로 어떻게든 잡으려고 발버둥을 치며 손가락으로 바위를 긁어댔다. 하지만 계속해서 뒤로 미끄러졌다. 이제는 멈출 수가 없었다.

느닷없이 손 하나가 머리 위에 나타나더니 탬원의 손목을 강하게 잡았다. 손은 땀에 젖은 탬원의 피부를 감싸며 꽉 움켜잡았다.

"헤니!"

탬원이 소리쳤다. 바위에 매달려 도리깨질하는 바로 그 순간에도 마음이 놓였다. 그러면서 미친 듯이 발길질을 해댔다.

"날 끌어당겨, 이 멍청아."

"후후, 히히, 아하하하하."

훌라가 빙그레 웃었다. 딱 봐도 새로 얻은 자신의 힘의 위치를 만끽하고 있었다. 은빛 눈을 둥그런 눈썹까지 가득 채워 크게 떴다.

"글쎄, 글쎄, 덜렁아. 네 꼴을 좀 봐."

"날…… 끌어……당겨……."

탬원은 벼랑 끝에서 위쪽으로 버르적대며 끙끙 앓는 소리를 냈다.

헤니는 고개를 갸우뚱했다. 그러더니 놀고 있는 다른 손으로 늘 두르는 빨간 헤드밴드 아래의 관자놀이를 긁었다.

"저, 내가 왜 그래야 하는지 말해줄래?"

"왜냐고?"

탬원이 필사적으로 도리깨질하며 고함쳤다.

"안 그러면 내가 널 죽일 거니까."

"날 죽여? 후후, 이히히히. 재미있겠는데."

"내가 장담하는데, 아닐 거거든!"

헤니의 얼굴이 흐려지더니 한숨을 내쉬었다.

"재미없다고? 음 그래, 그럼. 재미없으면 무슨 소용이야?"

그러고는 바로, 놓아 버렸다. 탬윈은 비명을 지르며 아래로 곤두박질 쳤다. 아래 바위에 쾅 부딪힌 다음, 구르고 통통 튀고 나서야 마침내 멈 췄다. 끙 소리를 내며 아래로 비틀어진 왼쪽 다리를 똑바로 폈다. 힘없 이 고개를 들었다. 빙빙 도는 갈색 절벽의 모습 속에서도, 탬윈은 위에 서 만족스럽게 활짝 웃고 있는 홀라의 얼굴을 알아볼 수 있었다.

"너, 너…… 이 똥대가리야!"

탬윈이 주먹손을 휘둘렀다.

"잡을 때까지 딱 기다려. 내가 널 때리고 잘게 썰어서, 불 용한테 먹 일 거야! 그런 다음 널 끄집어내서 처음부터 다시 할 거야. 그건 그냥 시작일 뿐이라고!"

헤니가 웃었다.

"이히히하하하. 넌 또 틀렸어, 덜렁아. 이거 진짜 재밌는걸."

탬윈의 눈이 이글거렸다. 그때 호주머니에서 훌쩍이는 작은 소리를 듣고선, 열어서 안을 들여다봤다.

"배티? 너 괜찮아?"

"아니 아니, 인간. 나 아주 울퉁불퉁한 꿈을 꿨어."

탬윈이 으르렁거렸다.

"그건 꿈이 아니었어. 홀라가 그런 거야."

호주머니 안에서 밝은 초록빛이 퍼졌다. 그러더니 정말이지 엄청 화 난 표정을 지으며 찻종 모양 귀가 달린 삐쩍 마르고 생쥐 같은 얼굴을 쑥 내밀었다.

"배티 래드가 저놈한테 본때를 보여줘야겠어, 오, 그래, 야야야."

탬윈이 뻣뻣한 목을 풀더니 끄덕였다.

"그러시든가."

배티 래드는 눈에서 초록빛을 껌벅거리더니 쭈글쭈글한 날개를 펼치고 날아갔다. 절벽 주위를 잠시 쌩하고 돌고 나서 바위 턱에 있는 헤니를 보았다. 조그만 녀석은 열에 받쳐 깍깍 소리를 냈다. 그러고는 헤니를 쫓아 쌩하고 빠르게 날아갔다. 헤니는 갑자기 걱정스러운 표정을 짓고는 언덕길을 올라 사라졌다.

잠시 뒤에, 바위 턱 너머에서 엄청 시끄럽게 (탬원에게는 아주 만족스럽게) 아파 울부짖는 소리가 났다. 젊은 청년은 감격하며 활짝 웃었다. 배티 래드가 설사 몸집은 작아도 확실히 열정으로 보완이 되었다. 적어도 화났을 때는 그랬다.

천천히, 탬원은 도로 일어나 배낭과 칼집을 바르게 하고선 바위 턱으로 기어오르기 시작했다. 갈 길은 어느 때보다 더 멀고, 절벽은 더 가팔라 보였다. 그럼에도 마침내 그 지점에 다다랐다. 그런데 이번에는 세로로 난 홈에 발을 쑤셔 넣으며 바위 턱 옆으로 천천히 몸을 돌리려 해봤다. 조금씩, 가파른 표면으로 몸을 움직여 올라갔다.

마침내 막판 힘내기로 장애물을 넘어 몸을 끌어 올렸다. 돌출된 가장자리에 뺨이 긁혀 피가 났지만 개의치 않았다. 해냈다! 탬원은 배낭끈을 풀고 가쁜 숨을 할딱거리며 부드러운 회색 바위에 발라당 드러누웠다.

양쪽을 바라보니 어디에도 헤니의 흔적은 보이지 않았다. 그래서 탬원의 기분이 좋아졌다. 탬원은 나무둥치가 밖으로 툭 튀어나와 있는 평평한 지역에 와 있었다. 고된 등반의 날들이 거의 끝났다고 할 수 있을까?

탬원은 고개를 휙 돌려 위쪽 지역을 바라봤다. 찰나의 기쁨은 이내 사라져 버렸다. 또다시 절벽이 높게 솟아 있었다. 끝이 없을 정도로 위로 솟아오르다 마침내 안개에 완전히 가려져 있었다. 탬윈의 앞에는 바위 말고는 아무것도 없었다. 바위 또 바위였다. 일렁이는 바다나 관문의 흔적은 없었다.

그때, 서쪽에서 안개 조각이 열렸다. 갈색 해안선 가장자리 가까이에서, 하늘의 색보다 진한 파란 섬광 한 줄기가 간신히 보였다. 그건 탬윈이 필요한 전부였다.

탬윈은 혹시나 해서 눈을 깜빡거렸다. 정말 거기에 있었다! 어쨌든 일렁이는 바다는 손이 미치는 곳에 있었다. 조금만 더 올라가기만 하면 다다를 수 있다. 그리고 음유시인이 맞는다면, 저기 위 어딘가에서 위대한 나무의 심재로 데려다줄 관문을 찾을 수 있을 테다.

하지만 정확히, 어디에서? 탬윈이 들었던 발라드는 전부 애매모호했다. 그저 일렁이는 *바다 근처의 관문* 또는 *절벽 위의 관문*이라고만 불렀다. 이 지역에 있는 지금조차도, 관문을 찾으려면 몇 시간 아니면 며칠이 걸릴지도 모른다. 여느 때와 달리 행운이 좀 따르길 바라는 건 너무 과한 걸까?

탬윈은 바위에 털썩 드러누워 매끄러운 표면에 피로한 어깨를 문질렀다. 일순간 그 기이함이 탬윈의 흥미를 돋웠다. 왜 주변에 솟아난 융기와 너무나 다르게 생긴 이런 바위가 여기 위에 있는 거지? 절벽 위 높은 곳을 다시 바라보면서 그런 바위 몇 개를 흘끗 보았다. 전부 매끄럽고, 둥글고, 칙칙한 회색빛이었다. 아래쪽에서 그런 걸 못 봤다는 게 이상했다.

아, 그래. 그저 또 다른 답 없는 질문 가운데 하나겠지.

탬윈은 미간을 찌푸렸다.

요즘에 내가 이런 것들을 많이 찾는단 말이지. 그리고 대부분은 나와 관련이 있고.

그러고는 마법의 하프가 될 수 있는 나무가 든 배낭을 흘끗 내려다봤다.

아니면 엘리와 관련 있든지.

탬윈의 눈빛은 서쪽의 밝은 파란빛으로 옮겨갔다. 일렁이는 바다를 받치고 있는 넓은 찻종 모양의 부속물은 그 자체로 답 없는 질문이었다. 그건 몇몇이 추측한 대로 아발론의 가장 높은 뿌리, 여덟 번째 영토인가? 폭풍의 전쟁을 종결시키는 조약을 맺었던 아발론의 여러 종족 대표들을 포함하여, 그곳에 가봤다는 이들은 작긴 하지만 워터루트와 많이 비슷하다고 말했다.

아니면 정말이지 오히려 아발론의 가장 낮은 나뭇가지에 가까운가? 그건 탬윈의 아버지가 설립한 에오피아 지도 제작자 학교의 많은 이들의 견해였다. 하지만 어쩌면 크리스탈루스나 그와 함께 불행한 마지막 탐험에 나섰던 탐험가들을 제외하고는, 아무도 위대한 나무의 진짜 나뭇가지를 보지 못했거늘, 누가 그리 말할 수 있을까?

온갖 노력으로 나른해진 탬윈은 추측하는 걸 그만뒀다. 만약에 이 탐험에서 살아남으면, 그리고 아발론이 리타 고르에게서 살아남으면 언젠가 어쩔 수 없이 혼자서 일렁이는 바다를 탐험할 거라고 결론지었다. 탬윈은 바위에 머리를 기대어 눈을 감았다. 낮잠을 잘 의도는 없었다. 정말이다. 관문을 향해 마지막으로 밀어붙이기 전에 힘을 모으기 위해 잠시 쉬려고 했을 뿐이었다.

높은 곳에 있던 안개가 아래로 떠내려 왔다. 그러고는 엷은 안개가 두툼하게 주위를 감쌌다. 가까이 더 가까이 안개가 소용돌이쳤다. 이윽고 탬윈은 목덜미에서 냉기가 느껴졌다. 그때 근처에서 누군가가 외치는 소리가 들렸다. 누군가가 곤경에 처했다. 이전에 한 번도 들어본 적 없는 목소리였다. 그런데도 단번에 알아들었다.

"아버지!"

탬윈이 바위에서 벌떡 일어나 외쳤다. 두꺼운 안개 속에서 휘청거리며 목소리를 향해 달려갔다. 불현듯 아버지가 보였다. 아니면 아버지의 그림자가 보였든지. 긴 회색 곱슬머리를 한 남자의 머리가 바위 속으로 사라지고 있었다. 더는 그 모습이 남아 있질 않았다. 그저 얼굴만 빠르게 사라지고 있었다. 그 옆 바닥에는 불꽃이 약하게 타닥타닥 튀는 횃불이 놓여 있었다.

탬윈은 깜짝 놀라 눈을 깜빡였다. 아버지가 산 채로 먹히고 있었다! 위대한 나무로부터 말이다.

크리스탈루스는 말을 하려고 노력했다. 하지만 이번에는 목소리가 바위 긁는 소리처럼 인간의 것이 아닌 듯 들렸다. 탬윈처럼 새카만 아버지의 눈은 두려움에 휘둥그레졌다. 탬윈은 아버지를 향해 팔을 죽 뻗은 채 비틀거리며 걸었다.

하지만 움직일 수가 없었다. 발아래 있던 바위가 아래로 세게 끌어당겼다. 탬윈 역시 바위 융기 아래로 빨려 들어가고 있었다! 긁는 소리가 사방으로 점점 커졌다.

탬윈이 비명을 질렀지만 들리는 거라곤 돌끼리 부딪쳐 나는 긁는 소리뿐이었다. 소리는 점점 더 크게 났다. 이제 다리가 바위 안에 있었다. 그리고 무릎, 허벅지, 허리까지 들어갔다. 그다음 가슴, 손, 손목 그리고 몸부림을 쳤는데도 머지않아 어깨, 목까지 차올랐다.

탬윈은 아버지의 얼굴을 흘끗 쳐다보면서 마지막으로 위대한 탐험가의 눈을 잠깐 봤다. 두 눈은 안개 사이로 **활활** 타오르는 검은 목탄처럼 밝게 빛났다. 결코 표현되지 못할 기분으로 그득했다. 결코 공유되지 않을 그런 기분으로. 그때 산등성이가 크리스탈루스를 완전히 집어삼켰다.

그리고 횃불은 꺼졌다.

"안 돼!"

탬윈이 긁는 소리 너머로 외쳤다. 바위의 이빨이 목덜미를 갉아먹으며, 두개골 아래의 머리카락을 잡아당겼다.

"하지 마……"

갑자기, 탬윈이 정신을 차렸다. 전부 꿈이었다!

안도감에 숨을 헐떡이자 이마에는 식은땀이 줄줄 흘렀다. 탬윈은 주위의 삭막한 갈색 산마루를 살폈다. 이전과 똑같아 보였다. 안개도, 아버지도, 횃불도 없었다.

그럼에도 목덜미는 여전히 아팠다. 일분일초마다 더욱 아파왔다. 꿈이라 치기에는 너무 힘겨웠다. 그리도 가까이 들렸던 그 긁어대고, 갉아먹는 소리는 뭐였을까?

탬윈은 앞으로 몸을 숙이려 했다. 하지만 고개를 꼼짝도 할 수 없었다. 뒤쪽에 있는 바위에서 꼼짝달싹도 못 하게 되었다.

그냥 바위가 아니야.

문득 탬윈은 두려움에 철렁대는 가슴을 부여잡고 깨달았다.

살아 있는 바위야!

탬윈은 여행 중에, 그리고 잃어버린 핀카이라의 옛 이야기에서 들어본 적이 있다. 하지만 실제로는 한 번도 접해본 적이 없었다.

지금까지는.

탬원은 공포에 휩싸였다. 바위의 떡 벌어진 입이 목덜미 머리카락을 움켜잡은 것처럼, 거세게 심장이 쪼여왔다. 탬원은 홱 뿌리치고 도망가려 애쓰며 세게 잡아당겼다. 하지만 떨쳐내지 못했다. 천천히 거침없이, 바위의 입술이 탬원의 머리를 집어삼키고 있었다.

내 능력! 그걸 써야겠다. 스크리를 위해 했던 것처럼.

탬원은 두 눈을 감았다. 포효하듯 커져 버린 긁는 소리가 귓가에 맴돌아도 집중을 하려고 최선을 다했다. 이제는 살아 있는 바위의 입이 느껴졌다. 아주 가까이서 탬원의 살을 잡아 뜯기 시작했다.

도와줘!

탬원은 자기 속에 있는 신비로운 힘에게 우는소리를 냈다. 그 힘을 이끄는 유일한 방법은 깊은 감정을 통해서라는 걸 떠올렸다. 하지만 그건 무슨 감정을 뜻하는 걸까? 스크리의 경우에는 형제의 유대감이었지만, 지금 당장 탬원이 느끼는 감정은 부풀어 오르는 공포감이 전부였다.

시간이 없어.

여전히 알쏭달쏭한 탬원의 능력은 도와주러 나타나질 않았다. 탬원은 지금 여기에서 이 생명체의 턱에 의해 잘게 갈려 죽을 수도 있다. 아니면······.

탬원은 칼집에서 검을 꺼냈다. 머리 뒤로 손을 뻗어 아래쪽으로 머리끄덩이를 잘라냈다. 거기에 살점도 같이 떼어졌다. 앞으로 홱 움직여 머리카락을 좀 더 뜯어냈다.

자유다! 탬원은 몸을 굴려, 그렇게 열심히 기어 올라왔던 바위 턱 근처 아래쪽, 팔을 뻗으면 닿는 곳에서 멈췄다. 목 뒤로는 피가 똑똑 떨어졌고, 머리 뒤쪽은 심하게 쓰라렸다. 하지만 탈출했다.

탬원은 살아 있는 바위를 빤히 쳐다봤다. 매끄러운 회색 표면은 어둠으로 이어지는 들쭉날쭉한 틈을 드러내며 갈라져 있었다. 피 묻은 검은 머리카락이 가장자리에 매달려 있었다. 바위 전체가 여전히 턱을 긁어대며 덜덜 떨고 있었다.

문득 탬윈은 바위의 말을 알아들을 수 있다는 걸 깨달았다.

내게 돌아와. 넌 내가 수 세기 만에 처음으로 맛보는 먹이라고.

바위가 사납게 우르릉거렸다.

싫어. 난 죽고 싶지 않아!

탬윈이 대답했다.

역시 죽을 운명의 인간답군.

살아 있는 바위가 턱을 부득부득 갈며 말했다. 그러고는 몹시 느리게 탬윈을 향해 구르기 시작해서 돌출 바위 턱 가장자리까지 밀었다. 하지만 웬일인지 탬윈은 움직이고 싶지 않았다. 그저 듣고만 싶었다.

너는 몸짓으로 요동치고, 너는 욕망으로 타오른다. 네 모든 종족과 마찬가지로. 그럼에도 너는 아주 작은 티끌만큼도 모른다. 나와 함께하는 것은 죽는 게 아니라, 영원히 사는 것이다! 젊은 청년아, 그게 사실이다. 나는 새로운 별의 탄생과 옛 세상의 죽음을 보면서 살았기 때문이다. 나는 화산의 혈통이며, 번개가 내리치는 곳이자, 영원한 바다의 앙금이다.

바위가 점점 가까이 다가와도, 탬윈은 그 말소리에 저항할 수 없었다. 자신을 꽉 움켜쥐고 있는 이상하고 어두운 마법에 걸려들었다.

나와 함께하라, 죽을 운명의 인간아. 그리고 영원히 살아라.

말소리는 꾸준히 커져갔다.

나와 함께하여 바위처럼 강해져라. 지금 나와 함께하라.

그 순간, 탬윈은 여전히 단검을 잡고 있던 손에 뭔가 스치는 게 느껴

140

졌다. 바위였다! 탬윈은 최면에서 빠져나오듯 몸을 부들부들 떨었다.

탬윈은 옆으로 휙 돌아, 돌출 바위 턱 가장자리 끝으로 굴러갔다. 한 달음에 공격자를 지나 뛰어올라 바로 그 너머로 떨어졌다. 거기에서 혼란스러운 마음을 털어냈다. 아슬아슬했다. 너무 아슬아슬했다.

"잘 있어, 살아 있는 바위야. 넌 그냥 계속 먼지를 먹어야 할 거야."

탬윈이 돌아서서 가려는데, 그 생명체가 온 절벽에 울려 퍼지도록 분노의 포효를 내질렀다. 그때 살아 있는 바위는 탬윈이 예상하지 못했던 일을 했다. 바위 비탈을 굴러 곧장 탬윈에게로 갔다. 무게 아래에 깔린 자갈을 으스러뜨리며 이전보다 훨씬 더 빠르게 굴렀다.

탬윈은 달렸다. 주변의 더 많은 회색 바위들이 갑자기 살아났다. 높은 곳에서 우두덩거리며 가더니, 바닥을 가로질러 통통 튀고서는 사방에서 탬윈을 뒤쫓았다. 탬윈은 바위의 추격이 닿지 않는 곳으로 돌진하며 산마루의 편평한 부분을 전속력으로 달렸다. 바위가 박살 나고 쪼개져 그 일대에 으르렁거리는 소리가 났다. 마치 절벽 자체가 화가 나서 폭발하는 듯했다.

난데없이 바로 앞에 번득이는 초록색 불꽃이 보였다. 관문이다! 탬윈은 안으로 뛰어들 준비를 하며 관문을 향해 쿵쾅쿵쾅 걸어갔다. 그때 또 다른 소리가 들렸다. 죽기 일보 직전의 누군가가 비명을 내지르며 울부짖는 소리였다.

헤니.

탬윈은 달려오는 바위를 피하려고 방향을 바꾼 다음 멈췄다. 바닥에서 몸부림치는 홀라를 발견했다. 홀라의 발이 무엇이든 아작아작 부수는 살아 있는 바위의 턱에 걸려 있었다. 배티 래드도 그곳에서 미친 듯이 윙윙거리고 있었지만 별 소용이 없었다. 몇 초 후면, 헤니는 잡아먹힐 거다.

빌어먹을 저놈의 훌라!

산마루를 가로질러, 탬윈은 달려오는 바위들 속으로 도로 급히 달려갔다. 방향을 홱 틀어서 피하고, 공격자 위로 껑충 뛰어넘고는 마침내 헤니 옆으로 스르르 미끄러져 멈춰 섰다. 훌라는 또다시 고통스러워 울부짖었다.

탬윈은 무심코 단검을 들어 바위를 찔렀다. 칼날은 그저 우지끈 부러지더니 흙 속으로 떨어졌다. 탬윈은 스스로에게 저주를 퍼부으며 얼굴을 찡그렸다. 어떻게 그리 멍청할 수가 있을까?

바로 그때 살아 있는 바위가 입을 열어 노발대발 소리쳤다. 잠깐이나마 틈이 간신히 벌어졌다. 헤니가 빠져나오기에는 충분했다. 헤니는 엄청 큰 손으로 아픈 발을 부여잡고는 탬윈을 홱 올려다봤다.

여느 때와 달리 심각한 표정을 지으며 헤니가 쉿소리로 말했다.

"네가 날 살렸어, 덜렁이."

탬윈은 부러진 단검의 잔해를 배낭에 밀어 넣으며 노려봤다.

"누구든지 때때로 실수를 하지."

"우후, 이히히히."

훌라는 이미 고통을 잊은 듯 웃었다.

"그거 다시 해보자."

"그러지 말자."

탬윈은 헤니의 팔을 움켜잡고는 홱 일으켜 세웠다. 바로 그 순간에 살아 있는 바위가 둘을 쫓기 시작했다. 동시에 바위 세 개가 그곳을 향해 굴러오고 있었다.

둘은 폴짝폴짝 뛰어갔고 때마침 거대한 바위들은 전부 서로 쾅 부딪쳤다. 삐죽삐죽한 파편들이 여기저기에 날렸다. 배티 래드는 폭발에 겁을 먹고 꺅 소리를 내질렀다. 그러고는 탬윈의 호주머니로 쏙 들어갔다. 그사이, 탬윈은 절룩이는 헤니를 초록색 불꽃이 치솟는 곳을 향해 데리고 가느라 전력을 다했다.

둘은 팔방에서 굴러오는 추적자를 피하며 달리고, 돌고, 구부리고 그리고 좀 더 달렸다. 헤니는 부상을 입었는데도 끊임없이 낄낄 웃어댔다. 술래잡기처럼 보이는 걸 즐기는 듯했다. 하지만 헤니의 일행은 이 게임에서 지는 건 죽음을 뜻한다는 걸 알았다.

관문에 가까워진 그때, 유난히 거대한 바위가 둘을 향해 돌진하며 내려왔다. 격분한 용처럼 으르렁거리며 허공을 쾅쾅 지나갔다. 탬윈은 금방이라도 뛰어오를 태세로 헤니의 목을 잡고는 소리쳤다.

"위대한 나무의 심재를 향해!"

방금 전까지 탬윈의 머리가 있던 곳으로 바위가 쌩하고 날아갔다. 하지만 어떤 충돌도, 아파서 우는 소리도 없었다. 아무도 남아 있지 않았기 때문이다.

10

위대한 나무의 심재

초록색 불꽃이 탬윈을 단단히 움켜쥐었다.

탁탁거리는 소리가 크게 났고, 빛이 펑펑 폭발했다. 그러고는 단 한 번의 심장 박동에, 탬윈의 피부, 뼈 그리고 장기가 무(無)로 압축되었다. 영혼 자체를 그슬리는 초록 불이 탬윈이 느끼는 전부였다.

그러면서도, 그 불은 탬윈을 반기고, 따뜻하게 하고, 안아주었다. 안개 조각이 구름과 함께하듯, 탬윈도 온전히 위대한 나무와 함께했다.

갈색으로 빛나는 협곡 사이로 불길을 타며 탬윈은 나무속으로 빙빙 돌았다. 깊게, 깊게, 계속해서 더 깊게. 나무의 심장부로, 유한한 생명과 무한한 생명 모두를 포용하는 살아 있는 세상 속으로. 아발론 자체와 비교를 하자면, 엘라노의 안쪽 강에 들어온 탬윈은 별 옆의 빛만큼이나 작긴 했지만, 자그마치 위대한 나무의 강한 뿌리 안에 있었다.

진한 송진 냄새가 탬윈을 에워쌌다. 탬윈의 속으로 들어왔다. 탬윈이 되었다. 서서히 더 깊게 들어가자, 나무는 탬윈이 알고 느끼는 전부였고, 자신의 전부였다.

갑자기 고동치는 초록 강물이 방향을 확 틀었다. 그러고는 위쪽으로 빙글빙글 돌아, 밝은 불꽃 덩어리를 향해 소용돌이쳤다. 탬윈이 쏜살같이 지나가자, 불꽃은 탬윈의 몸을 순식간에 되돌려 놓으며 탁탁 소리를 냈다.

탬윈은 딱딱한 바닥에 얼굴을 철퍼덕 박았다. 호주머니에서 꺅 내지르는 소리를 듣고 배티 래드도 도착했다는 걸 탬윈은 알았다. 그다음 헤니가 흙 위를 구르며 탬윈 옆에 쿵하고 떨어졌다.

탬윈은 바로 앉아, 지팡이와 배낭이 모두 무사한지 확인한 다음 주위를 둘러봤다. 그들은 동굴 안에 있었다. 하지만 이전에 탬윈이 봤던 그어떤 동굴과도 같지 않았다. 탬윈은 크게 놀라며 위대한 나무의 심재를 올려다봤다.

뿌리 같은 거대한 버팀벽이 떠받치고, 천장은 머리 위로 높게 아치 모양을 이루고 있었다. 너무 높아서 나무 안의 웅장한 신전 같아 보였다. 무수한 나뭇결이 요정 여왕의 줄 세공처럼 정교한 무늬를 만들어내며, 천장 표면을 가로질러 비틀리고 휘감겨 있었다. 탬윈이 앉은 바닥처럼 결 사이사이의 공간은 적갈색으로 빛이 나는 단단하게 응집된 흙 같은 거나, 어쩌면 엉겨 붙은 나무껍질로 가득 차 있었다.

동굴에서 자주 그랬던 것처럼 탬윈은 메아리가 듣고 싶어서 큰 소리로 와하고 함성을 질렀다. 하지만 동굴은 거미줄 같은 벽에 틈이 많이 나고 너무나 방대해서, 탬윈의 목소리가 주위의 공간에 집어삼켜져 그야말로 사라져 버렸다.

"우후, 이히, 이거 봐."

탬윈의 시선이 헤니에게로 향했다. 헤니는 뿌리 버팀벽의 중간쯤으로 기어올라 거꾸로 매달려 있었다. 보아하니 훌라가 살아 있는 바위에서 아슬아슬하게 탈출했던 건 이제 기껏해야 추억에 불과했다. 한쪽 발에 난 멍도 신경이 안 쓰이는 모양이었다. 거기에 매달려 있는 바람에 자루 같은 옷이 얼굴 위에 드리워지니 신이 나서 킥킥거리고 쫄랑쫄랑 흔들거렸다.

"너도 이거 한번 해봐, 덜렁아. 거꾸로 있으니 모든 게 더 좋아 보여."

"아니 괜찮아. 너와 달리, 난 내 머리가 소중한걸."

헤니가 흔드는 걸 멈췄다. 이번만은 진심으로 어리둥절해 보였다.

"에…… 왜?"

탬원의 입꼬리가 살짝 위로 올라갔다.

"이봐, 넌 이해 못 하는 거야."

"음 그래, 이히히히. 그럼 중요한 게 아니겠지."

헤니는 다시 흔들어댔다.

"게다가, 내가 떨어지기라도 하면, 딱 네 위에 내려앉을 거야."

"으음, 가야 할 때가 된 거 같군."

탬원이 일어나 지팡이를 바로잡고선, 방금 통과해서 도착한 관문으로 걸어갔다. 하지만 한 걸음 떨어져 멈춰 섰다. 지금 보니 평범한 관문이 아니라는 걸 알 수 있었다.

탬원이 봤던 다른 것들보다 몇 배 더 높고 넓었다. 치솟아 오른 초록불은 동굴 한쪽 벽의 상당 부분과 수직으로 된 두 버팀벽 사이의 전체 공간을 가득 메우고 있었다. 넘실대는 불꽃은 겹겹이 동굴 표면의 위아래에 아른아른 비춰, 빛나는 장막처럼 잔물결을 이루었다. 불꽃은 엘라노의 순수 에너지로 고동치며 흔들거리고, 번쩍이고, 탁탁 소리를 냈다. 그 끝은 최대로 좁혀져 거대한 아치형 입구처럼 보였다.

탬원은 어마어마한 크기에 당혹스러워 한참 동안 위대한 나무의 심재의 관문을 골똘히 생각했다. 들어본 적 있는 전설이 조금 떠올라 갑자기 주먹으로 손바닥을 쳤다. 아발론의 모든 관문은 여행자들을 몇몇 뿌리-영토로, 때로는 무작위의 목적지로 데려다주지만, 모든 관문으로 이어지는 관문은 단 하나도 없다. 이것만은 빼고. 이거 하나만 일렁이는 바다뿐 아니라 모든 일곱 영토로 여행자를 데려다줄 수 있다고 했다. 아니면 적어도 영토들 가운데 여섯 군데로. 빛을 잃어버린 도시인 섀도루트에 있는 유일한 관문은 아주 오래전 어둠의 요정에 의해 파괴되었기 때문이다.

탬윈은 초록 불꽃의 벽을 올려다보며 이마에서 검은색 머리카락을 쓸어 넘겼다. 이곳을 처음 발견한 탐험가이자 처음으로 이 관문을 지나 여행한 사람, 바로 아버지에 대한 생각이 들었다. 음유시인들이 자주 노래 불렀듯, 크리스탈루스는 일곱 영토의 위대한 지도 제작자로서 한창 시절인 아발론 700년대에 처음으로 이곳에 왔다가, 언젠가 돌아오겠다고 맹세했었다. 그리고 정말로 마지막 탐험인 별을 향한 여행에서 그렇게 했다.

아발론의 시간이 끝나버리기 전까지, 탬윈 자신도 지금 성공하길 바라는 그 똑같은 여행을 말이다.

이미 건조해진 탬윈의 목구멍은 모래를 입힌 듯했다.

그러니까 어쩌면 나의 아버지가 바로 여기에 섰을지도 몰라. 불과 얼마 전에. 그 유명한 횃불을 손에 들고.

건조한 거 말고도 무엇 때문인지 탬윈은 침을 삼키고 싶었다.

아버지가 자신의 아내인 할로나를 생각한 적이 있을지 궁금하네. 모두가 죽었을 거라 생각한 후에도. 그리고…… 자기 아들에 대해서도.

바로 그때 탬윈은 계속되는 관문의 탁탁 소리와 위에서 헤니가 낄낄거리는 얼빠진 소리를 제외한 새로운 소리를 알아챘다. 아주 은은했다.

그저 소곤소곤, 보글보글, 졸졸하는 소리였다. 탬원은 숨이 턱 막혔다. 샘이었다!

탬원은 숲에 빠삭한 눈으로 둥글고 넓은 공간을 훑어보고는, 빠르게 소리의 근원을 찾아냈다. 정말로, 저편에 샘이 있었다. 가장 큰 뿌리 버팀벽 언저리에 에메랄드빛의 이끼 조각 옆에서 흐르고 있었다. 탬원은 성큼성큼 걸어가 그 옆에 무릎을 꿇었다.

두 손을 둥그렇게 모아 맑은 액체를 채운 다음 마셨다. 이전에 샘에서 신선한 물을 여러 번 마셔봤지만, 이랬던 적은 없었다. 눈이 녹은 것처럼 차갑지는 않지만, 혀를 얼얼하게 만들 정도로 시원한 물이 달콤한 안개처럼 탬원의 마른입과 목구멍에 부어졌다. 그 바람에 탬원은 입맛이 살아나고 활기를 되찾았다. 물보다는 꿀에 더 가까웠고, 그 달콤함에 탬원의 입술은 짜릿하고, 팔다리는 튼튼해지고, 기운은 돋아났다. 오히려 끼니에 가까웠다. 그저 음료라기보다는 일주일 치 끼니 같았다. 이 무슨 물인가! 이 무슨 생명인가!

탬원은 기쁜 듯 한숨을 내쉰 다음 한 번 더 마셨다. 그때 큰 귀가 달린 작은 털북숭이 머리가 호주머니 밖을 빼꼼 내다봤다. 활짝 편 날개로 얼굴을 감싼 채, 배티 래드가 작고 검은 코로 킁킁거리며 공기를 들이마셨다.

"축축 물 냄새가 나는데? 오오, 덜렁아. 나 축축 물 좋아해."

배티 래드가 재잘거렸다.

"그럼 어서 나와."

탬원이 턱에 묻은 물방울을 닦으며 권했다.

"좀 마셔."

박쥐 같은 생명체가 호주머니 가장자리로 깡충 뛰어오르더니, 쭈글쭈글한 날개를 퍼덕이고는 샘으로 내려갔다. 좋아서 낄낄거리며 물속에 얼굴을 처박았다. 들썩들썩 들이키고는 한숨 돌린 후, 더 마시려고 다시 얼굴을 처박았다.

무언가 새로운 일이 일어나고 있는 걸 보던 헤니는 횃대에서 기어 내려왔다. 다른 이들과 함께하려고 살짝 절뚝거리며 종종걸음으로 갔다. 거기에 신선한 물이 있는 걸 깨닫자마자, 헤니도 역시 샘으로 몸을 숙였다. 그러고는 입술을 오므려 큰 소리로 후루룩 마셨다. 이내 헤니의 둥근 눈썹은 물방울로 번들거렸다.

탬윈은 견딜 수 있을 정도로 많이 마시고 나서 물통을 채웠다. 아무리 여러 번 다시 채워 넣어도, 물통에는 늘 이 물의 환상적인 달콤함이 살짝 들어 있을 거다. 이내 탬윈은 물통을 배낭에 집어넣고 나서, 쉬려고 등을 대고 누웠다. 뒤통수의 따가운 데가 긁히지 않게 조심하며, 샘 옆에 자라난 작은 이끼 조각에 머리를 댔다. 이끼는 이제껏 알고 있던 어떤 베개보다 폭신할 거라 탬윈은 짐작했다.

하지만 그렇지 않았다. 무언가 끝이 뾰족한 것이 탬윈을 콕 찔렀다. 탬윈은 다시 바로 앉으며 얼굴을 찡그렸다. 이건 도대체 무슨 이끼지?

자세히 들여다봤지만, 특이한 건 없었다. 탬윈은 호기심에 손으로 두툼한 초록 덩어리를 톡톡 두드렸다. 상상한 만큼 폭신해 보였고, 풍성하고 깊숙했다. 그때, 끝이 만져졌다.

탬윈은 숨을 들이마셨다. 무언가가 이끼 아래에 묻혀 있었다! 그건 그냥 직사각형의 돌이거나, 어쩌면 널빤지일 수도 있다. 아니면…… 음, 그냥 알아내야 했다.

탬윈은 재빠르게 이끼 아래 흙에 손가락을 쿡 찔렀다. 매끄럽고, 완벽하게 직선으로 된 무언가의 테두리가 느껴졌다. 탬윈은 초록 덩굴에서 열심히 뜯어내어 그걸 들어 올렸다. 돌도 널빤지도 아니라는 게 이제는 확실했다.

이건 상자였다.

탬원은 상자를 끄집어내서 축축한 흙덩어리를 털어낸 다음 얼굴 앞에 들었다. 초록빛이 가물가물한 곳에서 매끄러운 황갈색 나무로 된 작은 상자가 으스스하게 빛났다. 표면에는 눈에 띄는 어떤 무늬도 없었다. 그런데 탬원이 살살 흔들자, 안에서 무언가가 바스락거렸다.

이제 헤니와 배티 래드 둘 모두도 그걸 보려고 마시던 걸 멈췄다. 하지만 탬원은 발견한 것에 집중을 하고 있던 터라 그들에게 말을 걸지 않았다. 어쩌면 크리스탈루스나 탐험가 무리 중 한 사람이 여기에 남긴 걸 수도 있을까?

달달 떨리는 손가락으로, 탬원은 뚜껑을 열었다. 안에는 금색 테두리의 양피지 한 장이 두루마리로 둘둘 말려 회색 머리카락 타래로 묶여 있었다. 설령 그 머리카락을 꿈에서도 본 적 없다고 해도, 탬원은 그 감촉과 윤기로 알 수 있었다. 머릿속에는 한 단어가 맴돌았다.

아버지.

탬원은 조심스레 머리카락 타래를 풀어 잠시 손에 쥐고 있었다. 그러고는 배낭 옆에 놓았다. 그 안에는 나머지 소지품이 들어 있었다. 단검의 부러진 칼날과 손잡이, 물통, 그리고 겨우 깎기 시작한 하프.

마침내, 탬원은 두루마리를 펼쳐 전갈을 읽기 시작했다. 파란색 잉크를 묻혀 두껍지만 유려한 글씨체로 쓰인 단어들은 탬원의 마음으로 곧장 뛰어오르는 거 같았다. 아버지의 윙윙거리는 목소리와 정성 어린 억양을 거의 들을 수 있었다.

아, 까마득한 옛날이여! 200년도 훨씬 전 여기 위대한 나무의 심재에 처음 발을 들여놓았을 때, 나는 내가 선택한 모험을 넘어서는 어떤 염려도, 가까이에 있는 위험을 넘어서는 어떤 걱정도 견디지 못했다.

지금 돌아오니, 정말이지 매우 다르게 느껴진다. 나의 정해진 목적은 이전보다 훨씬 더 원대하다. 그것은 위쪽에 있을 위대한 나무의 나무등치와 나뭇가지 속으로 가는 길을 찾는 거다. 그러나 나의 가장 친한 친구들에게는 내 진정한 목표가 높은 곳의 바로 그 별들을 좇고, 그 본성의 위대한 수수께끼를 푸는 거라고 털어놓았다. 이 탐험은 유년 시절부터 나를 불렀다. 이제 탐험이 시작되었고 내가 여기 심재에 다시 섰으므로, 내 아버지가 준 마법의 횃불보다 훨씬 더 무거운 짐을 졌다. 내가 떠안고 갈 짐이다. 내 아내와 아이, 할로나와 탬윈의 얼굴이다. 내가 그들을 잃었기에. 그럼에도 불구하고 바로 지금 이 순간 멀리 떨어진 이곳에서, 나는 별이 총총했던 우리의 마지막 아침처럼 선명하게 그들의 얼굴을 본다.

사실 난 왜 내가 지금 별들을 향한 길고 위험한 여정에 오르기로 했는지 그저 궁금할 뿐이다. 설마하니 내 힘이 정점에 달해서도 아니고, 설마하니 때를 잘 맞춰서도 아니다. 어쩌면 결국에는 별들을 좇고 있는 게 아니라, 그저 내 자신의 과거에서 달아나고 있는 거 같다. 별들은 밝고 저 멀리에 있지만 내 상처는 어둡고 늘 가까이에 있다.

나도 조금밖에 알지 못하는 나의 길은 단순하다. 어떻게든 나는 멀린이 오래전에 내게 말해줬던 멀린의 옹이구멍으로 가는 길을 찾을 거다.

관문으로 그곳에 갈 수 없다면, 어쩌면 관문처럼 빠른 다른 길을 찾아낼 거다. 나는 옹이구멍에 다다르고 싶은 마음이 굴뚝같다! 멀린이 내게 말하길, 그곳에서 자기 자신 이외에 그 누구도 본 적 없는 일곱 영토의 무언가를 볼 수 있다고 했으니 말이다. 그건 별들에게로 이어지는, 위대한 나무의 바로 그 나뭇가지들이다.

멀린은 은밀한 미소를 보이며 또 말했다. 옹이구멍에서 보이는 경관은 거의 그 여정만큼이나 아찔하다고 말이다. 그 말이 무슨 뜻인지는, 난 알지 못한다. 하지만 알아낼 작정이다.

그리고 멀린은 한 가지를 더 말했다. 내가 옹이구멍에 다다르기라도 한다면 별들이 있는 데까지 더 멀리 어떻게 올라갈 수 있는지 물었을 때, 멀린은 내게 곧장 답해주지 않았다. 오히려, 미치게 하는 그 태도로 그저 수수께끼를 읊었다.

별을 향해 계속 오르려면,
하늘을 가로질러 도약하려면,
하나의 비밀을 찾아내라.
저 높은 곳의 위대한 말을.

역시나, 무슨 뜻인지 나는 알지 못한다. 하지만 이전과 같이, 나는 알아낼 작정이다.

탬윈은 읽기를 멈췄다. 이마를 찡그리며, 수수께끼의 마지막 구절을 한 번 더 읽었다. 높은 곳의 위대한 말. 혹시 그게 위대한 말이 죽으면이라는 리타 고르의 알쏭달쏭한 말과 관련이 있을까? 만약 그렇다면, 어떻게? 탬윈은 이 말이 무엇일 수 있는지 전혀 알지 못했다. 또는 어떻게 죽는다는 건지도.

어리둥절히, 탬윈은 두루마리로 돌아왔다.

나는 늙고 걱정이 많은지라, 아마 이 여정이 나의 마지막이 될 거라 여긴다. 아니면 끝에서 두 번째일 거다. 사후 세계가 이제 오라고 손짓하기에. 그런 생각 때문에, 나는 여기로 여행을 와 이걸 찾을 만큼 용감한 사람을 위해 이 편지를 남기기로 했다. 바라건대, 내가 성공하지 못하면 내 탐험을 이어 나갈 그 사람을 위해. 당연히 유한한 생명의 남자나 여자가 결국에는 별들을 만져야 하니까.

궁금하다. 누가 그런 사람이 될까?

그래서 나는 아발론에서 나의 마지막 탐험을 떠난다. 나를 어디로 데려다줄는지는, 짐작이 가지 않는다. 하지만 막상 끝이 날 때면, 나는 최대한 품위 있게 최후를 맞이할 것이다.

내 삶은 길고 경이로운 길이었다. 기억하기에 너무나도 많은 경험이 있었다. 그리고 잊기에 너무나 쓰린 경험도 있었다.

크리스탈루스 에오피아

탬윈은 종이를 구기며 눈을 감았다. 다시 한번 마음속에서 아버지의 말이 들렸다. 별들은 밝고 저 멀리에 있지만 내 상처는 어둡고 늘 가까이에 있다.

"내가 당신을 뒤따를게요. 당신이 갔던 어디나, 내가 뒤따를게요."

11

데스 마콜

새도루트의 깊은 어둠 속, 지하 동굴에서 리타 고르와 쿨위크가 새로이 오염된 수정을 흡족한 듯 바라보고 있었다. 그때 멀지 않은 데서 어느 나이 든 여자가 다가왔다. 아주 천천히 왔다. 어둠 속에서 흔들림도 거의 없었다. 그런데도 여자는 왔다.

하도 허리를 구부려서 얼굴이 무릎에 거의 닿을 정도였다. 여자는 지팡이의 도움 없이는 전혀 걸을 수 없었을 테다. 낡은 벚나무 조각의 지팡이는 그걸 움켜쥔 손만큼이나 세월의 풍파에 시달려 쭈글쭈글했다. 다 해진 갈색 망토를 뒤집어쓴 여자는 오랫동안 지하 동굴을 돌아다닌 곱사등 딱정벌레처럼 보였다.

여자는 머뭇거리며, 기름걸레가 달린 가물가물한 횃불이 희미하게 비추는 미로 같은 어두운 복도와 돌계단을 지나왔다. 지팡이로 벽과 바닥을 두드리면 메아리가 때때로 앞에 있는 모퉁이와 구덩이를 알려주니까 도움이 되었다. 그리고 다행히도, 여자의 청각은 여전히 꽤 좋았다. 지금도 여자는 멀리서 쟁강쟁강, 끼익 기계 소리 너머로 다음 모퉁이에서 보초를 서는 곱스켄 전사의 쌕쌕거리는 숨소리도 들을 수 있었다. 여자는 숨으려고 애쓰지도 않고 절뚝거리며 모퉁이를 돌았다. 건장한 곱스켄은 깜짝 놀라 세 손가락이 달린 손으로 큰 넓적 칼을 뽑아 들었다. 그러고는 칼끝을 여자의 머리에 찌르며 소리 질렀다.

"넌 대체 누구냐?"

"그저 지친 늙은 여행자올시다."

노파가 거친 소리로 말하고는 고개를 들어 곱스켄을 쳐다봤다. 망토 모자 아래로 하얀 앞머리가 보였다.

"길을 잃었나 보오."

"그러서, 쭈그렁 할망구야."

곱스켄이 빤히 내려다봤다. 초록빛을 띠는 회색 이맛살이 찌푸려졌다. 곱스켄은 어떤 게 더 놀라운지 궁금해하는 거 같았다. 이곳 지하에서 침입자를 만난 것, 아니면 그 침입자가 정신 나간 늙은 여자라는 것 중에서 말이다.

곱스켄은 으르렁거리는 웃음소리를 내며 칼을 칼집에 넣었다.

"썩 꺼져, 이 할망구야. 내가 직접 죽여주겠어. 그런데 그러면 네 몸뚱이를 활활 타오르는 용광로로 끌고 내려가야겠지. 하하하, 하하하, 저 아래에서 무기를 만들고 있으니까, 연료가 더 필요할 테지! 하지만 네 그 쭈글쭈글한 몸뚱이는 큰 도움이 안 될 거야."

여자는 하얀 머리를 까딱거리며 한 발짝 더 가까이 절름절름 걸어갔다.

"정말 친절하시구려, 착한 양반. 내가 신세를 크게 졌구려."

"썩 꺼져, 쭈그렁 할망구야! 마음 바뀌기 전에."

곱스켄이 여자를 치려고 건장한 손을 들어 올렸다.

빼어난 뱀처럼 빠르게, 여자는 지팡이를 들어 올려 손잡이 위 단추를 눌렀다. 그러자 끝에서 검날이 길게 나왔다. 크게 놀란 전사가 숨을 헐떡이기도 전에, 여자는 작은 키를 이용해 위쪽을 조준하고는 곱스켄의 흉갑 아래 틈 속으로 날을 찔러 넣었다. 곱스켄이 무릎을 꿇었다. 찢긴 가슴에서는 초록색 피가 솟구쳐 흘렀다. 여자는 곱스켄이 돌바닥에 죽어 쓰러지자 무기를 뽑아냈다.

"너나 연료가 되어라."

여자가 으르렁거렸다. 목소리는 이전보다 더 강하고 자신감 있게 들렸다. 빠르게 단검을 집어넣고는 골똘히 고개를 옆으로 기울였다.

"아아."

여자는 만족해하며 중얼거렸다. 곱스켄이 보초를 서고 있던 육중한 문 뒤에서, 여자가 찾고 있던 목소리가 들렸다. 쿨위크와 리타 고르의 목소리였다.

* * *

문 반대편에서, 리타 고르의 연기 모양 형체가 공중에서 핏빛 수정 주위를 천천히 빙글빙글 돌며 떠 있었다. 동굴에서는 쉭쉭거리는 웃음 소리가 울려 퍼졌다. 리타 고르는 자기 작품이 대단히 마음에 들었다.

"자, 내 총아 쿨위크여, 내 힘이 보이는가. 아주 훌륭한 볼거리지, 안 그런가?"

"음, 그렇습니다, 나의 주인님."

심한 화상에 흉터 진 주술사의 얼굴이 힘차게 아래위로 까닥거렸다.

"당신께서 이 벤젤라노의 수정을 만드셨군요. 약속하신 대로요."

"난 그보다 더한 걸 했다, 나의 오리 새끼여. 더한 걸! 네가 그걸 깨닫길 기대하진 않는다. 미미한 힘만큼이나 부족한 녀석 같으니."

쿨위크는 모욕적인 말에 움찔했다. 하지만 아무 말 없이 동굴 벽 옆에 가만히 있었다. 찡그러진 한쪽 눈만이 타오르는 분노를 넌지시 내보였다.

연기 모양 형체는 받침대 위에 놓인 수정 주위를 계속해서 빙빙 돌았다. 시커먼 뱀이 공중에서 움직이자 자취마다 검은 불꽃이 튀었다.

축축한 돌벽에 기댄 쿨위크가 조심스레 바라봤다. 확신할 순 없었지만, 리타 고르의 형체는 느닷없이 나타난 지 단 보름 만에 이미 더욱 단단해진 듯했다. 이제는 나선형의 연기가 아니라 둘둘 감긴 검은색 밧줄에 더 가까워 보였다. 주술사는 이것이 단 한 가지를 의미할 수 있단 걸 알았기에 침을 꿀꺽 삼켰다. 정령의 장군은 신속하게 힘을 얻고 있었고, 머지않아 진짜 모습을 취할 것이다. 그게 무슨 모습이든지 간에 그 때가 되면 아발론에서 적들을 완전히 무너뜨릴 공격을 개시할 거다. 그 단계에 이르면 리타 고르에게 쿨위크가 더 이상 필요할지가 유일한 의문점이었다.

검은 존재는 만족스러워 쉭쉭거렸다.

"나의 주술사여, 내가 또 다른 걸 했다. 네가 하려 했지만 실패한 그 것 말이다."

목소리가 마치 단검이 하늘을 베듯 날카로웠다.

쿨위크의 몸이 뻣뻣하게 굳었다.

"후계자를 없애셨나요?"

"그랬다마다! 그놈은 작은 전령을 받았지. 이 수정의 새로운 힘의 상징을 그놈 존재가 느껴지는 곳으로 보냈지."

탁탁 웃는 소리가 났다.

"못 견딜 정도로 너무나 아름다운 꽃으로 위장을 했다네. 그리고 강한 마법을 지닌 사람이 만지는 즉시 터지도록 해놨지."

쿨위크가 걱정스럽게 물었다.

"하, 하지만 주인님. 목숨을 빼앗기는 자가 멀린의 진정한 후계자라는 걸 어떻게 확신하십니까?"

검은 나선형이 채찍처럼 허공에 찰싹 소리를 냈다.

"그렇게나 멍청한가? 내 감각은 네가 아는 것보다 예리하다고, 쿨위크! 올라나브람의 어느 산꼭대기에 그놈이 있는 걸 느꼈다. 꽃이 터지는 것도 느꼈지. 그리고 지금은 어디에서도 그놈이 느껴지지 않는다. 아발론의 어떤 뿌리-영토에서도 말이야."

흉측하게 상처 난 쿨위크의 얼굴이 악마 같은 미소를 보였다. 입술 없는 입의 꼬리가 씩 올라가, 반쪽짜리 귀에서 턱까지 내려오는 삐죽삐죽한 상처에 녹아들었다.

둥둥 떠다니는 리타 고르의 형체가 이어 나갔다.

"그건 그렇고, 내 궁극적인 계획을 개시하기 이전에 없애고 싶은 사람이 하나 더 있다. 후계자처럼 아주 쉽게 쓰러뜨릴 순 없을 거다. 왜냐하면 핏줄에 악취 나는 멀린의 피를 가지고 있는 사람만큼 쉽게 그 여자의 행방을 감지할 수는 없거든. 하지만 쿨위크, 난 그 여자가 죽기를 바란다. 그것도 빨리."

자신의 가치를 간절히도 증명하고 싶은 주술사는 새하얀 두 손을 비볐다.

"마침 필요하신 걸 준비해놨습니다, 주인님. 일류 암살자입죠."

"네가 무기 만들라고 곱스켄들 채찍질하는 데 썼던 그 멍청한 소 같은 놈은 아니겠지?"

"할렉요? 아닙니다, 주인님. 그놈은 아닙니다. 주인님께서 설명하신 그 일은 천 배나 많은 섬세함을 필요로 합니다."

쿨위크가 간절히 고개를 끄덕였다.

"사실, 언제나처럼 필요하실 거라 예상하고, 제가 이미 이 사람더러 우리와 함께하라고 불렀습니다. 음, 그렇습니다."

나선형의 형체가 탁탁 소리를 내며 검은 불꽃 세례를 올려 보냈다.

"좋군. 그럼 바로 지금 내가 느끼는 그 위험한 존재겠군. 문 뒤에서 말이지."

"네? 벌써요?"

허를 찔린 쿨위크가 물었다.

천천히, 육중한 문이 활짝 열렸다. 노쇠하고 구부정한 여자가 지팡이에 의지해 발을 질질 끌며 동굴 안으로 들어왔다. 모자 옆으로 주술사를 흘끗 쳐다보고는 오염된 수정 옆을 맴도는 뱀 모양의 형체로 몸을 돌렸다.

"네. 벌써요."

여자가 가늘고 떨리는 목소리로 말했다.

"네가 누구인지 보여라."

리타 고르가 명령했다.

갑자기, 노파가 키를 갑절로 크게 만들어 똑바로 섰다. 여자는 망토 모자를 뒤로 젖히더니, 하얀 머리 가발을 홱 벗었다. 그러고는 수정 빛에 불그스름하게 빛나는 대머리를 손으로 쓸었다. 누르께한 얼굴이 냉혹한 회색 눈으로 둘을 빤히 쳐다봤다. 이내, 정말로는 남자였던 그 사람이 요란하게 몸을 숙여 인사했다.

"데스 마콜, 대령이오."

그 남자가 큰 소리로 알렸다.

뱀 같은 형체가 수정에서 붕 떨어져 날아와 방금 온 사람을 면밀히 살피려고 다가갔다. 리타 고르가 가슴에서 한 뼘 거리에서 움직이며 연기 나는 올가미로 에워쌌지만, 데스 마콜은 그저 느긋하게 서서 어떤 초조한 기색도 내비치지 않았다. 자신이 먹이가 아니라 사냥꾼인 듯, 빙빙 도는 형체를 회색 눈으로 쫓았다.

마침내 리타 고르가 뜨거운 용암처럼 보글보글 끓는 목소리로 분명히 말했다.

"아주 좋군. 변장의 귀재로구먼, 그렇군. 멍청하진 않군."

남자는 대답하지 않았다.

"맞습니다요, 주인님. 저자는 인간입니다. 뛰어난 종족이지요."

쿨위크가 자랑스레 말했다.

"쳇, 뭐보다 뛰어나다는 거지? 바퀴벌레?"

정령의 장군이 내뱉었다. 그러고는 검은 꼬리를 허공에서 탁탁거렸다.

"내가 너무 심하게 말했나 보군, 쿨위크. 어쨌든, 자네와 자네 친구 둘 다 인간인데."

데스 마콜이 실눈을 뜨고 주술사를 바라보고는 다시 말을 했다.

"저자는 내 친구가 아닙니다. 그저 어쩌다가 내게 재밌는 일을 주는 사람일 뿐입니다."

데스 마콜이 되는 대로 말했다.

쿨위크가 발끈했다.

"자네 말은, 터무니없는 보수를 지불해주는 사람이란 뜻이겠지."

다른 남자가 목소리를 낮추어 으르렁거렸다.

"지금쯤이면 알고 있어야겠지만, 내 진짜 보수는 돈으로 받는 게 아니오. 난 다른 이유로 일을 고릅니다. 내 개인적인 이유로 말이오."

데스 마콜의 턱이 주술사를 향해 비스듬히 올라갔다.

"구더기 같은 놈! 이 배은망덕한……."

"조용."

리타 고르가 여전히 빙빙 돌며 찰싹 소리를 냈다.

"네가 내 요점을 증명해 보였군, 쿨위크. 인류는 뛰어난 재능을 가졌을지도 모르겠군. 하지만 뛰어난 흠도 있지. 그리고 그 흠 때문에 인간들이 내게 너무나도 유용하지. 오만하고, 탐욕스럽고, 미신에 사로잡히는 것이 다름 아닌 인간들의 본성이니까."

누구도 더는 말하지 않았다. 하지만 그들의 눈은 칼날처럼 반짝거렸다.

"그건 그렇고, 내 명령을 들을 준비가 됐나?"

리타 고르가 선언했다.

"난 요청을 듣습니다."

데스 마콜이 정정해주었다.

"표적을 말씀하십시오. 그러면 내가 결정하겠습니다."

어둠의 불꽃이 공중에 튀었고, 빙빙 도는 형체가 쉭쉭거렸다.

"널 위해서, 똑바로 결정하길 바라자고. 네 표적은 상당한 힘을 지닌 여자다."

"누구죠?"

암살자가 느긋하게 어깨를 으쓱이며 물었다.

쿨위크가 앞으로 나왔다. 끔찍한 쿨위크의 얼굴이 화가 나서 잔뜩 일그러져 있었다. 지글지글거리는 검은 형체가 둘 사이에 없었다면, 아마 데스 마콜의 망토를 잡고 흔들어댔을지도 모른다.

"자네 정녕 그리도 멍청한가? 호수 여인 말고 누구겠는가?"

"아니, 나의 노리개여. 여인이 아니다."

리타 고르가 정정해주었다.

쿨위크가 입을 벌린 채 얼어붙어 있자, 다른 남자는 아주 살짝 능글맞게 웃었다.

리타 고르가 이어 나갔다.

"여인은 늙었어. 너무 늙어서 이제는 성가시지 않지. 게다가, 여인은 딱 내가 계획한 대로, 남아 있는 힘의 가장 큰 원천을 머지않아 드러낼 것이다."

깜짝 놀란 쿨위크는 움츠러들었다.

"여인이 아니면, 그럼 누굽니까?"

"젊은 여자다. 모두를 위한 공동체의 사제이지. 그 이름을 난 모르지만, 커져가는 위협으로 느껴진다. 그 여자는 자력으로는 어떤 걱정이 될 만한 힘도 낼 수 없지. 하지만 네가 말한 그 여인에게서 받은 선물을 지니고 있을 거다. 너무 강력해서 내 계획을 방해할 법한 그런 물건이다."

갑자기 흥미가 생긴 데스 마콜이 눈썹을 추켜올렸다.

"그러니까 그 물건이 뭡니까?"

리타 고르는 빙빙 도는 걸 멈추고선, 아무것에도 매달려 있지 않은 검은 밧줄처럼 공중에 그냥 걸려 있었다.

"아발론에 남은 하나, 순수한 엘라노의 수정이다. 내가 그 마법을 깨고 내 의지대로 이용할 때까지 엘라노는 위협이 된단 말이다."

데스 마콜이 끄덕였다.

"그렇군요. 그럼 알겠습니다. 당신을 위해서 그 여자를 죽이겠습니다. 접근하기 위한 딱 알맞은 변장이 있습니다."

데스 마콜이 사납게 활짝 웃었다.

"그 여자를 죽이고 난 후, 내게 수정을 가지고 와야 한다. 바로 여기 동굴로. 내가 직접 너를 여기서 맞이하진 못하지만, 쿨위크가 있을 거다. 그리고 네가 어떤 배신을 꾀하려 하면 쿨위크가 내게 알릴 거다."

지글지글거리는 형체가 데스 마콜의 가슴 옆에서 말했다.

남자가 고개를 숙였다.

"물론입니다. 즐거운 일이 될 겁니다."

2부

12

요정의 비행

"목욕할 시간이야."

뉴익이 자기 횃대인 엘리의 어깨에서 투덜거렸다. 과열된 진홍 빛깔의 얼굴 피부는 잔뜩 묻은 진흙과 먼지에 덮여 거의 보이질 않았다.

"뭐도 좀 마시고."

엘리가 나무 크기만 한 양치식물 밭을 걸으며 대답했다. 이파리에는 분홍 열매로 된 화환이 꾸며져 있었다. 엘리는 아마 별꽃 요정의 작품일 거라 이해하고 감탄하며 화환을 바라봤다. 노란 날개를 가진 그 생명체들의 예술적 욕구는 오랫동안 우드루트를 활기 있게 만들었다.

근처에서 물이 철썩철썩 튀는 소리를 듣고, 엘리는 개울로 향했다. 개울은 우거진 숲 사이로 드리워지는 밝은 리본 모양의 아침 별빛에 은색으로 반짝였다. 브라이트민트의 잔가지가 개울둑을 따라 자라났고, 모든 이파리 끝에 이슬방울이 테를 이뤄 보석처럼 박혀 있었다. 이 개울은 무엇보다도 한가지로 보이고, 들리고, 냄새가 났다. 바로 산뜻함.

엘리가 개울가 옆에 무릎을 꿇자, 뉴익이 물속으로 첨벙 뛰어들었다. 순식간에, 뉴익의 피부색이 반짝이는 연청색으로 변했다.

엘리는 몸을 더 낮게 숙여 물을 마셨다. 곧바로, 차디찬 액체가 혀를 축축하게 적셨고 강렬한 민트 향이 코를 간질였다. 무슨 알 수 없는 이유 때문인지, 엘리는 바로 그때 탬윈을 떠올렸다. 그러자 둘이 헤어졌던 방식에 조금 슬픈 느낌이 들었다.

그 애는 지금 어디 있을까?

엘리는 궁금했다.

바로 그 순간에 탬윈도 저 높이 위대한 나무의 심재에서 신선한 물을 홀짝이고 있다는 걸 엘리는 알 리가 없었다.

엘리는 턱에서 물방울을 닦아내며 얼굴을 찌푸렸다.

아마도 길을 잃었겠지.

한층 더 얼굴을 찌푸렸다.

여러모로 그러겠지.

엘리가 한숨을 내쉬었다.

그러니까 걔가 어딜 갔는지 내가 왜 신경 써야 해?

폐허가 된 드루마디안 주거지를 떠나온 이후, 길을 되짚어 다시 북쪽의 높은 봉우리로 간 다음 호수 여인의 영토인 우드루트 속으로 이동하면서, 엘리는 여인과 코에리아 말고 사소한 다른 걸 생각했다. 탬윈을 말이다. 엘리는 심지어 탬윈이 험준한 길의 터널에 조심스레 꼬아 매달아놓은 줄사다리를 타고 내려올 때 느꼈던, 탬윈의 힘센 손길도 떠올랐다. 탬윈이 한 일은 둘에게 많은 수고를 덜어주었다. (찰과상과 타박상도 마찬가지로.)

나뭇잎이 이끼 낀 바닥에 떨어지듯 사뿐히, 브리오나가 엘리의 옆에 무릎을 꿇었다. 엘리를 획 한 번 보더니, 브리오나도 한 모금 마시고는 말했다.

"아직도 탬윈 생각하고 있지, 그렇지?"

"응. 그런데 이유는 나도 모르겠어. 걔는 아니잖아…… 그러니까, 그냥 아니잖아……."

"뭐가?"

엘리가 고개를 가로젓자 곱슬머리가 통통 튀었다.

"모르겠어. 그냥 아니야."

브리오나가 잠시 엘리를 살폈다.

"음, 난 한 가지에 감사해. 적어도…… 걘 듬직한 숲 전문가잖아. 걔가 만들었던 그 줄사다리는 걸작이었어. 거의 요정스러웠지."

엘리는 적갈색 눈을 가늘게 떴다.

"너 도대체 무슨 말 하는 거야?"

요정 소녀는 멈춰서, 덥수룩한 녹슨 갈색 꼬리를 높이 들고 반대편 개울둑을 껑충거리며 다니는 여우 가족을 바라봤다. 이내 길게 땋은 머리가 물속에 퐁당 빠지지 않게 가슴팍에 꼭 부여잡고는, 몸을 아래로 숙여 다시 한 모금 마셨다. 엘리가 다가오자, 브리오나가 답했다.

"있지, 걔 구제 불능인 거 나도 알아. 남자가 다 그렇다니까. 그런데 정말이지 너희 둘 사이에 뭔가가 있어. 느낌이 와?"

"그럼. 한 대 얻어맞은 느낌 같아."

엘리가 답했다.

생각에 잠긴 브리오나가 뾰족한 귀를 긁었다.

"아니, 내 말은 그거보다 더한 무언가 말이야."

브리오나가 개울에 손가락을 살짝 담갔다가 꺼내들자 물방울 하나가 끝에 맺혀 있었다. 물방울 절반이 반대편 손바닥에 떨어지도록 살며시 털고는, 나머지 반도 털어냈다. 작은 두 물방울은 새로운 것이 생겨나기 시작할 때까지 손바닥에서 으르르 떨었다. 손에서 어떤 또렷한 움직임조차 없었는데도, 반짝이는 두 입자는 브리오나의 손금에 흔들거리며 아래로 움직이더니, 둘은 다시 합쳐졌다. 마치 처음부터 둘이 한데 모여 있었던 것처럼 그랬다.

엘리는 한동안 아무 말도 하지 않았다. 대신 손가락으로 별꽃 줄기로 엮은 팔찌를 만지작거렸다. 마침내 엘리가 물었다.

"그럼 너랑 스크리는 어떻고? 너희도 물방울 같은 거야?"

이제는 브리오나가 쏘아볼 차례였다.

"서로 다른 두 양초의 촛농에 더 가깝지. 때때로 불꽃 근처에서는 같이 녹을지도 몰라. 하지만 우리의 보통 상태는 따로 떨어져 있어. 우리 종족이 만드는 송진 양초처럼 딱딱해, 아주 딱딱하지."

"뚱뚱해?"

심이 땅딸막한 몸으로 축축한 실개천 둑 위에 털썩 주저앉으며 따라 말했다.

"너 별로 안 그래, 로와나 내 친구야."

요정 소녀는 말을 하려고 입을 열었지만, 어찌할 도리가 없다고 마음을 정하고선 다시 다물었다.

심이 난데없이 다가와 브리오나의 튼튼한 팔을 꼬집었다. 브리오나는 화들짝 뒤로 물러나 심을 찰싹 때렸다. 하지만 심의 분홍 눈은 장난기로 반짝였다.

"거봐, 이 아가씨야? 넌 코딱지만큼도 안 뚱뚱하다고. 여기 늙은 심하고는 엄청 다르다니까."

심은 자신의 불룩한 엉덩이를 토닥토닥 두드렸다.

"아무도 우리가 동족이라고 생각 안 할 거라고, 너랑 내가. 확실히, 분명히, 완전히."

심은 와하하 큰 소리로 웃음을 터뜨렸다. 그러고는 읊기 시작했다.

너는 매력적이지
근데 나는 비곗덩어리지
넌 아주 귀엽지
그리고 난 아주…… 심하지!

넌 어여쁘고 키가 크지
(그리고 돼지처럼 툴툴대)
근데 난 키가 작고 조그맣지
엉덩이가 커다래.

남자들은 치고 빠지지
네 변덕 때문에.
절대 드러내지 않지
내가 네 삼촌 심이래!

심이 브리오나에게 크게 윙크를 날렸다.

"그리고 넌 내가 가장 좋아하는 조카지."

브리오나는 심의 용기를 북돋우지 않길 바라며 웃지 않으려고 최선을 다했다. 어쨌든 브리오나를 꼬집을 용기가 있는 누군가는, 곧바로 가시 돋친 화살이 장전된 긴 활을 마주하고 있다는 걸 알았을 거다. 그리고 고작 3초밖에 변명할 시간이 없었을 거다. 그래봤자 브리오나는 아무리 노력을 해도 웃음을 참을 수가 없었다.

엘리는 참으려고 전혀 애를 쓰지 않았다. 웃음을 팡 터뜨렸다. 방금 개울로 온 멀쑥한 사제 류도 덩달아 웃었다. 류의 어깨에 있던 은빛 날개의 매도 거칠게 꺅꺅거리며 함께 웃었다.

심은 브리오나를 보고 이 빠진 자리를 드러내며 씩 웃었다.

"너도 알지, 내가 그냥 놀리는 거라고, 그치? 틀림없이 네 이름은 로와나지."

브리오나는 끄덕였다. 그러고는 갑자기 다가가서 심의 팔을 꼬집었다.

작은 거인은 꽥 악을 쓰고는 요정 조카의 무례함을 보고 쿡쿡 웃었다. 그러고는 마침내 엘리에게 몸을 돌렸다.

"그래서 네 친구, 호수 여인은 어디 있어? 이제 가까이 왔어?"

엘리의 얼굴이 갑자기 침울해졌다.

"여전히 제 친구이길 바라요."

목욕하던 곳에서 아래로 떠내려가지 않으려고, 돌에 작은 발을 받쳐 놓고 있던 뉴익이 코웃음을 쳤다.

"흠. 아마도 너를 기름에 넣고 끓인 다음, 거미줄보다 더 가늘게 늘려서 가루가 되도록 짓이겨 버릴걸."

뉴익의 피부색이 살짝 밝아졌다.

"하지만 여전히 네 친구일 거야."

류는 주위를 둘러싼 끝없는 녹지를 향해 긴 팔을 흔들었다. 가까운 바로 그곳에는 파랗고 금빛의 꽃잎이 가득한 길게 뻗은 넝쿨과, 작은 단풍나무처럼 생기고 어렴풋이 계피 향이 나는 빽빽한 떨기나무, 물에 흠뻑 젖은 돌에 붙은 두꺼운 이끼 덩어리, 둑에 자란 민트와 딜과 라벤더, 그리고 분홍 열매가 주렁주렁 달린 우뚝 솟은 양치식물이 있었다.

류가 엘리의 팔뚝을 잡았다.

"난 걱정 안 해, 정말이야. 이렇게 사랑스러운 곳에 살기로 선택한 사람은 반드시 현명하고 너그러워야 해."

뉴익이 으르렁거렸다.

"흠. 그리고 화를 잘 내기도 하지. 정말이라니까, 수 세기가 넘게 봐왔어. 난 안다고."

엘리는 매달려 있는 덩굴을 손가락으로 빙빙 돌렸다.

"여인님이 화가 났다면, 난 그래도 싸. 그저 빨리 여인님을 찾을 수 있길 바랄 뿐이야."

"쉽지 않을 거야."

요정이 제 몸에 물을 끼얹으려고 굴러가며 경고했다.

"여인의 은신처는 켜켜이 쌓인 마법에 숨어 있어. 설령 여기서 가까운 곳이라 해도 찾으려면 여러 날이 걸릴 거야."

"우리한테 여러 날은 없어! 대사제님은 도움이 필요하다고. 그리고 환영이……."

엘리가 이의를 제기했다.

뉴익의 피부색이 어두워졌다. 이내 뉴익이 목소리를 낮춰 속삭였다.

"알아, 엘리리아나. 나도 그 환영 봤어. 그리고 리타 고르의 소리도 들었지."

브리오나가 숲을 자세히 들여다보며 나직이 말했다.

"여인님에게 가는 길은 안개로 만들어졌다고 할아버지가 말씀해주시곤 했어. 그리고 네 기억이 옳다면, 바로 저기에 가면 우리를 이끌어줄 생명체가 있어."

"저쪽 둥지에 있는 굴뚝새를 말하는 거야?"

엘리가 의심스레 물었다.

"아니."

"저기 뿌리 옆의 벌레?"

류가 추측했다.

"아니요."

브리오나가 가리켰지만, 아마도 류의 매 카타를 제외하고 누구도 녹지 한복판에서 다른 생명체를 보지 못했나 보다. 엘리가 화가 나서 고개를 흔들며 물었다.

"그게 뭔데?"

"오면 보여줄게."

브리오나가 대답했다. 그러고는 잠자리가 연꽃잎에서 우아하게 떠오르듯, 일어서서 둑을 따라 숨죽여 움직였다.

다른 이들도 최선을 다해 조용히 뒤따랐다. 심은 발로 잔가지와 나무껍질 조각을 죄다 바삭바삭 밟는 바람에, 전혀 쉬운 일이 아니었다. 뉴익은 그 가운데 가장 조용했는데, 그저 돌에서 발을 떼고 천천히 물 흐름에 따라 떠내려 갔다.

잠시 뒤에, 브리오나가 멈췄다. 그러고는 살며시 버드나무 가지에서 나뭇잎 장막을 끌어당겼다. 거기에는 섬세한 옅은 청색 날개가 달린 자그마한 사람이 버드나무 옹이구멍 안에서 낮잠을 자고 있었다. 그 여자는 어울리는 파란 옷에 긴 양말과 띠를 둘러 입고 있었다. 전부 엄청 얇은 천으로 만들어서 거의 투명했다. 아주 작은 은빛 종 한 쌍으로 곡선의 더듬이를 꾸몄다. 여자는 우묵한 느릅나무 잎 안에 꼭 들어맞았고, 박주가리 씨앗보다 더 가벼워 보였다.

안개 요정이야.

엘리는 놀라서 마음속으로 생각했다. 이른 아침 시간에 떼를 지어 다니는 모습을 여러 번 본 적은 있지만, 이렇게 가까이에서는 한 번도 못 봤다. 대개 은청색의 희미한 움직임을 띠는 안개 요정들은 겁이 많고 거의 절대 움직이질 않는다. 이 두 가지 특성 때문에 이것이 아발론에서 가장 보기 드문 광경인 거다.

산들바람이 키 큰 양치식물과 더불어 버드나무를 살짝 움직였다. 브리오나가 엘리에게로 몸을 돌려 속삭였다.

"어떻게 요정을 깨우느냐, 그건 쉬워. 근데 어떻게 이야기를 나누느냐, 그건 어려울 거야."

브리오나가 무슨 말을 하는지 깨닫기도 전에 엘리가 답했다.

"만약 탬윈이……."

엘리는 하던 말을 갑자기 멈췄지만, 브리오나가 그 문장을 끝마쳤다.

"여기 있다면. 그래 알아. 탬윈은 요정의 언어를 말할 수 있었겠지."

엘리는 그저 입술을 깨물었다.

"그냥 최선을 다해봐야지. 날아가 버리기 전에."

요정 소녀가 이어 말했다.

그러고는 바로, 얼굴이 거의 옹이구멍에 닿을 때까지 몸을 아래로 숙였다. 아주 살며시, 잠자는 요정에게 입김을 불어 섬세한 날개가 펄럭이게 했다. 곧바로 요정의 파란 눈이 번쩍 뜨였다. 요정은 무서워서 비명을 꽥 지르며 하늘로 풀쩍 뛰어올라, 안개 낀 푸른 무늬를 내며 쌩하고 날아갔다.

브리오나가 말을 하기 시작했지만, 그때쯤에는 이미 너무 늦어 버렸다. 한마디하기도 전에 요정은 숲속으로 사라져 버렸다.

그 뒤에서, 류가 한숨지었다.

"그냥 옛날 방식으로 여인을 찾아야 할 거 같네."

"네 말은, 길을 잃어서 그러겠단 말이지."

뉴익이 개울둑으로 기어 올라가 몸을 털어 말렸다. 엘리가 뉴익을 자기 어깨로 올려놓으려고 구부리자, 뉴익이 무뚝뚝하게 덧붙였다.

"여인은 절대 손님들을 좋아하지 않았어."

바로 그때 끔찍한 포효가 숲을 뒤흔들었다. 험악하게 들리는 소리가 나무 사이로 메아리쳤다. 일행은 얼어붙은 채 긴장한 눈빛을 주고받았다. 이번에는 포효가 훨씬 가까이서 또다시 들려왔다. 볏비둘기 떼가 당황하여 지저귀며 하늘로 푸드덕푸드덕 날아올랐다. 저 멀리 가지들이 갈라지고 툭 부러졌다. 그러더니 온전한 나무 한 그루가, 아니면 여러 그루가 뿌리째 뽑히고 소름끼치는 쿵 소리를 내며 쓰러지는 소리가 들렸다.

엘리는 브리오나와 눈을 마주쳤다.

"용이야!"

요정이 고개를 흔들며 말했다.

"하지만 우린 오랫동안 우드루트에서 용을 못 봤는걸."

"이제 막 보려는 참이지. 네가 움직이지 않는다면, 잠시 뒤에."

류가 분명히 말했다.

무리 전체는 갑자기 뛰기 시작했고, 류의 어깨에 있던 매는 날아갔다. 엘리는 뉴익이 어깨에서 떨어지지 않게 안고서 물길을 뛰어넘었다. 다른 이들도 모두 뒤따랐다. 덤불을 뚫고 지나, 덤불과 나무둥치를 피해, 깡충깡충 토끼와 고슴도치, 다람쥐를 지나쳐서 휙 달려갔다. 사방에서 많은 동물들이 은신처를 찾았다. 얼룩덜룩한 초록 뱀은 나무뿌리 옆 구멍 속으로 주르르 미끄러졌고, 고슴도치 한 쌍은 솔잎 더미에 굴을 파고, 암사슴과 반점 무늬의 새끼 사슴은 떨어진 나뭇가지를 뛰어넘어 쏜살같이 지나갔다.

뒤에서는 귀청이 떨어질 듯한 용의 발걸음이 더욱 커질 뿐이었다. 포효도 마찬가지였다. 그 자체로 너무나도 시끄러워서 커다란 참나무와 독미나리 뿌리까지 흔들어댈 정도였다. 이제 그들은 짐승의 거칠고, 으르렁거리는 숨소리를 들을 수 있었다.

"우리 바로 뒤에 있어!"

엘리가 울부짖었다.

엘리는 어깨 너머로 키가 큰 가문비나무가 숲 바닥을 때려 부수는 걸 흘끗 돌아봤다. 그 바람에 나뭇가지들이 우지끈 부러져 여러 키 작은 나무들이 뽑혔다. 쓰러진 나무가 남긴 자리에서, 하늘을 배경으로 거대한 목이 위로 솟아오르자 엘리는 공포에 질려 바라봤다. 바위보다 넓적한 반짝이는 주황색 비늘로 무장을 한 채, 목은 솟아오르면서 불처럼 번쩍였다. 말도 안 되게 긴 목은 거대한 머리가 나올 때까지 계속해서 늘어졌다. 벌름거리는 콧구멍에서 길게 나부끼는 연기 기둥을 내뿜는 용의 얼굴은, 숯에 검어진 초록색과 보라색 비늘로 뒤덮여 있었다. 커다란 귀는 미친 듯이 빙빙 돌고 있었고, 끝없는 분노로 빛나는 깊은 웅덩이 같은 주황색 눈도 홱홱 돌고 있었다.

그때, 용의 입이 열렸다. 침으로 얼룩덜룩한 길고 검은 입술 안에서, 엘리는 살인적으로 날카로운 수백 개의 이빨을 보았다. 줄줄이 늘어선 이빨은 성인 남자나 여자의 키만큼 컸다. 사이사이에는 썩어가는 시체 잔해와 피투성이의 털 조각이 끼어 있었고, 장대한 검은 혀가 이따금씩 날름거렸다.

다시 용이 천둥보다 더 크게 으르렁거렸다. 다른 이들처럼, 엘리는 어디로 가는지 주의를 기울이지 않은 채 나뭇가지와 나뭇잎과 거미줄을 헤치며 온 힘을 다해 달려 나갔다.

가장 중요한 건 용에게서 달아나는 것이었다. 그리고 그 이빨로부터! 가슴 속에서 심장이 쿵쾅거렸고 폐가 타올랐다. 엘리가 두꺼운 풀 벽을 뛰어넘더니…….

떨어졌다. 공중제비하듯 빙빙 돌아 자욱한 흙먼지와 낙엽을 일으키며, 깊은 구덩이 아래로 굴러떨어졌다. 매를 제외한 모든 일행도 마찬가지로 구덩이로 떨어졌다. 그들은 벽을 쓸고 내려와, 바닥까지 구른 다음 팔다리가 얼기설기 엉켜 내려앉았다.

목과 등이 몹시 쑤셨지만, 엘리는 얼굴에서 낙엽을 털어내더니 끙하는 소리를 내며 바로 앉았다. 그러고는 애써 초점을 맞추려고 눈을 깜빡였다. 엘리는 눈에 보이는 것 때문에 비명을 지르고 싶었다. 거대한 용의 머리가 구덩이 끝으로 가까이 다가오고 있었기 때문이다. 파멸처럼 새카만 그림자가 무리 위에 드리워졌다. 엘리는 불같은 용의 눈이 자기를 주시하는 딱 그 순간에 숨을 훅 들이쉬었다.

거대한 입이 벌어지자, 엘리는 심신이 완전히 얼어붙은 채 그대로 앉아 있었다.

13

모든 비밀을 끝내야 할 때

용의 커다란 머리가 구덩이 쪽으로 숙여졌고, 기다란 검은 혀는 게걸스럽게 휙휙 움직였다. 마른 피와 썩은 고기로 얼룩진 촘촘한 이빨은 덫에 빠진 일행 바로 위에서 반짝거렸다.

그러더니 용의 입에서 자욱한 연기가 뿜어져 나왔다. 공중의 용암처럼, 연기는 구덩이 안으로 흘러내려와 천천히 무리를 덮고는 극도로 불쾌한 유황 가스로 숨이 막히게 했다. 다른 이들처럼 엘리는 기침이 나고 메스꺼웠다. 입을 가리고선 환기를 시키려고 미친 듯이 팔을 휘저어댔다.

하지만 그건 도움이 안 됐다. 새카만 연기가 콧구멍, 목구멍 그리고 눈물을 머금은 눈을 찔렀다. 마구 쏟아지는 기침을 하지 않고는 전혀 숨을 쉴 수 없었다. 유독한 연기는 여기저기에 있었다.

그러다가 갑자기 없어졌다.

눈 깜짝할 사이에, 새카만 구름이 밝아졌다. 마치 갑자기 빛이 쏟아지듯, 구름은 아른아른 은빛으로 반짝였다. 유독 가스는 사라졌고 그 자리에는 구름만큼 폭신하고 삼림 지대 개울처럼 상쾌해 보이는 촉촉함이 대신했다.

안개야. 안개로 바뀌었어.

엘리는 깨달았다.

증기가 반짝거리며 주위를 빙빙 돌고 난 다음, 천천히 갈라졌다. 반짝이는 조각들이 소용돌이치는 무지개를 공중에 드리우며 부풀어 올라 빙글빙글 돌고 돌았다. 마침내, 빛나는 안개는 많이 옅어져서 물보다는 오히려 빛으로 만든 것처럼 보였다. 구덩이 속에 있던 엘리와 다른 이들은 밀려드는 밝은 빛에 눈을 깜박거리기만 했다.

이내 엘리는 구덩이도 사라졌다는 걸 깨달았다. 가파른 벽면도 사라지고, 엘리가 볼 수 없을 정도로 아주 멀리 사방으로 쭉 뻗어 있는 안개 낀 평지 한가운데에 남겨졌다. 엘리는 돌아서서 끝없이 펼쳐진 광대한 안개 목초지를 둘러봤다. 하얗게 출렁이는 파동 말고는 아무것도 지평선 너머로 떠오르지 않았다.

한 가지만 빼고.

가장 멀리 있는 안개 끝에서, 검은 형체가 모습을 드러냈다. 엘리는 여전히 용이 두려워 몸이 굳어졌다. 하지만 이건 용이 아니었다.

여인님이다! 여인님이 우리에게 왔어.

그렇단다.

여자의 공기 같은 목소리가 엘리의 머릿속에서 이야기했다.

하지만 너에게, 나는 용만큼이나 화가 나 있단다.

엘리는 그 형체가 증기를 뚫고 그들에게로 성큼성큼 가까이 다가오자 움찔했다. 그럼에도 엘리는 여인이 얼마나 아름다워 보이는지 인정하지 않을 수가 없었다. 엄숙한 표정에도 불구하고, 엘리가 기억하던 대로 아름다웠다. 여인의 강렬한 회청색 눈과 엘리만큼이나 풍성하게 곱슬곱슬 드리워진 은빛 머리카락이 마법으로 빛이 났다. 안개 자체만큼 가벼운, 질감이 느껴지는 초록 가운은 움직일 때마다 반짝였다. 어깨 위에 구름처럼 얹어진 숄도 그랬다.

엘리는 그 숄 아래에 무엇이 깔려 있는지 알았다. 날개였다! 빛나는 날개는 깃털이 달린 별빛처럼 눈부셨다. 여인의 정체가 초기 드루마의 위대한 지도자이자 설립자인 엘런의 딸이며, 멀린의 누이인 전설적인 리아논이었기 때문이다. 여인은 엘리와 뉴익, 탬윈을 믿고 기꺼이 이 비밀을 밝혔었다. 다른 누구한테도 하지 않고. 그런데 엘리는 그 믿음에 어떻게 보답했나?

엘리가 거친 목소리로 속삭였다.

"용서해주세요. 전 그럴 뜻이 아니었……."

단호한 목소리가 엘리의 머릿속에 들려왔다.

오, 하지만 그랬잖니. 용감한 사파이어 유니콘을 통해 내 간청을 들었잖니. 그런데 넌 네 멋대로 무시했지. 엘리리아나 레일로켄, 넌 코에리아뿐 아니라 우리도 위험에 빠뜨렸다. 엄청난 위험에.

엘리가 고개를 숙였다.

"죄송해요, 리아……, 아니 여인님. 정말 죄송해요."

여인은 안개 줄기가 초록 가운 자락에서 넘실거리는 가운데 다가와 급기야 그들 앞에 섰다. 엘리는 벌꿀색 땋은 머리로 발밑 구름을 휩쓸어 버린 브리오나보다 더 뻣뻣하게 고개를 숙였다. 류도 마찬가지로 아주 낮게 몸을 숙였다. 류가 일어나자 매 카타가 미끄러지듯 내려와 류의 어깨에 앉았다. 심마저도 예의를 차리려고 최선을 다했지만, 어설픈 절을 한 것처럼 보이고 말았다.

이내, 모두가 놀랍게도 여인도 몸소 허리를 숙였다. 인사를 하는 게 아니라 사실은 심의 눈을 뚫어지게 바라보려고 몸을 숙이고 있었다. 여인이 애석한 듯 말했다.

"나의 오랜 친구여. 우리가 처음 만났을 때처럼 작구나. 내 생각에, 다른 방식으로 그때처럼 큰 게 아닐까 싶지만."

어쩌면 여인의 마법 때문인지, 작은 친구는 알아듣는 데 전혀 문제가 없어 보였다. 그렇기는 해도, 어리둥절한 표정이었다.

"여인님, 그렇게나 오래전에 나를 알았어요?"

하지만 여인은 대답하지 않았다. 그저 브리오나에게로 몸을 돌려 다정하게 말했다.

"반갑다, 숲의 요정의 딸이여. 네 이름은 뭐지?"

"브리오나입니다, 선하신 여인님이시여. 이렇게 만나게 되어 영광입니다."

브리오나가 우아하게 머리를 숙였다.

여인이 브리오나를 조심스레 살펴봤다.

"나도 그렇단다. 네가 내 친애하는 벗, 트레시미르의 혈육인 걸로 여겨지니 더욱더 그러하구나."

할아버지 이야기가 나오자, 브리오나는 온몸이 굳어졌다.

동정하듯 고개를 까딱하며 여인이 속삭였다.

"역시나, 트레시미르가 그립구나."

요정 소녀는 아무 말도 하지 않았다,

류를 마주보며 마법사가 말했다.

"너와 나는 이미 만났지, 그렇지? 네 꿈에서?"

"네, 여인님. 그때도 아름다우셨지만, 지금은 더 아름다우시네요."

"조용히 해, 류. 그러면 우쭐거리기만 할 거라고."

뉴익이 딱딱거렸다.

호수 여인은 즐거운 마음에 요정을 들어 올리려 몸을 숙였다. 여인이 안아 올리자, 뉴익은 주위의 안개만큼이나 번쩍거렸다.

뉴익은 잘 되지 않는 퉁명한 소리를 내려 애쓰며 말했다.

"흠. 끔찍한 눈속임이었어, 저 용. 그래도 난 줄곧 넌 줄 알았지만."

엘리가 입을 뗐다.

"그게……."

여인이 떠오르는 안개 조각 사이로 손사래를 치며 답했다.

"그래 맞아. 전부 그저 환영일 뿐이었단다. 포효, 광란, 그리고 물론 그 끔찍한 이빨도. 하지만 어떤 생명체도 다치지 않았지. 잔가지 하나조차도."

"제 엉덩이만 빼고요."

류가 등뼈를 문지르며 중얼거렸다.

"즐거운 시간 보냈길 바라. 노래질 정도로 겁을 줬잖아, 네가."

뉴익이 툴툴거렸다.

여인의 두 눈이 반짝반짝 빛났다.

"내내 나인 줄 알았다고 말한 거 같은데."

뉴익이 새빨갛게 달아올라 더듬거렸다.

"어, 음, 아…… 그랬지, 정말이야. 그런데 네 유머 감각이 얼마나 엄청날 수 있는지 내가 깜빡했네."

여인은 뉴익을 살폈다. 이제 두 눈에 우수가 서려 있었다.

"사랑하는 뉴익. 굳이 알고 싶다면 말이지, 저건 유머와 전혀 상관없었어. 어느 정도 내 화를 풀려고 한 거야."

"저 때문에."

엘리가 후회하며 말했다.

"너 때문에, 얘야."

여인이 어린 사제를 찬찬히 들여다봤다.

"자, 그래도 난 널 용서한단다. 어쨌든, 네 성급한 행동은 그 누구도 아닌 나 자신을 떠올리게 하니까."

엘리는 입술이 달달 떨렸지만 아무 말도 하지 않았다.

뉴익은 작은 손으로 여인의 소매를 찰싹 때렸다.

"어느 정도라고 했잖아. 그러니까 다른 이유가 있었어?"

마법사가 고개를 끄덕였다.

"어떤 사람이 너희를 따라오는 거 같길래 겁을 줘서 쫓아내려고 그랬단다."

모두가 긴장했다. 브리오나의 손은 긴 활로 향했다. 하지만 여인이 은빛 머리를 흔들었다.

"남자인지 여자인지 그 사람은 가 버렸어. 적어도, 우선은. 무고한 사람일 수도 있겠지만…… 그런데 과연 그럴까. 너희들이 크리스틸리아의 흰 간헐천에서 쿨위크의 계획을 저지하는 데 성공한 후에도, 지금 아발론에는 악이 존재한단다. 수년 동안 내가 느껴본 적 없는 그런 악 말이야."

여인은 얼굴 앞에 떠 있는 안개 조각 속으로 길고 흔들림 없는 한숨을 내쉬었다. 단번에 그 안개는 반짝이는 고리로 바뀌었다. 그 안에 또 다른 고리가 만들어졌고, 고리가 점점 작아져 더 이상 보이지 않을 때까지 또 하나 그리고 또 하나가 계속 생겨났다. 엘리는 한없이 많은 고리가 얼마나 많은 수수께끼와 얼마나 많은 세계를 쥐고 있을지 궁금해하며 뚫어져라 바라봤다.

엘리를 바라보며 여인은 거의 미소를 지을 뻔했다. 이내 갑자기 얼굴이 굳어졌다.

"확신할 순 없지만, 우리들 가운데 새로운 그림자가 느껴지는구나. 매일 길어지는 그림자 말이야. 마법사의 지팡이의 별들을 가리기에 이미 충분히 길어졌네. 인간의 밝은 면 또한 가리려 하고. 그래야 아무 생각 없는 트롤처럼 행동하니까."

류의 이마에 더 진한 주름살이 졌다. 어깨 위의 카타는 날카롭게 삑삑 소리 높여 울어댔다.

뉴익이 창백해진 얼굴로 말했다.

"나도 느꼈어. 우리가 전에도 느낀 적 있는 그림자야, 너와 내가. 오래전에."

호수 여인이 뉴익을 조금 더 높이 들어 올렸다. 그 바람에 둘의 얼굴이 거의 닿았다.

"그래, 내 옛 친구여. 리타 고르의 그림자야."

그 이름 이야기가 나오자, 쌀쌀한 바람이 안개 너머로 불어와 하얀 물결을 휘저은 후, 바다에 돌풍이 불 때처럼 흩뿌렸다. 바람이, 아니면 그 이름 자체가 엘리를 덜덜 떨게 했다. 여인조차도 숄을 어깨 위로 조금 더 끌어당겨 목에 걸고 있던 나뭇잎 부적을 덮었다.

"저희가 그자를 봤어요."

엘리가 말을 시작했다. 하지만 목소리를 가다듬기 위해 멈춰야 했다.

"환영에서요."

"안다. 내게도 역시 환영이 찾아왔단다."

여인이 말했다.

"그런데도, 저는 그게 사실이 아니길 바랐어요. 그자가 진짜 여기 있는 게 아니길 바랐어요."

안개가 여인의 가느다란 손목을 둘둘 감았다. 여인이 진지하게 딱 잘라 말했다.

"그자가 여기 있다, 얘야. 사파이어 유니콘이 여기 없는 것만큼이나 틀림없단다."

마법사가 깊고 느린 숨을 내쉬었다.

"그자를 막고, 우리 세상을 구할 기회가 아직 있단다. 하지만 그럴 가능성은 거미줄보다 더 가늘어."

"뭔가요? 저희가 어떻게 해야 하죠?"

엘리가 물었다.

"두렵지만, 많은 게 있단다. 그중에서도 두 가지가 있어. 먼저, 우린 어떻게든 마법사의 지팡이의 별들을 다시 밝혀야 해. 그것도 빨리! 너희 친구 탬원이 여기 없는 걸로 봐서, 이미 그 탐험에 나선 거 같구나."

엘리가 뻣뻣하게 고개를 끄덕였다.

여인이 유감스러운 듯 말했다.

"먼저 그 애와 이야기를 나눴으면 좋았을걸. 나무와 별들, 또 적에 대해 이야기해줄 게 많은데 말이지. 하지만 이제 그 모든 걸 그 애 스스로 찾아야겠지."

엘리가 물었다.

"그러니까 모르신단 말씀이세요? 걔가 아직……."

"살아 있는지? 그래, 아직 살아 있다고 믿는단다. 그리고 그걸 넘어서, 그 애를 안다는 것만으로 나는 희망이 느껴지는구나. 그러니 너도 그리 할 수 있단다."

감사한 마음으로, 엘리가 여인을 바라봤다.

"그러면 저희가 해야 할 두 번째 일은 뭔가요? 대사제님에게 묘약을

186

가지고 가는 거요?"

"아니란다, 얘야. 아발론의 운명이 코에리아의 운명과 엮여 있진 않단다. 두 번째 탐험은 다른 거란다."

엘리가 손으로 갈색 곱슬머리를 넘겼다.

"그러면 먼저 대사제님에게 묘약을 갖다줘야겠어요. 탐험을 시작하기 전에요."

"안 돼."

여인은 뉴익을 다른 팔로 옮기고는 엘리의 어깨에 손을 얹었다.

"둘 다 할 시간은 없다. 네가 먼저 여기에 왔더라면 가능했겠지만, 이제 그 기회는 놓쳐 버렸단다."

엘리는 입술을 깨물었다.

"그럼 전 대사제님에게 가야겠어요. 그게 아발론에게 무슨 의미든지 간에, 대사제님을 그냥 버릴 순 없어요."

"그 정도로 코에리아를 사랑하니?"

"그 정도로요."

여인은 감탄과 애정이 섞인 마음으로 엘리를 봤다.

"네가 그렇게 느낄 거라 예상했었다. 그래서 나는, 네가 더 큰 탐험을 하기로 한다면 내가 직접 코에리아에게 가기로 결정했단다."

엘리가 반대했다.

"하지만 절대 숲을 떠나지 않으시잖아요. 환영을 제외하고는요."

여인이 선언했다.

"이젠 그럴 거다. 내 세상을 돕든 내 옛 친구를 돕든, 난 그래야 한다. 둘 다 몹시 사랑하니까. 그리고 가능하다면, 아발론을 위해 탐험을 선택했을 거야. 두렵지만 지금 나는 더 큰 탐험에서 성공하기에는 너무 늙고 지쳐 있단다. 그러므로 나는 이 숲과, 새로운 아바사인 내 은신처를 떠나 대사제에게로 갈 것이다."

류와 브리오나는 말을 하려 했지만, 여인이 손을 들어 둘을 조용히 시켰다.

"안단다, 사랑하는 아이들아. 너희가 나 대신에 가리라는 걸. 하지만 너희는 엘리의 곁에 더욱더 필요하단다. 다시 말해, 엘리가 탐험을 택한다면 말이지."

엘리가 허리를 곧게 폈다.

"하겠어요. 대사제님을 구하겠다고 약속하신다면요."

"노력하겠다고 약속하마. 이런 때에, 그것이 누구든지 할 수 있는 전부니까."

여인이 입술을 오므렸다.

"우리 오빠가 계속 여기 있으면 좋을 텐데! 지금은 나처럼 늙고 허약하겠지만, 적어도 몇 가지 생각은 있었을 거야."

"십중팔구 멍청한 생각이었겠지."

뉴익이 말했다.

여인이 뉴익을 보고 미소 지었다.

"십중팔구. 그래도 난 정말로 오빠가 그리워. 아발론을 떠난 지 이만큼의 세월이 지났는데도."

여인은 또다시 암울한 표정을 지으며 엘리에게로 몸을 돌렸다.

"애야, 네 탐험은 쿨위크가 크리스틸리아의 마법의 물로 만든 순수한 엘라노의 수정을 필요로 한단다."

브리오나는 등에 난 매질 자국이 쓰라려 깜짝 놀랐다. 그리고 그 주술사의 노예로서 지낸 날들의 기억이 더 크게 쓰라렸다.

"그래서 그자가 아직도 수정을 갖고 있나요?"

엘리가 재촉했다.

"그래. 하지만 그게 다가 아냐."

여인이 들쑥날쑥한 숨을 내뱉었다.

"사악한 정령의 장군 도움으로 틀림없이 어떻게든 수정을 바꿔놓았어. 그 힘을 오염시켰지. 난 느낄 수 있어. 수정은 대단한 선의 원천에서 엄청난 악의 것이 되어 버렸단다."

"정확히 어떤 악이죠?"

엘리가 물었다.

"그건 나도 확실하지 않단다. 하지만 순수한 엘라노가 창조적인만큼 그것은 파괴적일 수 있다는 생각이 드는구나. 새 생명을 낳는 대신, 그것의 손길이 닿는 무엇이든 파괴할 수 있어."

엘리는 숨이 턱 막혔다.

"그 꽃처럼요! 유니콘을 죽이고, 거의 스크리도 죽일 뻔한 그거요."

여인의 눈은 안개가 끼듯 흐려졌다.

"사파이어 유니콘, 종족 내에서 유일한 존재였지. 안타깝구나! 아발론에게…… 그리고 태중의 새끼에게도."

"새끼요? 뱃속에 새끼가 있었어요?"

엘리가 따라 말했다.

"마법의 아이지. 아발론에 사파이어 유니콘은 단 하나뿐이란다. 유니콘의 삶이 끝날 무렵에는 늘 새끼를 낳는다는 예외는 있지. 그 시간이 다가오고 있음을 알 정도로 나는 그 친구를 잘 알았단다."

여인은 입술을 깨물었다.

"단지 그렇게 빨리 죽을 줄은 몰랐을 뿐이야."

엘리가 씁쓸하게 말했다.

"유니콘도 몰랐어요. 그 악의 꽃요. 정말이지 수정에서 나온 게 틀림없어요."

엘리가 물통을 톡톡 쳤다.

"이 치료의 물조차도 그걸 막을 수 없었어요."

뉴익의 피부색이 훨씬 더 어두워졌다.

"오염된 그 수정은 지금 어디에 있지?"

"나도 모른단다. 아무리 노력을 해도 볼 수가 없어. 하지만 분명히 느껴져. 일곱 영토 어딘가에서."

여인이 엘리의 어깨를 꼭 쥐었다.

"어디에 있든지, 너흰 그걸 반드시 찾아야 해. 그런 다음 없애야 하고."

"하지만 어떻게요?"

"이걸로."

여인은 뉴익을 안개 깔린 풀밭에 내려주고는 숄 아래에 손을 넣어 참나무와 물푸레나무, 산사나무로 만든 부적을 벗었다. 잎사귀를 조금 떼어내자, 갑자기 눈부시게 밝은 빛이 반짝거렸다.

여인에게 가까이 기대고 있던 심이 놀라 뒤로 넘어지더니 사방에 안개를 흩뿌리며 내려앉았다.

류가 외쳤다.

"엘라노네요! 당신도 수정을 만드셨군요."

"아니란다. 오래전에 다른 사람이 만든 거란다."

여인이 답했다.

"잠깐만요."

브리오나가 말했다. 할아버지한테서 배운 이야기를 떠올리며 놀란 눈으로 쳐다봤다.

"장담하건대 이건 수 세기 전에 끔찍한 마름병으로부터 우드루트를 구했던 수정이에요. 한데, 그 수정은 멀린이 직접 만들었잖아요."

류의 눈이 휘둥그레졌다.

"물론이지! 그리고 그 여정에서, 멀린은 단지 두 사람하고만 함께했었어. 한 명은 사랑하는 누이, 리아였지."

엘리만이 여인의 눈에 비친 반짝거림을 보았다.

사제가 말을 이어 나갔다.

"그리고 다른 한 사람은 내 증조부 한쪽 귀의 류였지."

이를 듣고, 카타가 류의 어깨 위를 우쭐거리며 걸었다.

여인이 고개를 끄덕거렸다.

"얘들아, 너희들 말이 맞아, 이것이 바로 그 수정이란다. 멀린이 후에 나에게 줬었지."

여인은 빛나는 수정에 손을 댔다. 수정은 발아래에 데굴데굴 굴러다니는 구름 사이로 하얀색과 파란색, 그리고 초록색 빛줄기를 흩뿌리고 있었다. 안개 다발이 빛을 받아 수증기를 머금은 프리즘처럼 어른거렸다.

"그렇지만, 이제 너희에게 주마."

여인은 머리 위로 부적 줄을 끌어당겨 은빛 곱슬머리에서 빼낸 다음, 엘리의 목에 걸어줬다. 마지막으로 한 번 더 손가락 끝을 수정에 대어 단면을 만지고선 다시 잎사귀로 덮었다.

엘리도 잎사귀와 그 아래 수정을 쓰다듬었다. 정말로 이걸 걸고 있는 건가? 그 힘과 책임감을 지닐 자격이 있나? 그때 엘리는 여인과 눈이 마주쳤고 오랫동안 부적보다 더욱 소중한 무언가를 나누었다.

그래도 여전히 의문이 남아 있었다. 엘리는 부적을 톡톡 두드리고는 물었다.

"도대체 어떻게 이 수정이 다른 걸 파괴할 수 있죠? 엘라노는 오로지 치유하거나 다른 걸 만들어낼 수만 있는 줄 알았는걸요."

여인이 슬프게 고개를 흔들었다.

"애야, 나도 잘 모른단다. 추측일 뿐이지. 그래도 네가 걸고 있는 그 수정이 아발론 전역에서 오염된 다른 수정을 물리칠 수 있는 유일한 힘이라 확신한단다. 어쨌든 둘은 정반대이니까 어쩌면 네가 방법을 찾을 수 있을 테지. 더 늦기 전에 말이다."

여인은 마치 잎사귀 아래에 무엇이 숨겨져 있는지 보려는 듯 부적을 조금 더 살폈다.

"그 수정이 그리울 거야. 그 아름다움과 힘도. 말로 표현할 수 없을 만큼 많이. 하지만 수정이 이 위협으로부터 어떻게든 아발론을 구할 수 있다면, 최대의 목적을 달성하게 되는 것이다. 내 목에 걸고 지낸 모든 세월 동안, 아무 일도 일어나지 않았다는 것이 그만큼 중요하단다."

갑자기 엘리의 얼굴이 해쓱해졌다.

"수정이…… 여인님에게 힘을 주었죠, 그렇죠? 능력도요?"

여인은 대답하지 않았다.

엘리가 자기 직감에 따라 밀어 붙였다.

"그 이상으로도요. 여인님에게 생명을 주었잖아요. 그거 없이는, 여인님은……."

마법사가 말을 끝맺었다.

"죽겠지. 네 말이 맞다, 애야. 하지만 내 생명은 이미 길었단다, 어쩌면 너무 길었지. 그리고 늘 이걸 기억하렴. 수정 자체는 아발론에서 났단다. 우리 모두를 살아가게 하지. 마침내 내가 죽을 시간이 오면, 내 몸과 피는 이곳의 흙으로, 내 숨결은 이곳의 숨결로, 내 생명은 이곳의 생명으로 돌아갈 거야. 그러니 내가 집 말고 어딜 갔다고 얘길 하겠니?"

여인은 안개 조각이 하늘하늘 얼굴에 닿자 두 뺨을 어루만지며 거의 미소를 지을 뻔했다.

"있지, 아발론과 함께하면 내가 사랑하는 세상과 하나가 되는 거란다. 그리고 또, 내가 사랑하는 모든 사람과도. 이를테면 우리 어머니 엘런 말이지."

엘리와 뉴익 외에 모두가 놀라 헉하는 소리를 냈다.

"모든 비밀을 끝낼 때가 됐구나. 내가 진정으로 누군지 이제 알려무나."

여인이 선언했다.

한 번의 잽싼 동작으로, 여인은 숄을 벗어젖히고는 데굴데굴 구르는 안개 속으로 휙 던졌다. 등 위쪽에서 가장 아름다운 별처럼 빛나는 날개가 솟아났다. 우아하고 아름답게 활짝 펴져 촉촉한 공기 속에서 반짝거렸다.

브리오나가 완전히 놀란 얼굴로 말했다.

"리아이시군요, 잃어버린 핀카이라의 날개를 달고 있으시네요."

"당신이군요."

류가 믿기지 않는 듯 눈을 깜빡거렸다. 어깨 위의 카타는 감탄하며 삑삑 울었다.

심은 옆머리를 찰싹 때렸다.

"너일 거 같았어! 하지만 절대, 절대 믿을 수가 없었지."

"흠. 맨날 잘난 척하기는."

뉴익이 툴툴거렸다.

모두가 만난 이후 처음으로, 호수 여인인 리아가 웃음을 팡 터뜨렸다. 종소리 같은 밝은 소리가 온 안개밭에 흘렀다. 그 바람에 증기가 떠올라 흥겹게 춤을 췄다. 은빛 머리카락이 공중에서 너풀너풀 나부끼고 찰랑찰랑 휘날렸다. 게다가 리아가 웃자 날개가 활짝 펼쳐져 스스로 빛을 냈다.

마침내, 리아는 전부 덩굴로 엮인 가운 주머니 안에 손을 넣고는 알렸다.

"선물이 하나 더 있어. 내 충직한 메리스, 뉴익 너를 위한 거야."

신경질적인 늙은 요정마저 뭐라 말해야 할지 몰랐다. 두 눈과 많이 비슷한 진한 보라색으로 피부색이 바뀌었다.

리아가 주머니에서 한가운데에 진녹색 보석이 박힌 펜던트를 꺼냈다. 금빛 장식으로 둘러져 있고 소박한 가죽끈이 달린 보석에서, 진하고 신비로운 빛이 반짝였다. 리아는 끈을 두 겹으로 접어 작게 만든 다음, 몸을 숙여 뉴익에게 얹었다. 뉴익은 아주 작고 둥글둥글한 데다 목을 분간할 수 없기에, 끈이 허리까지 주르르 내려와 벨트처럼 걸렸다.

뉴익은 자그만 손으로 윤곽을 느끼며 반짝이는 보석을 만졌다. 그러고는 리아를 바라보며 조롱하는 조가 아닌 목소리로 말했다.

"너는 언제나 나의 여인일 거야."

그러더니 허리 숙여 인사했다. 아주 천천히 숙이는 바람에 안개가 잠시 동안 뉴익을 완전히 가렸다.

그러고는 몸을 다시 일으켜 리아를 쳐다보며 물었다.

"확실해?"

"그래, 내 친구야. 갈라토는 이제 네 거야."

그저 단어가 아닌 보석 자체를 알아들은 심을 포함한 다른 이들은 일제히 말문이 막혔다.

갈라토! 사파이어빛 눈동자의 엘런이 오래전에 멀린에게 주었던 마법의 초록 보석이 여기에 있다. 잃어버린 핀카이라의 보물들보다 훨씬 더 중요했기에, 멀린이 지키기 위해 안간힘을 썼던 것이었다. 엘리는 몸을 굽혀 더 가까이 들여다봤다. 보석 표면 아래에서 혈관처럼 흐르는 빨간색과 보라색, 파란색의 리본이 보였다. 바로 그때 엘리는 전설 속에서 멀린이 묘사하곤 했던 표현이 생각났다. 살아 있는 눈.

엘리는 여전히 시선을 보석에 고정시킨 채 일어섰다.

하지만 저게 뭘 볼 수 있다는 거지?

답이라도 하듯, 리아가 큰 소리로 혼잣말했다.

"시공간을 건너다보는 힘이 있단다. 네가 사랑하는 사람을 볼 수도 있고. 멀린이 내게 주고 나서, 난 수 세기 동안 그걸로 멀린을 자주 보곤 했어. 멀린이 우리 세상을 떠나 죽을 운명의 지구로 가고 나서조차도 말이지."

"그럼 내가 이걸로 널 봐야겠다."

뉴익이 선언했다. 그러고는 무뚝뚝하게 덧붙였다.

"네가 어떤 새로운 곤경에 빠졌는지 보게."

리아가 뉴익을 보고 씩 웃었다.

"그러겠지. 안됐지만 날 볼 때만 쓸 수 있어, 말은 못 걸고. 가능했다면, 넌 하루에 한 번씩 나한테 잔소리를 늘어놓겠지!"

뉴익이 쏘아붙였다.

"하루에 두 번. 그리고 누가 알아? 어쩌면 내가 이 보석이 말하게 하는 방법을 기어이 찾을지도 모르지."

"나의 사랑하는 산봉우리 요정아, 그럴 수 있다면, 그럼 나보다 솜씨가 더 좋은 거야. 아니면 네 마음속에 열정이 더 많든지. 내가 사용해온 모든 세월 동안, 내가 사랑하는 사람들을 침묵 속에서만 볼 수 있었는 걸. 정말이지, 어렵다고 느낄 그런 거란다."

"흠. 정말로."

엘리의 손이 잎사귀에 싸인 부적에 살짝 닿았다. 목둘레뿐만 아니라 다른 곳에도 짊어지게 된 새로운 무게를 떠올리자, 엘리의 의문이 다시 떠올랐다.

"하지만 여인님, 다른 수정을 찾으려면 어떻게 해야 하죠? 저흰 어디 서부터 시작해야 하는지 전혀 모르는걸요."

엘리가 따졌다.

리아가 엘리의 손을 잡고는 말했다.

"모르겠지. 하지만 난 안단다."

"어디요?"

"내 지인의 집에서. 미리 알려주지만, 친구는 아니야. 그런데 적도 아 니지. 그는 여기서 멀리 떨어진, 남부 브린칠라에 있는 무지개 바다 건 너에 산단다. 있지, 그에게는 가지각색의 수정을 다루는 특별한 능력이 있어. 수정이 어디에 있는지 느낄 수 있단다. 설령 아주아주 멀리 떨어 져 있다고 해도 말이지. 그리고 수정의 특별한 힘도 느낄 수 있어."

뉴익의 피부색이 자회색으로 짙어졌다.

"설마……."

"그래. 하골을 말하는 거야. 물 용들의 왕이지."

"용요?"

엘리가 외쳤다.

"저, 리아논님. 용은 이미 충분히 보지 않았나요?"

류가 두 손을 움켜쥐며 이의를 제기했다.

카타가 찬성한다는 듯 은빛 날개를 곤두세웠다.

"그건 그저 환영에 불과한 용이었잖아요. 진짜가 아니라요."

브리오나가 덧붙였다.

리아는 살피는 표정으로 한 명씩 차례차례 바라봤다.

"너희가 정하여라. 하지만, 우선 이걸 알아야 한다. 하골은 용이야. 그래서 그 본성대로 쉽게 화를 내고 대단히 위험하지. 그리고 모든 용들처럼, 보물을 갈망하지. 무엇보다도 수정과 보석을. 하지만 하골의 경우에, 수정이 어디에 숨어 있는지 알아내고 그 힘을 읽어내는 능력 때문에 수정을 손에 넣으려고 더욱 열망하게 되지. 하골에게 수정은 안 먹고는 살 수 없는 음식과도 같단다."

엘리는 왜 그런 끔찍한 짐승을 찾아내야 할까 하는 생각에 침을 꼴깍 삼켰다.

"그런데 더 있단다. 하골은 학식이 풍부해. 여러 언어의 달인이지. 흔치 않게 용치고는 이성적이야. 예상하겠지만 폭풍의 전쟁 때, 최악의 시점에서 평화를 위해 물 용을 단결시킨 용감한 왕이었던 벤데깃의 직계 후손이지. 그런데 벤데깃은 거의 성공할 뻔했지만 반란으로 살해당했단다. 그러니까 하골의 끊임없는 열망에도 불구하고, 너희는 그가 정직하고, 사려 깊고, 가끔은 존경스럽기까지 하다는 걸 알게 될 거야."

리아는 엘리에게 가까이 숙였다.

"그리고 하나 더. 하골은 단연코 쿨위크의 수정을 찾는 최선의 선택이란다. 네 환영에서 알게 된 걸로 미루어 봐서, 그리하려면 3주도 안 남았단다."

"얼마 안 남았네요."

엘리가 단호하게 말했다. 그러고는 다른 이들을 휙 둘러보았다. 전부

다, 심조차도 감수해야 할 위험을 이해하는 듯했다. 그리고 한 명도 빠짐없이 다 기꺼이 위험을 감당할 것처럼 보였다.

엘리가 끄덕였다.

"그렇지만 거기에 어떻게 가죠? 무지개 바다는 여기서 아주 멀리 떨어져 있는걸요. 물 용의 은신처 근처에 관문이 있나요?"

리아가 덩굴로 엮은 가운을 손으로 쓸어내리며 답했다.

"아니. 하지만 더 좋은 게 있지. 내 예전 힘이 아직 남아 있다면, 도약으로써 너희를 그곳에 보내줄 충분한 능력이 남아 있을 거 같은데."

"정말요?"

엘리는 물었다. 어릴 적에 아버지가 들려줬던 이야기를 통해서만 도약의 힘에 대해 알고 있었다.

"그렇게 할 수 있으세요?"

뉴익이 콧방귀를 뀌었다.

"꿈에서 그러겠지, 아마도."

눈을 찌푸린 채, 리아가 뉴익을 뚫어지게 살펴봤다.

"그러니까 네 말은 멀린만 할 수 있다는 거야?"

"아니. 내 말은 그냥 어쩌면 넌 예전의 그 마법사가 아닐 수도 있단 거지."

뉴익이 빈정대며 말했다.

그러고는 엘리에게 윙크를 날렸다.

"있지, 누군가는 솔직하게 대해야 한다니까."

"전문이잖아. 내가 경험으로 알지."

젊은 여자가 대답했다.

"그냥 봐, 이 회의적인 늙은이야."

리아가 딱 잘라 말했다. 그러고는 생각을 집중하더니 공중에 줄을 몇 개 그리기 시작했다. 그것들은 재빠르게 안개로 바뀌었다. 이윽고 빛나는 하얀 형체가 리아의 얼굴 앞에 걸렸다. 원 안의 별 모양으로, 도약의 힘을 나타내는 고대 상징이었다.

이내 리아가 노래를 부르기 시작했다.

모두를 아우르는 바다에서부터
밝아오는 별들까지,
언제나 소용돌이치는 안개로
그리고 내 깊디깊은 갈망으로

숨겨진 진실의 흔적을 찾아라,
그 통로로 나를 이끌어라,
어마어마한 풍경으로 나를 데리고 가라
언제나 좇고, 늘 도약하라.

곧바로, 덩굴 모양의 안개가 일행의 발에서부터 머리 위 공중에 이르러 높이 솟아올랐다. 덩굴은 재빠르게 얼기설기 얽혀 수증기 같은 실을 엮어 산과 계곡, 물가와 하늘의 반짝이는 무늬로 만들었다. 머지않아 짜임새가 풍부하고 복잡해져 안개 자체 말고는 아무것도 보이질 않았다.

사방의 자욱한 구름에도 불구하고, 엘리는 머릿속에서 리아의 존재를 느낄 수 있었다.

애야, 행운을 빈다! 너무 늦기 전에, 수정으로의 길을 찾기를 빌어.

"여인님도 대사제님에게로 가는 길을 찾으시길 빕니다."

엘리가 대답했다.

노력하마, 얘야. 노력하마.

갑자기, 안개가 은색 빛을 내뿜으며 팡 터졌다.

14

무지개 바다를 항해하다

사방팔방이 물이다!

은빛 구름이 사라지자 엘리에게 처음 드는 생각이었다. 엘리와 일행은 어떤 땅 위에 서 있었다. (부연한 물웅덩이에 앉은 심만 빼고서.) 하지만 엘리가 이제껏 알고 있던 가장 축축한 땅이 분명했다. 사실, 흙보다는 오히려 물로 만들어진 듯했다.

정말이지 물이 여기저기에 있었기 때문이다. 물은 이끼가 드리워진 나무의 질척거리는 나뭇가지에서 뚝뚝 떨어져, 땅을 가로지르는 개울을 따라 빠르게 흘러, 안개 낀 공기와 머리 위로 느릿느릿 움직이는 회색 구름 속에서 둥둥 떠다녔다. 모든 잔가지와 풀잎에 테를 이룬 이슬 방울에서 물이 반짝였다. 발밑에 축축한 흙 속으로 물이 스며들었다. 그리고 셀 수 없이 많은 웅덩이에 물이 그대로 있었다. 어떤 건 조가비만큼 작고, 어떤 건 용의 등짝만큼 넓었다.

"진흙 엄청나네."

심이 끙하는 소리를 냈다. 웅덩이에서 일어서려 애썼지만 균형을 잃고는 도로 철퍼덕 뒤로 넘어졌다.

"너무 미끄러워! 냄새도 구리고."

심은 이제는 진흙을 튀기며 감자 같은 주먹코를 싸쥐었다.

"완전히, 확실히, 지독히."

류가 사제복의 끝자락을 물 위로 질질 끌며 철벅철벅 걸어왔다.

"자, 여기요."

류가 몸을 아래로 뻗어 심을 끌어당기자, 심이 후루룩 소리를 내며 일어섰다.

하지만 흠뻑 젖은 조끼에 평소보다 축 처진 심은 그저 류를 보고 이맛살을 찌푸렸다.

"내가 다시 이렇게 작아지지만 않았어도 이런 일은 안 일어났다고."

심이 분홍보단 빨간색에 가까워진 두 눈을 깜빡거렸다.

"이건 공평하지 않아! 한때 내가 크고 높았을 때, 얼마나 높았냐면……."

"가장 높은 나무만큼."

브리오나가 심의 작은 어깨에 팔을 두르려고 웅덩이를 사뿐사뿐 밟으며 말을 마무리했다. 다른 이들이 입은 옷과는 달리, 견고한 나무껍질로 만든 브리오나의 초록색 요정 옷은 물이 배지 않았다. 그래서 물방울에 반짝거려도, 주변의 다른 무언가보다 더 건조해 보였다. 그리고 심보다는 훨씬 더 건조해 보였다.

심은 딱 봐도 감동을 받은 듯 눈을 깜빡거리며 브리오나를 봤다.

"넌 내 친구야, 로와나. 착하고 공손한 친구지."

브리오나가 쓴웃음을 지었다.

"아, 근데 당신은 심 삼촌이잖아요, 기억해요? 그러니까 전 정말로는 착하고 공손한 조카죠."

심은 쏘아보며 잡아 뺐다.

"작고 뭉뚝한 호박?"

심이 고개를 흔들어 하얀 머리카락을 귀에 찰싹거렸다.

"넌 완전히 미쳤다고! 요정치고는 그렇다니까."

"저길 봐요."

엘리가 돌연 물이 뚝뚝 떨어지는 손가락으로 수평선을 가리키며 재촉했다.

"왜?"

뉴익이 발 근처에 쏴아 흐르는 개울 속으로 첨벙 뛰어들며 물었다. 느긋하게 물속에서 뒹굴더니 허리에 묶인 펜던트와 무척 비슷하게 차분한 초록빛으로 바뀌었다.

"볼 만한 거라면 바로 여기 있어."

엘리는 먼 곳을 응시하며 이의를 제기했다.

"하지만, 저쪽에 있는 게 무척, 무척……."

"눈부시게 아름답지."

류도 이제 같은 곳을 바라보며 말했다. 카타가 어깨에서 감탄스러운 듯 빽빽 울었다.

계속해서 행복하게 목욕을 하던 뉴익만 빼고, 다른 이들은 엘리가 가리키는 곳을 바라봤다. 일행은 광경에 넋이 나간 채 주위의 이끼 낀 나무처럼 우두커니 서 있었다.

이곳이 충분히 축축했기에, 주위를 둘러싼 건 그만큼 축축하진 않았다. 그들은 이곳이 섬이라는 걸 깨달았다. 사방에 끝없이 펼쳐진 듯한 거센 바다를 가로질러 산재해 있는 수많은 섬 가운데 하나였다. 물결이 가장자리 쪽으로 줄지어 넘실거리다 마지막에 가서는 끝없는 하얀 파도 덩어리가 섬의 질척거리는 기슭을 찰싹찰싹 쳤다. 산들바람에서는 소금과 켈프*가 풍부한 바닷물과 또 다른 그 이상의 내음이 났다. 그건 엄청난 미지의 심해의 한 가닥 내음이었다.

그런데 일행의 관심을 끈 건 그저 바다의 크기가 아니었다. 바로 색깔이었다. 반짝이는 물줄기는 해면 아래에서 상상할 수 있는 모든 색감으로 물과 혼합하고 섞이며 흐르고 소용돌이쳤다. 그래서 물결 하나하나에 빨강, 초록, 주황, 자주, 노랑과 보라 그리고 파랑이 밑에 깔려 무지갯빛으로 일렁거렸다. 액체 프리즘처럼 물결이 빛나는 색깔로 파르르 떨리더니, 온 바다를 광대하고 잔물결이 이는 무지개로 만들었다.

그렇게 해서 엘리는 리아가 약속한 대로 의심의 여지없이 무지개 바다에 도착했다는 걸 알았다. 이곳 워터루트 어딘가에, 물의 왕이 자신의 은신처를 뒀다. 하지만 어디에? 그리고 곧 찾을 수 있을까?

바로 앞바다에, 보랏빛 돌고래 떼가 물결 밖으로 뛰어올랐다. 매끈한 몸통이 연보라색으로 번들거렸다. 등지느러미는 황금빛으로 반짝였다. 알록달록한 해류에서 뛰어오르더니, 평소보다 길게 기쁨의 순간을 느끼며 공중에 떠 있었다. 일부는 몸, 일부는 물, 일부는 순수한 기쁨이었다.

돌고래 떼 뒤로 가장 멀리 보이는 섬을 지나, 소용돌이치는 거대한 구름이 하늘로 솟아올랐다. 수평선 위의 한 지점에서 시작해 오를수록 넓어지면서 높이 더 높이 올라갔다. 아주 멀리 떨어져 있는데도, 엘리에게는 거대해 보였다. 피어오르는 깔때기 모양의 수증기가 뭉게구름 속으로 올라갔다. 아마도 아직 더 높이 오르고 있을 거다. 어쩌면 위대한 나무의 뿌리와 나무둥치 주위를 빙빙 도는 마법의 안개까지 쭉 올라갔

---

* 다시마목에 속하는 커다란 바닷말을 일컫는 말.

을까 하고 엘리는 생각했다.

엘리는 숨이 턱 막혔다. 저 소용돌이는 그저 안개 속으로 솟아오른 게 아니었다. 그게 바로 안개였다.

"안개의 원천이야. 바로 저기에!"

엘리는 놀라워하며 속삭이듯 말했다.

류가 외쳤다.

"세상에나. 네 말이 맞아! 그에 대한 음유시인의 노래를 아주 많이 들어봤어. 하지만 실제로 보게 될 줄은 전혀 생각 못 했네. *안개의 원천, 경탄하고 침묵하라.*"

카타가 구름을 쳐다보며 꾸르르르 울었다.

사제가 경외심에 차서 말했다.

"우리 세상을 둘러싼 모든 안개는 저곳에서 시작하지. 아니, 탐험가 크리스탈루스가 그렇게 믿었지. 그는 무지개 바다를 가로질러 물보라 바다로 간 후, 그곳에 대한 글을 썼지."

"요정들의 초대 여왕이었던 세렐라도 그랬어요."

브리오나가 덧붙였다. 그러고는 생각에 잠긴 채, 길게 땋은 꿀색 머리를 쓸어내리며 끝에 묻은 물을 톡톡 털었다.

"게다가 여왕님은 원천에서 일어난 안개는 절대 끝나지 않고, 절대 죽지 않는다고 믿었어요. 또다시 하늘로 솟아오르기 위해, 그저 계속해서 그 지점에서 흘러나와 비가 되어 주변 바다로 되돌아간다는 것도 믿었죠."

엘리가 골똘히 생각했다.

"그 말뜻은, 우리가 옛날 옛적에 잃어버린 핀카이라의 해안을 끌어안았던 것과 똑같은 안개를 찾고 있다는 거네. 그보다 훨씬 더 오래전에,

사후 세계에서 흘러나왔던 그 안개 말이야. 그러니까 지금 우리가 들이쉬는 안개 낀 공기를……."

엘리가 천천히 숨을 들이마셨다.

"멀린도 들이마셨을 수도 있어."

"아니면 세렐라도."

요정 소녀가 엘리 옆에서 말했다.

"아니면 다그다도."

류도 덧붙였다. 그러고는 어깨 위에서 으스대며 걷는 매를 흘끗 보고는 끄덕였다.

"아니면 심지어 멀린의 매 친구, 트러블도."

개울에서 뉴익의 목소리가 보글보글 일었다.

"흠. 자, 우리 하골을 잊지 말자고. 개도 숨을 내뿜잖아…… 그래도 우리한테는 다행스럽게도, 불은 아냐."

"한번은 늙은 음유시인이 하는 말을 들었어. 물 용이 크게 화가 나면, 얼음을 내뿜는다고. 얼음 폭탄을. 그게 사실인지 아닌지는 나도 몰라."

류가 회상했다.

"우리 알아내지 말아요."

엘리가 제안했다. 그러고는 모두에게 질문을 했다.

"우리 어디서 하골을 찾지?"

"내 생각에, 여기서 멀지 않아."

브리오나가 원천에서 떨어진 서쪽을 바라봤다. 비범한 시력으로 수평선 위에 보이는 어두운 지역에 정신을 쏟은 채, 시위가 걸린 활대를 툭툭 건드리며 긴 활을 쳤다.

"크르 세렐라의 바다 요정을 만나러 여기 올 때마다 할아버지는 내게 브린칠라의 지리에 대해 가르쳐주셨어. 엘 우리엔처럼 여기도 우리 종족의 영토니까, 할아버지는 내가 돌아가는 길을 잘 알려면 지리를 알고 있어야 한다고 믿으셨어. 만약에……."

브리오나는 마른침을 삼켰지만 목소리는 쉬어 버렸다.

"할아버지가 안 계시더라도 말이지."

엘리는 브리오나가 말을 이어 나가길 격려하듯 부드러운 미소를 건넸다.

"그때 서쪽에서 버드나무 땅을 본 기억이 나. 왠지 네가 그곳을 좋아할 것만 같아."

브리오나가 엘리 쪽을 흘끗 봤다.

수평선으로 몸을 다시 돌려 브리오나가 말했다.

"바로 저곳 너머가 물 용의 은신처야. 할아버지가 늘 나에게 피하라고 경고하셨던 바로 그곳이지."

브리오나가 암울하게 덧붙였다.

"하지만 우리는 꼭 가야 하는데, 어떻게 하면 거기로 갈 수 있어? 수영해서?"

류가 알록달록한 물을 향해 손을 흔들며 물었다.

브리오나가 고개를 왼쪽으로 기울였다.

"장담하건대, 섬의 저편으로 가면 배를 한두 대 찾을 수 있을 거예요. 수 세기 동안 요정들은 영토의 모든 섬 남쪽 해안에 배를 놓아뒀어요. 이 근처에서는 쓸모 있는 전통이죠."

엘리가 류에게 장난기 가득한 윙크를 날렸다.

"그리고 배가 없으면, 그 옆 섬으로 수영해서 간 다음 하나 갖다주시면 돼요."

"물론이지요, 아가씨. 먼저 가시죠!"

사제가 놀리듯 대답했다. 그러고는 어깨 위에 있으려고 새가 빽빽거리는데도 불구하고, 깊숙이 허리 숙여 인사했다.

"엘라노의 수정을 걸고 있는 누구에게 내 모든 충성을 바칩니다."

엘리는 목에 걸린 잎사귀에 싸인 부적을 손으로 더듬었다.

"그래서 하골이 제게서 훔쳐가면, 그한테 충성하실 건가요?"

류가 끄덕였다.

"아마도. 하지만 도로 훔쳐올 때까지만 그럴 거야."

"다행이네요."

"흠. 말이야 쉽지."

뉴익이 개울에서 기어 나와 잔디로 올라 몸을 탈탈 털며 말했다.

엘리가 뉴익을 휙 들어 올렸고, 일행은 브리오나를 따라 이끼가 덮인 나무숲으로 들어갔다. 축축한 진흙을 벌쭉벌쭉 밟는 발소리가 크게 났다. 그들은 작은 섬의 반대편에 도착했다. 그곳에서 황갈색 모래사장으로 둘러싸인 초승달 모양의 항구를 발견했다. 거기에는 만조선 위에 배가 하나 있었는데 선체에 빗물이 들어차지 않게 돛대가 모래사장에 기대어 옆으로 누워 있었다. 돛과 노가 물 요정의 방식으로 접혀져 있었고, 작지만 항해하기 꽤 적합해 보였다.

브리오나가 감사하는 마음으로 말했다.

"아, 우리에게 다른 것도 남겨줬네."

그러고는 해안을 따라 멀리까지 자라난 우거진 작은 관목을 향해 고갯짓을 했다. 여러 종류의 열매가 물보라에 번들거리며 달려 있었다. 파란 리버탕 열매, 소인 하켄프루트, 퍼플 라즈베리, 그리고 더 많이 있었다. 일행은 걸음을 재촉할 필요도 없이 관목 너머로 터벅터벅 걸어가 나뭇가지에서 열매를 따기 시작했다.

배고픈 곰들처럼, 그들은 달콤하고 풍미 가득하며, 톡 쏘고 시큼털털한 맛이 팡팡 터지는 열매를 잔뜩 입에 넣었다. 모두 다가올 위험은 잠깐 잊고선 최대한 많이 열매를 먹는 힘든 일에 온 정신을 쏟았다. 뉴익마저도 곧바로 함께하더니, 개인적으로 제일 좋아하는 하얀 문베리 색으로 변했다.

뉴익이 또 한 움큼 삼키면서 퉁명스럽게 말했다.

"흠. 나 빼고 모두 예의가 없네."

그러고는 큰 소리로 트림을 했다.

엘리는 히죽히죽 웃으며 뉴익을 힐끔 바라봤다. 하지만 무슨 말을 하기도 전에, 뉴익이 눈살을 찌푸리더니 엘리를 꾸짖었다.

"오, 엘리. 그거 역겹잖아."

그러고는 곧장 도로 먹어댔다.

열매 축제는 계속됐다. 과즙이 턱에 턱마다 줄줄 흐르고 색깔이 손에 손마다 얼룩져 있었다. 마침내, 심은 불어난 배를 톡톡 두드리고는 한쪽 입꼬리만 올려 엘리에게 씩 웃었다.

"자 이제, 난 낮잠을 자야겠어."

심은 냉큼 모래사장 위에 등을 대고 벌러덩 누웠다. 편안한 자세를 잡으려고 꼼지락거리더니 졸린 목소리로 말했다.

"확실히, 분명히, 완전히."

잠시 뒤, 심은 숨을 쉴 때마다 커다란 코를 나팔처럼 불어대며 코를 골았다.

류가 작은 거인을 향해 고개를 기울였다.

"확실히, 괜찮은 생각이네."

그러고는 엘리에게로 몸을 돌렸다.

"우리 시간 있지, 안 그래?"

"그럼요. 심처럼 크게 코를 골지만 말아주세요."

"불가능해."

낮잠을 자려고 역시 모래사장 위에 편안히 드러누운 뉴익이 툴툴거렸다.

류는 활짝 웃고는 손등으로 턱을 쓱 닦은 다음 카타에게 고개를 끄덕였다. 매는 열매보다 더 맛있는 먹을거리가 있나 밝은 눈으로 해안을 훑어보며 뒤틀린 유목 조각으로 퍼드덕 날아갔다. 유목 위에 있던 회색 등딱지의 딱정벌레가 매의 발톱을 쿡쿡 찔렀다. 카타는 부리로 홱 쪼아 벌레를 먹어 버렸다.

사제는 다리를 쭉 뻗으며 뒤로 눕더니 이내 코를 골았다.

브리오나는 열매 과즙으로 끈적이는 긴 손가락을 까딱까딱 움직였다. 그러고는 엘리를 흘끗 봤다.

"너도 졸려?"

"아니 별로."

엘리는 잠시 동안 엎어져 있는 다른 이들을 보고는 요정에게로 다시 몸을 돌려 반짝이는 눈빛으로 물었다.

"너도 나랑 같은 생각 하는 거야?"

브리오나가 미소 지었다.

"물론이지. 워터루트까지 먼 길을 오고서 어떻게 수영을 안 할 수 있겠어?"

둘은 함께 옷을 벗었다. 엘리는 목에 걸고 있던 부적만 빼고 전부 다 벗었다. 브리오나가 땋은 머리를 풀 때까지 충분히 오래 기다린 다음, 둘은 물속으로 걸어 들어갔다. 차가운 물결이 다리로 찰싹 밀려와 피부가 팽팽하게 느껴졌다. 돌멩이에 덮인 바닷말에 발가락이 미끄러져 첫 걸음이 불편하게 됐지만, 이내 둘은 부드러운 첨벙 소리를 내며 앞으로 고꾸라졌다. 브리오나의 긴 머리카락이 바다비단 가닥처럼 둥둥 떴고, 엘리의 곱슬머리는 물 위에서 반짝거렸다.

엘리의 첫 느낌은 목과 배, 팔을 철썩 때리는 서늘함이었다. 엘리는 차디찬 물이 겨드랑이 아래에서 빙빙 돌고, 무릎 뒤로 흘러, 어깨뼈 사이로 미끄러지듯 움직이는 걸 느꼈다. 이내 턱을 수면에 대고 떠서 물과 하나가 되자 차가운 기운이 점점 사라졌다. 물속 작은 해류가 간지럼을 태우며 엘리의 갈비뼈를 타고 흘러갔다.

엘리는 새로운 무언가를 알아차렸다.

사과다.

깜짝 놀란 엘리는 혼잣말을 했다.

이 바다는 사과 같은 냄새가 나! 상큼하고 톡 쏘는 게, 아빠가 가을마다 집에 가져왔던 사과 같은 냄새야.

엘리는 소금과 켈프의 냄새가 섞여 그곳에 감돌던 과일 향을 음미하며 숨을 길게 내쉬었다. 그러고는 몸을 돌려 물속에서 느긋이 쉬었다. 엘리의 몸이 떠올라 살랑살랑 물결을 따라 율동적으로 흔들거렸다. 엘리는 바다 위에 둥둥 떠 있는 해면 덩어리처럼 느껴졌다.

엘리가 맨어깨에서 물을 주르르 흘리며 다시 몸을 뒤집었을 때, 검은 날개의 가마우지 한 마리가 막 미끄러져 내려앉는 바람에 얼굴에 물방울이 후두두 떨어졌다. 새는 깃털을 푸르르 털고, 긴 목을 웅크리고는 흐뭇하게 둥둥 떠다녔다.

바다가 우리 둘을 품는구나.

엘리가 생각했다.

또 뭐가 있을지 누가 알아?

엘리는 매끈하고 튼튼한 고등어가 바로 지금 아래에서 헤엄치는 모습을 상상했다. 그 아래에는 아마도 바다거북이 우아한 지느러미발을 움직이며 미끄러지듯 지나갈 거다. 그리고 그 아래에는, 자그만 게가 흔들거리는 막대기 모양의 켈프 사이로 총총걸음을 치고 있을지도 모른다.

색깔은 또 어떠한지! 이제 엘리는 바짝 다가가 초록과 파랑, 진홍과 보라의 놀랄 만큼 풍부한 색깔이 물살에 굽이치는 걸 보았다. 마치 무지개의 흐름처럼 층층이 쌓인 색깔이 번쩍이고 흔들렸다. 자신의 수정을 제외하고는, 엘리가 이제껏 본 그 어떤 것도 이렇게 많은 색깔을 담고 있진 않았다. 그저 담기만 한 것이 아니라, 손이 닿는 모든 것을 칠하며 함께 나누었다.

또한, 이 바다에는 무언가가 더 있었다. 빛이었다. 물 자체 못지않게 모든 물결의 물방울마다 딸려 있었다. 인광의 작은 입자가 수천 개의 어른거리는 별들처럼 엘리의 몸을 에워싸며 도처에서 반짝였다.

아무렴.

엘리가 마음속으로 생각했다. 크리스틸리아의 흰 간헐천에서 흘러나온 빛나는 물이 떠올랐다. 그 물은 쿨위크의 노예들이 지은 댐 뒤에 한참을 고여 있었다. 하지만 지금은 마치 아발론의 모든 세월 동안 그랬듯 다시 자유롭게 흘렀다. 프리즘 골짜기를 거쳐 빛띠로 갈라진 다음, 남쪽으로 일곱 빛깔 강물을 지나 무지개 바다까지 내내 흘러갔다.

이윽고, 엘리와 브리오나는 해안으로 다시 헤엄쳐 왔다. 보드라운 바람에 살갗이 마르게 잠시 모래사장에 서 있는 사이, 요정 소녀는 젖은 머리카락을 손가락으로 빗은 다음 다시 땋은 머리로 묶었다. 그러고는 바다에게 감사하는 미소를 머금은 채, 둘은 빠르게 옷을 입고 다른 이들을 깨웠다. 출항할 시간이 되었다.

선체 주변에 너무 많은 모래가 얹혀 있었기에, 모두가 나서서 작은 배를 들어 올렸다. 힘을 합쳐 떠밀고 뉴익이 욕을 한 바가지 퍼부으며, 그들은 저어 나갔다. 각자가 앉을 자리를 찾았다. 브리오나는 뱃고물에, 엘리는 뱃머리에, 그리고 다른 이들은 옆면에 앉았다. 서 있기로 결심한 늙은 심만 제외하고 말이다. 이내, 배가 파도에 출렁이기 시작하자 심은 균형을 잃고는 둥글납작한 코를 박으며 넘어졌다.

잠시 뒤, 브리오나가 회녹색 돛을 올렸다. 견고하고, 길고 가느다란 엘브란켈프로 엮은 돛은 아마도 바다에서 수많은 폭풍우를 오래 겪었을 거다. 돛은 한가운데에 물 요정의 고대 상징을 띤 채, 짜디짠 산들바람에 펄럭거렸다. 파란색 바탕에 무지갯빛 파도가 있는 돛은 짙은 황록색으로 둘러싸여 있었다. 요정들의 모든 시초를 상기시켜주는 그런 것이었다. 세렐라가 우드루트에서 이곳으로 최초의 요정들을 데리고 와서 크르 세렐라에 정착지를 세웠던 그 시절을 말이다.

방향키를 잡은 브리오나의 안정된 손길로, 배는 알록달록한 물결 위를 미끄러지듯 나아가기 시작했다. 뱃머리에 기댄 엘리는 물 위에 떠 있는 자유를 다시금 느꼈다. 젖은 머리에서 뚝뚝 떨어지는 물방울이 이마를 타고 코까지 내려왔다. 한 방울은 쭉 내민 혀에 떨어졌다. 바다 소금과…… 사과 맛이 살짝 났다.

바람이 갑자기 몰아치더니, 돛이 덜커덩 움직이고 배가 급격히 기울어졌다. 미끄러져서 한데 뭉쳐 뒹굴게 되자 심은 꽥꽥 소리를 질렀고 뉴익은 으르렁거렸다. 브리오나는 재빠르게 방향키를 틀고는 류에게 엘브란켈프 밧줄을 획 잡아당겨 돛에서 바람을 좀 덜어내라고 말했다. 첨벙 소리를 내며, 배는 다시 안전한 각도로 진정되었다. 배는 반짝이는 항적을 남긴 채 해면을 스치듯 빠르게 흘러갔다.

엘리가 바라보니, 그들은 수십 개의 섬을 빠르게 지나고 있었다. 대부분은 아까 갔었던 곳처럼 작고 평평했지만 몇몇은 아주 멀리까지 뻗어 있었다. 빽빽한 숲으로 뒤덮인 섬 하나가 물결 위로 높이 솟아올라, 끝내 구름 속으로 사라져 버렸다. 엘리는 멀리서 솟아나는 가늘고 긴 형상을 얼핏 보았다. 그런데 보자마자, 그 형상은 요정들 선박의 돛대인지 아니면 물 용의 목인지 궁금증만 남겨놓은 채 너울 뒤로 사라졌다.

갑자기 엘리의 관심은 배 가까이에 있는 물에게로 돌아갔다. 수천수만의 거품이 표면에서 끊임없이 펑펑 튀었다. 물은 미친 듯이 끓고 있는 것처럼 보였다. 물결보다 거품이 더 많았다. 그런데 엘리가 손으로 시험해보니 꽤 차갑게 느껴졌다. 훨씬 더 많은 색깔로 물에 줄무늬를 넣으며 거품 전체에 기름기 있는 얇은 막이 형성됐다.

"무슨 일이지? 저 아래에 무슨 거대한 물고기라도 있나?"

엘리가 브리오나에게 물었다.

요정 소녀가 미소 지었다.

"맞아, 물고기. 근데 거대한 건 아니야. 거품물고기야! 이곳 무지개 바다 상류에 막대한 양이 헤엄쳐. 그리고 아발론에서 어떤 생명체보다 수명이 짧아. 단 한 번의 심장 박동보다도 길지 않거든."

브리오나는 한 손을 물에 담그고선, 팡팡 터지는 거품물고기를 주워 담았다. 손에 남아 있는 거라고는 반투명한 주황, 빨강, 초록 색깔이 소용돌이치는 기름기 있는 얇은 막뿐이었다. 남아 있는 걸 면밀히 들여다 보더니 브리오나가 고개를 끄덕였다.

"그런데 여기 진짜 놀라운 게 있어. 할아버지가 내게 가르쳐주셨던 거야. 생명이 얼마나 짧은지는 상관없이, 거품물고기들은 몹시 행복하대. 무지 행복해서 거품물고기 몇 마리의 기름을 아침 식사에 섞어 먹는 뱃사람은, 복을 받아 온종일 붕 떠 있는 기분을 느꼈대."

브리오나는 아직도 심게 툴툴거리는 뉴익에게 곁눈질을 했다.

"네 메리스 같은 누군가에게는 몇백 마리가 필요하겠지만."

엘리의 웃음소리가 바다의 종달새처럼 들렸다.

"나도 맛보고 싶네. 분명 환상적일 거야."

엘리가 큰 소리로 말했다.

"잠깐."

브리오나가 이제는 심각한 얼굴 표정으로 경고했다.

"여기 바다에서 너무 많은 시간을 보낸 뱃사람은 어지럽거나 탐욕으로 미쳐 날뛰게 됐대. 그러고는 방향키를 조종하지 못하게 되고. 그래서 이 지역에 그렇게 많은 조난 사고가 있는 거야. 요정들이 여기를 즐거운 죽음의 섬이라 부르기도 하는 거고."

류가 끄덕거렸다.

"우리가 워터루트로 사제 대표단을 보냈던 때가 생각나네. 음, 10 내지 12년 전이지. 그들이 탄 배는 폭풍으로 인해 길을 벗어나 거품물고기의 도가니 속으로 곧장 들어갔지. 오로지 한 명만이 살아남았어. 늙은 아브칸만. 그 사람 말로는 다른 이들은 기름에 상당히 취해 버려서 더 많은 걸 욕심냈대. 그래서 될 수 있는 대로 많이 집어삼키려고 배 밖으로 뛰어내렸대. 그러고는 익사했고."

"어떻게 그 사람은 참았대요?"

브리오나가 물었다.

"참지 않았대. 아브칸은 내게 말하길 나머지 사람들처럼 자기도 미쳐 날뛰었대. 살아남은 유일한 이유는, 뛰어내리기 전에 미끄러져서 배의 옆면에 머리를 쿵하고 박아서였대. 깨어나 보니 배는 잔잔한 수면으로 떠내려 갔고, 홀로 선상에 남아 있었대. 그래서 머리에 혹이 생겼지만, 살게 된 거래."

류가 입술에 튄 짭짤한 물방울을 핥고선, 엘리를 흘끗 봤다.

"추도식에서 우리의 친구 코에리아 대사제님은 이 모든 비극을 이해하려고 애썼어. 그 비극을 이용해서 우리 자신의 나약함을 떠올리게 하면서 말이지. 난 인간이 그 나약함을 무시하는 데는 아주 능숙하다고 생각하거든. 그래서인지 꽤 도움이 됐어! 대사제님은 젊은 프월의 그 유명한 구절을 인용했지.

> "죽을 운명의 자들은 모두 주의하라,
> 이 경고에 주의를 기울여라
> 믿음이 오만으로 바뀌거나,
> 기쁨이 욕심으로 바뀔 때
>
> 믿음은 자유로운 자의
> 날개가 아닌 족쇄가 된다.
> 그러면 당신의 마음은 힘들어지고,
> 당신의 신념은 타락하게 된다."

"우리가 이 지역의 바깥 가장자리를 건너는 걸 다행으로 여겨야겠네." 브리오나가 중얼거렸다. 그러고는 아직도 색깔이 반짝이는 손을 옷에 닦은 다음 뱃머리 너머를 가리켰다.

"저기 봐."

정말로 거품이 이는 물의 뚜렷한 경계가 보였다. 금세 그들은 그곳을 넘어서 지나갔다. 배 위에서 여러 한숨 소리가 들렸다. 안도의 한숨뿐 아니라 어쩌면 갈망의 한숨이었다.

그들은 섬에서 섬을 지나치며 묵묵히 항해를 했다. 갑자기 하늘에 번개가 치고 머리 위로 거대한 우르릉 천둥소리가 메아리치자 침묵은 끝이 났다. 이어서 날카로운 돌풍이 여러 차례 불어와 작은 배를 앞뒤로 흔들어댔다. 그런 다음 실안개 낀 보슬비가 커져 재빠르게 폭우가 되었다. 오래지 않아 장대비가 바다와 돛단배에 쏟아져 내렸다. 빗줄기가 계속 강타하고, 번개와 천둥은 더욱 거세졌다.

흠뻑 젖은 옷으로 다 함께 옹송그리며 모인 그들은 바다를 향한 만족감이 싹 사라졌다. 브리오나는 방향키를 꽉 붙잡으며 얼굴을 찡그렸다. 차가운 비가 애를 먹여서가 아니라 항로를 따라가는 어려움 때문이었다. 버드나무 땅으로의 항로를 지키기는커녕, 돛단배의 뱃머리 너머도 거의 보이질 않았다. 게다가 좌초될 수도 있을 만큼 진짜 위험했다.

브리오나는 마침내 방향키를 풀고, 엘리와 류의 도움으로 돛을 내렸다. 하지만 돛을 접는 대신에, 돛대에서 끌러 천으로 된 지붕처럼 머리 위로 쫙 펼쳤다. 설령 춥다한들, 이제 적어도 그들은 어느 정도 물기를 맞지 않을 수 있었다. 작은 배가 너울에 요동치고, 아래 물살에 흔들리고, 위에서 떨어지는 물줄기에 강타당하자, 일행은 다 함께 가까이 쭈그리고 앉은 채 끊임없이 덜덜 떨었다.

15

버드나무 땅

비는 좀체 수그러들지 않고 몇 시간 동안 계속 내렸다. 별무리가 눈에 띄지 않게 잠깐 있다가 없어졌다. 돛의 검은 덮개 아래에서 일행은 시간 감각을 다 잃어버렸다. 아는 거라고는 끊임없는 파도의 흔들림과 한없이 윙윙거리는 바람 소리와 더불어 끈질기게 요란한 빗소리였다.

그들은 또한 한층 더해진 추위가 살금살금 기어 와 가장 깊숙한 핏줄까지 오싹하게 한다는 걸 알았다. 손가락은 극도로 아팠고, 발가락에는 감각이 없어졌다. 심의 코는 거의 뉴익의 피부만큼이나 파랗게 변해 있었다.

"내 뼈, 뼈가 시, 시려."

작은 거인이 신음했다.

"나도 그래. 우리 모두 얼음이 될까 봐 걱정되네."

뉴익이 툴툴거렸다.

엘리는 소중한 시간을 허비하는 게 더 걱정스러워 욕을 퍼부었다.

"이런 젠장! 우리 영원히 이 바다에 떠 있기만 하는 거야?"

"적어도 비가 그칠 때까지는. 앞이 안 보이면 조종할 수 없거든."

브리오나가 달달 떨며 답했다.

밤새도록 그들은 폭풍우가 몰아치는 바다에서 떠돌았다. 동이 트기 전에야 요정 소녀가 마침내 비가 조금 잠잠해진 걸 알아차렸다. 브리오나는 엘리의 손목을 꼭 쥐었고, 둘은 배 밖의 세상이 서서히 조용해지자 잠시 귀 기울여 들었다.

둘은 감각이 무뎌진 손으로 천천히 돛의 일부를 끌어당겼다. 틈 사이로 바다의 짠 내음이 가득한 공기가 상쾌하고 촉촉하게 밀려들어 왔다. 비도 아주 조금 들어왔지만 몇 초 후에 완전히 그쳤다. 외떨어진 별 몇 개도 구름 속 틈새 사이로 일렁거렸다. 둘이 한 번 더 돛을 끌어 올릴 무렵에, 여명이 파도를 가로질러 황금색 빛의 그물 모양을 이루며 하늘과 바다에 밝아왔다.

그리고 바로 서쪽에 진한 녹색의 버드나무 땅이 있었다. 다행히도, 폭풍우는 그들의 목적지에서 멀리 보내기보단 그쪽을 향해 불어댔다. 브리오나가 능숙한 솜씨로 돛을 부풀어 오르게 할 정도만큼만 배를 틀어 서쪽으로 침로*를 바꿨다. 누구도 알아듣지 못하는 심의 무의미한 말과 자기는 건재하다며 엘리를 안심시키는 뉴익의 쉴 새 없는 불평을 제외하고는, 일행은 가만히 있었다. 빠르게 다가가는 이상한 곳으로 눈길을 돌렸기 때문이다.

류는 뱃머리에 무릎을 꿇고 엘리와 함께했다. 그러고는 마침내 말했다.

"땅보다 버드나무가 훨씬 더 많네, 안 그래? 저 나무들은 물에서 바로 자라난 거 같아."

엘리가 동의했다.

---

* 나침반이 가리키는 길이라는 뜻으로, 배나 비행기가 가는 방향.

"음. 가장 낮은 나뭇가지를 보세요. 나무둥치에서 자라났지만 위가 아니라 아래로 내려갔어요. 왜 저 나뭇가지들은 죄다 바다 아래로 굽어지는 거죠?"

브리오나가 뱃고물에서 대답했다.

"왜냐하면 전혀 나뭇가지가 아니라서 그래. 저건 뿌리야. 공기뿌리."

브리오나는 잠시 멈춰 방향키를 살짝 조정했다.

"그래서 여기 버드나무들이 그렇게 놀라운 거야. 엘 우리엔에 있는 사촌격의 나무들과는 달리, 이곳의 버드나무는 여기처럼 얕은 물에서 바로 자라."

엘리가 물었다.

"하지만 어떻게 지나가지? 걸을 데가 없는걸."

요정은 다 알고 있다는 듯 씩 웃었다.

"우리 걷지 않아도 돼."

엘리는 머뭇거리며 나무쪽으로 뒤돌았다. 그러자 머지않아 엘리의 의심은 떠오르는 경외감에 수그러들었다. 이건 그들이 가까이 가고 있는 숲보다 더한 것이었다. 이건 완전히 새로운 세상이었다.

여명이 버드나무의 뿌리, 둥치, 가지의 우아한 선을 따라 퍼져 나가, 빗물에 흠뻑 젖은 숲을 반짝반짝 빛나게 했다. 동료들이 가까이 다가가 보니 처음으로 바람이 살랑거리는 소리가 들렸다. 길게 치렁치렁 드리워진 잎사귀가 나뭇가지에 매달린 채 수면에서 휙휙 소리를 내며 살살 흔들리고 있었다. 굵직굵직한 뿌리가 배의 돛대 꼭대기보다 더 높이 위로 솟아나 구부러진 채 둥치와 이어져, 찰랑거리는 물결 위로 거대한 아치형 입구를 만들었다.

아치 길을 지나서 브리오나가 그들을 인도했다. 배가 앞으로 천천히

고요하게 미끄러지듯 나아가게 할 만큼의 바람이 불었다. 이내 엘리는 버드나무보다 훨씬 더 많은 것들이 여기에서 자란다는 걸 깨달았다. 얕은 물에서 자라나온 황금가지 맹그로브가 보였다. 분홍빛과 보랏빛의 수생 양치식물은 누군가의 머리카락을 밝은 리본으로 묶은 것처럼, 치렁치렁한 버드나무 주위를 고리 모양으로 둘렀다. 말도 안 되게 풍성하고 부드러운 로리란다의 이끼는 가지에서 아래로 드리워져 있었다. 반투명한 몇몇 브랜웨나 나무들은 불에 타지 않는 액체 형태의 심재로 부풀어 있었다. 엘리는 하물며 노란 지느러미의 물고기 한 쌍이 물 밖으로 바로 뛰어올라 열매를 물어뜯고는, 갑절로 첨벙 소리를 내며 다시 물 속으로 풍덩 뛰어드는 모습도 봤다.

하지만 엘리가 생각하기에 그 가운데 가장 아름다운 것은 버드나무였다. 물 흐르듯 치렁치렁한 가지 사이를 지나니, 엘리는 갑갑하고 차가운 몸을 남겨두고 온 듯한 느낌이 들었다. 대신, 거품물고기처럼 자유롭게 경이로운 폭포 속에 붕붕 떠 있는 듯했다. 잎사귀는 잔물결을 이루고 흔들거리면서 나지막이 바스락거렸고, 엘리는 은녹색 폭포에 흠딱 빠져들어 갔다. 버드나무의 속삭임에 발라드가 있을까? 엘리는 궁금했다.

엘리는 다른 세상, 다른 언어에 대한 생각을 하다 별꽃 팔찌를 흘끗 바라봤다. 팔찌는 밝아지는 빛에 환하게 반짝이고 있었다. 그리고 처음으로, 엘리는 탬원에 대해 진심으로 뼈아프게 후회를 했다.

걔가 무사했으면 좋겠어……

그때 불현듯, 노여움이 다시 생겨났다.

그리고 제 발에 걸려 깊은 크레바스 속으로 떨어지면 좋겠어.

길게 뻗은 버드나무 잎사귀가 뺨에 살짝 닿자, 엘리의 생각이 현실로 되돌아왔다. 그러고는 별이 빛나는 가지를 올려다봤다.

여기에 영원히 머무를 수 있어.

엘리가 골똘히 생각했다.

바로 여기, 버드나무 세상에서.

그들은 아치 모양의 뿌리를 뚫고 앞으로 나아가 물 위를 미끄러지듯 항해했다. 황금빛은 사방의 색깔과, 일행의 손과 발도 따뜻하게 했다. 아침 햇살이 퍼지자 엘리는 리아가 직접 쓴, 자신이 가장 좋아하는 드루마디안 기도문이 기억났다.

네 주위의 모든 것을 깨우는

우주 만물의 아침에 귀를 기울여라.

날이 밝아 널 찾아왔으니

그 속에서 여명의 불꽃을 느껴라.

엘리는 브리오나와 눈이 마주쳤다.

"이곳에 대한 네 말이 맞았어."

그러고는 부적을 어루만지며 한숨지었다.

"탐험할 시간이 더 많았으면 좋았을걸."

"잠깐 기다려. 용의 은신처에 가기 전에 볼 게 더 있어."

"뭔데?"

요정 소녀는 어깨 너머로 땋은 머리를 홱 넘기고는 더는 말하지 않았다.

엘리는 손을 옆구리에 떨어뜨려 인광을 뿜어내는 물속으로 손가락을 슬며시 넣었다. 그때 무언가가 허벅지를 쿡 찌르는 걸 느꼈다. 단연 싸늘한 파란색을 띠는 뉴익이었다.

뉴익이 가슴에서 빛나는 보석을 가리키며 말했다.

"이게 어떻게 돌아가는지 봐야 할 거 같았어."

"지금쯤이면 리아가 곤경에 처하고도 남을 시간이지."

엘리가 흥미롭게 바라보자, 뉴익은 온 정신을 집중하려 맑은 보라색 눈을 감았다. 1, 2분 정도는 아무 일도 일어나지 않았다. 그때 갑자기 초록 섬광이 갈라토에서 팡 터져 나왔다. 마치 무지개 바다의 반짝이는 물방울처럼, 속에서 빛과 색이 소용돌이쳤다.

뉴익이 눈을 다시 뜨자, 보석 한가운데에 어떤 이미지가 형성되기 시작했다. 엘리처럼 뉴익도 보석의 색깔이 한데 모여, 한 나이 든 여자가 깊은 숲속으로 상큼상큼 걷는 모습이 나타나는 걸 봤다. 그 여자가 잎사귀로 된 덮개를 뚫고 들어오는 한 줄기 빛에 발을 들이자, 은빛 곱슬머리가 새날의 빛으로 반짝거렸다.

"리아. 제가 당신을 얼마나 좋아하는데요."

엘리가 조용히 말했다. 그러고는 아랫입술을 깨물었다.

"그게 네가 리아를 볼 수 있는 유일한 이유야, 이 멍청한 녀석아."

뉴익의 목소리는 어느 때 못지않게 퉁명스러웠지만, 색깔은 영 딴판이었다. 뉴익이 나이 든 여자를 보자, 피부에서 따스한 빨간색과 노란색 줄무늬가 파르르 떨렸다.

그러고는 엘리에게로 시선을 돌려 물었다.

"내친 김에 그 멍청한 탬윈도 살펴볼래?"

깜짝 놀란 엘리가 숨을 돌렸다.

"내가 왜 그러고 싶겠어?"

"흠, 나도 몰라. 어쩌면, 지루하니까."

마침 그때 브리오나가 방향키를 세게 확 잡아당겨 배를 너무 급격하

223

게 움직이는 바람에 모두가 옆으로 내동댕이쳐졌다. 몸이 떠밀려지더니 심이 위로 굴러오자 뉴익이 울부짖었다. 하지만 모두가 다시 중심을 잡자 (뉴익의 경우에는 마음의 평정을), 아무도 브리오나를 나무라지 않았다. 그저 경외심을 가질 뿐이었다. 브리오나가 왜 방향을 틀었는지 이제 모두가 알 수 있었기 때문이다. 무엇을 피하려는 게 아니라, 무언가를 보려고 그랬다.

"별이다. 바다 위에 뜬 별이네."

엘리가 경이로움으로 가득 찬 목소리로 말했다.

그들 앞에 버드나무가 커다란 동그라미 모양으로 열려 있었다. 메아리치는 나뭇가지와 아른거리는 초록 장막 속에는, 더할 나위 없이 잔잔한 물웅덩이에 별들이 비치고 있었다. 게다가, 웬일인지 이 물은 별빛을 꼭 쥐고 붙잡아서 강렬하게 만들고 있었다.

배는 넘실거리는 잔잔한 물결을 일으키며 서서히 반사되는 별들을 가로질러 웅덩이 한가운데로 떠갔다. 물결이 지나간 자리는 빛을 받아 선명한 고리 모양이 되어 밖으로 넓혀졌고, 마침내 둘러싼 버드나무 속으로 사라졌다.

엘리는 아침 하늘을 올려다본 다음, 다시 주위를 에워싼 물을 바라봤다.

"지금 하늘이 무지 밝아서 별들이 전혀 보이질 않아. 그런데 이 웅덩이는 딱 봐도 밤 같은걸."

"별들이 이렇게 가까이 있으니 만질 수 있을 것만 같아. 그리고 평소보다 훨씬 더 밝고."

류가 덧붙였다.

브리오나가 배 주변을 둘러싼 별들을 바라보며 말했다.

"멀린의 스타게이징 스톤 같아요. 하지만 다르기도 하죠. 거기에서는 하늘의 모든 게 보이잖아요. 아주 작은 빛까지요. 여기는, 제일 밝은 별들만 보이고요. 마치 가까이 있는 듯요."

산봉우리 요정이 투덜거렸다.

"흠. 그런 이유 때문에 물 요정이 이곳을 별들의 웅덩이라고 부르는 거야. 내 생각에는, 정말 독창적이지 못한 이름이지만."

"아무도 안 물어봤어, 뉴익."

브리오나가 거의 별들만큼 반짝이는 미소를 뉴익에게 보냈다.

"그렇지, 엘리?"

그러나 엘리는 브리오나의 말을 듣지 못했다. 스타게이징 스톤 이야기에 깜짝 놀란 엘리는 그곳에서 탬원과 더없이 행복했던 순간이 떠올랐다. 그리고 탬원의 여정과 별들을 찾는 탐험도. 브리오나가 말했듯이, *어떻게든 더 가까이 가기 위해서.*

엘리가 뉴익에게로 몸을 돌렸다.

"아무래도 나……."

뉴익은 더 듣지 않아도 알았다.

"그냥 갈라토에 손을 대고 걔를 생각해. 그러면 될 거야."

엘리는 손을 뻗어 초록 보석 윗면에 손끝을 댔다. 그러고는 눈을 감고 탬원을 생각했다. 고집으로 바뀌어 버린 탬원의 투지, 때때로 놀라운 지혜를 발휘할 수 있는 온화한 성품, 그리고 본인이 아는 것보다 더욱 사랑스러운 탬원의 덜렁이는 모습. 그리고 또 탬원의 두려움도. 그 두려움은 엘리를 향한 감정에 대한 거라고, 엘리는 확신했다.

탬원, 넌 날 정말 화나게 해. 가끔씩 날 미치게 만들어. 대체로 그러지! 하지만 너한테 끌리게 해. 아직도 그 이유를 모르겠어.

엘리는 두 눈을 떴다. 뉴익처럼 엘리도 반짝이는 초록 보석을 바라봤다. 밝은 색깔이 소용돌이치더니 한데 모이기 시작했다. 일순간 엘리는 무언가를, 어쩌면 편지를 읽고 있는 탬원을 알아볼 수 있다고 생각했다. 하지만 이미지가 갑자기 자욱해지고 흐릿해지더니 알아볼 수 없게 되었다. 보석은 한 번 더 반짝이며 한가운데를 깊이 비췄다가 평상시의 색깔로 돌아왔다.

엘리는 곱슬머리를 배배 꼬며 펜던트를 빤히 쳐다봤다.

"그게 다야?"

"흠. 내 생각에 네 감정이 이거랑 딱 맞아떨어지지 않나 본데."

엘리는 얼굴을 찡그린 채, 더는 말하지 않았다.

그들은 별들의 웅덩이 저 건너편에 다다랐다. 배가 치렁치렁한 나뭇가지가 살랑대는 곳으로 조용히 미끄러지듯 나아갔다. 배 안의 다른 이들처럼 엘리는 물속의 밝은 빛을 만질 수 있으면 좋겠다고 생각하며, 마지막으로 한 번 더 바라봤다. 이내 웅덩이와 별들은 푸른 나무 뒤로 사라졌다.

이끼가 낀 공기뿌리와 높게 아치 모양으로 구부러져 있는 나뭇가지 아래 버드나무를 지나 앞을 향해 항해했다. 이윽고, 울창했던 것들은 줄어들기 시작했고, 단단한 나무둥치는 점점 더 벌어졌다. 이내 엘브란 켈프 돛이 돌풍에 나부끼더니 그들은 버드나무 땅에서 벗어나 망망대해로 들어섰다.

앞에는 무지개 바다 최북단 지역이 멀리 떨어져 있는 안개 속으로 희미하게 뻗어 있었다. 동쪽에는 길게 늘어선 가파른 절벽이 파도 위로 솟아 있었다. 워터루트의 양쪽을 연결하는 지협인 아쿠아터 내로스(Aquator Narrows)였다. 그 너머 브리오나가 가리킨 수평선에는 파도보다도 짙고 깊은 색채가 감돌았다. 그건 브리오나가 설명한 대로 형형색색의 수생 식물이 일 년 내내 꽃을 피운다는 '꽃 피는 섬'의 가장자리였다. 섬은 해안을 따라 에오피아 지도 제작자 학교가 수 세기 동안 위치한 절벽까지 꽤 길게 뻗어 있었다.

"봐!"

류가 서쪽 수평선에 보이는 형체를 긴 팔로 가리키며 외쳤다.

"우리 거와 비슷한 또 다른 배야."

"비슷하지 않아요."

브리오나가 정정했다. 그러고는 방향키를 흔들어 침로를 바꾸어놓았다. 쉭하는 소리와 함께, 작은 돛이 머리 위에서 흔들렸고 그 바람에 심의 가느다란 하얀 머리카락이 옆으로 휘날렸다.

"저건 요정의 배예요. 크르 세렐라의 유명한 조선공이 만들었죠."

엘리가 이견을 내놓았다.

"하지만 정말이지 우리 거와 비슷해 보이는걸. 돛 문양 바로 아래에. 거기 보여? 저 배는 2킬로미터도 채 안 떨어져 있는 게 틀림없어."

"100킬로미터라고 해봐."

브리오나가 분명히 말하고선 물보라를 뒤집어쓴 머리카락을 반짝이며 감탄스러운 듯 고개를 흔들었다.

"저건 저들의 대형 범선이야. 크기 때문에 가까워 보이는 것뿐이야. 뭐, 적어도 우리 거보다 스무 배는 더 커. 선체는 다 자란 참나무만큼 거대한 전복 껍질로 가득 채워져 있어. 그리고 저 돛은 분명히 그만큼 클 거야……."

"내 식욕만큼."

뉴익이 으르렁거렸다. 그러고는 한 팔로 자신을 들어 올린 엘리에게 기대었다.

"지금 당장 싱싱한 약초와 열매만 있으면 더 이상 바랄 게 없겠네! 여기 물이 이렇게 깊지만 않았어도 내가 뛰어들어서⋯⋯."

"물 용에게 잡아먹혔겠지."

브리오나가 경고를 주었다.

"아무도 여기서 수영 안 해. 돌고래처럼 빠르지 않은 이상. 물 용들이 날지 않아서 다행이지만, 그래도 물속에서는 놀랄 만큼 빠르게 움직일 수 있다고."

브리오나가 이마를 찌푸린 채 생각에 잠겨 땋은 머리를 어루만졌다.

"그러고 보니, 물 용들의 흔적을 못 봤다니 이상한걸. 경호원조차도 말이야."

"물 용들은 배는 안 건드리잖아, 안 그래?"

류가 물었다. 그러고는 뱃머리에 무릎을 꿇고 파도를 살폈다.

요정 소녀가 대답했다.

"그럼요. 오래전에 세렐라와 휴전을 한 이후로요. 물론 폭풍의 전쟁 때는 제외하고요. 그때는 벤데깃조차도 물 용들의 탐욕을 억제할 수 없었어요. 하지만 평화로운 시기에도 자신들의 사냥터를 순찰하면서 이곳 수역 곳곳에 있어요."

브리오나는 대형 범선 남쪽에 거대한 바다거북의 등딱지처럼 물 밖으로 솟아오른 시커멓고 둥근 등줄기를 가리켰다.

"물 용들의 은신처가 여기서 멀지 않다고 확신해요. 저 해안선 바로 근처예요. 그러니까 아무것도 못 봤다는 게 더더욱 이상하네요."

엘리는 잎사귀 부적과 그 안의 귀한 수정에 손을 댔다. 그러고는 딱 잘라 말했다.

"우리가 온 줄 알아. 그냥 우리를 편하게 해주고 있을 뿐이야."

"맞아."

피부색이 거무스름해진 채, 뉴익이 툴툴거렸다.

"너무 편하게 말이지."

16

언저리에 깔린 공포

스크리에게 파이어루트의 화산 땅을 지나 걸었던 지난 사흘은 오히려 삼 년에 더 가까워 보였다. 아주 긴 삼 년.

수년 전에 스크리와 탬윈이 엄마를 잃었던 바로 그곳, 불타 버린 언덕의 관문을 떠난 이후 스크리는 끊임없이 걸었다. 어쩌다가 낮잠을 자거나, 물을 마시거나, 비쩍 마른 절벽 토끼를 먹을 때만 잠시 멈췄을 뿐이었다. 유황 연기를 풍기는 새카맣게 탄 계곡을 지나, 예고도 없이 화염 분출구가 터지는 가파른 절벽을 오르고, 스크리의 다리를 그슬리려 귀신같은 손을 뻗는 파이어 플랜트를 홱홱 피해 다녔다. 독수리 인간이 홀로 봉우리 위로 날아오르면 너무 쉽게 눈에 띌 수 있기 때문에, 스크리는 바로 목적지로 날아갈 순 없었다. 걷는 수밖에 달리 도리가 없었다.

그리고 생각해야 했다. 스크리는 온통 한 가지 생각뿐이었다. 그건 흔히 화산 땅의 비탈과 크레바스를 태우는 용암에 못지않게 스크리의 정신세계를 태워먹었다. *브람 카이에 부족을 막아라.* 스크리는 이것이 무슨 의미인지 알았다. 자신이 죽임을 당하기 전에 부족의 지도자를 비롯하여 그 잔혹한 젊은 전사도 죽여야 한다. 하지만 어떻게든 성공한다면, 아르크 카야의 죽음을 복수하면서 탬윈과 아발론을 돕게 될 테다.

스크리는 잠시 멈췄다. 맨어깨에 땀이 번들거렸다. 체력이 점차 좋아지고 있었지만 여전히 평소보다 힘이 없게 느껴졌다. 허벅지에 손을 대, 악의 파편 때문에 아직도 아픈 근육을 주물렀다. 그렇게 많은 날이 지났는데도 다리의 힘은 완전히 돌아오지 않았다. 돌아오기나 할까?

앞쪽 산등성이의 들쭉날쭉한 분화구로 독수리의 날카로운 눈길을 돌렸다. 그곳에 튀어나온 돌들이 어린 시절 숨어 살며 많은 시간을 보냈던 삐뚤빼뚤한 이빨 모양 분화구를 떠오르게 했다. 딱 한 번 안전한 그곳을 오래도록 떠나 있었다. 그때 한 끗 차이로 멀린의 지팡이와 자기 목숨 모두를 잃어버릴 뻔했었다.

그 *사람* 때문에.

스크리가 거칠고 쉰 목소리로 낮게 말했다.

"여전히 당신이 보여, 나의 퀸. 내 기억 속에서 수백 번 당신을 봤던 것처럼."

힘센 주먹을 불끈 쥐어 근육이 팔까지 부풀도록 했다. 손목부터 어깨까지의 피부를 덮은 빽빽한 깃털 머리카락이 빳빳하게 곤두섰다.

"그런데 당신은 날 정말로 원하지 않았어, 그렇지? 결코 날 원하지 않았어. 오로지 지팡이만 원했지."

노란 테두리의 커다란 눈이 가늘어졌다.

"그렇지만 당신이 얻는 건 결국엔 나일 거야, 퀸. 내가 당신에게 선물이 되어줄게."

스크리는 기억 속에서 자신의 품 안에서 죽어가던 아르크 카야의 얼굴을 보았다. 그러고는 덧붙였다.

"그리고 살인을 저지르는 당신의 그 전사에게도."

갑자기 발 옆 화염 분출구에서 녹슨 빛의 돌멩이가 터져 나왔다. 스크리는 옆으로 폴짝 뛰어 탁탁 소리를 내며 터져 나오는 노란 불꽃에 그슬리는 걸 면했다. 그런데 검은 유황 연기 기둥이 분출구에서 뿜어져 나오는 바로 그 순간, 스크리는 털 덮인 작은 몸이 두 바윗돌 사이를 쏜살같이 움직이는 모습을 보았다.

스크리는 독수리 인간답게 민첩하게 몸을 돌려, 한쪽 다리를 빠르게 휙 내밀어 발톱으로 그 동물의 꼬리를 움켜잡았다. 바윗돌에 기대고 누워 다리를 구부려 방금 무엇을 잡았는지 보았다. 배가 고파 속에서 꼬르륵 소리가 났다. 마지막 절벽 토끼를 먹은 지 하루도 더 지났다.

스크리 앞에서 달랑거리는 건 털북숭이 마멋과 비늘 덮인 뱀, 긴 꼬리가 달린 쥐의 이상한 조합이었다. 그 동물은 분노하여 끽끽거리면서 미친 듯이 온몸을 비틀었다. 매끈한 몸만큼이나 긴 검은 꼬리에 회갈색 털, 불처럼 번쩍이는 작은 주홍빛 비늘로 덮인 다리 여섯 개가 있었다.

"못생긴 조그만 녀석이구나?"

동물이 앞에서 꿈틀거리자 스크리가 분노에 찬 동물의 눈동자를 들여다봤다.

"예전에 너 같은 거 본 적 있다는 말은 못 하겠네. 너 같은 걸 먹어봤다고도 못 하겠고."

그 생명체는 몸을 갑절로 휘어 이빨이 드러난 주둥이로 스크리의 발을 물려고 애썼다. 하지만 그만큼 높이 다다르질 못했다. 물려고 했던 건 전부 소용없었다.

스크리가 발을 털었다.

"장담하는데 너 아주 맛이 좋겠어. 양념으로 이끼 조금 뿌리고 저기

화염 분출구에서 구워야지."

스크리가 마른 아랫입술을 핥았다.

"정말이지 아주 좋겠어."

그러고는 얼굴을 찌푸렸다.

"하지만 오늘은 날이 아닌 거 같네. 잘 모르긴 해도, 네가 네 종족의 마지막이 될 수도 있으니."

갑자기 스크리는 돌아서서 움켜쥔 걸 풀어줬다. 놀란 생명체는 잠깐 머뭇거리더니 종종걸음을 치고는 바위 아래 틈으로 뛰어들었다.

스크리는 벌떡 일어섰다. 힘없는 허벅지를 꽉 쥐고는 다시 움직이기 시작했다. 산등성이 위를 걸으며 이제는 말라 버린 유황천의 흔적을 따라갔다. 한 걸음 내디딜 때마다 뻐끔뻐끔 뿜어져 나오는 노란 먼지가 공중으로 피어올랐다.

스크리는 보글보글 끓는 잿더미 구덩이를 피해 옆으로 홱 틀었다. 구덩이에서는 거품이 뜬 회색 액체가 꾸르륵거리며 뿜어져 나오고 있었다. 그때 산등성이에 오르던 스크리는 검은 유리처럼 매끄러운 흑요석이 얇게 깔린 비탈진 길에서 미끄러져 내려갔다. 바닥에 두 발로 착지한 스크리는 앞쪽에 있는 다음 산등성이를 올려다봤다. 불에 그슬린 돌덩이로 새카만 그곳은 불 용의 등처럼 커다랗게 보였지만, 언저리에 공포가 깔려 있었다.

스크리는 산등성이 뒤에 브람 카이에 부족 사람들이 있다는 걸 알았다. 스크리가 수적으로 엄청나게 달린다는 것은 분명했다. 그들을 놀라게 할 필요가 있었다. 그런다 하더라도, 성공할 기회는 단 한 번밖에 없었다.

난데없이 화산 봉우리 너머 멀리서 메아리치는 끽끽 소리가 들렸다.

스크리는 새카맣게 탄 바위의 그늘로 몸을 수그렸다. 때마침 끝이 검은 날개와 빨간 각대를 한 네 명의 핵심 전사들이 잿빛 구름을 타고 날아왔다. 그들은 의기양양하게 소리치고는 검은 산등성이를 향해 빠른 속도로 날아 내려왔다. 그사이 스크리는 전사들이 들고 있던 것을 언뜻 보았다. 그 물체는 너무 커서 둘이서 발톱으로 들어야 했다.

그것은 심한 공격을 받아 날개 끝에서부터 절단된 다리 토막까지 피로 범벅이 된 시체였다. 독수리 여인의 시체였다.

악취가 진동하는 연기 기둥이 스크리의 눈을 그슬리며 불어댔다. 스크리는 더 잘 보려고 손을 휘휘 내저었다. 그러나 공기가 깨끗해졌을 무렵, 전사들은 산등성이 뒤로 사라져 버렸다. 하지만 스크리는 이미 충분히 봤다.

스크리는 손으로 미친 듯이 허공을 저었다. 그런 다음, 모든 근육이 긴장한 채 기어오르기 시작했다. 최대한 몰래 움직이며 그늘을 벗어나지 않았다. 퀘나이카가 지배했던 곳이자 스크리가 싸우는 생애 마지막 전투가 될 곳으로 가고 있으니 말이다.

17

아발론의 추억

탬윈은 아버지가 남긴 두루마리를 읽기 전에는 위대한 나무의 심재로부터 밖으로 졸졸 흐르는 샘에서 나오는 굉장히 달콤한 물만 맛볼 수 있었다. 하지만 지금은 다른 것을 맛보았다. 훨씬 더 쓴맛이었다.

탬윈은 구겨진 종이를 판판하게 편 다음 도로 둘둘 말았다. 그러고선 아버지의 머리카락 타래를 두루마리에 감아 배낭 속 깊숙이 밀어 넣었다. 그렇게 하다가 손가락이 하모나 널빤지에 슬쩍 닿았다. 부드러운 손길에도 마법의 나무는 마치 탬윈이 나무 하프의 줄을 퉁기는 듯 반응하며 흥흥 노랫소리를 냈다. 나뭇결은 몇 초 동안 노래를 불렀고, 그 소리가 울려 퍼져 탬윈의 허리에 달린 자그만 석영 종이 음을 울리며 흔들렸다.

탬윈은 배낭 덮개를 덮고는 그저 얼굴을 찌푸렸다. 그리움이 깃든 하프의 음색에 탬윈은 엘리가 떠올랐고, 엘리가 탬윈의 마음속을 휘저어 놓은 혼란의 감정들도 생각났다. 종은 스크리도 생각나게 했다. 스톤루트의 황무지에서 스크리를 찾았던 그 세월들과 마침내 서로를 찾았던 황홀감, 그리고 지금 다시 떨어지게 된 쓰라린 고통도.

탬윈은 손으로 검은 머리카락을 한 번 넘겼다.

보아하니 나는 누군가를 곁에 오랫동안 두질 못하네. 엘리도, 스크리도, 어머니도.

탬윈은 파묻힌 두루마리가 들어 있던 작은 나무 상자를 살폈다.

그리고 나의 아버지도.

탬윈이 샘 옆 에메랄드빛 이끼에 앉아 있던 배티 래드에게로 다가갔다. 그러고는 달콤한 물에 처박혔던 바람에 아직도 물을 뚝뚝 흘리고 있는 그 생명체의 머리를 한 손가락으로 긁었다. 곧바로 찻종 모양 귀가 홱 돌아갔고 초록 눈은 밝게 반짝거렸다. 낮은 목소리로 탬윈이 물었다.

"넌 어때, 꼬맹이 친구? 어둠의 예언 속 아이하고 얼마나 붙어 있을 거야?"

배티 래드는 온몸이 뻣뻣해졌다.

"뭔 놈의 미친 소리를 지껄이지?"

그러고는 쥐 같은 얼굴을 한쪽으로 기울이며 미심쩍게 탬윈을 올려다봤다.

"가끔 넌 정말 이상한 행동을 해! 그렇고 말고."

자기도 모르게 탬윈이 씩 웃었다.

"날 정신 멀쩡하게 해줄 네가 있어 다행이야."

"그리고 나도."

헤니가 샘 아래 웅덩이에서 뿜어 나오는 거품에서 일어서며 지껄이기 시작했다.

"널 미치게 해줄 내가 있지."

탬윈이 어깨 뒤로 머리를 휘날리며 끄덕였다.

"지금까지 아주 잘하고 있어."

헤니가 커다란 손으로 손뼉을 쳤다.

"좋아! 그래서 다음에는 어딜 가고 싶은데?"

젊은 남자의 이마에 주름이 잡혔다.

"멀린의 옹이구멍이라 불리는 곳으로. 그리고 거기서부터 별들에게로. 그게 가능하다면 말이지!"

탬원은 가능성을 두고 곰곰이 생각하며 턱을 어루만졌다.

"사실은, 할 수 있는지조차도 모르겠어. 한낱 인간이 할 수……."

"*덜렁이 인간.*"

헤니가 바로잡았다.

탬원이 발끈했다.

"엇. 내가 궁금한 건 누구든지, 그러니까 유한한 생명의 어떤 생명체든지 별들까지 쭉 올라갈 수 있냐는 거야."

"아마 못 할걸. 또 아는 거 있어?"

홀라가 기분 좋게 말했다.

"유용한 건 없어. 그냥 가는 길에 어떤 이야기를 만날지도 모른다는 것만 알아."

탬원은 크리스탈루스의 두루마리에 적힌 이야기를 돌이켜봤다.

"그리고 옹이구멍으로 가는 길이 왠지 어지러울 거라는 것도."

"이히, 오호호호, 거참 재밌는 길이겠네."

"아니면 죽음의 덫일 수도 있지."

홀라가 둥근 눈썹을 긁었다.

"내가 예전에 말하지 않았나, 오호 이히? 죽음의 덫이 삶의 재미라고."

확신이 서지 않는 탬원은 주변을 훑기 시작했다. 하여간에 어떻게 정확히 옹이구멍을 찾을 수 있단 말이지? 두 뿌리 버팀벽 사이 틈을 메운 상태로 머리 위로 높게 솟은 초록 불꽃의 벽을 살폈다. 벽은 엘라노의 불꽃으로 탁탁 소리가 나고 뒤틀리고 있었다. 위대한 나무의 심재에서 유일한 관문이었다. 저기가 그 길일까?

아니, 탬윈은 더 잘 알았다. 음유시인에게서 들었던 모든 발라드는 이 관문이 뿌리-영토로 이끌 뿐 아니라 일렁이는 바다로 돌아가게 하지만, 나무보다 더 높은 데로는 연결되지 않는다고 했다. 게다가, *나는 다른 길을 찾아낼 거다*라고 크리스탈루스가 쓰지 않았던가?

물론, 이 관문은 아버지가 알지 못했던 어떤 식으로든 탬윈을 위로 데리고 갈 가능성이 여전히 있었다. 하지만 아무 관문에나 뛰어드는 것은 위험한 일이다. 설령 탬윈이 목적지에 온 정신을 집중한다고 해도, 관문은 목적지 대신에 멀리 떨어진 어딘가로 데리고 갈 수 있다. 아니면 가까스로 막 탈출한 살아 있는 바위에게로 도로 데리고 가든지.

탬윈은 거대한 동굴을 살피려고 탁탁거리는 불꽃 장막에서 몸을 돌렸다. 주위에는 거대한 뿌리가 흙투성이 바닥에서 솟아올라, 머리 위로 높이 아치 모양을 만들어 천장에 퍼질 때까지 비틀고 갈라지고 있었다. 나뭇결이 머리 위로 높이 얽히고설킨 어슴푸레한 틈새를 만들어내며 서로 엇갈리고 다시 엇갈렸다. 하지만 탬윈은 그곳에서 어떠한 출구의 흔적도 보지 못했다.

그런데도…… 탬윈의 아버지는 위대한 나무의 심재를 떠날 수 있는 무슨 방법이라도 찾은 게 분명하다. 탐험대에서 누구도 일곱 영토로 다시 돌아오질 않았으니 말이다. 그렇다면, 과연 그들은 어디로 갔을까? 나무 안에서 더 높이 갔다면, 통로를 찾은 게 틀림없다.

숲에 빠삭한 눈으로 탬윈이 그 공간을 천천히 훑었다. 갑자기, 천장 가장자리에서 이전에는 알아차리지 못했던 유난히 어두운 곳이 눈에 들어왔다. 갈려 나온 두 나뭇결 사이의 홈에 위치한 그곳은 그저 또 다른 그늘이거나 얕은 구덩이, 아니면 그보다 더한 무엇일 수도 있었다. 탬윈은 서서, 칼집에서 지팡이를 꺼낸 다음 더 잘 보이는 곳으로 걸어 갔다. 지팡이에 기대어 위를 올려다봤다.

탬윈은 궁금했다.

무슨 터널 같은 건가? 하지만 그렇다고 해도, 내가 어떻게 저 위로 갈 수 있겠어? 획획 뒤집는 불 용처럼, 나도 날 수 있으면 좋을 텐데!

그 순간, 지팡이에 새겨져 있던 상징 가운데 하나가 눈길을 끌었다. 빛나는 듯 보였지만 희미했다. 그저 관문의 불꽃이 반사되는 걸까? 아니라고 탬윈은 확신했다. 지팡이 자체가 빛나고 있었다.

깜짝 놀란 탬윈은 숨을 들이마셨다. 그 상징을 알아봤다. 그건 도약의 힘을 상징하는 원 안의 별이었다. 전설적인 지팡이 오니알레이에 탬윈의 길들여지지 않은 마법이 조금 닿은 건지, 아니면 누군가 멀리서 부르는 도약의 힘에 반응하는 건지 탬윈은 전혀 알 수가 없었다. 할 수 있는 거라고는 놀란 눈으로 빛나는 상징을 바라보는 게 전부였다.

그때, 아주 깜짝 놀랍게도 탬윈의 맨발이 바닥에서 뜨기 시작했다!

높이 더 높이 떠오른 탬윈은 균형을 잡으려고 도리깨질하듯 팔다리를 마구 흔들었다. 탬윈이 점점 위로 떠오르자 헤니와 배티 래드는 소스라치며 그 모습을 바라봤다. 이내 탬윈은 자기 키보다 훨씬 더 높이 땅 위로 떠올랐다. 위로 솟게 하는 마법이 탬윈을 한쪽으로 기울여 공중에서 거의 수평으로 떠가게 할 때조차 탬윈은 지팡이를 꼭 쥐고 있었다.

"이히, 이히, 저거 재밌어 보이는걸."

헤니가 떠들어댔다. 유쾌하게 두 손을 문지르더니 탬윈 아래에 서려고 서둘러 달려갔다. 그때, 헤니가 최대한 높이 뛰어오르며 탬윈의 발을 잡으려고 했다.

"그만해! 이 꽉 막힌 멍청아!"

탬윈이 필사적으로 허우적대며 소리쳤다.

"나도 데려가. 나도 타고 싶다고."

헤니가 애원했다.

탬윈은 공중에서 몸을 굴리지 않으려고 안간힘을 썼지만 성공하지 못했다.

"이건 탈것이 아냐, 이 멍청아! 내가 제어할 수 없는 그런 마법 같은 거라고. 아주 빠르게 사라질 수도……."

난데없이 지팡이에서 빛이 사라졌다. 탬윈은 빙빙 돌더니 아래로 추락해 헤니 바로 위에 떨어졌다. 지팡이는 바닥에서 달가닥거렸고, 훌라는 비명을 지르고 탬윈은 울부짖었다. 그리고 부글부글 끓는 샘 옆에서는 작은 배티 래드가 털북숭이 머리를 탈탈 털었다.

그러고는 구겨진 날개를 쫙 펴며 중얼거렸다.

"멍청한 것들이네. 진짜로 날지 못한다는 걸 알아야지, 오, 그래, 야야야."

탬윈과 헤니가 몸을 빼내는 데 (그리고 몇 번의 발차기와 주먹질도) 몇 초가 걸렸다. 마침내, 둘 다 숨을 할딱거리며 바닥에 등을 대고 누웠다. 탬윈은 정신을 차리고 나서 다시 천장의 어두운 곳을 쳐다봤다.

"저길 올라가 봐야겠어. 그렇게만 하면……."

탬윈이 중얼거리다 소원 빌기의 위험성을 새로 배웠던 터라 하던 말을 멈췄다. 특히 속에서 어떤 능력이 솟아오르고 있든, 그건 탬윈이 여전히 제어하지 못하는 능력이었다. 스크리의 목숨을 살리기 위해 능력을 사용하고 나서 한동안은 그런 능력이 있어서 기분이 좋아졌었다. 그런데 지금은 확신이 없었다. 그건 마치 완전히 새로운 사람을 마음속 깊숙이 지니는 듯했다. 자신의 예전 모습과는 여러 면에서 다르면서, 자유로이 팡 터져 나오려 몸부림치는 그런 사람 말이다.

하지만 그게 탬윈이 진정으로 원했던 것일까?

탬윈은 적갈색 흙에 머리를 문지르며 고개를 흔들었다. 옆에서 큰 대자로 누운 마른 친구에게로 몸을 돌리며 물었다.

"그거 알아? 넌 여전히 개박하 요정보다 더 미쳤어."

"그럼. 넌 여전히 머리 없는 트롤보다 더 멍청하고."

"그럼 어쩔 수 없지, 우린 서로 이해하네. 자 말해봐, 헤니."

탬윈이 천장을 가리켰다.

"너 저 위의 어두운 곳으로 올라갈 수 있을 거 같아?"

훌라의 이마에 잔주름이 생겼다.

"꽤 어려워 보이는데. 어쩌면, 불가능해. 시도조차도 멍청해."

헤니가 환하게 씩 웃었다.

"딱 내 취향이네."

"좋아. 계획이 있는데, 기억할 수 있으면 잘 들어봐."

탬윈이 분명하게 말했다.

그러고는 바로 앉아서 허리에 늘 매고 있던 긴 노끈을 세게 잡아당겼다. 황무지 길잡이로서 몇 번이고 도움이 되었던 도구였다. 노끈을 풀어 한쪽 끝을 자신의 손목에, 다른 끝은 헤니의 손목에 단단히 묶고서, 이게 혹시라도 추락할 때 누군가의 목숨을 살릴 수 있을 거라고 설명했다. 헤니는 추락이 재미의 일부라고 말하며 항의했지만 결국 동의했다.

잠시 뒤, 둘은 함께 묶였다. 탬윈은 지팡이를 도로 칼집에 넣고 헤니는 불쾌할 정도로 얼굴에 신이 난 함박웃음을 띠고서, 둘은 가장 가까운 버팀벽을 오르기 시작했다. 더 높이 움직일수록, 배티 래드는 내내 초조하게 재잘거리며 주위를 빙빙 돌았다.

얽히고 배배 꼬인 나뭇결을 오르는 것은 탬윈에게 가장 어려운 대목이 아니었다. 정말 힘든 건 바로 뒤에서 오르고 있는 헤니가 장난삼아 버팀벽에서 손을 놓고 노끈에 매달려 자유롭게 획획 도는 걸 못 하게 하는 거였다. 천장으로 중간쯤 갔을 때 딱 한 번 그랬었다. 탬윈은 손가락과 발가락으로 꽉 붙잡고 있으려고 온 힘을 다했지만, 훌라는 아래에서 와하고 함성을 지르고 낄낄거렸다. 들떠 있는 생명체의 머리로 화가 난 듯 윙윙거리며 뛰어든 배티 래드 덕분에, 헤니는 마침내 버팀벽으로 도로 빙 돌아왔다.

갓 빚은 찰흙만큼이나 매끄러운 나무를 건너자 또 다른 끔찍한 순간이 엄습해왔다. 헤니는 최대한 세게 노끈을 잡아당기면 재미있을 거라 생각했다. 하지만 그 와중에 가장 무서운 순간이 탬윈에게 다가왔다. 배티 래드의 날개가 탬윈의 코를 꽉 쥐는 바람에 거의 떨어질 정도로 심하게 재채기를 하게 됐으니 말이다. 어떻게든 가까스로 매달려 있었지만, 겨우겨우 간신히 그러기만 할 뿐이었다. 그런데 마침내, 천장에 위치한 어두운 홈에 이르렀다.

"이런 천 개의 숲 같으니!"

탬윈의 기쁜 목소리가 쩌렁쩌렁 울렸다.

사실 그곳은 비스듬하게 나무속의 위쪽으로 향하는 터널이었다. 그런데 진짜로는 그다지 터널 같지 않고, 오히려 나무둥치의 갈라진 금이 뚫고 나와 생긴, 천장에 난 구멍에 가까웠다. 아니면 조금씩 새는 물이 시간이 지나면서 벌어진 틈에 가까웠다.

하지만 탬원에게 그거면 충분했다. 푸석푸석한 흙으로 세수를 하며 구멍 속으로 비집고 들어갔다. 그때, 잠깐의 망설임을 딛고 헤니가 따라 올 수 있도록 더 높게 꿈틀거리며 갔다. 맨 마지막에 배티 래드가 함께 하려고 힘차게 나아갔다.

안에는 모든 것이 캄캄했다. 또한 축축했다. 위에서 뚝뚝 떨어져 숨은 틈으로 스며들며 벽 속에서 빠르게 흘러내리는 물소리가 사방에서 들렸다. 탬원은 잠시 멈춰 눈을 적응시킨 다음, 저 멀리 위에서 가느다란 한 줄기 빛을 보았다. 뒤로 미끄러져 내려가지 않기 위해 팔다리에 힘을 단단히 주며, 높이 기어가기 시작했다. 터널 속 굽은 곳에서 달랑거리는 뿌리의 혹에 머리를 세게 박았다. 그러다 커다란 흙무더기가 얼굴에 팡 터졌다. 머리에 든 멍은 뒤에서 시끌벅적하게 낄낄거리는 헤니보다 훨씬 더 참기 쉬웠다. 탬원은 간신히 화를 참고 계속해서 올라갔다.

관문의 불꽃처럼 초록빛으로 깜박거리는 빛은 더 강해졌다. 터널은 또 굽이졌고, 탬원은 손가락 같은 뿌리가 그물 쳐진 곳을 밀치고 나아가야 했다. 별안간 빛의 근원이 보였다. 저 앞쪽에 있는 좁은 구멍이었다. 마침내 탬원은 그곳에 다다라 흙 세례를 받으며 속으로 기어올랐다. 그러고는 딱딱한 표면에 떨어졌다.

또 다른 터널이었다! 그런데 이건 훨씬 더 크고 가로로 나 있었다. 거의 위대한 나무의 수심을 관통하는 길 같았다. 둥근 벽은 홈이 나란히 패여 있었고, 탬원이 머리를 부딪히지 않고 설 수 있을 정도로 높았다.

탬원은 일어나 머리에서 흙을 털어내고는 터널 벽을 살폈다. 마치 응축된 엘라노로 만든 것처럼 벽이 그 자체의 빛을 내며 고동쳤기 때문이다. 그걸 보니 탬원은 호수 여인이 걸고 있던, 반짝이는 하얀색에 둘러 싸인 환한 초록빛 잎사귀 부적의 수정이 떠올랐다. 이 벽처럼, 그리고 불꽃같이 빛나는 관문처럼 그 마법의 빛은 능력을 나타냈다. 생명을 나타냈다. 그리고 무엇보다도 신비라 불리는 드루마디안의 일곱 번째 요소를 나타냈다.

탬원은 잠시 동안 어느 길로 갈지 곰곰이 생각했다. 왼쪽과 오른쪽이 아주 똑같아 보였기 때문이다. 결국에는 왼쪽을 골랐는데, 별다른 이유에서가 아니라 왼팔이 늘 더 힘이 세서 그랬다. 그들은 터널, 길 또는 그게 뭐든지 간에 그쪽으로 걷기 시작했다. 탬원이 선두에 서고 헤니와 배티 래드가 뒤에서 조르르 따라갔다. 이 길이 어디로 이어지는지 탬원은 조금도 갈피를 잡지 못했지만, 완전히 평평하다는 사실보다는 덜 걱정이 되었다. 어느 시점이 되면, 더 높이 오를 수 있는 길을 찾아야 했다. 더욱더 높이 멀린의 옹이구멍과 그 너머로까지 말이다.

하지만 어떻게? 탬원은 이만큼 위로 올라오는 게 어려울 거라 상상조차 못 했다. 우선은 나무둥치를 통해 이 길을 쭉 따르는 게 할 수 있는 최선이었다.

얼마 안 있어 탬원은 다른 것을 알아차렸다. 무언가 이상한 것이었다.

터널의 벽과 바닥은 계속해서 색깔과 모양 그리고 질감을 바꾸고 있었다. 가끔은 그저 몇 걸음, 가끔은 2미터가 떨어진 불규칙한 간격으로 터널은 밝은 녹색에서 불그스름한 노란색으로, 또 반투명한 연보랏빛으로 그리고 다시 원래대로 초록빛이 되었다. 그사이, 표면은 홈이 있다가 우둘투둘해졌다가 아주 들쭉날쭉해져 탬원의 발에 굳은살이 두껍게 박혀 있어도 조심스럽게 움직여야 할 정도였다.

온갖 다양한 표면은 섬유질이 잔뜩 박힌 나무처럼 보였다. 하지만 현저하게 다른 종류의 나무처럼 보이고 느껴졌다. 변화무쌍한 벽에서 자라나는 나무 수정까지 있었다. 향기로운 향나무의 빨간 원뿔, 빛나는 흑단의 까만 정육면체, 마호가니의 갈색 나선형, 물푸레나무의 하얀 왕관 모양 그리고 노간주나무의 초록 구까지. 터널에서 변하지 않는 유일한 것은 아래에 깔려 있는 광채와 그 안에서 뛰는 엘라노의 맥박이었다.

여긴 무슨 일이 일어나고 있는 거지?

탬윈이 어리둥절히 걸어갔다. 위대한 나무의 나무둥치는 도처에 폭풍과 산사태로 넘어진 나무와 비슷해야 하는 거 아닌가? 무엇이 이 모든 형형색색의 홈을 만들어냈을까?

터널은 계속해서 이어져 있었다. 끝이 날 거 같은 어떤 표시도 없었다. 위로 오르지도 않았다. 그들은 터널 속에서 수백 번의 변화를 가로지르며 몇 시간 동안 이동하고 난 다음, 멈춰 서서 탬윈의 물통에 든 물을 마셨다. 위대한 나무의 심재에서 난 달콤한 물은 푸짐한 식사처럼 힘을 채워주고, 확실히 기분을 상쾌하게 했다.

그러나 더 많은 시간이 지나면서 몸은 또다시 지쳐갔다. 이 터널은 끝이 없어 보였다! 탬윈은 칼집에서 지팡이를 꺼내어 간간이 몸을 기대었다. 헤니는 걸어가면서 거의 바닥을 쓸 정도로 거대한 손을 축 늘어뜨렸다. 그리고 배티 래드는 마침내 날기를 포기했고, 그 대신 탬윈의 주머니 속을 타고 가기로 정했다.

이상한 홈은 계속되었다. 몇몇은 나무 수정이 여기저기 박혀 있었고, 몇몇은 소용돌이 같은 나뭇결이 넘실거리고 있었다. 그리고 또 다른 몇몇은 분유리*처럼 매끄러웠다. 그들은 가끔 더 작은 측면 터널을 지나기도 했다. 그런데 전부 아래로 비스듬하게 나 있었기에 탐험할 만한 가치가 없어 보였다. 마침내, 터널의 한 부분으로 들어섰다. 그곳은 탬윈에게 이제껏 가장 신비로운 느낌을 주었다. 까맸지만 흑단처럼 윤기가 흐를 정도로 까맣지는 않았다. 이 홈은 숯처럼 칙칙하고 거무튀튀했다. 그리고 아주 오래 불을 피운 냄새가 났다.

탬윈은 멈췄다.

이 나무는 불에 타 버렸어. 확실해.

탬윈은 벽 쪽으로 걸어갔다. 표면을 따라 손끝을 쓸고서는 피부에 남은 얼룩을 살폈다. 요리용 화덕 불에서 생긴 그을음과 전혀 다르지 않아 보였다.

그럼에도 터널의 탄 부분이 어딘지 뭔가 탬윈의 마음을 불안하게 했다. 왠지 위험하게 느껴졌다. 거의…… 사악한 기운이었다.

어째서?

탬윈은 몸을 가까이 숙여 벽을 자세히 살펴봤다. 지나쳐 왔던 다른 나무의 홈과는 달리, 이곳의 결은 거의 액체처럼 보였고 작은 개울처럼 표면 아래에서 흐르는 듯했다. 흙탕물처럼 암적색으로 번들거렸다.

아까 거기서 내 단검이 부러지지 않았다면 이걸 조금씩 벗겨내는 데 쓸 수 있었을 텐데.

대신, 탬윈은 손톱을 사용했다. 새카맣게 탄 나무를 파헤쳐 조각 하나를 뜯어냈다. 손끝에 살짝 난 피를 보고서는 덜렁대는 자신의 모습에 고개를 저었다. 이렇게 매끄러운 곳에서 어떻게 베일 수가 있을까?

---

* 유리 방울에 바람을 불어 넣어 모양을 만든 유리 제품.

갑자기 탬윈의 몸이 굳어졌다. 손가락이 베인 게 아니었다. 피부에 묻은 피는 탬윈의 것이 아니었다. 벽에서 나온 거다!

새카맣게 그을린 나무속에는 결이 아니라 물관이 흐르고 있었던 거다. 피가 흐르는 물관이다. 소스라치게 놀란 탬윈은 열어젖힌 곳에서 아래로 천천히 똑똑 흐르는 붉은 진흙을 빤히 쳐다봤다.

탬윈은 갑자기 진실을 깨달았다. 그들이 지나쳐 온 것은 그저 이상한 나무의 홈이 아니었다. 아니다, 그건 어떤 나무속에서나 볼 수 있는 복잡한 무늬였다. 나무의 몸부림, 경험, 이득과 손실에 관한 이야기를 하는 무늬 말이다.

그건 *나이테*였다.

나무의 나이테였다. 그것도 그중에 가장 웅장하고 키가 큰 나무의 나이테였다. 이제껏 존재해온 온갖 종류의 나무가 들어 있는 나무, 아발론의 위대한 나무다.

특정한 해에 일어났던 뭔가 놀랄 만한 일을 이야기해주기 때문에 나이테 하나하나가 특별했다. 그렇게 탬윈은 이 터널을 따라 이동하면서 여러 계절에 대한 위대한 나무의 추억을 지나갔다. 향나무가 잘 자라고, 벚나무가 꽃을 피우고, 단풍나무 뿌리가 돌처럼 단단하게 땅을 뚫고 나오는 그런 추억을 말이다. 탬윈은 높은 산봉우리 언저리에서 긴 겨울을 견뎌낸 첫 번째 참나무를 지나왔다. 아프리쿠아의 정글에서 자라난 가장 키가 큰 마호가니 숲과, 페얼린 숲이 탄생했을 때 우드루트의 역사를 아름답게 꾸민 가장 향긋한 샘도 지나쳤다.

탬윈은 침울한 느낌이 들었다.

그리고 이제, 폭풍의 전쟁으로 들어섰구나.

한 시대로 늘어나 버린 일 년이었다. 그때 모든 영토마다 숲이 타 버렸고, 바로 그 공기에서 죽음의 냄새가 났고, 강물에는 피가 흘렀다.

템윈은 발을 질질 끌고 지팡이를 탁탁 짚으며 새카맣게 탄 나무를 가로질러 앞으로 걸어갔다. 이상하게 침울해 보이는 혜니는 그림자처럼 가까이 붙어 있었다. 한편, 배티 래드는 용기를 내서 딱 한 번 털북숭이 머리를 호주머니 밖으로 빼꼼 내밀더니, 홀쩍거리며 도로 안으로 쏙 들어갔다.

터널의 이쪽 구간을 지나오는 데 얼마나 오래 걸렸는지, 템윈은 짐작이 가지 않았다. 하지만 마침내 검었던 벽이 잿빛으로, 잔물결 같은 줄무늬의 노란 황갈색으로, 그런 다음 갓 싹을 움튼 양치식물의 초록빛으로 바뀌자, 템윈의 심장이 쿵쾅거렸다. 템윈은 그 오래된 피나 연기 그을린 냄새를 잊을 수 없지만, 아발론의 기억 속에 갱생의 시간인 성숙의 시대가 왔음을 알았다.

확신할 순 없었지만, 터널이 이제 오른쪽으로 점차 방향을 틀고 있는 듯했다. 갑작스럽지 않게, 오랜 시간에 걸쳐서 그랬다. 가끔가다 왼쪽으로 살짝 돌기도 했다. 아니면 템윈이 그냥 그렇게 상상하는 걸까? 정확히 알기는 어려웠다.

설상가상으로, 템윈은 완전히 방향 감각을 잃은 듯한 느낌이 들기 시작했다. 그래서 궁금해졌다.

나무둥치 속 완전히 거대한 공간에서 나는 과연 어디에 있는 거지?

여기서 걷는 건 뿌리-영토 표면을 가로질러 이동하는 것과는 완전히 달랐다. 설령 길을 잃었어도 그곳에서는 도움을 주는 지표를 찾을 수 있었다. 융기선, 산봉우리 또는 저 멀리 나 홀로 나무가 늘 있었다. 그리고 당연히 밤에는 별들을 보고 자기 위치를 알 수 있었다.

하지만 나무속 깊숙한 이곳에는, 그런 지표 같은 건 없었다. 실제로 어디에 있는지는 그저 짐작만 할 뿐이었다. 위나 아래로 가고 있진 않다는 것이 지금 탬윈이 알 수 있는 전부였다. 하지만 그거조차도 완전히 확실하진 않았다. 어쩌면 터널이 정말로 기울어져 있었는지도 모르지만, 감지하기가 어려울 정도라 탬윈은 도저히 알 수가 없었는지도 모른다.

무슨 나침반 같은 게 있으면 좋을 텐데.

탬윈이 계속해서 성큼성큼 걸으며 골똘히 생각했다. 전통적인 나침반이 아니라 위대한 나무 안에서 작동하는 그런 거 말이다. 그런 나침반은 가야 할 어느 곳으로든 탬윈을 안내할 수 있을 테다. 탬윈에게 자세를 세로로, 또는 가로로 하라고 말해줄 수 있을 테다!

자, 그건 뭔가 쓸 만한 것일 수 있다. 하지만 물론, 그건 하나의 아이디어에 불과했다. 그것도 괴상한 아이디어였다.

어쨌든, 지금 당장 탬윈은 그저 진짜로 나무둥치 속 어디에 있는지 궁금할 뿐이었다. 그리고 수년 전에, 자신의 아버지도 같은 목적지를 좇으며 바로 이 터널로 이동을 했었는지도 궁금했다.

바로 그때 탬윈은 예민한 청력으로 멀리서 나는 무슨 소리를 듣게 됐다. 어렴풋이 속삭이는 소리였다. 돌풍처럼 쉭쉭하는 소리가 작아졌다 커졌다 했다. 그런데 더 짙고 억센 것이, 왠지 바람보다 더해 보였다.

셋은 반짝이는 은빛으로 얼룩덜룩한 벽의 매끄러운 한 부분에 다다랐다. 탬윈은 느닷없이 별들이 떠올랐다. 탬윈은 수 세기 전에 마법사의 지팡이의 별들이 처음으로 꺼진 후 멀린이 다시 빛을 밝혔던 그 순간을, 이 나이테가 표시하는 건지 궁금했다. 도움을 줄 수 있는 멀린이 옆에 없어도, 자기가 또는 다른 누군가가 다시 별빛을 밝히기를 바랄 수 있는지도 궁금했다.

한편, 속삭이는 소리가 더 커졌다. 이제는 오히려 물살이 센 강물이 바다로 향하던 길에서 소용돌이치며 빠르게 흐르는 듯했다. 탬원은 뒤따라오는 헤니와 함께 소리의 근원을 찾아 더 빠르게 걷기 시작했다.

그들은 일제히 멈췄다.

"우후, 그림이네."

헤니가 말했다.

그러자 탬원이 다시 말했다.

"그림이 천 개는 되는 듯한걸. 전부 무지 아름다워."

정말로, 천장과 바닥을 포함한 터널 전체가 선명한 색깔과 비범한 세부 양식으로 꾸며져 있었다. 수백 걸음 펼쳐진 거대한 벽화였다! 은빛 표면에는 모든 영토에서의 모든 계절의 복잡한 풍경과 함께, 탬원이 알아볼 수조차 없는 수많은 장면이 그려져 있었다. 거꾸로 자라는 나무, 공중에 떠 있는 산, 보랏빛 도시를 지닌 구름, 꿀 비슷한 것이 흐르는 강 그리고 수평선 너머로 떠 있는 이상한 노란 별의 모습까지도. 말로 표현할 수 없는, 셀 수 없이 많은 세상도 있었다.

주로 어둠으로 이루어진 장면도 있었다. 배경에는 거대한 도시가 흐릿하게 보였다. 그곳은 사방에 밤이 깊었는데도 몇몇 약한 불빛이 여전히 타올랐다. 딱 봐도 두려운 듯 검은 형체가 그림자 속에서 웅크리고 있었다. 탬원은 궁금했다. 저게 섀도루트일 수도 있을까? 어쩌면 음유시인들이 말한 빛을 잃어버린 도시일 수 있을까?

그림이 그려진 장면들 대부분은 생명체로 넘쳐났다. 안개와 이끼 요정, 곱스켄, 소인, 요정, 독수리 종족, 인간과 경쾌한 비행사처럼 몇몇 탬원이 잘 알았다. 별이 빛나는 웅덩이에서 물을 마시려고 우아한 목을 구부리고 있는 사파이어 유니콘도 그려져 있었다.

한 번도 본 적 없는 존재들도 몇몇 있었다. 특히 눈에 띄는 건 주홍 불꽃에 완전히 둘러싸인, 날개 달린 남자 또는 여자를 닮은 생명체였다. 그 생명체들은 벽화 여기저기에 그려져 있었는데, 다른 생명체를 구하거나, 아름다운 건물을 짓거나 또는 아래 세상 너머 위로 높이 솟아오르는 모습처럼 극적이거나 심지어 영웅적인 상황으로 묘사되었다.

삭막하게 그려진 한 장면에서는, 하늘의 왼쪽 반은 몹시 밝은 반면 오른쪽 반은 크게 그늘져 있었다. 불을 내뿜는 한 무리의 사람들이 밤에서 낮이 되는 왼쪽을 향해 날고 있었다. 아니 어쩌면…… 어둠에서 나와 빛 속을 향하고 있었는지 모른다.

탬윈은 한참 동안 그림을 들여다봤다. 궁금한 마음이 들었다. 이 사람들은 별들에게로 날아갈 수 있었을까? 만약 그렇다면, 몇몇 유한한 생명체도 실제로 성공적으로 여행을 했단 뜻인가? 아니면 이 그림은 그들이 했던 일이 아니라 탬윈처럼 간절히 바랐던 일에 관한 것일까?

탬윈은 장면을 가까이서 보며 사람들을, 그리고 그들의 날개와 주홍 불꽃을 자세히 살폈다. 도대체 그들은 누구인가?

아야노윈.

설명할 수도 없는 데서 그 단어가 그냥 머릿속에 딱 떠올랐다. 그리고 그때, 불가사의하게도 탬윈은 그 뜻을 알았다.

불꽃 천사.

탬윈은 손바닥의 불룩한 부분으로 머리를 두드렸다.

불꽃 천사? 말도 안 되는 소리!

첫째, 여기에 말하는 사람이 아무도 없는데 어떻게 무슨 말을 들을 수 있을까? 그리고 둘째, 아무리 기이해도 어떤 생명체도 그런 불꽃에 휩싸인 채 오래 살 수는 없다. 탬윈과 스크리가 파이어루트에서 쫓아다니곤 했던 도롱뇽조차도 화염 분출구에서 목욕하는 걸 엄청 좋아했는데, 자주 식혀줘야 했다. 안 그러면 구워질 테니 말이다.

탬윈은 새로 그려진 인물을 흘끗 보았다. 숨이 턱 막혀 왔다. 이전에 꿈속에서 이 인물을 여러 번 봤었기 때문이다. 키가 크고 다부지게 생긴 남자였는데, 손질되지 않은 덥수룩한 회색 머리카락이 어깨 뒤로 흩날리고 있었다. 그리고 손에는 타오르는 횃불을 들고 있었다.

크리스탈루스! 그러니까 누구든 이 벽화를 그린 사람은 그에 대해 들은 적이 있다. 혹은 어쩌면 그를 알 수도 있었다.

탬윈은 수심에 잠긴 채 지팡이의 윗부분을 톡톡 두드리며 천천히 한 바퀴를 돌았다. 그러면서 줄줄이 늘어선 그림들을 살폈다. 퍼뜩 이해가 되었다. 이 벽화는 사실 하나의 이야기였다. 위대한 나무의 나이테처럼 말이다. 아발론의 이야기였다! 하지만 세상에 대한 이야기를 나무의 관점에서 하는 대신에, 이 벽화는 화가의 관점에서 들려주었다.

누가 화가였을까? 그 사람은 얼마나 오래전에 살았을까? 어떤 종족의 일원이었을까? 광대한 아발론의 어디에서 살았을까? 그 사람이 이 터널과 벽화도 만들었을까?

탬윈은 고개를 흔들었다. 질문들에 대한 답은 없었다. 찾을 수 있는 게 하나도 없었다.

바로 그때 천장에 그려진 새로운 장면이 눈에 들어왔다. 처음에는 드문드문 초록 줄무늬가 들어 있는 진한 갈색의 높은 수직 기둥이라 생각했다. 하지만 맨 위 안개 사이로 반짝거리는 몇몇 별들과 나뭇가지의 첫머리처럼 보이는 것을 보았을 때, 그게 정말로 무엇인지 탬윈은 알았다. 위대한 나무의 나무둥치였다!

탬윈은 숨을 죽이며 그림에서 다른 무언가를 보았다. 나무둥치 한쪽

꼭대기 가까이에 옹이처럼 밖으로 불룩 튀어나온 혹이 있었다. 그 가운데에는 그릇 모양의 깊은 골짜기가 위에 있는 나뭇가지를 마주 보고 있었다. 완벽하게 둥근 골짜기는 파이어루트에서 본 적 있는 분화구가 생각나게 했다. 그 선명한 초록 빛깔은 제외하고 말이다. 갑자기 탬윈은 멀린의 옹이구멍에 대한 아버지의 표현이 기억났다. *거기서부터, 누구나 별들에게로 이어지는 위대한 나무의 바로 그 나뭇가지를 볼 수 있다.*

탬윈은 놀란 마음에 고개를 끄덕였다.

멀린의 옹이구멍.

이내 무언가 이상한 낌새를 알아차렸다. 가느다란 은빛 리본이 옹이구멍에서 드리워져 나무둥치의 아랫부분을 향해 휙 떨어지고 있었다. 거의 투명한 획으로 연하게 칠해져 있어서, 실제로 나무껍질보다 훨씬 아래 나무둥치 속 깊숙한 무언가를 나타내는 건 아닌지 구별하기가 어려웠다. 그게 무엇이든지 간에, 거의 수직에 가까운 계단처럼 가파르게 기울어져 있었다.

저것이 옹이구멍으로 가는 계단일까? 그렇다면, 어떻게 찾아내지?

탬윈이 미간을 찌푸렸다. 또 질문이라니!

다시 한번, 탬윈은 터널 아래 저 멀리서 나는 특이한 소리를 알아챘다. 지금은 속삭이고, 지금은 쉭쉭거리고, 지금은 멀리 떨어져 있는 북처럼 쿵쾅거렸다.

도대체 저게 뭐지?

탬윈은 하다못해 질문 하나라도 답을 알아낼 각오를 하며 소리를 향해 몸을 돌렸다.

18

소용돌이

소리는 점점 더 커졌다. 끝없는 천둥처럼 멀리서 우르릉거렸다. 탬윈과 친구들은 선명하게 그려진 벽화의 끝을 지나 터널 벽과 천장에 이끼가 드리워져 있는 구역으로 들어섰다. 엘 우리엔의 안개 낀 숲에 있는 것만큼 풍성하고 무성했다.

정말로, 공기 그 자체가 안개로 짙어졌다. 물방울이 탬윈의 코에 맺혀, 지팡이를 타고 흘러 한 걸음 내디딜 때마다 발목에서 털렸다.

그사이 소리는 커지고 또 커져 터널 안에서 메아리쳤다. 헤니가 탬윈의 소매를 당겨 무슨 말을 하는 동안, 배티 래드는 호주머니 가장자리에서 입 모양으로만 말을 했지만 들리지가 않았다. 바로 그때 터널은 왼쪽으로 홱 꺾였고 이끼 낀 돌출부로 통했다. 그들 가운데 누구도 본 적 없는 최고로 놀라운 경관이었다.

엄청난 크기에 어마어마한 힘을 가진 폭포가 위로 멀리, 그리고 아래로 멀리 펼쳐져 있었다. 수많은 성난 오거처럼 우르릉거리며 위도 아래도 안 보이는 거대한 동굴의 벽을 쾅쾅 쳤다. 나선형의 물보라 기둥이 하늘 높이 솟구쳤다. 폭포가 줄기차게 위쪽으로 우르르 퍼져 나가며, 그들이 서 있는 돌출부에 물을 쏟았다.

위쪽으로?

탬윈은 흠뻑 젖은 지팡이에 기대어 위와 아래를 번갈아 가며 바라봤다. 여전히 자신의 두 눈을 선뜻 믿을 수가 없던 탬윈은 조심스레 미끄러운 가장자리 가까이로 움직였다. 그러고는 칼집에 지팡이를 집어넣은 다음 최대한 용기 낼 수 있는 만큼 살금살금 기어 나갔다. 이 모든 물의 수원지를 내려다봤다.

그렇다, 수원지 말이다. 작은 폭포는 위대한 나무의 나무둥치 안, 이 동굴 같은 샘 위쪽으로 정확히 탬윈을 향해 올라왔다. 비단 그뿐이 아니었다. 물이 아래로 콸콸 쏟아지는 방식대로 위로 똑바로 올라가진 않았다. 대신에 소용돌이치며 솟아올랐다. 태초부터 빙글빙글 도는 물기 많은 무용수처럼 우아하게 끊임없이 돌았다.

그때 탬윈은 다른 걸 더 알아차렸다. 물이 별 쪽으로 올라가자, 빛이 뿌리 쪽으로 떨어졌다. 게다가 나선형으로 움직이는 둘둘 감긴 빛의 기둥이 폭포를 누비며 들어왔다 나갔다 했다. 각각의 요소가 제짝과 닿듯이 서로서로 휘감겨 있는 나선 하나하나가, 물방울이 별처럼 빛나고 빛줄기가 반짝이는 시내처럼 흐르게 했다.

헤니도 가장자리로 기어 나와 깜짝 놀란 표정을 지으며 일행을 향해 돌아봤다. 탬윈은 그렇게 온전히 경이로움으로 가득 찬 은빛 눈동자를 본 적이 없다. 그리고 자기 눈도 비슷비슷하게 보일 거라 확신했다. 탬윈은 그런 터무니없는 행동을 보고, 어쩌면 이 홀라가 정말로 함께하는 여정 동안 변했을지도 모른다는 생각이 들었다. 정말로, 헤니는 여전히 변함없이 장난기 많고 믿음이 가지 않았지만, 적어도 지금은 합리적인 행동을 했다. 게다가 아무리 숨기려고 애를 써도, 존중하는 기색이……

자기 목숨까지는 아니더라도 주변 환경에게 있었다.

탬윈은 하나는 올라가고 다른 하나는 내려가는 물과 빛의 두 소용돌이를 다시 돌아봤다. 둘은 쉴 새 없이 오르내리며 한없이 우아하게 움직였다. 탬윈은 넋을 잃고 바라보다 갑자기 깜짝 놀라 기대앉았다.

그러고는 젖은 머리털을 흔들며 열심히 귀를 기울였다. 설마? 마침내, 정말로 맞다는 결론을 내렸다.

음악. 벼락 치듯 쿵쾅거리는 물줄기 아래 소용돌이치며 피어오르는 작은 폭포 밖으로, 생기 넘치고 경쾌한 음악이 크게 들렸다. 거대한 북처럼 쾅쾅거리고, 멀리 있는 뿔피리처럼 소리가 더 커지고, 갓 만든 종처럼 크게 울리는 그 순간에도 물이 공기를 가르며 헤엄치자 피리처럼 삘리리삘리리 소리가 났다.

사방에서 그리고 안에서도 마찬가지로 음악은 빙빙 돌았다. 탬윈은 물과 빛의 폭포만큼은 아니지만 음악도 소용돌이치며 움직이고 있다는 걸 깨달았다. 높은 음은 위로 빙빙 돌고 낮은 음은 아래로 둘둘 감겼다. 전부 똑같이 율동적인 소리로, 똑같이 끝없는 춤으로 연결되어 있었다.

"헤니, 저 소리 들려?"

탬윈이 부풀어 오르는 음악 소리를 들으며 꿈꾸듯 말했다.

소용돌이치는 음에 감동을 받은 탓인지 헤니가 긴 팔로 탬윈의 어깨를 감쌌다.

어쩌면 아닐 수도 있고.

어떤 경고 따위도 하지 않고, 홀라는 탬윈과 배티 래드를 함께 데리고 돌출부에서 곧장 물속으로 뛰어들었다.

"히히야하하하아아아아!"

헤니가 외쳤다. 이내 콸콸 쏟아지는 폭포에 말이 삼켜지고 말았다.

바로 그때 폭포가 모두를 집어삼켰다.

갑자기 탬원은 더는 음악이 들리지 않았다. 여기저기에 물벼락만이 쏴아 쏟아져 내렸다. 온몸을 두들겨 맞듯 난타당하며 쥐어뜯겼다. 입과 눈, 귀 모두에 물이 들어찼다. 또한 허파 때문에 구역질이 나고 끔찍이도 기침을 해댔다. 공기를 좀 내쉬려고 헛구역질을 했지만 물만 더 들이마실 뿐이었다.

물세례가 탬원에게 쏟아졌다. 비보다는 망치처럼 무자비하게 계속 내리쳤다. 탬원은 얼굴과 가슴, 등을 맞으며 데굴데굴 굴러갔다. 물은 탬원을 세게 밀쳐 빙빙 돌린 다음 떨어뜨렸다. 옷의 일부가 찢겨지더니 눈 깜짝할 사이에 사라져 버렸다.

물은 시종일관 탬원을 품고서 수 미터의 수직 거리를 재빠르게 높이 더 높이 데리고 갔다. 강한 상승 기류에 걸린 자그마한 씨앗처럼, 탬원은 위대한 나무의 나무둥치 안에서 떠올랐다.

공기! 공기가 필요해!

모든 것이 빙빙 돌자 탬원의 마음이 어두워졌다. 희미한 의식으로도, 탬원은 자신이 아발론의 위쪽으로 옮겨지고 있다는 걸 알았다. 그러면 죽고 난 뒤에는 몸이 훨씬 더 높이 떠오를 거다. 하지만 그게 지금 무슨 소용이란 말인가? 탬원은 결코 별들에 다다르거나, 아버지를 찾거나 또는 엘리를 다시 볼 수 없을 테니 말이다. 지금 이 순간에 엘리가 떠오르다니, 마지막 생각은 그저 뜻밖이었다.

탬원 자신이 물이 아닌 공중으로 휙 날아가 폭포에서 내던져진 느낌이 막연하게 들었다. 몸이 무언가 딱딱한 곳으로 쿵 떨어지더니 데굴데굴 굴러 벽에 부딪쳤다. 탬원은 조금도 움직이지 않고 그 자리에 누워 있었다.

19

하골의 은신처

작은 요정 배를 탄 엘리와 일행이 해안 지대의 둥근 등성이에 가까워지자, 그 일이 일어났다.

무지개 바다에서 거대한 머리 네 개가 무지갯빛 물방울 세례를 퍼부으며 갑자기 물 밖으로 올라왔다. 어떤 경고도, 브리오나가 항로를 변경할 어떤 가능성도 없었다. 갑자기 쉭하는 물보라를 내며 머리가 엄청나게 긴 목에 떠받쳐진 채 물결을 헤치고 나아갔다. 머리가 배의 옆면마다 하나씩, 뱃머리와 뱃고물에도 하나씩 있었다. 가늘고 반짝거리는 눈 네 쌍이 일행을 뚫어지게 내려다봤다.

"용이다!"

엘리가 머리 위로 높이 치솟은 비늘 덮인 목과 턱을 올려다보며 외쳤다.

류가 매섭게 말했다.

"우리를 자기들 은신처로 안내하려나 봐. 우리가 길을 잃지 않게 하려고."

그러고는 어깨에 앉은 매를 흘끗 보더니 모자에서 물보라를 털어냈다.

"거참 친절하기도 하네."

뉴익이 덧붙였다. 피부색이 보랏빛에서 탁한 잿빛으로 어두워졌다.

깜짝 놀라 배의 옆면에 쓰러져 있던 심이 위쪽을 보려고 목을 길게 내뺐다.

"쟤네들 무지하게 커! 오래전에, 한때 내가 컸던 것처럼."

그렇게 용들이 있었다. 집채만큼 커다란 머리에는 푸른 기가 도는 이빨이 줄줄이 나 있었다. 올라갔다 내려갔다 하는 긴 목처럼, 머리도 모든 물 용에게 공통으로 있는, 얼음처럼 차갑고 빛나는 밝은 파란색 비늘로 덮여 있었다. 거대한 콧구멍 아래와 삼각 모양 귀 안쪽 비늘은 초록 바닷말로 줄무늬가 들어가 있었다.

물결 너머로 거대한 몸의 일부만이 솟아올랐다는 걸 깨달은 엘리는 배의 옆면을 눈여겨봤다. 거대한 가슴에 넓적한 등과 강한 꼬리를 지닌 어슴푸레한 용의 형상이 알록달록한 물을 헤치며 움직이는 모습이 보였다. 큼직큼직, 천천히 꼬리를 앞뒤로 획획 내저어 세찬 해류처럼 파문을 일으켰다.

한쪽 면마다 용들이 길게 뻗은 다리를 이용해 배를 끌고 있었기에, 브리오나는 방향키에서 손을 뗐다. 그러고는 투덜거렸다.

"우리가 조종하는 걸 믿지도 않아."

이에 대답이라도 하듯, 엘브란켈프 돛이 바람에 요란하게 펄럭이기 시작했다.

재빠르게, 용들이 한마음으로 매끈한 목을 기울여 해안의 굽이진 곳을 돌고 나서, 동굴로 구멍이 나 있는 가파른 검은 절벽을 향해 배를 끌었다. 유난히도 바다를 삼키려는 거대한 입처럼 벌어져 있는 한 동굴로 향했다. 그 가장자리의 둘레에는 수천 개의 짙은 파란색 껍데기가 소용돌이치듯 파도 같은 무늬로 배열되어 가지런히 놓여 있었다. 증기가 끊임없이 소용돌이치는 워터루트의 흐릿한 불빛 속에서도 껍데기는 사파이어만큼이나 밝게 반짝거렸다.

그들은 용의 호위를 받으며 동굴의 벌어진 입구 속으로 미끄러지듯 나아갔다. 엘리와 브리오나는 두려운 눈빛으로 서로를 힐끔 쳐다봤다. 그러나 안으로 들어서자, 둘의 표정은 놀라움으로 바뀌었다. 안이 어두울 거라 예상했지만 실제로 터널은 빛에 휩싸여 있었기 때문이다. 진주 같은 빛을 내뿜는 수십 개의 횃불이 벽에 늘어서 있었다. 하지만 이건 평범한 횃불이 아니었다. 바다 자체에서 걸러낸 인광 분자로 가득 찬 바다유리의 거품이었다.

녹은 별들처럼 횃불은 터널의 돌벽을 비추며 반짝거렸다. 그때 난데없이 여행자들의 주위에서 거대한 동굴이 열렸다. 동굴 벽은 보라, 파랑, 에메랄드빛으로 희미하게 반짝였다. 마치 표면의 홈마다 보석이 박혀 있는 듯했다.

"전복 껍데기야. 보이는 곳마다 있어! 나무껍질이 나무를 덮는 것처럼 이곳을 완전히 덮고 있네."

브리오나가 경외심이 가득 담긴 목소리로 말했다.

배 안의 일행은 입을 떡 벌린 채 빛나는 주변을 바라봤다. 매 카타조차도 경외심을 드러내며 빽빽 울어댔다. 껍데기로 덮인 벽은 동굴 바닥을 이룬 커다랗고 둥근 물웅덩이에서 바로 솟아올라 머리 위로 높이 아치 모양으로 굽어져 있었다. 꼭대기에 모인 벽에는 은빛 껍데기로 된 엄청난 경계선이 천장까지 길게 죽 나 있었다. 사방에 빨강, 주황, 금빛 바다별의 복잡한 선들이 넓은 켈프 그물을 만들거나, 또는 캄캄한 밑바닥으로 뛰어들며 거친 바다를 항해하는 용들을 복잡한 모자이크로 만들어내고 있었다. 멀리 떨어진 구석, 신선한 물이 경계를 따라 웅덩이 속으로 흘러내리는 곳에서 수십 마리의 은빛과 분홍빛 연어가 뛰어오르며 첨벙거렸다. 온 동굴이 색으로 반짝거렸다. 동굴은 물 자체만큼이나 무지개 바다의 큰 부분을 차지하고 있었다.

엘리는 숨을 크게 들이쉬었다. 동굴은 바다 소금, 켈프, 따개비와 물새 냄새가 났다. 수백 마리의 가마우지, 갈매기, 바람노래 아비, 날게, 왜가리, 물총새와 다른 많은 새들이 웅덩이를 에워싼 돌출부와 바위 속으로 깊숙이 뚫린 여러 측면 동굴에 옹기종기 모여 있었다. 엘리는 공기가 여전히 신선한 사과의 기운을 머금고 있다는 걸 깨달았다. 바다나 전복 껍데기와는 또 다른 냄새가 모든 것에서 풍기고 있었다.

용들의 냄새였다. 썩은 생선만큼 강하고, 바닷말로 덮인 절벽처럼 오래되고, 바다 자체만큼 짠 냄새였다. 몇몇 더 많은 용들이 웅덩이 가장자리를 헤엄치며 터널 입구를 순찰했다. 유달리 터널 하나가 엘리의 주의를 끌었다. 으스스한 초록색 빛으로 빛나고 있었기 때문이다. 용들은 헤엄을 치며 반은 흥얼흥얼, 반은 꾸르륵거리는 낮고 묵직한 소리를 냈다. 거대한 몸이 경이로운 바다를 헤엄치는 느낌을 담은 깊고 힘찬 노래였다.

배가 멈췄다. 모습을 드러냈을 때처럼 갑작스럽게, 호위를 하던 용 네 마리가 웅덩이 속으로 도로 뛰어들었다. 일제히 첨벙 소리와 함께 머리가 사라져 버렸다. 배 위에 누군가가 뭐라고 말도 하기 전에, 또 다른 머리가 바로 앞에서 솟아올랐다. 아까 그 머리 네 개를 합친 것보다 더 큰 머리였다.

머리가 웅덩이 밖으로 서서히 올라오자 물의 흐름이 거대한 용의 머리로 향했다. 그런데 머리가 더 높이 솟아오르지는 않고, 환한 요새가 물 위에 얹혀 있듯 수면에 둥둥 머물러 있었다. 황금빛 산호를 깎아 다

이아몬드, 비취 조각과 에메랄드를 박은 거대한 왕관이 용의 이마에 얹혀 있었다. 보석이 다닥다닥 붙은 수백 개의 따개비가 얼음처럼 차가운 용의 파란 비늘 여기저기에 점처럼 찍혀 있었다. 다 자란 가문비나무만큼 길쭉한 수많은 이빨이 거대한 까만 입술 사이에서 반짝거렸다. 커다란 요정 선박만 한 크기의 거대한 귀에는 수천 개의 검은 진주를 켈프 끈에 한데 꿰어 만든 귀고리가 달려 있었다. 머리를 움직일 때마다 귀고리가 요란스럽게 짤랑거렸다.

용의 눈은 시종일관 그들을, 특히 엘리를 살폈다. 거대한 타원형 눈은 총기로 반짝거렸다. 정말이지, 살아 있는 관문처럼 불타는 듯한 초록색 빛으로 달아올랐다.

"내 은신처에 온 걸 환영한다."

울림이 깊은 목소리가 지난밤의 천둥처럼 크게 들려왔다. 우르릉거리며 끝없는 물결처럼 출렁대는 말소리는 메아리가 되어 동굴 벽마다 울려 퍼졌다. 일행은 이것이 물 용의 최고 지도자 하골의 목소리라는 걸 깨달았다.

"우리는 이렇게 뛰어나신 두 손님을 맞이하게 되어 영광이다."

거대한 용에 겁을 먹은 엘리는 어리둥절하기도 했다.

"저희도 영광입니다, 최고 지도자시여."

엘리가 배 한가운데에 최대한 당당히 서서 분명히 말했다.

"하지만 달랑 우리 둘만 있진 않아요."

"내 말 바꾸지 마라!"

용이 큰 콧구멍을 벌름거리며 쿵하는 소리를 냈다.

"절대 바꾸지 마라! 우리 종족의 옛 속담을 들어본 적 없단 말인가? *헨잘라 마크 세브라나쉬.* 공통어로 하면, 왕족은 알 만한 가치가 있는

262

것은 다 안다. 게다가, 땅의 요정들도 말하지. *용과 언쟁을 벌이는 자는 두 번 다시 왈가왈부하지 않는다.*"

용은 반쯤 물어뜯은 거대한 오징어 머리를 털썩 내려놓고는 이를 부득부득 갈았다.

"뛰어나신 손님 두 분이 있고, 그분들을 모시고 온 나머지 너희들이 있는 거다."

갑자기 엘리는 알아들었다. 용이 말한 손님은 귀중한 수정 두 개를 의미했다! 엘리가 목에 걸고 있는 엘라노의 수정과, 뉴익의 허리에 묶인 갈라토가 진정으로 용의 소중한 손님이었다. 그리고 용이 그걸 얼마만큼 귀하게 여기는지는 머지않아 알게 될 테다.

"너희 생명체가 가지고 온 건 비단 보석이 아니다. 너흰 보기 힘든 아름다움, 거대한 불가사의, 그리고 헤아릴 수 없는 힘을 가지고 왔다."

용은 마치 아주 맛있는 간식을 맛보듯 검은 입술을 핥았다.

"아주 오랜 세월 동안 그리도 놀라운 수정을 보지 못했다."

류가 어깨 위에 있는 매 카타와 함께 엘리 옆에 서려고 배를 흔들거리며 일어나 가운데로 움직였다. 섬을 넘어가야 했다. 작은 친구가 뱃머리에서 웅크린 채 눈앞에 솟아오른 짐승의 모습을 보며 떨고 있었기 때문이다.

"우리는 아주 먼 곳에서 왔습니다."

류가 큰 소리로 알렸다. 그러고는 긴 팔을 쫙 펴서 엄청난 얼굴에다 손짓했다.

"위대하신 최고 지도자시여, 우리는 당신에게 부탁할 게……."

"너희가 왜 왔는지 난 이미 안다!"

하골이 고개를 흔들 때마다 거대한 귀고리가 요란스레 짤랑거렸다.

그러는 사이 한쪽 귀 끝에 내려앉았던 두루미가 꽥꽥 울며 날아갔다.

"너희는 새로운 힘을 가진 수정이 있는 위치를 알려고 하겠지. 이 수정과…… 그리고 다른 수정을 찾으려는 너희의 강한 욕구가 느껴졌다."

엘리는 자기들은 새 수정을 손에 넣으려는 게 아니라 오히려 파괴하길 원한다는 걸 설명하려고 했다. 하지만 말문이 막혔다. 엘리는 어떻게 용의 반응을 확신할 수 있을까? 진기한 수정을 그렇게나 즐기는 용이라면, 그걸 끔찍한 죄악이라고 여기려나?

엘리가 목청을 가다듬었다.

"우리가 뭘 하려는지에 대해선 당신 말이 맞습니다, 최고 지도자시여. 우리의 친구이신 호수 여인께서 당신이 우릴 도와줄 수 있다고 말씀하셨습니다."

거대한 초록 눈에서 빛이 어슴푸레하게 빛났다.

"여인이?"

하골은 새삼 존경하는 기분으로, 혹은 어쩌면 주의하는 마음으로 그들을 보는 거 같았다.

"내가 너희들을 도울 수 있다니 여인이 정확히 맞았군. *일리 업쏠 에씨밀.* 에어루트의 안개 소녀들이 말했듯이, *용의 지식은 하늘보다 넓다.* 하지만 그러한 문제는 시간을 필요로 하지, 너희도 알겠지만."

"마침 우리한테는 없는 거군."

뉴익이 툴툴거리며 속삭였다. 그러고는 엘리의 품 안에서 꼼지락거리더니 목소리를 높였다.

"대체 우리를 얼마나 기다리게 할 작정이야?"

초록 눈이 살짝 실눈을 뜨며 요정을 바라봤다.

"내가 원하는 만큼. 원하면 한평생이라도!"

용은 화가 나 우르릉거렸다. 그러고는 한쪽 콧구멍에서 파란 얼음을 흥 내뿜었다. 얼음은 큰 소리로 첨벙거리며 물에 부딪쳤고 곧바로 일행의 배만큼 큰 덩어리로 굳어졌다. 근처에서 수영하고 있던 운 없는 바다 수달이 갑자기 당황하여 꽥 소리를 냈다. 앞다리가 꽁꽁 얼어 버렸기 때문이다. 수달이 도망치려고 구르고 배배 꼬며 격렬하게 발버둥을 치니 마침내 얼음이 깨졌다. 수달은 또 한 번 꽥 소리를 지르며 수면 아래로 뛰어들어 헤엄쳐 가 버렸다.

엘리와 다른 이들은 배 위에서 불안한 눈빛을 주고받았다. 동시에, 주변을 순찰하던 용들이 곧바로 노래 부르는 걸 그만뒀다. 그러고는 최고 지도자를 향해 몸을 돌려 최대한 주의를 기울여 바라봤다. 마침내 하골이 오만하게 귀 한쪽을 휙휙 움직였다. 경호원들이 물살을 가르며 다시 움직이기 시작했고, 노래도 다시 불렀다.

"나한테서 많은 것을 요구하는군."

하골은 살짝 부드러운 목소리로 딱 잘라 말했다.

"아주 많이. 너희가 찾는 그 수정을 찾으려면, 내 감각을 최대한 늘려야 한다. 그리고 또 나는……."

하골의 목소리가 동굴 안에서 울려 퍼지더니 점점 작아졌다. 그러고는 최고 지도자에 걸맞게 천천히 눈을 깜짝인 다음 이어 나갔다.

"나는 또한 반드시 유혹을 견뎌야 한다."

엘리는 침을 꼴깍 삼켰다. 무슨 유혹을 뜻하는지 물어볼 필요가 없었다.

"그러니까 너희의 요청을 고려하는 동안, 너흰 여기 있어야 되겠다. 너희 모두."

"하지만 저흰 시간이 별로 없……."

엘리가 입을 뗐지만, 최고 지도자가 말을 가로막았다.

"그르르르르르렁! 기다리는 동안, 마음껏 먹어라."

심의 어두운 귀조차도 마지막 말의 의미를 파악한 듯했다. 작은 거인
은 갑자기 덜덜 떠는 걸 멈추고 목을 길게 빼고 둘러봤다.

"하지만 최고 지도자시여, 저희는……."

엘리가 또다시 입을 뗐다.

"경호원!"

하골이 우레 같은 목소리로 명령했다. 그 바람에 몇몇 바다별들이 부
서져 웅덩이 속으로 풍덩 떨어졌다.

"저들을 식당으로 데리고 가라."

20

캐비아 케이크

엘리의 이의에도, 보석을 두른 하골의 머리는 웅덩이 수면 아래로 곤두질했다. 갑작스러운 하강에 물결이 일행의 배를 거의 휩쓸었다. 용 경호원 한 무리가 곧바로 도착하지 않았다면, 그들은 홱 뒤집혔거나 적어도 심이 배 밖으로 사라질 수도 있었다. 파란 비늘이 덮인 용 네 마리는 속도와 정확성을 드러내며 길게 뻗은 다리로 배가 흔들리지 않게 했다. 그런 다음, 힘찬 꼬리로 일제히 휙 쓸며 배를 측면 터널로 안내하기 시작했다.

심이 배 안에서 버둥거리며 입맛을 다시고는 말했다.

"걱정하지 마, 얘들아. 그냥 먹을 데로 우릴 데려가는 거야."

"정말이지, 거참 꽤 좋게 들리네! 저 바다별을 먹을 수 있을 정도로 난 배가 고프거든."

류가 덧붙였다.

어깨 위의 매가 찬성하듯 빽빽거렸다.

"감옥에 끌려가는 느낌인걸요. 식당이 아니라요."

엘리가 딱딱거렸다.

"아니면 우리가 다음 식사가 될 식당이거나."

엘리의 품 안에서 요정이 툴툴거렸다.

여전히 최고 지도자에게 신경질이 난 엘리가 끄덕거렸다. 그러고는 가슴 앞으로 팔짱을 낀 채 배 한가운데에 도로 앉았다. 측면 터널로 들어서려는 바로 그 순간, 엘리는 으스스한 초록 불빛이 깜박거리던 터널 근처라는 걸 깨달았다. 초록빛을 띠는 입구를 지나자, 엘리가 안을 자세히 살폈다. 하지만 벽에서 덜덜 떨리는 이상한 그림자 말고는 아무것도 보이지 않았다.

그들은 측면 터널 아래로 미끄러지듯 나아갔다. 난데없이 새로운 동굴로 이어졌다. 최고 지도자를 만났던 중앙 동굴보다 훨씬 더 작고 천장이 낮았다. 또한 훨씬 더 소박하게 장식되어 있었다. 굴과 조개껍데기가 벽에 교차되며 줄줄이 박혀 있고, 우아하지 않은 무늬의 바다별들이 있었다. 하지만 중앙 동굴보다 한 가지 좋은 점이 있었다.

음식.

가장자리 주변, 물 높이 바로 위 벽에 튀어나온 암석 돌출부에는 산호를 깎아 만든 묵직한 탁자가 놓여 있었다. 그저 조금이 아닌, 십여 개도 더 되는 탁자들이 동굴을 빙 에워쌌다. 그리고 탁자마다 풍부한 해산물이 산더미처럼 쌓여 있었다.

생선찜이 든 거대한 냄비 옆에는 엄청 큰 그릇에 연어와 딜 푸딩, 생선회, 가리비와 짭짤 켈프 샐러드, 그리고 류의 손바닥만 한 크기의 새우가 들어 있었다. 보라색 마름 열매가 가득 든 거대 조가비, 크릴로 채운 버섯, 신선한 산호 양파, 설탕 장어, 그리고 당연히 물개의 진한 젖으로 만든 녹은 버터도 있었다. 주황, 파랑, 초록의 갈라진 게가 산더미처럼 쌓여 탁자 두 개를 가득 덮었고, 다양한 해저 향신료가 곁들여 있었다. 브리오나만큼 크고 심만큼 넓적한 큰 그릇에는 몹시 뜨거운 전복 수프, 굴 스튜 그리고 게 비스크가 담겨 있었다. 석쇠에 구운 가재, 찐 참치, 게 캐서롤*, 졸인 도미 그리고 고등어 스테이크로 메뉴를 풍성하게 했다. 아주 잘 만들어진 치즈 켈프 비스킷은 탁자마다 바구니에 가득 쌓여 있었다.

여행자들은 골칫거리를 잠시 잊은 채 잔칫상에 득달같이 달려들었다. 류가 먼저 가서 바다 소금에 굴린 엄청 큰 새우를 들었다. 그사이 엘리는 굴 스튜가 담긴 전복 껍데기 그릇을 들이키기 시작했다. 카타는 열렬하게 빽빽 울어대며 발톱으로 조가비를 뜯어 열었다. 브리오나와 뉴익은 짭짤 켈프와 다른 채식 메뉴를 챙겼다. 반면 심은 자기의 식단을 제한하려는 어떤 노력도 전혀 하지 않았다. 작은 거인은 아무것에나 물개 버터 한 그릇을 쏟아 넣으면 풍미가 좋아진다는 걸 아주 빠르게 알아냈다.

손가락은 끈적거리고 생선 같은 냄새가 났기에, 그들은 바다벌꿀 술과 워터베리 맥주가 든 산호 머그잔을 마시며 식사를 씻겨 내렸다. 하지만 류가 표현한 대로, 그들은 '속이 꽉 찬 그런 버섯'처럼 배가 불렀지만, 후식을 먹을 배는 가까스로 남겨놓았다. 용의 부엌에서 흰 날개 앨버트로스들이 날아서 곧장 가지고 와서 여전히 김이 모락모락 나던 캐비아 케이크는 바로 먹어 치워졌다. 오렌지케이퍼 크림 파이, 바다라임 타르트, 소금물베리 코블러** 그리고 심해초콜릿 트뤼플***도 그러했다.

드디어 배가 불룩해진 그들은 터널의 상부 끝에 있는 움푹한 곳으로

---

* 찌개나 찜 비슷한 요리의 통칭.

** 과일 파이의 한 종류.

*** 초콜릿 과자의 일종.

이끌려 갔다. 바다유리 횃불 두 개가 진주 같은 빛을 발하며 그 공간을 밝혔다. 한마디 대화도 없이, 지친 여행자들은 해면양치식물로 두껍게 켜켜이 쌓인 깔개에 몸을 쭉 뻗고 누웠다. 그러고는 즉각 잠이 들었다.

그런데 엘리가 깨어났을 때, 머릿속에 딱 한 가지 생각이 들었다. 간단명료하게, 그들은 포로였다. 그다음 닷새 동안, 물 용들은 엘리에게 생각을 바꿀 이유를 전혀 주질 않았다. 일행 모두가 할 수 있는 거라고는 먹고, 좀 더 먹고, 자고, 움푹한 곳의 반짝거리는 물속에서 가끔씩 수영하는 거였다.

최고 지도자를 만나게 해달라는 엘리의 잦은 요청은 그저 무시당했다. 일행을 살피려고 규칙적인 간격으로 헤엄쳐 건너온 용 경호원들이 교대로 감시하자, 엘리와 친구들은 자신들의 운명을…… 그리고 아발론의 운명을 걱정할 수밖에 없었다. 감금되어 있는 날이 지나갈수록 탐험에서 성공할 가능성은 점점 더 낮아졌고, 조만간 어느 시점에 완전히 사라져 버릴 거다.

닷새째 밤에, 엘리는 갑자기 뉴익이 발로 갈빗대를 세게 훅 차는 바람에 잠에서 깼다. 요정을 보려고 바로 앉자, 뉴익의 피부가 할리아의 산봉우리 꼭대기에서 환영으로 봤던 이상하고 어두운 그림자와 같은 색인 진한 검은색으로 바뀌어 있었다. 무슨 꿈을 꿨는지 물어볼 필요도 없었다. 그때 엘리는 나이 많은 요정이 걷잡을 수 없이 몸을 달달 떨고 있는 걸 알아차렸다. 엘리가 빠르게 뉴익을 가슴으로 끌어당겨 안으니 마침내 떨림이 멈췄다.

다음날 아침, 엘리는 물에 발을 담근 채 터널 돌출부에 앉아 있었다.

"하골은 언제까지 우릴 가둘 작정이지?"

엘리가 참지 못하고 따져 물었다.

"설령 우리를 도와주기로 결정한다 해도, 그건 지금으로부터 한평생이 될 수도 있어. 우리는 소중한 시간을 잃고 있는 거고."

브리오나가 그 옆에 앉아, 인광으로 반짝거리는 흔적을 만들며 물장구를 쳤다.

"아니면 그냥 우릴 입 안에서 으스러뜨리고 수정을 훔친 다음 그렇게 끝장내기로 결심했을지도……"

"그거 좋은 생각이네."

근처에서 누워 떠 있던 뉴익이 한마디했다.

"우리를 이렇게 살찌워 놨으니까 해산물 캐서롤 같은 맛이 나겠지."

그러자 브리오나가 이어 말했다.

"우리를 먹지 않더라도 그냥 여기에 영원히 가둘 수도 있고. 용이 일컬은 대로, *뛰어나신 손님* 두 분과 함께 있는 걸 즐기면서 말이지."

무릎은 가슴에 대고 어깨에는 매를 얹은 채 동굴 돌벽에 기대어 앉은 류가 올려다봤다.

"너희들은 어떤지 모르겠지만, 난 결심했어."

"뭘요?"

엘리가 물었다.

"우리 여기서 나가야 해. 어떻게든 탈출해야 한다고."

엘리가 입술을 깨물며 끄덕였다.

"맞는 말인 거 같아요. 그런데 어떻게요? 탈출을 시도하려 한다면, 우린 꼭 성공해야 해요. 하골이 분노할 거라고요! 새우처럼 우리를 그냥 집어삼킬 거예요. 아니면 적어도 두 번 다시 시도 못 하게 우리를 벽 같은 데에 매달아 놓겠죠."

류가 주먹으로 손바닥을 내리쳤다.

"그렇기 때문에 더욱더 지금 탈출해야지. 할 수 있을 때. 딱 한 가지 문제는 어떻게 하냐는 거지."

"그럼요. 반드시 방법을 찾아내야 해요."

엘리가 말했다.

뉴익이 이제는 엘리의 발 옆 물 위에 둥둥 뜬 채로 말했다.

"반드시 그래야지. 내 생각엔 리아도 여기 있었다면 동의했을 거야. 그런데 그게 말이야 쉽지."

류가 침울하게 머리를 흔들며 말했다.

"맞아. 정말로 우린 영원히 여기에서 꼼짝 못 하게 될 거야. 이런 제기랄! 이만큼밖에 멀리 못 올 걸, 내가 왜 이 탐험에 따라왔을까? 그냥 대사제님과 함께 있어야 했어."

뉴익의 피부색이 조금 바뀌었다. 연민 어린 분홍빛 핏줄이 거무칙칙한 파란색이 되었다.

"바로 어제 갈라토에서 봤잖아, 기억 안 나? 코에리아는 아직 살아 있어. 간당간당하긴 하지만. 네가 거기에 있었다고 해도, 아무런 도움이 안 됐을 거야."

"하지만 적어도 내가 거기 있으면 무슨 의미라도 있었겠지. 여기서는, 그저 심이 사방에 버리는 빈 버터 그릇 같은 느낌이 들어."

엘리는 어깨너머로 심이 우르릉거리는 용처럼 코를 골며 낮잠을 자고 있는 움푹한 곳을 바라봤다.

"하여간에, 어떻게 저럴 수 있죠? 제 말은, 거인처럼 먹고도 어떻게 여전히 소인처럼 보일 수 있죠?"

"쟤 엉덩이 봤어?"

뉴익이 물었다. 그러고는 마치 고래인 양 바닷물을 공중에다 푸 뿌려댔다.

"머지않아 이 터널만큼 커져서 움직이지도 못할 거야. 꼼짝도 못 하게 되겠지."

"우리 모두 꼼짝 못 하잖아. 탈출할 길이 없는 거보다 더 심해! 여기서 나갈 어떤 방법을 찾는다 해도, 쿨위크와 그 악의 수정이 어디에 숨어 있는지 아직도 전혀 모르잖아."

엘리가 분명히 말했다.

"하지만 적어도 우린 자유의 몸이 되겠지."

류가 돌벽에 기댄 허리를 곧추세웠다. 그러자 카타가 균형을 유지하려고 날개를 퍼드덕거렸다.

"네가 쿨위크를 마지막으로 봤던 곳으로 가서 거기서부터 뒤쫓으면 되겠지. 수정을 찾을 때까지 일곱 영토와 나무와 굴속을 샅샅이 뒤지는 거야. 아니, 해야만 한다면 난 위대한 나무의 나뭇가지로 기어올라 별들에게로 죽 갈 거라고!"

류의 말에 엘리는 온몸이 빳빳해졌다. 엘리는 거의 일주일 동안 탬원을 그리워하고 있었다. 더도 덜도 아닌 살짝 찌릿한 느낌이 들었다. 지난밤 뉴익의 기분이 좋아지게 도와주고 나서, 엘리는 탬원에게 무슨 일이 일어났을지 궁금해하며 잠이 들었다. 엘리가 뉴익에게 몸을 돌려 물었다.

"다시 해볼 수 있을까?"

요정은 곧바로 알아들었다. 그러고는 물장구를 치며 엘리가 앉아 있는 돌출부 쪽으로 갔다. 뉴익이 다가가자, 엘리는 흠뻑 젖은 발을 물 밖으로 들어 올렸다. 그러고는, 큰 발가락을 갈라토에다 댄 다음 눈을 감았다. 엘리는 탬원을 생각했다. 탬원의 변덕스러운 태도, 위안이 되는 덜렁거림, 확고한 이상까지. 그리고 엘리가 어떤 느낌이 들게 하는지도. 가끔은 화가 치밀어 오르고, 가끔은 이제껏 느꼈던 것보다 더 생기 있는 느낌이 들게 했다.

엘리가 두 눈을 딱 뜨자, 초록색 보석이 번쩍였다. 빛과 색이 소용돌이치더니 하나의 이미지로 합쳐졌다. 탬윈! 캄캄한 방 안에 심하게 부상을 당한 채, 등을 대고 누워 있었다. 몸 대부분에 피투성이 붕대가 감겨 있었다. 누군가가 옆에서 무릎을 꿇고 탬윈의 이마에 손을 대었다. 날개 달린 누군가가! 아니면 그저 그림자일까? 정확히 알 수가 없었다.

엘리는 빛나는 수정을 자세히 들여다봤다. 상처가 얼마나 심한 거지? 어쩌다가 상처를 입었지? 그리고 저 날개 달린 사람은 누구지? 남자일까 여자일까? 엘리는 다른 여자가 탬윈과 그렇게 가까이 있는 모습이 마음에 안 들었다. 하물며 그따위에 신경이 쓰이다니 더 마음에 안 들었다.

갑자기, 이미지가 흐릿해졌다. 마치 갈라토 안에 엄청난 소용돌이가 들어 있는 듯, 초록과 보라 빛깔이 빙빙 돌았다. 다시 한 번 번쩍이더니, 보석의 원래 색깔로 돌아왔다.

"호호호, 대단한 광경이군요!"

엘리는 누가 말했는지 보려고 발로 뉴익에게 물을 끼얹으며 빙그르 돌아섰다. 놀랍게도, 엘리의 바로 뒤에 벗겨진 머리에 등이 굽은 한 남자가 있었다. 아무도 그 사람이 다가오는 걸 보거나, 축축한 돌 위에서 가죽 샌들이나 체리나무 지팡이 소리를 듣지 못했다. 카타조차도 못 본 듯했다. 모두가 갈라토에 너무 집중해 있었던 걸까, 아니면 이 사람이 귀신보다 더 귀신같은 걸까?

그자는 누런 얼굴에 주름을 지으며 실실 웃어댔다. 그러고는 무슨 어린이 장난감처럼 지팡이를 빙글빙글 돌리며 고개 숙여 인사했다. 그러고는 다시 가만히 서서, 큰 소리로 알렸다.

"세스는 나의 이름이오, 센스는 나의 명성이라오. 호감은 여러분에게로, 반감은 나에게로."

브리오나가 긴 활 손잡이에 손을 얹은 채 회의적인 눈빛으로 그자를 쳐다봤다.

"여기에 어떻게 들어왔어요? 그리고 정확히 당신은 누구예요?"

그자가 대답하기도 전에, 류가 단호하게 말을 잘랐다.

"그리고 그 지긋지긋한 운율 맞추기는 그만두시오! 잠깐 제정신인 척 좀 하고, 그냥 공통어로 당신이 누군지 우리에게 말하시오."

남자가 아주 쾌활하게 고개를 끄덕거렸다. 머리를 위아래로 움직이자 등을 구부리고 있던 탓에 온몸이 용수철처럼 통통 튀었다. 고동색 조끼의 팔과 어깨 부분과 헐렁한 갈색 각반에 꿰매진 자그마한 은빛 종이 딸랑거렸다. 전체적인 느낌이 다소 우스꽝스러웠다.

그자는 엄청 오랜 시간에 걸쳐 목을 큼큼 가다듬었다.

"으흐으으음, 방금 말했듯이 내 이름은 세스입니다. 나는 어릿광대이자, 사기꾼, 거지, 또는 미치광이랍니다. 내 청중의 기분에 따라 다르지요. 원하신다면 여러분을 즐겁게 해드리는 거 말고는 오늘 특별한 계획이 없어요."

"우린 즐거워지고 싶지 않소. 자유의 몸이 되고 싶단 말이오."

류가 말했다.

엘리는 브리오나와 눈길을 주고받았다.

"여기에 어떻게 들어왔는지 말 안 했잖아요."

그자가 종을 짤랑거리며 어깨를 으쓱였다.

"어릿광대짓 하려고 여기 왔죠, 네네. 이름이 뭔지는 모르겠지만, 최고 지도자님께서 어릿광대, 곡예사 같은 부류를 원한다고 들었어요. 그리고 보석이나 적어도 예쁜 껍데기로 그 값을 치른다는 얘기도요. 그런데 막상 내가 도착하자, 그 짐승은 날 보기조차 싫어했죠! 그저 경호원들한테 날 이 터널로 데리고 가라고만 말했어요. 그래서 비늘 덮인 망나니가 육감으로 대충 저쪽 식탁에 나를 떨어뜨렸답니다."

그자는 촐랑촐랑 춤을 추고 나서 말을 계속했다.

"그래서 내가 뭘 할 수나 있었겠어요? 그저 게살과 케이퍼에 머리를 살짝 담그기만 했답니다. 이곳저곳 떠돌다가 여기에 여러분과 함께하게 된 겁니다."

돌출부 위로 기어 올라온 뉴익이 부들부들 떨었다. 알록달록한 물방울이 엘리와 브리오나, 그리고 어릿광대에게도 뿌려졌다. 그런데도 요정 자신의 피부색은 흐릿하게 남아 있었다.

요정이 딱 잘라 말했다.

"질문을 받았는데 아직 답을 안 했잖아. 정확히 어떻게 물 용의 은신처에 왔냐고?"

그자가 또 실실 웃어댔다.

"오, 그거. 난 그냥 관문을 지나왔어요, 그뿐이에요."

"관문?"

엘리, 브리오나, 류, 그리고 뉴익이 일제히 따져 물었다.

그들의 반응에 깜짝 놀란 세스가 한 발짝 뒤로 물러섰다. 손에 든 지팡이를 날렵하게 휙휙 돌리더니 다시 기대었다. 그러고는 진짜로 어리둥절한 표정을 지으며 설명했다.

"어, 네. 측면 터널, 바로 저쪽에 있잖아요. 목 긴 왕족들의 말소리를

들었어요. 불과 몇 주 전에 열렸다고요. 있죠, 주로 물속에 잠겨 있어서
그런지 좀 질척거렸어요. 그래도 작동은 되더라고요. 삽시간에 날 여기
로 데려다줬죠."

엘리는 주먹으로 손바닥을 쳤다.

"내가 봤던 초록 불빛! 역시 이상하게 보이더라니."

그러고는 일행을 마주하려고 휙 돌아섰다.

"어떻게든 저쪽으로 건너갈 수만 있다면……."

엘리는 어깨 너머로 터널 위쪽에 자리를 잡은 경호원 둘을 흘끗 돌
아봤다. 용들은 노래를 하고 있었는데, 깊은 목소리가 울리는 음으로
돌벽에 둥둥 뛰었다.

"저기로 건너가기만 하면 탈출할 수 있을 텐데."

엘리가 나직나직 말했다.

류가 두 발을 딛고 일어섰다. 여윈 골격 때문에 다른 사람보다 머리
하나가 더 컸고, 구부정한 어릿광대보다 머리 두 개가 더 있었다.

"근데, 잠깐만. 우린 아직도 어디서 찾아야 하는지 모르……."

류는 하던 말을 갑자기 멈추고는 머뭇거리며 어릿광대를 흘끗 봤다.

"음, 어, 우리가 찾는 그거 말이야."

엘리가 입술을 깨물었다.

"너무 늦기 전에 그 악의 수정을 찾을 수 있으면 좋겠어요."

사제의 얼굴이 굳어지는 걸 보자 엘리는 어깨를 으쓱거렸다.

"괜찮아요, 사제님. 우리가 뭘 쫓고 있는지 저 사람이 알아도 상관없
어요. 우리 자신도 어디서 찾아야 할지 전혀 모르는데, 어쩌겠어요?"

류가 의욕을 잃은 듯 한숨을 내쉬었다.

"네 말이 맞는 거 같구나. 그런데 난 실마리를 찾기 위해서라면 뭐든

하겠어."

어릿광대가 자신의 턱을 쓰다듬었다.

"도움을 주지 못해 아쉽네요. 있죠, 내가 일 때문에 많이 돌아다니거든요. 가끔은 그러니까, 급히 떠나야 할 때가 있어요. 초행자를 보면 불에 태우거나 고문하거나 또는 사지를 절단하길 원하는 사람들이 사는 그런 곳에서 말이죠. 그래서 그런 곳에는 사람들이 많이 가질 않아요."

한참을 지껄이는 바람에 할 말을 잊어버리기라도 한 듯, 그자는 종을 잘랑대며 온몸을 탈탈 털었다.

"어쨌든, 여러분을 도와줄 수 있으면 정말 좋을 텐데 말이죠. 악의 수정이라 했나요? 나도 본 적 있는 바로 그거라면, 어차피 가까이 가고 싶지 않을 거예요! 그걸 지키고 있는 새하얀 손을 가진 그 망나니한테도 마찬가지고요."

"뭐라고 했어요? 누가 그걸 지키고 있다고요?"

엘리가 따져 물었다.

세스는 엘리를 보고 천진난만하게 눈을 깜빡였다.

"새하얀 손을 가진 망나니요? 얼굴 상태가 안 좋아요. 뼛속까지 썩었더라고요."

세스가 무엇을 기억하려 애쓰자, 이마와 대머리에 주름살이 생겼다.

"이름이…… 음, 쿨, 아니면 킬, 아니면……."

"쿨위크요!"

다른 이들처럼 엘리도 숨소리를 죽였다. 이 세스라는 사람, 멍청하지만 정말로 수정을 우연히 발견했을지도 모른다! 그 순간, 엘리의 희망이 다시 불붙었다.

"음?"

어릿광대는 두 손을 대고 비비고는 또 촐랑촐랑 춤을 췄다.

"내가 뭘 하면 좋겠어요? 혹시 생선으로 저글링이라도?"

엘리가 숨을 죽이며 대답했다.

"아니요. 어디서 악의 수정을 봤는지 말해주세요."

"그거요? 말했듯이, 그곳에 가고 싶지 않을 거예요."

세스는 용 경호원들이 있는 방향에 대고 손을 흔들었다.

"어딘데요?"

세스가 온화한 미소를 지었다.

"섀도루트요."

엘리의 얼굴이 창백해졌다. 이내 조금도 기뻐 보이지 않는 브리오나를 살펴봤다. 그러고는 단호한 목소리로 선언했다.

"그 주술사가 숨으려고 그곳에 간 거라면 말이 되네요. 음, 거기가 그자가 있는 곳이라면, 그렇다면 거기가 우리가 반드시 가야만 하는 곳이고요."

"잠깐만."

류가 수상쩍은 눈으로 어릿광대를 살폈다.

"섀도루트에는 어떤 관문도 없는데. 적어도 내가 아는 바로는 전혀 없어. 그곳에 어떻게 갔소? 그게 언제요?"

세스는 태연하게 지팡이를 획획 돌렸다.

"오, 불과 보름 전이었어요. 그리고 파이어루트 상부에 있는 관문으로 그곳에 갔죠. 섀도루트도 내다보이는 그 관문 말이에요. 곱스켄 요새를 피해야 하는 작은 문제가 있지만…… 어쨌든 그들은 훌륭한 어릿광대를 인정하는 마음이 없으니까요."

"그렇소?"

류는 어릿광대의 머리에 구멍이 뚫릴 듯 쏘아보며 물었다. 그러고는 엘리에게로 몸을 돌렸다.

"이거 뭔가 나한테는 안 좋게 들리는데."

"뭐가요?"

사제가 머리를 긁적였다.

"나도 모르겠어, 하지만…… 난 그저 이 어릿광대가 하는 말을 들어야 할지 잘 모르겠어."

"아주 똑똑하네요. 나조차도 내가 하는 말을 듣지 않겠어요."

세스가 자기 생각을 밝혔다.

엘리는 얼굴을 찡그리더니 류에게 말했다.

"정말이지 우리한테 다른 선택의 여지가 있나요? 저 사람이 틀릴지도 몰라요. 미쳤거나, 아님 둘 다겠죠. 하지만 맞을 수도 있잖아요."

엘리가 뉴익을 내려다봤다.

"어떻게 생각해?"

요정이 찌푸리며 말했다.

"흠. 이 미친 인간을 따라서 아무 데나 가는 건 완전히 정신 나간 짓이라고 생각해! 덧붙이자면, 그렇기 때문에 네가 끌리는 거겠지."

뉴익이 맑은 보라색 눈으로 엘리를 찬찬히 봤다.

"그런데 사실, 네 말이 맞아. 우린 선택의 여지가 없어."

엘리가 몸을 구부려 돌출부에서 뉴익을 들어 올렸다. 비록 젖어 있었지만, 엘리는 뉴익을 가슴에 바짝 끌어안았다.

"오늘 살아남길 바라자고."

"난 그냥 지금 이 시간에 만족하려고, 엘리리아나."

엘리는 류와 브리오나에게로 몸을 돌렸다.

"어떻게 하면 잡히지 않고 저 관문을 건너갈 수 있을지 무슨 아이디어 있어요?"

키 큰 사제는 생각에 잠긴 채 고개를 끄덕였다.

"우리에게 필요한 건 주의를 돌리는 거야."

류는 어깨에 걸터앉은 은빛 날개의 매를 봤다.

"안 그래, 카타?"

회답으로, 새가 큰 소리로 뻑뻑 울어댔다. 그러고는 공중으로 폴짝 뛰어오르더니 날아갔다.

21

집어삼켜진 채

카타는 당장 일에 착수했다. 은빛 날개의 매는 사납게 삑삑거리며 측면 터널로 날아 내려가 중앙 동굴로 돌아갔다. 그런 다음, 상당한 소란을 일으키며 물새와 깜짝 놀란 용 경호원들을 향해 뛰어들었다. 카타가한 용의 눈을 할퀴자 신나는 일이 진짜로 시작되었다. 그 용은 거의 물밖까지 날뛰다가 엄청난 꼬리로 다른 경호원의 얼굴을 철썩 때렸다. 전면전이 잇따랐다. 용들은 이빨로 서로를 물어뜯고, 꼬리로 갈빗대와 두개골을 내리치고, 몸으로 동굴 벽을 쳐서 엄청난 구멍을 냈다. 그리고꽁꽁 언 얼음덩어리를 서로에게 훅 뿜어냈다.

머지않아, 갈매기, 두루미, 가마우지, 왜가리, 물총새, 날게 그리고 몇몇 거대한 앨버트로스도 싸움에 가담했다. 움직이는 건 뭐든지 공격을하며 꽥꽥 소리를 질러댔다. 으르렁거리고 울부짖는 소리가 터널에 메아리쳤고, 빙산이 충돌해 우두둑 부서지는 소리도 울려 퍼졌다. 소리가너무 시끄러웠기에 아무도 엘리와 어릿광대를 포함한 일행이 관문으로헤엄쳐 가는 걸 들을 수가 없었다.

그럼에도 불구하고, 하마터면 그들의 계획은 실패할 뻔했다. 포획자들 때문이 아니라 심 때문이었다. 심을 낮잠에서 깨운 다음 바로 차가운 바닷물로 뛰어들게 하는 건 쉬운 일이 아니었다. 터널 벽에 기이한 그림자를 드리우며 이상하게 깜박거리는 불꽃이 있는 물속으로 헤엄쳐 가게 하는 것도 말이다. 그러고 나서 심과 마찬가지로 모두가 어른거리는 초록 불로 뛰어들어 내려가는 난관에 이르렀다.

마침내, 그들은 성공했다. 세스의 뒤를 따라 모두가 물속으로 뛰어들었다. 절대적 분노로 으르렁거리는 하골의 소리가 은신처에 메아리치는 바로 그 순간, 류의 발차기에 잔물결이 일었고 수면을 떠날 때까지 이어졌다. 류는 팔에 카타를 받치고는 용의 은신처에서 헤엄쳐 관문까지 나아갔다.

늘푸른나무 숲의 송진 같은 냄새가 나는 커다란 공기구멍이 아래 불꽃과 위의 물을 분리하고 있었다. 구멍 안 검은 돌출 바위 위로 일행이 갓 잡은 물고기처럼 물을 뚝뚝 흘리며 모였다. 엘리는 금방이라도 용이 나타날 수 있다는 걸 알았기에 걱정스레 물을 향해 올려다봤다.

"자 빨리, 우리가 가고 싶은 곳으로 생각을 기울여요. 다른 건 아무것도 생각 말고요."

초록 불빛이 땋은 머리를 따라 까물거리자 브리오나가 분명히 말했다.

엘리의 팔에 타고 있던 뉴익은 심을 살펴보더니 가장 냉소적인 주홍빛으로 변했다.

"우리 가운데 몇몇은 아무 생각도 안 하는 게 쉽지. 무얼 생각하는 거, 그게 어렵지."

심이 하얀 머리카락 뭉치를 탈탈 털며 다른 모든 사람들에게 물방울을 뿌렸다. 그러고는 투덜거렸다.

"나 놀리는 거 알아. 그냥 안다고! 내가 아직도 컸다면, 감히 그렇게 무례하게 날 대하진 않았겠지. 확실히, 축축이, 완전히."

뉴익은 관문에서 껌벅거리는 초록빛이 들어간 강철 같은 회색으로 바뀌었다.

"몸 크기와 머리 크기는 달라, 이 멍청아! 만약 네가……."

"그만해. 시간 낭비하고 있잖아."

류가 명령했다. 그러고는 머리 위로 터널 속 물을 봤다. 용의 모습은 아직 보이지 않자 세스에게로 몸을 돌렸다.

"좋소, 어릿광대. 우리가 가려는 곳을 좀 더 명확하게 알려주시오. 자, 운율은 맞추지 말고."

어릿광대는 아주 살짝 긴장했지만 아무도 눈치채지 못했다. 키 큰 사제가 자기한테 이래라저래라 하는 꼴이 마음에 들지 않았다. 전혀. 그렇다 해도, 어릿광대는 욕을 먹게 될 운명이었다. 그래서 그저 씩 웃으며 견뎠다……. 적어도 일단은.

구부정한 어깨에 머리를 까딱거리며, 세스가 기분 좋게 말했다.

"물론이죠, 착하신 양반. 파이어루트의 가장 높은 관문을 떠올려 보세요. 아주아주 높아서 별들을 향할 정도로 가장 우뚝한 봉우리를 말입니다."

세스는 자신을 둘러싸고 있는 불안한 얼굴들을 훑어봤다. 모두 마법의 초록 불을 띠고 있었다.

"자, 다른 관문은 안 됩니다. 파이어루트에 있는 것도, 무슨 다른 영토에 있는 것도 안 돼요. 그것이 여러분을 수정으로 이끌어줄 유일한 관문입니다."

엘리가 귀 기울여 들었다. 엘리는 더욱 절실하고 분명하게 목적지에 집중해야 할 필요가 있었다. 지난번에 탬윈과 관문을 지나갔을 때는 머드루트에 떨어졌었다. 거기는 가장 가기 싫어하는 곳이었다. 땅의 요정이 부모님을 잔혹하게 죽이고, 엘리를 포로로 잡아 6년 이상을 노예로 부렸다. 그러고 나서 마침내 엘리가 탈출했던 곳이었다. 탬윈이 엘리의 목숨을 구해준 곳이었다 해도, 그리고 잔혹한 땅의 요정에게서 살기 위해 도망 나왔다 해도, 머드루트는 어두운 기억과 사나운 악몽의 근원으로 남아 있었다.

"자, 명심하세요. 파이어루트의 가장 높은 관문으로 가는 겁니다. 다른 어디로는 말고요."

어릿광대가 경고했다.

"더러운 엉덩이로?"

심이 어리둥절하여 코를 찡그리며 물었다.

"파이어루트라고! 집중해, 이 얼간아."

뉴익이 소리쳤다.

그 순간, 번쩍이는 파란 비늘이 덮인 거대한 다리가 공기구멍을 휩쓸고 지나갔다. 위에서는 엄청나게 큰 포효 소리가 났고, 일행은 저마다 고함을 질러대며 불꽃 속으로 뛰어들었다. 초록 불이 평소보다 조금 더 흔들거리며 탁탁 소리를 냈다.

그런 다음 그들은 불꽃에 집어삼켜진 채 사라져 버렸다.

하지만 아직 안전한 건 아니었다. 어쨌든, 관문은 위험하기로 매우 악명 높았다. 몇몇은 말하길 관문은 독자적인 생각을 가지고 있어서 때때로 사람들을 예상치 못한 곳으로 데리고 간다고 했다. 처음으로 관문 추적의 기술을 터득한 사람이었던 요정의 여왕, 세렐라는 초록 불의 길목에서 많은 백성을 잃어가며 훨씬 더 멀리 갔을 거다. 한번은 이렇게 선언했다.

"내가 관문을 통과하면, 죽음도 나를 따라온다."

일행은 위대한 나무의 가장 안쪽 수심을 관통하여, 초록 불빛이 끔뻑거리는 환한 물살 아래로 갔다. 송진 같은 향기가 밀려왔고, 아발론의 숨결이 메워졌다. 더 이상 육체를 가진 생명체가 아니라, 수액처럼 흐르고 불꽃처럼 번쩍였다. 그들이 살아남았다니, 정말이지 놀라지 않을 수 없는 일이었다.

그런데 정말로 살아남았다. 잠시 뒤, 그들은 워터루트에서 멀리 떨어진 또 다른 관문으로 툭 튀어나왔다. 팔다리가 얼기설기 얽힌 무더기처럼 쿵 떨어졌다. 잎사귀가 깔린 부드러운 바닥이라 충격은 덜했다. 모두가 살아 있음에 깜짝 놀랐다. 그리고 훨씬 더 놀랐다. 공교롭게도 도착한 곳이…….

"머드루트!"

뉴익이 입 밖으로 엄청난 잎사귀와 잔가지를 내뱉으며 딱딱거렸다.

"이런 *하르시나제그스*, 어쩌다가 여기에 온 거지?"

요정 아래에 누워 있던 류가 위를 빤히 쳐다봤다.

"용의 언어를 할 수 있는 줄은 몰랐네."

"분노하면 할 수 있어!"

뉴익의 얼굴이 붉으락푸르락했다. 숨결까지도 붉게 물들어 있는 듯했다. 이내, 엘리에게로 몸을 돌리자 피부색이 살짝 부드러워졌다.

엘리가 무더기 끝에 앉아 구부러진 다리 사이로 머리를 축 늘어뜨렸다.

"머드루트는 안 돼. 또 왔다니."

엘리는 혼잣말로 칭얼거렸다.

류가 일어섰다. 그 바람에 작은 요정이 더 많은 잎사귀 속에서 빙글빙글 돌았다.

사제가 물었다.

"우리가 있는 곳이 정말 거기란 말이야? 여긴 끔찍이도 초록으로 보이는걸. 정말이지, 정글 말이야."

류는 잠시 멈춰 서서 덩굴, 잎사귀, 이끼 낀 나무로 된 두꺼운 그물망과 주위를 둘러싼 거대한 양치식물을 바라봤다. 흘끗거리는 사이, 카타가 잎이 많은 가지에 앉아 날개를 파닥였다.

"여기가 머드루트라면, 머드는 어디에 있어?"

"잎사귀 아래예요. 우린 영토의 북쪽 지역인 아프리쿠아 정글에 있어요."

엘리가 중얼거렸다. 그러고는 침울한 얼굴을 들어 올렸다.

브리오나가 긴 활에서 다리를 빼내며 말했다.

"엘리 말이 맞아요. 저도 알아요. 이 모든 냄새를요. 저 구아바 냄새 맡아져요? 계피도요? 바닐라는요?"

브리오나가 킁킁거리며 공기를 들이마셨다.

"일곱 영토에서 유일한 곳이에요. 페얼린 숲만큼 많은 냄새가 나는 곳이죠."

"그리고 분명히 구리고!"

뉴익이 드디어 잎사귀를 뿌려대며 일어났다. 그러고는 나무껍질 파편을 뱉어냈다. 그런데 뉴익이 다시 말을 시작하려는 순간, 심이 돌아누워 배배 꼬인 팔을 쭉 뻗다가 뉴익의 등을 세게 찰싹 쳤다. 요정은 다시 한번 잎사귀 속으로 굴러떨어졌다.

뉴익이 조금 전에 몹시 화가 났다고 하면, 지금은 두 배로 더 그랬다. 다홍색 얼룩이 분노로 펄펄 뛰는 온몸을 덮었다. 너무 화가 나서 말을 잇지 못하고 식식거리기만 했다.

그런데 화가 더 많이 난 사람이 한 명 있었다. 어릿광대가 벌레가 들어 있는 흙덩어리를 벗겨진 머리에서 털어내며 잎사귀 쌓인 바닥에서 펄쩍 뛰어올랐다.

"머드루트?"

어릿광대가 전혀 어릿광대답지 못한 표정으로 얼굴을 일그러뜨리며 외쳤다.

머드루트?

발 옆에 체리나무 지팡이를 잡은 다음, 격렬하게 바닥에 내리찍기 시작했다. 한 번 칠 때마다 작은 분수처럼 잎사귀와 나무껍질, 부러진 잔가지가 위로 날아올랐다. 그다음에는 덩굴을 반으로 베었다. 그 바람에 높은 곳에 매달려 있던 원숭이 두 마리를 초조하게 만들었다. 나뭇가지에서 화가 난 원숭이들의 깩깩거리는 소리가 커지자, 어릿광대는 욕지거리를 퍼부으며 바닥을 쿵쿵 두드렸다.

"대가리에 가래가 들었나! 기름에 튀긴 요정 같으니! 트롤 똥 휴지에 변기 똥구멍아!"

다른 이들이 몸을 돌려 마구 터지는 폭발을 쳐다봤다. 바로 그때, 세스는 나무둥치에 기대어 있는 가늘고 울퉁불퉁한 막대를 향해 지팡이를 휘둘렀다. 거의 세스 자신만큼이나 키가 큰 막대는 한 번 내리친 힘에 의해 틀림없이 산산조각이 날 듯 보였다. 하지만 닿지도 않았는데 눈 깜짝할 사이에 막대 전체가 옆으로 비틀어졌다. 대신 지팡이가 나무를 후려치는 바람에 세스의 뼈에 충격이 갔고, 견과와 잔가지, 그리고 덜렁덜렁한 나무껍질 조각을 뒤집어쓰고 말았다.

십여 개의 막대 돌기에서 흐느적거리는 다리가 튀어나왔다. 삐죽삐죽한 입 위쪽 끝 가까이에서 빨간 외눈이 크게 뜨였고, 세 갈래로 갈라진 혀는 나무껍질 위로 휙휙 돌아다녔다. 귀청을 찢는 듯한 꽥꽥거리는 소리를 내며, 막대 생명체의 다리가 마구 돌아다니기 시작했다. 그러고는 나무둥치로 튀어 오르더니 녹색 나뭇잎 속으로 사라졌다.

깜짝 놀란 세스는 갑자기 자신이 어떻게 행동하고 있는지 깨달았다. 얼마나 어릿광대답지 않게 보였을지도 말이다. 그러고는 자기 자신에게 화를 냈다.

이 멍청아! 또다시 그렇게 제어를 못 하면, 모든 걸 망치게 될 거야.

세스는 손에 든 지팡이를 빙글빙글 돌리며 신경질적으로 킥킥거렸다.

"에헤, 에헤. 여기 정글에 어릿광대를 위한 훌륭한 소품이 아주 많군요."

세스가 살짝 애를 쓰며 킥킥거렸다.

"그러니까 저 막대가 살아 있다는 걸 당신은 알았어요?"

엘리가 물으며 곱슬머리에서 잔가지를 몇 개 떼어냈다.

"물론이죠. 늘 관중을 즐겁게 해주잖아요, 저 막대 짐승들요."

세스가 깊이 고개 숙여 인사하며 답했다.

세스의 머리 위에서 카타가 의심스러운 듯 삑삑 지저귀었다. 류도 역시 회의적인 눈초리로 어릿광대를 쳐다보며 일어섰다. 류가 매에게 고개를 끄덕였다. 카타는 나뭇가지를 떠나 류의 어깨로 날아 내려왔다. 브리오나도 마찬가지로 일어선 다음, 심을 거들어주었다. 그사이, 엘리는 뉴익을 들어 올려 살에서 잎사귀를 쓸어냈다. 그 덕에 남아 있던 뉴익의 다홍빛 얼룩이 사라졌다.

"그래서, 우리 이제 뭘 하지?"

요정이 따졌다.

엘리가 머뭇거리며 목에 걸린 부적을 더듬었다. 그러고는 관문을 향해 손을 흔들었다. 거기에는 초록 불꽃이 거대한 두 양치식물 사이에서 공중으로 피어올라 얽힌 덩굴을 핥듯이 널름거리고 있었다.

"저 안으로는 다신 안 돌아가, 그건 확실해! 살아서 나갈 수 없을지도 몰라."

엘리가 몸을 돌려 브리오나를 바라봤다.

"여기 주변에 뭔가 다른 관문, 그러니까 믿을 만한 관문 아는 거 있어?"

요정 소녀가 땋은 머리를 어깨 너머로 휙 넘겼다.

"없어. 할아버지가 날 여기로 데려오셨을 때, 우린 머드루트 남쪽에 도착했었어. 그런 다음 이 정글까지 내내 걸어왔어. 그런데 보름이나 걸렸었지. 땅의 요정을 피하고 싶었거든."

엘리는 그 말에 입을 앙다물었다.

"언제나 좋은 생각이지."

엘리가 류를 흘끗 쳐다봤다.

"아빠는 언젠가 여기서부터 에어루트까지 안개 다리를 건너 여행했었어요."

사제는 짙은 눈썹을 치켜세웠다.

"용감했지, 네 아버지. 내가 들은 바로는, 안개 다리는 마음이 허약한 사람이 갈 수 있는 데가 아니라던데."

"트림이 고약하다고? 거참 역겹네!"

심이 묻고서는 머리를 흔들었다.

류가 신경 쓰지 않고 말했다.

"그래도 여기서 나가는 가장 빠른 길일 수도 있어."

"그리고 땅의 요정을 피하는 길이기도 하고요."

엘리가 덧붙였다.

"일단 다리를 건너면, 에어루트의 북쪽 지역을 통과해서 지나가야 할 거야. 우릴 위쪽 파이어루트로 데려다줄 수 있는 가장 가까운 관문에 다다르려면 말이지."

류가 충고했다.

엘리가 끄덕였다.

"거기서부터 섀도루트로 걸어 내려가면 돼요. 오염된 수정을 찾으려면요."

불굴의 의지가 엘리의 얼굴을 가득 메웠다.

"탁월한 계획이군요. 아주 탁월해요."

어릿광대가 똑똑히 말했다. 그러고는 열렬히 머리를 까닥거렸다.

류가 엘리를 빤히 살폈다.

"애야, 정말로 이걸 하고 싶은 거니? 안개 다리에서 시작하는 그 길은 위험할 수 있어."

"남쪽으로 가서 땅의 요정의 영토로 들어가는 것보다는 그래도 나아요. 웬만하면, 절대로 다시는 그 짐승들 근처에는 얼씬도 안 할 거예요."

엘리가 곱슬머리를 뒤로 쓸어 넘겼다.

"그러면 자, 온종일 그냥 여기 서서 지껄이고만 있을 거야? 아니면 뭐야?"

뉴익이 으르렁거렸다.

우거진 나무 사이의 틈새로 보이는 몇 안 되는 별들을 휙 올려다보며, 엘리가 동쪽을 가리켰다.

"안개 다리는 저쪽이에요. 더 가까이 다가가면, 나무나 높은 언덕에 올라가서 정확한 위치를 찾아낼 수 있을 거예요."

"그럼, 출발."

어릿광대가 쾌활한 목소리로 말했다. 촐랑촐랑 춤을 추고는 덧붙였다.

"안개 다리로, 그다음 여러분의 수정을 찾으러."

그리고 또 다른 것도. 너희가 예상 못 하는 그런 거.

어릿광대가 마음속으로 생각했다. 만족스러운 듯 두 눈을 번득였다.

너희들의 죽음.

번득이던 눈이 밝아졌다. 어릿광대로의 변장은 정말이지 최고였다. 적어도 화를 억제하기만 하면 그랬다. 저 지옥 같은 관문 때문에 계획이 바뀌었어도, 일들이 이제 꽤 잘 맞아떨어지고 있었다. 기대했던 것보다 더 좋았다. 더구나 어릿광대는 항상 좋은 결과를 기대하는 사람이었다.

결과는 어릿광대에게 달려 있기 때문이다. 오로지 어릿광대에게만. 그냥 우연히 아발론 역사상 최고로 성공한 암살자, 데스 마콜이 된 게 아니었다. 아니다, 유능한 기량과 지극히 계산적인 사고방식으로 해낸 것이었다. 그리고 하나 더, 추격에 대한 애정.

얼마나 추격을 좋아하는지! 전략을 짜고, 딱 알맞은 때를 끈덕지게 기다리고, 그런 다음 죽이는 것. 그리고 희생자의 목숨이 피를 흘리며 사라지는 걸 느낄 수 있는 마지막 순간을 말이다. 그 죽음의 순간에서, 모든 힘을 쥐고 있다. 불멸의 힘을.

어릿광대는 흐뭇이 한숨을 쉬었다. 이 특별한 일이 가장 보람찬 일 중 하나가 될 거다. 그저 한 사람이 아니라 한 번에 여럿을 죽이는 기쁨을 맛본 지 얼마나 되었을까? 너무 오래됐다. 거기에 덤으로 귀한 수정을 두 개나 거머쥐다니. 쿨위크도 죽인 다음에 또 다른 하나도 뺏는 건 말할 것도 없고. 음, 그러면 사실상 이건 축제가 된다.

하지만 우선은, 기다려야 한다. 극적인 상태의 느낌을 충족시켜주는 완벽한 틈을 찾아 때를 기다려야 한다. 이 오합지졸 바보들 무리에게 희

망을, 심지어 성공을 느끼게 해준 다음에 변장도 끝내고 그들의 목숨도
끝낼 거다.

어릿광대는 하루 종일 웃은 것보다 더 활짝 웃었다.

22

폐허

엘리와 브리오나를 선두로, 일행은 정글 속으로 뛰어들었다. 뉴익은 엘리의 팔꿈치 안쪽에 앉아 덜커덩거릴 때마다 투덜거렸다. 어릿광대가 뒤를 이었는데, 근처에는 늘 류가 있었다. 마지막에는 심이 따라잡으려고 애를 쓰며 가고 있었다.

브리오나가 보통 동쪽으로 이어지는 동물 발자국으로 이끌었는데도 도보로 이동하는 건 쉽지 않았다. 한 걸음 내디딜 때마다, 길게 자란 양치식물의 두꺼운 가장자리, 드리워진 덩굴과 잎사귀, 견과, 익은 과일로 무거운 나뭇가지를 뚫고 나아가야 했다. 황동과 청록, 에메랄드빛의 눈부신 색채의 꼬리덮깃을 가진 새가 머리 위에서 지저귀는 소리에 카타도 가끔 화답을 해줬다. 라임빛이 도는 초록 뱀들이 거대한 야자나무의 몸통에서 스르르 미끄러져 내려왔다. 그사이, 다홍빛 반점이 난 육중한 뱀들은 몸을 향나무 가지에 고리 모양으로 감았다.

익은 파파야, 촉촉한 빵나무 열매, 태양 빛을 받은 아몬드, 카카오 잎과 바닐라의 향기가 공중에 둥둥 떠다녔고, 나비들도 그랬다. 나비들은 우거진 잎사귀 지붕 사이를 가르는 별빛 줄기에 닿을 때면 파란 황금빛 날개를 뽐내며 여기저기를 활공했다. 나방들도 머리 위에서 훨훨 날거나, 꿀이 뚝뚝 흐르는 알록달록한 꽃에 모여들었다. 보라색 등딱지를 가진 딱정벌레들은 비틀어진 나무뿌리로 느릿느릿 기어가거나 길게 갈라진 양치식물 잎에 알을 낳았다. 푸른 개미들은 과육이 많은 과일 덩어리나 크기가 스무 배는 큰 죽은 귀뚜라미를 끌어당기며 바닥에 떨어진 잎사귀를 뚫고 행군하듯 기어갔다. 반짝반짝 빛나는 반딧불이는 공중에서 윙윙거렸다.

이것들이 눈에 보이는 유일한 생명체들이었다. 나뭇가지 높이에서 원숭이들이 우끼끼 울부짖는 소리가 길게 타고 내려왔다. 꽃이 피는 나뭇가지에 숨은 다른 존재들은 찍찍거리고, 짖어대고, 빽빽 내지르고, 덜컥덜컥 소리를 냈다. 엘리는 발밑에서도 작은 동물들이 종종걸음을 치거나 잎사귀 아래로 스르르 지나가는 움직임을 느꼈다.

느닷없이 엘리가 우뚝 멈춰 섰다. 브리오나의 팔꿈치를 잡고는 굳은 얼굴로 왼쪽으로 고개를 끄덕였다. 녹슨 빛의 덩굴이 왕관 모양으로 꾸며져 있는 그곳에는 심보다 크지 않은 피라미드 같은 회색 돌이 세워져 있었다. 하지만 한 번 흘끗 보기만 해도 평범한 돌은 아니었다.

눈이 있었다. 피라미드 맨 위에 깊은 구멍 두 개가 아무렇게나 새겨져 있었다. 주먹만큼 큰 윤기 없는 루비가 각각 박혀 있었다. 이는 조각상에게 괴상한 표정을 만들어줬다. 커다란 충혈된 눈은 지나가는 누구나 쏘아봤다.

"누가 만들었지?"

엘리가 물었다.

"어떤 손님도 원하지 않는 누군가가."

브리오나가 답했다.

"지금 바로 내 기분이랑 같은 누군가가."

엘리의 품에 안긴 뉴익이 중얼거렸다.

그들은 류만큼 키가 큰 가시 돋친 풀 무더기를 피해 한쪽으로 방향을 틀어 계속 걸어갔다. 바로 그때 브리오나가 돌멩이가 흩뿌려진 언덕 언저리에서 납작한 이끼 조각을 발견했다. 호기심에 더 자세히 보려고 무리를 이끌고 다가갔다. 요정의 우아한 자태로, 몸을 숙여 양털 외투만큼 두꺼운 불그스름한 이끼를 만졌다. 그러고는 다른 이들을 향해 몸을 돌렸다.

"딱 내가 생각했던 대로네. 이 이끼는 엘 우리엔에서도 자라. 우리는 *바위수염*이라 부르지. 바위에서만 자라거든. 납작한 직사각형 모양의 이 조각을 보니, 틀림없이 그 일부일 거야. 오래된······."

브리오나는 두꺼운 양치식물 덩이를 밀어 치웠다. 산비탈을 오르는 납작한 바위 몇 개가 더 드러났다.

"계단."

"확실하네."

엘리가 이끼 낀 계단을 바라보며 말했다. 일부는 덩굴에 싸여 있고, 또 다른 일부는 덤불이 뿌리를 내려 바위를 둘로 나눠놨다. 하지만 오래된 계단의 대부분은 온전해 보였다.

"어디로 이어지는 걸까?"

"알고 싶지 않을걸요."

세스가 말했다. 그러고는 흘끗 어깨 너머를 훔쳐봤다.

"수정을 찾는 게 급할 게 없다면 말이죠."

엘리가 딱딱하게 답했다.

"급하거든요. 그래서 시간을 절약하는 가장 좋은 방법이 안개 다리를 최대한 빨리 찾는 거고요. 이 오래된 계단의 용도가 무엇이든 간에, 언덕을 쉽게 오르게 해주잖아요. 그리고 꼭대기에서 다리를 볼 수 있을 거고요."

엘리는 더는 기다리지 않고 계단을 뛰어올랐다. 다른 이들도 뒤따라 폴짝폴짝 뛰었다. 유달리 뛸 수 없는 몸을 가진 심만 빼고서 말이다. 더 높이 오르자, 울창한 정글 속에서 많은 바위들이 모습을 드러냈다. 한쪽에는 덩굴에 싸인 키 큰 기둥 세 개가, 다른 쪽에는 높은 단이 있었다. 옆에는 쓰러진 탑과 하얀 석영 조각이 뉘어진 무슨 흙더미가 있었다. 경이로울 정도로 길고 매끈한 꼬리가 달린 다홍빛 새 한 쌍이 무리가 다가가자 흙더미에서 푸드덕 날아갔다. 언덕 꼭대기에 다다르자 나무에서 솟아난 둥근 기둥이 보였다. 기둥 꼭대기에는 바위그림이 휘갈겨 새겨진 커다란 석조 평판이 얹혀 있었다. 둥근 둘레 안에는 가장자리가 들어맞도록 깎인 거대한 돌덩어리의 토대가 자리 잡고 있었다. 돌덩어리들은 반투명한 석영으로 만든 거대한 피라미드 구조를 떠받치고 있었다. 일부가 무너져 지붕 아랫부분에 구멍이 났지만, 전체적인 구조는 여전히 온전했다. 게다가 원래의 용도는 명확해 보였다.

류가 경외심에 찬 눈빛으로 말했다.

"사원이야. 어떤 사람들이 아프리쿠아 한가운데에 이걸 지은 거지? 얼마나 됐을까?"

"누가 알겠어요? 그런데 제가 사원 안에 들어간 다음 지붕에 난 구멍으로 나온다면, 꼭대기까지 오르느라 애먹지 않아도 되겠어요. 아마도 주위에서 전망이 가장 좋을 거예요."

엘리가 답했다.

"확실해?"

뉴익이 어슴푸레한 잿빛으로 색을 바꾸며 물었다.

"아니…… 그래도 다리를 찾아내는 데는 도움이 될걸. 게다가, 우리가 행동하기 전에 완전히 확실했던 게 마지막으로 언제였는데?"

요정이 대답하기도 전에, 엘리는 마지막 계단을 오르기 시작했다. 바로 앞에, 대들보가 있는 돌기둥 두 개가 사원의 진입로를 표시했다. 바짝 쫓아오는 다른 이들을 뒤로 하고, 엘리가 안으로 들어갔다. 모든 것이 희뿌연 빛에 휩싸이자, 엘리의 손도 새하얘졌다.

다른 이들도 들어서자, 목구멍에서 나오는 그르렁 소리가 머리 위에서 들렸다. 갑자기 건장하고 땅딸막한 몸뚱이 한 무리가 그들 위로 떨어져 모두를 바닥에 때려눕혔다. 손가락 세 개 달린 손이 거칠게 그들을 잡았고, 사방에서 날카로운 창을 겨누었다. 브리오나의 번개처럼 빠른 반사 신경도 활을 잡을 만큼 빠르진 않았다.

엘리가 믿기지 않는다는 듯 흐느꼈다.

"땅의 요정이야. 왜지?"

으르렁거리는 명령만이 엘리가 들은 유일한 대답이었다. 땅의 요정한 무리가 발아래로 일행을 거칠게 떠밀고는 브리오나의 활과 화살을 압수한 다음, 건너편으로 데리고 갔다. 적어도 서른 명은 있는 게 분명했다. 모두 흉터가 있고, 더러운 데다 들쭉날쭉 자란 머리털 빼고는 맹숭맹숭 민머리였다. 석영 칸막이 주위로 일행을 몰아 건물의 중앙 방으로 이끌고 갔다.

방은 피라미드 꼭대기 바로 아래에 있었다. 하얀 빛이 쏟아져 내렸다. 제물을 바치는 도구인 돌로 된 대야와 도끼에다가 몇몇 부서진 조각상, 깎아 만든 그릇과 긴 화강암 탁자가 모습을 드러냈다. 탁자 옆에는 번쩍이는 수정을 새겨 자수정을 박은 거대한 왕좌가 있었다. 왕좌에는 엄연히 땅의 요정의 지도자인 사람이 앉아 있었다.

그 사람을 보자 엘리의 가슴이 꽁꽁 얼어붙었다. 류는 깜짝 놀라 뒤로 휘청거렸다. 그때, 그 지도자가 말했다.

"환영합니다."

여전히 드루마디안 사제의 가운을 입고 거무스름한 초록 얼룩도 그대로 턱에 묻힌 채, 리니아가 말했다.

"여러분을 기다리고 있었습니다. 오, 그래요, 최근에 내가 본 환영 이후로 줄곧 말이죠."

23

나방

새도루트의 지하 동굴 깊숙이, 쿨위크가 새하얀 손을 뒷짐 진 채 불빛이 어둑한 복도를 서성거렸다. 눅눅한 돌벽에 걸린 횃불이 깜빡거리며 쿨위크의 훼손된 얼굴 속 상처와 화상 입은 살갗을 비췄다. 있어야 할 곳에 없는 귀에서부터 턱 아래까지 나 있는 삐죽삐죽한 상처와 더는 그 자리에 없는 코의 살점, 그리고 한때는 오른쪽 눈이었던 움푹 꺼진 눈구멍 모두가 횃불의 불꽃에 무시무시하게 벌게졌다.

쿨위크의 부츠는 앞에 떨어진 너덜너덜해진 회색 나방을 짓밟기 위해 천천히 다가가 돌바닥을 쿵쾅 두드렸다. 나방의 바스락 소리를 듣고 쿨위크는 혼자서 깔깔거렸다. 자신이 명백한 주인임을 적어도 어떤 생명체는 알고 있다니 만족스러운 일이었다.

입술 없는 입에 평생 변치 않는 우거지상은 더 심해졌다. 계획한 대로 일이 잘 풀리지 않았다. 그래, 전혀 안 풀렸다.

쿨위크는 남은 한쪽 눈을 앞쪽 복도에 고정시킨 채 모퉁이를 돌았다. 문 뒤에서 리타 고르가 기다리고 있었다. 그리고 그 문 뒤에서는, 자기 자신도 짓밟히기를 기다리는 한낱 나방에 불과했다.

악마 같은 멀린이 자기 얼굴을 훼손한 이후 수년 동안, 쿨위크는 아발론의 세상을 통치할 기회를 누구보다 더욱 갈망해왔다. 멀린의 악취를 떨쳐내고, 자신이 원하는 대로 새로 만들기 위해서 말이다. 높으신 주인님, 위대하신 리타 고르에게 도움을 빌고, 정령의 장군이 요구하는 모든 것을 해왔다. 아니, 쿨위크는 흰 간헐천의 호수에서 순수한 엘라노의 수정을 어떻게든 만들어내기까지 했다. 스스로 멀린의 후계자라 생각하는 그 꼬마 마법사의 간섭에도 불구하고 말이다.

그런데 쿨위크는 궁금했다. 이 모든 걸로 무엇을 얻었단 말인가? 홀로 시달리고, 기다리고, 계획하고, 비밀 댐을 짓기 위해 노예를 때로 모은 수많은 세월 동안?

쿨위크의 외눈 위 눈썹이 기대에 부푼 듯 올라갔다. 인제라도 기회가 있기 때문이다. 어떻게든 리타 고르의 분노를 멀리하고 그가 이 세상을 정복하게 돕는다면, 정령의 장군은 결국 다른 곳으로 관심을 돌릴 거다. 다른 세상으로 말이다. 예를 들어, 그 보잘것없는 멀린이 가 버린 곳, 지구로.

그럴 경우에, 리타 고르에게 충직한 누군가가 아발론에 남아 있어야 할 거다. 독자적으로 통치하려면. 감히 저항하는 어떤 적도 없애 버리려면. 그리고 또…….

쿨위크는 문에 이르렀다. 데스 마콜이 죽인 경비의 후임인 건장한 곱스켄이 쿨위크가 지나가도록 바로 뒷걸음질했다. 쿨위크는 곱스켄의 뱁새눈 속에서 일말의 두려움을 느꼈다. 이건 언제나 쿨위크를 기쁘게 했다.

"음, 그래, 곱스켄 쓰레기 녀석. 진정 누가 네 주인인지 아는군."

쿨위크는 문을 열어젖혔다. 고동치는 피처럼 새빨간 불빛만이 밝게 빛나는 어둠 속에서, 거친 목소리가 들려왔다.

"나의 주술사여, 너야말로 진정한 주인이 누군지 알겠지."

쿨위크가 침을 꿀떡 삼켰다.

"네네, 나의 주인님."

그러고는 문을 닫고 안으로 들어서서 리타 고르를 바라봤다.

"왜 나를 그렇게 빤히 쳐다보느냐, 쿨위크? 내게 도움을 빌어서 이제 후회스러운가?"

"아닙니다, 주인님. 절대요! 전 단지……."

"단지 뭐?"

목소리가 쉭쉭거렸다.

"주인님, 당신께서 얼마나 커지셨는지 놀랐습니다. 처음 아발론에 도착하신 후로 아주 많이 바뀌셨습니다! 더는 그저 한 줄기 연기이거나 공중에 둥둥 떠 있는 뱀이 아니라, 아주 큰 뱀이십니다. 할렉의 무기 제조자를 확인하러 오늘 아침 주인님을 떠나온 후로도, 크기가 커지셨습니다."

"내 총아야, 능력도 커졌다. 네가 아는 그 이상으로."

구불구불한 몸으로 벤젤라노의 핏빛 수정 주위를 꽉 감싸고 있던 리타 고르가 몸을 풀었다. 녹슨 빛의 줄무늬가 기다란 형체에서 일렁거리며, 이제 막 빛나기 시작하는 검은 비늘을 비추었다. 삼각형의 뱀 같은 머리 뒤에, 뼈처럼 생긴 혹 두 개가 보이기 시작했다. 날개가 모습을 드러내는 첫 번째 징후였다. 이미 뱀이라기보다는…… 용 같아 보였다.

리타 고르의 모습이 변하긴 했지만, 몇 주 전의 흔적이 아직 있었다. 살아 있는 그 어떤 것보다도 그림자와 닮은 연기 같은 존재의 흔적 말이다. 눈이었다. 이 뱀의 눈동자는 그저 검기만 한 게 아니었기 때문이다. 완전히 텅 비어 있었다. 어떤 구덩이나 크레바스보다 더 깊디깊었다. 텅 빈 게 아니라 무(無)였다.

그 눈동자는 공허였다.

리타 고르가 오염된 수정에서 몸을 빼내고는, 천천히 돌기 시작했다. 가시 돋친 꼬리가 거의 머리에 닿을 정도로 동굴에서 빙글빙글 돌며, 자기만이 들을 수 있는 음악에 맞춰 음산하지만 위엄 있는 춤을 췄다. 이것이 리타 고르의 속에서 부풀어 오르는 힘의 음악이었다. 정복의 음악이 가까워지고 있었다. 그리고 승리의 음악이 달성에 가까워지고 있었다.

어두운 동굴 안에서 빙빙 돌자, 벽에 살짝 닿을 때마다 검은 불꽃이 터졌다. 웃음도 자주 터져 나와 사방에 메아리쳤다. 그런 다음 리타 고르가 말하기 시작했다. 쿨위크는 그 목소리를 들을 때마다, 여전히 무릎이 떨리고 입이 바짝 말랐다.

"자, 내 작은 노리개여, 내가 무얼 했는지 말해주마. 나는 이 수정의 힘을 나를 도와줄 군대를 소집하는 데 썼다."

"하, 하지만, 나의 주인님. 제가 이미 당신께서 요구하신 전사들을 모으기 시작했습니다."

여전히 빙빙 돌며, 무시무시하게 큰 존재가 으르렁거렸다.

"그놈들 말고, 쿨위크! 독자적인 군대를 소집했다네. 사후 세계에서 온 불멸의 전사들 말이다."

주술사는 깜짝 놀라 몸이 얼어붙었다.

"불멸의 전사들요?"

"당연하지, 내 총아야. 내가 오로지 네 그 잡다한 인간과 곱스켄 무리를 믿을 거라 생각했나? 사령관으로서의 네 별 볼 일 없는 능력을?"

모욕적인 말에 쿨위크의 상처 난 얼굴이 붉어졌지만 입 구멍은 꾹 다물고 있었다.

"그들은 내 승리에 한몫할 거다. 너도 마찬가지고. 그러나 이기려면, 더 강력한 무언가가 필요하다. 그래서 나의 정령의 군대를 불러들였다. 그래, 그리고 이 수정을 통해 그들을 나에게 묶어놨고. 그들은 별에서 모여 빠르게 강해질 거다. 싸울 준비가 되었을 무렵에, 나는 높은 곳에서 그들과 함께할 거다. 그러고는 앞장서서 형편없는 이곳 영토로 내려와 네가 겨우 시작한 일을 끝마칠 것이다."

쿨위크는 고개를 숙였다. 동굴 속의 나방처럼, 자기 목숨에 남아 있는 모든 것을 곧 으스러뜨릴 무거운 부츠가 다가오고 있음을 느낄 수가 있었다. 더욱이 자신의 꿈마저도.

"그런 다음, 저를 버리시겠죠."

쿨위크가 쉰 목소리로 속삭였다.

용에 가까운 리타 고르가 마침내 빙빙 돌기를 멈췄다. 핏빛 수정의 불빛을 받은 데다 만족스러운 마음에 미묘하게 반짝반짝 비치는 텅 빈 눈은 잠시 동안 주술사를 살폈다.

"아니다, 쿨위크. 하지만 네 오만함이 바로 그렇게 하도록 나를 유혹하긴 하는군. 내게 계속 충성을 다하고 겸허하게 내 시중을 들기만 한다면, 널 가지고는 뭔가 다른 일을 할 거다."

주술사가 머리를 살짝 들었다.

"그게 무엇입니까, 주인님?"

"너를 아발론의 통치자로 만들 것이다."

쿨위크는 마치 번쩍하는 검은 번개를 맞은 듯 흠칫 놀랐다.

"통치자요? 음, 그렇습니까?"

"그렇다. 내가 죽을 운명의 지구를 시작으로 다른 세계에 이르기 위해 아발론을 이용하는 동안, 너는 여기에 남아 있어라. 그리고 나 대신 통치하라."

쿨위크는 방금 들은 말을 거의 믿을 수가 없었다.

"참으로, 주인님, 저는……."

"징징대는 감사의 표현은 됐다! 이제 네 작은 군대의 상태를 내게 말하라."

주술사는 잽싸게 차려 자세를 취했다.

"모든 것이 계획대로 진행되고 있습니다, 나의 주인님. 할렉의 곱스켄들이 튼튼한 무기를 만드는 동안, 저는 구울라카를 전부 영토로 보내 당신의 동맹자들과 연락을 취하도록 했습니다. 모두를 위한 공동체의 유치한 윤리 때문에 좌절한 인간들, 곱스켄, 오거, 산에 사는 트롤과 제가 찾아낸 체인질링들 말입니다. 제가 퀘나이카가 통치하는 변절한 독수리 부족의 충성을 받아내기까지 했습니다."

쿨위크가 능글맞게 웃으며 잠시 멈췄다.

"그리고 벨라미르의 인류 우선 운동을 저희에게 유리하게 만드는 건 의외로 쉬웠습니다. 일반 병사들은 아마 모르고 있겠지만, 이제 완전히 당신을 위해 뭐든 할 겁니다."

"그래서 자네가 그들의 수뇌부에 잠입했는가?"

쿨위크의 입술 없는 입꼬리가 씩 올라갔다.

"음, 그렇습니다, 나의 주인님. 절대적인 최상위로 말입죠."

"좋군. 모든 동맹자들이 계획을 아는가?"

"당신을 도울 정도로만 압니다, 나의 주인님. 아시다시피, 모두가 인간들만큼 능력이 있는 건 아니라서요."

리타 고르의 목구멍에서 나오는 깊은 쉭쉭 소리가 쿨위크를 또다시 경직되게 했다. 이내 쿨위크가 안절부절못하며 말했다.

"모두 머드루트에 이센위 평원으로 모이라고 알렸습니다. 은밀하게 움직이지 말라고 했습니다. 그래야 여전히 모두를 위한 공동체에 충성하는 생명체를 되도록 많이 꾀어 그곳으로 가게 하니까요. 또한, 전투를 벌이라고도 일러 놓았습니다."

"아주 좋군, 나의 총아야. 요구한 대로 했군. 내가 준비해놓은 덫에 대한 자세한 내용은 알지도 못했는데 말이지."

삼각형의 머리가 올라가 쿨위크를 보고 눈을 맞췄다.

"맹목적인 복종은 내가 귀하게 여기는 자질이다."

"그, 그, 그렇지요, 나의 주인님."

"쿨위크, 나의 최후의 승리가 불과 몇 주 안 남았다! 바로 지금 이 순간에도 폭풍처럼 점점 커지고 있다. 위대한 말이 죽으면, 폭풍이 닥칠 것이다. 아 그래, 닥칠 것이다."

쿨위크의 상처 난 볼이 비틀어졌다.

"죄…… 죄송합니다, 주인님, 하지만……."

깊디깊은 눈이 가까이 다가갔다.

"아직도 이해가 안 되느냐? 무엇보다도 이걸 알아라. 형편없는 인간, 요정 그리고 아직도 멀린을 우러러보는 다른 것들이 아무리 네 군대와 잘 싸운다고 해도, 처음부터 파멸할 것이다! 넌 반드시 이센위 평원에 모일 우리 동맹자들에게 별들에서 내 신호를 보기 전까지 전쟁을 자제하라는 말을 퍼뜨려야 할 것이다."

"신호요?"

"내가 가장 밝은 빛을 지닌 중앙 별을 끌 것이다. 그것은 유한한 생명체가 날개 달린 위대한 말, 페가수스라 부르는 별자리에 있지. 페가수스의 심장이라고 불리는 그 별은 보이는 그 이상이다. 훨씬 더 그 이상의 것 말이다. 그래서 내가 그걸 *끄면*, 어떤 놀라운 일이 일어날 거다. 심장 박동이 멈추면…… *위대한 말이 죽는다.*"

리타 고르가 잠시 멈췄다.

"이 모든 걸 이해하려 애쓰느라 골머리 썩이지 마라, 나의 쿨위크여. 바로 그 순간에 네가 알아야 할 전부는, 내가 앞장서서 하늘에서 불멸의 전사들을 데리고 나올 거라는 것이다! 우리는 적들을 습격하고 전멸시킬 것이다."

힘차게, 주술사가 끄덕였다.

"그렇군요, 알겠습니다! 가장 훌륭한 계획입니다, 나의 주인님. 전투는 진정으로 역사에 남을 만한 승리가 될 것입니다."

"그럴 것이다, 쿨위크. 자네가 거기서 그걸 목격하지 못할 테니 비극적이군."

주술사는 무릎에 힘이 풀렸다. 이내 축축한 돌벽에 몸을 기대었다.

"제가 거기에 없을까요?"

"그렇다. 자네는 여기 남아서 이 수정을 지켜야 하니까. 잃어버릴 각오를 하기에는 너무 소중하잖나. 내 정령의 군대가 이제 수정에 묶여 있다. 내가 별들이 있는 곳으로 가지고 갈 수 있지만, 그리하면 자네의 군대를 도울 수 있는 건 여기 뿌리-영토에 없게 되잖나."

쿨위크의 호기심이 발끈대는 실망감보다 앞섰다.

"그러면 그게 어떻게 제 군대를 도울 건가요?"

"내 총아야, 머지않아 보게 될 거다."

"하지만 주인님…… 제가 꼭 남아야 하나요? 큰 승리를 거둘 전투를 놓치고요?"

"그렇다, 쿨위크. 아마도, 넌 너만의 전투를 하게 될 테니. 가장 보람 있다고 생각하게 될 그 전투를 말이다."

주술사의 외눈이 휘둥그레졌다.

"누구를 상대로 말입니까, 나의 주인님?"

탁탁거리는 긴 웃음소리가 동굴 안에 울려 퍼졌다.

"자네의 친애하는 벗, 데스 마콜을 상대로. 그자가 젊은 사제를 죽이고 엘라노의 수정을 가지고 올 거라 의심치 않는다. 그자가 여기로 돌아오지만 수정을 내놓지 않을 거라는 것도 의심치 않는다. 더불어, 그자는 벤젤라노 수정을 가져가려 할 거다. 그 수정이 그자에게 나와 맞서 싸우게 할 힘을 만들어줄 테니 말이다. 그리고 물론, 그자는 그 과정에서 널 죽이고 싶어 할 것이다."

쿨위크는 새하얀 손으로 주먹을 움켜쥐었다.

"그자를 맞을 준비를 하겠습니다."

"좋군."

리타 고르가 빗발치는 불꽃 속에서 동굴 벽에 꼬리를 갈기며 대답했다.

"그렇다면 내가 아주 기쁘겠군."

24

회색 늑대를 위한 먹이

웩웩. 웩웩. 또 웩웩거렸다.

그것이 마침내 탬윈이 깨어나고서 할 수 있는 전부였다. 몇 분 동안, 공처럼 둥그렇게 말아 옆으로 누워 있었다. 발작적인 기침과 식식대는 소리가 배와 허파에서 최대한 많은 물을 토해낼 때까지 계속되었다. 드디어, 경련이 멈췄다. 하지만 몸속으로 파도처럼 밀려드는 고통은 멈추지 않았다.

탬윈은 숨을 몇 번 헉헉 들이마시더니, 다시 기침을 하고는 좀 더 숨을 쉬었다. 반 이상 익사 상태였는데도, 어쨌든 살아 있었다. 하지만 어디에서?

탬윈은 빙빙 도는 머리로 천천히 한쪽 팔꿈치를 받치고 일어났다. 의지대로 움직이기는커녕 두 눈의 초점을 맞추는 데까지 시간이 오래 걸렸다. 그다음, 갈빗대와 목 아래쪽에 심한 고통은 무시한 채 주변을 보기에 충분할 정도로 고개를 들었다.

위쪽으로 흐르는 폭포 옆의 또 다른 돌출부에 앉아 있었다. 여정을 시작했던 돌출부와 마찬가지로, 에메랄드빛 이끼와 얕은 물웅덩이가 잔뜩 있었다. 그 가운데 일부는 자기가 토해낸 게 아닌가 하는 의심이 들었다. 흩날리는 물안개 사이로, 탬원은 물과 빛의 쌍둥이 폭포를 보았다. 하나는 위로 빙빙 감겨 올라가고, 다른 하나는 빙글빙글 돌아 내려왔다. 솟아오르는 물은 가차 없이 쿵쾅거렸다. 탬원의 머리 또한 그랬다.

탬원은 시선이 빙글빙글 돌지 않게 하려고 두 눈을 감았다. 그때 크리스탈루스의 두루마리에서 본 그 문구가 생각났다. 멀린의 옹이구멍에서 보이는 경관에 관한 것이었다. 그건 *거의 그 여정만큼이나 아찔하다*는 내용이었다. 음, 탬원은 방금 탔던 것보다 더 아찔한 건 아무것도 상상할 수 없었다. 옹이구멍에 더욱 가까운 길을 찾았다는 게 있을 수 있는 일인가?

탬원이 힘없이 고개를 끄덕였다. 혹시 찾았을지도 모른다. 머리 없는 트롤의 두뇌를 가진 그 미치광이 홀라의 도움으로 말이다.

탬원은 다시 눈을 떴다.

그 녀석을 잡을 수 있을 때까지 기다리자.

하지만 헤니는 돌출부 어디에도 없었다. 아무 데도 없었다! 어쩌면, 탬원보다 작고 가벼우니까 올라가는 폭포에 휩쓸려 더 높이 갔을 수도 있다.

그때 두 번째 고통이 갑자기 찾아왔다. 탬원은 배티 래드가 얼마나 잘 지냈는지 보려고 호주머니 쪽을 흘끗 내려다봤다. 그러다 옷이 아주 크게 찢겨 있는 걸 봤다. 폭포가 옷을 엄청 많이 뜯어갔다. 게다가 약삭빠른 초록 눈의 친구도 데리고 갔다.

탬원이 흠뻑 다 젖은 머리를 흔들었다.

배티 래드! 모두 내 잘못이야. 이렇게 위험한 탐험에 따라오게 놔두

지 말았어야 했는데. 불쌍한 조그만 녀석……. 이제 막 널 알아나가기 시작했는데. 네 정체가 정말로 뭔지 아직 알아내지도 못했는데.

없어졌다! 둘 다. 탬윈은 오랜 시간 동안 고개를 숙이고 있었다.

이윽고, 다시 고개를 들었다.

"바드 카타의 삐뚤빼뚤한 이빨에 맹세코, 할 수만 있다면 헤니를 처음부터 다시 죽이겠어."

우르릉거리는 물소리에 목소리가 묻힌 채, 탬윈이 저주를 퍼부었다.

탬윈은 바르게 앉아 자기 자신을 더 자세히 살펴봤다. 팔과 다리, 목을 조심조심 움직였다. 뻐근하고 아팠지만, 아무 데도 부러지지 않아 보였다. 그리고 여전히 배낭, 물병, 그리고 어떻게든 지팡이를 가지고 있었다. 더불어 익사하지 않은 일부 뇌라도 갖고 있었다.

그러나 모든 건 차치하고 탬윈은 이제 혼자였다.

완전히 혼자.

하지만 어디에서? 아는 거라고는 오직 신비롭고 선명하게 그려진 벽화가 있는 터널의 지대보다 훨씬 높은, 위대한 나무의 광활한 나무둥치 속 어딘가라는 것뿐이었다. 하지만 그것 이외에는 아무것도 몰랐다. 그어느 때보다도 더 길을 잃었다! 한 번 더, 탬윈은 자신의 위치와 옹이구멍으로의 길을 찾게 도와줄 나침반 같은 게 있길 바랐다.

그리고 그다음에는, 별들도. 리타 고르가 어두워지게 만들었고, 그리고 머지않아 이상하고 사악한 그림자를 가져올 바로 그 별들도 말이다.

탬윈은 고통스러울 정도로 천천히 두 발로 일어섰다. 불안하게 흔들흔들 휘청거리며 지팡이를 꺼내 들 생각이 날 때까지 거기 서 있었다. 잠시 동안, 이곳으로 자신을 데려다준 나선형의 폭포를 그저 뚫어지게 바라봤다. 그러고는 돌아서자 이곳 돌출부가 다른 터널과 연결되어 있

다는 걸 깨달았다. 어디로 이어지든지 간에, 탬원은 그곳을 탐험해야
했다.

온몸이 쑤셨지만 탬원은 걷기 시작했다. 아래로 내려가면서 걸어갔
던 곳처럼 이 터널은 수평으로 나 있었다. 안으로 들어서자, 벽에 매달
린 이끼 장막은 이내 사라졌고, 그 아래 거친 갈색 나무가 모습을 드러
냈다. 오돌토돌한 소용돌이무늬와 옹이가 여기저기에 있었다. 때로는 비
비 꼬여 표면이 거친 수정처럼 튀어나와 있기도 하고, 때로는 나무 물결
처럼 넘실거리기도 했다. 탬원은 터널 안쪽으로 더 깊숙이 들어갔다. 걸
을 때마다 지팡이의 *딱딱, 딱딱, 딱딱* 소리가 간간이 들렸다.

난데없이 고통에 찬 긴 비명이 들렸다. 이전에는 한 번도 들어본 적
없는 목소리였다. 하지만 죽음의 문턱에 있는 생명체에게서 나는 소리
라는 걸 단번에 알았다. 훨씬 깊숙한 터널 안에서 들려왔다.

팔다리가 아픈데도 불구하고, 탬원은 반은 뛰고 반은 절룩이며 서둘
러 갔다. 그러다 굴곡진 갈색 종유석을 피하기 위해 제때에 휙 수그린
다음 모퉁이를 돌았다. 터널이 갑자기 넓어지더니 여러 통로가 교차하
는 동굴로 이어졌다. 동굴은 위대한 나무의 심재의 반만 한 크기로 식
물이 넘쳐났다. 각양각색의 식물들이 양측과 천장에서 자라나고 있었
다. 넓고 납작한 잎사귀를 가진 한 품종은 스톤루트의 참나무 껍질에
서 자란 푸르스름한 초록 이끼를 떠오르게 했다. 하지만 이곳 위대한
나무의 나무둥치 안에는 이끼가 훨씬 더 컸다. 거의 호랑가시나무 덤불
크기만 했다.

동굴 안에서 비명이 또다시 울려 퍼졌다. 탬원은 왼쪽으로 방향을 틀
어 관목을 밀어젖히고 나가보니, 거대한 곤충 세 마리에게 무참히 물어
뜯기고 있는 큰 갈색 나비가 보였다. 공격자들은 등이 붉은 흰개미와

아주 흡사했다. 쓰러진 나뭇가지를 물어뜯는 모습을 탬윈이 자주 봤었는데, 이건 수백 배가 더 컸다. 이들 괴수는 각각 적어도 탬윈의 키보다 세 배는 컸다. 거대한 허리둘레를 고려해볼 때, 아마도 열 배나 무거울 테다. 그밖에, 여느 개미처럼 이들 흰개미도 어떤 나무도 쉽게 뜯어내거나 으스러뜨릴 수 있는 강한 집게 턱을 지녔다.

아니면 어떤 살점도. 지금은, 흰개미 두 마리가 나비의 몸통을 잡아뜯는 사이, 한 마리는 입으로 찢어진 날개를 꽉 물고 있었다. 별로 성공하지는 못했지만, 나비는 맞서 싸우려고 힘없이 한쪽 다리를 도리깨질했다.

탬윈은 곁눈질로 또 다른 동물을 자세히 살폈다. 덤불 속에 숨어 있던 옅은 초록 눈의 커다란 회색 늑대였다. 아래쪽 영토의 어떤 늑대보다 무려 두 배 크기였지만, 힘센 그 동물은 산들바람처럼 살살 덤불을 헤치며 갔다.

탬윈은 깨달았다.

몰래 쫓아가고 있잖아. 흰개미 먹이가 뭐가 남았든 그걸 먹으려고 기다리고 있어.

탬윈은 이마를 찡그렸다. 야생에서 포식자가 사냥감을 죽이는 걸 여러 번 봤었다. 하지만 거대한 흰개미가 나비를 공격하는 방식에는 뭔가 불편한 게 있었다. 배고파서가 아니라 왠지 순전히 악의를 가지고 죽이고 있다는 게 느껴졌다.

그건 잘못됐잖아. 완전히 잘못됐어.

탬윈은 마구 소리를 지르며 이끼 덤불을 뛰어넘었다. 부러진 단검 때문에, 무기는 지팡이와 사나운 본성뿐이었다. 탬윈은 두 가지를 최대한으로 써서 온 힘을 다해 흰개미를 때리고, 거대한 눈을 걷어찼다. 그러는 내내 흰개미의 집게 턱을 피하려고 빙빙 돌고 날뛰었다.

탬윈이 한 마리의 눈 바로 뒤쪽 머리를 내리쳤다. 아주 세게 친 바람에 회색의 무언가가 뿜어져 나오더니 줄줄 흘러내렸다. 나비의 다리를 맹공격하던 다른 개미는 배를 찔려 무장한 뼈판 일부가 금이 갔다. 그러고는 분노에 차 고함을 지르며 다리를 내뻗더니 곧장 탬윈에게로 뛰어들었다. 때마침, 탬윈은 손이 닿지 않는 곳으로 피했다. 그러고는 몸을 얼어붙게 하는 무언가를 보았다.

알고 보니 개미의 먹이는 나비가 아니었다! 그제야 탬윈은 오랜 시간 멈춰 서서 자신이 돕고 있던 생명체를 살펴봤다. 이내 실제로는 날개 달린 남자에 가깝다는 걸 깨달았다. 그 남자의 짙은 갈색 피부는 나무껍질처럼 텁수룩했다. 깊은 상처 때문에 구겨진 날개와 근육질 가슴이 찢겨 있었다. 그리고 두 다리는 심하게 난도질당했다. 은빛이 나는 갈색 피가 몸 대부분과 허리에 두르고 있던 수수한 로인클로스*에 얼룩져 있었다.

탬윈이 뛰어서 비키기도 전에, 거대한 곤충이 뒤에서 덮쳐 바닥으로 때려눕혔다. 다시 일어나려는데, 칼처럼 날카로운 집게 턱으로 탬윈의 등을 베었다. 탬윈은 아파서 소리치며 옆으로 휘청거리다 날개 달린 남자의 몸에 발이 걸려 넘어졌다. 날개 달린 남자는 힘없이 고개를 들어 짙은 갈색 눈으로 탬윈을 바라봤다. 말할 겨를이 없었지만, 눈을 마주친 그 순간 충분히 전달됐다.

탬윈이 옆으로 굴러가자 바로 그때 흰개미의 거대한 몸이 그 자리에서 부서졌다. 탬윈은 등에 상처가 났는데도 다시 일어서려고 안간힘을

---

* 천을 기저귀 차는 식으로 샅을 싸서 허리에 감아 고정시킨 형태의 옷.

썼다. 하지만 숨결 하나하나처럼, 동작 하나하나가 탬윈의 가슴에 고통의 비수를 꽂았다.

탬윈은 공격하는 척하며 흰개미 한 마리의 사나운 집게 턱을 피한 다음, 지팡이로 놈의 등허리를 두들겨 팼다. 빨간 뼈판이 쪼개지자, 곤충은 몹시 괴로워 등을 활처럼 구부리며 큰 소리로 울부짖었다. 탬윈이 막 다시 내리치려고 하자 다른 흰개미들이 탬윈의 엉덩이 아래 살점을 물어 크고 깊은 상처를 냈다. 피가 솟구쳤고 탬윈은 균형을 잃어 바닥에 큰대자로 누웠다.

흰개미가 뒷부분으로 일어서서 내리칠 태세를 하자 탬윈은 가까스로 몸을 뒤집었다. 짐승은 틀림없이 말 한 마리보다 무게가 더 나갔기에, 지금 타격은 탬윈의 가슴을 으스러뜨릴 정도였다. 그런 다음, 흰개미들이 먹다가 남긴, 있을까 말까 한 정도의 탬윈을 예의 그 배회하던 늑대가 분명히 먹을 거다.

탬윈은 손에 닿지 않는 곳에 있는 지팡이를 보았다. 그러자 마지막 간절한 발상이 갑자기 떠올랐다. 몸속에 흐르는 고통을 무시한 채, 남아 있는 온 힘을 끌어당겨 팔을 멀리…… 더 멀리 뻗었다.

잡았다!

일사천리로, 탬윈은 지팡이를 위쪽으로 휙 돌려 뾰족한 끝을 높이, 울퉁불퉁한 끝은 바닥으로 향하게 쥐었다. 그러고는 거대한 짐승이 걸려 넘어질 뻔해도, 지팡이를 제자리에 꼭 붙잡고 있었다. 괴수는 고막을 찢는 듯한 승리의 포효를 내뿜으며 앞으로 고꾸라졌다. 하지만 지팡이가 목 아랫부분, 대가리, 그리고 그 안에 든 뇌수까지 찌르자, 울부짖는 소리가 갑자기 괴로움으로 바뀌었다. 검은 피가 사방에 콸콸 쏟아져 나왔다.

흰개미의 최후의 발악이 무게 중심을 살짝 바꾸어놨기에, 흰개미의 몸통은 겨우 털끝만 한 차이로 탬윈의 바로 왼쪽에 쿵 떨어졌다. 탬윈은 꼼짝없이 당한 괴수 옆에 헐떡이며 누웠다. 온몸이 상처로 인해 따끔거렸다. 그렇지만 살아 있었다.

탬윈이 돌아누워 똑바로 앉은 다음 비틀거리며 두 발로 일어섰다. 한쪽 발은 죽은 흰개미에 대고 버티면서 지팡이를 손에 넣으려고 잡아끌었다. 놀랍게도, 지팡이의 마법 같은 윤기가 어떤 검은 피도 들러붙지 않도록 했다. 멀린이 오래전에 지녔던 오니알레이가 여느 때 못지않게 반질반질 빛이 났다.

바로 그때, 탬윈은 뒤에서 무언가 움직이는 소리를 들었다. 남아 있던 흰개미 한 마리였다. 지팡이를 들어 올리기에도 이제 너무 힘이 없었지만, 탬윈은 빙글빙글 돌았다. 어떻게 방어할 수 있을까?

그런데 괴수가 달아나고 있었다! 관목 숲 사이로 기어나가 어떤 통로로 사라지는 걸 탬윈은 지켜봤다. 다시 싸우지 않아도 되어서 한시름 놓은 탬윈은 날개 달린 남자의 다친 몸을 향해 돌아섰다.

갈색 벨벳벌이 만든 꿀처럼 진한 색감을 띠는 남자의 진갈색 눈이 초점을 맞추려 애썼다. 그리고 전에도 자주 그랬듯이, 탬윈은 남자의 생각을 또렷하게 들었다.

자네가…… 날 구했군, 인간 젊은이.

탬윈은 남자의 옆에 무릎을 꿇었다.

지금 죽지만 말아, 알겠지?

날개 달린 남자가 움찔했다.

아직 해야 할…… 이야기가 많네.

탬윈은 남자의 쇄골 바로 아래쪽 텁수룩한 갈색 피부에서 가장 심한 상처를 찾아 그 위에 손을 얹었다. 그러고는 갑자기 뒷걸음질했다. 이 사람은 뜨거웠다! 아주 뜨거웠다. 사람을 죽일 수 있을 만큼의 심한 열이 나고 있었다.

탬윈은 아까 그 자리에 다시 손을 대며 상처에서 피가 그만 나길 바라기 시작했다. 허리와 엉덩이의 뜯겨진 자신의 살점도 그러하기를 바랐다. 하지만 이미 너무 많은 피를 흘렸기에 그러한 노력은 어지럽게만 했다. 탬윈은 불안하게 뒤뚱뒤뚱 걸어가다 넘어질 뻔했지만 가까스로 몸을 바로잡았다.

자네의 힘을 낭비하지 말게나, 인간 젊은이. 나는…… 지쳤다네.

아직 아니야!

탬윈은 억지로 아픈 허리를 곧게 세웠다.

당신은 도움이 필요해, 그뿐이야. 집이 여기서 먼가?

이제 너무 멀어졌지. 모든 이야기는 반드시…… 결국엔 끝을 맺어야 하네.

탬윈은 머리가 빙빙 돌아 또다시 휘청거렸다. 똑바로 서 있을 수조차 없었다! 어떻게 다른 사람을 도울 수 있을까?

탬윈은 남자의 찢겨진 날개 옆 바닥에 머리를 세게 부딪치며 푹 쓰러졌다. 상처에서 피와 함께 남아 있던 힘도 흘러나오는 게 느껴졌다. 아무리 용을 써 봐도 몸을 다시 일으킬 수가 없었다. 탬윈은 갑자기 깨달았다. 여기가 죽게 될 곳이라는 걸.

머리는 어질어질했지만 환영의 끝자락에서 어떤 움직임을 보았다. 회색 늑대! 죽이려고 다가오고 있었다.

탬윈은 지팡이를 들어 올리려 애썼지만 그거조차도 불가능했다. 손잡이를 움켜쥐던 힘이 풀리고, 그사이 짙은 안개가 머릿속에 스며들어

317

생각을 흐려놓았다. 하지만 간신히 날개 달린 남자에게 마지막 질문을 했다.

적어도 당신의 이름은 알려줘.

귀리온이라네. 그러면…… 자네는?

탬윈은 힘이 없어 답을 할 수 없었다. 강한 어깨에 목털을 바짝 세운 채 으르렁거리며 다가오는 회색 늑대의 눈에서 배고픈 불꽃을 볼 수도 없었다. 늑대는 주둥이를 까서 날카로운 이빨을 드러내더니 바로 그 순간 탬윈의 목 주변을 덥석 물기 시작했다.

25
황금 화관

탬원은 깨어났는데도 자신이 살아 있는지 확신이 안 섰다. 그게 어떻게 가능할 수 있는지도 몰랐다.

하지만 사실이었다.

쓸려 벗겨지고 쓰라린 목을 돌려 새롭고 낯선 주변을 둘러보았다. 작은 방에 등을 대고 누워 있었다. 그곳은 스톤루트에서 알았던 여러 양치기와 보리 농부의 방 하나짜리 막사보다 크지 않았다. 아래에 깨진 타일 바닥은 켜켜이 쌓인 흑탄 사이로 원래의 녹슨 붉은 색깔이 겨우 보였다. 커다란 타일 판으로 만든 벽과 천장도 역시 흑탄으로 덮여 있었다. 수년간 불을 땐 탓인지, 온 사방에서 연기 냄새가 났다.

탬원은 똑바로 앉으려 했으나 머리가 미친 듯이 빙빙 돌았다. 그래서 도로 쓰러지다 바닥에 머리를 부딪쳤다. 어지러움과 메스꺼움이 가라앉는 데 몇 분이 걸렸다. 마침내, 몸을 억지로 돌아누워 누구의 집이라기보다는 훈연실처럼 보이는 방을 훑어봤다.

경질 목재로 된 오래된 탁자와 그에 어울리는 의자 두 개뿐, 가구는 거의 없었다. 그을린 그릇과 머그 두 잔이 탁자 위에 놓여 있었다. 그리고 벽에는 대충 깎아 만든 액자에 오래전에 흑탄으로 뒤덮인 타일 그림이 걸려 있었다. 그림 아래 선반에는 물감이 든 통과 물감이 잔뜩 묻은 붓 여러 개, 그리고 작은 갈색 상자가 놓여 있었다.

하지만 난로는 어디에 있지? 요리용 화덕 불이 있을 만한 공간조차 없었다. 설마 이곳을 지은 누군가가 그냥 바닥에다 불을 지피진 않았겠지? 그것도 연료도 없이?

탬윈은 구석에 쌓여 있는 자신의 배낭과 지팡이를 보았다.

하다못해 저것들도 여기에 왔네.

탬윈은 마음이 놓였다.

그런데 여기는 어디지?

답이 없었다. 아는 거라고는 아무튼 누군가의 연기 자욱한 오두막에 있다는 것뿐이었다. 설명할 수 없는 마음속 느낌으로부터, 탬윈은 아직도 위대한 나무의 나무둥치 깊숙이 있다고 확신했다.

슬프게도, 탬윈은 이만큼 해내지 못한 두 친구, 헤니와 배티 래드를 생각했다. 옆에서 요상하게 굴었어도 (헤니의 경우 완전히 위험하게), 탬윈은 그들이 그리웠다. 아주 많이. 이 탐험이 탬윈의 마음속에서는 여전히 불타듯 타올랐지만, 친구들 없이는 따뜻하지 않은 불이었다.

탬윈은 힘들여서 고개를 가능한 적게 들어 올리고는 배낭이 있는 곳으로 꿈틀거리며 나아갔다. 엉덩이가 아파서 욱신거려 두 발에 힘을 싣기는커녕 왼쪽 다리도 차마 움직이지 못할 정도였다. 하지만 가까스로 미끄러지듯 움직이며 바닥에 몸을 질질 끌어 검은 잿더미를 휘저었다.

그렇지!

탬윈은 배낭 쪽으로 손을 뻗었다. 그러고는 힘없이 움켜잡았다. 배낭을 가까이 끌어당기자 멀리 떨어져 있는 차임*처럼 하모나 널빤지에서 댕그랑 소리가 났다.

엘리의 하프.

탬윈이 마음속으로 생각했다. 거기에 들어 있던 걸 거의 잊어버리고 있었다. 이내 거의 잊고 있었던 느낌이 되살아났다.

걔는 지금 어디에 있을까. 나보다 잘 있을지 궁금하다.

배낭을 열어 가죽갈대 물통을 꺼내 뚜껑을 열고 들이켰다. 그전처럼, 위대한 나무의 심재의 마법 같은 샘에서 난 달콤한 물 한 모금에 아픈 팔다리가 진정되었다. 새로운 힘을 주었다. 그리고 정신을 되살렸다.

그때 탬윈은 배낭에서 뭔가 이상한 점을 발견했다. 이빨 자국! 메고 있었더라면 목 주변에 왔을 가죽끈 끝에 아주 큰 구멍이 나 있었다. 탬윈은 팔을 들어 올려 귀 바로 아래 목 주변에 나란히 긁힌 자국을 만졌다. 이 자국들도 이빨에 긁힌 걸까?

이미지들이 탬윈의 마음을 휘저었다. 터널 안 화려한 벽화, 솟아오르는 폭포수, 예의 그 무시무시하게 큰 흰개미와의 사투. 귀리온은 어디 있지? 그 끔찍한 열에도 살았을까? 그리고 무엇이 회색 늑대로부터 탬윈을 구한 걸까?

탬윈은 이빨 자국을 느끼며 손가락으로 배낭끈을 쓸어내렸다. 설마 그럴 수가? 아냐, 설마, 그건 불가능했다.

탬윈의 눈길은 또다시 벽에 걸린 타일 그림으로 향했다. 색깔 줄무늬가 흑탄 사이로 충분히 보였기에 그 아래 그림을 거의 알아볼 수가 있었다. 어쩐지 눈에 익었다. 하지만 뭐지?

---

* 시각을 알리거나 호출용으로 쓰는 종.

탬윈은 지팡이를 부여잡고서 그림을 향해 기울였다. 애쓰느라 팔이 부들부들 떨리긴 했지만, 지팡이 끝으로 액자 속 그림을 문질러 새까맣게 탄 여러 조각을 떨어냈다. 갑자기, 탬윈은 그림을 알아보자 깜짝 놀라 숨이 턱 막혔다.

불타는 남자였다! 벽화에 그려진 이들처럼 똑같이 생겼다. 한 가지 세부 사항만 빼고. 이 남자는 왕관과 아주 비슷한 황금빛 잎사귀로 된 화관을 머리에 쓰고 있었다. 근엄한 입과 각이 진 턱은 의도대로 강한 인상을 주었다. 그런데 탬윈은 궁금했다. 그 의도가 무엇이었을까? 우람한 가슴과 날개를 집어삼키는 주황빛 불꽃에 둘러싸인 남자는 귀리온의 눈처럼 진하고, 꼭 스크리의 눈처럼 매서운 눈빛으로 탬윈을 내려다보고 있었다.

하지만 이 남자는 독수리 종족이 아니었다. 무언가 완전히 다른 것이었다.

바로 그때, 탬윈은 방 바깥에서 나는 목소리를 들었다. 화난 목소리였다. 이내 곧 고함 소리로 바뀌었다.

탬윈은 전혀 그 소리가 마음에 들지 않았다. 무기로 쓸 만한 게 있는지 찾으려고 휙 둘러보았다. 그러나 그저 지팡이와 부러진 단검, 그리고 아주 적은 힘뿐이었다.

탁자 옆에 있는 문이 홱 열렸다. 그을린 벽면에 너무 세게 쾅 부딪치는 바람에 타일 액자 한 조각이 바닥에 떨어져 깨졌다. 두 남자가 안으로 들이닥치자 탬윈은 칼 같은 파편으로 달려들었다. 털이 텁수룩한 갈색 피부에 로인클로스를 입고, 너덜너덜해진 날개가 달린 남자들이었다. 딱 귀리온 같았다!

두 사람은 탁탁 소리가 나는 언어로 말을 하고 나뭇진이 많은 가문비나무가 불에 타듯이 욕설을 퍼붓고 있었지만, 탬윈은 쉽게 알아들을 수 있었다.

"이봐, 저놈을 죽이라니까! 저놈의 이야기를 지금 당장 끝내 버려."

"아니, 안 돼, 시안. 대축제일까지 기다려! 저놈은 대어라니까. 완벽한 제물이 될 거야."

"완벽하지 않아, 멍청아. 황금 화관만이 완벽하다고."

"언제 마지막으로 우리한테 그런 게 있었는데? 다그다만이 알겠지! 적어도, 우리 할머니가 첫 이야기를 해주기 전부터잖아. 의식 때까지 계속 놔두다가, 그다음에 불에 태워 죽이자."

"됐어! 지금 죽여. 탈출할 만큼 강해지기 전에. 그런 다음……."

피부가 벗겨진 남자들이 막 손을 뻗으려는 순간, 탬윈은 등을 벽에 기대어 억지로 꼿꼿이 앉았다. 머리는 어질어질하고 시야는 흐렸지만, 그곳에서 움직이지 않고 있었다. 그러고는 부서진 타일 조각을 휘두르며 으르렁거렸다.

"나한테서 떨어져! 떨어지라고!"

누군가가 탬윈의 어깨를 거칠게 내리쳤다. 탬윈은 임시변통의 날을 휘두르며 후려갈겼다. 한 남자가 고통스러워 울부짖었다. 이윽고 새로운 목소리가 고함쳤고, 몸싸움이 잇따랐다. 뭔가가 탬윈의 턱을 쳤다. 그러자 탬윈은 손에서 타일을 떨어뜨리며 옆으로 미끄러져 넘어졌다.

26

영혼불꽃

탬원은 눈을 뜨려고 안간힘을 썼다. 눈꺼풀이 무겁게 느껴졌다. 너무 무거워서 뜰 수가 없었다. 그런데도 계속해서 애를 썼다.

눈을 뜨지 않았는데도 탬원은 아직 같은 방이라는 걸 알았다. 무수히 오래된 화덕 불이 타고 남은 끄트러기 같은 냄새가 났다. 손 바로 아래에서는 타일 위에 켜켜이 쌓인 숯이 느껴졌다. 하지만 지금은 적어도 두 남자가 가고 없다는 걸 깨달았다.

누구였을까? 그리고 왜 탬원을 죽이고 싶어 했을까?

마침내, 탬원의 두 눈이 번쩍 뜨였다. 때마침 덩치 큰 흐릿한 형체가 탬원에게로 몸을 앞으로 숙이고 있었다! 가까이 다가오고 있었……

온 힘을 다해, 탬원은 똑바로 앉으려 했다. 앞이 안 보여 한 손은 칼 같은 파편을 더듬거리고, 다른 손은 필사적으로 바닥에 대고 밀었다. 하지만 팔은 덜덜 떨리고 머리는 아파서 터질 듯했다. 시야는 안개처럼 더욱 흐릿해졌다. 타일 바닥에 쿵하고 도로 쓰러졌다.

형체는 더욱 가까이 몸을 숙였다.

탬원은 머리를 들거나 손 하나를 들어 올리려 했다. 하지만 납덩어리처럼 새까맣게 탄 바닥에 가만히 있었다. 탬원은 속수무책이었다.

이제 형체는 탬원의 바로 위에서 빤히 내려다보고 있었다.

"움직이려 하지 말게, 인간 젊은이. 아직 힘이 너무 없다네. 그래도 좀 전에 어떻게든 힘을 되찾아서 다시 싸웠구먼."

저 목소리, 저 목소리를 알아.

탬원이 생각했다. 그러고는 눈의 초점을 맞추려고 안간힘을 썼다.

"귀리온!"

"그렇다네, 여보게."

"하지만 당신은! 죽은 줄 알았어. 당신의 상처가……."

"우리 종족은 빨리 낫는다네. 적어도 몸에 난 상처는 그렇지."

귀리온이 미간을 찌푸렸다.

"그렇긴 해도, 나를 회복시키는 데 나의 아내 툴친느의 기술이 많이 들어갔지. 그리고 시간도 좀 걸렸고. 그러니까 자네의 시간 개념으로는 우리가 온 지 꼬박 이틀이 지났다네."

"이틀?"

귀리온이 민머리를 문질렀다.

"그래."

"저 사람들. 저들이……."

탬원이 걱정스레 말했다.

"걱정 말게."

귀리온이 분명히 말했다. 녹은 초콜릿 웅덩이처럼 생긴 두 눈이 동정심을 갖고 바라보는 사이, 크게 벌린 입꼬리는 고맙다는 미소로 씩 올라가 있었다.

"우리가 그들을 막았지. 툴친느와 내 여동생 프라이사, 그리고 내가.

하지만 그건 자네가 내게 한 것만큼 어렵지는 않았다네."

"그렇지만…… 그 커다란 회색 늑대는? 왜 우리를 그냥 잡아먹지 않은 거지?"

귀리온의 얼굴에서 까물거리는 촛불처럼 미소가 스쳐 지나갔다.

"그랬을 수 있지, 맞아, 그리고 보통 때는 주저하지 않았을 거고. 여기서는 늑대들이 흰개미가 남긴 걸 자주 먹지. 그런데 늑대들은 보기 드물게 도의적이고 위엄도 대단한 짐승이라네. 자네가 한 일을, 보여준 그 용기를 늑대가 보고는 우리 둘을 살려주기로 결심한 거지. 그래서 우리를 새끼 두 마리를 짊어 나르듯 우리 마을로 끌고 왔다네. 그리고 툴친느가 우리를 발견하자, 늑대는 떠났고."

탬윈은 배낭끈과 이빨 자국을 힐끔 쳐다봤다.

"도의심이 놀라운 곳에 남아 있네."

"과연 그렇지."

귀리온이 배낭끈이 아니라 탬윈을 바라보며 대답했다. 그러고는 몸을 숙여 젊은 청년의 이마에 손바닥을 얹었다.

갑자기 탬윈이 머리를 흔들었다.

"당신 손, 엄청 뜨거워! 그때처럼 열이 또 나."

귀리온은 손을 거두었다. 커다란 입이 즐거우면서도 슬퍼 보이는 모습으로 일그러졌다.

"열? 아니, 이건 내 정상 체온이라네. 원래보다 훨씬 더 낮긴 하지만."

"낮아? 이해가 안 돼."

귀리온은 텁수룩하고 나무껍질 같은 이마 피부를 긁었다.

"있지, 인간 젊은이, 우리 불꽃의 화력은 오래전부터 약해졌다네."

"불꽃?"

"우리 종족의 불꽃, 아야노윈 말일세."

또 그 단어다! 탬윈은 벽화에서 마법 같은 통찰력으로 그 단어가 머릿속에 퍼뜩 떠올랐던 게 기억났다. 말하려고 입을 뗐지만 그러기도 전에 귀리온이 두 갈색 손을 들어 올렸다.

"조용히 하게나, 여보게. 보아하니 이야기해줄 시간이군. 우리 종족의 얼마 안 남은 기술 가운데 하나를 말일세."

귀리온은 어디부터 시작할지를 정하는 듯 생각에 잠긴 채 혼자 종잡을 수 없는 낮은음으로 휘파람을 불었다. 마침내, 로인클로스를 들어 올려 양반다리를 하고 바닥에 앉았다. 아주 가까워서 탬윈이 귀리온의 피부에서 뿜어져 나오는 열기를 느낄 수 있을 정도였다. 그런데 그 모든 온기도 귀리온은 전혀 성가시지 않은 모양이었다. 오히려, 귀리온의 얼굴을 찌푸리게 하는 건 자신의 종족에 대한 이야기였다. 말속에 자랑스러움이 깃들어 있었지만, 귀리온의 얼굴에는 전혀 그런 기색이 묻어나지 않았다.

"수천 불꽃 년 전, 위대한 나무의 나무등치 안에서 엘라노의 첫 물줄기가 휘젓던 그 순간에 우리 종족은 중간 지대로 불리는 이 세상에 도착했다네. 훌륭하신 오갈라드에 이끌려 우리는 날아서 이곳 땅으로 내려왔는데 운명처럼 온몸 구석구석이 아주 밝게 타올랐지."

탬윈은 감정이 끓어올랐다.

"날아서 *내려왔다고?* 당신 종족은 나뭇가지에서 내려왔어?"

"아니다, 인간 젊은이. 우리는 별에서 왔단다."

탬윈은 숨을 들이마셨다.

별에서 왔다.

"그러면 당신 종족이 타오른다고 말했던 건……"

"내 말은 우리가 영혼에서 비롯되는 불꽃에 타오른다는 뜻이었어. 우리 언어로 이랄로윈이라 하는데, 유한한 생명을 가진 존재에게는 가장 뜨거운 불꽃으로 알려져 있지. 그래서 우리가 아발론의 일부가 되었을 때, 다그다가 몸소 우리를 맞이했다네. 그러면서 우리에게 말하길 우리가 여러 세대에 걸쳐 중간 지대의 주인이 될 거라 했어. 우리 종족이 길이길이 남을 멋진 많은 이야기를 널리 퍼뜨릴 거라고도 했지. 음유시인의 노래에서나 화가들의 벽화에서 말이야. *이야기는 신처럼 영원하기 때문이다*라고 다그다가 말했어. 그러고는 우리의 빛나는 미래를 나타내기 위해 오갈라드에게 황금 화관을 씌웠지."

갑자기 탬윈은 이해가 됐다. 귀리온의 종족은 그림에서 본 것과 똑같았다! 불꽃 천사였다. 하지만 왜 그런지 불꽃이 모두 꺼져 있었다. 어쨌든, 그들은 진짜였다.

탬윈은 벽에 걸린 새카맣게 탄 그림을 가리켰다.

"저게 그 사람이야? 당신들의 첫 번째 지도자?"

귀리온은 화가 나기도 자랑스러워 보이기도 했다.

"저게 오갈라드야. 영혼불꽃이 밝게 타는 모습이지."

귀리온은 탬윈을 빤히 쳐다봤다.

"그리고 지금 너는 우리 불꽃에게 무슨 일이 있었는지 알고 싶겠지."

젊은 청년은 고개를 끄덕였다.

"위대한 빛의 시대인 *루마리아 콜 리르* 때 우리 종족은 번영을 누렸어. 우리는 아발론의 나무등치 동굴 안에 우리 불꽃에서 난 열기로 만든 알록달록한 타일로 장엄한 도시를 건설했다네. 중간 지대에서 멀리 떨어져 별과 뿌리 방향으로 과감히 나아갔어. 하지만 대개는 뿌리-영토 속으로 내려갔지. 아니, 섀도루트에 처음으로 빛을 비춘 것도 우리 종족이었어."

아픈데도 불구하고, 탬원이 머리를 들어 올렸다.

"빛을 잃어버린 도시가 아니야?"

멀리 떨어져 있는 불꽃이 귀리온의 눈에 붙는 듯했다.

"정말로. 우리가 그 땅에 빛을 줬지. 거리와 건물에 횃불을 수천 개나 걸었어. 그쪽 사람들의 마음에도 빛을 밝혀줬지. 우리가 아는 모든 이야기를 함께 나누고, 그들에게 똑같이 그렇게 하라고 가르쳤지. 모든 책과 지도를 수용하라고 큰 도서관도 지어줬다네."

귀리온은 그 도시의 모습을 감상하느라 잠시 멈췄다.

"우리가 디아나라라고 도시의 이름을 지어줬지. 무너진 별들의 도시란 의미야. 높은 곳에서부터 가장 어둡고 깊은 아래까지 우리가 빛을 가져다준 듯 보였으니까 말이야."

귀리온은 탬원을 지나 그을린 벽과 저 너머 어딘가를 바라봤다.

"자네도 알다시피, 수년 후 어둠의 요정들이 그 불을 껐어. 그러더니 도시의 이름이 적절했다는 게 드러났지. 정말로 무너졌으니까. 하지만 그때쯤에는 우리 종족도 마찬가지로 무너졌다네. 우리의 위대한 이야기는 기세가 기울어져 거의 어둠 속으로 사라져 버렸지."

"무슨 일이 있었지?"

숙연한 마음으로, 귀리온은 자신의 너덜너덜한 날개를 헝클어뜨리더니 처량한 선율로 휘파람을 불었다.

"우리의 위대함은 욕심으로 바뀌었어. 우리는 때론 바르게, 하지만 늘 편협하게 믿었어어. 우리 삶의 방식이 다른 이들보다 우월하다고 말이야. 우리의 관습과 의지를 중간 지대 도처에 있는 사람들에게 강요했어. 만약 감히 저항을 하면, 우린 그들의 집과 작물을 불태우고…… 가끔은 아이들까지도 태웠지. 우리는 옳은 일만 알고, 좋은 일만 이해한다고 스스로에게 말했으니까."

귀리온은 한숨을 내쉬었다.

"그러면서 우리는 위대한 나무를 원하는 대로 착취하고 사용하려고 우리 땅, 우리 소유라고 생각하기 시작했지. 우리는 사치스럽고, 파괴적이고, 생각이 짧아지게 됐어. 묶어놓았던 짐승을 방목할 땅을 개간하려고 숲을 불태웠어. 그렇게 하면 공기의 흐름을 방해하고 개울을 더럽히는데도 말이지. 그런 다음 다른 숲으로 가서 똑같이 했어, 몇 번이고 계속. 늘, 그러니까, 옳고 좋은 일이라는 명목으로 말이야. 이런, 우리는 하물며 지고의 운명을 상징하는 우리의 귀중한 황금 화관을 갖고 있던 나무들을 태워 없애기도 했어. 이윽고, 아야노원은 중간 지대의 대부분을 불모지로 바꿔놓았지."

귀리온의 목소리에서 불길의 파닥파닥 불꽃과 치직 소리가 사라지고, 장작불에 물을 끼얹은 것처럼 쉭쉭 소리가 나기 시작했다.

귀리온이 가슴을 탕탕 두드렸다.

"그런데 그중에 가장 큰 불모지는 우리들 마음속에 있었지. 그래서 우리 영혼불꽃이 거의 타 버리고 난 다음, 완전히 꺼진 거야. 이제 우리는 활활 타오르지 않고 그저 그을기만 할 뿐이야. 우린 빛을 내지 않아. 아니, 우리 날개마저 쪼그라든 바람에 더는 날지도 못해!"

슬픈 듯이, 귀리온이 고개를 가로저었다.

"오늘날 우리 종족은 우리의 현명한 선택과 용감무쌍한 행위를 가지고 새로운 이야기를 만들어내지 않아. 아직도 기억하는 예전의 영광스러운 이야기만을 반복할 뿐이지. 그러한 때가 결코 다시 오지 않는다는 걸 알면서도. 그게 아니면……."

330

"아니면 뭐?"

탬원은 팔꿈치로 몸을 밀어 올리고는 천천히 바로 앉았다. 귀리온을 마주하고는 짙은 갈색 눈을 자세히 쳐다봤다.

"아직도 희망을 가지고 있나 봐."

날개 달린 남자가 어깨를 으쓱였다.

"희망은 바람에 휙 날아가는 불꽃이야. 불쏘시개로 빨리 태우지 않으면, 불꽃은 영원히 꺼지고 말겠지."

"하지만 당신이 *그게 아니면*이라 말했잖아."

귀리온이 한참 있다가 대답했다.

"예언이 하나 있어. 우리 종족 최후의 예언자가 본 마지막 환영이었지. 그 여자의 이름은 마나나운이었고, 겨우 팔십 불꽃 년 전인 최근에 죽었어. 마나나운은 언젠가 아야노윈이 어떻게든 우리 심장의 지혜와 날개의 힘을 다시 얻을 거라고 예언했어. 그날이 되면, 우리는 우리 스스로가 만든 어둠 밖으로 날아갈 거라고…… 그리고 빛으로 되돌아갈 거라고 했지."

그때 그 그림!

탬원은 귀리온의 종족이 밝은 하늘로 날아오르던 인상적인 그림이 생각났다.

귀리온이 이어 말했다.

"그뿐이 아니야. 우리 영혼불꽃이 되살아나고, 예전처럼 밝게 타오를 거랬어. 그런 다음 마침내 우리는 아주 오래전에 우리가 왔던 곳인 별들에게로 돌아갈 거랬지. 그리고 자기를 한 번 더 만나게 될 거라고 했어. 그리고 그 만남에서 우리에게 엄청난 선물을 줄 거고."

"뭘?"

귀리온의 두 눈이 반짝거렸다.

"우리 종족의 진정한 이름을. 그래야지 우리 종족에게 또 다른 위대한 시대가 시작될 테니까. 어쩌면 이야기에서처럼, 루마리아 콜 리르가 될지도."

귀리온은 마치 꿈에서 깨어나기라도 하듯 몸을 부르르 떨었다.

"하지만 이런 일은 전혀 일어나지 않을 거야! 우린 너무 멀리 떨어져 내려왔어. 우리 이름은 언제나 아야노윈일 거야. 우리가 해낸 것보다 너무 거창한 이름이지. 그 뜻은 우리 언어로는……."

"불꽃 천사."

탬윈이 끝마쳤다.

귀리온이 깜짝 놀라 탬윈을 빤히 쳐다봤다.

"남다른 재능을 지녔군, 친구. 아주 남달라. 그리고 무언가 더 있어. 조금 신비스러운 방식으로 느껴져. 자네는 스스로 *선함*을 끌어들이는구먼."

"하! 당신이 진실을 알았더라면."

"난 확신해, 전적으로. 아니면 그 늑대가 왜 그랬겠어?"

"어쩌면 배가 안 고팠나 보지."

"말도 안 돼! 아니, 자넬 보면 앵거스 오게에 대한 이야기가 떠올라. 탐험가이자 남다르게 친절한 남자였는데, 우리 종족 초기 시절에 살았었어. 한번은 그 사람이 중간 지대의 외딴곳을 가로지르며 힘겹게 걸어갔다고 해. 그곳은 생명체가 살지 않아서 먹을 음식을 찾을 수가 없대. 내리 열 번의 불꽃 날이 지났기에, 앵거스가 가진 건 흙탕물뿐이었지. 기력은 서서히 약해졌고. 남아 있던 마지막 힘으로, 앵거스는 경질 목재 냄비에 든 물을 조금 끓이려고 영혼불꽃을 썼대. 차를 끓이기 위한 약초 잔가지라도 찾길 바라면서 말이지. 하지만 아무것도 찾지 못했어. 이제 죽을 거라는 걸 알았지. 그때, 앵거스의 이야기가 끝나기 전 맨 마지막 순간에, 야생 토끼가 깡충 뛰어와 냄비 속으로 퐁당 뛰어 들어 갔대."

탬원이 얼굴을 찡그렸다.

"귀리온, 보통은 내가 끓는 냄비에 뛰어드는걸."

귀리온이 활활 타오르는 불 소리처럼 탁탁 웃어댔다.

"진짜야."

탬원의 표정이 어두워졌다.

"옛날에 뿌리-영토에서도 예언이 하나 있었어. 어둠의 예언 속 아이인 사람이 언젠가 아발론의 종말을 불러올 거라고 했지. 이 세상의 파멸을."

긴 침묵 후에, 탬원이 말했다.

"그리고 그 사람이 나고."

귀리온이 탬원을 살피며 분명히 말했다.

"난 이거 안 믿어."

"하지만 사실인걸."

"아니, 그렇게 생각 안 해. 예언은 해석하기 어려울 수 있어. 아니면 그저 틀렸거나. 있잖아, 우리의 운명은 불꽃처럼 여러 형태를 띠기도 한다고! 신에게서 색깔이나 붓을 받았어도, 우린 우리 이야기를 스스로 색칠한다고."

귀리온은 연기 나는 방 안에서조차 여전히 독미나리의 기색을 뿜어내고 있는 탬원의 지팡이를 흘끗 바라봤다.

"정말이지, 자넨 저 지팡이와 같아. 보기에는 평범한데, 어쩌면 안에는 엄청 강한 무언가가 들어 있겠지. 그래, 난 느낄 수 있어! 자네한테는 자네의 영혼불꽃이 있어. 눈에 보이진 않지만. 언젠가 진짜로 환히 타오를 거 같아."

탬원은 찢겨지고 피투성이가 되어 너덜너덜해진 옷과 각반을 내려다봤다.

"그 말은 믿기 힘드네."

갑자기 귀리온이 화들짝 놀랐다.

"아이고 세상에! 이렇게 많은 걸 함께 겪었는데, 아직 자네 이름도 모르는구먼."

"탬원이야. 이름 뜻이……."

"어둠의 불꽃. 안다네."

"당신 역시 남다른 재능이 있네."

귀리온이 씩 웃었다.

"그다지. 자네 이름은 플레임론 종족에서 따왔지, 안 그런가?"

탬원이 고개를 끄덕였다.

"어머니가 플레임론이셨어."

귀리온이 터널 안 전투에서 상처를 입은 근육질의 팔을 뻗었다. 그러고는 따스한 손으로 탬원의 어깨를 꽉 잡았다.

"그러면 우린 사촌이라네, 자네와 내가. 아주 오래전에, 우리 종족과 자네 종족이 교혼을 했다네. 내가 듣기론 그렇게 해서 플레임론이 손에서 불을 던지는 능력을 얻게 됐다고 해."

"안타깝게도, 그 능력은 나한테는 전해지지 않았어."

탬원은 두 손을 들어 올려 천천히 얼굴 앞에다 돌렸다.

"난 어떤 마법의 불꽃도 만들 수 없어. 환영만 가능해."

귀리온이 대답했다.

"아마 언젠가는 하게 되겠지. 어쨌든, 마법의 불꽃은 영혼에서 처음으로 불이 붙어야 하거든."

탬윈은 곧장 아주 슬프고 아주 자신 있어 보이는 나무껍질 같은 피부를 가진 남자를 빤히 바라봤다. 탬윈의 의심에도 불구하고, 귀리온의 말에는 탬윈에게 일말의 희망을 주는 무언가가 있었다.

그때, 날개 달린 남자가 앞으로 구부렸다.

"자네는 자네 종족에서 무슨 일을 하나?"

"주로, 구할 수 있는 일은 뭐든지. 내가 가장 좋아하는 일은 황무지 길잡이야."

"아, 그러니까 자네도 앵거스 오게처럼 탐험가구먼?"

"아니, 그다지. 하지만 아버지가……."

갑자기, 탬윈이 하던 말을 멈췄다.

"귀리온. 이 영토로 들어온 인간이 또 있었어?"

생각에 잠긴 채, 귀리온이 텁수룩한 목을 문질렀다.

"한 번, 딱 한 번 있었지."

탬윈의 얼굴이 환해졌다.

"말해줘!"

"여러 불꽃 년 전이었어. 인간의 시간으로는, 말하자면 거의 20년이지. 한 남자가 이 마을에 들어왔어. 그 사람 말로는, 자기 무리에서 마지막 생존자라더군. 나머지는 흰개미들의 끔찍한 공격에 죽었지. 그때는 흰개미가 떼로 있었거든. 살아남은 유일한 이유가 자신의 횃불 때문이라더군."

탬윈은 흠칫 놀랐다. 기력이 있었더라면 벌떡 일어났을 거다.

"그건 크리스탈루스야. 내 아버지."

탬윈이 분명히 말했다.

귀리온이 갈색 눈으로 탬윈을 빤히 쳐다봤다.

"그래, 이제야 닮은 게 보이는군. 그 사람은 머리카락이 회색이었고 자네는 검은색이지만, 얼굴이 닮았군. 영혼불꽃도 닮았고. 그 사람은 아주 용감하고 위풍당당했으니까. 부상을 입었는데도 우리의 도움을 받으려 하지 않았지. 게다가 별들에게로 가는 길이라고 하더군! 그건 몹시 위험하고, 심지어 무모하다고 말해줬다네. 그래도 마음속으로는 그 사람의 대담함이 부러웠지."

탬윈은 이 소식을 듣고 가슴이 벅차올랐다.

"그렇다면 나한테도 똑같이 느낄 거야. 내 탐험도 별들에게 가는 길을 찾는 거니까. 그리고 어두워진 별들에 다시 불을 붙일 거고."

귀리온은 깜짝 놀라 휘 소리를 냈다.

"아버지와 닮은 게 얼굴만은 아니구먼."

"아버지가 어느 길로 가셨었는지 알아?"

젊은 청년이 초조하게 물었다.

"그래, 자네에게 보여주겠네. 그러니까, 걸을 수 있을 만큼 몸이 좋아지면 말일세."

탬윈은 두 발을 딛고 일어서려 해봤지만 흰개미가 물었던 엉덩이가 아파서 터질 듯했다. 이내 앓는 소리를 내며, 새카맣게 탄 타일 바닥에 도로 쓰러졌다. 그곳에서 검댕 먼지가 뭉게뭉게 피어올라 탬윈의 찢어진 각반에 내려앉았다.

탬윈이 힘없이 고개를 저었다.

"지금 갈 수 있으면 좋겠어."

"그래 친구, 안다네. 곧 갈 수 있을 걸세."

귀리온이 눈을 찌푸렸다.

"반드시 곧 가야 할 걸세."

의아스러운 듯, 탬윈이 고개를 갸우뚱했다.

"열세 번째 불꽃만 지나면, 그러니까 시간을 세는 자네들 방식대로라면 일주일 이내로 우리의 대축제일이라네. 우리는 믿음의 불꽃을 뜻하는 위네리아라고 부른다네. 오갈라드가 이 영토에 처음 도착했던 때를 기념하는 날이지."

귀리온은 얼굴에 서글픈 표정을 머금은 채 잠시 멈췄다.

"우리 종족의 수만큼 영광이 대단했던 옛날에는 위네리아가 일 년 중 가장 성대한 행사였지. 동굴마다 커다란 경질 목재 난로에 모닥불을 피웠지. 그렇게 해야 위대한 나무가 다치지 않으니까. 모두가 이야기를 나누고, 그림을 그리고, 음악을 즐겼지. 축제가 한창일 때에, 아직도 우리 숲에 풍부하게 남아 있던 황금 화관을 다그다의 늘 빛나는 영예의 상징으로 불길 속에 던졌어."

"그래서 그 행사를 아직도 해?"

"유감스럽지만, 장작불이 다 타 버릴 때만 한다. 오늘날, 이 비참하고 작은 마을만 남았다고 할 정도로 우리의 수는 줄어들었어. 우리가 한때 했던 성대한 행사 대신 이제 남은 거라고는 의미 없는 의식뿐이란다. 마지막 황금 화관이 사라진 이후로, 자네를 공격했던 그 멍청이 시안이 봐주는 몇몇 마을 사람들이 살아 있는 생명체를 데려다 다그다의 제물로 불태우지. 그래서 그날의 모든 의미가 완전히 사라져 버렸어. 내가 믿는 다그다는 죽음이 아니라, 생명으로써 자신을 숭배하길 바란다고! 우리는 불꽃 천사에서…… 무너진 천사로 전락한 거야."

탬윈이 침을 꼴깍 삼켰지만, 더는 달콤한 마법의 물맛이 나질 않았다. 오두막 안의 숯 냄새가 더욱 강해지는 듯했다.

"그러니까 그들은 나를 제물로 쓰고 싶은 거군."

귀리온이 뚱한 얼굴로 끄덕거렸다.

"그렇기 때문에 자네가 걸을 수 있을 만큼 몸이 좋아지는 즉시 떠나야 하는 거라네. 이렇든 저렇든, 축제일 전에 말일세. 그날이 가까워질수록, 자네가 더 위험해진다네. 시안과 그 일당은 제물 때문에 미쳐 있다네. 난 그들을 또다시 가로막을 수가 없어. 내 아내와 여동생의 도움을 받는다고 해도 말이지."

귀리온이 문 쪽을 슬쩍 보았다.

"그나저나 둘은 우리가 필요한 물품을 들고 조만간 돌아올 걸세."

"좋네. 사투를 벌이지 않을 때 만나게 된다니 기대가 돼."

탬윈의 시선이 방의 까만 벽을 지나 이글거리는 오갈라드의 그림에서 멈췄다. 오갈라드가 머리에 쓴 황금 화관을 한참 동안 음미했다. 그러고는 마침내 말했다.

"겨우살이. 겨우살이처럼 생겼네."

귀리온의 얼떨떨한 표정을 보자 탬윈이 설명했다.

"내 고향에서 자라는 나무야. 황무지에서 자주 봤어. 사람들은 가끔 그걸 *황금가지*라고 불러. 음유시인들이 해주는 말이 있어. 아발론 태초 시절에 그 황금 잎사귀가 무슨 특별한 힘 같은 걸 지녔다고 믿었대. 하지만 그 힘이 무엇이었을지는 오래전에 잊혔어."

귀리온이 슬픈 듯한 미소를 지었다.

"잊힌 이야기라면 늘 죽음 같은 거지. 하지만 그 잎사귀들이 여전히 어딘가에서 자라고 있다는 걸 알게 되어 기쁘구먼."

탬윈은 남자의 따스한 팔뚝을 톡톡 두드렸다.

"그러니까 말해줘, 귀리온. 무슨 일을 해? 당신도 탐험가야?"

"아니, 인간 젊은이. 난 예술가야. 말하자면, '이야기화가'지. 주로 난 새 벽화를 그리진 않고, 그저 오래된 벽화를 복원해. 중간 지대 어디에나 있거든. 물에 깎여 만들어지고, 흰개미가 갉아먹고, 엘라노의 흐름에 열린 동굴에 말이야."

"나도 하나 봤어. 훨씬 더 아래쪽, 폭포 근처에 있는 동굴에서. 생기가 가득하고, 색채도 풍부했어."

탬윈이 경이로움이 가득한 목소리로 기억해냈다.

"이야기도 많지."

귀리온이 물감 통과 붓이 놓인 선반을 향해 손을 흔들었다.

"포모라 식물의 잎사귀를 좀 구하려고 밖에 있었어. 파란색과 보라색을 만들 때 필요하거든. 그때 그 거대한 흰개미들이 나를 공격했던 거야."

귀리온이 탬윈을 향해 몸을 다시 돌렸다.

"그리고 자네가 나타나지 않았더라면, 그게 내 이야기의 끝이었겠지."

"귀리온, 당신 종족에게 별들에 관한 이야기가 있어? 실제로 그 별들이 무엇인지에 관해서? 왜 불에 타오르고…… 가끔은 꺼지는지?"

귀리온이 진지하게 말했다.

"아니. 하지만 있었으면 하고 자주 바랐었지. 내 생각에 그 이야기들과 그 시간들은 그저 너무 멀리 있는 거 같아. 유감스럽게도 기억에서 사라진 모양이야. 더는 우리가 그걸 이해하지 못하니까. 우리에게 말이 없으면 어떻게 이야기를 할 수 있겠어? 색깔을 잊어버렸다면 어떻게 색을 칠할 수가 있겠어?"

귀리온의 시선이 벽에 걸린 새카맣게 탄 그림으로 향했다.

"있지, 이야기는 사람들의 추억이야. 불편하고, 힘을 북돋아주고, 가끔은…… 영감을 주기도 하지. 우리가 잃어버리고, 얻고, 괴로워하고, 자랑스럽고 그리고 갈망하는 모든 걸 담아내지. 하지만 이야기를 갖기 이전에, 우리에게 반드시 그 의미가 있어야 해."

"이해해. 이야기는 우리 자신을 들여다보는 거울과도 같아."

탬윈이 동의했다.

"맞아. 하지만 그건 단지 거울 그 이상, 우리가 그 안에서 보는 모습 그 이상이라네. 그 뒤에 있는 보이지 않는 진실이기도 하지."

탬윈은 귀리온의 팔을 꽉 쥐었다.

"우리가 만나서 기뻐, 당신과 내가."

나무껍질 피부를 한 남자가 씩 웃었다.

"더 좋은 시절이었다면, 다그다로부터 받는 용서의 신호라고 여겼을 거야. 하지만 우리에게 정말로 필요한 신호는 황금 화관이지."

이내 바람에 횃불이 휙 꺼지듯 얼굴에서 미소가 빠르게 사라졌다.

귀리온이 침울한 표정으로 탬윈을 바라봤다.

"마나나운의 예언 중에 하나가 더 있어. 아까 자네에게 말해주지 않은 거라네. 황금 화관이 갑자기 나타나면, 우리 시대의 부활이 진정으로 도래했다는 걸 우리가 알게 될 거라고 하더군."

"그냥 그렇게?"

"그래. 옛날처럼 우리 마을 주변의 땅이 아니라, 마법처럼 어떤 사람 집의 문에 나타날 거라 했지. 그리고 그 사람이 무너진 우리 종족의 새 지도자가 되어 불빛으로 우리를 다시 이끌 거라고. 다른 말로 하면, 오갈라드의 후계자 말일세."

탬윈이 그림을 흘끗 올려다봤다.

"그럴 수 있을 거 같아."

"아니, 친구. 나는 그렇게 되길 바랐지만, 우리 종족은 그러기에는 너무 많이 무너져 버렸다네."

"하지만 가능해."

귀리온의 커다란 입이 오므라들었다.

"아니, 그렇지 않아. 천 개의 불꽃에 맹세코, 불가능해."

27

귀리온의 선물

그 후로 며칠 동안, 귀리온은 탬원이 나을 수 있도록 무엇이든 했다. 양초의 불꽃이 꺼져가는 것보다 빠르게 시간이 사라지고 있었기 때문이다.

아내 툴친느와 여동생 프라이사의 도움으로, 나무껍질 피부를 한 남자는 상처를 붕대로 감고 감염을 막기 위해 열심히 일했다. 흰개미의 집게 턱이 탬원의 엉덩이를 얼마나 깊게 뚫고 들어갔던지, 그래서 근육과 피부가 얼마나 심하게 찢겼던지 모든 일들을 더 어렵게 만들었다. 붕대 감기와 소독을 여러 번 반복하고, 툴친느가 육두구 같은 걸로 양념을 한 걸쭉하고 살짝 구워진 곡물인 *라우바*를 경질 목재 그릇에 푸짐하게 담아 차린 여러 번의 끼니를 먹은 후에, 탬원의 기력이 돌아오기 시작했다.

"이거 진짜 맛있네."

탬원이 바닥 위 쉬는 자리에서 라우바를 입에 가득 머금은 채 웅얼거렸다. 그날 아침에 죽 들이킨 세 번째 그릇이었다.

"내가 이제껏 맛본 최고의 죽이야."

342

"물론이지, 탬윈."

프라이사가 대답했다. 탁자에 앉아 헐엔이라는 덩굴에서 나온 견고한 빨간 실 같은 걸로 숄에 난 구멍을 수선하고 있었다.

"언니가 만들었잖아. 중간 지대 전역에서 요리 실력으로 유명한걸."

툴친느가 물감 통이 놓인 귀리온의 선반 옆에서 무릎을 꿇고 절구와 막자로 곡물을 갈며 위를 올려다봤다.

"말도 안 돼! 내가 요리 실력으로 유명하다면, 그건 그냥 여기 작은 오두막 안에서만이야. 그리고 너는 요리하기 싫어하고, 귀리온은 양념통도 못 찾는 요리 문외한이니까 그렇지."

탁자에서 짙은 녹색 물감을 섞으며 부드럽게 휘파람을 불고 있던 귀리온은 반응을 보이지 않았다.

하지만 프라이사는 까르르 웃음을 터뜨렸다. 그 소리에 탬윈은 불길 속에서 송진이 팡팡 터지는 게 떠올랐다. 프라이사는 모든 종족 사람들처럼 완전히 털이 없는 머리를 인간 손님을 향해 돌렸다.

"넌 정말 강해 보여, 탬윈."

"그래도, 배는 계속 고파."

탬윈이 입안으로 라우바를 좀 더 퍼 넣으며 답했다.

"잘하고 있어."

툴친느가 말했다. 하던 일을 멈추고는 어깨 위로 높이 숄을 끌어 올렸다. 아야노윈 여성들의 전통 의복인 두꺼운 숄은 몸의 열을 유지하는 걸 도와주었다. 이걸로 툴친느의 등과 쭈글쭈글해진 날개까지 덮었다.

귀리온이 갑자기 휘파람 부는 걸 그만두었다.

"그거보단 더 잘해야 할 거야, 탬윈."

얼굴 표정처럼 목소리도 단호했다. 그 순간 귀리온은 뒤쪽 벽에 걸린 오갈라드의 타일 그림처럼 거의 근엄하게 보였다.

"시간이 없다네."

탬윈은 음식을 내려놓았다. 탐험에 써야 할 귀중한 시간을 허비하고 있다는 사실을 알았기 때문에 탬윈 자신의 얼굴도 엄숙해졌다.

내 최후의 승리가 몇 주밖에 안 남았다.

리타 고르의 환영이 떠벌렸었다.

아무리 탬윈이 다시 걸을 만큼 몸이 좋아지려면 더 많은 날들이 필요하다 할지라도, 너무 많이 걸렸다!

"오늘 나 스스로 일어서 보겠어. 정말로, 충분히 힘이 세진 거 같아."

탬윈이 모두에게 알렸다.

"좋아. 그럼 내일, 가능하다면 걸어 다녀도 될 거야."

귀리온이 대답했다.

"밖에서?"

탬윈이 오두막의 문을 향해 손짓을 하며 물었다.

귀리온이 인상을 찌푸렸다.

"아니, 친구. 왜 위험을 무릅쓰고 시안과 그 추종자들을 쓸데없이 더 격분하게 만드나?"

마지못해, 탬윈이 고개를 끄덕거렸다. 바로 그 순간, 문 너머로 사람들이 노래를 부르고 북을 쿵쿵 두드리는 소리가 들렸다. 대축제일이 다가왔기에, 마을은 점점 더 떠들썩해졌다.

귀리온이 단호하게 말했다.

"내가 시안과 다시 말을 해봐야겠군. 전체적인 사고방식이 잘못됐다고 설득시키게. 그리고 자네는 제물로 바쳐야 할 그런 짐승이 아니라, 오는 길에 도움을 필요로 했던 친구일 뿐이라고 말이야."

툴친느가 회의적으로 말했다.

"어디 한번 잘해봐. 그 녀석은 머리가 빈 그릇만큼밖에 안 돼! 그리고 여보, 그 계획이 먹힐 거라 정말로 생각한다면 당신 머리도 그거밖에 안 돼."

귀리온이 툴친느를 곁눈질하더니 성을 내며 말했다.

"그러니까, 사랑하는 여보, 더 좋은 계획이 있소?"

툴친느가 쏘아붙였다.

"아니. 하지만 적어도 우리가 계획이 필요하다는 것만큼은 알아."

귀리온의 표정이 부드러워졌다.

"있지, 당신 말이 맞아. 늘 그렇듯이."

놀리는 듯한 말꼬리로, 귀리온이 덧붙였다.

툴친느는 계속해서 더 많은 곡물을 빻는 순간에도 활짝 웃었다.

"들었지, 탬원? 저런 단순한 진리 때문에 이토록 오랫동안 결혼 생활을 유지할 수 있던 거란다."

"얼마나 오래됐는데?"

탬원이 물었다.

"38년."

툴친느가 답했다. 그러고는, 남편을 흘끗 쳐다보더니 덧붙였다.

"그런데 가끔은 50년은 더 된 느낌이 들어."

"아니면 500년이나."

귀리온이 툴툴거렸다. 그러더니 놀랍게도, 툴친느를 향해 활짝 웃어 보였다. 그리고 더 놀랍게도, 툴친느도 똑같이 웃어주었다.

두 사람이 그렇게 다정하게 옥신각신하는 모습을 보고 탬원은 자신과 엘리와의 관계를 생각했다. 언젠가 둘도 저리 잘 지낼 수 있을까?

탬윈이 충동적으로 물었다.

"귀리온, 정말로 어떻게 두 사람은 잘 지내는 거야? 38년은 긴 시간 이잖아."

날개 달린 남자는 진지할 수도, 농담일 수도 있는 듯한 목소리로 답했다.

"정말이지, 쉬워. 나는 휘파람 불기를 좋아하고, 아내는 요리하는 걸 좋아하지. 그래서 서로에게 일종의 즐거움을 주지."

탬윈은 이것이 참으로 중요한 개념일 수도 있겠단 생각을 하며 끄덕 거렸다.

그때 툴친느가 고개를 가로저었다.

"하지만 그렇게 간단하진 않아. 저이가 너에게 말 안 해준 건 내가 늘 휘파람 소리를 좋아해왔다는 거야. 그런데 내가 해보려고 할 때면…… 작은 새들이 우리 문간에서 덜컥 죽어 버리더라고."

툴친느가 움찔했다.

귀리온이 깔깔 웃었다.

"그리고 나로서는, 무언가가 요리되는 냄새를 맡는 걸 몹시 좋아해. 음식으로 나를 채우는 건 틀림없이 좋아하고. 하지만 아무리 노력해도, 난 완전 요리 못 해."

탬윈은 이런 아이러니한 상황에 쿡쿡 웃었다.

"그래서 서로의 틈을 채우는군. 들쭉날쭉한 목공품 두 조각처럼."

그러고는 어리벙벙한 표정으로 물었다.

"왜 요리를 못 해?"

"너무 멍청해서."

남편이 대답을 하기도 전에 툴친느가 놀렸다.

"그거에 더하기 딴 것. 어렸을 때 했던 어떤 일 때문에."

귀리온이 동의한 다음 털어놓았다.

"있지, 내가 불에 타는 석탄 조각을 먹으려 했었거든. 내 영혼불꽃을 더 밝게 태우려고. 그게 할 짓이라니! 혀와 목구멍에 상처가 영영 남게 됐어. 그 경험이 날 더 현명하게 만들었지만, 글쎄, 내 미각을 엉망으로 만들어 버렸지."

짙은 갈색 눈이 탬원을 살폈다.

"그래서 결국에는, 관계에 대해선 내가 해줄 말이 정말이지 별로 없어. 거창할 순 있지만, 함께하기가 항상 쉽지는 않다는 거 말고는."

젊은 청년이 찡그린 얼굴로 대답했다.

"그 정도는 나도 이미 알아."

남은 하루 동안, 탬원은 최대한 힘껏 스스로를 밀어붙이며 도움 없이 일어서는 연습을 했다. 마침내, 탬원은 성공했다. 불과 몇 분 서 있는 게 다였지만, 툴친느가 말했던 대로 그게 시작이었다. 그리고 그 후로, 빠르게 나아졌다. 다음날이 저물 무렵, 탬원은 새카맣게 탄 오두막 바닥을 어설프게 절뚝거리며 돌아다녔다.

"네가 걷는 걸 귀리온이 볼 때까지 잠깐 기다려."

툴친느가 초조해하면서 안도하는 목소리로 말했다. 탁자에서 준비하고 있던 샐러드에 으깬 생강을 톡톡 뿌렸다.

"시안을 이해시키겠다고 한 그 어리석은 행동을 하고서 곧 돌아올 거야. 그리고 결국에는 다른 계획을 준비하겠지."

탬원이 벽에 기대어 쉬었다.

"나도 준비됐어."

"딱 들어맞았네."

프라이사가 연주하던 황색 플루트를 내려놓으며 말했다.

"내일이 대축제일이거든."

바로 그때, 귀리온이 성큼성큼 걸어 들어오더니 쾅하고 울려 퍼지도록 문을 세게 닫으며 툴툴거렸다.

"저주받을 것들."

그러더니, 툴친느에게로 돌아서서 한탄하듯 말했다.

"역시 당신 말이 맞았어. 새벽에 의식이 시작될 거야."

"제물을 바치는 것도 포함해서?"

탬윈이 진지하게 물었다.

"그래. 시안이 그 비꼬는 말투로 내게 말하기까지 했어. 내일 동이 트기 전에 여기에 들르겠다고. 그 녀석의 표현대로, *귀중한 무언가를 가지러* 말이야."

"그 멍청이!"

프라이사가 소리쳤다.

"곧 살인자가 되겠지. 그 녀석을 막을 방법을 찾지 못한다면 말이야."

툴친느가 덧붙였다.

귀리온은 텁수룩한 이마를 문질렀다.

"원 참, 위네리아 바로 전날 밤에 우리 종족 사람을 두려워하면서 살고 있네! 산 제물은 그저 우리가 하찮은 존재라는 걸 다그다의 눈에 확인시켜주는 거라고 왜 저들은 이해를 못 하는 거야? 새로운 이야기를 전하는 대신에, 분노와 무지만 바치는 거라고."

"귀리온, 이제 난 스스로 걸을 수 있어! 당신이 떠난 직후부터, 그러기 시작했어."

탬윈이 말했다. 그러고는 증명해 보이기 위해, 오두막의 건너편으로 어정쩡하게 움직였다.

진한 갈색 눈이 휘둥그레졌다.

"그럼 자넨 오늘 밤 떠나야 해! 동이 트기 바로 전, 바깥에 엘라노 빛이 가장 흐릿할 때."

"아니."

탬윈이 거절했다. 그러고는 얼굴을 찌푸리며, 뻣뻣한 왼쪽 다리를 구부렸다.

"그들이 그걸 기대하고 있을 거야. 대신 지금 떠날게. 대부분 저녁 식사를 할 사이에. 어쩌면, 그들의 허를 찌르는 거지."

귀리온이 탬윈을 들여다봤다.

"효과가 있을지 모르지. 그런데 자네 충분히 걸을 수 있다고 확신하나?"

"아니. 하지만 시도해볼 만하잖아."

"그럼 자네와 함께 가겠네. 우리 마을이 있는 동굴에서 탈출하는 방법을 보여줄게. 그리고 필요하면, 시안과 싸워서 무찌르게."

탬윈이 동의했다.

"그래. 하지만 바라건대……."

"잠깐."

툴친느가 경질 목재 탁자에서 일어서며 명령하듯 말했다.

"이건 멍청한 짓이야! 경비대가 아마 밖에 있을 거라고, 바로 지금 이 순간에도. 둘 다 잡힐 거야."

"다른 방도가 없어."

귀리온이 대답했다.

"하지만 있어!"

툴친느가 주장했다. 벽걸이로 걸어가 여분의 숄을 하나 집었다. 두꺼운 덩굴 실로 엮은 숄은 움직일 때마다 바스락거렸다. 툴친느는 숄을 가지고 와서 탬윈의 어깨 너머로 내던졌다.

그러고는 분명히 말했다.

"여기. 이걸 입어. 이제, 살짝 몸을 구부려. 그래야 키가 그리 크지 않을 테니. 그리고 밖에 나가면, 머리끝까지 뒤집어써. 머리카락이 한 올도 보이지 않게. 저 밖 어둠 속에서, 그 깡패 녀석들이 너를 프라이사나 나로 생각하겠지! 아발론이 다 알아, 우리가 여기를 들락날락하는 걸 그 녀석들이 충분히 자주 봤다는 걸."

"소용없을 거야."

귀리온이 반대했다.

툴친느가 귀리온을 똑바로 쳐다봤다.

"소용 있을 거라고! 적어도 그럴지도 모르잖아. 그리고 말 못 하는 음유시인처럼 실패할 게 빤한 당신 계획보다는 낫다고."

귀리온이 날개를 퍼덕이더니 탬윈을 살펴봤다.

"자네한테 달렸어, 친구."

탬윈이 끄덕거렸다.

"툴친느의 계획을 따르겠어."

그러고는 툴친느를 향해 몸을 돌려 눈썹을 치켜세웠다.

"있지, 어쩌면 진짜 당신이 늘 옳은가 봐."

툴친느는 웃지 않았다.

"보면 알겠지, 네가 정말로 용케 탈출한다면 말이야."

"정말로."

귀리온이 걸어와 그들과 함께했다. 그러고는 탬윈의 어깨에 손을 얹었다.

"확실해? 내가 함께 가면, 적어도 자네가 빠져나가는 동안 그 녀석들을 붙들고 있을 수 있잖나."

탬윈이 고개를 가로젓자 검은색 긴 머리카락이 어깨에 스쳤다.

"아니, 이 방법이 더 나아. 내 다리가 이런 상태로는, 나를 쫓아오는 누구도 앞지를 수 없어. 변장을 해야지 탈출할 가능성이 가장 높아. 그리고 혼자."

귀리온이 한숨을 내쉬었다.

"좋아, 그럼. 하지만 어떤 곤경에 처하게 되면, 최대한 크게 소리를 질러야 해. 자네 곁으로 전력 질주를 해서 갈 테니."

"나도 그럴 거야."

툴친느가 분명히 말했다.

"나도."

프라이사도 덧붙였다.

"그럴 거란 거 알아. 자 이제, 어디로 가야 하지?"

"우리가 *아몬 호움*이라 부르는 곳으로. 자네 언어로는 *비밀의 계단*이란 뜻이지."

탬윈이 끙하는 소리를 냈다.

"계단에서는 잘 못 걸을 거 같은걸."

귀리온이 눈에서 이상한 광채를 내며 이어 말했다.

"그건 걱정하지 마. 우리 마을을 유일하게 드나들 수 있는 길인데 순찰을 안 하거든. 그 길을 찾으려면 반드시 이렇게 해야 해. 이 문에서 나가 왼쪽으로 돌아. 마을을 가로질러 동굴 벽 위까지 가파른 오르막을 이루고 있는 언덕으로 올라가. 그런데 여기저기에 있는 가시나무 덤불을 조심해. 무지막지하게 가시가 돋쳐 있거든. 더 높이 갈 수 없다는 생각이 들 정도로 맨 꼭대기에 가면, 검은 석순이 있어. 그걸 밀면 계단이 보일 거야."

"어디로 이어지는데?"

귀리온이 연기로 새카매진 천장을 올려다봤다.

"위로, 위로, 더 위로. 갈 수 있을 만큼 최대한 높이 가야 한다네. 우리가 *누아다 일다나*, 그러니까 별들로 통하는 창이라 부르는 곳까지 말일세. 거기가 나무둥치에 실제로 뚫린 구멍이야. 엘라노가 아닌 별들이 빛의 근원인 곳이지."

귀리온이 더 잘 묘사할 수 있는 방법을 찾느라 잠시 멈췄다.

"자네 세상에서는, 그걸 위대한 옹이구멍이라 부르는지도 모르겠군."

탬윈은 숨소리를 죽였다. 멀린의 옹이구멍! 그러니까 이 계단이 벽화에서 봤던 가파른 오르막길이었다!

귀리온이 계속 말했다.

"중간 지대의 꼭대기에 있는 놀라운 곳이지. 뭐랄까, 옹이구멍까지 한참을 올라간다네. 계단으로 가든, 나선형 폭포와 같은 다른 길로 가든 말이지. 어쨌든, 위대한 나무의 나무둥치 속으로 올라가는 거지! 그런데 일단 거기에 도착하면, 나무둥치 속을 벗어나 외부로 나올 수 있어. 그곳에는 위대한 나무가 옹이구멍의 골짜기를 품고 있는 큰 옹이 형태로 밖에 툭 튀어나와 있으니까. 그리고 탬윈⋯⋯ 누아다 일다나에서는 실제로 가지를 볼 수 있다네! 아마 오를 수도 있을걸세. 그리고 그 너머, 별들에게로도."

귀리온이 숨을 크게 들이쉬었다.

"자네가 알아야 할 게 하나 더 있어. 이건 자네 아버지도 택한 길이라네."

귀리온이 이야기를 마친 바로 그 순간, 오두막을 지나가는 누군가가 화난 듯이 욕설을 퍼부으며 소리쳤다. 탬윈이 알아들을 수 없는 말이었지만, 말속에 담긴 감정은 분명했다.

귀리온은 석탄처럼 따스하고 강한 손으로 탬윈의 어깨를 꼭 쥐었다.

"가기 전에, 자네에게 줄 선물이 있다네."

"이미 충분히 주었는걸."

"아니, 턱없이 모자라지."

날개를 퍼덕이며, 귀리온은 물감 통이 있는 선반으로 성큼성큼 걸어가 그곳에 놓인 작은 갈색 상자를 집어 들었다. 상자를 열어 빨간 향나무, 새카만 흑단, 은녹색 버드나무, 그리고 다른 몇몇의 반짝거리는 나무 수정을 한쪽에 옮겨놨다. 그러고는 탬윈의 허리에 달린 석영 종보다 크지 않은 물약병을 꺼내 들었다. 경질 목재를 깎아 만든 물약병은 깨지지 않게 보였다.

귀리온이 물약병을 귀에 대고 흔들었다. 그러고는 분명히 말했다.

"아직 있군."

그러더니, 방을 가로질러 뒷걸음질하고는 탬윈의 손에 물약병을 놓고 속삭였다.

"이걸 챙기게나. 우리가 *다그다의 이슬*이라 부르는 귀한 액체 한 방울을 담고 있다네. 우리 종족에서 마지막으로 날 수 있었던 사람인 우리 아버지의 아버지가 나뭇가지 위로 올랐던 여정에서 이걸 가지고 돌아왔다네."

귀리온은 번갈아 고개를 끄덕이는 아내와 여동생을 흘끗 보더니 탬윈을 바라봤다.

"다그다의 이슬 한 방울을 이마에 놓으면, 희귀한 유형의 시력을 준다는 말이 있어."

탬원은 손바닥 안에 든 물약병을 움켜쥐었다.

"무슨 유형?"

"원거리 시력. 멀리 떨어진 곳이 보이지."

귀리온이 희망에 찬 표정으로 탬원을 보았다.

"지속이 얼마 안 돼. 그 능력이 사라지지 않았다면 말이지. 하지만 별
들에게로 가는 길에 유용할지도 몰라."

둘의 시선이 고정되었다. 밝은 빛줄기가 방 안의 매캐한 공기를 가로
질러 둘 사이에, 그리고 아주 다른 두 사람 간의 커다란 틈 사이에 늘
어진 듯 보였다. 마침내, 탬원이 말을 했다.

"고마워, 귀리온."

"천만에. 자네의 이야기가 길고 영광스럽길! 자 이제…… 오늘 밤은
그저 살아남도록 해보게나."

"당신도, 내일."

탬원은 배낭 쪽으로 절뚝이며 걸어가 그 안에 물약병을 밀어 넣었다.
아버지의 두루마리에서 버스럭거리는 소리가 들렸다. 그 소리는 탬원
의 결심을 굳게 할 뿐이었다. 그러더니, 이빨 자국이 난 끈을 움켜잡고
는 배낭을 멨다. 툴친느의 도움을 조금 받긴 했지만 숄로 머리와 배낭
을 가리는 데 시간이 좀 걸렸다. 마침내 탬원은 준비가 되었다. 지팡이
를 잡고는 다리를 절며 문 쪽으로 갔다.

탬원은 친구들을 마지막으로 한 번 돌아보고는, 어둠 속으로 빠져나
갔다.

28

죽음이 다가오다

두꺼운 숄을 두른 탬윈은 귀리온의 집을 나섰다. 겨우 몇 발짝만 뗐는데 밤눈이 좋아진 것처럼 느껴졌다. 흙길 반대편 문에 서 있는 두 남자가 또렷하게 보일 정도였다. 그들은 덥수룩한 얼굴을 찡그린 채 탬윈을 짜증스레 쳐다봤다. 그러더니, 다행히도 으쓱거리고는 말린 고기 조각을 마저 먹어댔다. 탬윈은 머리와 긴 머리카락을 완전히 가리려고 숄을 끌어 올렸다. 그러고는 감히 뒤도 돌아보지 못하고, 최대한 빨리 그 자리를 떠났다.

마을에는 어둠이 깔려 있었지만, 탬윈은 다른 오두막과 더불어 마구간과 선술집, 교역장일 수도 있는 거대한 구조물의 모습까지 알아볼 수 있었다. 건물 사이사이로 더 많은 흙길이 들쭉날쭉 나 있었다. 마을 도처에 엄청난 석순이 탬윈의 키보다 20 내지 30배는 더 높이 원통형 나무처럼 솟아 있었다.

탬윈은 동굴 천장을 올려다봤다. 아주 멀리 떨어져 있어서 대충 깎아 만든 하늘처럼 보였다. 하지만 이 하늘에 별은 없었다. 거대한 석순처럼, 하늘은 엘라노의 초록빛 광채로 어렴풋이 빛났다.

탬윈은 예의 그 엘라노 빛에 대해 귀리온이 했던 말을 돌이켜 생각해 봤다. 밤에는 어둑어둑해지고 동틀 녘에 다시 밝아진다고 했다.

마치 별들처럼.

탬윈은 골똘히 생각했다. 위대한 나무와 불가사의한 엘라노의 흐름이 저런 현상을 일으킨 걸까, 아니면 어떻게 해서든지 별들과 연결되어 있는 건가?

길을 따라 절룩거리며 걸어가자, 희미한 불빛 하나로는 얼마나 앞을 잘 보고 있는지 설명할 수 없다는 걸 탬윈은 알았다.

틀림없어. 내 밤눈이 이전보다 더 밝아졌어.

탬윈은 귀뚜라미를 밟지 않으려 발길을 멈추고는 생각했다.

왜일까 궁금해졌다. 탬윈의 능력이 계속해서 커지는 걸까? 아니면 그냥 이 동굴에 뭔가 있는 건가?

탬윈은 이것이 커져가는 능력의 또 다른 모습이라는 걸 마음속으로 알았기에 혼자 고개를 끄덕거렸다. 여전히 그 능력에 대해 아는 게 거의 없었지만, 한때 그랬던 것보다는 덜 두려웠다. 스크리를 구하려고 도왔던 이후로 줄곧, 마음속 깊은 곳에 자리 잡은 예의 그 이상하고 불확실한 힘은 적이라는 느낌은 덜했고 오히려…… 그러니까, 낯선 협력자에 가까운 느낌이었다. 과연 진정으로 그 힘을 숙달하는 법을 배울 수 있을까?

한 무리의 사람들이 부산히 움직이자, 탬윈은 숄을 꼭 끌어당겨 몸을 구부린 채 멈춰 섰다. 사람들은 썩은 내 나는 똥과 뿌리째 뽑힌 들쭉날쭉한 덤불을 한 아름 들고서는 부산스레 움직이고 있었다. 틀림없이, 아침에 쓸 모닥불을 위한 땔감일 테다.

무리가 지나가자 탬윈은 마을 사람처럼 보이려고 최대한 몸을 구부

356

린 채 꼼짝 않고 있었다. 그러다 막판에 한 노인이 주춤하더니 탬윈을 빤히 쳐다봤다. 노인의 회색 눈은 수상쩍다는 듯 휘둥그레졌다. 몇 초가 지나고, 노인은 가던 길을 계속 걸어갔다. 하지만 탬윈은 노인의 얼굴 표정이 마음에 걸렸다.

계단으로 가야 해. 빠르게.

탬윈은 너무 눈에 띄게 절뚝거리지 않으려 애쓰며 어기적댔다. 대여섯 사람의 또 다른 무리가 힘차게 노래를 부르며 탬윈 옆을 지나갔다. 그 가운데 한 명이 행군하듯 걸으며 가죽 북을 두드렸다. 탬윈은 어떤 노래만 거듭거듭 들었다.

> 죽음이 다가오리니
> 곧 날지어다.
> 불꽃이 나타나리니!
> 이 밤이 끝날지어다.

옥외 가마 옆에 쌓인 그릇과 타일 같은 도자기 공예품 더미에서 모퉁이를 돌자, 탬윈은 가파른 언덕을 마주하게 되었다. 고르지 않고 거칠거칠한 흙이 덮여 있고, 수천 개의 날카로운 가시가 돋친 배배 꼬인 덤불도 있었다. 엘라노의 어스름한 불빛에, 가시가 있는 언덕은 귀신이 들려 보였을 뿐 아니라 위험해 보이기도 했다.

장화를 신었으면 좋았을걸 하고 바라게 만드는 곳이 많지도 않은데.

탬윈이 굳은살 박인 발을 흙에다 문지르며 생각했다.

그런데 저 언덕이 그중 하나네. 사슴이라도 저 모든 가시를 피하기는 어렵겠어.

탬원에게 사슴처럼 달리는 짜릿한 생각이 수사슴처럼 날쌔게 퍼뜩 떠올랐다. 자, 익히는 게 번거롭지 않았던 그런 종류의 마법이 있었다! 어쩌면 자유롭게 달리는 것은 언제나 너무나 자연스러운 일이었기에, 탬원은 사슴으로 바뀌는 능력에 저항하지 않았다. 혹은 지나친 생각 때문에 그 능력을 혼동하지도 않았다. 어쨌든 그렇게 심하게 엉덩이를 다치지 않았더라면, 탬원은 지금이라도 당장 사슴의 마법을 불러일으켜, 껑충 달릴 수 있었을⋯⋯.

뒤에서 난 큰 소리에 탬원은 하던 생각을 멈췄다.

"저기! 언덕 위에."

누군가가 소리쳤다.

"빠져나가지 못하게 해. 우리가 제물로 바치려 했던 그 외부인일 수 있어!"

거친 목소리가 고함쳤다.

"뛰어!"

탬원은 비탈로 달아났다. 귀리온이 했던 말이 제대로 기억났다. 계단으로 들어가는 입구는 맨 위쪽으로 쭉 가면 있다고 말이다. 저들이 잡기 전에 그곳에 이를 수 있을까?

탬원은 가시에 각반이 찢어져도, 불편한 자세지만 찬찬히 산비탈을 기어 올라갔다. 그러다 느닷없이 왼쪽 다리에 힘이 풀렸다. 자갈돌처럼 맥없이 데굴데굴 흙바닥을 굴러 바닥에 벌러덩 큰대자로 누웠다. 마침내 멈추게 됐는데도, 머리는 계속해서 빙빙 돌았다.

통증이 뜨거운 불집게처럼 아픈 엉덩이를 꽉 쥐어 근육과 뼈를 태우는 듯했다. 하지만 지금은 그걸 걱정할 시간이 없었다. 탬원은 눈에서 먼지를 털어내고 나서, 지팡이를 임시 다리처럼 이용해 다시 일어서려

안간힘을 썼다. 통증과 어지러움이 남아 있는데도 불구하고, 탬원은 계속해서 올라갔다.

검은 형체 셋이 탬원의 아래쪽 비탈길 언저리에 이르렀다. 그 가운데 하나가 손가락으로 가리켰다. 외치는 소리가 크게 울렸다.

탬원은 가시덤불의 구불구불한 가지를 후딱 뛰어넘었다. 푸석거리는 흙먼지에 미끄러져 발걸음마다 장애물을 뛰어넘듯 했다. 탬원이 부상도 입지 않고 대낮이라고 해도, 이 비탈은 이겨내기 어려웠을 거다.

뒤에서 추격자들의 성난 고함이 들렸다. 가까이 오고 있었다! 빠르게 다가오고 있었다.

탬원의 이마에 땀이 흘러내려 눈을 따끔거리게 했다. 앞에는 유난히 커다랗고 살기등등해 보이는 가시나무 덤불이 우거져서 길을 가로막고 있었다. 일고여덟 그루가 얽히고설킨 게 분명했다. 탬원은 땅에 지팡이를 쿡 찍으며 방향을 틀어 그 주변을 올라갔다.

덤불의 오르막길로 건너던 바로 그 순간, 탬원은 단단한 흙 조각을 밟았다. 불현듯 빠드득 갈리는 소리를 내며 으스러졌다. 탬원은 쾅하고 땅에 떨어져 무릎뿐 아니라 머리도 부딪혔다. 공중에 흙을 흩뿌리며 가시덤불 속으로 미끄러져 내려갔다.

마침내, 탬원의 몸이 멈췄다. 벌렁 드러누운 채 헐떡거리며 죽음의 밀림을 빤히 올려다봤다. 삐죽삐죽한 끝이 탬원의 피부를 찌르고, 팔을 긁어대고, 옷을 쥐어뜯었다. 단검 날처럼 무시무시하게 큰 가시가 얼굴 바로 위에서 한쪽 눈을 겨냥하고 있었다.

비명을 지르지 않으려고 온 힘을 다했다. 안 그러면 탬원이 정확히 어디에 있는지 추격자들에게 알려주게 될 테니 말이다. 찔리고, 멍들고, 꼼짝 못 하는 것도 괴로운데, 거의 움직일 수도 없었다. 하물며 숨도 쉴 수 없을 정도였다.

바로 그때 탬원은 날개 달린 남자들이 비탈 위에서 몸부림치는 소리를 들었다. 우거진 덤불에 다다랐다! 쌕쌕거리며 욕을 퍼붓는 걸로 봐서, 자신들의 상황이나 먹잇감을 마음에 들어하지 않았다. 탬원은 숨을 죽이고 곁눈질로 그들을 쳐다봤다.

"귀신이 곡할 노릇이네. 어디로 간 거지?"

"어쩌면, 구덩이에 떨어졌나 봐."

"아니, 방금 여기 있었다고, 정말이야! 내가 분명히 봤어……."

"밤이잖아. 어쩌면 진짜 귀신이었을지도 모르지."

"봐! 귀신이 이걸 입겠어?"

놀랍게도, 날개 달린 남자 하나가 탬원의 숄을 집어 들었다. 덤불 속으로 나자빠지기 바로 직전에 넘어지면서 떨어뜨린 게 분명하다! 남자가 숄을 들고서 주인의 흔적을 찾으려고 비탈을 살폈다. 남자의 일행도 너덜너덜한 날개를 폈다 접었다 하며 똑같이 살펴봤다. 탬원은 그중 한명이 자신을 몇 초 동안 한참을 잔뜩 노려봤다고 확신했다.

마침내, 남자가 숄을 내버렸다.

"흥! 그놈이 구덩이로 굴러떨어졌으면, 그건 그놈 이야기의 마지막이 될 테지. 그러니까, 그래도 싸지 뭐."

"그래. 제물을 일찍 바쳤다 치자고."

"그놈 본 게 진짜 확실해? 맥주 마셔서 그럴 수도 있잖아."

"봤다고, 됐냐! 근데 지금 당장 맥주 좀 더 마시면 맛이 좋겠구먼."

"거참 좋겠군."

그러고는 바로, 세 사람은 돌아서서 가 버렸다. 비탈을 밟아 뭉개며 내려가자 그들의 거친 목소리가 밤 속으로 사라져갔다.

탬원은 안도의 한숨을 내쉬었다. 탈출하게 되었다! 이제 갈가리 찢기지 않게 이곳 가시나무 미로에서 요리조리 빠져나가기만 하면 됐다. 쉽지 않을 테지만 말이다.

탬원은 천천히 조심스레 오른쪽으로 몸을 틀었다. 그러고는 꿈틀대기 시작했다. 그때 갑자기 믿기 힘든 무언가를 언뜻 보았다. 탬원은 몸이 얼어붙었다. 그러고는 그저 상상이 아니라는 걸 확인하려고 눈을 깜빡거렸다.

하지만 아니었다. 거기에 있었다! 가시나무 미로 깊숙이 나뭇가지를 감싸고 있었다. 이 각도가 아니었다면, 볼 수가 없었다.

겨우살이.

반짝거리는 작은 잎사귀가 그렇게 어스름한 불빛에서조차 반들반들 윤이 나는 금처럼 빛이 났다.

탬원은 몸을 비틀어 한쪽 팔을 최대한 멀리 쭉 뻗었다. 잡았다! 손가락으로 황금빛 가지를 감싸 쥐고는 살며시 가시에서 빼냈다. 그러고는 팔과 어깨, 목이 더 많이 찔리고 긁히는 줄도 모르고, 가지를 몸 쪽으로 끌어당겼다. 그런 다음 덤불숲에서 꿈틀거리며 빠져나왔다.

탬원은 피투성이였지만 더할 나위 없이 기쁜 마음으로 그곳에 앉았다. 동굴 천장에서 빛이 새어 들어와 탬원의 몸과 손에 든 굉장한 것을 어슴푸레 비췄다. 탬원은 팔뚝에 잎사귀를 휘감은 채 한참 동안 감탄하며 살폈다. 마지막으로, 고개를 끄덕거렸다.

빛나는 이 나뭇가지로 무엇을 할지 정확히 알았기 때문이다.

* * *

탬윈이 숄을 머리와 배낭까지 뒤집어쓴 채 다시 비탈로 돌아 내려오는 데 두 시간 이상이 걸렸다. 노래를 부르며 이리저리 돌아다니는 무리와 주정뱅이들을 피해 대부분의 시간을 마을의 어두운 구석에서 꼼짝 않고 웅크리고 있었다. 다친 엉덩이 때문에 대여섯 번은 발을 헛디딘 게 틀림없다. 지금 이 순간에도, 고통스럽게 욱신거렸다.

하지만 그건 걱정되지 않았다. 드디어 목적지에 서 있으니 말이다. 바로 귀리온의 변변찮은 집의 문밖이었다.

탬윈은 오가는 사람들과 어둠 속에 숨어 있는 사람이 없어질 때까지 기다렸다. 그러고는, 동틀 녘처럼 고요히 문 쪽으로 걸어갔다. 고리에 걸려 있던 말린 약초의 잔가지를 살며시 치웠다. 그 자리에 겨우살이로 만든 둥근 화관을 걸었다.

황금 화관이다. 바로 마나나운이 예언했던 대로, 한때 불꽃 천사로 불리던 훌륭한 사람들이 남아 있는 이곳 마을 사람들에게 이제 새 지도자가 생길 거다.

새로운 출발이다.

그리고 어쩌면, 새로운 운명이다.

행운을 빌게, 친구여. 언젠가 별들처럼 밝게 타오르길 빌어.

탬윈은 문에서 물러나 생각했다.

그러고는 다시 절룩거리며 어둠 속으로 돌아갔다. 뒤도 돌아보지 않고, 다시 한번 탐험에 나섰다.

29

새로운 시대가 온다

리니아는 앞에 나란히 서 있는 포로들을 살폈다. 그리고 창을 휘두르며 그 둘레에 서서 오래된 사원의 중앙 방을 가득 메운 땅의 요정들도 살폈다. 반투명한 석영으로 된 천장에서 비추는 희부연 빛에, 창백한 리니아의 얼굴에는 빙그레 웃는 기색이 살짝 보였다. 현재를 마음대로 주무르고 미래를 알아볼 수 있다는 태연한 자태로, 곧게 뻗은 금발을 손가락으로 쓸어내렸다.

모두를 위한 공동체의 옛 동료였던 엘리와 류의 반응을 즐기느라 서둘러서 말을 하진 않았다. 어쨌든, 한완 벨라미르가 별명을 붙여줬듯이, 자신은 예언자 리니아였다. 눈앞에 있는 이 불쌍한 무리는, 정말이지 누구란 말인가? 그저 인간의 탈을 쓴 땅의 요정일 뿐, 인간이기보다는 모기에 더 가까운 것들이다. 리니아의 얼굴에 미소가 살짝 떠올랐다. 모기는 찰싹 때려야 제맛이다.

태연하게, 리니아는 이마에 얹어진 진한 빨간색 루비가 박힌 띠를 단정히 했다. 그러고는, 생각에 잠긴 듯한 태도로 초록 얼룩이 묻은 턱을 문지르더니 마침내 입을 열었다.

"나의 어린 제자여, 안색이 안 좋아 보이는구나. 저런, 전혀 안 좋네."

"제가 사제님의 포로가 됐는데 어떻게 좋을 수 있겠어요? 당장 가게 해주세요."

리니아가 엘리를 쏘아보며 시선을 고정시킨 채 왕좌에서 몸을 앞으로 숙였다. 뚫어지게 쳐다보느라 젊은 여자의 목에 걸린 잎사귀 부적을 알아채지도 못했다. 리니아가 억지로 차분한 목소리를 내며 말했다.

"어린 제자여, 명령을 내릴 사람은 네가 아니란다."

"전 사제님의 제자가 아니에요!"

엘리가 한 발짝 앞으로 나왔지만, 가슴을 찌르는 창 때문에 멈출 수밖에 없었다.

"사제님은 모두를 위한 공동체의 수치예요."

"아마 그럴 수도."

리니아가 다시 왕좌에 기대어 답했다. 가운 깃에 있는 참나무 같은 모양의 고리를 만지작거렸다. 그러고는 유감스러운 듯 한숨을 내쉬었다.

"한물간 집단의 수치가 되는 게 사실은 명예로운 모습이겠지. 그런데 너, 너는 수치 중에서도 최악이야. 네 종족의 수치지! 다그다와 로리란다의 진정한 모습으로 만들어진 생명체인 인간의 수치다."

"누구한테 배운 거지, 리니아? 당신의 새로운 스승인 벨라미르한테서?"

류가 드루마디안의 가운을 입은 허리에 손을 얹고 따져 물었다.

희부연 빛에서조차도, 리니아의 얼굴은 어두워졌다. 턱에 초록 얼룩이 여느 때보다도 더 수염처럼 보였다. 리니아가 톡톡대며 쏘아붙였다.

"아 그래요, 한완이 내게 많은 걸 가르쳐줬죠. 당신처럼 옛날 방식에 맹목적으로 집착하는 인간은 쓸모없다는 것도 포함해서."

"그럼 새로운 방식은 뭐지? 당신의 오만을 안심시켜주는 확신? 끝도 없는 당신의 강한 욕심? 아니면 그 이상의 방식인가?"

류가 맞받아쳤다.

리니아는 왕좌 팔걸이를 손가락으로 세게 꽉 움켜쥐었다.

"인간은 유한한 생명체 가운데 가장 위대해! 그런데, 몇몇은 그 사실을 받아들이길 거부하지. 우리가 많은 재능을 지닌 데에는 책임감이 따르니까요. 우리 세상을 돌보고, 덜 중요한 생명체를 돕는 책임감 말이야."

사원 안에서도 여전히 분홍빛을 띤 채, 뉴익은 숨이 막히는 듯 기침을 해댔다. 엘리의 팔 안에서 꿈틀거리며 안 보이게 등 뒤로 갈라토를 돌렸다. 그러더니, 땅의 요정의 창만큼 날카로운 목소리로 분명히 말했다.

"네 말은 우리 세상을 집어삼키겠단 거겠지. 다른 생명체를 노예로 만들고."

"그 무슨 얼토당토않은 소리!"

리니아의 폭발하는 소리가 석영 벽 안쪽으로 울려 퍼졌다.

"우리에게 세상을 새로 만들 수 있는 지혜와 힘이 있다는 거 모르겠어?"

류의 진한 눈썹이 모아졌다.

"당신이 주거지를 새로 만들었던 것처럼요?"

리니아가 처음으로 확신이 없는 표정을 지었다.

"그게 무슨 말이지?"

"전부 다 파괴됐다고요! 그 바람에, 대사제님의 삶도 망가졌고요."

리니아가 움찔한 거 같았다.

"난 모르는 일이야."

갑자기 리디아의 표정이 굳어졌다.

"거짓말! 나를 속여서 옆길로 새게 하려는 짓이잖아. 그런 일이 진짜로 일어났다면, 예지력으로 봤을 거야."

그러더니 쌀쌀맞게 덧붙였다.

"게다가, 대사제의 시대는 지났어. 동시에 구질서도 지나가고 있다고."

"하지만……."

"하지만 뭐! 인류 우선의 시대가 왔다고. 마침내 인간이 아발론 여기저기에 영향을 미칠 시대가 온 거야."

류가 눈살을 찌푸렸다.

"리니아, 때로는 전혀 영향을 미치지 않는 게 훨씬 더 지혜롭다는 걸 모르겠어? 급기야, 우리 자신의 생명만큼 모든 형태의 생명을 귀하게 여겨야 우리에게 훨씬 더 큰 힘이 생긴다는 것을?"

"이해를 못 하다니 정신이 나갔군요! 동물, 새, 그리고 바다의 물고기 전부 우리가 이끌어야 할 아이들이라고요. 우리의 명령을 받는 부하들이고요. 그리고 가끔은 죽여야 할 우리의 적이죠. 하지만 엘런과 리아의 그 모든 잘못된 가르침에도 불구하고, 절대로 우리와 동등하지 않아요."

엘리가 한 번 더 목소리를 냈다. 속삭이는 정도밖에 안 되는 차분한 목소리로 말했다. 하지만 말이 부풀어 올라 사원 전체를 가득 메우는 듯했다.

"경쾌한 비행사처럼 우리도 빛날 수 있나요? 말해보세요. 종달새처럼 노래를 부를 수 있나요? 말해보세요. 아니면 영양처럼 뛰어오를 수 있나요? 그리고 이것 또한 말해보세요. 요정들처럼 우리도 나무의 언어를 들을 수 있나요? 인어 종족처럼 우리도 바다의 가장 깊은 곳에서 몇 날 며칠 동안 헤엄칠 수 있나요? 아니면 독수리 종족처럼 구름보다 더 높이 날 수 있나요?"

길게 이어지는 리니아의 모욕적인 하품을 무시한 채, 엘리는 여전히 차분하지만 역시 낭랑한 목소리로 이어 말했다. 말이 어디에서 나오는지는 감이 전혀 오질 않았다. 그냥 나오고 있다는 것만 알 뿐이었다.

"제가 말한 그 생명체들과 다른 모든 이들은 우리와 그저 동등한 게 아녜요. 우리의 형제자매이자, 동료 여행자이며, 똑같이 불확실한 선택과 기회의 힘을 지녔다고요. 우리와 같은 유한한 생명에 대한 갈망, 승리와 비극을 지니고 있어요. 그들도 우리 못지않게 죽기 전에 살아 숨 쉬고 자랄 자격이 있다고요."

엘리가 말하자 뉴익이 왕좌에 앉은 여자를 계속해서 노려봤다. 피부색은 파랑과 초록으로 녹아들어 있었다. 요정은 엘리의 손목 뒷부분을 만지려고 손을 뻗었다.

리니아가 벌린 입을 톡톡 두드리며 말했다.

"참으로 멋지네. 넌 과거를 말하는 걸 테지. 하지만 난, 타고난 예지력으로 미래를 말한단다."

"그렇다면 정말로 무슨 미래가 보이지?"

류가 창끝을 얼굴에서 밀쳐내며 따져 물었다.

리니아는 왕좌에 느긋하게 앉아 있었다.

"한완의 요청으로, 난 보름 전에 이곳에 왔어. 새로운 시대가 오면 살아남을 기회를 땅의 요정들에게 주려고 말이지. 우리가 아발론을 새로 만드는 동안, 우리의 조력자로서 도움이 될 기회도 주고."

"네 용병으로서겠지."

뉴익이 툴툴거렸다.

리니아가 거듭 말했다.

"조력자야. 물론, 땅의 요정은 땅의 요정이니까, 보수를 줘야 했지."

뉴익이 고쳐 말했다.

"전리품을 줬겠지. 그래서 네가 여기 있구나. 한때 혐오한다고 말했던 바로 그 생명체들하고 물물교환이나 하면서."

"전부 더 큰 대의를 위해서야."

리니아가 얼굴을 비틀어 교활한 미소를 지었다.

"하지만 너와는 달리, 나는 쉽게 잊힐 이 땅을 곧 떠날 거야. 사실, 동맹이 잘 이뤄졌더라면 어제 떠났을 거야. 그때 너희들이 폐허가 된 무슨 죽은 종교의 사원에 금방이라도 도착할 거라는 환영을 보았지. 덧붙이자면, 머지않아 모두를 위한 공동체에 닥칠 운명과 상당히 비슷한 숙명을 지녔지."

"그리고 다른 사람들도 모두요!"

엘리가 격정에 떨리는 목소리를 내며 한 발짝 내디뎠다.

"저를 미워하시는 거 알아요, 사제님. 하지만 제 말 좀 들어보세요. *리타 고르가 여기 아발론에 있다.* 사실이에요! 아발론을 정복하려고 계획하고 있다고요. 다른 세상도요. 곧요! 얼마 안……"

"잠깐."

리니아가 깜짝 놀라며 명령했다.

"리타 고르? 여기에?"

"네."

리니아가 또 한 번 더욱 회의적인 표정을 지으며 몸을 앞으로 숙였다.

"그런 말은 어디서 들은 거지?"

"환영에서요. 거의 2주 전에, 할리아의 산봉우리에서요. 그게 보였어요……"

빨개진 얼굴로 리니아가 비웃었다.

"환영? 너한테 보였다고?"

"사실이에요. 저뿐만이 아니에요. 다른 사람들도 봤다고요! 심지어…… 여인님도요."

엘리가 주장했다.

호수 여인에게서 배제돼 여전히 속이 쓰라리긴 했지만, 이름만 언급했을 뿐인데 리니아의 얼굴이 더욱더 붉어졌다.

"감히 나한테 환영에 대해서 말하려 해? 진정한 예언자인 이 몸에게! 감히 아무 말이나 나한테 하려 들어, 네 이 건방진 녀석?"

"사제님. 잘 들으셔야 해요."

엘리가 애원했다.

"들어야 할 거 없어! 우리 대화는 끝났다, 제자."

리니아가 으르렁거리듯 말했다.

이글거리는 눈빛을 띠며, 엘리가 리니아를 노려봤다.

리니아가 손을 들어 올리며 거칠고 쉰 소리로 모든 땅의 요정의 주목을 끌었다. 그러고는, 공통어를 천천히 써가며 땅의 요정들에게 포로를 지하실로 끌고 가라고 말했다. 적어도 포로들이 말썽을 일으키지 않는 한 살려두라고도 말했다. 땅의 요정들은 두 번째 명령에 실망한 듯 보였지만, 동의의 뜻으로 끙끙거렸다. 사원 밖 정글 속에서는, 원숭이들이 소란스럽게 깩깩거렸다. 하지만 땅의 요정과 비교하면 가락에 맞는 소리 같았다.

이러는 내내 어릿광대는 이를 부득부득 갈며 선택 사항을 생각했다. 물론, 여자애와 짜증 나는 사제, 그리고 어쩌면 땅의 요정 몇몇도 한순간에 죽일 수 있었다. 하지만, 그게 무슨 이득이 될까? 자신처럼 뛰어난 암살자라고 해도, 살아서 빠져나가기에는 두꺼비 같은 세 손가락 녀석이 그야말로 너무나도 많았다. 그것도 수정을 지닌 채로.

저주받을 흠투성이 관문 같으니!

어릿광대는 생각했다.

그때까지 모든 게 아주 잘 되고 있었다. 아니, 여인이 쿨위크의 수정의 행방을 알아내라고 저들을 물 용의 최고 지도자에게 보냈다는 것도 정확히 알아맞히기까지 했다. 일을 끝마치기도 전에, 쿨위크의 것이 아닌 자신의 것이 될 그 수정을 말이다.

어릿광대가 손가락으로 지팡이 손잡이를 느리고 위협적인 리듬으로 톡톡 두드렸다. 장악. 다시 장악해야 했다. 어쨌든, 장악하는 것이 일에서 가장 좋아하는 거였다. 다른 사람의 생과 사를 궁극적으로 통제하기에 이르다니. 그보다 더 짜릿한 건 없었다!

하지만 우선은, 기다려야 했다. 기회를 엿봐야 했다. 나약하고 취약한 순간을 기다려야 했다. 그 순간은 늘 오기에. 그런 다음, 덮칠 거다.

바로 그때, 날카로운 창끝이 등을 세게 찔렀다. 어릿광대가 휙 돌아서니 유난히 흉터가 심한 땅의 요정이 걸으라며 재촉하고 있었다. 다른 포로들은 이미 방 밖으로 움직이기 시작했다. 데스 마콜이 눈을 가늘게 뜨며 마음속으로 생각했다.

갈 거야, 이 두꺼비 같은 녀석아. 하지만 이 일을 끝마치기 전에 또 보게 될 거다. 약속하지.

무리의 선두에 있던 엘리가 갑자기 멈춰 섰다. 주위에서 땅의 요정이 으르렁거리고 끙끙대며 골이 나서 밀쳐대도 엘리는 꿈쩍도 하지 않고 리니아를 돌아봤다. 사제는 창백한 얼굴에 온통 만족스러운 표정을 드러낸 채, 왕좌에서 지켜보고 있었다.

"잠깐만요. 새로운 시대가 온다고 한 건 뭐였어요? 정확히 무슨 뜻이었죠?"

엘리가 따져 물었다.

리니아가 으르렁거리듯 명령 같은 걸 내리자 땅의 요정들이 밀치는 걸 멈췄다. 그러고는 느긋한 말투로 말했다.

"네가 안다고 해서 해가 되진 않을 거 같네. 이른바 네 환영과는 달리, 그 시대는 진정으로 올 거니까. 그것도 머지않아."

리니아가 비웃는 듯 얼굴을 찌푸렸다.

"이런 말 해서 미안한데, 넌 끝없는 고통을 느끼게 될 거야. 있지, 조만간 끔찍한 전투가 일어날 거거든. 아발론의 운명을 결정지을 전투지. 유감스럽지만 네 사랑하는 친구들이 죽게 될 거 같네."

엘리와 류, 브리오나 모두 숨이 턱 막혔다. 카타는 불안스레 삑삑 소리를 냈고 뉴익은 완전히 새카매졌다. 리디아가 하는 말을 하나도 못 들은 심과, 자기 생각에 정신이 팔린 어릿광대만이 반응을 보이지 않았다.

리니아가 이어 말했다.

"서로 대립되는 두 군대가 머지않아 남쪽에 위치한 이센위 평원에 모이기 시작할 거다. 그중 하나는 어중이떠중이 다 모인 생명체들이지. 음, 그러고 보니 너 같은 생명체 말이지. 틀림없이 엘 우리엔에서부터 요정들이 앞장서겠지. 뻔뻔스럽게도 늘 자신들이 인간과 동등하다고 여겨왔으니까."

리니아가 업신여기듯 말했다.

그러고는 잠시 멈춰 부릅뜬 브리오나의 눈을 즐기더니, 계속 이어 나갔다.

"요정들이 인간들을 뽑았을 게 분명해. 반동분자 마을 주민, 믿음에 눈이 먼 사제, 그리고 그 비슷한 것들까지. 내 짐작으로는 폭풍의 전쟁 때의 옛 동맹자들도 함께할 거야. 이를테면, 독수리 종족, 소인들하고 어쩌면 다른 한두 무리들 말이지."

리니아는 흡족한 듯 깔깔대며 웃음을 참지 못했다.

"군대가 아닌 평화 유지군인 다른 무리에는 한완 벨라미르의 가르침에 열린 마음을 가진 인간들이 훨씬 더 많을 거야. 평화를 사랑하는 다른 많은 생명체들도 함께할 거고."

"아마 땅의 요정하고 곰스켄처럼 말이지."

뉴익이 신랄하게 말했다.

리니아가 손을 한 번 흔들며 대답했다.

"아마도. 하지만 그들은 그저 큰 대의를 도울 수 있기 때문에 환영받는 거야."

"그 대의가 뭐지?"

류가 물었다.

"평화. 화합. 자유. 그 모든 것을 이룰 수 있지. 시간이 지나면서 보호할 수 있고요. 인간이 주도권을 갖는다면 말이야."

엘리가 코웃음을 쳤다.

"그러니까 그러려면 전쟁이 필요한 거고요? 어쩌면, 대학살도요? 사제님, 무슨 말씀을 하시는 거예요! 한때 사제이셨잖아요. 제발 아발론을 위해서라도요!"

"그래. 아발론을 위해서."

리니아가 단호하게 말했다. 그러고는 왕좌에서 몸을 숙여 엘리를 똑바로 쳐다봤다.

"그 때문에, 툭하면 인간의 특별한 역할을 깔보는 너희 같은 부류에도 불구하고, 나는 대전투가 시작하기 전에 자비를 널리 베풀어야 한다고 한완에게 주장했지. 구질서를 옹호하는 모든 이들에게 항복할 기회가 주어질 거야. 무기를 내려놓고 인류와 손에 손을 맞잡아 눈부신 새로운 미래로 걸어가라고 말이지."

브리오나가 발끈했다.

"아니면 죽든지 말이죠."

리니아가 진심으로 유감스러운 듯 한숨을 내쉬었다.

"필요하다면. 한완과 나는 그 지경에 이르지 않기를 몹시 바라."

생각에 잠긴 채, 리니아는 턱에 있는 어두운 부분을 긁었다.

"하지만 그게 우리 세상을 다시 만드는 데 필요한 거라면, 그럼 어쩔 수 없지."

포로들은 눈빛을 주고받았다. 일부는 분노, 일부는 슬픔, 일부는 난감한 눈빛이었다. 리니아가 다시 입을 떼려는 순간, 뉴익이 비꼬는 목소리로 가로막았다.

"축하해, 초록 수염 아가씨. 어느새, 너는 땅의 요정들의 폭군이자 곱스켄의 동맹자가 되었네. 그리고 너는 그렇게 보지 않으려 해도, 리타고르의 하인이 되었고. 재주가 보통이 아니네."

사원의 희부연 빛 속에서조차, 리니아의 두 볼이 잘 익은 사과처럼 새빨개졌다. 하지만 반응을 보이기도 전에, 엘리가 질문을 하나 했다.

"페얼린은 어디에 있어요? 사제님을 항상 사랑하고, 자기 가지로 사제님을 보호하고, 사제님의 하루를 끝내주는 냄새로 채워줬잖아요. 지금 어디에 있어요?"

이곳에 그들이 도착한 이후 처음으로, 리니아의 시선이 흔들렸다. 그

변화는 거의 감지할 수 없는 정도였지만 엘리는 알아차렸다. 리니아가 그저 엘리의 말이 아니라, 보다 깊은 어떤 상실감 때문에 상처를 입었다고 엘리는 추측했다.

"페얼린은 사제님을 떠났죠, 그렇죠?"

요점을 명확히 밝히려고 엘리가 목소리를 높여 말했다.

"사제님이 어떤 사람이 되었는지 페얼린은 받아들일 수가 없었던 거죠."

리니아의 격분한 눈초리가 돌아왔다. 그러고는 빽 소리를 내질렀다.

"여봐라. 저들을 끌고 가라. 지금 당장!"

30

숨은 핏줄

쾅.

지하실 입구를 막고 있던 무거운 빗장이 쾅 내려졌다. 몇 초 전에, 엘리가 문에서 돌아서서 있었다. 바로 그때 마지막 세 손가락 손이 심을 밀어 넣었다. 작은 거인은 발에 걸려 화강암 벽에 부딪혀 쓰러졌다. 지금은, 아픈 어깨를 문지르며 중얼중얼 혼잣말을 하고 있다. 마찬가지로 뚱한 얼굴을 한 브리오나가 벽에 기대어 심 옆에 앉았다.

지하 감옥이야.

엘리가 차갑고 눅눅한 방을 두리번거리며 생각했다. 누군가의 무덤 안에 있는 느낌이었다.

이곳을 누가 지었든지 간에 어쩜 희생 제물로 바칠 사람들을 가두는 데 썼나 봐. 아니면 딱 나처럼 골칫거리에서 못 벗어나는 사람들이나.

엘리는 여전히 뉴익을 안은 채, 방안을 왔다 갔다 하며 허벅지를 탁탁 쳤다. 탐험에서 벗어나다니 얼마나 어리석은지! 어떻게 해서든 모든 걸 악화시킬 뿐이었다.

그럼에도 불구하고 지금은 적어도 다가올 전투에 대한 일부 귀중한 정보를 알게 됐다. 사제의 그 하찮은 변명 덕분에 말이다. 하지만 엘리와 친구들이 이곳 지하 감옥에서 그저 썩게 된다면 정보가 좋을 게 뭐가 있겠는가?

정말로, 보다시피 이곳에서 탈출할 길은 없었다. 다른 입구도 없고 뚜렷한 허점도 없이, 그저 갈라진 금도 하나 없는 네 면의 돌벽과 돌바닥뿐이었다. 화강암 창살이 달린 작은 공기구멍이 천장에 나 있었는데, 그 사이로 위쪽 사원에서 한 줄기 빛이 흘러 들어왔다. 문에 뚫린 둥근 창문에서는 좀 더 많은 빛이 들어왔다. 바로 밖에서, 사납게 생긴 땅의 요정 둘이 돌로 된 긴 의자에 앉아 맛이 변한 맥주 냄새가 나는 무언가를 마시고 있었다.

엘리가 큰 소리로 툴툴거렸다.

"사제님은 어떻게 내 말을 안 들을 수가 있어? 하얀 손과 리타 고르한테 그저 이용당하고 있다는 걸 왜 보질 못하는 거지?"

"오만하니까. 아주 오래된 인간의 특성이지."

류가 팔짱을 끼고서 벽에 기댄 채 대답했다.

단지 뉴익의 무게라 설명하기에는 답답한 느낌이 들어 엘리가 끄덕이기만 했다. 그러고는 신음을 토하며, 브리오나 옆에 털썩 앉았다. 머리를 뒤로 젖혀 돌벽에 기대었다. 엘리는 알았다. 거기가 적어도 당분간은 베개가 될 거라고.

어쩌면 아주, 아주 오랫동안일 수도.

뉴익이 엘리의 무릎에서 투덜거렸다.

"흠. 내가 뭔가 도움이 되거나 힘을 북돋아주는 그런 말을 할 거라 기대하진 마. 그건 정말 내 성질하고 안 맞아."

칙칙한 기분에도 불구하고 엘리는 쿡쿡 웃었다.

"난 원래 그 성질 그대로를 좋아해, 고대 요정님."

"잘됐네, 엘리리아나. 너한테 선택의 여지가 없으니까."

브리오나는 땋은 머리를 들어 올려 어깨 너머로 휙 넘겼다. 그러다 벽에 탁 부딪쳤는데 그 소리가 너무 커서 땅의 요정 한 명이 이리저리 어슬렁거리더니 둥근 창문에 얼굴을 갖다 댔다. 으르렁거리며 안을 들여다보더니 동료와 함께 다시 술을 마시기 시작했다.

"와서 우리 편과 함께해. 맛 좋은 음식 많이 있어."

류가 뒤에다 대고 유쾌하게 말했다.

카타가 류의 어깨 위를 서성이며 빽빽 소리를 질렀다. 이 상황을 우습게 보는 류를 야단치는 게 뻔했다.

하지만 류는 끈질기게 계속했다. 그러고는 한쪽 구석에 다른 이들과 떨어져 앉아 있는 어릿광대를 향해 몸을 돌렸다.

"자 이제, 세스 달인님. 공연을 좀 해보는 게 어떻소? 우리가 진정으로 사로잡힌 관중이잖소!"

그 녀석은 류의 농담을 높게 사지 않는 모양이었다. 대신, 얼어붙게 만들 정도로 사제를 쏘아봤다.

"스크리가 여기 있었으면 좋았을 텐데. 걔가 싸움은 늘 잘하잖아."

요정 소녀가 중얼거렸다.

"그거야 네가 완전히 연습 상대가 되어주니까 그렇지."

뉴익이 무미건조하게 말했다.

브리오나는 웃지 않았다.

엘리가 손을 뻗어 브리오나의 무릎에 갖다 댔다.

"나도 누군가가 그리워. 나한테 양초 촛농 얘기해줬던 거 기억나? 음, 그때는 이해가 안 됐어. 인정하고 싶지 않았었던지. 하지만 음, 지금은 이해해."

브리오나가 침울하게 고개를 끄덕였다.

"스크리만 그리워하는 건 아냐. 걔가 어떤 친구였든 간에. 난 내게 아직……."

브리오나는 노예 감독관의 채찍질에 생긴 상처를 벽에 문지르며 허리를 곧추세웠다.

"가족이 있었으면 좋겠어."

엘리가 한숨을 내쉬고는 말했다.

"있지, 땅의 요정이 나를 노예로 만들고 연기가 자욱한 터널에서 일하게 시켰던 그 많은 세월 동안, 자유보다 훨씬 더 원했던 게 하나 있었어."

요정이 엘리에게로 향했다.

"뭔데?"

"내 가족."

풍성한 곱슬머리가 흔들거리도록 엘리가 고개를 까딱했다.

"딱 하루만이라도 가족을 다시 보게 해달라고 말이야. 그게 내가 무엇보다도 바랐던 거야."

엘리가 비밀의 샘에서 난 물이 든 물통을 손가락으로 툭툭 두드리며 잠시 멈췄다.

"그래서 더욱 황당한 건 탬원과 나를 공격했던 그 더러운 땅의 요정을 치유하는 데 이 물을 써 버렸다는 거야. 이렇게 멍청할 수가!"

브리오나가 말했다.

"그럴지도. 아님 아닐지도 모르고. 할아버지한테는 여행 중에 어디선가 알게 된 가장 좋아하는 시가 있었어."

"크고 작은 모든 생명체를 보아라,
하나하나 모두가 너무나도 다르게 만들어졌다.
느긋하게 미끄러지듯 걷거나, 날거나, 헤엄쳐라.
그런데도 여전히 각자의 아주 깊은 안쪽에,
혈족의 숨은 핏줄이 흐른다."

엘리가 꺼림칙한 듯 따라 말했다.
"혈족? 땅의 요정은 아니겠지."
"어쩌면, 이해하기 어렵겠지. 하지만 사실이야. 어쨌든, 그게 네가 리니아한테 했던 말 아니야? *그들은 우리 동료 여행자이자, 우리의 형제자매예요.*"
엘리는 아무 말도 하지 않았다.
요정이 놀리듯 엘리를 쿡 찔렀다.
"이것 봐. 하물며 심과 나도 친족이라니까."
브리오나가 몸을 숙여 심의 귀에다 대고 물었다.
"안 그래요, 삼촌?"
하지만 어르신은 그저 우두커니 브리오나를 쳐다봤다.
"장난치지 마, 로와나. 진심 아니라는 거 난 안다고."
심이 주먹을 세게 움켜쥐었다.
"내가 여전히 덩치가 컸다면 좋았을 텐데! 그러면 딱 일어서서 이 천장을 송두리째 들어 올렸을 거야."
류가 방을 가로질러, 심이 있는 방향으로 몸을 구부렸다.
"어떻게 해서 다시 작아진 거예요, 심?"

류가 잘 들리게 하려고 소리를 지르다시피 물었다.

작은 거인이 쭈글쭈글한 두 볼을 문질렀다.

"나도 몰라! 그냥 그렇게 됐어. 영영 이렇게 쪼그라든 채로."

"어쩌면 영영은 아닐지도 몰라요."

브리오나가 심의 귀에다 말했다.

"적어도, 앞으로 오랫동안은!"

심은 브리오나에게 둥글납작한 코를 찡긋거려 보였다.

"내가 하는 법만 알면, 어쩜 상황을 획획 뒤집을 텐데. 하지만 모르니까 당연히 못 하지."

"언제 처음으로 알았어요?"

사제가 소리쳤다.

심의 하얀 머리가 끄덕여졌다.

"오, 그것만큼은 내가 정확히 알지! 폭풍의 전쟁 때였어. 아발론 498년이었지."

"메마른 봄 전투가 있던 해야. 그때가 마지막이었지."

브리오나가 엘리를 힐끔 쳐다보더니 덧붙였다.

"드루마디안의 주거지가 완전히 공격당했던 때였네."

심이 고개를 살짝 기울이며 기억했다.

"그래, 로와나. 맞아. 치열한 전투였지. 나한테는 너무나도 잔혹했어. 하지만 난 그래도 싸웠어. 우리 거인이 없었으면 플레임론 그것들이 분명히 이겼을 테니까. 그리고 그 전투에서, 우리 거대한 지도자는 주볼다였어."

심이 두 팔을 크게 벌렸다. 그러고는 깔깔대고 웃었다.

"비탈처럼 엄청 컸어. 딸들도 똑 닮았고. 사실은, 내가 그 딸 중 하나를 구했어. 그랬고말고. 어설프게 굴면서 말이야! 그 딸이 얽히고설킨 밧줄에 된통 묶여 있었을 때, 내가 재빨리 달려가서 도와줬거든. 하지만 발을 헛디뎌서 엄청난 쿵소리와 함께 넘어지고 말았어. 그런데 다행히도 플레임론 바로 위에 딱 넘어졌지 뭐야."

심은 강조하기 위해 손뼉을 쳤다.

"그게 플레임론의 끝이었어! 깔끔한 마무리였지."

브리오나가 끄덕거렸다.

"아주 깔끔했네요."

"그런데 언제 작아지기 시작한 거예요?"

류가 소리쳤다.

"바로 그 후부터."

"확실해요? 다른 일은 없었고요?"

요정 소녀가 따져 물었다.

심은 작은 어깨를 으쓱였다.

"그러니까 음, 딱 하나 있었어. 하지만 딱히 안 중요한걸."

심이 얼굴을 붉혔다.

"그건 우리가 결정할게요. 말해줘요."

류가 우렁찬 소리로 말했다.

심의 얼굴이 더욱 새빨개졌다.

"음, 알아. 주볼다의 딸은 이름이 본로그 마운틴 마우스였어."

심이 주위를 휙 둘러보더니 멈칫거렸다.

"그럴 만한 이유도 있었어. 내가 그 딸을 구하고 나자, 입맞춤으로 내게 감사를 전하려고 하지 뭐야! 잘 들어, 완전 침을 질질 흘리고 있었다고."

심이 머리부터 발끝까지 몸서리쳤다.

웃음을 참으려 애쓰며, 브리오나가 물었다.

"그래서 어떻게 됐어요?"

"도망쳤지. 아주 빠르게, 이 아가씨야! 최대한 빠르게 산속으로 올라갔어. 뒤에서 본로그가 우르릉거리는 소리로 험악하게 욕을 해대는 걸 들은 게 내가 기억하는 마지막이야. 내 생각에, 걔는 좀 화가 났었나 봐."

"그렇게 들리네."

뉴익이 엘리의 무릎에 앉아 중얼거렸다.

심이 계속 말했다.

"침을 질질 흘리는 그 애를 멀리하려고 그랬다니까. 한참 동안 산속에 숨어 있었어. 그때 몸이 작아지기 시작했어. 그러고는 점점 더 작아지고 또 작아졌어."

심의 얼굴에 찡그리는 표정이 드러났다.

요정이 작은 손을 흔들었다.

"흠. 그건 걔가 너한테 저주를 내렸기 때문이야, 멍청아."

"뭐라고?"

"저주를 내렸다고! 창피를 주니까 너한테 주문을 건 거야."

뉴익이 으르렁거렸다.

심의 분홍색 눈이 휘둥그레졌다. 마치 별이 뜰 무렵에 황금색 빛이 경이롭게 반짝거리는 걸 맨 처음으로 막 본 듯이 그랬다.

"저주라. 어쩌면 네 말이 맞을지도! 이제 그냥 저주를 풀면 되겠지."

심이 중얼거렸다.

뉴익이 고개를 저었다.

"나도 주볼라의 딸들 알아. 네가 도망간 건 잘한 일이야! 하지만 걔들은 거인 마법이 핏속에 진하게 흐른다고. 걔네가 내리는 저주는 절대 풀 수 없어. 아마 멀린이 아니고서야. 멀린이라도 성공 못 할지 몰라."

심은 뉴익이 하는 말을 전부 알아듣진 못했어도, 그 뜻을 놓치진 않았다. 이내 노려보더니, 머리를 아래로 축 늘어뜨렸다.

"그러니까 난 꼼짝없이 갇힌 거네. 영원히 쪼그라들어 있겠네."

브리오나가 심의 어깨에 팔을 둘렀지만, 심은 알아차리지 못한 듯했다.

다시 생겨난 우울한 기분이 일행 사이에 자리를 잡았다. 엘리는 뉴익의 피부색이 잽싸게 어두워지는 걸 보고서 쓰라린 한숨을 내뿜었다. 카타가 쉴 없이 날개를 파닥이자 류가 어둠 쪽으로 몸을 돌렸다. 구석에 있는 어릿광대처럼 브리오나도 그저 석영 바닥을 빤히 바라보기만 했다.

엘리가 절망스러운 목소리로 말했다.

"우린 끝났어. 우리 탐험은 끝이라고. 난 여인님을 실망시켰고, 이제 아발론은 망했어. 우린 죽을 때까지 이 지하 감옥에서 꼼짝 못 할 거야."

아무도 대답하지 않았다. 엘리의 말이 무슨 짙고 유독한 연기처럼 눅눅한 방 안에서 맴도는 거 같았다. 서서히 독살시키려는 듯, 피부와 폐 그리고 머릿속에 천천히 스며들었다.

한 시간 이상이 지났다. 그들 가운데 아무도 움직이질 않았다. 사원 밖 정글에 땅거미가 지자, 공기구멍에서 들어오던 빛은 거의 꺼질 듯이 어스레해졌다.

난데없이, 입구 바로 바깥에서 귀에 거슬리는 둔탁한 소리가 들렸다. 그러더니 쾅. 문을 막고 있던 무거운 빗장이 바닥에 떨어졌다. 세 손가락이 달린 손이 안으로 들어오더니 사나운 끙소리와 함께 문을 홱 밀쳤다.

"세상에나. 우리를 죽이러 왔구나!"

류가 소리쳤다.

브리오나가 요정의 빠르기로 벌떡 뛰어올랐다. 엘리가 뉴익을 고이 안은 채 일어섰고, 류도 그쪽으로 발걸음을 옮겼다. 어릿광대도 역시 지팡이를 휘두르며 재빠르고 조용하게 일어섰다.

그러나 땅의 요정이 뜻밖의 일을 했다. 일행들이 제자리에 꼼짝 않고 얼어붙어 있게 만드는 그런 일이었다. 안으로 쳐들어오는 대신에, 그저 문간에 서서 캄캄한 방 안에 물건을 몇 개 던졌다. 물건이 덜커덕하는 소리를 내며 브리오나의 발 옆 돌바닥에 떨어졌다.

"내 활하고 화살이야."

브리오나가 경외감에 찬 목소리로 말했다.

땅의 요정은 브리오나가 한 번의 빠른 움직임으로 활과 화살을 잡아 올려 어깨 너머로 화살통을 휙 내던지는 걸 지켜봤다. 그러고는 엘리를 향해 몸을 돌려 튀어나온 짙은 눈으로 깊이 들여다봤다. 그자가 가슴 한가운데에 난 세 개의 삐죽삐죽한 상처를 만지려고 손을 들어 올리기도 전에, 엘리는 그자를 알아봤다.

엘리의 목구멍이 조여 왔다. 그렇지만 말을 할 필요는 없었다. 둘이 주고받은 표정이 충분히 말해줬다.

땅의 요정은 다급하게 끙 앓는 소리를 내고는 따라오라며 손을 흔들었다. 문간에서 술에 취해 인사불성이 되어 돌로 된 긴 의자에 푹 쓰러져 있는 다른 보초를 살금살금 지나갔다. 잠자고 있는 다른 포로들을 지나, 그들은 계단을 기어 올라갔다. 마지막으로 오던 어릿광대는 그 기회에 자신의 등을 무례하게 쿡 찔렀던 보초가 아침에 확실히 일어나지 못하도록 했다.

그들은 사원의 중앙 방을 피해 좁은 복도를 따라 몰래 빠져나갔다. 너무나도 조용히, 땅의 요정은 야자나무가 쓰러져 있는 석영 벽면에 난 구멍을 통해 미끄러지듯 지나갔다. 그러고는 밖에서 마지막 사람이 다 지나올 때까지 기다렸다. 모두가 사원 뒤 나무 아래에 서 있었다. 땅의 요정은 마지막으로 엘리를 힐끔 보더니 끙 소리를 내고는 정글 속으로 빠져나갔다. 땅딸막한 모습은 얼기설기 어두운 덩굴 속으로 사라져 버렸다.

잠시 동안, 일행은 그자가 사라지는 모습을 바라봤다. 그때 엘리가 하늘을 올려다보니 나무 사이로 몇몇 별들이 빛나고 있었다. 잠시 멈춰서 스타게이징 스톤에서 탬윈과 함께 있었던 밤을 떠올렸다. 하지만 지금은 그걸 생각할 시간이 아니었다. 엘리는 동쪽을 가리키고는 숲속으로 뛰어들었다. 촉촉한 양치식물과 열매가 가득 달린 나뭇가지를 지나 구불구불 나 있는 동물의 자취를 따라갔다.

밤새도록 걸었다. 머리 위에서 원숭이들이 깩깩거리고, 밤에 활동하는 새들 몇몇은 으스스하게 지저귀었다. 종종 우거진 숲속에서, 그들이 계속 움직일 수 있게 한 것은 오직 브리오나의 뛰어난 시력뿐이었다. 그것마저도 한 번은 하질 못했는데, 어둡고 길이 없는 늪 한가운데에 있다는 걸 알았을 때였다. 카타에게 도움을 청하려고 돌아서자, 카타는 높이 날아 하늘에서 길을 골랐다. 그러나 대부분은 계속해서 이동했다. 그리고 대부분은 말없이 이동했다. 비록 심이 쓰러진 나무에 걸려 넘어지고, 발밑의 나뭇가지를 우지끈 부러뜨리고, 보이지 않는 동물에게 겁을 주어 화난 으르렁, 쉭쉭 소리를 내게 했지만 말이다.

동이 트고 하늘 높이 별들이 반짝이기 시작하자, 일행은 마침내 정글을 지나왔다. 녹초가 된 그들은 짤막한 갈색 잔디가 듬성듬성 나 있는 가파른 언덕을 올랐다. 꼭대기에서 모두들 털썩 주저앉아 쉬었다. 그들은 기진맥진했고, 밤사이에 톡 쏘는 열매를 먹었는데도 불구하고 여전히 배가 고팠다. 하지만 자유의 몸이 되었다.

먼 구름 속으로 사라지는 줄줄이 늘어선 굽이진 갈색 언덕을 훑어보더니, 엘리는 흐뭇한 미소를 지었다.

"진흙 언덕이야. 그리고 저쪽은 안개 다리야."

엘리가 지평선을 향해 손을 흔들며 말했다.

브리오나도 그 광경을 바라보았지만, 표정은 훨씬 더 침울해졌다.

"오염된 수정으로 가는 우리의 길이지."

브리오나의 목소리가 어딘지 모르게 엘리를 돌아보게 했다.

"무엇 때문에 고민하는 거야, 브리오나?"

"아무것도 아냐."

브리오나가 딱딱하게 대답했다.

하지만 엘리의 직감은 달리 말해주었다.

"뭔가 신경 쓰이는 게 있잖아. 자, 그게 뭐야?"

브리오나의 진한 초록 눈동자가 엘리를 바라봤다.

"음, 꼭 알아야 한다면, 리니아가 우리한테 했던 말을 생각하고 있었어. 전투랑, 내 고향의 요정들에 대해 말이야."

브리오나가 떨리는 숨을 천천히 내쉬었다.

"그런 느낌이 들었어……. 그러니까, 이 여정에서 처음으로 동시에 두 곳에 있고 싶다는 느낌이 들었어."

브리오나는 바로 옆 잔디 위에 놓인 활을 손으로 쓸어내리며 어깨를 으쓱였다.

"하지만 그럴 수 없어. 그러니까 그 생각은 전부 그만하는 게 가장 좋겠지, 그치? 자 이제, 어서 가지! 여기서 시간을 낭비하고 있네."

그러고는 떠날 채비를 하며 일어섰다.

엘리도 일어섰지만, 단지 너무나 기운차지만 너무나도 연약해 보이는 요정을 마주하기 위해서였다.

"정말로 갈팡질팡하는 거야?"

브리오나가 침울하게 고개를 끄덕였다.

"요정들과 함께하게 된다면 어떻게 할 생각인데?"

"내가 알게 된 걸 말해줄 거야. 그리고 필요하면, 옆에서 싸우고."

엘리가 눈살을 찌푸렸다.

"꼭 그래야 해? 그만두고 우드루트에 머무르라고 설득하는 게 낫지 않겠어? 어쨌든, 요정들은 대단히 평화로운 종족이잖아."

"지금은 아냐, 그렇지 않아. 우리 세상에, 우리 생활 방식에 그러한 위협이 생겨나고 있을 때는 안 그래. 들어봐, 리타 고르의 어두운 그림자가 엘 우리엔 전역에 퍼졌을 때 멀린이 그저 쉬고만 있었을까? 그리고 폭풍의 전쟁이 터졌을 때 리아논은 가만히 앉아 있기만 했을까? 그들은 평화로운 사람들이었어, 나처럼. 하지만 지금은 우리가 아는 걸 가지고서 행동을 취해야 해. 우리 세상을 구하기 위해 할 수 있는 건 뭐든지 해야 해."

"이해해."

엘리가 쉬쉬하며 말했다.

"나도 이해해."

류가 분명히 말하고선 멀쑥한 몸을 바로 하며 일어섰다. 그러고는 동쪽으로 완만하게 경사진 언덕으로 몸을 돌려 고백했다.

"있지, 내 기분도 그래왔어."

류의 어깨에 있는 매가 놀라서 부리를 딱딱거렸지만, 류는 계속해서 엘리에게 이야기했다.

"그냥 벨라미르에게 가면 어떨까 하고 밤새 걸으며 생각했어. 할 수만 있다면, 정신 좀 차리라고 하게! 이 모든 것이 어디로 이어지는지 그 참상을 보여주게. 아직 할 수 있을 때 전부 그만두라고 설득하게."

엘리가 반신반의하며 고개를 갸웃거렸다.

"정말로 그게 가능하다고 생각하세요?"

"시도해보기 전까지는 나도 모르지. 하지만 가능해. 어쨌든, 잘못된 생각을 할 뿐이지 진짜로 못된 사람은 아니니까."

뉴익이 콧방귀를 뀌며 말했다.

"흠. 내 생각에는, 못되게 잘못된 거겠지."

"아마 그럴지도. 하지만 벨라미르에게 닿을 어떤 기회라도 있다면……."

류가 하던 말을 멈추고, 브리오나를 흘끗 쳐다보더니 다시 엘리를 마주봤다.

"근데, 나 뭐라는 거니? 내가 있을 곳은 여기 너희와 함께야. 우리 모두가 그렇지."

"맞아요."

요정 소녀가 긴 땋은 머리를 아래팔에 휘휘 감으며 동의했다.

"그러니까 어서 가자."

엘리가 천천히 고개를 가로저었다.

"난 그렇게 생각 안 해요. 둘은 누구나 필요로 하는 진정한 친구예요. 하지만 다른 일이 부르면, 어쩌면 그걸 듣는 게 좋을 거예요."

요정 소녀는 새벽빛에 반짝이는 눈으로 사랑스럽게 엘리를 봤다.

"정말로 우리더러 가라고 하는 거야?"

"아니. 가라고 명령하는 거야."

엘리가 억지웃음을 지으며 대답했다.

브리오나의 이마에 걱정스런 주름살이 새겨졌다.

"수정은 어쩌고? 탐험은?"

엘리가 선언했다.

"내가 알아서 할 수 있어. 어쨌든, 나한테는 뉴익이 있으니까."

잔디 위에서 졸고 있는 작인 거인을 가리키며, 엘리가 히죽히죽 덧붙였다.

"그러면, 부탁 하나만 들어줄래? 가게 된다면, 심을 데리고 가줘."

브리오나가 고개를 끄덕이더니 천진난만하게 물었다.

"확실해?"

"확실해. 이게 딱 너를 위한 거야."

엘리가 류를 향해 돌아섰다.

"그리고 사제님한테도요."

사제가 미심쩍은 눈빛으로 엘리를 살폈다.

"어쩌면 그럴 수도. 하지만 내 절반은, 아마도 좀 더 지혜로운 내 절반은 너와 함께 섀도루트로 가서 수정을 파괴하고 싶어."

안 돼.

다른 이들과 조금 떨어진 잔디 위에 앉아 있던 어릿광대가 생각했다.

지혜로운 네 절반은 됐어. 저 여자애와 함께 더 오래 있으면, 넌 얼마 안 되어 죽게 될 테니까. 끔찍한 사고로.

누리끼리한 어릿광대의 얼굴에 옅은 미소가 어느새 퍼졌다.

일이 다시 내 뜻대로 되고 있군. 아주 훌륭하군.

저 멍청한 사제를 처리하는 기회를 놓칠 수도 있지만, 여자애와 수정은 머지않아 어릿광대의 것이 될 테다.

마치 직감적인 귀로 어릿광대의 속셈을 감지라도 한 듯, 류가 엘리에게 바싹 기대어 속삭였다.

"가장 큰 걱정거리는 네가 섀도루트에서 무엇을 마주하게 될지가 아니야. 이유는 모르지만 네가 그 주술사를 찾고 수정을 파괴할 수 있다는 걸 난 알아. 그러기 위해서 네가 리타 고르 그자보다 한 수 앞서야 한다 해도. 아니, 나의 가장 큰 걱정거리는 저쪽에 있는 저 녀석이야. 저 자에 대한 무언가가 나를 거슬리게 해. 그게 뭔지는 잘 모르겠지만."

엘리는 류의 걱정을 그저 일축해 버렸다.

"너무 걱정이 많으시네요. 아빠가 늘 그랬던 것처럼요."

류의 두껍고 진한 눈썹이 한데 모였다.

"네 아버지처럼, 내게는 아주 중요한 걱정거리란다."

류의 말에서 따스함을 느낀 엘리는 거의 헤벌쭉 웃을 뻔했다.

"전 괜찮을 거예요, 사제님. 정말로요. 게다가, 어릿광대가 아직 필요하잖아요? 오염된 수정을 찾는 법을 아는 유일한 사람인걸요."

그래 맞아.

모든 걸 엿들은 데스 마콜이 생각했다. 고개를 까딱일 때마다 광대의 종소리가 짤랑거렸다.

넌 참 운도 좋지.

"그럼 결정 났네. 되는 데까지 함께 여행해요, 사제님. 우리 둘 다 먼저 이센위에 가도 되잖아요."

브리오나가 선언했다. 이내 엘리에게서 근심스러운 표정을 알아차리고는 덧붙였다.

"물론, 땅의 요정이 더 있는지는 정신 바짝 차려야 하고요. 아직 그곳에 우리 요정이 하나도 도착을 안 했으면, 이센위에서 우드루트로 가는 관문을 타면 될 거예요. 할아버지가 그렇게 여러 번 하셨으니, 틀림없이 작동될 거예요."

"흠. 어떤 관문도 작동 안 될 거야. 에어루트에서 봐."

뉴익이 잔디 위에서 무게 중심을 옮기며 빈정댔다.

브리오나는 듣지 못한 모양이었다. 생각에 잠겨 엘리를 바라보고 있었다.

"자, 내 말 들어. 난 섀도루트에 대해 조금밖에 몰라."

"거기서 죽을 뻔했다고, 언젠가 내게 말해줬잖아."

브리오나의 얼굴이 굳어졌다.

"그래. 그 끔찍하고 끝없는 어둠이 거의 그럴 뻔했지. 하지만 그건 요정들에게서만 발견된 병이었어. 그리고 진심으로, 널 돕는 거라면 몇 번이고 다시 그 어둠을 마주하겠어! 우리 종족의 생존을 위해 싸우지 않아도 된다면, 그렇게 하겠어."

"알아, 브리오나."

"그래도 네가 알아야 할 건 이거야. 할아버지가 내게 말씀하시길 섀도루트가 늘 나무의 어두운 면에 있어왔어도, 먼 옛날에 그곳에도 빛이 좀 있었대. 많진 않지만, 어쩌면 아직도 좀 있을지도. 그리고 기억나? 그곳엔 하물며 도시도 있었대. 사람들이 말하길 별들에서 온 날개 달린 사람들이 만들었대. '빛을 잃어버린 도시'라 불렸고. 어둠의 요정들이 그 도시를 파괴하기 이전에, 무세오가 노래를 부르고, 정원에는 꽃이 피고, 음유시인은 공연을 하고, 모닥불은 끊임없이 불타올랐대. 아발론 각지에서 사람들을 불러 모으는 관문도 있었대."

"그러고는 전부 끝나 버렸네."

"끝나긴 했지. 하지만 전부? 확신할 수 없어."

브리오나가 초록 눈으로 엘리의 눈을 살폈다.

"섀도루트에는 큰 위험이 도사리고 있어. 그리고 끔찍한 생명체도 있고. 어둠의 요정뿐 아니라, 죽음의 몽상가들과 이름조차 없는 다른 것들도 있어. 하지만 영토 구석구석에 은색 빛이 한두 줄기 숨어 있을지도 몰라."

엘리가 브리오나의 손을 감쌌다.

"있지, 네가 내게 무언가를 깨닫게 해줬어."

브리오나가 고개를 가로저었다.

"그냥 할아버지한테서 배운 역사의 일부일 뿐이야."

엘리가 반짝이는 눈빛으로 말했다.

"그거 말고. 다른 생각을 하고 있는걸."

"뭔데?"

"자매가 있는 게 어떤 건지 깨닫게 해줬어."

둘은 함께 미소 그 자체의 표정을 나누었다.

3부

31

최후의 전투

스크리는 불에 새까매진 바위 산등성이를 기어올랐다. 어둠에서 벗어나지 않게 슬금슬금 나아갔다. 사흘 동안 새까맣게 탄 계곡과 가파른 절벽, 그을린 강바닥을 건너 화산 땅의 언덕을 지나 고되게 걸은 후에, 스크리는 마침내 브람 카이에 부족의 둥지 근처에 가까워지고 있었다.

이제 이 마지막 산등성이만이 스크리와 부족 지도자 퀘나이카의 사이를 가로막았다. 아르크 카야를 죽인 잔혹한 전사와의 사이를. 그리고 최후의 전투가 될 거라 알고 있는 것과의 사이를 말이다.

스크리는 자신에게 너무나 너그러웠던 마을 치유자를 떠올리며 움직이면서 턱을 부리처럼 딱딱거렸다. 아르크 카야가 아들을 잃고, 스크리는 엄마를 잃어서 그 둘이 그렇게 쉽게 유대를 맺을 수 있었던 걸까? 이유가 무엇이든지 간에, 스크리는 아르크 카야와 점점 더 친해지는 느낌이 들었었다. 그 관계가 느닷없이 끊겨지기 전까지는.

유황 연기 기둥이 불자 스크리의 눈에서 눈물이 났다. 스크리는 멈춰 서서 까맣게 탄 바위에 기대어 흐릿해진 시야를 깜빡였다. 스크리가

열이 나고서 처음 며칠 동안, 몸을 앞으로 숙였던 아르크 카야의 얼굴
과 솜털 같은 회색 머리카락이 별빛에 반짝이던 게 여전히 보였다. 그리
고 흙무덤으로 들고 갈 때 품속에 있던 죽은 아르크 카야의 몸무게가
여전히 느껴졌다. 파이어루트의 화산 봉우리에서 나오는 재에 새카매
진, 회색 머리카락이 묶인 발목을 흘끗 내려다봤다. *높이 날아라, 맘껏*
달려라……:

화염 분출구가 발 옆에서 터졌다. 독수리 인간의 반사 신경으로, 스
크리는 옆으로 폴짝 뛰어올랐다. 다친 허벅지 때문에 평소보다 느리긴
했지만 말이다. 주황색 불꽃이 다리를 집어삼켜, 깃털이 될 수 있는 털
을 제멋대로 조금 태워 버렸다.

스크리는 위쪽으로 올라갔다. 뜻밖에도 아르크 카야의 마을에서 만
났던 황금빛 눈의 독수리 소년이 생각났다. 공격에서 지고 있어도 숨길
수 없었던 자존심과 사나움을 지닌 그 소년에 대한 무언가에 스크리는
자신의 어린 모습을 떠올렸다.

스크리가 날카로운 눈으로 숯 이끼로 덮인 바위의 그림자 속에서 외
딴 꽃을 발견했다. 이곳 산등성이에 자라는 유일한 꽃, 파이어블룸이었
다. 이는 또 한 번 스크리의 어린 모습을 떠올리게 했다. 퀸을 만났던
날, 스크리가 이것과 똑같이 생긴 꽃을 건넸었기 때문이다. 연기가 노련
했던 퀸은 자그마한 깃털처럼 펄럭이는 주황색 꽃잎을 어루만지며 꽃에
마음을 사로잡힌 듯 보였었다. 스크리에게 마음을 사로잡힌 듯 그렇게
보였었다.

"내 눈에 콩깍지가 씌었었나! 잠시라도 퀸을 믿었다니."

스크리가 화난 목소리로 투덜거렸다.

스크리는 독수리 발톱에 가까울 정도로 끝이 날카로운 발톱을 거무

스름한 조약돌에다 긁었다. 그렇다. 그 모든 일이 일어났을 그 당시가 여느 독수리 종족처럼 대여섯 살의 성인기에 접어들었을 때였으니, 육체적으로 완전히 성장해 있었다. 하지만 속은 그저 열쭝이일 뿐이었다. 퀸은 그걸 맨 처음부터 알고 있었다고 스크리는 확신했다. 하지만 그렇다고 해서 퀸이 스크리의 순진함뿐만 아니라 애정에 대한 욕구를 무자비하게 이용하지 않은 건 아니었다.

마침내, 스크리의 생각은 지난 며칠 동안 머물렀던 곳으로 되돌아갔다. 브람 카이에 부족의 살인과 도둑질을 멈추는 방법에 대한 생각으로 말이다. 그것이 탬윈과 엘리, 브리오나를 도울 수 있는 최고의 방법, 아니 어쩌면 유일한 방법이었다. 거기에 아발론까지.

대답은 명확했다. 성공의 유일한 희망은 부족 지도자에게 결투를 신청해 죽을 때까지 싸워 승리하는 것이었다. 한 지도자의 지배가 죽기 전까지는 계속된다는 게 항상 독수리 종족의 가장 기본 전통 가운데 하나였다. 그런 다음 승계를 위해 싸워 이긴 자만이 부족을 새로이 지배할 수 있다.

문제는 전통을 별로 중시하지 않는 브람 카이에가 더 이상 그 전통을 따르지 않는다면? 아니면 설령 따른다 해도, 스크리가 어떻게든 퀸을 권력에서 몰아내는 데 성공하고 나서, 부족의 방식을 바꾸기 시작하기도 전에 죽임을 당한다면? 퀸을 계속해서 배반하는 데 전혀 문제가 없을 그 잔혹한 젊은 전사로부터 죽임을 당한다면?

스크리는 고개를 가로저었다. 바로 그 순간 산등성이 꼭대기에 가까워졌다. 그 질문들에 답을 할 수가 없었다. 할 수 있는 거라고는 퀸과 더불어 그 전사가 더는 해를 끼치지 못하도록 막는 데 최선을 다하는 게 전부였다.

스크리가 꼭대기에 올라섰다. 곧바로, 바위 뒤에 아니, 더 정확히는 요새 뒤에 쪼그리고 앉아 부족의 마을을 훑어봤다. 마지막으로 봤을 때보다 크게 바뀐 브람 카이에의 둥지는 수가 더 많아지고, 더욱 견고해졌다. 게다가 훨씬 더 부유해졌다.

구리로 만든 높은 횃불, 보석으로 장식된 날아오르는 독수리 조각상 그리고 비단으로 된 깃발이 검은 흑요석 판석으로 포장된 넓은 도로를 장식했다. 이제 스무 개도 더 되는 둥지마다 쇠막대기로 요새화되어 있었다. 참나무, 느릅나무와 마호가니로 만든 나선형 계단은 독수리 종족이 둥지에 오르지 않아도 들어가고 떠날 수 있게 했다. 침입해서 약탈한 전리품이 여기저기에 놓여 있었다. 멜윈 부족의 정교한 양식으로 깎아서 만든 흔들의자, 올라나브람 남부 지방의 금속공만이 만들 수 있을 조리용 도구 한 상자와, 불의 강 근처에서 몇몇 독수리 어린이들이 언젠가 날리는 걸 본 적이 있는 날개 달린 연을 스크리는 알아봤다.

마을 전체가 새로운 부로 환했다. 또한 화산 땅에 늘 끼어 있던 구름에서 불그스름한 빛이 반짝였다. 마치 온 마을이 녹은 용암의 빛깔을 띠는 것처럼 보였다. 혹은 어쩌면 마른 피인 것 같았다.

활과 화살뿐 아니라 창으로도 무장을 한 보초들이 거리를 순찰했다. 전부 빨간 각대를 매고, 얼굴은 굳은 표정을 하고 있었다. 마을 바로 바깥에 세워진 횃불 주변 특정 장소로 모이고 있었다. 보초들이 왔다 갔다 하는 순간에, 수많은 독수리 종족 사람들이 그곳에 모였다. 스크리는 궁금했다. 무슨 일이지?

많은 독수리 종족이 서성거리는 걸 스크리가 들여다보려 하자, 칙칙한 갈색 뱀이 옆을 지나 바로 발 위로 스르르 기어갔다. 하지만 스크리는 움직이지도, 어떤 소리를 내지도 않았다. 성공할 가능성이 있으려면,

어느 보초가 화살을 쏘기 전에 독수리 형체로 변신해 퀸을 기습 공격할 때까지는 완전히 눈에 띄지 않게 있어야 했다.

사람들은 점점 더 들썩였다. 몇몇은 화를 내며 소리를 질렀고, 젊은이들 몇몇은 서로 거칠게 밀치기 시작했다. 사람들은 분명히 무언가에 대해 화가 나 있었다. 시시각각으로, 독수리 종족은 더욱 다루기 힘들어졌고, 보초들은 더욱 조마조마했다.

이게 다 무슨 일이지?

그때 스크리는 답을 얻었다. 더불어 기회도 얻었다. 스크리는 어떤 독수리 여인이 둥지 뒤에서 나와 결의에 찬 듯 성큼성큼 걸어 사람들에게 다가가는 걸 보자 온몸이 굳어 버렸다. 키가 크고 근육질인 여인은 길게 늘어진 적갈색 머리카락에 수십 개의 황금 고리를 끼고 있었다.

퀸. 스크리는 곧바로 퀸의 결연한 걸음걸이, 균형 잡힌 몸매와 무엇보다도 날카로운 노란 눈을 알아봤다. 또한, 고개를 치켜드는 방식이나 숨쉬는 방식까지도 알아차렸다. 문득, 아주 가까이 가슴을 맞대어 느낀 퀸의 숨결에 대한 추억이 느닷없이 스크리의 머릿속에 스쳐 지나갔다. 그 바람에 스크리는 몸서리쳤다.

집중해, 스크리! 지금 허튼 생각을 할 시간 없어.

스크리는 퀸의 얼굴을 살폈다. 확실히 변해 있었다. 얼굴은 끝없는 걱정을 가린 가면 같았고, 스크리가 기억하고 있는 것보다 훨씬 더 초췌해 보였다. 한때는 도톰하고 부드러웠던 입술도 이제는 꼭 다문 부리처럼 쪼그라들어 있었다.

퀸이 사람들에게 다가가자, 독수리 종족이 갈라졌다. 비록 몇몇은 한쪽으로 비켜서라고 보초가 밀쳐야 했지만 말이다. 마침내 스크리는 바위 뒤 좋은 위치에서, 왜 그렇게 많은 사람이 그곳에 모였는지를 볼 수 있었다. 횃불 아래에 피투성이가 된 한 독수리 여인의 시체가 큰대자로 바닥에 놓여 있었다. 좀 전에 전사들 한 무리가 마을로 날아서 데리고 오는 걸 스크리가 본 예의 그 시체였다.

스크리는 이를 악물었다. 누구였는지 그 여자는 무참히 두들겨 맞아 날개가 부러지고 발톱은 다리에서 빠져 있었다. 날개 깃털에 여전히 보이는 검은색 끝부분으로 보아, 스크리는 그 여자가 부족에 속한 사람이라는 걸 알 수 있었다. 하지만, 여자의 남아 있는 형체를 보니, 싸우기에는 너무 늙고 노쇠해 보였다. 전사라고는 대단히 믿기 어려웠다.

누가 이런 짓을 했나? 스크리는 궁금했다. 죽임을 당하는 것과 그렇게 잔혹하게 상처를 입는 것과는 별개였다. 부족이 급습한 것에 대한 보복으로 공격을 받았나?

몇몇 구경꾼들이 성난 목소리로 툴툴거려도 퀸은 시체 위로 잠깐 몸을 굽혀 자세히 들여다봤다. 그러더니, 허리를 펴고는 부족 지도자로서의 모든 권한으로 조용히 하라고 손을 들어 올렸다.

퀸이 사람들을 향해 손을 흔들며 외쳤다.

"크리-엘라는 우리 모두를 배신했다. 우리들 하나하나를! 크리-엘라는 반역자였기에, 어젯밤에 다른 부족에게 우리의 공격을 경고하려고 슬금슬금 빠져나갔다. 만약 성공했더라면, 브람 카이에의 많은 이들이 목숨을 빼앗기고 귀중품을 잃을 수도 있었다. 그래서 나는 크리-엘라를 잡아 죽이라 명령했다."

그리고 고문했지.

스크리가 암울하게 생각했다.

분노에 차서 투덜거리는 소리가 또다시 사람들 사이에서 터져 나오자, 스크리는 갑자기 숨을 헐떡이게 만드는 무언가를 깨달았다. 이 모든 분노는 죽은 독수리 여인이 아닌, 퀸에게로 향하고 있었다! 사람들은 고개를 흔들고 찡그린 얼굴로 자신들의 지도자를 향해 손가락질했다.

하지만 퀸은 거의 눈치채지 못하는 거 같았다. 전혀 움직이지 않은 채, 두려워하거나 후회하는 기색조차 보이지 않았다. 독하고 냉정하고 관대하지 못한 퀸이 종족 앞에 섰다. 그러더니, 또 한 번 손을 들어 올리고는 계속 말을 이어 나갔다.

"크리-엘라가 너희 중 몇몇에게는 어머니 같은 사람이었다는 거, 나도 안다. 크리-엘라의 보살핌 아래 비행 기술을 배웠던 더 많은 사람에게는 선생이었지. 하지만 크리-엘라는 죽어도 싸다! 우리 부족을 배신하는 자는 누구든 마찬가지다."

퀸은 휙 돌아서더니 두 전사를 가리켰다.

"경비대! 이 횃불에 불을 붙인 다음, 모두가 볼 수 있도록 시체를 매달아라."

한 전사가 불꽃을 튀기며 횃불에 불을 붙이자, 다른 전사는 크리-엘라의 시체를 구리로 된 횃불의 뾰족한 끝부분에 거의 찌르듯이 위로 밀어 올렸다. 그사이, 성내며 투덜거리던 사람들의 목소리가 어느 때보다 더 커졌다. 주먹은 꽉 쥐고, 두 발로는 새카만 땅을 쓱쓱 쓸었다. 하지만 그 모든 불만에 대해서는, 아무도 퀸에게 직접 도전할 엄두를 내지 못했다.

지도자가 읊조렸다.

"너희 주변을 둘러보아라. 이만큼의 세월 동안 우리 부족이 얻게 된 모든 것과 너희 눈에 보이는 모든 재물이 여기 있다. 나, 퀘나이카가 너희에게 충성심을 가르쳐주었기 때문이다. 너희 부족에 대한, 너희 대의에 대한, 그리고 너희 통치자에 대한 충성심을 말이다."

몇몇은 머리를 조아렸지만, 화가 나서 지껄이는 소리는 사라지지 않 았다.

퀸은 매달린 시체를 향해 마지막으로 손을 흔들며 말했다.

"이 여자는 자신이 저지른 배신으로 이러한 처벌을 자초했다. 그러므 로 밤낮으로 활활 타오르는 이곳 횃불 아래에 매달리어 모두에게 본보 기가 될지어다."

퀸은 굳은 얼굴로 사람들을 빤히 바라봤다. 마침내 그곳을 떠나려는 데, 그때 키 큰 젊은 남자가 무리 속에서 나왔다. 독수리 종족이 인간의 모습으로 있을 때의 관습대로 맨가슴을 드러낸 그 남자는 야위었지만 강해 보였다. 남자는 퀸에게 허리 숙여 인사하더니 느닷없이 각반에서 단검을 뽑아내고는 퀸의 주위를 빙글빙글 돌았다.

퀸은 분명히 공격을 예상하지 못했다. 옆으로 돌아섰지만 젊은 남자 의 단검이 퀸의 가슴을 향해 똑바로 날아들었다. 칼날이 몸을 뚫고 들 어가려던 참에…….

피융.

화살 하나가 남자의 목에 박혔다. 남자는 절단된 동맥에서 피가 솟구 쳐 나오자 숨을 헐떡였다. 비틀대며 주저앉더니 퀸의 발밑에서 쓰러져 죽었다.

사람들이 입을 다물자, 또 다른 젊은 남자가 대담하게 앞으로 나왔 다. 방금 사용했던 묵직한 나무 활을 여전히 든 채 퀸만큼이나 엄한 표 정을 띠며 퀸을 마주봤다. 공격을 가했던 사람과 비슷하게, 남자도 독 수리 인간으로서는 완전히 다 자란 일곱 살쯤 되었다. 인간의 나이로는 20대에 맞먹는 나이였다. 그리고 남자는 체격이 건장했다. 다른 젊은 남자보다는 키가 작았지만, 훨씬 더 넓은 어깨에 근육은 더욱 두툼했다. 입은 오랫동안 변하지 않은 거만한 비웃음으로 비틀어진 듯 보였다.

스크리는 남자를 단번에 알아봤다.

잔혹한 전사.

바위 뒤에 웅크리고 앉은 스크리는 발목에 달린 아르크 카야의 머리카락을 손가락으로 계속 두드리며 다음에 무엇을 할지 곰곰이 생각했다. 둘을 한꺼번에 공격해야 할까? 아니면 퀸 한 명만 잡을 기회를 기다려야 할까? 하지만 기회가 결코 오지 않으면 어쩌지? 스크리는 허벅지의 아픈 근육을 주물렀다. 기습 공격으로 이 산등성이에서 내리 덮치는데 성공하기에는 원래보다 더 곤란하게 느껴졌다.

기다리면서 좀 더 지켜보는 게 낫겠어.

안절부절못하다가 스크리가 마침내 결심했다.

하지만 너무 오래는 말고.

스크리는 아래 장면으로 다시 눈길을 돌렸다.

"고맙구나, 착한 몰키. 네 통치자에게 다시 한번 충성심을 보여주었구나."

퀸이 분명히 말했다.

몰키의 넓은 등판이 곧게 펴졌다. 많은 사람뿐만 아니라 스크리도 놀랄 정도로, 몰키는 거친 목소리로 퀸에게 대답했다.

"내 통치자가 아닌, 내 부족을 위해서요."

퀸은 온몸이 경직되었다. 위에서 타오르던 횃불의 빛은 퀸의 사나운 노란 눈보다 밝지 않았다.

"그러니까, 네가 감히 나에게 도전하는 거냐?"

퀸이 으르렁거리듯 말했다.

몰키가 선언했다.

"그래요. 암살자의 비겁한 방식으로는 아니에요."

그러고는 방금 죽인 남자의 시체를 발로 차며 말했다.

"우리 부족의 오래된 전통대로 할 겁니다. 발톱 대 발톱 전투로 말이죠."

그래, 전통이 살아남아 있었군.

스크리가 혼자 생각했다.

"죽을 때까지."

퀸이 으르렁거렸다.

몰키가 활을 내려놓고 화살통을 벗어던지고는 정면으로 퀸을 마주 봤다.

"죽을 때까지."

퀸의 눈이 이글거렸다.

"언젠가 네가 나에게 도전장을 내밀 거라 예상했었다, 몰키. 하지만 이렇게 빨리는 아니었다! 크리-엘라의 죽음에 사람들이 이토록 화가 나 있을 때 그러다니 거참 편하구나. 노골적인 배반이거늘 저들이 그렇게 볼 가능성은 적겠군."

"당신이 권력을 잡은 방법이잖아요."

몰키가 퀸에게 침을 뱉었다. 그런 다음, 얼굴 위로 비웃음이 퍼지더니 덧붙였다.

"먹이를 기습 공격하라고 당신이 오래전에 내게 가르쳐줬죠, 안 그런가요? 마치 훌륭한 어머니인 듯요."

스크리는 화들짝 놀라 바위에 등을 기대었다. 어머니? 정말로 자기 어머니를 죽이려고 하는 건가?

스크리의 은신처 아래에서, 사람들은 기대감에 떠들썩거렸다. 독수리 종족은 아직 둥지에 있는 다른 이들에게 부족의 통치권 다툼이 곧 시작될 거라고 큰 소리로 말했다. 사람들은 싸움을 목격하고 싶어 후다닥 계단을 뛰어내려 와 흑요석으로 된 거리로 달려 나왔다.

산등성이에서 먼지 소용돌이가 빙글빙글 솟아올라 마을을 빠르게 뚫고 지나가더니 사라졌다. 위에서 녹슨 붉은색 구름이 서서히 어두워지는 모양으로 하늘에 뭉게뭉게 떠돌았다.

그사이, 퀸은 허리에 손을 얹고 도전자를 쏘아봤다.

"넌 내 아들일진 모르지만, 한 번도 절벽 토끼보다 똑똑한 적이 없었지."

"그래요?"

몰키가 퀸의 주위를 빙빙 돌기 시작했다.

"적어도, 큰 손상을 입을 만큼 오래 살진 않을 거다. 사실, 오늘이 네 마지막 날이 될 게다."

"곧 알게 되겠죠."

몰키가 쏘아붙였다.

둘은 동시에 위로 뛰어올라 곧바로 날개 달린 전사로 변신했다. 마을 사람들은 뒤로 물러나 전투를 위한 자리를 넉넉히 마련했다. 발톱이 공중을 쉭쉭 베어 가르고, 반은 인간이고 반은 독수리인 독수리 종족의 꺅꺅 새된 울음소리가 화산 산맥에 울려 퍼졌다.

땅에 있는 몇몇 사람들의 키보다 위로, 둘은 서로에게 곧장 날아들어 발톱으로 사납게 후려쳤다. 강한 날개가 서로 부딪치자, 끝이 검은 깃털 여러 개가 떼어져 천천히 아래로 떠내려갔다.

퀸이 갑자기 공중에서 홱 뒤집혔다. 먼저 피를 흘리게 하려고 발톱으로 몰키의 갈빗대를 할퀴었다. 하지만 바로 그 순간에 몰키가 옆으로 굴러 날아가 공중에서 빙빙 돌더니 뼈대가 굵은 날개 끝으로 퀸의 턱을 후려쳤다. 퀸은 꽥 소리를 내지르고는 자욱한 검댕과 먼지를 내뿜으며 땅으로 도로 떨어졌다.

몰키가 복수를 외치며 따라갔다. 재빨리 하늘에서 뛰어내려 와 퀸의 바로 위에 내려앉았다. 몰키는 퀸을 꼼짝 못 하게 누르고는 치명적인 발톱을 들어 올려 퀸의 목을 힘껏 쳤다. 바로 그때 퀸이 갑작스레 등을 굽히더니 몰키를 물리치며 굴러갔다. 몰키는 보글보글 증기를 내뿜는 용암 구덩이를 간신히 피해 바위를 가로질러 미끄러졌다. 대신에, 불타는 횃불 기둥에 쾅 부딪쳤다. 매달려 있던 시체가 느슨해져 몰키의 가슴 위로 떨어졌다.

전사가 시체를 한쪽으로 던져야 했던 눈 깜짝할 사이에 퀸이 덮쳤다. 퀸은 몰키의 목을 따려고 얼굴을 슥 뺐다. 하지만 몰키는 강한 날개로 퀸의 다리를 잡아 세게 홱 움직여 툭 부러뜨렸다. 퀸은 아파서 움찔거리고는 부러지지 않은 한쪽 다리로 서려고 필사적으로 노력하며 절뚝절뚝 뒷걸음쳤다.

몰키는 퀸을 재빨리 해치웠다. 바닥에 내동댕이친 후, 무참히 날개를 짓밟아 무게를 실어 부러뜨렸다. 사납게 슥 베어 퀸의 목을 땄다. 근육과 힘줄이 잘려 퀸의 고개가 속절없이 푹 꺾였다. 그런 다음, 가슴을 세게 훅 차서 둥글게 둘러싸고 있던 압도당한 마을 사람들 너머로 날려 보냈다.

퀸은 땅 위 피투성이 깃털 더미에 떨어졌다. 옴짝달싹하지 못한 채 피를 철철 흘리던 퀸은 저항의 고갯짓조차도 할 수 없었다. 몰키는 퀸의 눈을 향해 잿더미를 발로 찬 다음, 극도의 고통을 느끼며 서서히 죽어가게 두고선 떠나 버렸다.

"퀘나이카의 통치는 이쯤 하기로 하죠."

몰키가 성큼성큼 걸어가며 비웃었다.

스크리는 두근거리는 마음으로 지켜봤다. 그러고는 몰키가 뒤따라오는 마을 사람들 대부분과 함께 미로 같은 둥지 속으로 빠르게 사라지며 떠나가기를 기다렸다. 뒤따라가지 않은 사람들 아무도, 신하였던 그 누구도 쓰러진 통치자를 살피러 가질 않았다. 조심스레, 스크리가 바위 뒤 어둑한 곳에서 나와, 가는 길목에 있는 화염 분출구와 녹은 용암 구덩이 그리고 파이어 플랜트를 피하며 산등성이를 기어 내려갔다. 잠시 뒤, 스크리는 상처 난 퀸의 몸 옆에 무릎을 꿇었다.

이렇게 눈앞에서 죽어가는 퀸을 보고 있자니, 스크리의 오래된 분노와 상처가 한풀 꺾이는 듯했다. 사실, 스크리는 자기도 모르게 슬픔에 가까운 무언가가 마음을 뒤흔드는 느낌이 들었다. 살며시 퀸의 고개를 돌려 고통에 시달리는 얼굴을 들여다보고는 간단히 말했다.

"안녕, 퀸."

퀸은 초점을 맞추려 한참을 노력했다. 그때, 순식간에 퀸의 핏발 선 눈이 화들짝 놀라 휘둥그레졌다. 쉰 목소리로, 퀸이 속삭였다.

"당신은?"

"그래, 나야. 내가 돌아왔어."

"틀림없이, 날 죽이려고 왔겠지."

퀸은 침을 삼키려 했지만, 결국 기침을 하고 말았다.

"음, 그 쓸모없는 건방진 녀석이 당신 수고를 덜어줬군."

"그러네. 이젠 저놈을 죽이면 되겠군."

스크리가 냉혹하게 말했다.

퀸은 알 수 없는 표정으로 스크리를 봤다. 마침내, 퀸은 거친 목소리로 속삭이며 물었다.

"당신 아직도 지팡이 갖고 있어?"

스크리의 오래된 분노가 갑자기 밀려들었다.

"그게 네가 진짜로 원했던 전부지, 안 그래? 아니, 나한테 더 이상 없어! 꼭 알아야겠다면, 내주었지. 제 주인에게 말이야."

퀸의 얼굴이 굳어졌다. 이내 무자비한 표정이 되살아났다.

"그렇다면 당신은 내가 생각했던 것보다 훨씬 더 멍청하군."

"그럼 너는 틀림없이 내가 홀딱 넘어갈 정도로 꽤 바보라고 생각했던 모양이야……."

스크리는 매부리코를 위로 치켜들며 돌아섰다.

퀸의 시선에서 부드러운 기색이 되살아났다.

"스크리. 꼭 해줘야 할 얘기가 있어. 중요한 거야."

퀸이 힘없이 말했다.

퀸의 말투에 깜짝 놀란 스크리가 돌아봤다.

"그게 뭔데?"

"당신은 이걸 알아야 해. 당신의……."

"저길 봐!"

누군가가 둥지 옆에서 소리쳤다.

"외부인이다."

"저놈 잡아라!"

스크리가 벌떡 일어섰다. 하지만 독수리 모습으로 변신하기도 전에, 보초 두 명이 활을 꺼내 들고는 뾰족한 화살을 걸어 스크리의 가슴에 똑바로 겨눴다.

"움직이면 넌 죽는다."

한 명이 소리를 빽 내질렀다.

스크리는 눈을 부릅뜨고 볼 수밖에 없었다.

보초 두 명이 더 달려왔다. 활잡이 하나가 고개를 까닥이자, 보초들이 마을을 향해 스크리를 떠밀었다. 한 사람은 창끝을 스크리의 등에 대고 있었다.

"이놈을 몰키에게 데리고 가자."

"재밌는 구경거리가 되겠군."

스크리는 퀸이 있던 피투성이 더미를 흘끗 뒤돌아봤다. 둘은 겨우 잠깐 눈을 마주쳤다. 이내 보초들은 포로를 마을로 끌고 가기 시작했다.

32

갖기에는 소중하고, 잃기에는 고통스럽다

화살과 창으로 무장한 근육질의 보초 넷에 둘러싸인 스크리는 여전히 불타오르는 횃불을 지나 브람 카이에 부족의 요새화된 둥지로 끌려갔다. 머리 위로, 피로 물든 파이어루트의 하늘은 마을과 포로에 불그스름한 빛을 비췄다. 스크리의 날카로운 발톱은 땅을 뒤덮은 속돌*과 잿더미를 긁어댔다. 트롤만큼 멍청한 머리를 달고 있다니! 계속 숨어서 부족의 새 지도자를 덮치기를 기다리는 대신, 스크리는 퀸에게 가서 말을 걸었다. 이리도 어리석고, 멍청하고, 감상적인 짓을 하다니! 이제 이 부족을 지배하여 이들의 반역 행위를 영원히 바꿀 가장 좋은 기회를 놓쳐 버렸다.

그 순간, 몰키가 몸소 발로는 흑요석 거리를, 횃불로는 맨땅을 탁탁 치며 성큼성큼 걸어왔다. 그러고는 다가와 비웃는 얼굴로 스크리를 위아래로 쳐다봤다.

"이런, 이런. 첩자로군!"

---

* 용암이 빠르게 식으면서 생긴 다공질의 돌.

몰키는 스크리에게로 한 걸음 더 가까이 다가가 노려봤다.

"어디서 온 거냐, 첩자?"

대답이 나왔다.

"이예 칼라크야에서 왔다. 너희가 약탈한 마지막 마을 말이다."

몰키는 포로의 얼굴에 침을 뱉고는 우락부락한 아래턱에서 타액이 천천히 흘러내리는 걸 지켜봤다.

"별로 똑똑하진 않네, 그치? 자 이제 말해봐, 왜 왔어?"

"널 죽이러."

스크리가 이를 악문 채 분노로 온몸을 덜덜 떨며 대답했다.

몰키는 돌아서려다가 갑자기 휙 돌아 스크리의 복부를 주먹으로 힘껏 후려쳤다. 포로가 신음을 내고 몸을 구부리자, 보초 넷이 서로 히죽히죽 웃었다. 옳거니, 새 지도자는 이런 쓰레기 같은 걸 어떻게 다뤄야 하는지 알고 있었다.

몇몇 다른 독수리 인간도 신나는 일을 더 보길 원해 우르르 몰려왔다. 그사이, 스크리는 다시 상체를 세웠다. 마치 한 번도 맞은 적이 없는 듯 여느 때와 다름없이 당당해 보였다. 그러고는 몰키의 눈을 똑바로 쳐다봤다.

바로 그 순간, 갑자기 이상한 느낌이 들었다. 가증스러운 비웃음 너머로, 난폭한 눈길 너머로, 몰키의 얼굴에 이상하게도…… 익숙해 보이는 무언가가 있었다. 이전에 어디선가 본 적이 있는 듯했다. 아르크 카야를 죽이기 훨씬 이전에. 하지만 스크리는 그럴 리가 만무하다는 걸 알았다.

스크리는 그 느낌을 그냥 무시했다. 아마 그저 젊은 전사와 그 어머니와의 닮은 점을 알아차린 것뿐일 테다. 방금 전사가 난도질하고 죽게 버려둔 바로 그 여자와 말이다.

"그러면 자, 너 때문에 내 시간을 많이 낭비했다. 그리고 저 여자 때문에도."

몰키는 무기력한 모습밖에 남아 있지 않은 퀘나이카를 흘끗 보았다.

몰키가 떠나려고 돌아서며 스크리를 향해 건성으로 손을 휙 털었다. 그러고는 보초들에게 명령했다.

"죽여라. 무슨 방법을 쓰든 상관 안 한다, 그냥 죽여라. 그런 다음 남은 몸뚱이는 저 횃불에 걸어라. 다른 첩자들의 본보기가 되게 말이다."

몰키는 둥지를 향해 다시 성큼성큼 걸어가기 시작했다.

"잠깐."

스크리가 명령했다. 목소리에 권위가 크게 묻어나자 브람 카이에의 새 지도자조차도 무시할 수가 없었다.

몰키가 빙 돌아서서 스크리를 다시 마주봤다. 그러고는 들썩거리며 쏘아붙였다.

"넌 내 시간을 낭비하고 있다. 왜지?"

스크리가 눈을 찌푸렸다.

"내가 너한테 도전장을 던질 거니까, 몰키. 지금 당장."

아연실색한 젊은 독수리 인간이 외쳤다.

"네가 어쩐다고?"

"도전장을 던지겠다! 죽을 때까지 발톱 대 발톱 전투로."

"나에게 도전장을? 우두머리 자리를 걸고?"

몰키가 재로 뒤덮인 땅을 서성거리며 비웃었다.

"넌 미쳤을 뿐 아니라 멍청하군! 넌 심지어 이 부족의 일원도 아니라고."

"뭐가 문제지?"

스크리가 어떤 발톱만큼이나 날카로운 목소리로 따져 물었다.

"질까 봐 두려운가? 독수리 종족 역사상 최단기간의 지도자가 될까 봐 두려운가?"

몰키는 화가 나 쉭쉭거렸다. 그러나 보초들은 아주 흥미로운 눈빛을 주고받았다. 이건 그들이 예상한 게 전혀 아니었다. 어떤 포로도 이렇게 대담한 일을 한 적이 없었다! 하지만 보초들의 눈빛은 의문을 품고 있기도 했다. 만약 몰키가 너무 소심해서 통치권을 내걸고 스크리가 던진 도전장을 받아들이지 못한다면, 지도자로서의 자격이 정말로 있을까?

전사들 앞에서 물러나기가 꺼려졌던 몰키는 으르렁거리듯 말했다.

"그래, 좋다. 저자를 풀어줘라!"

"봐봐. 또 다른 도전장이야."

마을 사람 하나가 외쳤다.

"빨리 와."

다른 이가 소리쳤다.

이내 많은 독수리 종족이 쏜살같이 현장으로 달려왔다. 막 전투를 하려는 두 전사와는 거리를 두고 멀리 떨어져 남녀노소 할 것 없이 다 모였다. 몇몇은 가장 가까운 둥지의 가장자리에 올랐고, 다른 이들은 더 잘 보려고 계단 맨 위에 서 있었다. 젊은이 두 명은 보석으로 장식된 가장 가까운 독수리 조각상에 빠르게 올라가 쭉 뻗은 날개에 걸터앉았다. 사람들은 떼 지어 여기저기 돌아다니긴 했지만, 산등성이 언저리에 흩어져 있는 화염 분출구와 부글부글 끓는 용암 구덩이, 크리-엘라의 시체와 쓰러진 지도자 퀘나이카의 미동도 없는 형체를 피하려고 여전히 조심조심했다. 금박을 입힌 둥지에서부터 불에 새카맣게 탄 주변까지 마을 전체가 기대감에 떠들썩거렸다.

두 적수는 빙빙 돌기 시작했다. 둘은 분노에 찬 시선을 고정시키는 동안, 근육질 팔을 마치 이미 날개인 양 들어 올렸다. 그러더니, 보이지 않는 신호에 스크리와 몰키 둘 다 공중으로 뛰어올랐다. 간담을 서늘케 하는 새된 소리가 화산 비탈을 가로질러 울려 퍼졌다.

지상으로부터 거의 남자 키도 안 되는 높이에서, 둘은 서로 부딪쳤다. 힘센 날개를 펄럭이고 발톱을 사납게 휘두르며 둘은 허공에서 공중제비를 돌았다. 몇 번이고 빙빙 돌아 깃털과 발톱 그리고 강한 다리가 흐릿하게 보였다.

뼈대가 굵은 스크리의 날개 끝이 적수의 머리 옆면을 잡았다. 몰키는 깃털로 덮인 스크리의 어깨를 발톱으로 후려갈겨 찢었다. 하지만 어느 한쪽도 후퇴하고자 하는 마음을 드러내지 않았다. 둘은 땅 위를 빙빙 돌며 공중에서 인정사정없이 서로를 치고 베고 계속 싸워댔다.

스크리의 갈빗대에 난 피투성이 상처를 알아챈 몰키가 달려들어 사납게 물고는 큰 살점을 떼어냈다. 스크리가 움직일 수 있기도 전에, 날개 달린 적수는 거듭거듭 그 자리를 발톱으로 잡아 찢었다.

갑자기 스크리는 한쪽으로 눈속임 동작을 취한 다음, 몰키의 뒤에 숨으려고 빙빙 돌았다. 속임수는 먹혔다. 전사가 돌아서기 전에, 스크리가 날개로 머리 뒷부분을 쿵하고 힘껏 쳤다. 너무 멍해서 계속 날 수 없던 몰키는 땅으로 떨어졌다. 검은 잿더미를 뿜으며 커다란 화염 분출구에 맞부딪쳤다. 너무 세게 떨어지는 바람에 새카맣게 탄 원뿔 모양의 분출구를 툭 부러뜨렸다.

스크리는 분노로 포효하며 옆구리에서 피를 질질 흘린 채 덤벼들었다. 하지만 세게 내려앉다가 파편이 있던 자리가 여전히 약한 나머지,

다리가 아래로 휘어졌다. 스크리는 녹은 용암이 부글부글 끓는 구덩이를 가까스로 피하며 휘청거렸다.

다시 일어서서 몰키를 마주하려고 휙 돌아서던 바로 그 순간, 부서진 분출구에서 화염이 터졌다. 주황색 화염이 자욱한 유황 연기를 내며 스크리의 얼굴 바로 앞에 뿜어져 나왔다. 불길이 두 눈을 그슬리며 앞을 안 보이게 만들었다. 스크리가 속절없이 눈을 깜빡이던 바로 그때, 몰키의 강한 날개가 머리에 쾅 하고 부딪쳐 스크리를 때려눕혔다.

스크리는 보글보글 끓는 구덩이 바로 옆에 부딪혔다. 그곳에 누운 채, 시력이 돌아오기 시작했지만 충분히 빠르지는 못하다는 걸 깨달았다. 흐릿한 그림자만이 보였다. 특히, 위로 높이 솟아 있는 한 그림자가 보였다.

"그래서, 넌 불 맛을 좋아하나 봐?"

몰키가 거만하게 웃었다.

"어쩌면 널 죽여서 절벽 토기처럼 저녁으로 구워 먹을지도 모르지."

스크리는 바로 앉아 흐릿한 시야를 미친 듯이 깜빡였다. 하지만 여전히 볼 수가 없었다! 몇 초 후면, 죽은 목숨이 될 거다. 아르크 카야처럼! 하지만 상황은 더 안 좋았다. 아르크 카야는 한 번도 피에 굶주린 이 짐승에 도전할 기회를 갖지 못했지만, 스크리는 기회가 주어졌어도 완전히 망쳐 버렸으니 말이다.

몰키가 이제 막 위로 뛰어올라 목을 찌르려 하고 있다는 걸, 눈이 아니라 본능이 스크리에게 말해줬다. 그래서 스크리는 필사적이고 대담한 짓을 했다. 용암 구덩이가 안 보이는데도, 스크리는 땅으로 최대한 세게 날개를 떠밀어 공중으로 온몸을 톡 튕겼다. 증기가 나오는 구덩이 너머로 빠르게 빙빙 돌아 가까스로 가장자리를 비껴가 반대편으로 쿵 떨어졌다.

그사이 몰키는 덮치기 시작한 상태였다. 스크리가 휙 젖히자, 놀란 젊은 전사는 넘어지지 않으려고 커다란 날개를 퍼덕이며 휘청거렸다. 용암에 빠지기 바로 직전에 가서야 멈춰 섰다.

바로 그때, 스크리의 넓은 날개가 뒤에서 몰키를 후려쳤다. 적수가 구덩이를 가로질러 날아가 자신을 속였다는 걸 깨달은 몰키는 깜짝 놀라 비명을 질렀다. 필사적으로 날개를 퍼덕였지만, 이번에는 가마솥에서 끓어오르는 것 같은 용암 속으로 곤두박질치는 걸 피할 수는 없었다.

몰키의 마지막 비명은 둥지 사이로 메아리치다 용암이 꾸르륵거리는 큰 소리에 끝이 났다. 유황 바람이 화산 산맥을 가로질러 불면서, 녹은 살덩이 냄새가 마을 전역으로 퍼졌다. 한편, 브람 카이에 부족 사람들은 다시 한번 지도자를 잃어 깜짝 놀란 나머지 둥지처럼 가만히 서 있었다.

스크리가 고통스럽게 용암 구덩이 옆에 내려앉았다. 구덩이 속을 한참을 내려다보았다. 이제 시력이 거의 돌아오고 있었다. 발목을 흘끗 본 다음, 노란 테두리의 눈을 치켜떠 머리 위 하늘을 올려다봤다. 승리감에 빽빽 새된 소리를 크고 오래 내질렀다.

인간의 모습으로 다시 변신하자 스크리의 깃털이 차츰 사라졌다. 근육질의 넓은 등에 땟국이 번들거렸고, 옆구리에 난 깊은 상처에서 피가 줄줄 흘러내렸지만 스크리는 승리자의 모든 영광을 안고 서 있었다. 돌아서서 살짝 다리를 절며 움츠려 있는 퀸에게로 걸어갔다.

스크리는 퀸의 옆에 무릎을 꿇고는 퀸의 고개를 돌렸다. 퀸은 멍한 눈으로 스크리를 살핀 다음 쓸쓸한 미소를 지었다.

"이제 당신이 우리 부족 지도자로군."

"네 부족을 다른 독수리 종족 세계로 다시 데려다 놓을 때까지만이야."

"흥."

퀸이 힘없이 쿨럭거리며 내뱉었다.

"그런다면 당신은 저들을 돌아가게 하는 거야……."

퀸이 다시 쿨럭거렸다.

"고난과 가난의 삶으로 말이야."

"그러는 넌 저들을 죄악과 치욕의 삶을 사는 신세로 만들었지."

퀸이 마른 입술을 핥으며 쇳소리로 말했다.

"멍청하긴! 적어도 당신은 알아야 해…… 무얼 포기하는 건지. 쿨위크라는 이름의 주술사가 자기랑 손잡으면 나와 우리 종족에게 엄청난 부를 주겠다고 했어."

퀸은 고통스러운 신음을 냈다.

"바로 지금 이 순간에도 그자는 이센위 평원에 군대를 모으고 있어. 아발론을 정복할 군대를! 우리 부족이 그자와 나란히 싸운다면 꿈에도 생각지 못한 부를 주기로 약속했다고."

스크리는 마치 날갯짓을 하듯 어깨를 들썩거렸다.

"나도 쿨위크 알아. 그자의 사악한 검객도. 난 절대 그자와 나란히 싸우지 않을 거야! 절대로."

퀸이 노란 눈을 찌푸렸다.

"나의 가장 나약한 부하 같은 소리를 하는군. 비위가 너무 약해서…… 싸우질 못하지."

"퀸, 난 그렇지 않아."

"그렇다면 당신은 그저…… 도롱뇽 대가리 멍청이로군."

스크리는 눈에 띄지 않게 씩 웃었다.

"그래, 그건 아마도 그러겠네."

퀸이 대답을 하려 했지만, 정신없이 격렬하게 기침을 해댔다. 마침내 기침이 가라앉자, 퀸의 낯빛이 파리해졌다. 스크리는 이제는 피로 물든, 길게 늘어진 적갈색 머리카락을 내려다보았다. 그러자 슬픔에 겨운 느낌이 다시금 들었다.

스크리가 살며시 물었다.

"그게 네가 말하려고 했던 중요한 얘기야? 몰키의 경비대가 날 붙잡기 전에?"

"아니, 스크리."

간신히 속삭이는 퀸의 목소리가 산등성이의 바람처럼 덜덜 떨렸다.

"내가 하려던 말은…… 몰키가…… 당신 아들이라는 거야."

마을 위에 솟은 화산의 절반이 스크리의 바로 위로 무너져 내려왔다고 해도, 이 소식보다 더 세게 스크리를 칠 순 없을 테다. 한참 동안, 스크리는 숨을 쉴 수조차 없었다. 마침내, 못 믿겠다는 듯이 물었다.

"내 아들?"

퀸이 애써 눈을 뜨며 스크리를 봤다.

"그래, 스크리. 우리 아들."

스크리는 문득 아르크 카야에게 했던 말들을 떠올리며 고개를 가로저었다.

당신의 아들은 가족이었잖아요. 어떤 것도 그보다 갖기에는 소중하고, 잃기에는 고통스럽지 않아요.

"스크리."

퀸이 힘없이 속삭였다.

스크리가 온갖 괴롭고 혼란스러운 얼굴로 퀸을 빤히 내려다봤다.

"응?"

"당신이 알았으면 해……."

퀸의 눈이 감기면서 목소리도 희미해졌다. 하지만 힘을 끌어모아 다시 입을 열어 한마디 더 했다.

"난 늘 후회했어……."

퀸은 결코 말을 끝내지 못했다. 브람 카이에 부족의 무자비한 지도자, 퀘나이카가 죽었다. 하지만 스크리에게는 다른 무엇이었다. 바로 유일한 자식의 어머니였다.

스크리가 방금 죽인 그 아들 말이다.

상충되는 감정이 휘몰아치는 느낌에 스크리는 부끄러워 고개를 떨구었다. 무엇보다 비탄에 젖어 들었다.

33

비밀 계단

눈에 띄지 않고 귀리온의 마을로 살짝 돌아가는 것은 탬원에게 그날 밤의 가장 힘든 도전이 아니었다. 가시덤불과 위험한 구덩이를 피하며 경사로를 도로 오르거나, 욱신거리는 상처의 통증을 무시하는 것도 아니었다.

그렇다. 비밀 계단의 입구를 표시한 석순을 찾은 이후 탬원에게 가장 힘든 도전은 그야말로 흥분을 가라앉히는 거였다. 신중을 기할 수 있을 만큼 충분한 정도로 말이다. 탬원도 잘 알듯이, 황무지의 여행자로서 맨 처음 규칙은 *앎이 전부다*였다.

하지만 정말이지, 어떻게 축제 기분이 들지 않을 수 있겠는가? 아발론 위쪽 지역으로 안내해주기를 바라왔던 특별한 나침반을 찾지는 못했을지라도, 적어도 위대한 나무의 나무둥치 안에서 자신의 위치가 어떻다는 건 알고 있었다. 그리고 더 나은 건, 어디로 가는지를 알고 있다는 거였다. 터널에서 봤던 벽화에 그려진 은빛 리본처럼 생긴 계단 위로 가고 있었다. 귀리온이 약속한 대로, 별들로 통하는 창이라 불리는 곳으로 탬원을 데려다줄 테다.

멀린의 옹이구멍. 나뭇가지와 그 너머가 실제로 보이는 곳이었다. 탬원은 어쩌면 그곳에서 별들에게 가는 길을 찾을 수 있을지도 모른다.

늦지 않게 별들을 다시 밝히길 바라!

탬원은 각오를 다지며 눈을 찌푸렸다.

그 형체, 그 그림자가 아발론으로 들어가지 못하게 막기를.

귀리온이 말했던 검은 석순에 손을 대자, 탬원은 또 다른 흥분에 휩싸인 느낌이 들었다. 더불어, 위대한 나무 안의 엘라노처럼 탬원 자신의 마음속 깊은 데서 솟아나는 흥분에 휩싸였다.

여기가 아버지의 길이야.

이제 탬원은 석순을 밀어젖히고 계단으로 들어서기만 하면 됐다. 그런 다음, 귀리온이 말해줬던 대로, 갈 수 있는 만큼 높이 올라가면 됐다.

탬원은 다친 엉덩이에 지속적인 통증이 느껴져 살짝 움찔했다. 허리, 무릎, 팔 그리고 다른 많은 데야 말할 것도 없었다. 계단을 올라가는 건 쉽지 않을 거 같았다. 하물며 4천 킬로미터나 올라가야 하는 계단을 말이다. 어쩌면 4만 킬로미터일 수도. 이 계단은 나뭇가지 바로 아래에 있는 옹이구멍까지 쭉 뻗어 있으니까.

탬원은 힘을 더 내려고 가죽갈대 물통을 꺼냈다. 들썽거리며 달콤한 물 한 모금을 마시고, 또 한 모금 마셨다. 물의 힘이 온몸을 타고 흐르는 느낌이 들었다. 앞에 놓인 긴 등반을 견디게 해줄 그런 힘이었다.

물병을 집어넣자, 갑자기 탬원은 어떤 근육보다 더 깊은 곳에서 통증이 느껴졌다. 친구들이 더는 함께 있지 않기 때문이었다. 모두 얼마나 그리운지! 탬원은 귀리온을 떠올렸다. 지금쯤 틀림없이 탬원이 문에 두고 온 선물을 발견했을 거다. 귀리온의 삶을 바꿀, 그리고 어쩌면 그 종족 모든 사람의 삶을 바꿀 그런 선물이었다. 나선형 폭포에서 잃어버린 헤니와 배티 래드도 떠올렸다. 지금이면 일어서서 돌아다닐 정도로 건강해졌을 뿐 아니라, 자기만 빼놓고 탐험을 떠났다고 두개골이 깨질 정도로 탬원에게 화가 나 있을 스크리도 떠올렸다.

마지막으로, 탬원은 엘리를 떠올렸다. 엘리는 아발론에서 그 누구보다 더 탬원을 미치게 할 수 있었다. 엘리와 비교하자면 곁에 있기에는 오히려 늘 투덜거리는 엘리의 작은 요정이 나았다. 그렇다 하더라도…… 평소에 엘리는 탬원에게 마치 날개 없이도 날 수 있는 느낌이 들게 했다. 아니면 몇 시간이고 옆에 앉아 결코 한마디도 할 필요가 없었다. 아니면 탬원이 덜렁거리고 어리석긴 하지만, 해보려는 건 뭐든지 할 수 있다는 느낌이 들게 했다.

탬원은 늑대가 이빨로 뜯어 놓은 가죽끈을 만지며 배낭을 닫았다. 그러고는 맹세했다.

단검을 고칠 수 있게 되면, 바로 하모나 널빤지를 다시 작업해야지. 엘리가 결코 보지 않는다 하더라도, 내가 약속한 걸 만들어주고 싶어.

탬원은 지팡이를 칼집에 쓱 밀어 넣고 난 다음 석순에 몸을 기댔다. 두 손으로 밀자 끽끽 긁는 소리를 내며 석순이 스르륵 옆으로 열리더니, 비탈 속 아래로 가파르게 나 있는 가느다랗고 이끼 긴 계단이 터널 안에서 모습을 드러냈다.

탬원은 놀랐다.

아래로? 틀림없이 어딘가 아래에 있는 계단하고 이어져 있겠지. 그러면 올라가기 시작할 거야. 위로.

탬원은 몸을 앞으로 숙여 터널을 자세히 들여다봤다. 어둑한 엘라노 빛과 함께 밤눈이 더 많은 걸 말해주길 바랐다. 하지만 아무것도 볼 수가 없었다. 그저 어둠 속으로 이어지는 가파르고 이끼 긴 계단뿐이었다.

그런데 무슨 소리가 들렸다. 물이다! 강처럼 콸콸 흐르고 있었다.

이런, 이상한걸. 음, 어쩌면 계단이 강가를 지나나 봐. 곧 알게 되겠지.

탬윈의 모든 흥분이 새로이 부풀어 올랐다. 정말로, 찾을 거다! 탬윈은 굳이 자세히 들여다보지 않고, 계단 맨 위 칸에 한 발을 놓았다. 혹여나 그 칸의 큰 조각이 부서졌다는 걸 알아챌 수도 있으니까 말이다.

탬윈은 한쪽 발로 공중에 무게를 실었다. 갑자기 앞으로 휘청거리더니, 비탈 아래로 곤두박질치며 터널 속으로 곧장 빠져 들어갔다. 미끄러지듯 축축한 이끼를 타고 내려오며 계단을 후려갈겼다. 석순이 딱 부러져 머리 위에서 닫히는 소리가 나지 않았는데도, 탬윈은 갇혔다는 걸 알았다. 이제 맨 아래에 다다라야지만 겨우 멈출 수가 있었다. 그리고 그건 여기까지 굴러떨어진 것보다 훨씬 더 아플 듯했다. 너무 빠르게 떨어지느라, 탬윈은 곧 닥칠 줄 알았던 충돌에 맞서 버틸 수조차 없었다.

하지만 충돌은 없었다. 대신…….

첨벙!

탬윈은 방금 전에 들었던 강물 속으로 물보라를 일으키며 떨어졌다. 물이 철벅 튀어 올라 탬윈의 몸을 흠뻑 적셨다. 탬윈이 캑캑거리며 숨을 쉬려 물 위로 얼굴을 내밀자 작은 물줄기가 줄줄 흘러내렸다. 그런데 탬윈이 이내 깨달은 대로 이건 평범한 강이 아니었다. 약간 따뜻하고, 의외로 부드러웠으며 곧장 위로 흐르고 있었다.

위로! 정말로 이 강은 위대한 나무의 나무둥치 속에서 빠르게 위로 오르고 있었다. 탬윈을 상당 거리 위쪽으로 날랐던 나선형 폭포처럼, 이 물길도 수직으로 올라가고 있었다. 더욱이 탬윈이 보기에는 끝이 없었다. 거꾸로 흐르는 폭포처럼 탬윈을 높이 더 높이 데려가고 있었다.

하지만 나선형 폭포에서 엄청나게 쏟아지던 물보라와는 달리, 이 강물은 정신을 잃을 정도로 탬원을 치고 때리진 않았다. 빛이 내려올 때 빙빙 도는 음악 선율과 함께 물이 올라가지도 않았다. 대신, 이 물길은 그저 흐르고 흘러, 바람의 상승 기류가 잎사귀 하나를 들어 올리듯 쉽게 탬원을 들어 올렸다.

그러니까 이게 계단이구나!

문득, 모든 게 말이 되었다. 이래서 길을 보여주려고 벽화에 물 같은 은색을 썼던 거다. 그리고 이래서 귀리온이 최대한 높이 올라가라고 말해줬을 때 탬원의 상처에 대해 전혀 걱정스러워 보이지 않았던 거다.

자신이 물방울인 것처럼, 탬원은 솟아오르는 물살을 탔다. 들리는 소리라고는 주위의 끝없는 잔물결과 찰박거리는 물소리뿐이었다. 유일한 냄새는 젖은 나무와 촉촉한 공기의 꿀처럼 달콤한 진한 향기였다. 물속의 엘라노 때문에, 강은 가끔 초록 섬광을 번쩍이며 희부연 빛을 내고 있었다. 한 줄기 빛과 액체가 나무 속 깊은 데서 반짝였다.

탬원은 수천 미터에 걸쳐 이어지는 수직 거리를 지나 서서히 더 높이 실려 가고 있었다. 이따금씩 강의 지류가 자신에게 흘러 들어오거나, 물줄기가 갈라져 심재 속으로 깊이 떨어지는 걸 보기도 했다. 제발 탐험해 달라고 막 애원하던 돌출 바위와 측면 터널을 몇 번이고 언뜻언뜻 보았다. 어떤 알려지지 않은 다른 영토로 떠가고 있는 걸까? 어떤 다른 이상한 사람들 가까이에 있는 걸까? 탬원은 대답이 상상을 초월한다는 것만은 알았다.

탬원은 위쪽으로 떠가자, 강에 대한 두 가지를 알아차리기 시작했다. 먼저, 나무둥치 속에서 더 높이 나아갈수록 좁아지며 점차 작아지고 있는 거 같았다. 그리고 또 하나는, 따뜻한 강물이 상처를 진정시켜주는 듯했다. 탬원은 이제 다리를 쉽게 구부릴 수 있었고, 무릎을 가슴까지 끌어당길 수도 있었다. 긁히고 멍든 자국도 사라져 버렸고, 탬윈의 기운도 되살아났다. 오래간만에 엉덩이도 허리도 더는 아파서 욱신거리지 않았다.

하지만 어떻게? 어쩌면 물의 온기 그 자체이거나, 탬윈의 몸에 닿는 잔물결이 부드럽게 안마를 해줘서 그런 걸 수도 있다. 또는 어쩌면, 엘리가 물통에 들고 다니는 치유의 물처럼 이 강의 엘라노가 그 자체의 강력한 마법을 통해 상처 입은 살과 뼈를 회복시킬 수 있는지도 모른다.

탬윈은 몇 시간 동안이나 계속해서 높이 흘러갔다. 어쩌면 몇 날 며칠 동안일 수도 있었다. 탬윈은 알 길이 없었다. 엘라노가 풍부한 물에 전적으로 지탱한 채, 탬윈은 허기도 갈증도, 어떤 수면욕도 느끼지 못했다. 그저 솟아오르는 폭포에 떠갈 뿐이었다.

위로, 위로, 강물이 탬윈을 데리고 갔다. 거리는 잴 수 없었고, 시간은 아무 의미 없었다. 유일하게 확실한 것은 물과 나무였다.

마침내, 강은 더욱 천천히 움직이고 있다는 게 느껴질 만큼 좁아졌다. 이제 곧, 그 기세는 탬윈을 더는 높이 들어 올려줄 만큼 세지 않을 거다. 탬윈은 거의 멈출 때까지 점점 더 느리게 나아갔다. 탬윈은 한편으로 이렇게 경이로운 물길을 떠나기가 몹시 싫었지만 때가 왔다는 걸 알았다. 그래서 빠져나갈 길을 찾기 시작했다.

바로 앞에, 탬윈은 아주 편안한 초록 이끼가 무성한 좁은 돌출 바위를 봤다. 나무둥치 속으로 이어지는 터널과 연결되어 있는 게 보였다. 탬윈은 굴러서 건너가 손을 쭉 뻗었다.

가까스로 돌출 바위를 꽉 잡고서는 이끼 위로 몸을 끌어당겼다. 마치 오랫동안 떠 있었던 나무껍질 조각인 듯 탬윈의 몸에서 물이 마구 쏟아졌다. 탬윈은 몇 분 동안 그곳에 등을 대고 누워 이토록 높이, 이토록 멀리 데려다준 강물의 콸콸 흐르는 소리를 들었다.

마침내, 탬윈은 손과 무릎을 짚고 몸을 들어 올려 앞에 보이는 터널을 더욱 자세히 바라봤다. 천장이 꽤 낮았기에 탬윈은 기어가야 했다. 하지만 적어도 강과 직각을 이루는 게 수평인 듯 보였다. 탬윈은 물길을 한 번 더 보려고 뒤를 힐끔 돌아봤다. 그런 다음, 할리아의 산봉우리를 떠난 이후 얼마간 느꼈던 것보다 육체적으로 더욱 좋아진 기분을 느끼며 탬윈은 터널 속으로 기어 들어갔다.

터널은 낮았기 때문에 통로에는 어떤 장애물도 놓여 있지 않았다. 오래된 물줄기에 깎여서 만들어진 건지, 흰개미들이 뚫은 건지, 아니면 엘라노의 작용에 의해 움푹 들어가게 됐는지 탬윈은 알 수가 없었다. 주변의 나무는 희미하게 반짝여 감촉, 색깔 그리고 결의 미묘한 변화를 볼 수 있게 했다. 이따금씩 탬윈은 벽에서 생겨난 보라, 분홍, 검정, 황금 그리고 하얀색의 아주 작은 수정을 발견했다. 그리고 나무의 틈새에서는 아주 부드러운 이끼와 떨어진 이끼 조각을 보았고, 한번은 이제껏 본 가장 작은 독버섯이 등산하는 작은 무리처럼 벽을 타고 한 줄로 늘어서 있는 것도 보았다.

무엇보다도, 강에서 멀리 떨어진 곳으로 기어 들어가자 탬윈은 고요하다는 걸 알아차렸다. 탬윈의 숨소리와 가끔씩 터널 벽에 부딪치는 지팡이 소리, 그리고 멀리서 살랑거리는 물소리에 깨질 뿐, 고요함은 진정으로 다른 종류의 소리처럼 퍼지는 거 같았다. 때때로 저녁에 산속에서 조용히 있을 때처럼, 탬윈은 고요함의 꾸밈없는 아름다움과 순수한 힘을 느꼈다. 그건 부재가 아니라 존재였다. 거절이 아니라 권유였다. 드디어 자신의 말에 귀 기울이고, 세상에 온전히 속하라는 권유였다.

이윽고, 탬윈은 공기가 달라진 걸 알아차렸다. 더 건조했고, 게다가 더 서늘했다. 그리고 무슨 냄새가 났다. 어딘지 익숙한 냄새였다.

바깥쪽이야.

탬윈은 갑자기 깨달았다.

나무 바깥쪽 냄새 같아.

탬윈은 속도를 더 올려 계속해서 기어갔다. 얼마 있다가, 또 다른 변화를 알아차렸다. 훨씬 앞쪽에서, 터널이 왠지 다르게 보였다. 더 밝고, 더 하얬다.

빛이야! 이런 천 개의 숲 같으니, 앞에 빛이 있어!

탬윈은 미소를 지었다. 이 빛이 엘라노에서 나오는 게 아니라는 걸 알 수 있었기 때문이다. 그래, 탬윈은 틀림없다고 생각했다. 이 빛은 별들에서 나오는 거였다.

34

사나운 바람

최대한 빨리 빛을 향해 기어가자 마침내 터널 끝에 가까워졌다. 손과 발, 발가락 아래에 딱딱한 나무가 촉촉한 갈색토로 부드러워졌고, 작은 초록 잔가지가 여기저기에 자라 있었다. 탬원이 터널 윗면을 가로질러 이슬에 반짝이는 거미줄 아래로 미끄러지듯 움직이고 보니 두툼한 초록 잔디로 둘러싸인 둥근 구멍을 마주보고 있었다. 탬원이 다가오자 깜짝 놀란 잔디 위의 황금빛 귀뚜라미가 귀뚤귀뚤 울며 폴짝폴짝 뛰어가 버렸다.

구멍 밖으로 머리를 내밀기 전에, 탬원은 잠시 멈춰 방금 지나온 고요함과 아름다움의 기억을 음미했다. 게다가 눈을 깜빡거릴 시간이 필요했다. 구멍 사이로 들어오는 빛이 며칠 동안 봤던 어떤 빛보다 밝았기 때문이다. 마침내, 탬원은 두근거리는 마음으로 천천히 머리를 밖으로 내밀었다.

탬원은 완전히 나오기도 전에 온몸이 굳어졌다. 젖은 풀 냄새가 다시 나고, 뺨에 쌀쌀한 공기도 느껴지고, 멀리서 횡횡 부는 바람 소리가 들리는 것이 놀라운 만큼, 진정으로 탬원을 매혹시킨 건 눈에 보이는 광경이었다. 탬윈은 정확히 창 사이로 막 기어 나온 느낌이 들었다.

별들로 통하는 창.

탬윈은 배낭과 지팡이를 들고 온 힘을 다해 구멍을 빠져나와 그저 잔디에 등을 대고 놀란 얼굴로 하늘을 바라봤다. 하늘의 별들은 탬윈이 스톤루트에서 야영했던 시절 동안 자주 그랬던 것처럼 그렇게 반짝이지는 않았다. 오히려, 이 별들은 천상의 횃불처럼 활활 타올랐다. 탬윈이 이제껏 본 것보다 밝았고, 찾길 바랐던 것보다 가까이 있었다. 팔이 조금만 더 길었더라면 위로 뻗어 불꽃의 따스함을 느낄 수 있을 거 같았다.

갑자기, 탬윈은 뭔가 이상한 낌새를 알아챘다. 긴 그림자 줄무늬가 어둠의 강물처럼 수백 개의 별들을 집어삼키며 지평선에서 떠올라 하늘을 가로질렀다. 이건 탬윈이 환영에서 봤던 바로 그 그림자인가? 탬윈은 이미 너무 늦은 걸까?

탬윈은 심장이 벌렁거렸다. 그때, 캄캄한 줄무늬를 빤히 보자 이전에 느꼈던 것처럼 뼛속 깊은 두려움으로 벌벌 떨게 하진 않는다는 걸 깨달았다. 또한 정말로 어떤 별들도 집어삼킨 것처럼 보이지 않았다. 오히려, 별들을 막고 있었다. 이 그림자는 사실 탬윈과 그 밖의 모든 것의 사이를 잇는 단단한 형태였다.

나뭇가지! 나뭇가지가 보인다!

탬윈은 경외심에 고개를 흔들며 그림자의 구불구불한 윤곽을 따라갔다.

그러니까 이게 정말로 멀린의 옹이구멍이구나.

사실인지 반신반의하며 탬윈은 마음속으로 생각했다.

나뭇가지를 볼 수 있는 곳. 수년 전에 아버지가 별들에게로 여정을

온 곳.

탬원은 바로 앉아 주위의 지형을 살폈다. 푸릇푸릇한 초록 잔디가 바닥 가득히 무성한, 깊고 둥근 골짜기에 있었다. 그리고 나무둥치 안 벽화에서 봤던 것처럼, 옹이구멍은 위대한 나무의 옆면에서 옹이처럼 툭 튀어나와 둥그렇게 모아 쥔 거대한 손처럼 골짜기를 받치고 있었다.

스톤루트의 봉우리에 있는 작은 빙하 골짜기를 떠올리게 하는 우묵한 부분 전체는 그리 크진 않았다. 하지만 훨씬 아래에 있는 그 영토와는 달리, 이 땅은 겨울의 흔적이 전혀 보이질 않았다. 탬원은 궁금했다. 멀린의 옹이구멍은 다른 곳과는 다르게 계절이 있을 수 있나? 아니면 봄밖에 없는 걸까?

탬원의 시선은 테두리로 옮겨갔다. 파릇파릇한 골짜기 바닥과는 달리, 둘러싸고 있는 갈색 경사로에는 거의 아무것도 자라지 않았다. 탬원이 지금 앉아 있는 곳은 경사면 중턱쯤 되는 데였다. 테두리와 골짜기 바닥 둘 다 짧은 걸음밖에 안 되어 보였다. 그래도 탬원은 여기서 훨씬 더 멀리 떨어진 거리도 볼 수 있었다. 나무둥치에서 가장 가까운 테두리 너머로, 거친 산등성이가 나뭇가지를…… 그리고 결국에는 별들을 향해 끊임없이 오르막을 이루고 있었다.

잔디에 앉은 탬원은 별을 쳐다봤다. 마음에 드는 별자리를 고르기 시작했다. 별 끝 하나하나가 유달리 밝았던 탓에 의외로 고르기가 어려웠다. 그때 탬원은 한때 마법사의 지팡이가 있었던 자리에 난 빈 구멍을 보았다. 그날 밤 할리아의 산봉우리 맨 꼭대기에서의 모든 두려움과 반신반의가 다시 밀려 들어왔다. 제시간에 저기로 올라갈 수 있을까? 구멍 사이로 마구 쏟아지던 한없이 검은 그 형체가 정말로 무엇인지 알아낼 수 있을까? 그리고 아발론을 위해서 그 형체를 막을 수 있는 방법을 찾을 수 있을까?

난데없이 흔들바람에 주변 잔디가 바스락거렸고 탬윈은 공기에서 새로운 진한 냄새를 맡았다. 냄새는 골짜기 바닥의 푸릇푸릇한 들판에서 탬윈에게로 풍겨 왔다. 탬윈이 어디선가 알던 냄새였다. 그래, 예전에 스톤루트의 마을에서 맡았던 냄새다.

정원! 탬윈은 믿기지가 않아 고개를 가로저었다. 이렇게 높은 곳에, 정원이? 하지만 그 냄새에 대해서는 의심할 여지가 없었다. 갓 갈아엎은 흙, 무르익은 나뭇잎, 가지와 덩굴에 달린 열매의 냄새를 말이다.

골짜기 바닥을 더욱 자세히 들여다보던 탬윈은 깊은 산골짜기 근처에서 평행선으로 고랑이 파인 작은 터를 알아볼 수 있었다. 근처에는 작지만 울창한 숲과 녹음이 우거진 나무 여러 그루가 질서정연하게 줄지어 심어져 있었다. 과수원이었다. 그리고 얼마 멀지 않은 곳에, 그저 바구니와 정원용 도구일 수도 있는 이상한 모양의 물건들이 쌓여 있었다.

누군가 저 아래에 살고 있어.

탬윈은 깜짝 놀라 생각했다. 두 발로 일어선 다음 칼집에서 지팡이를 꺼내 들고는 또 생각했다.

누구인지는, 내가 알아낼 거야.

탬윈은 지팡이에 기댄 채 머뭇거렸다. 정원을 제외하고는 다른 어떤 사람의 모습도 안 보인다는 게 꽤 이상해 보였다. 어떤 집도, 길도, 또는 화덕 불에서 나오는 연기 흔적도 없었다. 하지만 누군가 저 아래에 있다고 탬윈은 확신했다. 그것도 한참 동안을 저 아래에 있었던 거 같다. 과수원을 만들 정도로 오랜 시간을 말이다. 그리고 어쩌면 탬윈의 아버지를 만났을 정도로 한참을 있었는지도 모른다.

탬윈은 침을 꼴깍 삼켰다. 아니면 실제로 아버지일……

바로 그때 비늘로 뒤덮인 초록색 등에 휙휙 돌아가는 주황색 눈의 작은 도마뱀이 지팡이 끝부분 옆 잔디에서 기어 나왔다. 깜짝 놀란 그 동물은 멈춰서 이상한 방문객을 올려다보더니 앞다리를 지팡이에 올려 놓은 다음, 더 자세히 보려고 몸을 높이 들어 올렸다. 주황색 눈이 탬윈을 자세히 살폈다.

젊은 남자는 마주보고는, 다른 생명체와 이야기하는 데에 늘 도움이 되었던 무언의 언어로 물었다.

착한 도마뱀아, 누가 저 정원을 만들었는지 말해주겠니?

도마뱀은 탬윈을 힐끔 봤고, 탬윈은 도마뱀이 막 대답을 하려는 걸 느꼈다. 갑자기, 슬피 울부짖는 소리가 머리 위에서 메아리쳤다. 도마뱀은 얼른 잔디 속으로 총총 사라져 버렸다.

탬윈은 자신의 대화 상대에게 겁을 준 새를 올려다봤다. 매보다는 컸는데, 오히려 늪 같은 해안 절벽에서 물고기를 잡으려고 뛰어드는 걸 본 적 있는 커다란 청색 왜가리에 가까웠다. 하지만 어떤 왜가리도 이 새가 다음에 한 것을 할 수는 없었다.

새는 유난히 밝은 별 무리로 깃털을 향하게 하려고 넓은 날개를 젖혔다. 탬윈은 그 별 무리가 옛날부터 좋아했던 별자리, 페가수스라는 걸 알아봤다. 느닷없이 새의 날개와 꽁지깃이 눈부신 프리즘처럼 번쩍였다. 둥근 무지개색이 갑자기 튀어나와 근처의 희미한 구름을 흐릿한 광채로 일렁거리는 연보라, 초록, 노랑 그리고 주홍색의 빛살로 칠했다.

탬윈은 경탄한 나머지 눈이 휘둥그레졌다. 새의 날개는 거의 별 무리만큼이나 빛이 났다! 방랑하던 시절 동안, 탬윈은 결코 이렇게나 멋진 새를 본 적이 없었다. 음유시인의 노래에서도 이와 비슷한 이야기를 들어본 적이 없었다. 멀린의 옹이구멍 고유의 새든지 아니면 위대한 나무의 위쪽 지역에서만 볼 수 있는 새일 거다.

프리즘 새. 그렇게 너를 부를게.

탬윈이 속으로 생각했다.

커다란 새는 또다시 슬피 울었다. 이번에 탬윈은 포식자의 울부짖음이 아닌, 날개가 파닥거릴 때마다 기쁨에 찬 색깔로 하늘을 비추는 의기양양한 비행사의 노래를 들었다. 탬윈이 바라보자, 새는 다시 방향을 홱 틀어 지나가면서 구름을 잇달아 칠했다.

골짜기 바닥과 그 신비로운 정원으로 다시 생각을 돌린 탬윈은 산비탈을 성큼성큼 내려가기 시작했다. 두툼한 잔디가 발밑에서 서늘하게 각반을 스치며 휙휙 소리를 냈다. 작은 둔덕으로 걸어가려고 왼쪽으로 홱 돌자, 탬윈은 들쭉날쭉 자란 나무가 빽빽한 숲을 봤다. 저 아래 과수원에 있는 잎이 무성한 숲과는 상당히 다른 모습이었다. 바로 그때, 살랑거리던 산들바람이 갑자기 세졌다.

세차게! 바람은 인근 언덕에서 흙먼지를 일으키고 위쪽 비탈에 잔디를 쓰러뜨리며 옹이구멍을 둘로 찢었다. 움직이지 못할 정도로 탬윈을 내던지다시피 했다. 오로지 지팡이만이 탬윈을 날아가 버리지 않게 도와줬는데, 이마저도 쉽지가 않았다. 바람이 곁에서 씽씽 불어대자, 탬윈은 몸을 숨기려고 바람의 무게에 못 이겨 하나같이 구부러져 있는 들쭉날쭉한 나무들로 향했다.

탬윈은 수풀로 뛰어들어 굴러가다 커다란 나무의 매끄러운 둥치에 부딪혀 멈춰 섰다. 눈을 깜빡여 흙을 털어낸 다음, 나무의 모습을 살펴봤다. 이전에 봤던 나무들과는 너무나 달랐다. 커다랗고 굵직한 뿌리는 들판의 흙 속에 깊숙이 쑥 박혀 있어 나무가 바람에 날아가지 않도록 했다. 하지만 가느다랗고 뒤틀려 보이는 나머지 모습이 바다에서 수년을 떠 있다 마침내 해안으로 밀려온 오래된 유목 조각 같았다. 위로 곧게 서 있었더라면, 탬윈의 키 두 배만큼 되는 옹이투성이에 온갖 풍파를 겪은 모습이었을 거다. 사실, 이 나무는 수풀의 다른 모든 나무처럼 껍질이 없고 그저 바람에 매끄럽게 닦인 나무였다. 게다가 잎사귀도 없었다. 한낱 나무둥치와 나뭇가지 여기저기에 자라난 두꺼운 잔디 다발뿐이었다.

일순간, 탬윈은 이곳 나무에 대해 다른 무언가를 느꼈다. 내면의 마법이 뭔가 이상한 것을 감지했는데, 감정과 흡사했다. 두려움? 하지만 그런 감정이 나무에서 나올 수가 있을까? 더 많이 알아내기도 전에, 그 느낌은 뒤이어서 휘몰아치는 돌풍에 날아가 빠르게 사라져 버렸다.

탬윈은 바로 그때 뒤틀리고 잎이 없는 예의 그 나무들이 나뭇가지를 서로 맞물리게 하고 있다는 걸 알아차렸다. 그럼 그렇지! 골짜기 바닥 위 이곳에서 지독한 바람을 어떻게 더 잘 견딜 수 있을까? 그래서 틀림없이 쉽게 떼어질 수 있는 커다란 잎사귀 대신에 풀잎을 자라게 한 거다.

마침내, 바람이 가라앉았다. 나무둥치가 들어 올려지고, 수풀을 둘러싼 기다란 잔디도 낱알이 주렁주렁 달린 끝부분을 들어 올렸다. 탬윈 또한 더 꼿꼿이 앉았다. 그러한 바람이 뿌리-영토 아래로 불지 않아 안도의 한숨을 내쉬었다. 어쩌면, 에어루트를 제외하고는. 하지만 여기 위쪽, 아발론의 나무둥치 바로 아래 나뭇가지에 부는 바람은 별 무리만큼이나 일상적인, 어쩔 수 없는 현실인 듯했다.

다시 일어서려는 바로 그 순간, 탬윈이 기대고 있던 나무가 격하게 흔들거렸다. 탬윈은 미끄러지듯 옆으로 비켜섰다. 이내 발아래 지면도 딱 그만큼 마구 흔들거리는 걸 깨달았다. 탬윈은 일어서거나 심지어는 기어가려고 애썼지만 기친 떨림이 얼굴을 척척 쳤다. 흙이 온몸에 뿌려졌다. 나무의 굵직한 뿌리가 땅에서 뽑히자 펑펑하는 큰 소리가 났다. 탬원은 한 그루 이상의 나무가 위로 쓰러질 거라는 생각에 몸을 공처럼 웅크렸다.

아무것도 쓰러지지 않았다. 떨리는 것도 그쳤다.

탬원은 머리카락에서 흙을 털어내고 바로 앉았다. 그리고 그제야 이해가 갔다. 깜짝 놀라 숨을 헐떡거릴 수밖에 없었다.

그 모든 떨림은 땅에서 나온 게 아니라 나무 자체에서 나온 것이었다! 나무는 사방에 서 있었고, 뿌리는 잔디밭에 벌어져 있었고, 나뭇가지는 더는 얽혀 있지 않았다. 나무들은, 아니면 그게 진짜로 무엇이든 간에, 둥그렇게 탬원 주위에 모여 꼼꼼히 들여다보려고 얼굴을 바짝 기대었다.

들쭉날쭉 나뭇가지가 많이 달린 나무등치 중간에 정말이지 얼굴이 있었으니까 말이다. 얼굴마다 입으로는 우둘투둘한 틈과 코일지도 모를 두 개로 된 옹이가 달려 있었고, 그중에 가장 눈에 띄는 건 잔가지만큼 길고 가느다란 세로로 된 외눈이었다. 고리 모양의 길쭉한 눈들이 전혀 깜빡이지도 않고 탬원을 자세히 쳐다봤다.

갑자기 탬원은 강하게 몰려드는 두려움을 느꼈다. 자신에게서 나오는 건지 아니면 이 기이한 생명체들에서 나오는 건지, 탬원은 전혀 알 수가 없었다. 하지만 본능적으로 벌떡 일어나, 가로막고 있는 뿌리를 뛰어넘은 다음 풀이 무성한 비탈 아래로 최대한 빠르게 빠져나갔다.

생명체들은 탬원을 뒤쫓았다. 뿌리는 땅에 부딪쳐 철썩 소리를 냈고 풀이 난 가지는 겨울바람처럼 공중에서 획획 소리를 내며 움직였다. 있는 힘껏 달리는 사이, 탬원은 뒤에서 빠르게 비탈 아래로 쿵쾅거리며 내려오는 소리를 들었다. 탬원은 초조하게 고개를 돌려 실제로 얼마나 가까이에 있나 봤다.

탬원은 엉겁결에 풀덤불에 발이 걸려 넘어졌다. 앞으로 고꾸라진 탬원은 비탈 아래로 구르며 비명을 질렀다. 그러고는 마침내 멈춰 섰다. 탬원은 입에서 풀을 뱉고는 다시 일어서기 시작했다. 그때 생명체의 옹이 투성이 가지 하나가 탬원의 등에 세게 쾅 부딪쳤다.

세게 맞은 탬원은 앞으로 철퍼덕 고꾸라졌다. 설상가상으로, 그 생명체는 온 무게를 가지에 싣기 시작하고는 탬원의 등을 꽉 눌렀다. 아무리 몸부림을 쳐봐도, 탬원은 빠져나갈 수가 없었다. 숨도 쉴 수가 없었다. 게다가 나뭇가지는 걷잡을 새 없이 더욱 무거워지고 있었다. 몇 초 후면 무게 때문에 탬원의 갈빗대가 으스러지거나 허리가 부러질 게 분명했다.

"히이이바쉬이이! 히이이바쉬이이."

날카롭게 쉭쉭거리는 소리가 하늘을 찌를 듯이 울려 퍼지자, 생명체가 갑자기 얼어붙더니 탬원을 으스러뜨리는 걸 멈췄다. 놀랍게도, 그 생명체가 가지를 살짝 들어 올렸다. 탬원이 몸을 빼낼 수 있을 정도는 아니었지만, 다시 숨을 쉴 수 있을 만큼은 됐다.

"오이야니쉬이이라. 쉐에랄라스으, 오이야니쉬이이라!"

그 생명체는 천천히, 그리고 탬원이 느끼기에 마지못해 골짜기 모양처럼 가지를 또다시 들어 올렸다. 몸을 빼낸 탬원은 잔디밭에서 휙 돌아서서 가 버렸다. 헐떡거리며 비탈에 무릎을 꿇고서는 누가 또는 무엇이 생명체가 자신을 죽이지 못하게 했는지 간절하게 보고 싶었다.

모자 달린 망토를 입은 키가 크고 가슴이 넓은 형체가 탬원을 향해 성큼성큼 걸어왔다. 탬원이 뚜렷하게 손을 한 번 흔들자, 그 형체가 이전보다 더욱 큰 소리로 다시 울부짖었다. 이번에는, 정말로 옹이투성이 생명체와 그 친구들이 뒷걸음쳤다. 그들은 실망감에 쉭쉭거리며 돌아서서는 더 높은 땅을 향해 스르륵 움직였고, 뿌리 같은 다리로는 잔디를 쿵쾅거렸다.

탬윈은 그들이 정말로 떠나는지 확실히 알려고 몇 초 동안 바라봤다. 그러고는 망토를 두른 형체를 다시 한번 마주봤다. 순간, 그 형체가 모자를 끌어내렸다.

남자였다! 멀린의 옹이구멍 여기까지 올라왔다니!

탬윈은 입술을 깨물었다. 조심스레, 낯선 자의 얼굴을 세심히 살폈다. 별빛에 반짝거리는 긴 회색 머리카락에 칠흑 같은 눈의 남자를 보니 탬윈은 일순간 평생 애타게 찾길 바랐던 바로 그 사람일 수 있다는 생각이 들었다.

하지만 이내 그렇지 않다는 걸 알았다. 탬윈이 마침내 아버지를 찾았다고 믿길 바랐던 만큼이나 확신이 들었다. 눈하고는 아무런 관계가 없는 내면의 시력을 통해 이 사람은 다른 사람이라는 걸 말이다. 하지만 누구지? 그리고 어떻게 이곳에 이르게 된 거지?

건장한 남자는 마치 바로 그 질문을 똑같이 묻고 있는 듯 이마를 찌푸렸다. 마침내 남자가 떡 벌어진 가슴에서 울리는 듯한 목소리로 말했다.

"자네 집에서 멀리 왔구먼, 친구."

탬윈은 지팡이로 손을 뻗고는 일어섰다. 그러고는 끄덕거리며 대답했다.

"당신도 그렇다는 거에, 내기를 걸겠어요."

"그렇다면 자네가 질 텐데, 친구. 이 골짜기는 합법적으로 내 집이라네. 여기 있는 지도……"

남자가 잠시 멈추더니 이어 말했다.

"17년이 됐군. 그리고 그 시간 동안, 자네가 내 첫 손님이고."

탬윈은 온몸이 굳어졌다. 17년이라니. 아버지의 탐험과 같은 시간이다! 이 남자는 크리스탈루스가 모은 무리의 일원이었을지도 모른다. 그 경우라면 분명히 그 무리에 무슨 일이 있었는지 알 테다. 더불어 그 무리의 대표에게도.

알아내고 싶어 안달이 났지만, 탬윈은 아직 물어볼 때가 아니라는 걸 느꼈다. 적어도 잠시 동안은 참아야 한다.

회색 머리카락을 흔들며 남자가 이어 말했다.

"있을 만큼 있었지. 저놈 드루마링들 언어를 배울 정도로 말이지."

"그건 제가 정말 감사드려요!"

탬윈이 미소를 짓고는 물었다.

"드루마링들요? 저 생명체를 그렇게 부르는 건가요?"

"그렇다네. 자기네들이 스스로 붙인 이름은 아니지. 원래는 망할 폭포처럼 쉬지 않고 흘러내려 가거든. 약간 허쉬나간샬라샤누쉬카라쉬처럼 말이지. 근데 그 말을 빌려 저들을 부르게 된 거지. 있지, 나무를 뜻하는 옛 핀카이라의 낱말을 따서."

"드루마."

"맞아, 친구."

남자는 잠시 곱슬곱슬한 회색 수염을 쓰다듬고는 커다란 손을 내밀었다.

"내 이름은 에손이라네. 자네는?"

"탬윈요."

탬윈은 목을 가다듬고는 속에서 타오르던 질문을 했다.

"혹시, 이곳에 누구랑 같이……."

"자네 배가 고프겠구먼."

에손은 탬윈의 말을 끊으며 분명히 말했다.

"어서 오게나, 자네가 소리치는 걸 들었을 때 난 막 아침 식사를 준비하고 있었다네. 그러니까 이제 함께 식사를 하게나."

에손은 대답을 기다리지도 않고 돌아서서, 바닥의 골짜기를 향해 비스듬히 움직이며 풀이 우거진 비탈 쪽으로 걷기 시작했다. 탬윈은 한숨을 내쉬며 그 뒤를 졸졸 따라갔다.

35

과거 속의 이름

곰처럼 우람해 보이는 에손은 탬윈을 이끌고 비탈을 내려가 골짜기 바닥의 두꺼운 잔디로 갔다. 놀랍게도, 에손은 정원과 과수원에서 벗어나 깊은 산골짜기로 안내했다. 탬윈은 궁금했다.

나를 어디로 데리고 가는 거지?

탬윈의 키의 대여섯 배 되는, 비옥한 땅으로 떨어지는 산골짜기 끝에 가까워진 그때, 탬윈은 경질 목재와 유사한 무언가로 만든 계단을 보았다. 가파른 계단은 흙으로 지은 소박한 오두막으로 통했다. 지붕은 이끼 낀 널빤지가 깔려 있고 한쪽 끝에는 튼튼한 석조 굴뚝이 있었다. 출입구 바깥에는 많은 장작더미와 도마 그리고 수십 개의 온갖 정원 도구가 놓여 있었다. 괭이, 톱, 갈퀴, 가지치기 가위 따위가 있었는데 상당 부분 부러지거나 반밖에 안 만들어진 듯 보였다.

탬윈은 계단을 내려가면서 생각했다.

그럼 그렇지. 바람을 피해서 여기 아래에 사는 거구나! 아니 어쩌면, 저 드루마링들의 손에 닿지 않으려고 그러는 거든지.

탬윈은 으스스한 생각이 들었다.

탬윈은 에손의 넓적한 모습을 따라 오두막에 들어선 다음 배낭과 지팡이를 내려놨다. 문을 닫자 문 뒤쪽에 달린 석조 종이 짤랑거렸다. 탬윈은 집주인이 틀림없이 자신처럼 종의 땅인 스톤루트에서 시간을 보냈을 거란 걸 알자 미소가 지어졌다. 마치 대답이라도 하듯, 탬윈의 허리에 달린 작은 석영 종이 고유의 음색을 냈다.

창문이 달랑 하나뿐인 오두막은 꽤 어두운 데다 연기 냄새가 심하게 났다. 하지만 눈이 적응을 하자, 탬윈은 어둠 중 일부가 실제로 연기라는 걸 깨달았다. 새카맣고 자욱한 연기가 난로 위 천장 가까이에서 맴돌았다.

에손은 난로의 석탄 위로 몸을 굽혀, 흔들림 없이 숨을 길게 내쉬었다. 석탄은 곧바로 확 타올라 오두막을 더 많은 빛과 연기로 채웠다. 꽤 큰 널빤지를 난롯불에 휙 던지자 분수처럼 불꽃이 뿜어져 나왔다.

그런 다음 에손은 튼튼한 나무 탁자 쪽으로 걸음을 옮겼다. 거기에는 고기 써는 칼, 새카매진 담뱃대와 탬윈이 이제껏 본 것 중 가장 커다란, 무려 트롤의 머리만큼이나 큰 멜론이 있었다. 가슴이 떡 벌어진 남자는 칼을 들어 올리려다 멈추고는 탬윈을 돌아봤다.

에손이 벌어진 치아가 보일 정도로 함박웃음을 지으며 말했다.

"내 정신 좀 보게. 매너를 깜빡 잊고 있었구먼! 손님은 익숙하지가 않아서 말이야."

그러고는 벽 옆에 있는 의자를 가리켰다.

"그냥 그거 여기로 끌고 오게나, 친구. 그래야 우리 둘이 식탁에 앉을 수 있지."

탬윈은 흙바닥을 가로질러 의자가 있는 곳으로 걸어가며 에손의 집을 이리저리 둘러봤다. 아주 빽빽해 보이고 아주 인간적인 거 같았다.

탁자 아래에 놓인 소쿠리에는 대부분 견목 옹이를 깎아 만든 담뱃대가 가득했다. 거기에 레몬밤 마른 잎처럼 보이는 담뱃잎 한 자루도 함께 있었다. 한쪽 벽 옆에는 돗짚자리에 다 해진 천 담요가 있었다. 그리고 돗짚자리 모서리 아래쪽에는 찢어진 책 한 권이 어중간하게 쑤셔 박혀 있었다. 탬원은 그 책을 알아봤다. 그건 한쪽 귀의 류가 지은 유명한 드루마디안 글인 *시클로 아발론*이었다.

반대편 벽에는 작은 도구들이 고리에 많이 걸려 있었다. 다양한 크기와 종류의 망치와 칼, 집게, 날이 얇은 톱, 끌 한 세트 그리고 유리 구체에 가죽끈이 달린 그런 종류를 포함해서 탬원이 알아볼 수 없는 많은 도구가 있었다. 연철인지 광이 나는 견목인지 아니면 뗀돌로 만들어졌는지, 모든 도구에서 상당한 솜씨가 묻어났다.

오두막 한쪽 구석에는 삼각 선반 한 짝이 있었는데, 철광석 덩어리와 흑요석 평판 그리고 굵은 밧줄 타래의 무게를 받치느라 아래로 축 처져 있었다. 근처에는 알록달록 씨앗으로 넘쳐나는 커다란 자루가 여러 개 놓여 있었다. 선반 옆 바구니에는 거대한 과일과 채소가 전부 뒤죽박죽 들어 있었다. 여기에는 주먹만 한 포도 한 송이, 탬원의 팔만큼 긴 당근 달랑 한 개, 등 전체를 가릴 수도 있을 상추 한 잎, 골파 한 단 그리고 철 덩어리만큼 무거워 보이는 순무 하나가 포함되었다.

탬원의 시선은 다시 난로로 돌아갔다. 반원 모양에 화강암 덩어리로 지어진 난로와 굴뚝은 한쪽 벽 대부분을 차지했다. 옆에는 모루와 아주 흡사해 보이는 납작하고 길쭉한 바윗덩이가 놓여 있었다.

갑자기 탬원은 이곳이 그저 집은 아니라는 걸 깨달았다. 대장간이기도 했다! 탬원은 새카맣게 그을린 두꺼운 앞치마가 도구 옆 건너 고리에 걸려 있는 걸 알아보고는 고개를 끄덕였다.

"음 자네, 아침 먹으러 오는 거야 마는 거야? 이야, 이 멜론 맛있겠네."

에손이 자리에서 외쳤다. 탁자 옆에는 뜯지 않은 씨앗 자루가 있었다.

탬윈은 의자를 집어 탁자 쪽으로 끌고 왔다. 집주인이 따로 챙겨 놓은 큼지막한 조각을 보고, 탬윈은 멜론의 즙이 많은 가운데 하얀 부분을 크게 한 입 먹었다. 그 후 얼마간, 오두막 안에는 우적우적 씹고 즙이 질질 흘리는 소리만이 들렸다.

탬윈은 아버지에 대해서 묻고 싶어 근질근질했지만, 에손의 기분이 적절한 상태일 필요가 있다는 걸 느낄 수 있었다. 그래서 때를 기다렸다. 그 대신 자신을 거의 죽이려 했던 이상한 생명체에 대해 물었다.

"자네한테 악의는 없어, 쟤네 드루마링들."

에손이 멜론을 또 한 조각 썰며 분명히 말했다.

탬윈은 못 믿겠다는 듯 물었다.

"악의가 없다고요? 저 짐승이 내 허리를 거의 부러뜨릴 뻔했다고요!"

수염이 흰 남자가 우겼다.

"알고서 그런 건 아냐. 있지, 그냥 몹시 겁을 먹은 것뿐이야. 솔직히 말하면, 쟤네 드루마링들 뭐든 겁을 먹어. 얼기설기 엮인 자기네들 작은 초록 콧수염조차도! 비탈 위쪽 저기의 거친 바람은 말할 것도 없고. 뿌리 모양의 발로 제 몸을 고정시킬 수 있는데도 겁을 먹더라고."

"전 그래도 위험한 애들이라고 말할래요."

탬윈은 마른침을 삼키며 반박했다.

"아마 그럴 테지, 친구. 하지만 쟤네들은 기가 막힌 정원사이기도 해."

에손은 과일과 채소가 든 바구니 쪽으로 큰 손을 흔들었다.

"물론, 채소와 과일 말고는 전혀 기르는 게 없지만. 근데 세상에나, 아주 잘한다니까! 그것도 일 년 내내. 여기에는 서리가 내리거나 눈이 오

443

지 않아 추울 일이 절대 없으니까. 아니, 대장일하는 데에 내가 필요한 장작도 전부 날라다주는걸."

에손은 잠시 멈춰 갑자기 초롱초롱한 눈을 하며 탬원 쪽으로 몸을 숙였다.

"저기 자네 배낭 안에 육포 조각 같은 건 없겠지, 그치?"

"예. 죄송해요."

"나만큼 미안하진 않겠지! 17년 동안 고기에 혀 한번 못 대봤는데, 어떻겠어."

탬원은 아마도 드디어 때가 왔다고 결심하고서는 고개를 끄덕였다. 그러고는 최대한 가볍게 말했다.

"그래서요, 뭐 때문에 이렇게 외딴곳에 오게 됐어요?"

에손은 손등으로 입을 쓱 닦은 다음, 마치 질문을 듣지 못한 듯이 말했다.

"내가 도착해서 보니까 이곳 정원사들이 앙상한 나뭇가지 손가락으로 일을 꽤 잘한다는 느낌이 들더라고. 하지만 진짜 정원 도구가 몇 개 있으면 어떨까? 그래서 거래를 했지. 그들은 도구를 얻고, 나는 내가 먹을 수 있는 음식을 얻고."

"하지만 말해주세요, 에손. 여기에 왔을 때……."

"자, 친구. 당근 먹어."

탬원은 에손을 똑바로 쳐다봤다.

"그냥 이것만 말해줘요. 크리스탈루스라는 이름의 남자와 이곳에 왔었나요?"

그 이름을 듣자, 에손은 갑자기 불안해 보였다. 그러고는 멜론 껍질을 내려놓았다.

"이제는 과거 속의 이름이라네."

마침내 에손이 퉁퉁대며 불평하듯 낮은 목소리로 말했다.

"근데 그래, 그 사람과 함께 여행했었어. 적어도 잠깐 동안은."

"잠깐요?"

에손은 담뱃대를 들어 올리고는 잠시 설대를 씹었다. 그런 다음, 날랜 동작으로 담뱃잎 한 자밤을 작은 손가락으로 담배통에 밀어 넣었다. 옷 주머니에서 탬윈이 가지고 다니는 것과 아주 비슷한 철광석 두 덩이를 꺼내고선 불을 피웠다. 생각에 잠긴 채 몇 번 뻐끔뻐끔 피우고 나더니, 에손이 마침내 다시 입을 열었다.

"얘기가 길다네, 친구. 정말로 지금 당장 듣고 싶은가?"

탬윈의 얼굴이 난로의 돌멩이만큼이나 딱딱해 보였다.

"정말로요."

에손이 또 한 번 뻐끔거렸다.

"음, 누군가에게 말해주면 나한테도 좋겠지. 호랑이 담배 피울 적만큼 오래전에 일어난 일이니까."

36

단검의 칼날

에손은 씨앗 자루를 의자 삼아 등을 기대어 나무 탁자 너머로 탬원을 바라봤다.

"있지, 난 늘 탐험가가 되고 싶었어. 사방을 돌아다니려고, 그럼! 상상할 수조차 없는 그런 놀라운 곳으로 말이야. 비록 스톤루트의 오래된 대장간에서 일했지만, 탐험가가 내 꿈이었어."

에손이 연기로 까매진 담뱃대를 뻐끔뻐끔 빨았다.

"그래서 뛰쳐나왔지. 정말 그랬어. 내로라하는 탐험가 크리스탈루스가 지금껏 가장 엄청난 여정에 함께할 용감한 사람들을 직접 모으고 있다는 얘기를 듣고 나서 말이야."

탬원은 뚫어질 듯한 눈길로 에손을 쳐다봤다.

"그래요?"

"음, 난 아주 많이 어렸었지. 그래서 크리스탈루스는 내가 같이 가길 원하지 않았어. 그냥 아주 더럽게 위험하다고만 말했지. 하지만 난 훌륭한 대장장이 하나 필요할 거라며 최선을 다해 설득했지. 내가 어린 시절부터 망치랑 집게를 만들었으니까. 그래도 안 된다고 말하더라고. 난 조르고 또 졸랐어. 아주 그냥 포기할 줄 모르는 그런 녀석처럼 굴었지."

에손은 탬윈을 쳐다보며 잠시 담뱃대를 잘근잘근 씹었다.

"내 생각엔, 너랑 참 비슷해."

탬윈이 씩 웃으며 끄덕거렸다.

"그래서 어떻게 됐어요?"

"음, 마침내 크리스탈루스는 마음을 바꿨지. 와서 보조 대장장이가 될 뿐 아니라, 설거지도 하고 바느질도 하며 만능 도우미가 되라고 하더라. 무리에 이미 열두 사람이 있으니, 난 행운의 열세 번째가 될 거라고 내게 말해줬어."

에손은 아쉬워하는 얼굴을 띠며 도구로 채워진 벽으로 향했다.

"음, 난 낙원에 있는 돼지보다 더 행복했어! 처음 몇 주 동안은 확실히 엄청난 모험이었어. 내가 늘 바랐던 전부를 얼추 봤지. 관문, 채색된 터널, 거꾸로 폭포, 뭐든지 다."

에손이 갑자기 인상을 썼다.

"그러던 어느 날, 동굴 안에 천막을 치려던 참에 그놈의 흰개미들이 난데없이 나타났어! 거대하고 무시무시한 짐승들은 엄청 크고 날이 넓은 칼 같은 집게 턱을 하고는 피에 굶주려 있었지. 내가 맨 먼저 그것들을 봤지만, 나는……."

에손의 목소리가 흐려지더니 오두막이 조용해졌다. 마치 흙으로 된 벽 자체가 계속 말하길 기다리는 듯했다. 난로 위에서 맴도는 자욱한 연기가 캄캄해지는 거 같았다. 탬윈은 무슨 일이 일어났는지 본능적으로 알 수 있었기에 잠시 뒤에 말했다. 탬윈이 나지막이 물었다.

"다른 사람들처럼 남아서 싸우지 않았죠, 그렇죠?"

"막 줄행랑치고선 숨었지! 바람에 나부끼는 보잘것없는 잎사귀처럼

447

달달 떨었다네."

에손이 담뱃대를 너무 세게 무는 바람에 설대가 툭 부러져 담뱃잎이 바닥에 쏟아졌다. 그러고는 입 안에 있던 끄트머리를 탁 뱉었다.

"확실히 탐험가 같진 않아, 응?"

탬원이 입술을 오므렸다.

"그건 제가 했던 멍청한 일들에 비하면 아무것도 아니네요."

남자는 그저 중얼중얼 투덜거리며 곱슬곱슬한 수염을 쓰다듬었다.

"백 번이고 빌었어. 소원이 하나 있다면, 그 순간을 다시 살게 해달라고. 내 동료들을 위해 옳은 일을 하게 해달라고 말이야. 특히나 이제껏 아발론을 걸었던 사람들 그 누구보다 더 나은 사람이었던 크리스탈루스를 위해서."

탬원의 눈에서 빛이 났지만 아무 말도 하지 않았다.

에손은 한숨을 쉬었다.

"그들 중 아무도 살아남지 못했어. 단 한 명도."

"전부 다 죽었어요?"

"그렇다니까, 친구. 전부 다."

에손이 씁쓸하게 덧붙였다.

"행운의 숫자 13만 빼고."

탬원이 이의를 제기했다.

"하지만, 전 크리스탈루스가 살아남았다고 들었는걸요. 그리고 저처럼, 이곳 옹이구멍에 왔다는 것도요."

에손은 덥수룩한 머리를 흔들었다.

"내가 알기론 그렇지 않은데, 친구. 그리고 그 말은, 미안하지만, 그런 일이 일어나지 않았다는 걸 의미한다네."

탬윈이 탁자에 주먹을 쾅 내리쳤다.

"어떻게 확신할 수가 있죠? 그럴 리가 없어요!"

덩치 큰 남자는 일어나서 다른 담뱃대와 향나무의 바늘잎을 으깬 냄새가 나는 담뱃잎 자루를 가지고 왔다. 그러고는 담배설대를 물고 담배통을 채워 불을 붙인 다음 혹 빨아들였다. 이내, 꾸무럭거리며 탁자로 돌아와 씨앗 자루 위에 앉았다.

"있지, 일이 이렇게 된 거야. 숨어 있다 나와서 전투 현장으로 돌아갔지. 그러고는 시체를 세었어. 심하게 훼손되긴 했지만. 전부 열둘이었지. 아무도 살아남지 못했다고, 정말로. 아무도."

못 믿겠다는 탬윈의 표정을 보고는 에손이 이어 말했다.

"어쨌든, 그 후 나는 곧바로 여기로 올라왔지. 그 굉장한 폭포를 타고 가능한 멀리 왔지. 방수포를 사용해서 더 높이 타고 올라왔어. 물에 뜬 커다란 돛 같았지. 그러고는 몇 날 며칠을 그저 터널만 따라갔어. 배가 고파서 몸은 축났지. 곧 죽을 거라고 생각했어. 그리고 죽어도 싸다고 확신했지. 그런데 어찌된 셈인지 나를 여기, 바로 이 골짜기로 데려다준 터널을 찾게 되었어."

에손은 잠시 동안 담뱃대를 질겅질겅 씹은 다음 몇 번 뻐끔댔다.

"다른 누군가가 여기 있었다면 내가 알았을 거라 생각하지 않는가? 이만큼의 세월 동안, 다리 두 개 달린 사람은 하나도 못 봤다네. 자네가 나타나기 전까진 말이야."

"확실해요?"

"그래."

탬윈은 곁눈질로 에손을 흘끗 봤다.

"전 그래도 그 사람이 여기에 왔었다고 생각해요. 딱 귀리온이 말했

449

던 것처럼요. 그리고 아주 심하게 다쳤다고 해도, 물속의 엘라노가 치유했어야 해요. 나한테 그랬듯요."

탬윈은 돌아서며 낮은 목소리로 덧붙였다.

"그 사람이 죽었다니 그저 믿을 수가 없어요."

한동안 어느 누구도 말하지 않았다. 마침내, 에손이 담배 연기로 고리를 만들어 난로를 향해 훅 불고는 말했다.

"미안하네, 친구. 크리스탈루스가 뿌리-영토를 떠났을 때 자넨 꽤 어렸을 게 분명한데…… 그 사람을 알았는가?"

탬윈이 쉰 목소리로 속삭였다.

"그랬더라면 좋았겠죠."

"그래, 그래. 이제 이해가 되는군!"

에손이 우렁찬 목소리로 말했다. 억센 손으로 무릎 한쪽을 끌어모아 씨앗 자루에 몸을 기대었다.

"완벽히 말이 되는군, 그렇고말고."

탬윈이 에손을 살펴봤다. 진실을 알아맞힌 걸까?

에손이 다 안다는 듯 고개를 끄덕였다.

"자네도 젊은 탐험가지, 그렇지? 내가 그랬던 것처럼."

탬윈은 에손을 그저 우두커니 바라봤다. 스스로가 느끼도록 내버려뒀던 모든 희망, 모든 갈망이 이제는 짓밟히고 말았다. 아직 그러한 감정들을 완전히 버리고 싶진 않았다……. 하지만 정말이지 더는 그 감정들을 믿지 않았다. 탬윈은 이상하게 속이 공허한 느낌이 들었다. 탬윈에게는 아직 할리아의 산봉우리에 두고 온 친구들은 물론, 탐험도 있었다. 하지만 언젠가 아버지를 찾을 수 있을 거란 희망을 잃었다면, 그건 자신의 일부를 잃어버리기도 한 것이다.

대장장이가 말했다.

"음 자, 친구. 자넨 탐험가인 데다가 갈 길이 아직 먼 거 같은데, 고쳐야 할 게 뭐라도 있는가? 내가 망치와 집게는 아직 꽤 잘 다루거든."

탬윈은 멍하니 고개를 흔들었다.

"살아 있는 바위에 부러진 오래된 단검이 제가 가진 전부예요. 근데 너무 낡고 녹이 슬어 아마 고치지 못할 거예요."

에손은 몸을 숙여 우람한 팔뚝을 탁자에 쿵 내리쳤다.

"그건 내가 판단할게, 친구. 어디 있지? 자네 배낭에? 내가 꺼내서 한 번 볼게."

에손이 배낭을 열어서 크리스탈루스가 남긴 두루마리를 찾을까 봐 갑자기 두려운 마음이 든 탬윈은 벌떡 일어났다. 두루마리 이야기는 지금 당장 하고 싶지 않았다. 흙바닥을 가로질러 배낭 쪽으로 걸어가, 안으로 손을 넣어 단검의 부서진 손잡이와 칼날을 잡아당겼다. 그러고는 무뚝뚝하게 대장장이의 무릎에 툭 떨어뜨렸다.

탬윈은 밝아 오는 새벽빛이 서서히 산골짜기를 비추는 걸 보려고 발을 질질 끌며 창가로 걸어갔다. 그때 에손은 탁자에서 기름투성이 넝마를 집어 녹이 슨 칼날을 닦기 시작했다. 몇 초 후에, 건장한 사나이는 휘파람을 불었다. 탬윈은 휙 돌아서서 경외심에 가까운 눈빛으로 칼날을 바라보는 에손을 보았다.

젊은 남자가 의심스러운 듯 물었다.

"왜요? 그냥 제가 어떤 농부의 밭에서 파낸 오래된 거예요. 그 농부는 그걸 *땅이 준 선물*이라고 불렀지만, 그건 그냥 아무도 원하지 않는 오래되고 낡아 빠진 단검을 근사하게 말한 거뿐이라고요."

에손은 반응을 보이지 않았다. 부서진 칼날에 온 집중을 쏟고 있었다. 조금 더 닦고서는 육중한 몸을 돌려 더 많은 별빛이 창문을 통해 금속을 비추게 한 다음 고대 언어처럼 들리는 말들을 중얼거렸다.

마침내, 에손이 칼날을 내리고는 탬윈을 빤히 바라봤다.

"아니, 친구. 틀렸어. 여기 이건 뭔가 특별해."

"어떻게요?"

탬윈은 한번 보려고 돌아서서 걸어가다, 바닥에 놓인 만들다 만 정원 용 갈퀴에 발이 걸려 넘어질 뻔했다.

"정말이에요, 그건 그냥……."

마치 처음인 것처럼, 탬윈은 칼날 옆면에 새겨진 정교한 표시를 봤다. 그저 아무렇게나 긁힌 자국이라고 생각했던 게 실제로는 무슨 글씨 같은 거였다! 고대의 글씨는 시냇물처럼 칼날 아래로 길게 구불구불 새겨 져 있었다. 도대체 어떻게 탬윈은 그 표시가 무엇인지 알아차리지도 못 한 채 이토록 오랫동안 지니고 다닐 수 있었을까?

탬윈은 기가 찼다.

한 번도 자세히 들여다보지 않았으니까 그렇지, 이 얼간아!

에손이 큰 손가락으로 글씨를 쿡 찔렀다.

"이건 핀카라 고어야, 틀림없어. 여기 보이지? 글자들이 안으로 돌 돌 말리는 모습이? 옛날에 딱 이렇게 생긴 글씨를 본 적 있어. 내 옛 스 승의 가장 소중한 물건이었던, 진짜 오래된 방패에서 말이야. 결코 만지 지 못하게 했지. 그래, 하지만 난 정말 많이도 들여다봤어. 그리고 우리 마을로 들어온 음유시인이 내게 그 뜻을 읽는 방법을 가르쳐줬지."

탬윈은 더 자세히 들여다보려고 한쪽 무릎을 꿇었다.

"이걸 읽을 수 있어요?"

"적어도, 부분 부분은."

이마를 찡그린 채, 에손은 담뱃대를 몇 모금 빨았다,

"대충 이렇게 쓰여 있어. *멀린의 후계자가 손에 쥐면 이 칼날을 신성시하라.*"

탬윈의 심장 박동이 한 박자를 건너뛰었다. 멀린의 후계자? 정말로 그게 단검의 운명일 수 있을까? 그리고 정말로 탬윈이 단검의 정당한 주인일 수 있을까?

탬윈은 어깨 너머로 문 옆에 놓인 지팡이를 흘끗 봤다. 그저 창문 사이로 들어오는 새벽빛 때문에 생긴 착시일 수도 있었지만, 일순간 나무 손잡이에 새겨진 일곱 상징이 으스스하게 빛나는 듯했다. 그러더니 지팡이는 원래대로 돌아왔다.

"저게 뭘 뜻하는지는 알 수가 없네."

에손이 툴툴거렸다. 칼날을 다시 무릎에 내려놓고는 녹이 슨 손잡이를 집어 들었다. 그러고는 자세히 들여다보며 수염 옆을 긁었다.

"그래도, 한 가지는 확실해. 이 단검은 아주 오래전에 만들어졌어. 요정 종족에 의해서."

"요정요? 어떻게 알아요?"

에손이 손잡이의 가장자리를 따라 이어져 있는 보일락 말락 하는 구불구불한 무늬를 가리켰다.

"옛 핀카이라의 요정 금속공만이 이렇게 해."

에손이 단검을 뒤집은 다음, 글씨를 좀 더 보려고 새카맣게 갈라진 손톱으로 아랫면을 쓸어내렸다.

"와! 이거 봐라?"

"뭐라고 쓰여 있어요?"

"확실하진 않은데."

에손이 먼지와 녹을 몇 겹 더 문질러대며 중얼거렸다.

"앞부분은 하나도 안 보이지만 무슨 이름 같은 걸로 끝이 나는걸. *리*로 시작해. 그다음은 *타*……."

"리타 고르!"

"맞아, 친구."

에손이 생각에 잠긴 채 담뱃대를 깨물자 입안에서 꿈틀거렸다.

"하지만 리타 고르는 사악한 정령이잖아! 왜 요정 종족이 치명적인 무기에 정령의 이름을 새겨 넣었을까?"

번뜩 이해가 된 탬윈이 분명히 말했다.

"왜냐하면 리타 고르가 정령이 되기 아주 오래전에는 죽을 운명인 사람이었거든요. 장군요."

탬윈이 손가락으로 손잡이 가장자리를 쓱 쓸었다.

"그 시절에 대한 노래를 들은 적 있어요, 에손. 끔찍한 일이 일어났죠. 리타 고르는 가족들을 학살하고, 마을을 불태우고, 작물에 독을 풀어서 권세를 얻었어요. 자신을 반대하는 사람은 누구든 없애 버리려고요. 그리고 누구보다 요정들을 더 심하게 다뤘죠. 요정들만이 마법의 무기를 만들 수 있는 기술을 지니고 있었으니까요."

대장장이가 반신반의한 눈빛으로 탬윈을 바라봤다.

"마법의 칼날을? 내 평생 그런 건 한 번도 본 적 없는걸! 음유시인한테서 허황된 이야기를 너무 많이 들었구먼, 친구."

"그럴지도 모르죠. 하지만 이건 정말로 무슨 마법 같은 힘을 갖고 있어요."

에손이 고개를 가로저으며 말했다.

"그렇다고 해도, 왜 칼날에 리타 고르의 이름이 쓰여 있는지는 여전히 설명이 안 되는걸."

"요정들이 리타 고르에 맞서 싸우려고 이 무기를 만들었을 수 있으니까요, 모르겠어요? 아마도 그 시절에 말이에요. 아니면 아마도 그들이 미래를 읽을 수 있다면, 미래의 어느 날에요."

"그래서 멀린의 후계자라는 부분이 나오는 걸 수도 있고?"

탬윈은 아무 말도 하지 않았다.

에손이 쇠붙이를 톡톡 두드렸다. 멀리 떨어져 있는 종처럼 맑고 차가운 소리가 울렸다.

"적어도, 이건 여전히 보물이야. 어떤 마법이 없다고 해도, 진정으로 아름다운 거지."

에손이 탬윈에게로 몸을 돌렸다.

"자네를 위해 내가 고치겠어, 지금 당장."

탬윈이 바라보는 동안 에손은 앞치마를 매고는 단검을 뜨겁게 달구려고 풀무질을 하며 불을 지폈다. 큰 양동이에 차가운 물과 가죽갈대로 만든 넝마 여러 개를 준비했다. 검술의 명수가 칼날을 휘두르듯이 에손도 거뜬하고 자신 있게 도구를 휘둘러 단검을 달구고, 내리치고, 구부리고, 담금질을 번갈아가며 했다. 땡그랑, 끽끽, 쉭쉭 소리로 오두막 여기저기가 떠나갈 듯했다.

마침내, 대장장이는 옷소매로 이마를 닦고는 마지막으로 고쳐 만든 단검을 불에서 꺼냈다. 집게로 잡고 돌려서 각도마다 점검했다. 인정하는 듯 끙 소리를 내며 식히려고 모루에 내려놓았다.

에손은 두 팔을 크게 벌렸다.

"음, 아이고야, 꼬박 하루가 걸렸네!"

그러고는 탬윈을 힐끔 보더니 말했다.

"잠깐 눈 좀 붙여도 될까? 공교롭게도, 내가 오늘 아침에 정말 일찍 나갔었거든."

젊은 남자가 씩 웃었다.

"알아요."

에손이 육중한 몸을 돗짚자리에 털썩 뉘는 걸 보자 탬원의 머릿속에서 한 가지 생각이 떠올랐다. 이내 배낭 쪽으로 걸어가서 하모나 널빤지를 끄집어냈다. 한참 동안 탬원은 난로 옆에 앉아 나무를 만져 보고 주황색 줄무늬가 들어간 결을 살폈다. 그사이 에손은 만족스러운 듯 코를 골았다.

마침내, 잡을 수 있을 만큼 단검이 식자 탬원은 단검을 잡아 엘리의 하프를 깎기 시작했다. 서서히, 널빤지의 삼각 모양이 차츰 바뀌어갔다. 거의 울림통의 윤곽을 볼 수 있었다. 거의 줄을 달 공간을 상상할 수 있었다. 석조 난로에 흩뿌려진 둘둘 말린 나뭇조각이 근처 석탄으로 인해 따뜻해지자 희미하게 윙윙거렸다.

이윽고 에손이 깨어났다. 돗짚자리에 바로 앉아 팔을 쭉 뻗고, 수염을 긁고 나서야 탬원을 보더니 일어서서 성큼성큼 다가갔다.

그러고는 외쳤다.

"음, 허허 보통이 아니구먼! 자네 언젠가 탐험을 그만둬야 하면, 나무 조각가로 갈아타도 되겠어, 젊은이."

탬원이 검은 머리카락을 흔들며 말했다.

"아뇨. 하지만 이거 조각하는 건, 나무가 도와주네요. 그리고 어쩌면 칼날도요."

덩치 큰 사내가 눈썹을 씰룩였다. 그러고는 거친 목소리로 속삭였다.

"있잖아, 옛 핀카이라 전설은 가끔 엄청 이상해. 그 가운데 가장 이상한 얘기는 젊은 마법사가 자신의 첫 악기를 깎아 만들어야만 힘을 얻게 된다는 거야."

탬윈은 조각하는 걸 멈추고선 에손에게 윙크를 날렸다. 그러고는 아까 대장장이가 했던 말투를 흉내 내며 말했다.

"악기요? 제 평생 그런 악기는 한 번도 못 봤어요! 허황된 이야기를 너무 많이 들었군요, 친구."

에손은 웃음을 팡 터뜨렸다. 온 힘을 다해 우렁찬 소리를 내느라 가슴이 들썩거렸다. 마침내 멈췄지만 그래도 눈은 계속해서 웃고 있었다. 강한 남자치고는 꽤 살살 탬윈의 어깨에 손을 올려놓았다.

"있지 친구, 자네가 내 쪽 세상에 와서 난 기쁘다네. 정말로 기뻐."

에손은 생각에 잠긴 채 젊은 남자를 빤히 쳐다봤다. 그러더니, 이상한 표정이 얼굴에 드리워졌다.

"그래서…… 절대 말하지 않겠다고 한 걸 얘기해줄게."

탬윈은 하프 만드는 작업을 그만뒀다. 무엇을 기대해야 할지 확실치 않은 눈으로 수염 난 집주인을 올려다봤다.

에손이 한참을 머뭇거리다가 부드럽게 말했다.

"크리스탈루스가 여기 오긴 왔었어."

탬윈은 가슴이 철렁거렸다.

"하지만 당신이 그랬잖아요……."

"알아, 알아. 용서해줘. 하지만 있지, 절대 말하지 않겠다고 약속하라고 했거든."

"왜요?"

여전히 어안이 벙벙한 채, 탬윈이 물었다.

에손은 마치 말 자체가 혀를 아프게 하는 듯이 천천히 말했다.

"음, 친구. 그 사람이 말하길, 뿌리 영역의 어떤 사람도 이곳에 올라와 자신의 유명한 횃불을 찾아서 자기네들이 주인이라고 주장하길 원치 않는다고 했어."

언뜻 탬윈은 뉴익이 그 횃불에 대해 했던 말과 크리스탈루스가 그걸 내려놓았을 유일한 방법이 생각났다. 그래서 말을 하려고 입을 열었으나 어떤 말도 나오질 않았다.

"근데 내 생각에 그 사람의 진짜 이유는 달랐던 거 같아. 그저 누구도 자기 시신을 가져가지 않길 바랐던 거 같아."

탬윈의 얼굴에서 핏기가 싹 가셨다.

"시…… 시신요?"

"그래, 친구. 있지, 그 사람은 내가 오고 얼마 안 있다 여기에 도착했어. 나랑 잠깐 같이 살았지. 그러고는…… 죽었어."

죽었다.

그 말이 탬윈에게 모루의 무게처럼 쿵하고 떨어졌다.

"그 사람은 심하게 다쳤었어, 진짜 심하게. 근데 몸이 다친 건 아녔지. 그 망할 흰개미들이 낸 상처는 어떻게 된 일인지 전부 나았어. 아니, 그 사람이 죽게 된 건……."

"뭔데요?"

에손의 시선이 난로로 옮겨갔다. 주황과 회색 석탄은 여전히 탁탁 소리를 내고 있었고, 따스한 기운이 물결치듯 머리 위의 공기를 파르르 떨리게 했다.

"들으면 대단히 괴로울 수도 있어, 친구."

"말해줘요."

탬윈이 쉰 목소리를 냈다.

에손은 목을 큼큼 가다듬었다.

"그 사람은 그야말로, 슬픔에 빠져 죽었어."

탬윈의 머리는 철광석보다 더욱 무겁게 느껴졌지만, 간신히 고개를 끄덕였다.

"그 사람이 말해줬나요…… 왜 그런지?"

"그래, 친구. 진정으로 아끼던 모든 걸 잃었다고 했어. 친구들, 희망, 그리고 그중 최악은 가장 사랑하는 두 사람이라고 했어. 아내와 아들 말이야. 그러고는 다른 무언가도 잃었다고 내게 말했지. 결국엔 영원히 자길 떠난 무언가를."

"살려는 의지요."

탬윈이 속삭였다.

"그래 맞아, 친구."

탬윈은 대장장이를 살폈다.

"다른 말도 했나요?"

에손은 깊은 한숨을 내쉬었다.

"그래. 그렇게 줄행랑친 나를 용서한다고 말했어. 자기 옆에서 싸우지 않은 것도 말이야. 셀 수 없을 만큼 여러 번 자신을 두려워해왔다고 내게 말했어. 그러고 나서 말하길……."

"네?"

"내 진정한 용기는…… 탐험가로서의 용기라고 말이야."

탬윈은 눈물이 맺힌 눈으로 흔들림 없이 에손을 뚫어져라 쳐다봤다.

"그래서 당신이 그 사람을 여기 위에 묻었군요. 별들에게 다다른 만큼이나 가까이에."

"그래. 내 두 손으로 직접 무덤을 팠어."

에손은 템윈의 어깨를 아주 살짝 움켜쥐었다. 그러고는 속삭였다.

"그리고 친구, 내가 자네를 무덤에 데리고 가주겠네."

에손이 천천히 고개를 끄덕였다.

"있지, 자네가 그 사람 아들이라는 걸 깨달았거든."

37

무덤에서 본 경치

바람이 쌩쌩 소리를 내며 부는 사이, 탬원과 에손은 키가 큰 잔디밭을 지나 멀린의 옹이구멍의 테두리까지 올라갔다. 둘의 기다란 머리카락과 에손의 턱수염까지도 뒤로 나부꼈다. 이날 오후 바람이 세차게 불어왔지만 중간중간 잠잠한 순간들이 있었다. 돌풍이 불어올 때마다 두 남자는 계속 서 있으려고 몸을 홱 구부려야 했다.

잔물결을 이루는 초록 바다처럼 잔디가 주위에서 넘실거렸고, 그사이 둘은 더 높이 헤쳐 올라갔다. 낮 하늘은 탬원이 이제껏 본 것보다 더 밝았다. 너무 밝아서 나무, 바위, 풀잎 하나하나가 빛으로 가득했고, 그늘은 하나하나 서늘하고 어두웠다. 두 남자가 골짜기 바닥 너머로 더 멀리 걸어가자 텃밭 채소와 갓 갈아엎은 흙의 냄새가 서서히 덜해졌다.

한편, 드루마링 무리는 말없이 서서, 가늘고 세로로 된 눈으로 바라보고 있었다. 우둘투둘한 나뭇가지는 별빛에 반짝거렸다. 그중 몇몇은 가끔 펑하는 큰 소리와 함께 흙을 뿌리며 땅에서 굵직한 뿌리를 빼내어 비탈길을 따라 두 인간을 따라 올라갔다.

뭐든 겁을 먹어.

에손이 그렇게 드루마링들을 묘사했었다. 탬윈은 그들과 이야기하려 들지 않았는데도 흘러드는 그들의 두려움과 의심을 느낄 수 있었다.

탬윈이 터널에서 나왔던 그곳 너머로 잔디밭 위쪽에 다다랐을 때쯤에는 둘 다 가쁜 숨을 몰아쉬고 있었다. 하지만 쉴 시간을 갖진 않았다. 아래의 비옥한 텃밭을 내려다보려고 잠깐 숨을 돌리던 딱 그 순간만이 스스로에게 주는 시간의 전부였다. 이내 둘은 옹이구멍을 에워싼 갈색 경사로를 오르기 시작했다.

머지않아 마지막 잔디밭이 겉이 딱딱한 갈색 흙과 흩뿌려진 돌멩이로 바뀌었다. 몇 걸음마다 한 번씩, 돌풍이 새로이 불어와 테두리를 뜯어내는 바람에 흙먼지가 얼굴을 때렸다. 이미 탬윈은 입과 귀, 눈 안에 모래가 들어갔다.

탬윈은 비탈을 오르며 생각했다.

아무렴. 바람 때문에 여기 위의 테두리에는 아무것도 자라지 않지!

어떤 씨앗이라도 뿌리를 내릴 만큼 제자리에 오래 있으려면, 무게가 에손만큼은 되어야겠다는 생각에 탬윈은 혼자서 킥킥거렸다.

옆에서 씩씩거리고 있는 건장한 대장장이를 흘끗 쳐다보고는 덧붙여 생각했다.

그러면 엄청나겠는걸.

테두리 맨 위에 막 가까워지려는 순간, 강한 돌풍이 경사로를 가로질러 윙윙거렸다. 바람이 세차게 쌩쌩 불었다. 둘 다 쭈그려 앉자 흙먼지가 주위에서 소용돌이치며 노출된 피부와 하물며 손등까지도 따끔따끔 찔렀다. 마침내, 바람은 스스로 빠져나갔다. 둘이 다시 몸을 일으키는 동안, 에손이 언덕 위의 작지만 깊게 갈라진 틈을 가리켰다.

"저 표시 보이지, 친구? 저기가 거기야."

에손은 혀를 날름거리더니 모래를 탁 뱉었다.

"바람을 막아주지, 적어도 대부분은. 그리고 여기 위는 별들하고 가깝고. 그래서 내가 무덤 자리로 고른 거야."

탬원은 그저 고개만 끄덕였다. 이런 식으로 아버지를 찾길 바랐던 건 아니었다.

산비탈의 길게 뻗은 마지막 구간에서 둘은 터덜터덜 걸었다. 묘지가 완전히 시야에 들어오자, 탬원은 잠시 멈춰 바라봤다. 바람에 머리카락이 헝클어진 채 지팡이에 기댄 탬원은 골짜기 안에 있는 낮은 흙더미를 보았다. 묘지에는 아무런 표시도 장식도 없었다. 달랑 나무 막대기 하나만 있었다. 횃불!

그 순간, 슬피 울부짖는 소리가 머리 위에서 메아리쳤다. 탬원은 또 다른 프리즘 새를 올려다봤다. 하늘 높이 빙빙 돌자, 날개가 활짝 펼쳐지고 깃털은 번쩍이면서 하늘 전체에 색색의 빛 물결을 보냈다. 횃불 맨 꼭대기 바로 뒤에 있던 구름 하나가, 스치듯 반짝거리는 동안 빛을 폭발시키며 밀려오는 광채를 받았다.

에손이 경외심에 말했다.

"음, 놀라운데. 아발론 어디에도 저거보다 더 아름다운 새나 짐승은 없을 거야."

탬원은 끄덕이더니 방금 본 걸 생각하며 다시 묘지를 향해 걷기 시작했다. 그건 마치 횃불 자체가 알록달록한 불길에 휩싸이는 듯했다. 아마도, 어떤 징조일까? 아니면 그저 또 하나의 헛된 기대일까?

둘이 다가가서 또렷하게 보게 된 진짜 횃불은 새카맸다. 불이 꺼져 있는 데다 새카맸다.

탬원이 에손 바로 뒤에서 산골짜기로 들어서자, 바람이 갑자기 그쳤다. 탬윈은 단단한 흙더미 쪽으로 성큼성큼 걸어갔다. 어색하게 지팡이를 내려놓고는 그 옆에 무릎을 꿇었다. 탬윈은 땅바닥을 빤히 바라보며 고개를 숙였다. 크리스탈루스 에오피아라 불린 남자를 바라보기 위해, 삶과 죽음 사이에 켜켜이 쌓인 흙 속을 훤히 볼 수 있길 바랐다.

탬윈의 아버지.

하지만, 탬윈은 아무것도 보지 못했다. 그저 흙뿐이었다.

탬윈은 천천히 고개를 들었다. 에손도 무덤 옆에서 무릎을 꿇고 있었다. 에손도 동시에 고개를 들었고, 둘의 시선이 마주쳤다.

"있지, 우린 완전 반대야, 자네랑 나."

"어째서요?"

에손은 생각에 잠기어 턱수염을 끌어당겼다.

"음, 비록 크리스탈루스를 아주 잠깐 알았지만, 나한테는 인생 최고의 순간이었어. 나를 무리에 끼워줬던 바로 그 처음 순간부터, 그 사람은 늘 날 보살펴줬어. 하물며 아침 비스킷도 나랑 나눠 먹었다니까, 정말 그랬어! 한 번도 그렇게 말해준 적은 없지만, 난 늘 바랐어…… 크리스탈루스가 정말로 내 아버지이길. 물론, 아니긴 했지만."

탬윈은 침울하게 고개를 끄덕였다.

"그러니까 당신은 그 사람을 알았지만, 당신 아버지는 아니었죠. 나한테는, 완전 그 반대고요."

대장장이의 짙은 눈이 반짝거렸다.

"이런 썩을, 우리 둘 다 운도 더럽게 없지! 하지만 탬윈……"

"네?"

"적어도 크리스탈루스는 진짜 자네 아버지였잖아."

탬윈은 다시 무덤을 돌아봤다. 그러고는 낮은 목소리로 말했다.

"차라리 알았으면 좋았을걸."

마침내, 탬윈은 눈을 다시 치켜떴다. 횃불을 살폈다. 막대는 다듬지 않은 단순한 나무로 만들어져 있었다. 탬윈의 지팡이보다 놀라운 건 없어 보였다. 그러다 탬윈이 마법의 문구를 입에 담자 룬 글자가 나타났다. 그리고 횃불 맨 위에는 검게 그을린 기름투성이 넝마가 노끈으로 단단히 감싸 꽁꽁 매여 있었다.

그래도 탬윈은 그 안에서 힘을 조금 느꼈다. 철광석 두 개처럼 탬윈 자신의 마법과 마찰이 생기는 그러한 마법의 힘이었다. 하지만 탬윈은 궁금했다. 이런 마찰이 확 타오를 수 있는 불꽃을 만들어낼까?

"이 횃불에 대해 얘기해주세요."

탬윈이 에손에게 말했다.

에손은 어깨를 으쓱였다.

"횃불은 타올랐어. 어쩌다가 그런 게 아니라 끊임없이 타올랐어. 밤낮없이. 그게 내가 아는 전부야. 크리스탈루스가 살아 있는 동안은 활활 타올랐어. 그러더니, 죽자마자 바로 불꽃도 사그라졌지. 딱 저렇게."

"근데 어떻게 타올랐어요? 아세요?"

"아니, 친구. 아무도 몰라. 크리스탈루스도 몰랐던 거 같아."

에손은 텁수룩한 턱을 긁었다.

"딱 한 사람만이 아는 거 같아. 멀린 그 사람 말이지."

"멀린요?"

"그래. 크리스탈루스가 말하길 멀린이 자기에게 횃불을 주고 불꽃을 냈대, 아주 오래전에. 그러니까 그 마법사는 틀림없이 알았겠지. 하지만 오래전에 떠나고 없지."

"어쩌면 단서를 남겼을지도 몰라요."

템윈이 말했다. 그러고는 일어나서 새카만 횃불 주위를 빙빙 돌며 자세히 들여다봤다. 도움이 되는 건 조금도 안 보였다. 에손이 오두막에서 돗짚자리로 썼던 지푸라기보다 더 특이한 건 없어 보였다.

여전히 템윈은 그 안 깊숙한 중심부에서 무언가가 느껴졌다. 무언가 마법 같은 거였다. 그 안에 닿는 방법을 알 수만 있다면!

그때, 에손이 일어났다. 템윈의 옆에 서자 산비탈의 많은 부분과 골짜기만큼이나 커다랗고 움푹 파인 바위같이 보였다. 그러고는 으르렁거리듯 말했다.

"난 이만 가야겠군. 뿌리 모양 발이 달린 내 친구들한테 대장일을 좀 해줄 게 있거든."

템윈이 고개를 끄덕였다.

"고마워요. 여러모로요."

"천만에, 친구."

에손은 템윈의 둘레로 굵직한 팔을 뻗어 뼈가 으스러질 정도로 강하게 꼭 껴안았다.

"나도 고마워. 자네가 여기 와서."

팔을 푼 다음, 에손은 옷 주머니를 더듬거렸다.

"지금 자네한테 주고 싶은 작은 선물이 있어. 자네 여정에 도움이 될 만한 거."

"아뇨, 괜찮아요. 그러지 않아도 돼요."

"당연히 그러지 않아도 되지! 하지만 진심으로 그러고 싶다고."

에손은 주머니에서 무언가를 꺼냈다. 가죽끈에 싸여 있는 유리 공이었다.

"여기, 친구. 가지게나."

탬원이 망설였다.

"벽에 걸려 있던 거 봤어요. 뭐예요?"

"크리스탈루스가 죽기 전에 직접 내게 준 거야. 자길 대신해서 돌보라고 말했지."

에손이 헛기침을 했다.

"그래서 내가 갖게 된 거라네."

"에손, 확실해요?"

"잘 들어, 친구. 이 골짜기를 내 집으로 만들었는데, 이게 쓸모가 있겠어? 아니, 나침반이 필요한 사람은 자네밖에 없어."

나침반.

탬원은 숨을 죽이며 대장장이의 거친 손에서 유리 공을 받아 들었다. 바로 여기에 탬원이 갈망해왔던 것이 있다!

탬원이 조심스레 유리 공을 자세히 들여다봤다. 유리 공 안에는 머리카락처럼 가느다란 선에 받쳐진 은빛 화살 두 개가 있었다. 하나는 아발론의 다른 나침반처럼 수평으로 회전하고, 뿌리-영토의 여행자들을 위해 늘 엘 우리엔을 향하는 서쪽을 가리켰다. 또 다른 화살은 수직으로 회전하도록 되어 있고 늘 별 쪽을 가리켰다! 그래서 여행자가 아무리 길을 잃어도, 또는 아무리 표면 아래 깊숙이 있어도 그 여행자는 늘 아래의 뿌리와 위에 있는 별들의 방향을 찾을 수 있다.

정말로 작동을 하는지 얼른 보고 싶은 마음에, 탬원은 나침반을 들고 묘지를 보호해주는 골짜기 밖으로 나갔다. 바람이 갑자기 탬원의 얼굴을 때리고 옷을 잡아 뜯었지만, 탬원은 유리 공을 꼭 쥐고 서 있을 수 있는 가장 먼 테두리 끝으로 가지고 갔다.

탬원은 아발론의 위쪽 나무둥치의 험준한 산등성이가 안개 낀 지평선으로 올라와, 눈앞에서 가파르게 높이 솟아오르는 걸 봤다. 그 너머로는, 눈부신 오후 하늘에 나뭇가지의 그늘진 모습이 뚜렷하게 새겨져 있었다. 이전보다 훨씬 더 쉽게 보였다. 그 모습은 미지의 강물처럼 흘러 하늘에 다다르더니 마침내 광채 속으로 사라졌다.

바람이 주위에서 윙윙거리는 동안, 탬원은 유리 공을 자세히 들여다봤다. 아니나 다를까, 별을 향하는 화살은 나뭇가지가 하늘 속으로 사라진 그 자리인 별들의 영역을 곧장 가리키고 있었다.

탬원은 흡족한 미소를 지으며 균형을 잡으려고 바람에 기댄 채 뒤로 돌아갔다. 골짜기로 다시 들어서고 나서 바람이 느닷없이 멈추자, 탬원은 어깨가 넓은 대장장이를 마주했다.

"정말 굉장한 선물이에요."

탬원이 고마운 마음으로 말했다.

"딱 유용할 거야. 진정한 아발론의 탐험가에게."

에손이 윙크를 하며 말했다.

"맞아요. 그리고 여기에 선물이 또 있어요. 또 다른 탐험가에게요."

탬원이 배낭을 스르르 풀었다. 나침반을 집어넣은 다음, 바로 아버지의 두루마리를 묶고 있던 회색 머리카락 타래를 빼냈다. 그러고는 에손의 손에 올려놓으며 말했다.

"이게 어디서 났는지 알죠."

덩치 큰 남자가 깜짝 놀라 눈을 깜박거렸다.

"그거야 알지, 친구."

"당신이 가져야 해요."

"하지만……."

대장장이는 다시 돌려주려 애쓰며 이의를 제기했다.

"자네가 그 사람 아들이잖아."

"어느 면에서는, 당신도 그래요. 그러니까 가져요. 부탁이에요."

에손은 거무튀튀한 손으로 한쪽 눈을 쓱 닦았다. 그러고는 타래를 꽉 움켜쥐고선 작별 인사로 고개를 끄덕인 다음, 가려고 돌아섰다. 비탈 아래로 어기적거리며 내려가는 모습이 곰이 도로 자기 굴로 가는 모습과 아주 흡사했다.

탬원은 에손이 가는 걸 보고 나서 무덤으로 돌아갔다. 탬원의 눈길이 봉분과 그 주위를 둘러싼 부드러운 흙을 천천히 훑었다. 무릎을 꿇었던 자리에 찍힌 자국에 발자국과 에손의 장화 자국도 보였다. 아주 놀랍게도 다른 것도 보였다. 탬원과 에손, 누구도 남기지 않은 발자국이었다.

훌라의 발자국.

탬원은 더욱 자세히 보려고 몸을 숙였다. 잘못 봤을 리가 없다. 윤곽이 아주 분명하고 뚜렷했다. 그리고 자국은 이틀 정도밖에 되지 않았다.

헤니! 아직 살아 있을까? 이곳 아발론의 위쪽 지역을 돌아다니면서? 어쩌면 배티 래드도 함께? 아니, 그럴 가능성은 너무 희박했다. 탬원은 큰 기대를 하지 말아야 한다. 그렇다 해도…….

탬원은 횃불 주변 지역을 훑어봤다. 어떤 길도, 다른 누군가의 모습도 없었다. 이런 세상에, 만약 그 훌라가 정말로 여기 있었다면, 어디로 가 버렸을까?

탬원은 시선을 더 높이 올려 나뭇가지와 별들 쪽을 바라봤다. 헤니가 어떻게든 살아남았다면, 그리고 옹이구멍까지 올라오는 길을 찾았다면 적어도 저기 위의 나뭇가지 속으로 가는 길 또한 찾는 게 조금이나마 가능했다. 그렇다 해도, 그게 사실이라면 어떻게 탬원이 헤니를 찾아내길 바랄 수 있겠는가? 그 거리는 너무나도 엄청나서 홀라처럼 작은 그 어떤 것도 찾을 수가 없었다.

한 가지 아이디어가 갑자기 떠올랐다. 다그다의 이슬방울이 든 물약병! 그 이슬이 할 수 있는 게 뭐라고 귀리온이 말해줬던가?

다그다의 이슬 한 방울을 이마에 놓으면, 희귀한 유형의 시력을 준다네. 멀리 떨어진 곳을 보게 하는 원거리 시력을.

"딱 내가 필요한 거야."

탬윈이 선언하듯 말했다.

탬윈은 경질 목재로 된 물약병을 배낭에서 꺼내어 뚜껑을 열고 손가락 끝에 반짝이는 액체 한 방울을 떨어뜨렸다. 기대감에 숨을 죽인 채, 탬윈은 이슬방울을 이마 한가운데에 갖다 대었다. 이내, 물약병에 다그다의 이슬방울이 아직 조금, 아니 어쩌면 한 방울 더 남았다는 걸 깨달은 탬윈은 빠르게 다시 뚜껑을 닫아 배낭에 넣었다.

탬윈은 창처럼 곧추서서 가장 가깝게 보이는 어슴푸레한 나뭇가지를 쳐다봤다. 기다렸다. 그저 기다렸다.

아무 일도 일어나지 않았다. 액체에서 마법이 빠져나갔을 수도 있을까? 아니면 탬윈이 뭔가 잘못했을까?

갑자기, 마치 폭포에 발을 들인 것처럼 눈에 보이는 모든 것이 덜덜 떨리고 흐릿해졌다. 앞에서 이미지가 줄줄 흘러나와 전부 균형에 안 맞게 쫙 펼쳐졌다. 빛과 색깔은 기다란 자국을 내고, 엉겨 붙어, 산산이 터진 다음 또다시 기다란 자국을 만들어냈다.

느닷없이, 시력이 돌아왔다. 탬윈은 날개가 달린 이상한 생명체의 얼굴을 똑바로 쳐다보고 있었다. 그 생명체는 어떤 용만큼이나 사납고, 나선형 엄니에 들쭉날쭉한 파란 이빨과 수백의 단면이 있는 눈을 달고 있었다. 탬윈에게로 곧장 날아들고 있었다!

탬윈은 방호하려고 팔뚝을 홱 움직여 얼굴을 가린 채 휙 수그렸다. 그러고는 갑자기 진실을 깨달았다. 그 생명체는 족히 수백 킬로미터는 떨어져 있었다! 아발론의 나뭇가지 어딘가에 커다란 엄니와 가죽 같은 날개를 지닌 괴물이 날아올랐다. 하지만 여긴 아니었다.

묘지 흙바닥에 두 발을 디딘 탬윈은 다시 똑바로 서서 훨씬 위에 있는 나뭇가지의 방향인 하늘로 눈길을 돌렸다. 그 사나운 생명체가 어디로 사라졌는지, 탬윈은 이제 볼 수가 없었다. 대신, 커다란 숲처럼 보이는 새로운 풍경을 보았다. 다만 이 숲은 구부러져 바다처럼 흘렀다. 거대한 물결이 나무가 우거진 언덕과 골짜기를 지나 흘러갔다. 그 바람에 나무가 하늘 쪽으로 들어 올려져, 깊은 구멍 속으로 곤두박질친 다음 처음부터 다시 들어 올려졌다.

바람에 날리는 망토처럼 펄럭이고 발아래에서 전혀 단단하게 받치지 않는 땅, 저기는 어떤 곳이란 말인가?

탬윈은 놀란 나머지 고개를 가로저었다. 그러다 환영이 바뀌었다. 이제 탬윈은 콸콸 쏟아지는 보랏빛 폭포를 보고 있었다. 나선형 폭포처럼 위쪽으로 흐르진 않았지만 물보라는 위로 날렸다. 그런데 물보라는 뿌리-영토에서 그랬던 것처럼 구름 속으로 솟아오르진 않았다. 대신, 물보라가 모여들어 연보랏빛 안개로 반짝이는 엄청난 구체가 되었다. 일부는 물, 일부는 공기, 일부는 빛으로 이뤄진 구체는 하늘에서 빙글빙글 돌아, 셀 수 없이 많은 빗방울로 팡 터진 다음 폭포 위 언덕에 떨어졌다.

탬윈은 깜짝 놀라 숨이 턱 막혔다. 산산조각이 나기 바로 전에, 안개 낀 구체는 유리처럼 매끄러운 무언가로 굳어졌다. 그리고 순식간에, 다양한 이미지가 유리 같은 표면에 보이기 시작했다. 각각 날개 8개씩 달린 화려한 빛깔의 나비, 구름에서 바로 자라고 있는 듯 보이는 널찍한 붉은 열매 나무, 증오에 찬 눈빛이 탬윈을 떨게 만드는 거대하고 검은 용의 이미지가 보였다.

안 돼!

탬윈의 마음속 목소리가 외쳤다. 수정같이 맑은 구체에서 낯익은 얼굴이 어렴풋이 보였다. 자기 자신의 얼굴이었다! 그 얼굴은 무언가를 외치고 있었고, 별에 대한 무언가를 주장하고 있었다…….

그러더니 사라져 버렸다. 이미지 전체가 펑 터져 연보랏빛 비를 뿌렸다.

무심코 탬윈은 돌아섰다. 갑자기 정신을 차리고 보니 바짝 가까이에서 별 무리를 쳐다보고 있었다. 페가수스 별자리였다! 말의 머리, 날개, 발굽 그리고 꼬리를 표시하는 별들이 있었다. 눈부시게 밝다 보니 그저 별들을 보려고 해도 눈을 찡그려야 했다. 나머지 별들보다 더 밝게 빛나던 중앙의 별이 '페가수스의 심장'이라 불리는 별이었다.

탬윈은 이 별을 빤히 쳐다보다가 갑자기 깜짝 놀라 눈을 깜박거렸다. 페가수스의 심장이 뛰고 있는 거 같았다! 탬윈은 더욱 자세히 보려고 눈을 최대한 뜰 수 있는 만큼 떴다. 그래 그렇다. 저 별은 정말이지 위대한 말의 심장처럼 고동치고 있었다.

저 별은 왜 그러는 걸까?

바로 그때, 도마뱀이 종종걸음을 치며 탬윈의 발을 가로질러 지나갔다. 탬윈은 깜짝 놀라 움찔했다. 그러느라 고동치는 별이 더는 보이질 않았다. 다시 찾기 시작했지만 대신 다른 별자리를 바라보고 있는 자신의 모습을 발견했다.

어두워진 별자리였다.

한때 마법사의 지팡이였던 검은 구멍이었다.

탬윈은 한때 너무나 밝게 타올랐던 일곱 별이 있던 자리를 뚫어져라 쳐다봤다. 진짜로 무슨 일이 있었는지 어떤 단서라도 찾길 바랐다. 그리고 이 모든 것이 리타 고르와 관련이 있는지도.

이상한 무언가가 탬윈의 주의를 끌었다. 유심히 바라보니, 저 위에서 어슴푸레한 둥근 빛이 보였다. 그렇다…… 일곱 개가 있었다. 고작 가늘고 빛이 나는 실에 지나지 않은 동그라미들이 잃어버린 별들과 정확히 같은 자리에 있었다! 바로 그 별들인데 다른 형태일 수 있을까? 아니면 어떻게든 눈가림하는 걸까?

흥분해서 온몸이 떨리긴 했지만, 탬윈은 몸을 가누려고 안간힘을 썼다. 좀 더 알아야 했다! 이것이 무엇을 의미하는지 이해하기 위해서! 별들이, 아니면 그 일부분이 여전히 그곳에 있었다. 그리고 만약 별들이 여전히 그곳에 있는 거라면…… 아마도 다시 불을 밝힐 수 있을 거다.

탬윈은 마른침을 삼켰다. 멀린만이 그러한 일을 할 수 있을까?

깜짝 놀란 탬윈은 다른 무언가를 알아차렸다. 어둡고 형체 없는 형상이 빛의 고리 앞을 가로지르고 있는 거 같았다. 꼭 할리아의 산봉우리 꼭대기에서 봤던 환영 속 형상과 같았다! 늘 밖을 향해 움직이는 그 형상들은 불길한 구름처럼 사악한 냄새를 풍기며 계속 흘러갔다. 그게 무엇이든지 간에, 동그라미 안에서 모습을 드러내고 있는 듯했다.

도대체 저 형상들은 뭐지?

탬윈은 그날 밤 환영 때와 똑같이, 그 질문에 답하는 데 여전히 진전이 없었다. 그리고 이제 탬윈의 시간이, 그리고 아발론의 시간이 거의 다 됐다.

탬윈은 숨을 들이마셨다.

엘리가 지금 당장 여기에 있으면 좋겠다! 함께, 우리가 이걸 알아낼 수 있을 텐데.

사실, 탬윈은 여러 가지 이유로 엘리가 여기에 있길 바랐다. 그렇다, 탬윈이 저 검은 형상을 이해하는 걸 돕기 위해. 그러나 탬윈이 만들고 있는 하프를 엘리에게 보여주기 위함도 있었다. 그리고 그저 엘리의 얼굴과 녹갈색 눈을 보기 위해서도.

탬윈은 온몸이 굳어졌다. 어쩌면 방법이 있을 수도 있다.

강화된 시력의 온갖 힘을 필요로 할 거다. 그리고 속에서 자라나는 온갖 새로운 힘도 필요하다. 어느 정도는 마법에서, 그리고 어느 정도는 뭔가 다른 것에서 생겨난 힘 말이다.

탬윈은 흙 위에 앉아 아버지가 이곳까지 쭉 가지고 왔던 횃불에 등을 기대었다. 혹시라도 그 힘이 탬윈 자신의 힘을 늘릴지도 몰라, 탬윈은 지팡이를 꼭 움켜쥐었다. 그러고는 무언가 놀라운 일을 했다.

탬윈은 두 눈을 감았다. 이러한 종류의 시력은 보통 시력과는 아무런 관계가 없다는 걸 탬윈은 마음속으로 알았기 때문이다.

"엘리."

탬윈이 말하고는 입을 다물었다.

38

멀리서 들려오는 음악

엘리가 침을 꿀떡 삼켰다. 그리고 가느다란 은빛 끈 두 개를 손가락에 한층 더 단단하게 감쌌다. 하나는 왼쪽에, 또 하나는 오른쪽에 길게 늘어져 있었다. 세 번째 끈은 발아래에 뻗어 있었다. 그 모든 것이 엘리와 끝없는 구렁 속으로의 곤두박질 사이에 있었다.

엘리는 곁눈질로 아래쪽을 흘끗 봤다. 형체도, 경계도, 바닥도 전혀 없는 자욱한 안개가 최대한 멀리 아래에서 빙글빙글 심하게 요동치고 있었다. 수 세기 전부터 머드루트와 에어루트 사이의 바람이 잘 통하는 틈을 가로질러 끈이 묶여 있었다. 엘리는 팽팽하게 회전하는 구름안개의 기다란 세 끈 외에는 아무것도 의지할 수 없는 상황에서 한 발짝도 더 나아갈 수 없었다. 몸서리치는 거 말고는 움직일 수조차 없었다.

안개 다리라니! 이걸 시도하려고 하다니 어떻게 이런 무모한 짓을 했을까?

엘리가 한 번 더 몸서리를 치자, 요정 뉴익은 엘리의 어깨 위에서 초조하게 꿈틀거렸다. 피부색이 짙은 하늘색으로 진해지더니 침착하게 말했다.

"이걸 들으면 네가 놀랄 수도 있지만, 얘야, 다시 걷기 시작하면 실제로는 더 빠르게 반대편에 도착할 수 있어."

엘리는 대답하지 않았다. 제자리에 얼어붙은 몸으로 반짝이는 구름실로 된 끈을 계속해서 꽉 쥐고만 있었다.

"자자, 엘리리아나. 저 멍청이 어릿광대도 아마 지금쯤이면 반대편까지 쭉 건너가 있겠다."

뉴익이 구슬렸다.

"난 못 해. 그냥…… 못 해."

엘리가 발발 떨며 말했다.

"흠, 그러서? 다리 중간까지 건너와 놓고서, 이제 와서 그만두기로 마음먹은 거야? 리아한테 네 심경의 변화를 어떻게 설명할 작정인데? 탬원한테는? 그리고 코에리아한테는?"

그 이름들이 나오자 엘리는 우거지상을 했다.

뉴익이 옳아, 이 멍청아! 다시 움직이지 않는다면, 그냥 모든 걸 포기하는 거라고.

하지만 엘리의 무게에 못 이겨 흔들거리는 끈 세 개가 거미줄보다도 튼튼해 보이지 않는데 어떻게 움직일 수가 있을까?

거미줄.

이 낱말은 엘리에게 코에리아의 화려한 의복을 생각나게 했다. 그건 거미의 몸에서 뽑은 실크 가운으로 엘런부터 모든 대사제들이 입었다. 엘리는 사파이어 유니콘이 가져다줬고, 지금 당장은 허리띠에 매달린 옷 조각을 흘끗 내려다봤다. 그러고는 혼잣말했다.

저 실은 그리 강해 보이지 않을 수도 있지만 천 년 동안 변치 않았어.

엘리가 천천히 숨을 쉬었다. 손가락이 양쪽 끈에서 위아래로 미끄러지듯 움직였고, 부드러운 줄이 느껴졌다.

어쩌면 이것도 보기보다 더 강할지 몰라.

요정의 목소리가 귓전에서 들려왔다.

"음, 엘리리아나? 다시 걷기 시작할 거야 말 거야?"

"간다, 가, 신경질쟁이 고대 요정님."

엘리는 아주 조심스럽게 움직이기 시작했고, 다리를 따라 한 발짝 미끄러져 갔다.

"그러니까, 난 그저 경치를 즐기고 있다고."

"흠. 그래서 폭풍 속 나뭇잎처럼 아직도 덜덜 떨고 있는 거구나."

"그건 내가 아니야."

엘리가 또다시 작은 걸음을 내디디며 분명히 말했다.

"이 빌어먹을 다리가 그러는 거거든. 사방에서 흔들거리고 있잖아."

엘리는 구름 실 난간을 따라 손을 쓸어가며 한 발짝을 더 떼고, 또 한 번 더 뗐다. 움직임 하나하나에 따라, 다리 전체가 출렁거려 끈이 위아래로 진동의 물결을 보냈다. 안개가 저 아래 바닥이 안 보이는 가장 깊은 곳에서 소용돌이쳤지만 엘리는 전력을 다해 다시 아래를 내려다보지 않으려 발버둥을 쳤다. 그리고 계속해서 걸으려 애썼다.

스무 발짝은 더 내디딘 다음, 엘리가 어깨 너머를 휙 뒤돌아봤다. 아래를 내려다보는 것만큼 위안이 되진 않았다. 엘리는 여전히 다리 한가운데 어딘가에 있었다. 뒤에서 끈을 고정시키고 있던 굳은 진흙으로 된 큰 기둥이 보이지 않았고, 마찬가지로 앞에 놓여 있는 어떤 것도 보이지 않았다. 양쪽 방향에서 보이는 건 안개 소용돌이 속으로 사라지는 가느다란 세 끈이 전부였다.

"하여간에 이 다리는 누가 만들었대?"

떨어져 죽는 거 외에 다른 걸 생각하려 애쓰며 엘리가 물었다.

엉겁결에, 엘리의 한쪽 발이 옆으로 미끄러져 맨 아래 끈에서 빠졌다. 엘리는 휘청거리며 숨을 제대로 쉬지 못했고, 온 힘을 다해 난간을 와락 붙잡았다. 몇 초 후, 발이 원래 있어야 할 자리로 다시 돌아왔다. 하지만 엘리의 심장은 계속해서 방망이질하듯 뛰었다.

엘리의 어깨에 꽉 매달려 있던 뉴익은 엘리의 질문에 대답을 하며 가쁜 숨소리를 살짝 냈다.

"공기 요정들이 지었어. 놀랄 것도 없지. 무의미한 일을 하려고 동분 서주하며 그저 공중에 둥둥 떠다니는 걸 아주 좋아하니까."

뉴익이 자랑스러운 기색을 내비치며 덧붙였다.

"공기 요정들의 실용적인 아이디어 가운데 하나인 이 다리는 내 옛 친구인 르 펜 플레이스가 기획한 거야."

가느다란 은빛 선이 뉴익의 짙은 하늘색 피부에 스며들었다.

"완공되었던 아발론 702년에 리아논과 내가 처음으로 건넜지. 르 펜 플레이스가 몸소 우리를 안내한 다음, 이 스월라나*를 가로질러 공기 요정의 신성한 출생지로 데리고 갔어."

엘리는 갈라진 틈을 한 발가락씩 움직이며 계속해서 앞으로 살살 나아갔다.

"친구가 그곳의 이름도 지은 거야?"

뉴익이 비웃었다.

"그래. 그런데 그 친구가 훌륭한 건축가였지만 이름 짓는 건 딱히 잘 하진 못했어. 트리쉴라 오 마겔루라고 이름 지었지. *공기는 달콤하게 한*

---

*에어루트의 또 다른 이름.

*숨짓는다*라는 지나치게 감상적인 뜻이야."

뉴익의 피부색이 흙색으로 바뀌었다.

"다행히도 때마침 여행자들이 안개 다리라고 부르게 되었지."

엘리는 활짝 웃었다. 자신이 또다시 미끄러져 허공으로 곤두박질치는 위험을 잊길 바라는 마음에, 뉴익이 주의를 딴 데로 돌리게 하려고 최선을 다하고 있다는 걸 아주 잘 알았다.

"난 공기가 달콤하게 한숨짓는다는 발상이 좋은걸. 좋은 노래가 될 수 있겠어."

"흠. 조심해, 안 그러면 너한테 불러줄지 몰라."

"좋아. 먼저 나한테 경고 좀 해줘. 그래야 내가……."

엘리는 하던 말을 멈추고 앞에 안개보다 더 단단한 무언가를 언뜻 보았다.

"반대편이야! 거의 다 왔어."

"이제야 드디어."

뉴익이 툴툴거리니 피부색이 도로 은청색으로 자리 잡았다.

단 몇 발짝만 더 가면, 에어루트 쪽에 다다르게 된다. 가까이 움직이는 그 순간에도, 엘리는 구조물이 어떻게 고정되어 있는지를 살폈다. 진흙 기둥이 끈을 잡고 있는 대신, 꽁꽁 언 구름처럼 보이는 쌍둥이 기둥이 같은 물질로 만들어진 발판에서 올라와 있었다. 구불구불한 안개 한 겹이 발판에서 떠올라 바닥이 평평한 구름처럼 보였다.

엘리의 질문을 예상하며 뉴익이 설명했다.

"저건 구름 케이크야. 이 스월라나에서 돌과 가장 흡사한 거지. 실마논의 공기 폭포 근처에서만 발견돼. 그리고 맞아, 저기서 지금 기다리고 있는 저 멍청이를 보면 알겠지만 서 있기도 힘들어."

어릿광대가 가슴 높이까지 오는 안개 소용돌이를 뚫고 그쪽으로 걸어갔다. 발판 끄트머리에 다다르자 어릿광대는 지팡이에 기대는 실수를 범했고, 그 바람에 좁은 공간 때문에 곧장 구름 케이크 속으로 반쯤 내려앉았다. 거의 걸려 넘어질 뻔하더니 균형을 다시 잡으려고 팔을 미친 듯이 흔들어댔다. 마침내, 끙하는 큰 소리를 내며 지팡이를 끌어당겨 빼냈다.

"저길 봐."

엘리가 다리 끝에 다다르자 안심이 되어 거의 아찔한 기분을 느끼며 말했다.

"저 사람, 탬원보다 훨씬 더 덜렁대네."

"그래도 탬원은 더 호감이 가잖아. 흠, 뭐랄까 불쾌한 쪽으로 말이지."

엘리는 별꽃의 노란 줄기를 꼬아 만든 팔찌를 홀끗 봤지만 아무 말도 하지 않았다. 자신이 탬원 생각을 자주 한다는 걸 뉴익도 알고 있다고 엘리는 확신했다. 그저 얼마나 자주인지는 모르겠지만.

엘리는 마지막 한 걸음을 디디며 다리에서 내려왔다. 여전히 흔들리는 몸이 마침내 구름 실 같고 끈보다 더 단단하고 흔들림 없는 무언가에 서 있다는 걸 깨닫기까지, 잠깐의 시간이 걸렸다. 그리고 정말로 안개 다리를 건너왔다는 걸 깨닫는 데에도 또 잠깐의 시간이 걸렸다. 엘리는 귓가에서 가볍게 톡톡 치는 게 느껴졌다. 뉴익이 전하는 축하의 손길이었다.

엘리는 천천히 몸을 돌려 새로운 풍경을 훑어봤다. 아니, 보다 정확하게는 연경(煙景)이었다. 독특한 모양과 크기의 구름들이 맴돌거나 근처에서 떠돌았다. 어떤 건 도끼날처럼 납작하고 매끈했고, 어떤 건 가문비나무처럼 높고 몽글몽글했다. 어떤 건 요새화된 성처럼 거의 견고했고, 어떤 건 민들레 씨보다도 숱이 적었다. 몇몇 구름은 자유로이 움직였지만, 수증기 같은 다리와 사다리 그리고 통로로도 많이 이어져 있었다. 둥둥 떠 있는 발판처럼 서로서로의 위에 쌓인 커다란 구름 떼는 은빛 구름 실로 된 복잡한 망으로 연결돼 있었다. 거대 거미 무리의 작업인 듯 보였다.

엘리의 시선은 이제 그걸 받치고 있는 구름으로 돌아갔다. 발판 너머는 꽤 자욱해 보였다. 어쩌면 계속 걸을 수 있을 만큼 두툼하기까지 했다. 좁은 구름은 점점 앞쪽으로 기울어져 길게 솟은 산마루와 닮아 있었다.

"도대체 저게 뭐지?"

엘리는 굴곡진 언덕처럼 생긴 먼 곳의 커다란 구름을 가리켰다. 안개 긴 비탈에서 떨어져 올라가 있는 건, 끝이 뾰족한 수천 개의 안개 긴 봉우리였다. 단단하기보다는 오히려 빛의 기둥에 가까운 봉우리들은 구름을 완전히 덮고 있었다.

뉴익이 평소와 달리 감탄하는 어조로 대답했다.

"위대한 두둥실 숲이야. 에오니아 랄로 나무가 넘쳐나지. 그 나무껍질은 거의 눈에 보이지 않아. 심지어 그사이에 서 있을 때조차도. 온 숲이 영토 주변을 자유로이 움직여. 그래서 어느 날, 어디에서 나타날지는 도무지 짐작할 수가 없어."

"딱 나처럼요."

세스가 엘리의 옆쪽으로 걸어와 빙그레 웃었다.

"있죠, 어릿광대들은 늘 이리저리 돌아다니거든요. 우리 열렬한 대중들, 특히 도끼나 칼을 휘두르는 사람들에게서 달아나기 위해 자주 그러지요. 딱 구름처럼 나도 오간답니다."

"오히려 전염병에 가깝군."

뉴익이 툴툴거렸다.

세스가 더욱 활짝 웃더니 옆구리를 탁 쳤다. 조끼 소매에 달린 종이 위아래로 쾌활하게 짤랑거렸다. 하지만 세스의 생각은 결코 쾌활하지 않았다. 요 성가신 작은 요정을 죽이는 게 즐거움의 일부가 될 거라고 확실히 마음먹었기 때문이다. 그것도 맨 먼저 할 거다. 그래야 여자애가 지켜볼 수 있으니까. 다만 뉴익을 숨겨 놓은 칼로 찌를 건지, 지팡이로 때려서 죽일 건지, 아니면 그저 벼랑 끝에서 내던질 건지가 문제였다.

세스는 결정했다.

내던져 버려. 비명이 아름다울 거야. 그리고 물론, 또 다른 문제가 있지. 언제 할 것인가.

세스가 우쭐거리며 생각했다.

그러고는 아무 감정 없는 회색 눈을 가늘게 떴다.

이렇게 변장을 하고 있으니 진저리가 나는군. 그리고 내 수정을 손에 넣고 싶어 죽겠군! 게다가, 무대가 꽤 완벽하단 말이지. 아주 극적이고, 아주 외졌지. 곧 하겠다. 머잖아 곧.

"저길 봐!"

엘리가 외쳤다. 아홉에서 열 개에 이르는 한 무리의 가늘고 수증기 같은 형체가 거의 투명한 모습으로 하늘을 가로지르고 있는 곳을 가리켰다. 그 무리는 빠르게 움직이며 몇몇 별난 구름에 의해 옮겨지고 있었다. 근처에 더 큰 구름은 하나도 건드리지 않는 듯 보였다.

"구름 떼라기보다는 새 떼처럼 보여, 안 그래?"

"흠. 그건 정말로 새 떼에 가깝기 때문이야, 멍청아. 저들이 공기 요정이야. 보아하니, 하프랜드로 날아가고 있네."

엘리는 수증기 같은 형체를 바라봤다. 도저히 공기 그 자체보다 더 실체가 있다고 할 수 없었다. 잠시 뒤, 엘리가 손을 뻗어 어깨 위에 앉은 요정의 작은 발을 만졌다.

"하프랜드라고 그랬어?"

"그래 맞아. 들어봐."

네 숨소리를. 숨통이 붙어 있는 동안은. 하지만 오래가진 못할 거다, 귀여운 녀석아.

세스가 마음속으로 생각했다.

그사이, 엘리는 이 스윌라나의 바람 통하는 소리를 듣고 있었다. 멀리서 흔들림 없이 씽씽 부는 바람 너머로 더 깊은 쉭쉭 소리를 들을 수 있다고 엘리는 생각했다. 아마도 뉴익이 언급했었던 공기 폭포일 테다. 하지만 아무리 노력을 해도, 엘리는 조금이라도 하프처럼 들리는 어떤 소리도 들을 수가 없었다.

"미안해, 뉴익. 아마도 네가 말한 하프랜드는 너무 멀리 떨어져 있나 봐."

요정의 피부색은 안달 난 주황색으로 바뀌었다.

"아니면 어쩌면 인간의 귀가 나무로 만들어졌나 봐, 인간의 뇌랑 똑같이. 우리가 이 구름 산마루에서 가장 높은 곳으로 걸어 올라가면, 아마 네가 더 잘 들을 수 있겠지. 더 잘 보기도 하고. 그러면 우리 길을 내가 알려줄 수 있을 거고."

좋은 생각이야. 네가 더 높이 있을수록, 더 멀리 떨어지겠지.

세스가 머리를 까딱거리며 생각했다.

엘리는 어깨에 있는 뉴익과 함께 구름 케이크 발판에서 내려와 길고 완만한 오르막을 걸어 올라가기 시작했다. 그러나 그건 걷는다는 말로는 꼭 설명이 되지 않았다. 깡충깡충 뛰는 게 더 적합했다. 걸을 때마다

483

엘리가 이제껏 경험한 것보다 몸이 더 깊이 가라앉았다가 더 높이 튀어 올랐기 때문이다. 한 걸음 한 걸음이 거의 수직인 만큼 수평적이었다. 엘리는 마치 거대하고 엄청나게 푹신한 베개를 딛고 있는 듯한 느낌이 들었다. 하지만 이 안개 낀 베개는 한 걸음 한 걸음을 더 쉽게 만들었다. 구름이 단단하게 발아래에서 계속해서 튀어 올라왔기 때문이다.

엘리는 새롭고 통통 튀는 리듬의 걸음걸이에 익숙해지자마자, 그 느낌이 꽤 마음에 들었다. 뒤를 흘끗 돌아보고 나서, 어릿광대도 베개 걸음을 즐기고 있다는 결론을 내렸다. 비록 어릿광대의 얼굴은 감정을 진정으로 표현하기보다는 감추고 있는 듯 보이긴 했지만 말이다. 틀림없이 그건 모든 어릿광대의 방식이라고 엘리는 짐작했다. 어릿광대들은 늘 연기를 하니까.

엘리는 길고 완만한 오르막을 오르면서 주위의 하늘 경치를 좀 더 훑어봤다. 연초록 또는 연보라로 물든 증기가 사방에서 비비 꼬이고 돌돌 감기고 있었다. 빛나는 리본처럼 자욱한 구름 주위를 휘감거나 투명한 뱀처럼 서로서로를 감싸고 있었다. 구름 사이의 틈에서 눈부신 하늘 웅덩이가 말도 안 되게 파랗게 열렸다. 빛에 쏘여 녹은 사파이어처럼, 웅덩이는 매력적으로 반짝반짝 빛났다.

엘리가 더 높이 경쾌한 발걸음을 옮기는 내내, 산들바람이 엘리의 턱을 간질이고 머리카락을 헝클어뜨렸다. 바람이 너무 가벼운 나머지, 엘리는 광활한 하늘 사이로 밀려가 펄쩍 뛰어올라서 바람 따라 둥둥 떠다닐 수 있으면 하고 거의 바랄 뻔했다.

그때, 엘리는 왼쪽에서 놀라운 무언가를 보았다. 온 구름에 수천 개의 작은 점이 찍혀 있었다. 하늘의 블루베리 밭처럼, 구름은 안개 낀 작물로 반짝였다. 엘리는 워터루트에 막 도착하고 나서 먹었던 과일 잔치를 떠올리며 입맛을 다셨다. 이 영토에도 과일이 자라나?

엘리가 뉴익에게 물어보려던 참에 머리 위에서 점점 커져가는 불협화음이 들렸다. 새였다! 여러 떼가 하나가 된 수백 마리의 새들이 구름 밖으로 날아올랐다. 거기에는 검은 가마우지, 긴 목을 지닌 두루미, 부리가 뾰족한 도요새, 매, 어치, 제비갈매기, 은빛 날개 달린 세가락갈매기, 그리고 새하얀 올빼미도 몇몇 있었다. 깍깍거리고 빽빽대고, 부엉부엉 찍찍 우는 새들의 시끄럽게 지저귀는 소리가 다른 모든 소리와, 멀리 떨어진 세찬 바람 소리도 들리지 않게 했다.

꽤 먼 거리를 날아가 짙은 구름층 속으로 사라지고 나서야 새들의 울음소리가 마침내 사라졌다. 엘리가 고개를 저으며 말했다.

"이제껏 들어본 가장 시끄러운 새들이었어."

뉴익이 엘리의 곱슬머리 한 가닥을 잡아당기고는 분명히 말했다.

"그렇다면 넌 새들의 섬에 한 번도 안 가봤겠네. 여기서 동쪽으로 몇 킬로미터는 떨어져 있지. 틀림없이, 저 새 떼가 향하고 있는 곳일 거야. 아니, 거기에서 일 년 내내 둥지를 튼 새들이 아주 많거든. 그래서 그 소음은 거의 귀청 떨어지게 하지."

"그러니까 수천은 되겠네."

"백만은 될걸, 엘리리아나! 너무 많아서 전부 하늘로 날아오르면 빛을 가리게 돼. 다시 땅에 내려앉을 때까지 밤처럼 보인다니까."

엘리가 그러한 광경을 상상하려 애쓰자, 뉴익이 갑자기 앞에 있는 가파른 오르막을 가리켰다. 구름의 최북단 가장자리에 있는 정상처럼 위로 솟아 있었다.

"저기. 저 자리면 될 거야. 우리가 얼마나 멀리 가야 하는지 맨 꼭대기에서 볼 수 있어."

뉴익이 말했다.

그리고 네가 얼마나 멀리 떨어져야 하는지도.

둘 뒤에서 성큼성큼 걸어오던 남자가 얼굴에 어릿광대 같은 함박웃음을 띠며 생각했다.

그들은 빠르고 쾌활한 발걸음으로 오르막을 올랐다. 꼭대기에서 넓은 전망이 북쪽으로 트여 있었다. 큰 안개 태피스트리* 속에 엮어진 엷고 얼키설키한 구름이 아주 많이 있었다. 올라나브람의 높은 봉우리보다 훨씬 더 높은 다양한 거대 구름들, 나란히 떠오르는 수십 개의 선명한 무지개, 그리고 지평선에는 번개로 끊임없이 탁탁 소리를 내는 맹렬한 소용돌이 구름이 있었다. 하지만 이러한 광경보다도 더욱 엘리의 관심을 끈 것은 멀리 떨어진 안개 낀 골짜기였다. 거기에는 키가 크고 우아한 증기 소용돌이가 가벼운 춤사위로 계속해서 빙빙 돌고 돌았다.

뉴익이 엘리의 시선을 쫓으며 말했다.

"안개 여인들의 춤추는 땅이야. 이 영토에서 가장 이상한 광경이자 가장 이상한 생명체지. 어떨지 상상 좀 해봐. 만약 네가……."

엘리가 뉴익의 말을 끊으며 말했다.

"잠깐만, 하프 소리가 들리는 거 같아."

엘리는 두 눈을 감았다. 그저 귀로 듣는 게 아니라 피부의 모든 구멍을 소리의 세계에 열어놓으며 혼신의 힘을 다해 귀 기울였다. 심장이 고동치는 소리, 허파가 숨 쉬는 소리 그리고 휙휙 쌩쌩 먼 곳의 바람 소리가 들렸다. 하지만 지금은 그 밖의 다른 소리도 들렸다. 안개 여인의 춤에 완벽한 반주가 되어 보이는 부드럽고 경쾌한 음악 소리였다.

---

* 여러 색실로 그림을 짜 넣은 직물.

하프였다. 배음*으로 잔물결을 이루며 산뜻한 공기와 달콤한 별빛이 담긴, 길게 탕 끄는 음이 연주되었다. 하프의 현에서 나는 음악 소리는 점점 더 커졌다, 약해졌다 다시 새로이 커져 거기에 매달려 노래했다. 그리고 마침내 사라졌다. 그러나 결국 다시금 커질 뿐이었다.

엘리는 다시 눈을 떴다. 하지만 수증기 같은 생명체의 나선형 춤은 이제 하프의 음악 소리 때문에 가능해 보였다.

"이건 마치…… 음, 공기 자체가 노래하는 거 같아."

뉴익이 엘리의 귓가에 딱 붙어 앉아 대답했다.

"그래. 있지, 저건 에올리언 하프야. 아주 많은 하프들이 저기 저쪽 큰 구름 비탈에 걸려 있어. 공기 요정들이 직접 공들여 만들고, 수 세기에 걸쳐 연주했지. 그들은 오로지 수증기 실의 가장 가는 줄로만 현을 만들었어. 구름 사이에 뻗어 있었는데, 아주 팽팽해서 바람이 가볍게만 스쳐도 진동을 했지. 그렇게 하여 일곱 영토 어디에서나 가장 훌륭한 음악이 되었지. 물론, 무세오를 제외하고 말이야."

엘리는 수년 전에 아버지가 그렇게 자주 연주해줬던 경쾌한 하프 음악 소리를 기억하며 한숨을 쉬었다. 돌아가시기 전에 아버지가 줬던 그 하프, 탬윈이 처음 만난 날에 어쩌다 뭉개 버린 그 하프 말이다. 하지만 악기가 없어도 엘리는 여전히 그 음악 소리를 들을 수 있고, 여전히 그 매력을 느낄 수 있었다.

뉴익이 부드럽게 엘리의 뺨을 톡톡 두드렸다.

"잘 들어둬, 이 모든 음악은 즐거움을 주는 그 이상이야. 쓸모가 있기도 하지. 이 근처 사람들은 하프랜드에서 들리는 소리를 바탕으로 날씨

---

* 원래 소리보다 큰 진동수를 가진 소리.

의 변화를 예측해. 뭐랄까, 별로 정확하진 않지만 적어도 오거의 휘어진 엄지발가락보단 낫겠지."

엘리는 잠시 더 듣더니 말했다.

"음악은 소리 그 이상이야, 그렇지? 느낌이야. 겹겹이 쌓인 느낌."

뉴익도 잠시 멈춰서 듣더니 다시 이야기했다.

"하프를 배운 몇몇 공기 요정들이 말하길 하프의 현은 바람보다 더한 것에 반응을 보인대. 하프는 근처 사람들의 감정도 알아챌 수 있어. 분노, 사랑, 두려움, 그리고 기타 그런 감정들 말이야. 흠, 나 자신은 그걸 믿지 않지만, 공기 요정들은 가끔은 상황의 전체적인 균형 안에서 변화를 감지하는 게 가능하다고 주장하더라고. 예를 들어, 위험에 가까워지면 말이야."

뉴익이 말하는 그 순간에도, 음악 소리가 조금 더 커져갔다.

엘리는 숨이 턱 막혔다. 구름이 잔뜩 낀 둔덕에서 한 발짝 크게 뒤로 물러났다. 뉴익은 크게 놀란 나머지 엘리의 어깨에서 거의 떨어질 뻔했다. 그사이, 세스는 태연하게 바라보며 잠자코 있었다.

"저기."

엘리가 지평선에서 떠오르는 거대한 검은 형체를 가리키며 외쳤다.

"저길 봐!"

커다란 형체가 주위의 구름을 뚫고 더 높이 올라갔다. 머리였다! 수백 개의 빛나는 이빨을 드러낸 채 강한 턱을 쩍 벌리면서 몸을 돌렸다. 거대한 왕관에 보석이 번쩍거렸지만 격분한 초록 눈만큼 눈부시진 않았다. 귀를 쫑긋 세우니, 진주와 켈프로 된 거대한 귀고리가 달랑거렸다.

"하골이야! 하골이 여기 있어."

엘리가 외쳤다.

"잠깐, 엘리리아나. 헤엄은 치지만 날지는 못하는 물 용이 이렇게 멀리 에어루트에 올 수 있다고 생각해?"

뉴익이 말했다.

엘리는 거대한 머리를 빤히 바라보며 말했다.

"그렇다면…… 뭘까?"

"'환영의 장막'이야. 불편한 마법을 지닌 구름들이지. 어떤 두려움이든 바람을 타고 날아가는 형태를 취할 수 있어."

뉴익이 차분하게 대답했다.

엘리는 곱슬머리에 내려앉은 안개 조각을 흩뿌리며 고개를 가로저었다.

"저쪽은 피해, 응?"

"그렇게 할 순 있지. 하지만 북부 에어루트에 있는 관문으로 간 다음 오염된 수정을 찾으러 섀도루트로 가려는 네 계획을 따르려면, 우린 다른 위험한 곳을 거쳐 가야 해. 아주 위험하지."

요정이 말했다.

둘 바로 뒤에 서 있던 세스가 사악하게 실실 웃었다.

멀리 하프랜드에서 나는 음악 소리가 갑자기 커졌다. 그리고 마치 수증기 실로 된 현 몇 개가 느닷없이 끊어진 것처럼, 살짝 귀에 거슬리는 소리도 났다.

세스는 천천히 구부정한 어깨를 쫙 폈다. 멀리 떨어진 하프가 불협화음으로 쩽쩽거리는 순간에도 세스의 작은 종에서 소리가 났다.

"나 같은 경우에는, 그 위험한 곳이 더 낫겠군."

세스가 말했다.

세스의 고약한 새 말투에 깜짝 놀란 엘리가 휙 돌아서서 세스를 마주봤다.

"무슨 말이죠?"

"이거."

어릿광대는 지팡이에 숨겨진 단추를 눌렀다. 곧바로, 빛나는 단검의 칼끝이 길게 늘어났다. 엘리의 눈이 따라갈 수 있는 것보다 더 빠르게, 어릿광대는 지팡이를 위로 휙 돌려 칼날 끝을 엘리의 가슴에 똑바로 겨눴다.

엘리는 저도 모르게 다급하게 뒷걸음쳤다. 구름의 맨 가장자리에 서 있는 자신을 발견하지 않았더라면, 엘리는 한 걸음 더 뒤로 물러났을지도 모른다. 바로 뒤에는 바닥이 안 보이는 증기 속으로 깎아지른 낭떠러지가 있었다.

진홍색과 검은색이 섞인 색으로 변한 뉴익이 툴툴거렸다.

"구름처럼 문제는 다양한 형태로 일어나지."

"전적으로 동의한다네."

공격자가 혀를 쯧쯧 찼다. 칼날을 다시 엘리의 가슴을 향해 쿡 찔렀다.

"있지, 내가 너희의 그 싸구려 장신구를 가져가겠다. 둘 다 모두."

"우리를 먼저 죽이지 않는 한 안 돼요."

엘리가 주먹을 불끈 쥐고 내뻗었다.

세스의 누런 얼굴에 일그러진 웃음이 번졌다.

"굳이 원한다면, 이 껍딱지 꼬맹아."

세스는 단검 칼날로 엘리의 목에 둘러진 부적을 찔러 빛을 발하는 수정을 보려고 잎사귀를 잡아 뜯었다.

"오, 그래, 그렇고말고, 정말로 좋구면."

엘리는 칼날은 신경 쓰지 않고 고개를 흔들었다. 수정은 하양, 초록 그리고 파랑 빛살을 쏟아내며 번쩍번쩍 빛났다. 세스는 아주 천천히 칼날을 내렸고 그 바람에 엘리의 옷이 심장 바로 위까지 끌려 내려갔다. 딱 봐도 쥐락펴락하는 위치의 기분을 즐기는 듯, 세스는 그 자세로 가만히 있었다.

"있지, 내 진짜 이름은 세스가 아니다. 아니, 아니지. 내 진짜 이름은 데스다. 데스 마콜."

데스가 히죽거리며 말했다.

"딱 어울리네. 근데 다른 이름만큼 너한테 잘 어울리지는 않는걸. 사기꾼, 겁쟁이 그리고 미치광이 이런 거 말이야."

뉴익이 투덜거렸다.

데스 마콜의 얼굴이 새빨개졌다.

"그런가, 이 쪼그만 떠버리야?"

눈 깜짝할 사이에, 데스 마콜이 칼날을 들어 올려 뉴익의 보라색 눈 사이를 딱 가리켰다.

"내가 널 먼저 죽이고 싶어 하는 걸 상기시켜줘서 고맙군. 자, 꼬챙이 신세가 되기 전에 욕할 게 더 있나?"

요정이 쏘아붙였다.

"최고의 욕은 진실이지. 넌 진짜 사기꾼이야. 겁쟁이고! 틀림없이 넌 쿨위크가 무서워서 죽을 지경이겠지. 어쨌든, 넌 우리를 쿨위크의 은신처에 데리고 갈 엄두도 못 낼걸. 아니, 넌 아마 은신처가 진짜 어디에 있는지조차 모를 거야!"

암살자의 얼굴이 뉴익처럼 거의 진홍색으로 바뀌었고, 그사이 바람의 하프 소리는 불협화음 합창곡으로 더 크게 퍼졌다. 데스 마콜이 분노로 달달 떨며 으르렁거리듯 말했다.

"그리 생각하나? 음, 쿨위크는 어둠의 요정의 무덤보다 훨씬 더 깊은 어딘가에 있다네. 하지만 만약 내가 그보다 더한 걸 말해줄 거라 생각한다면 오산이야."

데스 마콜이 한쪽 눈썹을 치켜세웠다.

"흠. 그러니까 넌 모른다는 거네."

"알아! 하지만 유일하게 알 만한 가치가 있는 건 머지않아 곧 쿨위크의 수정이 너와 저 여자애가 차고 있는 것들하고 합쳐지게 될 거라는 거지. 바로 내 주머니 안에서!"

그 순간, 세 가지 일이 한 번에 일어났다. 데스 마콜이 흉기로 요정을 찔렀다. 엘리가 재빠르게 피해 공격자의 손목을 움켜잡았다. 하지만 엘리가 칼날을 손에 넣으려 싸우기도 전에, 뉴익이 엘리의 적갈색 곱슬머리를 잡고선 뛰어올랐다.

뉴익이 뛰어오르다 엘리를 구름 가장자리로 내동댕이치는 바람에 엘리가 뒤로 홱 비틀렀다. 엘리와 뉴익 둘 다 끝이 없는 안개 구덩이 속으로 떨어졌다. 그리고 둘만 있는 게 아니었다. 엘리의 손아귀에 이끌린 데스 마콜은 앞으로 푹 고꾸라진 다음, 지팡이를 미친 듯이 흔들며 가장자리 아래로 굴러떨어졌다.

셋 모두가 소용돌이치는 증기 속으로 곤두박질쳤다.

39

불어대는 어떤 바람

사방에 쉭쉭거리는 공기 소리가 너무나 커서 엘리는 자기 비명을 들을 수도 없었다. 아래로, 아래로, 아래로 떨어져 얇게 비치는 안개 조각을 뚫고 지나가 완전히 텅 빈 곳으로 곤두박질쳤다. 아무것도 엘리의 추락을 막을 수 없었다. 그리고 아무것도 엘리의 탐험을 구할 수가 없었다.

하지만 빙글빙글 돌아 내려가는 그 순간에도, 엘리는 머리 뒤쪽으로 손을 뻗어 뉴익을 잡았다. 뉴익은 조그만 손으로 어떤 곱슬머리든 잡아 뜯고 있었기에 쉽게 놓질 않고 있었다. 마침내 엘리가 뉴익을 가슴 쪽으로 와락 움켜잡았다. 둘의 눈이 마주쳤다. 그리고 엘리에게 이것은 서로의 눈빛을 읽을 수 있는 최후의 기회였다.

이상하네. 뉴익은 전혀 두려워 보이질 않아.

엘리는 뉴익의 맑은 보라색 눈을 빤히 들여다보며 생각했다.

은빛 실 자국이 갑자기 뉴익의 등 주름에서 터져 나왔다. 곧바로, 실은 팡하고 터지며 아주 큰 낙하산이 되어 요정을 홱 잡아당겼다. 엘리는 간신히 뉴익을 붙잡았다. 그러더니 돌연, 쉭쉭거리던 공기가 잔잔해

493

졌다. 둘은 바람에 흩날리는 커다란 씨앗처럼 수증기가 가득한 공기를 가르며 둥둥 떠다녔다.

다시금 둘의 눈이 마주쳤다. 그리고 엘리는 갑자기 뉴익의 신경질적인 질책을 상상할 수 있었다.

골통 멍청아! 내 낙하산을 어떻게 잊어버릴 수가 있어? 있지, 우리 산속 거주자들은 여기저기를 그냥 걸어 다니기만 하진 않는다고.

바로 그때 서 있어도 될 정도로 충분히 짙고 폭넓은 쐐기 모양의 구름이 시야에 들어왔다. 뉴익은 낙하산의 방향을 바꾸려고 왼쪽으로 몸을 홱 틀었다. 둘은 옆쪽으로 방향을 재빨리 바꿨다.

구름 옆면에서 만들어진 안개 흔적이 둘 쪽으로 흘러와 잘 보이지 않게 했다. 그럼에도 불구하고, 엘리는 그 중심부의 더욱 어둡고 짙은 가장자리를 보고는 손을 뻗었다. 한 팔로 뉴익을 단단히 붙잡은 채, 전력을 다해 뻗었다. 꽉 붙잡으려다가 엘리의 손가락이 하마터면 빠질 뻔했다.

너무 늦었다! 둘은 아래쪽으로 미끄러져 내려와 구름의 아랫면에서 통통 튀었다. 낙하산은 무언가에 걸려 덜컥하고 홱 비틀리더니 공중에서 둘을 빙글빙글 돌렸다. 둘은 또다시 아래로 곤두박질쳤다.

쉭쉭!

맹렬한 돌풍이 옆으로 둘의 방향을 바꾸며 공격했다. 거센 바람이 너무 강해서 엘리가 휘청거리며 엎어지더니 잡고 있던 뉴익의 손을 거의 놓칠 뻔했다.

하지만 그렇게 비틀린 것이 낙하산을 풀기에는 딱 충분했다. 은빛 실이 다시 뱅하고 튀어나와 추락을 늦췄다. 둘은 허공을 가르며 미끄러지듯 나아가, 마치 공중 발레를 하듯이 부드럽게 몸을 돌렸다.

"저기!"

엘리가 오른쪽에 쭈글쭈글한 구름을 가리키며 외쳤다. 비록 구름은 아주 크지 않고, 어디에 붙어 있지도 않은 듯 보였지만 적어도 안전 착륙을 하기에는 충분히 자욱해 보였다. 구름에 닿을 수 있으면 좋을 텐데.

뉴익은 몸을 힘껏 비틀었다. 둘이 오른쪽 방향으로 홱 틀 때, 엘리가 최대한 멀리 손을 쭉 뻗었다.

둘은 다가서고 있었다. 더욱 가까이. 둘을 향해 부연 손가락이 뻗어와 가까이 끌어당겼다. 엘리는 단단한 가장자리를 보고는 손을 뻗더니, 더 멀리 뻗고…… 구름을 건드렸다! 엘리가 손으로 가장자리를 빙 둘러 감싸자마자, 온 힘을 다해 당겼다. 둘은 표면에 툭 떨어져, 솟아오르는 증기 사이로 뒹굴고는 마침내 멈춰 섰다.

엘리가 머리를 뒤로 젖혀 구름에 대자, 갈색 곱슬머리가 어수선한 후광처럼 이리저리 흩어졌다. 그러고는 안도의 한숨을 내쉬었다. 이 구름은 걸어 올라온 산등성이 구름보다 더욱 부드럽고, 축축하고 그리고 훨씬 더 폭신폭신했다. 그런데도 이건 어느 정도 두꺼웠다. 잠시 잡을 수 있을 정도였다.

뉴익은 교묘하게 빠져나와 엘리의 옆 폭신폭신한 증기에 앉았다. 그러고는 찌를 듯이 어깨를 꽉 죄어 낙하산을 폈다. 다리를 휘감고 있던 한 가닥만 빼고 전부 펴졌다. 뉴익은 스스로 풀려나 가닥을 탁 털어 버린 다음, 낙하산이 다시 자유로이 날아 구름 가장자리 너머로 떠나가 시야에서 사라지는 걸 보았다.

뉴익의 피부색이 진한 분홍색으로 따스해졌다.

"음, 엘리리아나, 우리가 해낸 거 같네. 그리고 우리의 친구 어릿광대는 그러지 못한 거 같고. 그놈이 도리깨질해대고 새끼 수퇘지처럼 꽥꽥 소리를 지르면서 안개 속으로 곤두박질치는 거 보기 꽤 즐거웠는데."

뉴익의 발그스레한 피부색이 짙어졌다.

엘리가 구름 위에서 구른 다음 팔꿈치로 제 몸을 받쳤다. 팔이 부드럽고 약간 촉촉한 표면으로 빠져들었다. 엘리는 마치 뉴익의 피부 아래에 숨겨진 무슨 문자를 읽기라도 하듯 뉴익을 자세히 들여다봤다.

"세스가 사기꾼인지 죽 알고 있었지, 그치?"

요정이 엘리에게 윙크를 했다.

"아주 잘했어! 네가 결국 알아챌 줄 알았지."

"근데 어떻게 알았어?"

"정말이지, 쉬웠어. 그놈처럼 얼굴이 험상궂은 사람은 누구도 어릿광대가 될 수 없어."

엘리는 코에 내려앉은 둥둥 떠다니는 안개 조각을 훅 불어 날렸다.

"그러면 왜 이리 오래 기다렸어?"

"흠. 뻔하지 않아? 왜냐면 그 마귀 같은 쿨위크가 어디에 숨어 있는지 알아내야 했으니까! 그리고 애야, 우리 이제 알게 됐잖아."

"아니, 모르는데. 어릿광대가 말하려 하지 않았잖아?"

"흠. 그런 줄 알았겠지! 기억해봐. 그놈이 쿨위크는 *어둠의 요정의 무덤보다 훨씬 더 깊은 어딘가에 있다*고 말했다고."

엘리가 어깨를 으쓱였다.

"그래서?"

"그래서 그건 지하 깊숙한 데에 쿨위크가 있다고 우리에게 말해주는 거야. 그 말은 섀도루트에 있는 어둠의 요정의 버려진 광산이란 뜻이고. 가장 깊은 광산이 어디든지 간에, 거기서 우린 쿨위크를 찾게 될 거야."

엘리의 얼굴에 함박웃음이 서서히 번졌다.

"진짜 엉큼하다니까."

"그걸 이제야 알았단 말이야?"

"근데 잠깐만. 그 오래된 광산을 어떻게 찾을 수 있는데?"

엘리가 이의를 제기했다.

뉴익이 툴툴거렸다.

"그걸 내가 어떻게 알아? 난 탐험가가 아니라고! 네가 지도나 그런 걸 찾아야지."

엘리는 뉴익을 그저 뚫어져라 쳐다봤다.

"지도? 새도루트? 어디서 친절한 어둠의 요정을 찾아 길을 물어보는 게 더 쉽겠네."

뉴익이 팔짱을 꼈다.

"흠. 그럼 그렇게 해. 하지만 네가 뭘 하든 빨리 해라!"

엘리는 얼굴을 찌푸렸다. 그러고는 음울한 목소리로 중얼거렸다.

"가장 어두운 영토의 가장 깊은 광산이라. 거기는 사람들이 최악의 악몽에서나 가는 그런 곳이잖아. 일부러 가진 않지."

요정은 안개 조각 몇 개를 잡은 다음, 촉촉한 손가락으로 갈라토 바로 위의 배를 두드렸다.

"안타깝게도, 사실이야. 거길 찾는 건 힘들 거야. 특히나 시간이 별로 없으니까. 그런데 어쩐지 나는 그곳에 들어가는 *게* 훨씬 더 힘들 거 같단 생각이 드네. 게다가 그 안에서 무엇을 맞닥뜨릴지 누가 알겠어?"

"어쩌면, 어릿광대일지도."

엘리는 누가 말했는지 보려고 번개처럼 빠르게 바로 앉았다. 옆에 있던 뉴익처럼, 엘리도 구름 밖으로 떠오르는 안개 사이로 성큼성큼 다가오는 어스레한 형체를 보기 위해 미간을 찌푸렸다. 그러고는 죽을힘을 다해 싸울 태세로 벌떡 일어났다.

"아님 심지어 음유시인이든지."

흐릿한 형체가 증기를 가르며 다가와 말했다.

엘리가 한시름을 놓은 건 물론, 놀랍게도 그건 데스 마콜이 아니었다. 역시 체인질링이 아닌 한 어떤 변신의 귀재도 그런 극적인 변화를 줄 수 없기 때문이다. 이 사람은 양쪽에 눈에 띄는 텁수룩한 수염이 있었고, 한쪽으로 처진 낡은 모자를 쓴 채 몹시 바보같이 활짝 웃고 있었다. 그리고 모자 없이도, 그 사람은 적어도 암살자보다 키가 머리 하나 더 컸다.

그럼에도 불구하고, 엘리는 주먹을 들어 올린 채 의심하는 눈빛으로 낯선 자를 바라봤다. 그러고는 발 옆에서 증기 속에 서 있는 뉴익을 흘끗 내려다봤다. 뉴익의 피부색에는 눈에 띌 정도의 어떤 걱정도 드러나지 않았다. 뉴익의 피부는 따스한 노랑과 초록으로 소용돌이쳤다. 엘리는 그 남자를 돌아다봤다. 그러고는 문득 그 남자를 알아봤다.

"당신은 산비탈에 있던 그 음유시인이군요! 우리를 브리오나에게로 이끌었던 사람요. 탬윈이 이전에 만난 적 있다고 했던 그 사람요."

엘리는 탬윈의 이름을 말하는 자신의 목소리가 들리자 거의 움찔하고 놀랄 뻔했다⋯⋯. 이제 그럴 수 있다고 믿었던 것보다 탬윈을 많이 그리워하고 있었으니까.

남자는 옆에서 자란 수염 끝을 배배 꼬고는 살짝 허리를 숙여 인사했다.

"음유시인 올레윈, 대령이오."

엘리의 발 옆에서 목소리가 들렸다.

"요정 뉴익 대령이오. 아니면, 내 친구들이 나를 부르는 대로⋯⋯."

"투덜쟁이 뉴익이지요."

엘리가 말을 끝마쳤다.

"그리고 제 이름은 엘리리아나 레일로켄이에요. 아님 그냥 엘리요."

"흠. 내 생각은, 그냥 못난이지."

음유시인의 바보 같은 함박웃음이 더 크게 퍼졌다.

"만나서 반갑네, 투덜쟁이 뉴익 그리고 못난이 엘리. 지나가는 구름
에서 누구를 또는 무엇을 맞닥뜨리게 될지는 결코 예측할 수 없지. 그
러니까, 순전히 우연이라네."

올레윈은 뽐내듯 몸을 흔들더니 구름 위에 털썩 앉아 양반다리를 했
다. 그러고는 팔을 쭉 뻗어 손가락을 꼼지락거렸다.

"아, 쉬니까 참 좋구먼."

올레윈이 꿈꾸듯 한숨을 쉬었다.

올레윈을 따라 엘리와 뉴익도 다시 자리에 앉았다. 엘리가 부드러운 증
기 덩어리 속으로 좀 더 깊이 꾸무럭대며 음유시인을 자세히 쳐다봤다. 정
말이지 아주 늙은 건지 아니면 아주 젊은 건지, 보이는 것보다 나이가 적
은 건지 아니면 많은 건지 가늠할 수가 없었다. 이 사람에 대해서 정확히
알기란 지극히 어려웠다. 마치 순전히 우연이라는 것 외에 다른 무언가 때
문에 이곳에 오게 됐는지 정확히 알기 어려운 것처럼 말이다.

"노래 들을 사람?"

올레윈이 흥겹게 제안했다.

"흠. 차라리 밥 한 끼가 낫겠어."

뉴익이 투덜거렸다.

"아, 밥도 줄 수 있다네."

음유시인은 본인도 동의한다는 듯 고개를 끄덕이고는 헐렁한 망토의

주머니 안으로 손을 뻗었다. 올레윈이 참나무 껍질이라 해도 통할 검고 거친 조각 하나를 꺼냈다.

"자, 손수 만든 빵 좀 먹어봐."

올레윈은 몹시 힘들게 애를 쓰며 가까스로 조각을 대충 반으로 뜯었다. 그러더니 힘을 준 탓에 여전히 씩씩대며 둘에게 각각 한 덩이씩 건넸다. 못난이라는 평판에 부응하지 않으려고 애쓰고 있던 엘리는 마지못해 하나를 받았다. 그러고는 조심스레 한 입 베어 먹었다.

예상했던 대로 처음에는 딱 나무 같은 맛이 났다. 그런데 몇 번 씹고 나니 놀라울 정도로 부드럽다가 갑자기 톡 쏘는 박하 맛이 나는 액체로 녹아들었다. 엘리는 거의 삼키자마자 팔다리에서 솟구치는 새로운 힘을 느꼈다. 엘리는 이번에는 더 큼직하게 한 입 베었다. 그리고 또 베어 먹었다.

상큼한 박하 맛이 혀에서 따끔거리자 엘리가 물었다.

"이거 이름이 뭐예요?"

올레윈이 대답했다.

"암브로시아 빵이야. 마음에 드니?"

엘리가 꿀꺽 삼켰다.

"아 네, 아주 많이요. 정말로요, 마음에 들어요."

"좋네. 가장 맛있는 내 요리법이야. 사실, 내 유일한 요리법이지. 어쨌든, 너와 투덜쟁이 뉴익이 계속 먹는 동안, 내가 노래 한 곡 들려줄게. 물론, 나의 친애하는 친구의 도움을 받으며."

엘리는 쿡쿡 웃는 동시에 쩝쩝 씹으며 올레윈이 손을 뻗어 한쪽으로 처진 모자챙을 잡는 걸 바라봤다. 올레윈은 극적인 솜씨를 발휘하며 모자를 들어 올려 정수리에 앉아 있던 작은 생명체를 드러내 보였다. 눈

물방울 같은 모양의 황금 얼룩무늬가 있는 파란 피부를 지닌 생명체의 모습은 틀림없었다.

"당신의 무세오네요."

엘리가 말했다. 이 마법 같은 생명체를 다시 보게 되어, 그리고 더욱이 듣게 되어 정말 기뻤다. 아발론에 무세오들이 얼마나 드물게 있는지 알고 있었다. 사파이어 유니콘처럼 그렇게 드물지는 않지만 그래도 여전히 거의 볼 수가 없었다. 이만큼 가까울 수도 없었다.

음유시인은 생각에 잠긴 채 한쪽 턱수염을 배배 꼬았다. 그러더니, 다 안다는 표정을 지으며 망토에서 작은 류트를 꺼냈다. 한 번 통기고는 큰 소리로 알렸다.

"이 발라드는 짧긴 하지만 우리가 아주 좋아하는 것 중 하나야. 리아논이 대사제였을 때 직접 썼다고 알려져 있지."

엘리와 뉴익은 리아와 코에리아를 향한 둘의 사랑을 드러내는 눈빛을 주고받았다. 엘리는 무심코 부적에 손을 뻗어 잎사귀 아래에 숨겨진 수정을 만졌다.

바로 그때, 무세오가 흥얼거리기 시작했다. 겹겹이 웅얼웅얼 울리는 소리가 엘리의 마음을 복받치는 감정으로 가득 채워 거의 어질어질한 느낌이 들게 했다. 엘리는 약간 어지러웠지만 앉아 있어서 다행이었다. 무세오의 깊고 떨리는 콧노래가 굴러 들어오자 엘리는 수증기 가득한 구름층 속으로 더 멀리 미끄러져 내려갔다.

흥얼거리는 소리가 더욱 커지는 동안 멀리 떨어진 바람의 하프 선율도 함께 울려 퍼졌다. 그리고 마침내, 음유시인이 친히 노래를 부르기 시작했다.

흔들려라, 아발론의 드넓은 가지여
폭풍으로부터 보호하려고
그렇게나 구부려도, 결코 부러지지 않네.
하루하루 새로 태어나는,
신비로운 참된 모습.

일어나라, 중간 지대의 키 큰 나무여
높디높게 솟아올라
가지를 내뻗은 부연 흔적에 닿으려 하네.
하늘로 향하는 계단,
별들은 가까이에서 활활 타오른다.

가라앉아라, 일곱 영토의 거대한 뿌리여
깊은 잠에 빠져들어
멀디멀고 낮디낮은 땅을 견디려 하네.
찬양하거나 눈물을 흘려라,
경이로움이 깊을지어다.

무세오는 뼛속까지 떨리게 하는 낮고 울리는 음을 잠시 더 계속해서
흥얼거렸다. 엘리는 마치 소리와 감정의 물결이 엄습해와 이전보다 더욱
슬프고, 슬기롭고 풍요로워진 듯한 느낌이 들었다. 그 속으로 깊게 곤두
박질쳐서 물결을 타며 너울을 느끼기를 몇 번이고 간절히 바랐다.
마침내 무세오가 멈추자, 한동안 아무도 꿈쩍하거나 말을 하지 않았
다. 멀리에서 들리는 하프랜드 음악 소리와 구름을 가르며 부는 부드러

운 바람의 숨결 말고는 어떤 소리도 없었다. 하지만 엘리가 마음을 북돋우기에는 무세오의 콧노래와 음유시인의 노래에 대한 추억이면 충분했다.

먼저 이야기를 다시 한 건 음유시인이었다.

"그래서 여행자 여러분, 다음은 어디로 여행을 할 건가?"

엘리는 대답을 하려다가 말았다. 경험을 통해 알았듯이 엘리는 누구에게나, 하물며 친절한 음유시인에게도 어디로 가는 길인지 밝히는 게 현명한 일인지 확신이 서질 않았다. 그렇기에 뉴익이 목청을 돋우자 엘리가 그리도 놀란 표정을 지은 것이다.

뉴익이 선언했다.

"섀도루트로. 되는대로 어떤 길로라도 가려고. 그리고 최대한 빨리! 그곳에서 해야 할 일이 있거든. 아발론의 생사가 달린 중요한 일이야."

음유시인이 두꺼운 눈썹을 씰룩였다.

음유시인이 미심쩍어하는 걸 알아차린 뉴익이 툴툴댔다.

"내가 무슨 말 하고 있는지 이해를 못 하겠어? 우리가 계속 이어 나가지 않으면 이 세상의 모든 경이로움, 당신이 돌아다니는 모든 곳, 당신이 마음 쓰는 모든 사람들이 없어질 거라고."

요정이 좌절에 찬 한숨을 내쉬자 피부색이 어두워졌다.

"그래서 우리가 지금 어디에 있지? 여기 구름에서 꼼짝 못 하고 에어루트를 떠돌고 있잖아! 그리고 설령 무슨 기적에 의해서 우리가 구름을 타고 관문까지 쭉 간다고 해도, 어떤 관문도 우리를 섀도루트로 데려다줄 수 없으니 우리 목표까지는 여전히 꽤 먼 거리에 있게 되지. 그러니까 아무리 살펴봐도, 우리 앞에는 아주 먼 길이 놓여 있다고."

엘리가 침울하게 덧붙였다.

"그리고 시간은 거의 없고요."

이미 주름진 올레윈의 이마에 더욱 많은 주름이 생겼다.

"있지, 빠른 길이 있단다."

"뭐라고요?"

둘이 동시에 물었다.

올레윈이 몸을 앞으로 구부리자 안개 조각이 턱수염을 둘러쌌다. 낮은 목소리로 올레윈이 말했다.

"바람을 탈 수 있어."

엘리가 외쳤다.

"뭐라고요? 저희가 그걸 믿길 바라는 건 아니죠, 네?"

"그건 너희에게 달렸지. 쉽진 않아. 뭐랄까, 동원할 수 있는 최대한의 집중을 필요로 하지. 관문을 타고 이동하는 것보다 훨씬 더. 상당한 용기가 필요한 건 말할 것도 없고."

갑자기 올레윈의 얼굴이 일그러졌다.

"나도 참 멍청하군! 바람을 탈 수 있는 유일한 사람은, 위대한 힘을 지닌 마법의 물건을 가지고 있는 이들이야. 그래서 까마득한 옛날에 멀린이 할 수 있었다고 하더라. 자신의 마법이 아니라 지팡이 오니알레이의 마법을 가지고 말이야. 그래서 너희에게 그런 종류의 힘이 없는 한, 안타깝지만 이 방법은 너희에게 도움이 안 되겠네."

엘리와 뉴익은 확신은 없었지만 호기심에 찬 눈빛을 주고받았다. 어쨌든, 둘은 아발론에서 가장 강력한 마법의 물건 두 개를 지니고 있었다.

뉴익이 물었다.

"정확히 그게 어떻게 작동하는 거지? 말하자면, 정말로 작동하는 거라면 말이지."

음유시인이 구름 너머 공중에 손을 흔들더니 말을 시작했다.

"음, 사실 꽤 단순해. 구름 끄트머리에 서서 마법의 근원을 꼭 움켜쥔 다음, 구름이 너희를 데려다주길 바라는 곳을 골똘히 생각해. 그런 다음……."

올레윈의 얼굴이 다소 겸연쩍은 표정으로 바뀌었다.

"폴짝 뛰어."

엘리의 눈이 한껏 휘둥그레졌다.

"설마 진심은 아니겠죠."

"음 자, 애당초에 내가 어떻게 이 구름에 왔을까?"

엘리는 미심쩍은 듯 얼굴을 찡그렸다.

"그럼, 당신의 마법의 물건은 어디에 있어요?"

올레윈이 위쪽으로 눈을 희번덕거렸다. 때마침, 올레윈의 머리에 앉은 눈물방울 모양의 생명체가 안개 낀 별빛에 반투명 옷을 어른거리며 고개 숙여 인사했다.

"당신의 무세오인가요?"

"그렇고말고. 음유시인에게 더 대단한 음악은 있을 수 없어."

엘리가 고개를 가로저었다.

"전 아직도 당신을 못 믿겠어요."

올레윈은 생각에 잠긴 채 엘리를 봤다.

"얘야, 정말 피곤해 보이는구나. 조금 쉬고 나면 아마도 생각이 달라질 거야."

엘리가 쏘아붙였다.

"당연히 피곤하죠. 하지만 어떻게 조금 쉬면 당신이 우리가 구름에서 뛰어내려야 한다고 생각하는 사실이 바뀔 수가 있는지, 전 이해가 안 된다고요!"

음유시인은 류트의 현을 치는 걸로 답을 대신했다.

엘리가 한마디 더 하기도 전에 무세오가 또다시 흥얼거리기 시작했다. 이번에는 마법 같은 음악 소리가 담요처럼 따스하게 엘리를 꼭 감쌌다. 엘리는 버둥거리려 해봤지만 하품밖에 할 수가 없었다.

울리는 목소리가 더욱 커지자 누적되었던 여정의 피로가 엘리의 안에서 솟구쳤다. 엘리는 저항하고 싶었지만 기력이 없었다. 눈꺼풀이 무겁게 내리눌렀다. 어느덧, 엘리는 어느 모로 보나 구름만큼 부드러워 보이는 따뜻한 침대 속으로 쏙 들어가고 있었다.

너무나 빨리 잠이 든 나머지, 엘리는 음유시인이 발라드를 부르기 시작하는 소리조차 거의 듣질 못했다.

아름다운 아발론, 생명의 나무여
모든 생명체가 아는구나
반은 천국 반은 지구인 세상이여
또한 반은 불어대는 어떤 바람이로다.

40

천 개의 숲

구름 위를 떠다니는 꿈을 꾸다니 엘리는 놀랍지도 않았다. 주변을 둘러보기 위해 바로 앉고서는 천천히 고개를 돌려 경치를 눈에 담았다. 안개가 소용돌이치고 머리 위에서 증기가 피어올랐다. 공기가 두 뺨에 촉촉하게 닿았고 살랑살랑 산들바람이 곱슬머리를 헝클어뜨렸다. 사방에 희미한 구름이 흐릿한 공기를 가르며 떠다녔고, 비스듬한 별빛 줄기를 지나가면서 빛을 발했다.

그런데 이 구름은 엘리가 마법의 음악을 듣고 잠이 들었던 곳과는 분명히 다른 구름이었다. 이곳 구름에는 음유시인도, 무세오도, 뉴익도 없었기 때문이다. 엘리는 오롯이 혼자였다.

이내 엘리는 발소리를 들었다.

촉촉하고 질척질척한 구름의 표면을 가로질러 누군가가 살며시 터벅터벅 걸으며 다가왔다. 그리고 더 가까이 다가왔다. 엘리는 소리의 근원을 마주하려고 홱 돌아섰지만 떠오르는 안개 장막 너머로 아무것도 보이지 않았다.

엘리는 바닥에 철썩 소리를 내며 벌떡 일어섰다. 여전히 구름 위에

507

다른 사람은 아무도 보이지 않았다. 하지만 발소리는 점점 더 커질 뿐이었다.

갑자기 엘리는 팔뚝과 옷의 앞부분에 생긴 초록 빛줄기 줄무늬를 알아차렸다. 엘라노의 수정에서 나오고 있었다! 몹시 놀란 엘리는 목에 걸린 부적을 향해 손가락을 뻗었다. 참나무, 물푸레나무 그리고 산사나무 잎사귀를 살살 가르자 극도로 밝은 빛살이 더욱 많이 내비쳤다. 초록과 파랑이 살짝 깃든 하얀색인 수정의 보통 색깔과는 달리, 이번에는 전부 초록색이었다.

바로 그때, 엘리는 바로 앞 안개 속에서 그에 걸맞은 초록색을 보았다. 그럴 수가 있을까? 그건 전체 길이를 따라 초록색으로 빛나고 있는 *탬원의 지팡이*처럼 보였다.

그러더니 지팡이를 움켜쥔 손 하나가 증기 밖으로 나타났다. 뒤이어 팔 하나, 건장한 어깨 한쪽, 부스스한 검은 머리카락이 조금…….

탬원! 탬원이 엘리를 마주보고 구름 위에 서 있었다. 탬원의 칠흑 같은 두 눈이 반짝반짝 빛났다.

"안녕, 엘리."

엘리가 말을 하는 데 몇 초가 걸렸다.

"탬원?"

탬원의 입꼬리가 살짝 올라갔다.

"나야."

엘리는 갓 싹이 돋아난 양치식물이 뒤엉킨 것보다 굵은 곱슬머리를 흔들었다.

"이거…… 꿈이야?"

"음, 글쎄. 그렇기도 하고 아니기도 해. 우린 그다지 현실적이지 않은,

그렇다고 그다지 꿈도 아닌 어딘가에 있어. 그사이에 있는 곳이야. 마법을 통해 너에게 온 거야. 나 자신의 마법으로."

엘리는 미심쩍은 듯 눈썹을 씰룩였다.

탬윈이 끄덕거리니 머리카락이 어깨에 닿아 쉭쉭 소리가 났다.

"난 이제 마법이 두렵지 않아, 엘리! 그때 스타게이징 스톤에서는 정말 겁이 많이 났었어. 아니, 그런 생각을 했어. 마법이……."

"마법이 뭐?"

탬윈의 말투가 부드러워졌다.

"널 아프게 할지도 모른다고. 그리고 그건 결코 내가 원하는 바가 아니라고."

엘리는 잠시 동안 탬윈을 살폈다.

"내 짐작으로는 넌 네 마법 그 이상의 것을 두려워했어, 탬윈. 근데 그건 네가 왜 그렇게 행동했는지 설명이 되네……."

"얼간이처럼 말이지."

"바보라고 말하려고 했는데."

엘리가 강조하기 위해 끄덕거렸다.

"그리고 있지, 바보가 되는 건 네 전문이잖아! 정말로, 네가 어쩌다가 멍청하지 않는다면 널 못 알아보겠지."

"허구한 날 그러지."

탬윈은 이곳에 온 게 큰 실수를 저지른 건지 문득 궁금해졌다.

"날 질책할 생각이라면, 난 그래도 싼 거 같네."

탬윈이 체념하며 말했다.

엘리는 고개를 갸웃거렸다.

"난 널 질책 안 할 거야, 탬윈."

엘리의 목소리가 소곤거리는 소리에 가깝게 낮아졌다.

"하지만 이 말은 하려고 했어…… 네가 그리웠다고."

"그랬어? 음, 있지, 나도 음……."

탬원이 침을 꼴깍 삼켰다.

"뭐라고?"

탬원은 용기를 냈다.

"나도 네가 그리웠어."

엘리가 웃음을 터뜨리자 어깨 주위로 얇은 안개 조각이 일렁거리며 빙빙 돌았다.

탬원이 엘리의 손을 잡았다.

"엘리, 내가 끔찍한 일들을 좀 겪었어. 아주 멋진 일도 겪었고."

"나도 그래."

"너 지금 어디에 있어?"

"에어루트에, 막……."

엘리는 음유시인이 제안했던 이상한 아이디어를 탬원에게 말하기 전에 하던 말을 멈췄다.

"막 새도루트에 가려던 참이야. 그런 다음 깊은 광산 아래로 가려고. 쿨위크의 수정을 파괴하게."

탬원이 얼굴을 찡그렸다.

"리타 고르의 수정이기도 하지."

엘리의 얼굴에 걱정이 드리워졌다.

"탬원, 그들이 어떻게든 수정을 오염시켰어. 악하게 만들었지. 리아가 내게 이걸 줬어. 그러니까 적어도 내게 기회가 있을지도 몰라."

엘리가 부적을 가리키며 말했다.

탬원은 한숨을 길게 내쉬어 구름에서 떠오르는 안개 가닥을 흐트러뜨렸다.

"섀도루트에 깊은 광산이라. 하얀 손과 그 주인이 마침내 공격할 준비가 될 때까지 숨어 있을 만한 딱 그런 곳이네."

탬원이 고개를 가로저었다.

"그런데 그들을 어떻게 찾으려고? 끊임없이 계속되는 어둠 속에서 어디로 가야 하는지 어떻게 알려고?"

엘리가 시선을 떨구었다.

"나도 몰라. 뉴익 말대로 우리에게 정말로 필요한 건 지도야. 하지만 그건 불가능하지."

탬원이 엘리의 손을 꼭 쥐었다.

"자, 기다려봐. 방금 뭔가 생각났어! 있지, 싸움 이후에 내 상처를 치료해준 새 친구가 있어."

엘리는 갈라토에서 본 장면이 떠올라 온몸이 굳어졌다.

"그 여자 누구야?"

"남자야."

탬원은 다시 긴장이 풀린 엘리를 알아채지 못한 채 말을 바로잡았다.

"그 남자 이름은 귀리온이야. 정말 좋은 사람이고, 타고난 지도자지. 내 생각에, 자기 종족을 구하기에 딱 적합한 사람이야."

엘리의 녹갈색 눈이 반짝거렸다.

"너처럼."

탬원은 붉어진 얼굴로 고개를 흔들었다.

"아니, 나처럼은 아냐."

그러더니, 말하고 싶었던 걸 기억해내며 설명했다.

"귀리온은 나한테 빛을 잃어버린 도시에 대한 무언가를 말해줬어. 오래전에 거기를 디아나라라고 불렀대. 그곳에 큰 도서관이 있는데 책이랑 지도도 있다고 했어."

엘리가 숨을 죽였다.

"그러니까 내가 그 오래된 도서관을 찾을 수 있다면……."

"어쩌면 불길한 수정으로 가는 길을 찾을 수 있겠지."

"있지 탬윈, 넌 네가 생각하는 것보다 더 영리해."

탬윈은 콧방귀를 뀌다 코허리에서 안개 덩이를 흔들어내느라 엘리의 손을 놓았다.

"내가 정말로 영리했다면, 지금쯤 어두운 그 형체가 뭔지 알았겠지."

"우리가 환영에서 봤던 그 형체? 사라진 별자리 밖으로 흘러나오던 거?"

"그저 별자리 밖이 아니야, 엘리. 별 자체의 밖이야. 왜 그런지 별들 자체 밖으로 그 형체가 나오고 있어."

엘리는 어리둥절한 얼굴로 탬윈을 빤히 쳐다봤다.

"이해가 안 가."

탬윈이 설명했다.

"들어봐. 지금은 내가 거의 나뭇가지 위쪽에 있어. 그래서 별들을 봤어. 이전보다 훨씬 가까이에서."

불안해하는 주름살이 탬윈의 눈가에 검은 거미줄처럼 퍼졌다.

"그리고 엘리…… 내가 뭔가를 발견했어. 마법사의 지팡이의 일곱 별들은 완전히 캄캄해진 게 아냐."

"아니야? 하지만 우리는 더 이상 볼 수가 없잖아."

"뿌리-영토에서는 못 보지, 맞아. 그런데 아직 별들이 여기에 있어. 확실해. 왜 그런지 그냥 가려져 있는 거야. 그 위에다 무슨 문 같은 걸로 닫은 것처럼."

엘리의 표정은 사뭇 더욱 미심쩍어하는 모양새였다.

"문이라고?"

"나도 몰라……."

탬원은 몹시 짜증이 난 듯 몸을 부들부들 떨더니 안개 조각을 근처 소용돌이 속으로 띄워 보냈다.

"그게 바로 보였던 모습이야, 그뿐이라고. 그런 다음 난 연기보다 더 진한 그 형체가 별들이 있었던 가느다란 빛의 고리에서 나오고 있는 걸 봤어."

엘리가 혀를 끌끌 차며 탬원에게 말했다.

"출입문이 닫혀 있다면 어떻게 뭔가가 밖으로 나올 수 있겠어?"

갑자기 탬원이 손바닥에 주먹을 세게 쿵 쳤다.

"바로 그거야, 엘리!"

"뭐가 그거야?"

엘리가 어리둥절한 얼굴을 감춘 채 물었다.

"별들에게로 가는 열쇠!"

탬원은 아주 신이 나서 온몸이 떨렸다.

"그게 정말로 문인 거야. 모르겠어? 그런데 지금은 닫혀 있는 대신에, 열려 있는 거지!"

엘리는 그 어느 때보다 더 얼떨떨한 얼굴로 탬원을 빤히 쳐다봤다.

탬원은 다시 엘리의 손을 잡았다.

"들어봐. 별들 자체가 출입문인 거야. 불로 된 출입문! 거의 순수한 빛이라 할 수 있는 가장 밝은 불로 만들었지. 불이 활활 타오르다 보니까 문이 항상 닫혀 있는 거고. 지나갈 수 없게. 그게…… 신이 열기를 원하지 않는 한 말이지."

"리타 고르처럼?"

"그래 맞아."

"하지만 그 출입문은 어디로 이어지는데?"

엘리가 밀어붙였다.

"다른 영토로. 다른 세상으로."

탬윈은 스스로가 무슨 말을 하고 있는지 막 깨닫고선 머뭇거렸다.

"다른 나무로."

엘리의 눈이 휘둥그레졌다.

"별들! 그래서 우리 위에 보이는 모든 불빛이 정말로 *다른 세상으로
의* 길인 거야. 유한한 지구, 신들이 있는 사후 세계 그리고 더 많은 곳
으로 말이지. 훨씬 더 많은 곳으로. 수백 개, 아니 수천 개의 세상이 어
딘가에 있어."

"천 개의 숲! 그러니까 그게 그런 뜻이구나."

탬윈이 경이의 눈으로 엘리를 바라봤다.

"오랜 세월 동안 난 별들에 대해 궁금해했어. 별들이 정말로 무엇인지
말이야. 그리고 그 말도 궁금했고."

"리아가 그랬잖아. 언젠가 네가 그 뜻을 이해할 거라고, 기억나? 거기
새로운 아바사에 같이 있었을 때 말이야."

탬윈이 무미건조하게 말했다.

"기억나. 네가 거의 날 죽일 뻔한 그때잖아."

엘리가 천진난만하게 어깨를 으쓱였다.

"정말? 그런 때가 아주 많아서, 생각이 안 나네."

탬윈은 엘리의 손을 놓으며 씩 웃었다. 그러고는 다시 들뜬 마음으로

계속 이어 말했다.

"하지만 지금은 우리가 정말로 이해를 하네! 그래서 아발론이 중요한 거야, 엘리. 여기가 그사이에 있는 세상이야. 천 개의 숲에 있는 다른 모든 세상과 다른 모든 나무를 연결하는 바로 그런 세상 말이야."

엘리가 천천히 손가락에다 곱슬머리를 둘둘 말았다.

"그래서 리타 고르가 아발론을 지배하고 싶어 하는 거야. 그렇게만 할 수 있으면, 나머지 세상 또한 다 지배할 수 있으니까."

"바로 그거야. 우리가 다리이자 그사이에 있는 세상인 거야. 꼭 멀린 시절의 잃어버린 핀카이라처럼."

"그런데 탬윈, 별들이 정말로 출입문이라면, 네 말대로 불의 출입문이라면 왜 불타오를까? 왜 그저 열린 채로, 탁 트인 채로 있지 않는 거야?"

엘리가 물었다.

탬윈은 천천히 숨을 들이쉬었다.

"왜냐하면 다그다와 로리란다가 각 세상마다 중요한 한 가지를 원하기 때문인 거 같아. 그만의 길을 찾을 수 있도록 해야 한다는 거지. 그들이 모든 생명체에게 바라던 바로 그대로 말이야. 그러한 연유로 우리에게는 자유 의지가 있는 거고. 그리고 각각의 세상이 여전히 다른 세상과 떨어진 채로 있다면, 각자의 운명을 만들어낼 수 있을 테니까."

엘리는 사뭇 진지하게 탬윈의 말을 곰곰이 생각했다.

"그래서 리타 고르가 마법사의 지팡이에 있는 출입문을 열어 그 원칙을 어겼구나. 근데 왜? 그 출입문은 어디로 이어지는데?"

탬윈은 이를 부드득 갈았다.

"불멸의 정령이 있는 사후 세계로. 확실해! 거기는 층이 아주 많은 거대한 세상이라 문이 일곱 개도 있을 수 있어. 보통 때는 정령의 영토와 우리 영토를 갈라놓은 채 닫혀 있어. 하지만 더 이상은 아냐. 그렇게 해서 리타 고르가 이곳 아발론으로 온 거고. 그리고 그 어두운 형체들은……."

엘리가 외쳤다.

"리타 고르의 전사들이 틀림없어! 부를 때마다 와서 리타 고르를 위해 싸울 끔찍한 전사들 말이야. 떼로 몰려올 거야. 그래서 리타 고르가 딱 하나가 아닌 모든 문을 연 거고."

둘은 떠오르는 증기의 한복판에서 서로를 바라봤다. 자신들이 하는 말을 거의 믿을 수가 없었다. 마침내 탬윈이 한숨을 쉬고는 말했다.

"정령의 세계에서 온 불멸의 전사들! 어떤 유한한 생명의 군대도 결코 그들을 물리칠 수 없어. 그 환영에서 리타 고르가 *최후의 승리*에 대해 말했던 게 놀랄 일도 아니네."

엘리도 침울하게 생각을 말했다.

"틀림없이 거기서 집결하기 시작했나 봐. 그저 리타 고르의 명령을 기다리면서 말이야."

"그러고선 *위대한 말이 죽으면* 오겠지."

탬윈이 손으로 머리카락을 쓸었다.

"문제는, 그게 도대체 무엇을 의미하는지 모른다는 거야."

엘리가 탬윈에게 일러 주었다.

"우리가 아는 건 머지않아 일어날 일이라는 거야. 할리아의 산봉우리에서 그날 밤, 리타 고르가 불과 몇 주 안 남았다고 했잖아. 그게 보름 전이었고. 그러니까 우리한테 기껏해야 일주일밖에 안 남았어."

탬윈이 손을 흔들어 얼굴 앞의 증기를 몰아내며 중얼거렸다.

"일주일이라. 그런 다음 그 말이 죽겠지. 더불어 나머지 우리들도."

탬윈은 좌절감에 얼굴을 찡그렸다.

"하지만 그건 어떤 말이지? 우리 아버지가 글에 썼던 똑같은 말일까 아니면 다른 말일까? 더구나 내가 이 탐험에서 본 유일한 말은 정말이지 전혀 말이 아니었어."

엘리가 궁금한 마음에 조금 더 가까이 움직였다.

"그게 무슨 소리야?"

탬윈이 툴툴거렸다.

"아, 아무것도 아냐. 그냥 페가수스 두고 한 소리야. 있잖아, 별자리 그거. 내가 거기 한가운데에 있는 별을 보고 있었거든. 페가수스의 심장이라 불리는 그 별……. 그리고 엘리, 정말로 그 별이 고동치고 있는 듯 보였어. 글쎄, 나도 모르겠어."

"고동친다고?"

"응. 진짜 심……."

탬윈은 하던 말을 갑자기 멈췄다.

"엘리! 만약에 저 별이 꺼지고, 그리고 심장의 고동도 멈추면, 그러면……."

"*위대한 말이 죽을 것이다.*"

둘이 동시에 말했다.

하지만 뜻밖의 사실을 알아낸 신나는 마음은 도전 규모에 압도되어 재빨리 사라져 버렸다. 의욕이 한풀 꺾인 엘리가 물었다.

"어떻게 하면 이 모든 일이 일어나는 걸 막을 수가 있을까?"

"너는, 하얀 손과 그 불길한 수정을 찾는 길을 찾아. 틀림없이 리타고르의 계획에 있어서 중요한 걸 거야. 그러지 않고서야 그런 수정을 만드는 데 그만큼의 수고를 감수하진 않았겠지. 그런 다음, 넌 반드시 그걸 없애 버려야 해. 무슨 일이 있더라도."

결연한 표정으로 엘리가 끄덕거렸다.

탬윈이 눈을 가늘게 떴다.

"그리고 나는, 별들까지 남은 거리를 쭉 올라갈게. 그래서 리타 고르가 전사들에게 공격하라고 명령하기 전에 마법사의 지팡이에 도착할게. 그리고 그 별들을 다시 밝히고, 문 닫는 방법을 찾을게. 너무 늦기전에."

공기 중의 습기에도 불구하고, 탬윈은 목구멍이 갑자기 건조하게 느껴졌다.

"우리 둘 다 쉽지 않을 거야."

탬윈이 쉰 목소리로 말했다.

엘리는 녹갈색 눈으로 탬윈을 한참 바라보다 물었다.

"너희 아버지를 찾는 건 어쩌고?"

"찾았어. 어쨌든, 무덤은 찾았지."

탬윈이 소곤거렸다.

엘리가 시선을 떨구었다.

"정말…… 안됐다, 탬윈."

탬윈은 숨을 깊게 들이쉬더니 다정한 눈빛으로 엘리를 쳐다봤다.

"그건 내가 찾은 전부가 아냐, 엘리."

그런 다음, 조심조심 배낭을 벗었다.

"너한테 줄 게 있어."

탬윈은 반만 깎은 하프를 꺼냈다. 주황색 줄무늬가 들어간 하모나 나무는 안개 낀 빛 속에서 반짝이는 거 같았다. 섬세한 증기 조각이 나무를 어루만지듯 윤곽 주위를 똘똘 감았다.

하프를 보자 엘리가 말을 잇지 못했다.

"정말로?"

탬윈이 부끄러운 듯 말했다.

"조금 늦었지. 그리고 아직 다 안 됐어. 하지만 만약 우리가 정말로…… 음, 이 모든 걸 이겨내면 너한테 줄게."

"좋아. 네가 직접 나한테 줘."

엘리가 받아들였다.

조용한 순간이 지나가고 나서 엘리가 덧붙였다.

"나도 너한테 줄 게 있어."

엘리가 앞으로 나아갔다. 시원한 안개 속에서 따스함을 느끼며 입술이 닿을 정도로만 우아하게 탬윈에게로 몸을 기울였다. 비록 입맞춤 자체는 그리 오래가지 못했지만, 그에 관한 무언가가 오랜 후에도 남아 있을 거 같았다.

서로 떨어지자마자 탬윈은 나무를 배낭에 다시 넣고 끈을 어깨에 걸쳤다. 탬윈은 지팡이를 쥔 채 마지막으로 한 번 더 엘리를 바라봤다. 그러고는 말없이 돌아서서 소용돌이치는 증기 속으로 차츰 사라져갔다.

"어서 이 게으름뱅이야, 일어나!"

뉴익의 목소리가 여전히 엘리를 감싸고 있던 마법의 담요를 갈랐지만 깨우기에는 역부족이었다. 이제 엄청 짜증이 나서 붉어진 요정이 다시 엘리를 흔들었다.

화들짝 놀란 엘리는 부드럽고 수증기 같은 구름 베개에서 머리를 들어 올렸다.

"탬윈?"

엘리가 탬윈을 다시 보기를 반쯤 기대하며 물었다.

"아니. 그냥 못생기고 늙은 나야. 이제 좀 일어날래?"

뉴익이 투덜거렸다.

"알았어."

엘리는 머리에서 졸음을 털어내며 끙끙댔다. 엘리의 곱슬머리에 흠뻑 적셔져 있던 구름의 수분이 물보라가 되어 뉴익에게 후두두 튀었다.

"물세례로 내 비위를 맞출 생각하지 마, 엘리리아나. 네가 일어나야 할 시간이라고. 우리가 무얼 할지 정할 시간이고."

일순간에 엘리는 기억이 났다. 음유시인. 무세오. 그리고 바람을 타고 간다는 그 터무니없는 아이디어.

"음유시인 어디에 있어?"

엘리가 아직도 졸린 눈을 깜빡이며 물었다.

뉴익이 말했다.

"갔어. 아마도 우리가 깊이 잠들어 있는 동안 구름에서 뛰어내렸겠지. 어쩌면 지금쯤 다른 영토에 있겠지."

엘리가 뉴익을 빤히 쳐다봤다.

"정말 그게 될 거라 생각해?"

엘리는 목을 쭉 내빼며 공기 자체보다도 결코 단단하지 않은 몇몇 안개 조각이 구름 가장자리를 지나가는 걸 봤다.

요정은 맑은 보라색 눈으로 엘리를 살피며 말했다.

"나도 몰라. 하지만 그럴지도 모르지. 솜털 같은 이 배를 타는 것보다 훨씬 더 빠를 수도 있어. 결국 어딘가에 내려앉길 바란다면 말이지. 그 사이에 우리의 적들이 그저 빈둥거리고 있진 않을 거라고! 리타 고르는 아발론을 정복하기 위해서 자기 자신을, 동맹자들을, 그리고 그 수정을 준비시키려고 할 수 있는 모든 걸 하고 있어."

엘리는 안개 조각이 그러는 것처럼 손가락으로 축 늘어진 곱슬머리를 둘둘 감았다.

"정말로 우리가 섀도루트까지 쭉 바람을 타고 갈 수 있다고 생각해?"

뉴익의 피부에는 허리에 둘러진 갈라토와 같은 색깔인 초록색 핏줄이 보였다.

"나도 몰라, 엘리리아나. 하지만 우리가 시도해봐야 한다고는 생각해.

시간이 얼마 없잖아. 우리 두 수정의 힘도 가늠할 수가 없고."

엘리가 뉴익에게 눈살을 찌푸렸다.

"뉴익, 나보다는 제정신이어야지. 그런데 나만큼 바보 같은 소리를 하고 있네, 도대체! 수염 난 그 어리석고 멍청한 음유시인만큼이나."

엘리가 생각에 잠긴 채 입술을 오므렸다.

"그 사람, 누군 거 같아? 자기가 말한 그대로일까, 아니면 뭔가 더 있을까?"

"흠. 나도 몰라, 하지만 한 가지 말해줄 순 있어."

"뭘?"

"그 사람 많이 돌아다니는 거 같아. 하루는 우드루트, 또 하루는 에어루트. 거의 마치……."

"바람을 타고 다니는 것처럼."

엘리가 말을 끝마쳤다.

엘리는 뉴익을 한참 동안 뚫어져라 쳐다봤다. 그때 가느다란 안개 자국이 둘을 지나 흘러갔다. 엘리가 마침내 굳게 결심한 목소리로 말했다.

"좋아. 구름에서 뛰어내릴 시간이야."

"그리고 불어대는 *어떤 바람*이 뭔지 볼 시간이지."

뉴익이 진지하게 덧붙였다.

* * *

천천히, 스크리가 머리를 들어 올렸다.

유황 바람이 새카맣게 탄 화산 비탈로 세차게 불어와 재를 뿌리는 동안에, 스크리는 죽은 채 품 안에 누워 있는 적갈색 머리카락의 여인을 흘끗 내려다봤다. 전사한 브람 카이에 부족의 지도자를. 자기 아들의 어머니를.

"내가 죽인 그 아들."

스크리는 혀끝에 화산재보다 훨씬 더 쓴 무언가를 맛보며 으르렁거렸다.

스크리의 눈길이 숨이 끊어진 퀸의 얼굴에서 옆구리에 생긴 깊은 상처로, 그런 다음 피투성이가 된 두 발까지 이리저리 훑었다. 피가 자기 자신에게서 나온 건지, 퀸에게서 나온 건지, 아니면 스크리가 죽인 젊은 전사에게서 나온 건지 스크리는 알 수가 없었다. 아는 거라고는 피가 결코 진정으로 씻겨 내려가지 않으리라는 것뿐이었다.

스크리는 얼굴을 잔뜩 찌푸렸다. 젊은 전사는 잔혹하고, 건방지고, 무자비했다. 게다가 아르크 카야처럼 무고한 사람들을 죽인 살인마였다. 하지만 그 전사는 잔인한 운명의 돌풍 속에서 만난 스크리 본인의 아들이었다.

뭔가 움직이는 소리가 들리자 스크리가 돌아봤다. 마을 사람들이 둥지를 떠나 전투를 목격했던 계단과 조각상에서 기어 내려와 모이고 있었다. 또한 더 많은 이들이 친구들을 잡아당기고 아기를 안고서 흑요석이 깔린 거리를 후다닥 뛰어오고 있었다.

마을의 모든 번득이는 부와 재물에도 불구하고, 스크리에게 마을 사람들은 자기가 느낀 것만큼이나 혼란스럽고 상실감에 빠진 듯 보였다. 하지만 스크리와 달리, 사람들에게 이날의 상처는 치유될 수 있었다. 사람들은 지도자를 잃고, 더욱이 하나의 부족으로서 풍습을 잃어버리긴 했지만, 어쩌면 다시 되찾을 수 있을 테니 말이다.

독수리 종족은 가까이 움직였다. 최대한 바짝 다가와 커다란 원으로 스크리를 에워쌌다. 걱정스러운 얼굴의 아이들, 눈에 두려움이 깃든 남녀들, 노쇠한 어르신들과 전투 경험으로 다져진 보초병들 모두가 스크리를 빤히 쳐다봤다. 그들 모두의 얼굴이 같은 질문을 하는 거 같았다. *이제 당신이 우리의 지도자가 될래요?*

스크리는 노란 테두리의 눈을 깜빡거렸다. 오늘의 비극은 스크리가 아는 가장 최근의 비극일 뿐이었다. 스크리의 어머니는 잔혹한 남자들에게서 살해당했다. 양어머니는 그리 오래 살지를 못했다. 아버지는 알지도 못한다. 너무나도 친절했던 아르크 카야도 눈 깜짝할 사이에 잃고 말았다. 아주 미련퉁이처럼 대한 나머지, 어쩌면 브리오나도 영원히 떠나보낸 건지도 모르겠다. 그리고 유일하게 진정한 가족인 탬윈은 어쩌면 지금쯤 죽었거나 별들 사이에서 길을 잃었을지도 모른다.

그런데도 이 사람들은 내가 지도자가 되길 바라는 건가? 어딜 가나 슬픔을 야기하기만 하는 내가?

스크리가 스스로에게 물었다.

신기하게도, 갑자기 사람들의 걱정스러운 얼굴이 스크리가 한때 사랑했던 사람들과 스크리를 사랑해줬던 사람들의 그런 얼굴과 하나가 되는 거 같았다. 탬윈의 얼굴이 보였다. 브리오나도. 아르크 카야도. 게다가 아주 오래전에 스크리에게 귀중한 지팡이를 믿고 맡긴 노령의 마법사의 얼굴도 보였다.

오래되고 새로운 모든 얼굴들이 기대하는 눈빛으로 스크리를 바라봤다. 희망에 찬 눈으로 봤다. 삶으로, 사람들에게로, 그리고 세상으로 슬픔보다 더한 무언가를 스크리가 가져다주길 바라는 얼굴이었다.

스크리는 여전히 무얼 할지 곰곰이 생각했다. 지금 당장 여기 끔찍한 독수리 종족을 떠나 절대 돌아오지 않을 건가? 아니면 여기 남아서 지도자가 되어볼 건가?

만약에 스크리가 떠난다면 계속 한이 남을 거다. 늘 귀하게 여겼던 자유를 갖게 된다고 해도 말이다. 하지만 그대로 머무른다면 이 부족과 그들의 운명을 새로이 만드는 데 최선을 다할 거다. 머지않아 이센위 평원에서 벌어질, 아발론을 차지하기 위한 엄청난 전쟁에 가담하게 될 거다. 그리고 설령 그 싸움에서 죽는다고 해도 적어도 이번만은 할 수 있는 한 높이 날아오르리라는 걸 알았다.

스크리는 깊은 숨을 내쉬며 퀸의 시체를 내려놓고는 발아래 속돌과 검은 잿더미를 문지르며 일어섰다. 보이는 상처와 보이지 않는 상처를 모른 척하고는 암울하게 우두커니 서 있자, 하늘에서 녹슨 붉은빛이 얼굴을 비췄다. 마침내, 스크리는 숨죽이고 있던 사람들에게 말했다.

"나는 스크리다."

스크리가 선언했다. 새까맣게 그을린 산등성이를 가로질러 목소리가 울려 퍼져 나갔다.

"그리고 내가 너희의 새 지도자다."

* * *

탬윈은 다시 눈을 떴다. 머리 위로 프리즘 새의 날개 깃털이 별빛에 반짝거리며, 구름에 눈부신 색깔로 줄무늬를 칠했다.

그런데 탬윈의 머릿속에는 여전히 보다 많이 눈부시고 보다 진하게 반짝이는 이미지가 남아 있었다. 엘리의 이미지였다. 다가올 미래에서 어떻게든 살아남자고, 그리고 마법의 꿈이 아닌 현실에서 함께 서자는 공통된 희망을 담은 녹갈색 눈으로 탬윈을 바라보고 있었다.

탬원은 깊은 숨을 들이쉬었다. 그러고는 딱딱한 땅을 박차고 벌떡 일어서서 소박한 아버지의 봉분을 한 번 더 빤히 쳐다봤다. 그리고 무덤을 표시하는 새카만 횃불도 쳐다봤다.

탬원은 어떤 아이디어에 사로잡히고 말았다. 새로이 제련한 단검을 칼집에서 꺼내어 배낭 덮개의 가죽 조각 하나를 잘랐다. 그런 다음, 칼날 끝으로 가죽에다 이러한 말을 새겨 넣었다.

여기에 나의 아버지,
크리스탈루스 에오피아의
시신이
묻혀 있다.
그러나 영혼은
아발론의
위대한 나무
가장 높은 곳에서
언제나 떠돌아다닐 것이다.

탬원은 가죽을 무덤 꼭대기에 놓은 다음 크고 무거운 돌로 고정시키고서, 자신이 한 일을 보기 위해 뒤로 물러섰다. 몇 초 후에, 혼자서 끄덕거리더니 시선을 횃불로 옮겼다.

눈 깜짝할 사이에, 탬원은 또 무엇을 해야 할지를 알았다. 자기가 무엇을 하길 아버지가 원할지를 말이다.

탬원은 앞으로 나아가 횃불의 나무 막대기를 움켜잡았다. 홱 잡아당겨 바닥에서 뽑아냈다. 그런 다음, 노끈을 이용해 횃불을 배낭끈에 묶어 막대기가 등에 단단하게 기대어 있게 했다.

틀림없이, 횃불은 어두웠다. 탬윈의 미래만큼이나 어두웠다. 하지만 이것만큼은 알았다. 타오르든 타오르지 않든 아버지도 이전에 그랬듯 탬윈도 이 횃불을 가지고 다닐 거라고. 그 불길을 다시 밝힐 방법을 찾으려 애를 쓸 거라고. 그리고 가능하다면, 다른 불길도 역시 그렇게 할 거라고.

별들까지 쭉 이 횃불을 가지고 다닐 테니까 말이다.

* * *

새도루트의 가장 어두운 지역 깊은 곳에서 망령 하나가 영원한 밤의 어둠 속에서 빠져나왔다. 말라죽은 땅, 빛이 없는 하늘 혹은 있었던 곳의 갱도보다 훨씬 더 어두운 망령은 공중으로 올라가 하늘을 향해 날았다.

누구라도 망령의 출현을 볼 수 있었다면 곧바로 눈을 질끈 감았을 거다. 끔찍한 악몽 속에서 숨죽여 비명을 지르게 하는 깊고 원시적인 공포에 질려서 말이다. 이 망령은 섬뜩한 용의 형상인 데다가 아주 새카맣고 텅 빈 눈을 지니고 있었기 때문이다.

리타 고르의 형상이었다.

이제 완전히 용으로 변장한 정령의 장군은 거대한 가죽 같은 날개를 퍼덕였다. 밤보다 새카만 눈은 반짝거렸다. 모든 것이 순조로이 진행되고 있었다. 정말이지 아주 잘되고 있었다.

하물며 그 주술사 녀석 쿨위크도 제 역할을 했군.

용은 말없이 흡족해했다. 그러고는 턱에서부터 비늘로 뒤덮인 목까지

침을 줄줄 흘리며 생각했다.

그리고 머지않아 보잘것없는 이 세상도 내 것이 될 거다.

힘차게 날개를 퍼덕여 높이높이 날아올랐다.

그와 함께, 다른 모든 세상도. 하나도 남김없이 다!

허공만큼이나 텅 빈 웃음소리가 용의 목구멍에서 탁탁거렸다. 근처에 그늘진 구름이 검은 번개와 쾅하는 천둥소리를 내며 터졌다. 용은 고대하던 정복을 벌써 맛볼 수 있었기에 침을 좀 더 흘렸다. 마치 별들까지 쭉 날아가는 내내 정복의 맛을 볼 수 있을 것처럼 말이다.

한 세상이 사라지면 다른 세상이 생겨난다. 그때가 어둡기도 밝기도 한 기적의 순간이다.

안개에 싸인 핀카이라의 땅에서 오랫동안 잊힌 섬 하나가 갑자기 발견되고, 작은 무리의 아이들이 죽음의 군대를 물리치고, 세력을 잃었던 거주민이 마침내 날개를 얻었다. 그중에서 가장 대단한 기적은 멀린이라는 이름의 젊은 마법사가 자신의 진짜 이름을 얻은 것이다. 수많은 세상과 수많은 시간을 사는 위대한 인물, 올로 에오피아. 그렇지만······ 핀카이라는 구원을 받았지만, 정령들의 사후 세계의 일부가 되어 사라지게 된다.

그러나 바로 그 찰나에 새로운 세상이 나타난다. 심장처럼 고동치며 탄생한 씨앗은 멀린이 마법의 거울을 통한 여정에서 얻은 것으로, 나무가 되어 새로운 세상이 되었다. 바로 위대한 나무다. 지구와 천국 사이, 유한한 삶과 불멸 사이, 흐르는 바다와 영원한 안개 사이에 놓인 다리다.

풍경은 어마어마하고, 경이와 놀라움으로 가득 차 있다. 거주민들은 높은 곳의 별들만큼 멀리 퍼져 있다. 그곳의 본질은 반은 희망, 반은 비극, 반은 수수께끼다.

그곳의 이름은 아발론이다.

> *-'씨앗에서 태어나서 심장처럼 고동치리라'로 널리 알려진,*
> *음유시인 윌레니아가 쓴 아발론 역사서 중에서 유명한 도입부.*

0년

멀린이 심장처럼 고동치는 씨앗을 심었다. 나무 한 그루가 자라났다. 바로 아발론의 위대한 나무다.

개화의 시대

1년

온갖 종류의 생명체들이 새로운 세상으로 이주를 하거나, 어쩌면 맬록의 신성한 진흙에서 신비롭게 생겨났을 거다. 아발론의 첫 시대, 개화의 시대가 시작되었다.

1년

사파이어빛 눈동자의 엘런과 딸 리아논은 모두를 위한 공동체라는 새로운 신념을 만들어 첫 대사제가 되었다. 모두를 위한 공동체는 모든 생물 간의 조화를 고취하고, 모든 생명을 떠받치고 살아가게 하는 위대한 나무를 보호하는 데에 전념했다. 새 신념은 일곱 개의 신성한 요소들에 초점을 맞춘다. 엘런은 이를 '한데 모여 완전함을 이루는 일곱 개의 신성한 요소들'이라 불렀다. 바로, 땅, 공기, 불, 물, 생명, 명암, 그리고 신비다.

2년

지혜의 신이자 위대한 정령 다그다는 엘런과 리아의 꿈속으로 찾아갔다. 다그다는 아발론에는 서로 다른 일곱 개의 뿌리가 있고, 각각 뚜렷이 다른 풍경과 인구가 있다고 밝혔다. 또한 새 신념이 결국 모든 뿌리에 이를 거라고 알렸다. 다그다의 도움으로, 엘런, 리아 그리고 본래의 추종자들은 (멀린의 옛 친구 심이 이끄는 몇몇 거인도 포함해서) 잃어버린 핀카이라의 그 유명한 거인의 춤의 장소였던 거대한 원형 돌무더기로 길을 떠났다. 그들은 함께 신성한 돌을 아발론으로 실어 날랐다. 원형 돌무더기는 스톤루트 영토의 한가운데에 다시 세워졌고, 모두를 위한 공동체에게 바쳐진 새로운 주거지의 중심에 위치한 위대한 신전이 되었다.

18년

모두를 위한 공동체는 흔히 잃어버린 핀카이라의 드루마 숲을 기리는 뜻으로 드루마디안이라 불린다. 드루마디안은 첫 사제 집단을 임명했다. 이들 중에 한쪽 귀의 류, 나무 종족의 마지막 생존자 크웬, 그리고 (많은 이들이 놀랍게도) 오거 사냥꾼 바드 카타가 있었다.

27년

멀린이 아발론으로 돌아왔다. 아발론의 신비를 탐험하고, 그리고 더욱이 사슴 여인 할리아와 결혼을 하기 위해서다. 둘은 북부 올라나브람의 높은 봉우리, 반짝이는 별 아래에서 결혼했다. 이 지역은 일곱 뿌리-영토에서 언제나 소용돌이치는 안개 속으로 솟아오르는 아발론의 나무 둥치 아랫부분이 실질적으로 보이는 유일한 곳이다. (나무둥치는 일렁이는 바다에서도 볼 수 있지만, 이상한 이곳은 보통 위대한 나무 뿌리의 일부라고 여겨지지 않는다.) 멀린이 할리아의 산봉우리라 이름 지은, 일곱 영토에서 가장 높은 산꼭대기인 이곳에서 둘은 충성과 사랑에 대한 서약을 나눴다. 높은 곳에서 나는 협곡 독수리가 큰 소리로 알린 결혼식에는 오래전에 거인의 춤이 있은 뒤 핀카이라 대표자 회의 이후 어느 곳에서 모인 것보다 더 다양한 생명체들을 포함하고 있었다. 다그다의 은총으로 정령의 존재 셋도 함께했다. 멀린의 어깨에 앉은 용감한 매 트러블, 결혼식 내내 엘런의 옆에 선 카이르프레, 그리고 할리아의 헌신적인 오빠인 사슴 남자 에르먼이었다. 하물며 소인 통치자 우르날다도 그랜드 엘루사로 알려진 커다란 하얀 거미와 함께 참석했다. 어릿광대 붐벨리, 거

531

인 심, 거름을 긁어 없애는 걸 좋아하는 생명체 밸리맥, 그리고 용의 여왕 귀니아와 불꽃을 내뿜는 몇몇 아기 용들도 함께했다. 결혼식은 모두를 위한 공동체의 설립자인 엘런과 리아, 한쪽 귀의 류 사제, 그리고 나무 종족 크웬 사제에 의해 거행되었다. (바드 카타도 초대는 받았지만 대신 오거와 싸우는 걸 택했다.) 전설에 따르면, 위대한 신 다그다와 로리란다 또한 와서 신혼부부에게 영원한 축복을 해주었다고 한다.

27년

멀린과 할리아의 아들 크리스탈루스 에오피아가 태어났다. 축하는 수년 동안 이어졌는데, 특히 장난을 좋아하는 홀라와 요정들 사이에서 더욱 그랬다. 심이 입을 맞추려다 거의 짓눌렀는데도 크리스탈루스는 살아남아 건강한 아이로 자라났다. 마법사의 힘이 때로 세대를 건너뛰기도 하기 때문에 크리스탈루스에게는 마법이 없었지만 마법사의 혈통이 장수를 보장했다. 아기였을 때도 크리스탈루스는 탐험에 남다른 관심을 보였다. 사슴처럼 빠르고 우아하게 움직일 순 없어도 자기 어머니처럼 달리는 걸 아주 좋아했다.

33년

스톤루트와 우드루트의 영토를 연결하는 신비로운 험준한 길은 퍼거스라는 젊은 청년이 발견했다. 전설은 퍼거스가 낯선 하얀 암사슴을 따라가다 길을 발견했다고 말한다. 그 암사슴은 정말이지 출생과 번영과 부활의 신인 로리란다였을지도 모른다. 또한 전설에 따르면 길이 어디로 왜 이어지는지는 분명하진 않지만, 오로지 한 방향으로만 연결되어 있다고 한다. 아주 소수의 여행자들만이 길을 찾았다고 알려져 있고 그마저 믿을 수 없는 이야기이기 때문에 많은 사람은 그 길이 정말로 존재하는지 의문을 가졌다.

37년

엘런이 죽었다. 엘런은 자신에게 주어진 유한한 시간을 감사히 여겼고, 정령의 세계에서 사랑하는 음유시인 카이르프레와 마침내 함께할 수 있어 몹시 기뻤다. 위대한 신 다그다가 커다란 수사슴의 모습으로 직접 아발론에 와서 엘런을 사후 세계로 안내했다. 리아가 모두를 위한 공동체의 대사제로서의 책무를 이어 맡았다.

51년

마법의 힘을 지닌 관문을 이용해 일곱 영토 내에서 여행하는 건 숲의 요정 세렐라에 의해 발견되었다. 세렐라는 숲의 요정의 초대 여왕이 되었고, 시간이 지나가면서 관문의 위험한 기술에 대해 많이 배워 나갔다. 세렐라는 "관문 추적은 여행하기에는 어렵지만 죽기에는 쉬운 방법이기도 하다."라고 말했다. 세렐라는 워터루트로 탐험을 여러 차례 떠나 결국 물 요정의 정착지인 크르 세렐라를 세웠다. 하지만, 섀도루트로의 첫 탐험은 완전히 실패로 끝이 났고 결국 죽음에 이르렀다.

130년

끔찍한 마름병이 우드루트 상층부에 드리워져 손에 닿는 모든 걸 죽였다. 이것이 사악한 정령 리타 고르의 소행이라고 믿은 리아는 멀린에게 도움을 청한다.

131년

마름병이 우드루트 숲에 있는 나무와 다른 살아 있는 생명체를 죽이며 퍼지자, 멀린은 리아와 리아가 신뢰하는 친구인 사제 한쪽 귀의 류를 데리고 놀라운 여행을 갔다. 멀린만 아는 관문을 통해 그들은 위대한 나무의 깊숙한 곳으로 여행했다. 그곳에서 그들은 마법의 급류가 흐르는 엄청난 지하 호수를 발견했다. 이 호수 물이 워터루트 북부에 있는 크리스틸리아의 흰 간헐천의 수면으로 떠오른다. 그러고 나서, 프리즘 골짜기에서 일곱 색깔의 빛띠로 나뉘었고 여러 곳으로 흘러가, 만나는 모든 것마다 물과 색깔을 내어주었다. 멀린은 리아와 류에게 이곳의 급류가 아발론 전역에서 가장 강력하고 구하기 힘든 마법의 물질인 고농축의 엘라노에서 힘을 얻는다는 걸 밝혔다. 위대한 나무의 뿌리 깊숙한 곳에서 수액으로 만들어낸 엘라노는 일곱 개의 신성한 요소들을 모두 결합한다. 또한, 멀린의 말을 빌리자면 엘라노는 '생명을 주는 이 세상의 진정한 힘'이다. 멀린은 거대한 지하 호수에서 핀카이라 고어로 은혜의 정령이란 뜻을 지닌 지팡이 오니알레이의 도움으로 엘라노의 작은 수정을 모았다. 그러고는 리아와 류와 함께 우드루트로 돌아가 마름병의 근원에 수정을 놓았다. 엘라노의 힘 덕분에 마름병은 약해지더니 결국 사라져 버렸다. 우드루트의 숲은 치유되었다.

132년

대사제 리아는 추종자들에게 위대한 나무의 없어서는 안 될 생명의 수액 엘라노를 소개했다. 그러고 나서 얼마 안 되어 한쪽 귀의 류가 명작 *시클로 아발론*을 발간했다. 이 책에는 일곱 개의 신성한 요소들, 나무 안에 있는 관문들 그리고 엘라노의 지식에 대해 류가 배웠던 모든 것이 쓰여 있다. 아발론 전역에서 드루마디안들을 위한 주교재가 되었다.

192년

할리아는 아주 유명한 카펫 카에로츨란이 있던 자리인 고향으로 마지막 여행을 한 후 죽었다. 멀린은 슬픔이 너무나도 깊은 나머지 스톤루트의 울퉁불퉁한 산에 높이 올랐고, 수개월 동안 아무하고도, 심지어 동생 리아하고도 이야기를 나누지 않았다.

193년

멀린은 마침내 산에서 내려왔다. 하지만 단지 아발론을 떠나기 위해서였다. 멀린은 다른 세상에서 새로운 도전에 온전히 전념하기 위해 떠나야만 한다고 사랑하는 친구들에게 말했다. 그 도전은 바로 유한한 지구의 일부인 브리타니아라는 땅에서 아서라는 이름의 청년을 가르치는 것이었다. 멀린은 자세한 이야기는 밝히지 않은 채, 지구와 아발론의 운명은 어떻게든 서로 얽혀 있다고 넌지시 말했다.

237년

뛰어난 탐험가가 된 크리스탈루스는 워터루트에 에오피아 지도 제작자 학교를 설립했다. 크리스탈루스는 학교의 상징으로 시공간을 뛰어넘는 도약의 마법을 뜻하는 고대 상징인 원 안의 별을 선택했다.

폭풍의 시대

284년

어떤 경고도 없이, 아발론에서 가장 눈에 잘 띄는 별자리인 마법사의 지팡이가 깜깜해졌다. 별자리의 일곱 개 별들은 멀린의 전설적인 일곱 노래를 상징하는 것으로 마법사와 지팡이 둘 모두에게 진정한 힘을 주었다. 그런 일곱 개의 별들이 하나씩 하나씩 사라졌다. 그 과정은 불과 3주밖에 걸리지 않았다. 별 관찰자들은 이것이 아발론에게 있어 어떤 불길한 징후라는 데 동의했다. 폭풍의 시대가 시작되었다.

284년

파이어루트 영토에서 소인과 용의 전쟁이 발발했다. 지하 동굴의 불꽃이 이는 보석에 관한 싸움이 발단이 되었다. 비록 이 두 종족은 수세기 동안 보석을 거둬들이고 보존하는 데에 협력했지만 단결은 결국 무너졌다. 노련한 소인들은 보석을 신성하게 여겼고 오랜 세월에 걸쳐 오로지 신중하게 거둬들이고 싶어 했다. 반대로 용들은 (그리고 그들의 동맹인 플레임론은) 보석이 줄 수 있는 모든 부와 힘을 즉각 이용하고 싶어 했다. 싸움은 번져 나갔다. 다른 종족과 심지어 통상적으로는 평화로운 요정들의 몇몇 부족에게까지 급속히 퍼졌다. 동맹이 형성되었다. 소인들과 대부분의 요정과 인간, 거인들, 독수리 종족과 이에 대항하여 용, 플레임론, 어둠의 요정, 탐욕스러운 인간들과 곱스켄이 겨뤘다. 그사이, 약탈을 일삼는 오거와 트롤이 혼란에 편승했다. 확대되는 갈등 속에서 공기 요정, 머드메이커 그리고 몇몇 무세오만이 중립을 지켰고…… 그에 반해 홀라는 그저 신나는 모든 일을 즐기기만 했다.

300년

전쟁은 아발론의 일곱 영토 전역에 퍼져 악화되었다. 드루마디안 원로들은 폭풍의 전쟁의 실체를 논의했다. 오로지 아발론에만 제한된 걸까? 아니면 정말이지 보다 큰 정령의 전투에서 계속되는 그저 소규모 접전인 걸까? 모든 세상을 지배하는 것이 목표인 잔혹한 리타 고르와, 자유로운 사람들이 스스로를 위해 선택하길 바라는 로리란다와 다그다 연합 사이의 투쟁? 그러나 대부분의 아발론 거주민에게 그러한 질문은 상관없었다. 그들에게 폭풍의 전쟁은 그저 투쟁, 고난 그리고 비통의 시기였다.

413년

전쟁 중인 아발론 사람들의 만행과 점점 더 엄격해지는 모두를 위한 공동체에 깊은 환멸을 느낀 리아는 대사제에서 물러났다. 리아는 아발론에서 조금 떨어진 곳으로 떠났고, 결코 다시는 소식이 들리지 않았다. 몇몇은 리아가 멀린과 함께하려고 유한한 지구로 갔다고 믿었다. 다른 이들은 리아가 그저 혼자서 돌아다니다 결국엔 죽었다고 믿었다.

421년

머드메이커의 후손인 할라드는 땅의 요정 무리에 깊은 상처를 입었다. 안전한 곳을 찾아 졸졸 흐르는 샘의 가장자리로 기어갔다. 기적적으로 할라드의 상처가 치유됐다. 할라드의 비밀의 샘은 이야기와 노래로 유명해졌다. 하지만 종잡을 수 없는 머드메이커 외에 모두에게 그곳의 위치는 비밀에 부쳐졌다.

472년

물 용의 최고 지도자인 벤데짓은 평화를 강조했다. 하지만 첫 조약이 있기 전날 밤에 일부 용들이 반란을 일으켰다. 뒤이어 일어난 끔찍한 전투에서 벤데짓은 죽임을 당했다. 전쟁은 재차 격렬하게 맹위를 떨쳤다.

498년

나무에 첫 꽃이 보이기 시작하던 이른 봄, 플레임론과 용의 군대가 스톤루트를 공격했다. 메마른 봄 전투에서 많은 마을이 파괴되었고, 셀 수 없이 많은 이가 목숨을 잃었고, 드루마디안의 위대한 신전은 불길에 그을렸다. 주볼다와 세 딸이 이끄는 거인들의 도움으로 가까스로 침입자들을 물리쳤다. 전투가 한창일 때 멀린의 오랜 친구인 심이 공격자들을 짓밟자 주볼다의 큰딸인 본로그 마운틴 마우스는 목숨을 구했다. 하지만 본로그가 입맞춤으로 감사를 전하려 하자 심은 비명을 지르며 산악 지대로 달아났다. 본로그 마운틴 마우스는 창피를 당해 심을 혼내주려 했지만 찾을 수가 없었다. 심은 수년 동안 계속 숨어 있었다.

545년

신비하고 고혹적인 호수 여인이 우드루트의 가장 깊은 숲에 처음으로 모습을 드러냈다. 여인은 평화를 요구했고, 경쾌한 비행사라 불리는 날개 달린 작은 생명체를 통해 일곱 영토 전역에 퍼졌지만 여인의 말은 주목받지 못했다.

693년

위대한 마법사 멀린이 마침내 브리타니아에서 돌아왔다. 멀린은 끝없는 불의 전투를 이끌어 어둠의 요정과 불 용의 마지막 동맹을 무너뜨렸다. 플레임론은 마지못해 항복했다. 패배를 감지한 곱스켄은 일곱 영토의 먼 지역으로 흩어졌다. 마침내 평화가 돌아왔다.

성숙의 시대

693년

호수 여인이 공들여 만든 '일렁이는 바다 조약'은 땅의 요정, 오거, 트롤, 곱스켄, 체인질링, 그리고 죽음의 몽상가들을 제외한 모든 종족의 대표들이 조인했다. 폭풍의 시대는 끝이 났고, 성숙의 시대가 시작됐다.

694년

멀린은 아발론으로 절대 돌아오지 않을 작정이라고 알리고선 또다시 사라졌다. 가능성은 희박하지만 어떤 새로운 마법사가 나타나지 않는 한 아발론의 다양한 종족은 정의와 평화를 되찾기 위해 스스로를 돌봐야 한다고 진지하게 단언했다. 마지막 작별의 표시로 멀린은 바질가라드라는 이름의 엄청난 용의 도움을 받아 별들에게 갔다. 그러고선 끔찍한 폭풍의 시대의 전조가 되어 파괴되었던 별자리, 마법사의 지팡이 일곱 개의 별을 마법의 힘으로 다시 밝혔다.

694년

멀린이 떠나자마자 호수 여인은 으스스한 예언을 했다. 이는 어둠의 예언이라 알려지게 되었다. 아발론의 모든 별들이 서서히 어두워져 꼬박 일 년 동안 완전히 가려지게 될 때가 올 거라는 예언이었다. 그리고 그해에 인간과 인간이 아닌, 그리고 유한한 삶과 불멸의 모든 생명체들이 공존하는 유일무이한 세상인 아발론의 종말을 야기할 아이가 태어날 것이라고도 했다. 호수 여인은 오직 멀린의 진정한 후계자만이 아발론을 구할지도 모른다고 덧붙였다. 그러나 여인은 누가 마법사의 후계자가 될지 또는 어떻게 그 후계자가 어둠의 예언 속 아이를 물리칠 수 있을지에 대해서는 더 이상 말하지 않았다. 그리하여 영토 전역에서 사람들이 궁금해했다. *누가 어둠의 예언 속 아이가 될 것인가? 그리고 누가 멀린의 진정한 후계자가 될 것인가?*

702년

에어루트의 공기 요정 중에서 가장 훌륭한 건축가인 르 펜 플레이스는 지금까지 최고로 야심찬 (그리고 유용한) 계획을 끝마쳤다. 에어루트와 머드루트 사이의 안개 낀 틈에 구름 실을 자은 밧줄을 걸쳐 이어지도록 다리를 지었다. 그러고는 공기 요정의 모국어로 *공기는 달콤하게 한숨짓는다*를 뜻하는 트리설라 오 마겔루라고 이름 지었다. 하지만 이윽고 많은 여행자들이 안개 다리라고 부르게 되었다. 공기 요정 외에 처음으로 그 다리를 건넌 이들은 호수 여인과 산봉우리 요정인 여인의 친구 뉴익이었다.

717년

마법사의 혈통 때문에 이례적으로 장수를 하고 이미 아발론 뿌리의 많은 영토를 탐험한 첫 인물이었던 크리스탈루스는 처음으로 위대한 나무의 심재에 도달하게 되었다. 크리스탈루스는 위대한 나무의 심재에서 모든 일곱 영토로 이어지는 관문 하나를 발견했다. 하지만 나무의 높은 곳으로 갈 방법은 없었다. 크리스탈루스는 맹세코 언젠가 돌아오겠다고, 그리고 어쩌면 별들까지 쭉 위쪽으로 갈 수 있는 길을 찾겠다고 말했다.

842년

나이 든 교육자 한완 벨라미르는 우드루트의 외딴 영토에서 농업과 공예술에 대한 새롭고 대담한 발상으로 명성을 얻었다. 이는 더욱 생산적인 농장과 더불어 마을 사람들에게 더 많은 안락과 여가를 가져다줬다. 심지어 몇몇은 그를 올로 벨라미르라고 부르기 시작했다. 멀린이 올로 에오피아라는 이름을 부여받은 아발론 탄생 이후, 그렇게 칭송받게 된 최초의 인물이었다. 그는 그러한 찬사에 겸손한 척하면서 웃었지만, 그에 반해 번영 아카데미는 번성했다.

900년

벨라미르의 가르침은 계속해서 퍼져 나갔다. 비록 숲의 요정과 다른 이들은 아발론에서 인류의 '특별한 역할'에 대한 벨라미르의 이론에 분개했지만 그보다 많은 사람이 벨라미르를 지지했다. 추종자들이 늘어나자 벨라미르의 명성이 다른 영토에까지 닿았다.

985년

어둠의 예언이 예측했던 대로, 아발론의 별들이 서서히 빛을 잃어갔다. 그리하여 대단히 두려운 어둠의 해가 시작되었다. 모든 영토는 (파이어루트의 플레임론 근거지를 제외하고) 이 시기 동안 새로 아이를 낳는 걸 금지한다고 선언했다. 어둠의 예언 속 아이일지도 모른다는 두려움 때문이었다. 소인이나 물 용처럼 일부 종족은 이 해에 태어난 어떤 아이라도 죽인다는 추가 조치를 취했다. 일곱 영토 전역에서 드루마디안 신봉자들이 그 두려운 아이뿐 아니라 멀린의 진정한 후계자까지 찾으려 했다.

985년

만연한 어둠에도 불구하고 크리스탈루스는 탐험을 계속했다. 외부인들, 특히 인간의 피가 흐르는 이들은 결코 환영하지 않는데도 플레임론의 영토로 여행했다. 도착하자마자 일행은 공격을 당했고, 생존자들은 억류되었다. 어찌어찌하여 크리스탈루스는 정체불명의 친구의 도움으로 탈출했다. (몇몇은 크리스탈루스를 도운 사람이 플레임론의 공주 할로냐였다고 믿었다. 반면 다른 이들은 여러 흔적으로 보아 독수리 여인이 도왔다고 꼬집어 말했다.) 어둠의 예언의 위험을 무시한 채 크리스탈루스와 구원자는 결혼하여 아이를 가졌다. 그러나 아이를 낳은 직후 어머니와 갓 태어난 아들은 사라졌다.

987년

아내와 아이를 잃은 슬픔에 괴로웠던 크리스탈루스는 또 다른 여행을 떠났다. 이제껏 가장 야심 찬 탐험이었다. 그건 바로 다름 아닌 위대한 나무의 나무둥치와 나뭇가지 속 위쪽으로 향하는 길을 찾는 것이었다. 그러나 어떤 이들은 크리스탈루스의 진짜 목표가 뭔가 훨씬 더 위험한, 즉 기어이 아발론의 별들의 엄청난 미스터리를 푸는 것이라고 생각했다. 아니면 크리스탈루스는 정말이지 슬픔에서 달아나려는 걸까? 목표가 무엇이었든 간에 크리스탈루스는 성공하지 못했고, 탐험 중 어딘가에서 죽었다. 크리스탈루스의 길었던 인생과 많은 탐험은 마침내 종지부를 찍게 되었다.

1002년

어둠의 해 이후로 이제 17년이 지났다. 일곱 영토 전체에 걸쳐 문제가 늘어나고 있다. 인간과 다른 종류의 생명체와의 싸움, 스톤루트, 워터루트 그리고 우드루트의 상층부에 극심한 가뭄과 이상한 회색화, 거의 눈에 보이지 않는 킬러 새 구울라카의 공격, 그리고 커져가는 악의 기운에 대한 막연한 느낌 같은 문제 말이다. 이 모든 것이 무시무시한 어둠의 예언 속 아이가 살아 있고 세력을 얻고 있다는 걸 증명한다고 많은 사람이 생각했다. 그들은 마침내 멀린의 진정한 후계자나 오래전에 떠난 마법사가 몸소 나타나 아발론을 구해주기를 드러내놓고 간절히 바랐다.

1002년

그해 끝자락에 가뭄이 심해지자 굉장한 별자리인 마법사의 지팡이의 별들이 꺼지기 시작했다. 어둠의 해 말고도 이런 일이 예전에 딱 한 번 일어난 적이 있다. 아발론 284년 폭풍의 시대가 시작했을 때였다. 왜 이런 일이 일어나는지, 어떻게 막을 수 있는지 아무도 몰랐다. 하지만 대부분의 사람들은 마법사의 지팡이의 소멸이 오로지 한 가지를 의미할 수 있다는 것을 염려했다. 그건 바로 아발론의 최후의 파멸이다.

-10권 끝-

멀린10 별에 드리운 그림자

1판 1쇄 인쇄 2021년 8월 10일
1판 1쇄 발행 2021년 8월 20일

지은이 | 토머스 A. 배런
펴낸이 | 김영곤
펴낸곳 | (주)북이십일 아르테

키즈융합부문 이사 | 신정숙
융합사업2본부 본부장 | 이득재
웹콘텐츠팀 | 장현주 김가람
교정교열 | 쟁이랩_JANGYLAP
해외기획팀 | 정영주 이윤경
영업마케팅 본부장 | 김창훈
영업팀 | 허소윤 윤송 이광호
마케팅팀 | 정유진 김현아 진승빈
제작팀 | 이영민 권경민

출판등록 | 2000년 5월 6일 제406-2003-061호
주소 | (우 10881) 경기도 파주시 회동길 201(문발동)
대표전화 | 031-955-2100 **팩스** | 031-955-2151
이메일 | book21@book21.co.kr

(주)북이십일 경계를 허무는 콘텐츠 리더

아르테팝 채널에서 도서 정보와 다양한 영상자료, 이벤트를 만나세요!
페이스북 facebook.com/21artepop   트위터 twitter.com/21artepop
인스타그램 instagram.com/21artepop   홈페이지 artepop.book21.com

ISBN 978-89-509-9615-4 04840
책값은 뒤표지에 있습니다.